SCIENCE FICTION

Herausgegeben
von Wolfgang Jeschke

Von **Roger MacBride Allen** erschien in der Reihe
HEYNE SCIENCE FICTION & FANTASY:

Die Laserfaust · 0605083
Waise der Schöpfung · (in Vorb.)
Charons Ring · (in Vorb.)

ROGER MACBRIDE ALLEN

DIE LASERFAUST

Roman

Aus dem Amerikanischen übersetzt
von
ROSEMARIE HUNDERTMARCK

Deutsche Erstausgabe

WILHELM HEYNE VERLAG
MÜNCHEN

HEYNE SCIENCE FICTION & FANTASY
Band 0605083

Titel der amerikanischen Originalausgabe
FARSIDE CANNON
Deutsch von Rosemarie Hundertmarck
Das Umschlagbild malte Gerrit Ahnen

Redaktion: Wolfgang Jeschke

Erstausgabe by Bean Publishing Enterprises, New York

Printed in Germany 1993
Umschlaggestaltung: Atelier Ingrid Schütz, München
Technische Betreuung: Manfred Spinola
Satz: Schaber, Satz- und Datentechnik, Wels
Druck und Bindung: Ebner Ulm

ISBN 3-453-07247-2

Inhalt

Vorspiel

TIEFER RAUM

Im hellen Licht der Sonne liegt die Schwärze der Leere. Es ist nicht die Dunkelheit der Nacht, sondern die des Nichts, Dunkelheit im vollen gleißenden Licht der tosenden Sonne. Hier in diesem Licht ist nichts zu sehen, nicht das winzigste Stückchen Materie könnte das Sonnenlicht auffangen und zurückwerfen. Die unsichtbaren Photonen des Sonnenlichts strömen vorbei, hinaus in den Raum, ungehindert von irgend etwas, das größer wäre als ein mikroskopisches Stäubchen.

Weit entfernt scheinen die Sterne, heroisch fern und unwichtig für diesen einsamen Ort zwischen den Bahnen von Erde und Venus. Ein paar der Lichtpünktchen, die Planeten, sind heller, aber keines ist so auffällig, daß man ihm eine besondere Bedeutung zumessen würde.

Nicht einmal das Doppelsystem von Erde und Mond, die nächsten und strahlendsten Lichtpunkte, macht vor dem Feld der fernen Sterne besonderen Eindruck.

Nur die Sonne hat Kraft und Macht — und sie ist so hell, so hart und so einschüchternd, daß sie Furcht hervorruft, nicht das Gefühl von Vertrautheit. Das ist nicht die freundliche Sonne vom Himmel der Erde, sondern ein wütender, gefährlicher Stern.

Die Sonne ist über hundert Millionen Kilometer entfernt, ihr Licht mehrere Minuten alt, wenn es diesen Ort erreicht, ein weit entfernter Nachbar nach menschlichen Maßstäben. Dessen ungeachtet überblendet sie ein volles Viertel des Himmels mit ihrem Glanz. Von der Sonne abgesehen, scheint das Universum von hier aus nichts als Leere zu sein.

Das innere Sonnensystem stellt man sich immer als überfüllt mit Welten vor — was es auch ist, verglichen mit den viel einsameren Gefilden des äußeren Systems oder den Unendlichkeiten des Raums jenseits des letzten der äußeren Planeten. Aber in Wirklichkeit ist sogar das innere System nur Leere mit einer Handvoll winziger Welten, die geizig über die

Dunkelheit verstreut sind und sich in den Billionen von Kubikkilometern des Nichts verlieren.

Menschen kommen selten hierher — vielleicht nicht einfach deswegen, daß kein Grund dazu besteht, sondern weil dies ein beunruhigender Ort ist, wo tröstliche Illusionen verschwinden. Sogar hier, im Hinterhof der Erde, ist der Raum offensichtlich nicht das wohlbekannte und beherrschte Terrain, als den die Menschheit ihn sich optimistisch vorstellt, sondern ein einsamer, trostloser Ort von äußerster Wildheit.

Hier wird die Idee, der Raum sei erobert, gezähmt und zivilisiert, Lügen gestraft. Hier ist die Wahrheit offenkundig: Die Herrschaftsgebiete der Menschheit sind nichts als kleinwinzige Sphären von Siedlungen, hauchdünne Schichten um ein paar der Planeten, lockere Wolken von Raum inmitten der Leere. Dieser Ort, der Bahn der mächtigen Erde so nahe, ist eine Wildnis.

Aber da kommt etwas lautlos durch die Dunkelheit getaumelt, für das nackte Auge auch aus geringer Entfernung kaum sichtbar — ein Himmelsberg. Selbst vor der Finsternis des Raums und im hellen Licht der Sonne ist dieses dunkle Weltchen aus tristen Grau- und Schwarztönen schwer zu erkennen. Dieser längliche erzhaltige Kohlenwasserstoff-Asteroid, ein alter, ausgebrannter Komet, vor Urzeiten von den Schwerkraftstrudeln des inneren Systems eingefangen, stellt einen Fund an Elementen dar, die man für das Leben im Raum braucht — Kohlenstoff, Wasserstoff, Stickstoff, Sauerstoff — einen Schatz, der Millionen von Jahren darauf gewartet hat, gehoben zu werden.

Weit oberhalb der Ebene des Sonnensystems zieht er seine einsame Bahn, doch seine Form, seine Größe, seine mutmaßliche Zusammensetzung und sein Kurs sind den Menschen längst bekannt. Robotsonden haben sich mehrmals zu ihm hinaufgewagt und ihn genau untersucht, seine torkelnden Überschläge durch Kameraaugen beobachtet. Die Sonden schicken ihre Bilder zu Ingenieuren und Planern zurück, zu Männern und Frauen, die seit langem Absichten mit diesem Felsbrocken hegen.

Die Urgroßeltern dieser Ingenieure haben die namenlose Masse mit Teleskopen, die schon damals alt waren, vor mehr als hundert Jahren gefunden. Aber erst jetzt, mehr als ein ganzes Jahrhundert nach der Entdeckung des Asteroiden, ist es möglich — zumindest gerade eben möglich — geworden, ihn zu bergen.

Jahre, nachdem die Robotsonden ihre Arbeit beendet haben, kommen die Schiffe — selbst sie erschreckend klein neben einem so winzigen Planetchen, wie Elritzen, die einen Wal fangen wollen. Oder vielleicht sind die Schiffe eher wie Piranhas — denn der langfristige Plan ist, an dem Asteroiden zu nagen und zu reißen, dieses Weltchen in Schutt zu zerfetzen, sobald es eingefangen und zum Orbit der Erde gezerrt worden ist.

Lange Zeit fliegen die kleinen Schiffe nur in Formation neben dem Asteroiden her, beobachten ihn, entnehmen ihm behutsam Proben. Schließlich sind die Erzsucherschiffe mit ihren Prüfungen zufrieden und bereiten sich darauf vor, ihre Beute gefangenzunehmen.

Spinnenroboter, häßliche metallische Dinger mit vielen Beinen, die sich an einer taumelnden Welt festhalten können, während sie über ihre Oberfläche trippeln, werden auf dem Asteroiden abgesetzt. Geduldig kriechen sie dahin, geben dabei Leine aus, weben ein Netz aus starken Trossen um den Asteroiden. Sie wickeln die Trossen um die Welt, zurren sie fest. Die Trossen verbessern die Festigkeit und die lasttragende Kapazität des Weltchens. Sie bilden ein zähes, flexibles Exoskelett für den zerbrechlichen Stein, sorgen dafür, daß der Asteroid die Schocks, die noch kommen werden, verkraften kann.

Fusionsraketenmotoren, massig und mächtig, landen an sorgfältig ausgewählten Punkten auf der Oberfläche des Asteroiden. Die kleinen Kontrollschiffe ziehen sich in sichere Entfernung zurück. Die Motoren beginnen zu feuern, bauen langsam und sorgfältig den Schub auf, nicht, um die Welt zu bewegen, sondern um sie zu stabilisieren, um ihr unregelmäßiges und linkisches Drei-Achsen-Taumeln in eine gemessene, würdevolle, ordentliche Rotation genau durch ihre Pole zu ver-

wandeln. Steine und Staub lösen sich und werden in eine Bahn um den Asteroiden gezogen. Die meisten Fragmente fallen langsam auf seine Oberfläche zurück. Ein paar entfernen sich für immer von ihm.

Die großen Motoren schalten sich ab. Wie ein Wildpferd, das endlich seinen ersten Reiter akzeptiert, beginnt der Asteroid, sich der Zähmung zu unterwerfen. Letzte Beben und Schauer laufen durch den Kern des Weltchens, und dann ist es in seiner neuen Rotation im Gleichgewicht.

Die Kontrollschiffe kehren zurück, sobald die Fusionsflammen der stabilisierenden Raketen erloschen sind. Die Motoren, deren Werk für den Augenblick getan ist, werden von der Oberfläche des Asteroiden entfernt. Ein riesiger kugelförmiger Sack, gewebt aus einem ungeheuer starken, dünnen, undurchsichtigen Material, quillt aus der Ladebucht eines der Schiffe. Die Außenseite des Sackes ist blendend weiß, perfekt reflektierend, so hell im Vergleich zu dem Asteroiden, daß Augen, die sich darauf angepaßt haben, den Sack zu sehen, den düsterdunklen Himmelsberg nicht wiederfinden. Die Innenseite des Sacks ist jedoch schwarz wie die Mitternacht. Starke Kabel entrollen sich von den anderen Schiffen und fassen die Öffnung des Sackes. Der Sack, Kilometer im Durchmesser, wird quer durch den Raum aufgezogen, das offene Ende auf die neue Rotationsachse des kleinen Planetoiden ausgerichtet.

Mit unendlicher Vorsicht beginnen die Schiffe, den Sack zwischen sich, ihre Manövrierdüsen in perfekter Synchronisation zu feuern, und bringen so die ganze Schiff-und-Sack-Konstruktion zum Drehen. Nach endlosen sorgenvollen Stunden entspricht die Rotation des Sackes genau der Rotation des Asteroiden. Die Schiffe bewegen sich vorwärts, ziehen den sphärischen Sack um das Weltchen. Der Sack verschluckt es.

Der Sack umgibt den Asteroiden, aber er berührt ihn noch nicht. Auch wird das offene Ende des Sackes für eine Weile noch nicht geschlossen. Tagelang wird der Sack einfach offengelassen. Zum ersten Mal in seiner langen Geschichte liegt der Planetoid völlig im Schatten, ohne daß nacktes Sonnenlicht die Hälfte seiner Oberfläche kocht, während die andere

Hälfte im Vakuum gefriert. Länger, als die Menschheit existiert, hat er das immer gleiche Muster von Aufheizen und Abkühlen beibehalten — aber jetzt muß die gesamte Oberfläche auf eine gleichmäßige Temperatur abkühlen. Der Asteroid strahlt Wärmeenergie durch das offene Ende des Sackes in die schwarzen Schatten des Raums ab. Die schwarze Innenseite des Sackes absorbiert ebenfalls Wärme. Die innere Wärme dringt durch den Sack und wird von der beschatteten Außenseite abgestrahlt.

Wieder wird der gefangene Asteroid, während er abkühlt, von kleinen Beben erschüttert und erreicht ein neues und niedrigeres thermales Gleichgewicht. Das Abkühlen bringt den ganzen Asteroiden dazu, sich zusammenzuziehen, wobei die Oberfläche zerkrümelt. Durch die Kontraktion abgesprengte Fragmente reißen sich von dem Hauptkörper des rotierenden Asteroiden los, fliegen in den Stoff des Sackes, werden zwischen dem Sack und der Oberfläche des Asteroiden hin- und hergeschleudert. Die Aufschläge brechen neue Stükke ab, die sich einer allmählich dichter werdenden Wolke aus Staub und Steinen rund um den Asteroiden beifügen. Ein paar Fragmente entkommen durch das offene Ende des Sackes. Ein Fragment trifft eins der Kontrollschiffe und richtet geringfügigen Schaden an.

Die Abkühlung ist vollendet. Winden an Bord der Schiffe ziehen den Sack zu, verschließen das offene Ende und wickeln den Sack enger und enger um den Asteroiden. Der Sack wird ein eng anliegendes Leichentuch für den gefangenen Planetoiden. Die einst düsterschwarze Welt ist jetzt in leuchtendes, reflektierendes Weiß gehüllt, noch aus einer Entfernung von Millionen Kilometern durch ein einfaches Fernglas zu erkennen.

Von neuem werden die Spinnenroboter abgesetzt, damit sie eine weitere Schicht Trossen über das Netz legen und gleichzeitig die Unversehrtheit des Sackes kontrollieren.

Dieselben Motoren, die die Rotation des Asteroiden stabilisiert haben, werden ein zweites Mal mittschiffs, um den ›Äquator‹, im Schwerkraftzentrum des Asteroiden aufgestellt.

Sie zeigen nach achtern und neigen sich ein bißchen nach außen. Kleinere Raketen zur Bahnkorrektur werden hier und da auf der Oberfläche montiert.

Zum letzten Mal ziehen sich die Schiffe bis auf eines zurück. Dieses eine wird am vorderen Ende, dem ›Nordpol‹ des Asteroiden verankert, um als Kontrollstation, als Kommandobrücke dieses gewaltigen steinernen Raumschiffes zu dienen. Die Fusionsmotoren beginnen zu feuern und bleiben diesmal tage- und wochenlang in Betrieb, um den Asteroiden auf seine neue Bahn in Richtung Erde zu bugsieren.

Am hinteren Ende, dem ›Südpol‹, fahren die Spinnenroboter mit ihrer Arbeit fort, ohne sich an den sie umgebenden Ausläufern der Fusionsflammen zu stören. Eifrig bauen sie das Gehäuse für das Bremssystem des Asteroidenschiffes. Die gigantischen Fusionsmotoren müssen wochenlang ohne Unterbrechung laufen, um diese riesige Masse zu beschleunigen. Am anderen Ende der Reise werden sie ebenso lange feuern, um sie zu verlangsamen. Aber das letzte Manöver, das endgültige Bremsen muß schnell geschehen, präzise, kraftvoll, genau im richtigen Augenblick, an genau dem richtigen Punkt im Raum. Kein Raketenmotor könnte für diese Aufgabe genug Energie und diese schnell genug liefern. Dafür gibt es nur eine Kraftquelle. Die Spinnenroboter installieren eine Wasserstoffbombe.

Als dieser Felsbrocken entdeckt wurde, gab man ihm nur eine Katalognummer. Jetzt wird er endlich getauft. Man nennt diese auf einen neuen Weg geschickte Welt Cornucopia.

Die starken Motoren verstummen; vorerst ist ihre Arbeit getan. Die Mannschaft des Brückenschiffes, das am vorderen Ende Cornucopias *verankert ist, wird auf die anderen Schiffe gebracht. Die kleine Flotte, die so Großes geleistet hat, macht sich auf den Heimweg. Die Roboter und die Telemetriesender an Bord der* Cornucopia *werden in den zwei langen Jahren, in denen sie aus ihrer gewundenen Bahn auf die Erde zuschwenkt, ihre einzige Gesellschaft sein. Man kann sie sich unbesorgt selbst überlassen, denn aus der Ferne wird sie genau beobachtet und verfolgt. Erst ganz zum Schluß, bei ihrem*

Eintreffen in Erdnähe wird es notwendig sein, sie von neuem zu betreten.

Aus seinem alten Orbit gerissen, verfolgt der gefangene Planetoid einen neuen Kurs durch den Himmel. Die Mannschaften, die ihn von seinem Weg abgebracht haben und sich längst neuen Aufgaben widmen, haben ihn ein paar Monate später beinahe schon vergessen.

Aber andere Augen beobachten Cornucopia.

Augen, die nicht vergessen, Augen voll Angst und voll Lust, Augen, die planen und intrigieren.

Augen, die ihr Ziel vor sich sehen.

Erster Teil

Expedition

1. KAPITEL

HAWAII

Shiro Ishida legte die Papiere mit absoluter Präzision auf seinem Schreibtisch aus. Jedes Blatt berührte seinen Nachbarn von Kante zu Kante. Es gab keine Überlappungen, keine Lücken dazwischen — so ordentlich und exakt wie die Quadrate auf einem Schachbrett. Oder, noch besser, so exakt wie das Gitter für *Go.* Schließlich ist *Go* ein japanisches Spiel.

Ishida beugte sich über den Schreibtisch und betrachtete jedes Blatt nicht nur für sich allein, sondern auch in Relation zu all den anderen Blättern. Zweimal arrangierte er sie neu, stand dann unbeweglich vor der neuen Anordnung und bedachte die Beziehungen von einem Satz Tatsachen zu einem anderen.

Es waren merkwürdige Papiere. Biographien, geologische Berichte, die Zusammenfassung eines wissenschaftlichen Artikels aus dem letzten Jahrhundert, Pläne von Umlaufbahnen, Aktienkurse, geschäftliche Empfehlungen.

Endlich war er zufrieden. Die Steine lagen an den richtigen Plätzen, die Situation zeichnete sich klar und deutlich in seinem Verstand ab. Er kehrte dem Schreibtisch den Rücken und sah durch das Panoramafenster aus Panzerglas auf den Kegel des Kilauea-Vulkans.

Das Fenster — ebenso wie das ganze Gebäude — mußte stark sein, denn Ishida wohnte gefährlich nahe an dem Vulkan. Aschenregen, Steinklumpen, die der Vulkan auswarf, sogar gelegentliche Lavaspritzer reichten bis hierher.

Eines Tages, das war ihm klar, würde die Lava im Ernst in diese Richtung fließen, und das Gebäude mußte aufgegeben werden. Aber im Augenblick war die Gefahr ein geringer Preis für das großartige Schauspiel draußen. Eine Rauchsäule erhob sich aus dem Krater, und ein Lavastrahl schoß in den Himmel, nur um wieder auf die kahle Oberfläche zurückzufallen. Die Insel Hawaii fuhr fort, sich selbst zu bauen. Die Erde bebte leicht.

Shiro bedauerte die — noch weit entfernte und doch unabwendbare — Notwendigkeit, diesen Ort zu verlassen. Aber nicht die Lava würde ihn vertreiben, sondern andere Kräfte, menschliche und natürliche, und das lange, bevor der Vulkan bis hierher kam.

Shiro kehrte zu den Papieren auf seinem Schreibtisch zurück. Ja, wirklich, die Steine lagen an den richtigen Plätzen. Er hatte die anderen Spieler sorgfältig studiert — oder waren die anderen nur Steine auf seinem Spielbrett? Er war überzeugt, ihre Züge schon frühzeitig vorhersagen zu können. Es gab große Risiken, aber auch große — unberechenbare — Gewinne. Die Situation erforderte Fingerspitzengefühl, Finesse, Geduld und ebenso große Kühnheit.

Das Spiel konnte beginnen. Tatsächlich waren die ersten Züge bereits gemacht worden, halbwegs um die Welt, von Leuten, die nicht einmal wußten, daß sie spielten — oder daß mit ihnen gespielt wurde.

Draußen brüllte der Vulkan.

HRISEY, Island

Auf einer kleinen Insel vor der nördlichen Küste Islands war endlich die kurze Sommernacht angebrochen. Die Sonne war unter den Horizont gesunken, und Taten, die am besten der Dunkelheit überlassen bleiben, konnten in größerer Sicherheit vollbracht werden.

Unter dem matten Sternenlicht schlüpfte eine einzelne Gestalt aus einer der Baracken. Sie eilte über den gefrorenen Boden, der in der nächtlichen Dunkelheit eher zu spüren als zu sehen war. Durch die Finsternis gleitend, bewegte sie sich schnell, aber vorsichtig über das steinige Terrain. Sie wand sich in der Stille der Nacht von Schatten zu Schatten, hielt auf das Vorratslager zu. Dann öffnete sie die Tür des kleinen Gebäudes, warf etwas ins Innere und lief davon.

Hinter ihr flackerte ein Schein in der offenen Tür des Vorratslagers auf. Ein Feuer wurde im Land des Eises geboren.

Die Flammen stiegen höher, breiteten sich aus — und faßten nach den Kanistern mit dem Hochtemperatur-Brennstoff für die Brenner-Bohrköpfe. Eine heftige Explosion zerschmetterte die Baracke zu Kleinholz, und ein höhnisches orangefarbenes Licht fiel bösartig über die Landschaft.

Das Lager erwachte zu Rufen und Schreien, dem Knistern der Flammen und den donnernden Explosionen weiterer Kanister. Das Feuer wütete lange genug, daß es die Nacht überlebte, und es tat seine Arbeit gut. Am Morgen war von dem Vorratslager nichts mehr übrig.

Es war schon ganz hell, und Garrison Morrow war noch nicht zu Bett gegangen. Alles war zerstört. Er trat einen Stein zur Seite und sah über das kalte und sterile Land hin. Die vom Wind gefegte Insel ähnelte in ihrer Trostlosigkeit der Oberfläche des Mondes. Aber Garrison hatte lange Zeit auf dem Mond gelebt, und nicht einmal da war es so schlimm gewesen.

Ein Rauchknäuel wirbelte über ihm. Garrison drehte sich um und sah zurück. Der eisige Wind traf ihn mitten ins Gesicht, eine stechende Kälte, die ihm Tränen in die Augen trieb. Er zuckte bei der Bewegung ein bißchen zusammen. Auch nach sechs Monaten, die er wieder auf der Erde war, hatten sich seine Muskeln immer noch nicht ganz an die Heimatwelt gewöhnt. Seine müden Füße erinnerten ihn daran, daß dieser Ort eben nicht die Oberfläche des Mondes war.

Zum Beispiel konnte auf dem Mond kein Feuer ausbrechen. Hier konnte es das ganz offensichtlich. Die rauchenden Trümmer des Vorratslagers bildeten einen geschwärzten und wertlosen Haufen, ein paar Holzstücke glühten hier und da noch. Ein weiterer Unglücksfall bei der von Unglücksfällen am schlimmsten verfolgten Expedition aller Zeiten. Garrison trat nach einem nicht mehr zu erkennenden Teil eines zerstörten Geräts. Wenigstens war niemand verletzt worden. Das war schon etwas. Und sie hatten in der Präpkan genug Essen und Wasser gelagert, daß sie es durchstehen konnten, bis neue Vorräte eintrafen. Was den täglichen Bedarf anging, würden sie sich irgendwie durchwursteln, auch wenn die Arbeit zum Stillstand kam. Was am meisten schmerzte, war der Verlust der Bohrausrüstung und des Brennstoffs.

Auch das zeitliche Zusammentreffen hätte nicht schlimmer sein können. Erst vor wenigen Tagen war eine größere Lieferung eingetroffen und hatte das Vorratslager bis zum Platzen gefüllt. Vor der Ankunft der neuen Vorräte wäre nichts weiter zum Verbrennen dagewesen als eine leere Baracke.

Cathy Cleveland, die Simulationsspezialistin der Expedition, ließ die in einem schweren Fausthandschuh steckende Hand unter seinen Arm gleiten. »Es tut mir leid«, sagte sie einfach. Garrison antwortete nicht. Cathy war eine gute Frau, eine freundliche Frau, ein Mensch, den zu treffen und kennenzulernen er sich immer erträumt hatte. Aber wenn die Expedition abgebrochen werden mußte — nun, dann war es kaum wahrscheinlich, daß er sie jemals wiedersehen würde.

Ben Moscowitz näherte sich Garrison von hinten und klopfte ihm auf die Schulter. »So ein Pech, Garrison.« Seine Stimme wurde von seiner Parka-Kapuze gedämpft.

»Ja.« Garrison fiel im Augenblick nichts weiter ein. »Vielleicht ist das die Entscheidung, Ben«, sagte er schließlich. »Daß wir einpacken müssen.«

»Was?« protestierte Ben. »Eine lausige Fertigbaracke und Ausrüstung im Wert von ein paar Tausendern geraten in Brand, und das soll für uns das Ende sein? Wir können alles mit der nächsten Lieferung ersetzen.«

»Sei still, Ben«, fiel Cathy ein. »Garrison braucht jetzt keine aufmunternden Reden. Und ersetzen können wir den Verlust auf keinen Fall.«

»Das wäre nur dann möglich, wenn wir uns die nächste Lieferung leisten könnten«, stimmte Garrison ihr bitter zu. »Uns war das Geld schon fast ausgegangen, bevor dies passierte.«

Das überraschte Ben. »Wie kann dir das Geld ausgegangen sein? Was ist mit diesem neuen Steuervertrag?« Besorgt darüber, daß zuviel Technologie die Erde verließ, verlangten die UN neuerdings von auf der Erde ansässigen Firmen, für jeden Dollar, der zum Zwecke wissenschaftlicher Untersuchungen außerhalb des Heimatplaneten verwendet wurde, einen Dollar für Forschungen auf der Erde auszugeben.

»Vielleicht liegt Island nicht auf der Erde«, brummte Garrison. »Wir konnten kaum genug Geld für das Notwendigste zusammenkratzen. Und jetzt passiert dieser Unfall.«

Ben blickte bei dem Wort ›Unfall‹ scharf hoch. Er wollte etwas sagen und überlegte es sich dann anders. Garrison war nicht in der Stimmung, sich irgend jemandes Meinung anzuhören. Und Cathy sah aus, als sei sie bereit, ihn zu trösten, was das auch nützen mochte. Noch einmal klopfte er Garrison auf den Arm und machte sich dahin auf, wo es warm war.

Garrison löste sich behutsam aus Cathys Umarmung. »Hör zu, Cathy, ich glaube, ich möchte eine Weile einfach allein sein.«

Cathy blickte zu ihm hoch und nickte. In ihrem Ausdruck lag etwas, das Garrison noch nie gesehen hatte, Kummer und Hoffnungslosigkeit. »Okay. Bis später.« Sie wandte sich ab und ging.

Ein Windstoß fuhr durch die ausgebrannten Trümmer und wirbelte eine Aschenwolke hoch, die Garrison in graue Düsternis hüllte.

Es wurde sieben Uhr morgens Lokalzeit, bis Garrison sich aufraffte, die Brandstelle zu verlassen und nach drinnen ins Warme zu gehen. Er schleppte sich in seinen Büro-Wohnwagen und setzte sich — das war alles, wozu er fähig war. Schließlich kam ihm der Gedanke, daß er dem Museum in New York mitteilen mußte, was passiert war. Er schaltete das Kommunikationsterminal ein und schickte eine dringende E-Mail an Glenda Doyle. Sie war seine Kontaktperson im Amerikanischen Museum für Naturgeschichte, sie hatte das Geld aufgetrieben, das ihn und seine Mitarbeiter bis hierher gebracht hatte. Sie verdiente es zu wissen, was vor sich ging. Die E-Mail würde sie erreichen, sobald sie zur Arbeit erschien. Unter Berücksichtigung der Zeitzonen waren es bis dahin noch ein paar Stunden.

Garrison zwang sich, mit den Routinearbeiten weiterzumachen, die sich angehäuft hatten, und für eine Weile hielt ihn das so beschäftigt, daß er nicht zu denken brauchte. Aber nicht für lange. Er warf seinen Stift hin und gab seinen fünften Versuch auf, eine Liste der zu erledigenden Dinge anzufertigen. Finster blickte er aus seinem Bürofenster den engen Fjord entlang. Einen Kilometer weiter nördlich lag die launische alte *Glomar Surveyor* vor Anker. Ben Moscowitz hatte von irgendwoher die schwimmende Hülle einer Bohrplattform organisiert. Der Sturm, der über die gefrorene Küste von Hrisey tobte, fuhr an dem Wohnwagen vorbei, rüttelte die Fenster und ließ die Wände knarren. Hrisey. Ein bestens geeigneter Ort, um in Schwierigkeiten zu geraten. Nichts als ein Fleckchen Land in einem engen Fjord namens Eyjafjordurof an der Nordküste Islands am hinteren Ende des Nirgendwo.

Garrison erschauerte, obwohl der eisige Sturm nicht

durch die gut isolierten Wände an ihn herankommen konnte. Es war *kalt* da draußen.

Mit seinem geistigen Auge sah er über den engen Meeresarm, über die Bohrplattform hinaus. Auf einer genau nach Norden führenden Linie gab es zwischen der *Surveyor* und dem Nordpol — und noch weiter — nichts als kaltes Wasser und noch kälteres Eis. Von hier aus war der nördliche Polarkreis fünfzig Kilometer entfernt. Die gefrorene, nutzlose Küste Grönlands lag rund 400 Kilometer nordwestlich. Es war ein einsamer Anblick.

Garrisons Gedanken kehrten zu den akuten Problemen zurück. Sie waren so nahe, so ganz nahe daran gewesen. Und jetzt war ein Fehlschlag so gut wie sicher.

Er wanderte mechanisch ans südliche Ende des Anhängers. Aus dem Fenster hier gab es nichts zu sehen als den in wildem Durcheinander daliegenden Kadaver der Insel, die Klippenwände, die den sie umgebenden Fjord bildeten, und den schäbigen alten Leuchtturm. Der Leuchtturmwärter hatte sich anfangs über die Gesellschaft der Expedition gefreut, aber Garrison hatte das Gefühl, der alte Bursche würde froh sein, seine Einsamkeit zurückzubekommen, wenn die Geologen abzogen.

Obwohl die Richtung nach Süden die zum Ansehen weniger interessante war, verbrachte Garrison mehr Zeit an diesem Fenster. Letzten Endes kam alles aus dem Süden: Essen, Bohrausrüstungen, Kernrohre, Geld, Kommunikation. Und jetzt mußten sie — wenn das Geld nicht bald eintraf — zusammenpacken und nach Hause gehen. Falls sie es sich leisten konnten, auch nur das zu tun. *Das ist entschieden kein günstiger Ort zum Stranden,* dachte Garrison.

Er hatte noch andere Gründe, um Zeit am Südfenster zu verbringen: Manchmal konnte er von da seine Heimat sehen. Der Mond, eine Scheibe zwischen Halb- und Vollmond, lugte bei Tageslicht über den südlichen Horizont. Leute, die nicht daran dachten hinzusehen, waren immer wieder überrascht, wie oft der Mond bei Tageslicht sichtbar war. Garrison dachte immer daran. Da war er, ein vertrautes Gesicht, das über Hunderttausende von Kilometern hinwegblickte, um ihm zuzulächeln. Auf Island war es kalt und einsam, und er dachte gern an die betriebsamen, lärmenden, übergeschäftigen Bewohner der Zentralkolonie, die warm und sicher unter der Mondoberfläche saßen.

Garrison blinzelte und holte seine Gedanken auf die Erde zurück.

Er ging in die Mitte des Wohnwagens, ließ sich in den abgenutzten alten Drehstuhl fallen, kreiselte zum Sideboard herum und goß sich einen Becher Kaffee ein. Der Steingutbecher wie auch der altmodische gußeiserne Kaffeetopf waren schwere, substantielle Gegenstände, geeignet als Besitztümer eines Geologen. Garrison liebte es, sich mit soliden, sicheren Dingen zu umgeben, teilweise, weil ein Geologe im Feldeinsatz nur zu oft alles Zarte zerbrochen vorfindet, wenn er bei der Ankunft auspackt. Garrisons Arbeitsgebiete lagen offenbar immer jenseits des Endes einer sehr schlechten Straße. Dieser Job bildete keine Ausnahme.

Garrison Morrow, Doktor der Philosophie, gehörte zu der Sorte von Männern, die man als ›kantig‹ bezeichnet. Sein Haar war dunkelbraun, ein wirrer Schopf, den zu bändigen er sich selten die Mühe machte. Seine hellen blaugrauen Augen verloren sich beinahe in Krähenfüßen und buschigen Brauen. Zur Zeit konnte er sich eines dichten rotbraunen Bartes rühmen; in diesem Klima war alles, was half, das Gesicht warmzuhalten, ungeheuer praktisch. Und der Bart versteckte ein wenig die Blässe, die das Leben in der unterirdischen Welt der Zentralkolonie auf dem Mond bei ihm hinterlassen hatte.

Seine Hände waren hart, schwielig und kräftig. Die Fingernägel waren zahllose Male bei der Arbeit von

Felshämmern zerschlagen und im Labor von Säuren und Chemikalien verfleckt worden.

Seine äußere Erscheinung entsprach der eines Mannes, der niemals wankt oder weicht. Sowohl bewußt als auch unterbewußt *benutzte* er sein Aussehen. Einem breitschultrigen Mann mit finsterem Gesicht gehen die Leute aus dem Weg, vor allem, wenn er beinahe zwei Meter groß ist, denn sie vermuten, daß er bei einem Streit auf jeden Fall Sieger bleiben wird. Das paßte Garrison gut. Er war ein ruhiger Mensch und stritt sich gar nicht gern, und er war es zufrieden, wenn die Auseinandersetzung vermieden werden konnte.

Er zwang sich, eine Minute lang sitzenzubleiben und nachzudenken, aber die Ergebnisse fielen kaum besser aus als eine freie Assoziation. *Werde ich etwas finden?* überlegte er zum hundertsten Mal. *Wenn es nur das eine oder andere Zeichen in den oberen Strata geben würde, näher der Oberfläche!* Er spielte mit einem Bleistift herum und sah von neuem aus dem Südfenster. *Hätte ich Glenda von Mjöllnir erzählen sollen? Jedes Mal, wenn ich mir diese Frage stelle, lautet die Antwort nein. Gott, ich hoffe, es klappt.*

Die innere Tür zu dem Wagen sprang auf und knallte so gegen die Wand, daß sie erbebte. Das riß Garrison aus seinen Tagträumen. Ben Moscowitz kam hereingestampft. In dieser Gegend neigten die Leute dazu, so abrupt zu erscheinen — bei den superisolierten Doppeltüren der Unterkünfte gab es keine Hoffnung, ein Klopfen an der Tür zu hören. Außerdem wollte niemand draußen warten, bis auf das Klopfen geantwortet wurde. Es war zu verdammt kalt. Und die Außentür in dem heulenden Wind aufzufummeln und wieder zu schließen, war auch kein Spaß — obwohl das Geräusch die Leute drinnen in der Tat vor einem Besucher warnte.

Ben, der aus seinem Parka zum Vorschein kam, erinnerte Garrison immer an einen hochspringenden Schachtelteufel. Er öffnete den Reißverschluß der Kapuze und zog sie ab. Sein Haar war leuchtend rot und türmte sich in festen Locken auf seinem Kopf. Die Augen traten ein bißchen hervor, und die Nase ähnelte einem Schnabel. Der rote Bart stand ihm gut und verbarg ein etwas schwaches Kinn. Seine Stimme war hoch und angenehm anzuhören, und er begann in dem Augenblick zu reden, in dem er den Raum betrat. »He, Garrison! Bist du soweit, daß du wie ein normaler Mensch reden kannst, oder grübelst du noch immer tragisch vor dich hin?«

Garrison mußte wider Willen lächeln. »Nun, ich nehme an, eine Grübelpause stand mir zu. Was hast du auf dem Herzen?«

Ben setzte sich in den Besuchersessel auf der anderen Seite des Schreibtischs. »Etwas, das ich dir schon heute morgen erzählen wollte, aber ich hielt es für besser, zu warten, bis du halbwegs in der Verfassung seist zu reden. Die Geldsituation — ist sie wirklich so schlimm, wie du gesagt hast?«

»Mindestens so schlimm.«

Ben nickte. »Dann möchte ich einen Vorschlag machen. Ruf deine Geldgeber an und empfehle ihnen, sich mit dem Geological Research Fund in Verbindung zu setzen.«

»Mit wem?« fragte Garrison.

»Mit dem Geological Research Fund.«

»Nie davon gehört«, erklärte Garrison.

Ben zuckte die Achseln. »Das Scheckbuch dieser Leute funktioniert trotzdem. Sie sind eine Neugründung, aber sie beabsichtigen, eine Menge Geld in diese Art von Forschung zu stecken.«

»Wie hast du von ihnen gehört?«

Ben machte eine vage Handbewegung. »Auf die übliche Weise. Lernte jemanden bei einer Party kennen, der jemanden kannte, der jemanden kannte. Sie sitzen in New York.«

Garrison griff nach einem Stift und schrieb sich den Namen auf. »Okay, ich will es versuchen. Was soll's.«

Ben stand auf. »Tu das. Am besten gleich. Ich muß zurück und das Verzeichnis unserer letzten Bohrkerne fertigmachen. Wir sehen uns beim Essen.« Ben zog sich die Kapuze wieder über den Kopf und blieb vor dem Schreibtisch stehen, als sei da noch etwas, etwas Wichtiges, das er Garrison sagen mußte. Aber schließlich drehte er sich einfach um und ging. Beim Hinausgehen erzeugte er ebensoviel Lärm wie beim Hereinkommen.

Garrison sah ihm nach, saß da und starrte für einen Augenblick die Tür an. Seltsam, daß Ben von einem neuen Geldgeber gehört haben sollte und es bisher nicht erwähnt hatte. Aber dies war nicht die richtige Zeit, um einem geschenkten Gaul ins Maul zu schauen.

Und solange er in Klischees dachte, *gab* es keine Zeit wie die gegenwärtige. Garrison drehte seinen Sessel zu der Kom-Konsole herum und drückte die Weltuhr-Taste. Glenda müßte ungefähr jetzt in New York ins Büro kommen. Er befahl dem Terminal, ihr Büro anzurufen und ihm Bescheid zu geben, sobald die Verbindung hergestellt sei. Im nördlichen Island hatten selbst die stärksten Komsat-Signale manchmal Schwierigkeiten, atmosphärische Störungen zu durchdringen. Aber dieses eine Mal entrann das Signal der Statik und kam beim ersten Versuch durch.

Die Verbindung war hergestellt, und Glendas eulenhaftes Gesicht erschien. »Garrison!« rief sie überrascht. »Mein Terminal blinkte mit einer Eilbotschaft von euch da oben, als ich vor zehn Minuten hereinkam. Was ist der Grund? Ist jemand bei dem Feuer verletzt worden?«

»Wahrscheinlich wurde es von einer Art Kurzschluß oder dergleichen ausgelöst, doch damit rate ich nur«, antwortete Garrison. »Wir haben nicht gerade einen Brandexperten um die nächste Ecke. Was es auch gewesen sein mag, viel Ermutigung brauchte es nicht, als der Wind einmal anfing, die Flammen hochzupeitschen. Und alle sind okay — aber wir haben Probleme. Das Feuer hat praktisch unsere sämtlichen Vorräte für die

Bohrarbeiten vernichtet. Vielleicht reichen die, die sich bereits auf der Plattform befinden, noch für eine Woche, doch damit hat es sich. Danach können wir ebenso gut zusammenpacken und nach Hause fahren.«

»Jesus.« Glenda runzelte die Stirn und kaute auf einem Fingernagel. Sie war eine schwergebaute Frau mit rundem Gesicht, ernstem Blick und langem rötlichbraunen Haar. Wäre sie eine Frau von weniger eindrucksvoller Präsenz gewesen, hätte man sie dick genannt. Bei ihr wagte das niemand, nicht einmal hinter ihrem Rükken. »Garrison, es tut mir leid, aber ich weiß nicht, was ich tun könnte. Ich habe jeden Geldbaum geschüttelt, den ich kenne — und keiner davon möchte Sie unterstützen. Viele sagten mir, sie verständen nicht, was Sie da oben vorhätten — und ich kann es ihnen nicht verübeln. Ihre Beschreibungen sind alle ein bißchen vage gewesen.«

»Ja, ich weiß. Tut mir leid. Hören Sie, der Grund, warum ich anrufe, ist, daß Ben Moscowitz einen potentiellen Engel vorgeschlagen hat.«

»Alles ist einen Versuch wert, aber ich glaube, ich habe es bei jedem versucht. Wie ist der Name?«

»Geological Research Fund«, antwortete Garrison.

»Nie davon gehört«, erklärte Glenda.

»Genau das habe ich zu Ben gesagt. Aber er behauptet, die Leute säßen in New York, und sie könnten interessiert sein.«

»Ich kann nicht glauben, daß es eine New Yorker Stiftung gibt, von der ich nie gehört habe«, stellte Glenda unumwunden fest. »Dafür sind meine Quellen zu gut. Doch wie ich eben erwähnte, alles ist einen Versuch wert. Ich werde heute daran arbeiten und mich dann wieder bei Ihnen melden. Sollte es nach Ihrer Zeit zu spät werden, benutze ich E-Mail. Fertigen Sie inzwischen ein Verzeichnis von dem an, was Sie brauchen, und geben Sie es durch — für den Fall, daß wir fündig werden.«

»Viel Glück, Glenda«, wünschte Garrison verdrossen. »So, wie die Dinge laufen, stände uns bald einmal etwas zu. Und lassen Sie das mit der E-Mail. Rufen Sie ruhig an, sobald Sie etwas erfahren. Ich bezweifele sowieso, daß ich viel schlafen werde.«

Der Rest von Garrisons Tag war so gut wie verloren. Das einzige, was er fertigbrachte, war keine besondere Leistung — nur das von Glenda gewünschte Verzeichnis. Das war keine schwierige Arbeit. Er kopierte lediglich die Konnossemente von der Lieferung, die in der letzten Woche eingetroffen war. Das Lager war davor ziemlich leer gewesen; ohne die neuen Sachen, die verbrannt waren, hatten sie beinahe gar nichts mehr gehabt. Garrison brachte die Liste in eine Art von Ordnung und feuerte sie über das E-Mail-Netz zu Glenda hinüber. Sie würde sie beinahe sofort empfangen, aber Garrison konnte sich nicht vorstellen, was das nützen sollte. Was half einem eine Einkaufsliste ohne Geld?

Als er diese fest umrissene Aufgabe erledigt hatte, verdunstete der Rest des Nachmittags irgendwie. Es gab eine endlose Reihe von kleinen, unwichtigen Dingen, um die er sich kümmern mußte — Berichtformulare waren auszufüllen, Computer-Dateien zu reorganisieren, alte Papierstapel zu sichten. Das ließ die Stunden vorübergehen. Vernünftiger wäre diese Zeit genutzt gewesen, wenn er Pläne gemacht hätte, das Lager abzubrechen oder es zumindest in ordentlichem Zustand zu verlassen. Nur waren die ihn tröstlich betäubenden Routinearbeiten leichter in Angriff zu nehmen — auch wenn das Feuer sie alle sinnlos gemacht hatte. Der Wirrwarr von kleinen Einzelheiten lenkte ihn soweit ab, daß er zusammenzuckte, als das Telefon ihn anpiepte. Es war ein Schreck, von einem Gerät ins reale Leben zurückgezerrt zu werden.

Garrison drückte den *Annahme*-Schalter, und Glendas Gesicht erschien auf dem Schirm. Es trug einen ganz seltsamen Ausdruck. »Garrison«, verkündete sie, »wir haben es.«

Garrison krauste verwirrt die Stirn. »Was haben wir?«

»Das Geld. Wir haben das Geld. Dieser Brattleby zeigte sich so eifrig, uns zu helfen, daß ich kaum wußte, um was ich bitten sollte. Aber ein Schiff mit allem, was auf Ihrer Einkaufsliste steht, wird Aberdeen innerhalb von drei Tagen verlassen.«

Garrison öffnete den Mund, schloß ihn, öffnete ihn von neuem und brachte schließlich ein paar Worte heraus. »Sie meinen, wir sind okay?«

»*Sie* sind okay«, stimmte Glenda zu. »Trotzdem ist diese Situation unheimlich, und was mich betrifft, so ist mir gar nicht wohl dabei zumute.«

»Was meinen Sie?«

»Ich meine, es ist an der Zeit, daß Sie mir erzählen, was, zum Teufel, da oben vorgeht.«

Garrisons Gesicht wurde ausdruckslos. »Ich weiß nicht, wovon Sie reden«, versetzte er steinern.

Glenda sandte einen durchbohrenden Blick in den Schirm. »Sicher. Fein. Alles ist durch und durch normal. Es ist nur so, daß Sie da oben in der Mitte vom Nirgendwo Gott weiß was mit dem vagesten Vorwand einer wissenschaftlichen Forschung tun, der mir je untergekommen ist. Gerade als Ihnen das Geld ausgeht, bricht ein mysteriöses Feuer aus, das zeitlich gar nicht besser hätte abgestimmt sein können, um Ihrer Arbeit das Maximum an Schaden zu tun. Dann erwähnt Ihr Stellvertreter beiläufig diese geheimnisvolle Stiftung, und die Stiftung gibt einem unbekannten Geologen, der sechshundert Kilometer nördlich vom Nichts an einem obskuren Projekt arbeitet, in Rekordgeschwindigkeit dicke Geldsäcke, ohne Fragen zu stellen. Hört sich das für Sie wie das Übliche an?«

»Sicher, das ist alles ein bißchen seltsam«, gestand Garrison ein. Er hatte das Feuer nicht als mysteriös angesehen. Ihm war nicht in den Sinn gekommen, es hätte etwas anderes als ein Unfall sein können. Aber da war er naiv gewesen. Glenda hatte recht, der Zufall war tatsächlich zu groß. Erst einen Augenblick später merkte er, daß Glenda noch sprach.

»Seltsam ist eine Untertreibung«, behauptete sie. »Dieser Brattleby sagte, seine Stiftung habe von Ihrer Arbeit gehört. Wie denn? Sie haben bisher noch nichts veröffentlicht. Und doch überweist er schon Mittel auf Ihr Girokonto, während wir noch am Telefon sind.«

»Sind irgendwelche Bedingungen mit dem Geld verbunden?«

»Garrison, ich weiß es nicht einmal. Sowohl Sie als auch Brattleby hatten es so eilig, daß ich keine Chance hatte, Nachprüfungen anzustellen. Das Geld wurde gutgeschrieben, bevor wir irgendwelche Dokumente erhielten. Ich habe *immer noch* keine Dokumente. Nichts wurde hergefaxt, es gab keinen Boten, keine E-Mail, nichts Schriftliches — und ich habe bereits die Hälfte des Geldes ausgegeben. Ich komme mir vor, als werde ich von einer guten Fee überfahren. Aber Sie saßen so in der Klemme, daß ich gezwungen war mitzumachen. Nicht sehr professionell von mir. Oder von den Leuten der Foundation. Deshalb frage ich mich, warum handeln sie auf diese Weise? Ich möchte Nachforschungen über sie anstellen und es herausfinden.«

»Und Sie klopfen bei mir auf den Busch, ob ich etwas dagegen habe, denn diese Foundation hat mir schließlich soeben das Leben gerettet. Riskieren wir es, die Gans zu töten, die das goldene Ei gelegt hat?« Garrison dachte kurz nach. »Wie lange können wir mit dem Geld, das gerade eingegangen ist, weitermachen?«

»Schwer zu sagen. Ich habe schon früher einige Schwierigkeiten bei der Zusammenarbeit mit dem Buchhalter Ihrer Expedition gehabt. Allmählich habe ich das Gefühl, den gibt es gar nicht ...«

»Was stimmt nicht mit Cathy?« fragte Garrison, ein

kleines bißchen zu heftig Verteidigungsstellung beziehend.

Aha. Glenda kannte diesen Ton. Es spielte sich also tatsächlich etwas zwischen Garrison und Cathy ab. Den Verdacht hatte sie schon eine ganze Weile. In der Welt, in der sie sich beim Auftreiben von Geldmitteln bewegte, gab es viel Klatsch. Wer sich mit wem traf, konnte eine lebenswichtige Information sein — und Glenda war sehr gut darin, die Zeichen zu entdecken. Garrison hatte ihr eben viel mehr mitgeteilt als beabsichtigt. Im Geist verstaute Glenda die Information zwecks späterer Verwendung und setzte das gegenwärtige Gespräch fort, ohne sich etwas anmerken zu lassen. »Sehen Sie, ich verlasse mich auf Ihr Wort, was Miss Clevelands Fähigkeiten auf anderen Gebieten betrifft, aber ihre Vorstellung von Kontenführung ist die, daß man streng dreinblickt, den Zahlen mit dem Finger droht und ihnen sagt, sie sollten sich anständig benehmen.«

»Okay, sie ist ein bißchen extravagant, aber sie ist gut in den Sachen, für die ich sie tatsächlich eingestellt habe, und niemand sonst wollte den Büchern als Nebenbeschäftigung in die Nähe kommen.«

»Das will ich auch nicht, nachdem *sie* ihnen in die Nähe gekommen ist. Nun, das gehört nicht zum Thema. Ihren Zahlen über Ihren Kassenzufluß ist ein bißchen schwierig zu folgen, das ist alles. Wenn ich jedoch raten soll, möchte ich sagen, Sie sollten imstande sein, noch ... oh, vielleicht neunzig Tage weiterzuarbeiten. Ganz bestimmt sechzig Tage.«

»Da haben Sie Ihre Antwort. Ich rechne damit, spätestens Ende des nächsten Monats hier fertig zu sein.«

»Dann haben Sie es sowieso nicht mehr nötig, noch einmal bei diesen Leuten betteln zu gehen, und es kommt nicht darauf an, ob sie sich beleidigt fühlen, wenn ich ein bißchen herumschnüffele«, meinte Glenda.

»Genau.«

»Okay, gut. Wenn es bei ihnen korrekt zugeht, werden sie auch verstehen, daß wir Bescheid wissen müssen.« Glenda legte ein Blatt Papier auf die Seite und schien sich ein bißchen zu entspannen. Und dann ging sie zum Angriff über. »Also, was ist es, das Sie in einem Monat oder so gefunden haben wollen?« fragte sie scharf.

Garrison wand sich in seinem Sessel, gestikulierte kunstvoll und schüttelte den Kopf. Er bot das Urbild eines schlechten Amateur-Lügners in Aktion. »Nichts unglaublich Aufregendes. Ein besserer Satz von Bohrkernen, als sie je aus den vulkanischen Formationen Nordislands gewonnen worden sind.«

»Hrisey ist doch kein *Vulkan*, oder?« vergewisserte sich Glenda.

»Nein, nein, nein. Hrisey ist eigentlich überhaupt nichts. Es ist nur eine vor der Küste gelegene Insel, geologisch Teil des Festlandes. Ein Hügel, der auf einem Stück überfluteter Küstenregion sitzt. Früher einmal war er mit Island verbunden, aber die Erosion hat von der Umgebung soviel abgetragen, daß das Meer einströmen konnte. Wir bohren hier vor der Küste, weil diese Erosion eine Menge der oberen Strata entfernt und uns die Mühe erspart hat, sie zu durchstoßen. Wir werden ein paar gute Kerne erhalten.«

»Und dann was?«

»Dann veröffentliche ich die Ergebnisse und denke mir etwas anderes zu tun aus.«

Glenda kannte Garrison zu gut, um ihn mit diesem Ausweichmanöver davonkommen zu lassen. Es lag nicht in seiner Art, vage zu sein. Wenn er sich also nicht klar und deutlich ausdrückte, hatte er dafür einen Grund. »Garrison, Sie könnten im Augenblick lecker warm unter der Mondoberfläche sitzen, für die Lunare Erzabbaubehörde oben in der Zentralkolonie arbeiten und das Geld nur so scheffeln. Statt dessen haben Sie Ihre Stellung dort gekündigt und sich zur Erde zurückgequält, um ausgerechnet um Island herumzukriechen und überflüssige Bohrkerne zu gewinnen. Warum riskieren Sie Frostbeulen für etwas so Langweiliges, etwas Ihnen so Gleichgültiges, daß Sie mir nicht einmal erzählen wollen, was es ist?«

»Nun ...«

»Mit anderen Worten«, fiel Glenda entschlossen ein, »für was ist das alles eine Tarnung? Was gibt es für Sie dort so *Interessantes*, daß Sie nicht einmal *mir* davon erzählen wollen?«

»Ihnen entgeht nicht viel, was?«

»Nicht einmal die Tatsache, daß Sie meine Frage immer noch nicht beantwortet haben.«

»Ich weiß. Passen Sie auf, ich will es Ihnen erklären.« Garrison zögerte von neuem.

»Sprechen Sie«, forderte Glenda ihn vorsichtig auf.

»Glenda, ich werde Ihnen gute Ergebnisse liefern. Niemand hat in dieser Art von Regolith je so tief gebohrt. Die ganze Ausrüstung wurde für Tiefbohrungen beim Erzabbau auf dem Mond entwickelt — ich gehörte zu dem Team, das die Abänderungen für den Gebrauch auf der Erde entworfen hat. Die Geräte waren vor drei Jahren noch nicht einmal *erfunden* worden. Deshalb haben wir uns einen Teil der Erde ausgesucht, an den bisher noch niemand gelangt ist. Ich bin mir sicher, daß ich imstande sein werde, Ihnen gute, solide Daten darüber zu liefern, wann und wie schnell sich die vulkanischen Tuffs gebildet haben, aus denen Nordisland besteht. Zumindest wird es eine wertvolle Überprüfung der Surtsey-Daten aus dem Süden der Hauptinsel sein.«

»Schön, aber all das steht schon in Ihrem Antrag auf die Gewährung von Mitteln.«

»Richtig.« Garrison hielt ein letztes Mal inne, als sammele er Mut, etwas einzugestehen. »In meinem Antrag steht jedoch *nicht*, daß ich eine ganz verrückte alte Theorie gefunden habe, die ich verifizieren möchte. Früher einmal war das sogar die orthodoxe Meinung, und es gab massenhaft Hinweise für ihre Richtigkeit. Vor vielleicht fünfundsiebzig Jahren ging sie dann irgendwie unter. Bisher konnte noch niemand die Theorie direkt testen, nicht bevor das Aufschmelz-Bohrverfahren erfunden wurde. Wenn ich es nun schaffe, die Richtigkeit dieser Theorie zu beweisen, werden Sie alles darüber erfahren. Es wird in sämtlichen Zeitungen stehen und dem Museum gute Public Relations verschaffen. Wenn ich es nicht schaffe ...«

»Keiner von uns beiden wird wie ein Idiot dastehen wollen, indem er zu beweisen versucht, die Erde sei flach.«

»Bingo.«

»Okay, damit will ich mich zufriedengeben. Ich werde es niemandem weitersagen. Aber Sie werden es mir sagen. Wonach suchen Sie?«

»Nach Mikrofragmenten urtümlicher kaltgebildeter Erze oder Felsen, die unter Extremwerten von Hitze, Druck und Schock metamorphisiert sind, möglicherweise assoziiert mit palagoniten Tuffs.«

»Ach das. Vorige Woche wurde davon bei Macy ein großer Kübel verkauft.« Glenda entschloß sich aufzugeben. Sie hatte ihr Bestes getan. Wenn Garrison sich ihr nicht freiwillig anvertraute, konnte sie ihn nicht zwingen. Und zudem konnte sie ihn nicht schützen. »Mit Ihnen ist nicht leicht auszukommen, Morrow«, sagte sie. »Versprechen Sie mir nur eins. Wenn Sie etwas finden oder feststellen, daß Sie es nicht finden werden, wollen Sie mir dann *bitte* sagen, um was es eigentlich gegangen ist?«

»Das wäre nur recht und billig.«

»Versprochen?«

»Versprochen.«

»Ich mache mich hier wieder an den Papierkram. Amüsieren Sie sich mit Ihren Felsen, Dr. Morrow.«

»Bis dann, Glenda.« Morrison unterbrach die Verbindung.

NEW YORK

Glenda sandte dem leeren Schirm einen Seufzer zu. Es war seltsam, Vorsicht aus dieser Stimme herauszuhören. Vor Jahren hatte sie schon einmal mit Garrison zusammengearbeitet, ehe er zum Mond auswanderte. Sie kannte seinen Stil. Damals pflegte Garrison dem, was er wollte, nachzujagen und es sich ohne Gedanken an die Folgen zu beschaffen. Er war auf der Erde und dem Mond auf der Suche nach interessanten Felsen umhergewandert, und nie hatte man an ihm großes Interesse für irgend etwas anderes bemerkt. Sein zielstrebiges Wesen gab ihm eine gewisse naive Direktheit, die Glenda liebenswert fand. Es war auf gewisse Weise angenehm, ihn dieses eine Mal vorsichtig zu erleben.

Aber, dachte sie plötzlich beunruhigt — hieß das nicht, daß verdammt viel auf dem Spiel stand, wenn ausgerechnet Garrison es für notwendig hielt, verschlossen und vorsichtig zu sein?

Garrisons Verhalten war das erste merkwürdige Geheimnis bei diesem Job — und Glenda lag gar nichts an Geheimnissen bei ihrer Arbeit. Geld, das vom Himmel fiel, war natürlich das zweite. Was das dritte betraf — es zirkulierte soviel Stiftungsgeld, daß es schon eigentümlich war, wenn es Garrison nicht gelang, wenigstens etwas davon zu erlangen. Warum hatte keine ihrer normalen Quellen etwas herausgerückt — und warum kam dieser Edle Ritter philantropischerweise angesprengt, um sie in der letzten Minute zu retten? Glenda war sich sicherer als je zuvor, daß sie sich diese Geological Research Foundation genauer ansehen sollte.

Das Fax-Gerät summte und stieß ein einzelnes Blatt Papier aus. Glenda nahm es aus dem Korb und überflog es. Nun, das nannte man Fortschritt. Es war ein Brief von Leonard Brattleby, der die Gewährung der Mittel bestätigte. Er war nicht lang, nur eine Erklärung, die GRF habe das Geld auf das entsprechende Konto überwiesen. Aber wenigstens war es etwas Schriftliches.

Glenda betrachtete die gefaxte Kopie genauer. Es trug einen Briefkopf der Foundation. Wie üblich bei solchen Organisationen, gehörte eine Liste wichtiger an ihr beteiligter Leute dazu, die auf den linken Rand gedruckt war. Der Sinn war, den Leser zu beeindrucken, weil er von jedem einzelnen schon gehört hatte. Glenda studierte die Liste und war verwirrt. Sie hatte noch nie von irgendeinem gehört. Bei ihr als Leiterin der Abteilung des Museums, die sich mit dem Auftreiben von Stiftungsgeldern befaßte, war es fast nicht zu glauben, daß sie nicht wenigstens einen Namen entdeckte, den sie kannte. Glenda machte sich daran, in ihren Akten nachzusehen.

Eine halbe Stunde später war sie sehr verwundert und ein bißchen besorgt. *Keiner* der Namen auf dem GRF-Briefkopf hatte jemals in irgendeiner Weise mit Stiftungsgeldern in Verbindung gestanden. Was ihre Spitzenleute betraf, konnte die GRF ebensogut nicht existieren.

Das machte aus den Geheimnissen *vier.* Fünf, wenn man das so gut getimte Feuer mitrechnete.

Glenda hob den Blick zu ihrer Wandkarte und sah Island finster an. Sechs, wenn man die Tatsache mitrechnete, daß Glenda nicht wußte, was, zum Teufel, da oben vorging.

2. KAPITEL

MOND, KRATER HIPPARCHUS, ZENTRALKOLONIE

Die Delegierten waren noch nicht zu der morgendlichen Sitzung eingetroffen. Es fehlten noch ein paar Minuten an der Zeit. Gouverneur Neruda nutzte sie, indem er die Vorbereitungen ein letztes Mal überprüfte. Anscheinend war alles in Ordnung. Oder so nahe daran, in Ordnung zu sein, wie man erwarten konnte. Ärgerlich betrachtete Neruda den Konferenztisch.

Der Tisch war lang und schmal. Er maß fünfzehn Meter in der Länge und in der Mitte vier Meter von einer Seite zur anderen, während er sich zu den beiden Enden hin etwas verjüngte. Deshalb saßen die rangniedrigsten Paare gegnerischer Delegierter, die ihren Platz an den Enden des Tisches hatten, sich am nächsten. Die Führer der Fraktionen, auf beiden Seiten in der Mitte placiert, waren am weitesten voneinander entfernt. Die zufällig entstandene Symbolik konnte niemandem entgehen.

Und dem Gastgeber der Konferenz entging es nicht, wie unpassend das Dekor war. Wie immer, wenn er es sah, zuckte er auch diesmal zusammen.

Der geschmackvolle himmelblaue Filz, der den Tisch bedeckte, konnte nicht verbergen, daß darunter eine Aluminiumplatte lag. Auch der kleinste Gegenstand, den man darauf abstellte, erzeugte ein gedämpftes Klikken oder Klirren. Ein Holztisch wäre besser gewesen, aber es war furchtbar teuer, Holz zu importieren. Die Stühle verrieten ebenso, daß sie hier auf dem Mond hergestellt waren. Es waren anmutige Möbelstücke mit hohen Rückenlehnen; die Rahmen bestanden aus Glasfaserrohr und die Polster von Sitzen und Lehnen aus Glasfasertuch, das mit Schaumstoff ausgestopft war.

Für ein terrestrisches Auge waren es dünne, zerbrechliche Objekte. Auf der Erde hätte kein vernünftiger Mensch es riskiert, sich auf eins davon niederzulassen. Sie hätten stärker *aussehen* müssen. Neruda seufzte. Wenigstens waren die Blumen, die Wasserkrüge und Gläser und die Notizblöcke vor dem Platz eines jeden Delegierten das, was sie sein sollten.

Sonst war nichts, was es sein sollte — weder die fensterlosen Wandpaneele aus gestrichenem Metall, noch die zu rauhe Textur des Teppichs oder die zu niedrige Decke. Jede Einzelheit des Raums enthüllte dasselbe Geheimnis — dies war ein typisch lunares, mehr schlecht als recht ausgestattetes Abteil, primitiv und schnell aus dem gewachsenen Fels herausgehauen. Die Bemühungen, es zu verschönern und es elegant genug für die hohe Diplomatie zu machen, waren von vornherein zum Scheitern verurteilt. Man hätte sich ebensogut in einem Kornlager-Abteil treffen können. Der Mond hatte würdigere Räume aufzuweisen, aber die Sicherheitsleute beider Seiten hatten auf einer tiefgelegenen fensterlosen Kammer bestanden. Es würde schwierig sein, durch den zwei Meter dicken Fels hinter dem Fußboden, den Decken und Wänden dieses Raums ein Abhörgerät — oder eine Bombe — einzuschmuggeln. Sogar die Türen bestanden aus drucksicherem, glasfaserverstärktem Stahl.

Jetzt schwangen diese Türen auf, die Delegierten traten einer nach dem anderen ein, und seine Exzellenz José Neruda, Gouverneur der Lunaren Kolonie, sah sich in nervöser Verlegenheit in dem Raum um.

Aber, so sagte Neruda zu sich selbst, er hätte sich keine Sorgen zu machen brauchen. Die Delegierten waren fähig, die ganze plumpe Ausstattung zu ignorieren — und eine Menge mehr, Neruda selbst eingeschlossen. Eine feine Situation! Er war der einzige Regierungschef unter den Delegierten, und keine der beiden Seiten, die Erde wie auch die Siedlungskoalition, schenkte ihm Beachtung. Wenn sie etwas über den Mond hören wollten, fragten sie den Vertreter des United Nations Lunar Administration Council — und der UNLAC-Vertreter war eigens für die Konferenz von der Erde hergeflogen. Darüber konnte man sich schon ärgern.

Zumindest, redete Neruda sich zu, waren sie gezwungen gewesen, ihm einen angemessenen Sitzplatz zu geben. Die Feinheiten der modernen Diplomatie mochten Höflichkeit gegenüber einem Regierungschef oder einem Gastgeber nicht einschließen, aber sie schrieben sehr deutlich vor, wie die korrekte Sitzordnung auszusehen hatte. Außerdem hatte Neruda als Gastgeber der Konferenz einen gewissen Einfluß auf das Aufstellen der Namensschilder. Er wartete, bis die letzten Delegierten ihre Plätze gefunden hatten. Dann ließ er sich mit aller Würde, die er aufbringen konnte, auf seinem eigenen Stuhl nieder, dem dritten von der Mitte aus, rechts von Suzuki, dem Direktor der UN-Raumpolizei. Vielleicht ignorierte ihn sein eigenes Team, aber er war in seiner Karriere nicht so weit gelangt, ohne ein Teamspieler zu sein. Er mußte nicht wie der lunare Gouverneur denken, sondern wie ein Mitglied der irdischen Delegation.

Neruda setzte ein Gesicht auf, das strenge Rechtschaffenheit ausdrückte, und richtete den Blick auf die Delegierten an der anderen Seite des Tisches. Verdammte Siedler! In jeder Hinsicht kontrollierten sie das gesamte Sonnensystem, ausgenommen Erde und Mond — und das war ihnen immer noch nicht genug. Sie wollten sich zusätzlich in den Erde-Mond-Handel einmischen. Diese elenden Emporkömmlinge.

Angela Hardin, Chefin der Siedlungs-Koalition, führte heute turnusmäßig den Vorsitz. Sie klopfte mit dem Hammer (womit sie dem Aluminium-Tisch ein lautes, unwürdiges *Boing!* entlockte, was Neruda furchtbar peinlich war), und es trat Ruhe ein.

Unwillkürlich mußte Neruda lächeln. Heute würde es

sein wie gestern und morgen wie heute — ein hoffnungsloses, endloses, sinnloses Gerangel. Genau das entsprach Nerudas Temperament.

HRISEY, ISLAND

Vermummt in einen Parka, eine Skimaske, drei Schichten von Pullovern und zwei lange Unterhosen, eilte Dr. Cathy Cleveland quer durch das Lager. Sie beugte sich gegen den Wind weit vornüber und war überzeugt, ihr Körper werde bald steifgefroren sein. Der Wind schnitt durch ihre Kälte-Ausrüstung, als sei sie gar nicht vorhanden. *Ich könnte ebensogut sommerlich leichte Tenniskleidung tragen,* dachte sie wütend. Cathy mochte Kälte nicht.

Die Fotobaracke kam in den beschränkten Sichtbereich, den ihr die Skimaske und die Parka-Kapuze boten. Eine Zuflucht vor Augen, lief Cathy um so schneller auf ihr Ziel zu. Sie erreichte die Tür und mühte sich mit dem sperrigen Riegel ab, verfluchte die Kälte, verfluchte ihre schweren Handschuhe, verfluchte den Wind und das gottverdammte Wetter, verfluchte Hrisey und verfluchte, wenn sie schon einmal dabei war, ganz Island. Sie zerrte heftig an dem Riegel, aber er war wieder einmal festgefroren.

Cathy ging einen Schritt zurück und trat schnell und kräftig mit ihrem übergroßen, mit einer Stahlkappe bewehrten Stiefel zu. Der Riegel sprang zurück. Cathy riß die Tür mit etwas mehr Heftigkeit auf, als erforderlich war, und hinkte in die ›Diele‹ — die isolierte Kammer zwischen der inneren und der äußeren Tür. Einmal drinnen und mit dem einsetzenden Schmerz am Zeh, der ihr einen neuen Grund zum Fluchen gab, knallte sie die äußere Tür hinter sich zu, zog die innere Tür auf, trampelte in die Baracke und knallte als Zugabe auch die innere Tür zu.

Sie riß ihre Überhandschuhe herunter, warf sie auf den Schreibtisch und begann mit den Unterhandschuhen an den Fingern, die Knöpfe und Reißverschlüsse und Knoten und Klettverschlüsse zu öffnen, die ihre Jacke geschlossen hielten. Sie hatte sehr früh gelernt, daß das harte Plastikmaterial der Knöpfe, wenn es Außentemperaturen ausgesetzt gewesen war, zu verdammt kalt war, um mit bloßen Händen berührt zu werden. Sie bekam die Knöpfe auf und die Kapuze herunter und wand sich aus dem Parka, hängte ihn auf und trat vor den Spiegel über dem Schreibtisch. Sie schälte sich die Skimaske ab und begutachtete den von der Kälte angerichteten Schaden.

Ihr Gesicht wurde von einer dichten Masse üppigen schwarzen Haars umrahmt. Es genügte, ein- oder zweimal mit den Fingern hindurchzufahren, um es für die gegenwärtigen Zwecke in Ordnung zu bringen. Cathy musterte ihr Gesicht genau und schnitt ihm eine Grimasse. Einunddreißig Jahre alt, und immer noch sah sie wie ein Teenager aus. Jugendlich. Monate in Temperaturen unter Null hatten kein anderes Zeichen hinterlassen als rosige Wangen. Ihre Augen waren von einem klaren, tiefen Blau und von dichten dunklen Wimpern gesäumt. Sie hatte eine kecke kleine Stupsnase. Ihre rubinroten Lippen verzogen sich leicht zu einem glücklichen Lächeln und zeigten dann perfekte weiße Zähne. Ihre helle, klare, beinahe durchscheinende Haut war vollkommen glatt und makellos. Kein Fältchen, kein Mal der Reife oder Erfahrung oder Weisheit. Das Leben hätte sie schon längst hinschreiben müssen. Cathy wußte, daß sie schön war — aber manchmal hätte sie ihre Schönheit gern gegen ein Gesicht mit ein bißchen mehr Charakter eingetauscht.

Sie begann, sich aus den äußeren zwei oder drei Schichten von Pullovern und Sweatshirts zu schälen. Nicht einmal die umfangreiche Kleidung konnte den eleganten, schlanken Körper verbergen, die großzügigen, aber gut proportionierten Kurven ihrer Figur. Immer war sie sich unsicher, ob man sie ernst nahm, ob man sie für das respektierte, was sie sagte und tat, statt dafür, wie sie aussah oder wie sie sich verhielt. Sie war immer besorgt gewesen, daß man es ihr zu leicht machte, daß man sie durchschlüpfen ließ, weil sie hübsch war.

Bis sie nach Island gekommen war. Cathy ließ sich in den Sessel vor dem Schreibtisch fallen und warf einen Blick in den Spiegel, bevor sie ihre Notizen über die Arbeit dieses Tages durchsah. Hier machten es Eis und Schnee für jeden schwer, sie selbst eingeschlossen, und es gab keine Möglichkeit, daß sie sich mit einem Funkeln der Augen den Weg ebnete. Niemand konnte ein entwaffnendes Lächeln erkennen oder von Schönheit bezaubert werden, wenn das Gesicht unter einer Skimaske verborgen war. Nicht einmal Garrison, verdammt noch mal. Hrisey und der endlose, bis ins Mark dringende Wind stellten eine härtere Welt dar als die, die sie gekannt hatte. Wenigstens wußte sie hier, daß sie um ihrer selbst und ihrer Arbeit willen geschätzt wurde.

Eine einfache Arbeit war es ganz bestimmt nicht. Cathy hatte die Aufgabe, die Tatsachen und die Daten mit den Theorien zu integrieren, um die Felsschichten unter dem nächsten Bohrpunkt vorherzusagen. Das bedeutete endlose Stunden, in denen sie sich durch Statistiken und die Programme des geologischen Expert-Systems mühte und 3-D-Simulationen der Felsschichten und ihrer Beziehungen zueinander schuf.

Der schlimmste Teil der Arbeit war für sie, der rauhen Mannschaft von Bohrarbeitern gegenüberzutreten und diesem hartgesottenen Haufen zu erzählen, was als nächstes zu erwarten war, mit den Leuten zu reden, als sei sie sich der Angaben sicher — und sich sogar herauszunehmen, ihnen zu sagen, wo sie bohren sollten.

Es gab nicht genug Informationen, sie wußte nicht genug über Geologie, sie mußte zu viele Vermutungen anstellen, die auf Vermutungen beruhten. Und diese finanzschwache Expedition konnte sich falsche Vermutungen nicht leisten. Auf ihr lastete eine Menge Druck. Vor allem in Anbetracht der Tatsache, daß sie nebenher eine ziemlich heikle Aufgabe erfüllte.

Ben wußte Bescheid, sagte sie sich von neuem. Ben mußte Bescheid wissen. Er war dicht davor gewesen, selbst Flagge zu zeigen. Und was war mit Garrison? Würde er es verstehen?

Cathy schob die Papiere auf die Seite, blickte zum Spiegel hoch und bedachte ihre geteilte Loyalität. War es richtig, was sie tat? Sie tat eigentlich nichts Schlechtes. Niemand würde verletzt werden. Zumindest nicht körperlich. Aber sie kam sich dabei auch nicht gerade rechtschaffen vor. Und wenn es einen Menschen auf der Welt gab, dem sie keinen Kummer bereiten wollte, war es Garrison.

Sie seufzte und schüttelte die Gedanken ab. Sie konnte nicht arbeiten. Offenbar konnte das niemand im Lager. Das Feuer hatte alles durcheinandergebracht. Zeit für einen Becher Kakao. Sie stand auf und begann, sich wieder anzuziehen.

3. KAPITEL

HRISEY, ISLAND

Garrison drückte die *Enter*-Taste und seufzte. Schluß mit der Schreibtischarbeit für heute. Er schaltete den Computer ab, schob das Keyboard auf die Seite und stand auf. Er begann sich für den Aufenthalt im Freien an der nordisländischen Küste anzuziehen, schlüpfte in seinen Parka und steckte sich eine Zigarette an, bevor er sich mit Reißverschlüssen, Stiefeln und Fausthandschuhen beschäftigte. Immer, wenn er auf der Erde war, gab er sich mit Genuß dem Laster des Rauchens hin — zu Hause auf dem Mond war es einfach zu verdammt teuer.

Er sah aus dem Fenster auf das gefrorene Land. Hier hatte das Wetter eine Reinheit, eine Sicherheit und Präzision, die Garrison bewunderte: Es war kalt, der Wind heulte, entweder war es hell und klar, oder der Sturm wütete. Keine düsteren Nebel, kein verhangener Himmel, keine Mittelwerte. Das Wetter war immer extrem, als hege es nie Zweifel. Genau das dachten die Leute auch von Garrison. Müßig sann er nach, ob das Wetter eine ebenso falsche Fassade zeige wie er.

Er zog den Reißverschluß der Parka-Kapuze ganz zu, so daß sie eine ofenrohrähnliche Schnauze bildete, einen Zylinder, der ein gutes Stück über sein Gesicht hinausragte und ihm eine etwa handgroße Öffnung zum Sehen und Atmen ließ. Er jonglierte mit der Zigarette im Mund und hielt sie der Parka-Kapuze aus dem Weg. Dann zog er die großen, schweren Fausthandschuhe an und stapfte durch die innere und äußere Tür des Büro-Anhängers.

Er nahm einen langen Zug an der Zigarette und schloß die Lippen fest darum, damit der Wind sie ihm nicht wegreißen konnte. Den Rauch behielt er so lange in den Lungen, wie er konnte. Etwas in der Brust zu haben, das gerade noch gebrannt hatte, gab ihm immer die Illusion, sich wärmer zu fühlen.

Er *brauchte* die Illusion. Als er aus dem Lee des Gebäudes trat, traf ihn eine heftige Böe von der landwärts gelegenen Seite des Wohnwagens mit solcher Wucht, daß er die Zigarette beinahe doch noch verloren hätte.

Gott, war es kalt! Es war, als sauge der Wind jedes Erg an Wärme aus ihm heraus. Garrison stapfte vorsichtig auf die Präpkan zu, die ein paar hundert Meter entfernt lag. Er entdeckte jemand anders, der, vom Anlegeplatz kommend, demselben Ziel zustrebte. In einem Parka sah jeder wie eine Kreuzung zwischen einem Papagei und einem Periskop aus. Der andere Fußgänger blieb stehen, drehte seinen Rumpf, um Garrison deutlich in sein begrenztes Sichtfeld zu bringen, und winkte begeistert. Garrison erkannte die manierierten Gesten und grinste vor sich hin. Das mußte Ben Moscowitz sein. Er winkte und zeigte auf die Baracke.

Ben nickte, beide Männer beschleunigten den Schritt und trafen sich an der Tür. Die Präparier-Seite war da, wo die Bohrkerne auf den Weg zu den amerikanischen Labors gebracht wurden. Hier wurden sie sorgfältig ausgezeichnet, was die Tiefe, was die Zeit der Gewinnung und welches Ende oben war. Cathy fotografierte sie, die Geologen unterzogen sie einer ersten kurzen Prüfung, und dann wurden sie mit äußerster Vorsicht zum Versand nach New York verpackt. Die Präpkan war wahrscheinlich der Ort, wo man es auf Hrisey innerhalb eines Gebäudes am kältesten haben konnte; sie hatte die am häufigsten geöffnete Tür. Da die Baracke die größte im Lager war, diente der Präparierraum auch als Kantine, daher der Name — der wiederum zu einer Menge Witze über die Qualität der dort getanen Arbeit führte.

Auf der Präparier-Seite des Raums ging es geschäftig zu, und die auf die Bearbeitung wartenden Kerne stapelten sich bis zur Decke. Kaffeeduft mischte sich mit den stechenden Gerüchen von irgendeinem chemischen Test, den die Techniker vornahmen. Wie gewöhnlich wartete eine Schlange darauf, das ziemlich verbeulte supraleitende Elektronen-Mikroskop zu benutzen. Ben hatte es irgendwo gebraucht gekauft. Garrison winkte ein paar Leuten in der Baracke ein ›Hallo‹ zu, zog seine Handschuhe aus und öffnete seine Kapuze. Dann wandte er sich Ben zu.

»Garrison, die Schichten verdünnen sich noch schneller, als wir gehofft hatten!« verkündete Ben, sobald Garrisons Ohren von der Kapuze frei waren. »Cathys Simulationen stimmen haargenau. Ich habe hier gearbeitet, da kam ein Anruf von den Arbeitern auf der Plattform, sie hätten wahrscheinlich einen perfekten Übergangskern! Ein Tuff genau in den nächsten.«

»Das ist großartig, Ben«, sagte Garrison. An diesem Punkt der Bohrung wurden alle fünfzig Meter auf einer Strecke von zehn Metern Kerne entnommen. Der Rest der Bohrung geschah mit einem Schmelzbrenner, der den Fels einfach schmolz und ihn aus dem Weg schob, damit er die Wände des Bohrlochs bildete. Die Schmelzbrenner waren außerordentlich schnell, zerstörten jedoch den Fels, den sie durchdrangen — in der Geologie wurden sie nicht oft benutzt. Die Bohrspitzen und Kernrohre, die Kerne entnahmen, waren viel langsamer und im Gebrauch sehr viel teurer. Welche Bohrspitze benutzt wurde, hing davon ab, wonach man im Augenblick suchte.

Die Bohrung ging im Augenblick durch bekannte Strata, und Zeit und Geld zu sparen war mehr wert als überflüssige Probenentnahmen. Ben und seine Arbeiter waren bei einer Chance von eins zu fünf fündig geworden und hatten einen höchst interessanten Kern nach oben geholt.

»Die verdammten Bohrarbeiter auf der Plattform behaupteten, der Wind sei zu stark, um den Kern herzubringen«, berichtete Ben. »Ich sagte, zum Teufel mit dem Wind, dann würde ich ihn eben im Boot abholen. Sie sagten, ich sei verrückt, wenn ich mit dem Boot hinausführe, und ich sagte, zum Teufel auch mit *ihnen* und ging zum Dock hinunter.«

»Und wo ist die Probe?«

»Liegt immer noch auf der verdammten Bohrplattform. Ich habe einen Blick auf die Wellen geworfen und muß zugeben, daß die Arbeiter recht haben.«

»Ein Punkt für die Einheimischen.« Garrison hatte ein Dutzend Isländer von Akureyia, der Stadt am Südende des Fjords, angeheuert.

»Kunststück.« Ben lachte auf. »Setz sie unten in Süd-Philadelphia ab, und wir werden sehen, wie sie zurechtkommen.«

Garrison grinste zurück. Es war ein gutes Gefühl, so zu reden, alles über die Außenwelt zu vergessen und sich von der Erregung der Arbeit einfangen zu lassen. »Um auf die Bohrkerne zurückzukommen ...«, regte er behutsam an.

»Ah. Die Bohrkerne. Das ist gar keine Frage; die vulkanischen Schichten werden dünner. Alle Tuffs sind nur etwa halb so dick, wie sie in dem ersten Kern waren, den wir 15 Kilometer den Fjord hinunter gewonnen haben. Wenn Cathys Projektionen weiter so gut stimmen — und davon bin ich überzeugt —, werden wir die vulkanischen Schichten durchbrechen und in den präeruptionalen Meeresboden vorstoßen, wenn wir noch einmal drei Kilometer nördlich von hier bohren.«

»Großartig.« Der präeruptionale Meeresboden, die Strata, die begraben wurden, als die Vulkane Islands zum erstenmal ausbrachen, war das, was sie suchten.

»Das heißt, wenn wir es uns leisten können«, fuhr Ben fort. »Was ist mit dem Zahltag?«

Garrison grinste. »Das erinnert mich. Ich sollte einen Zettel ans Schwarze Brett hängen, bevor die Leute anfangen zu packen und ihre Zusammenfassungen zu schreiben. Eine gute Nachricht von Glenda. Wir haben die Mittel bekommen, mit denen wir die Arbeit beenden können. Glenda hat diese GRF-Leute angerufen, von denen du mir erzählt hattest, und sie haben das Geld herausgerückt. In Schottland wird ein Frachtschiff beladen.«

»Großartig! Gute Arbeit, Garrison«, lobte Ben. »Nun, wenn wir weiterbohren, ist die Frage, brechen wir hier ab und bewegen wir die Plattform sofort nach Norden, oder beenden wir die augenblickliche Bohrung noch in ihrer vollen Länge?«

Garrison biß sich auf die Unterlippe und zupfte an seinem Bart. »Wir beenden die augenblickliche Bohrung. Jetzt sind wir gespannt auf neue Ergebnisse, aber später werden wir gern eine vollständige Dokumentation haben. Wie üblich Aufschmelzen und Probe, Aufschmelzen und Probe, bis ganz nach unten.«

»Das halte ich auch für richtig. Ich werde es weitergeben.«

»Gut. Aber, paß auf, Ben — wir haben das Geld, und das ist die Hauptsache, und ich bin froh darüber — aber woher, zum Teufel, hast du von der GRF gewußt? Glenda hatte noch nie davon gehört — und es ist ihr Job, so etwas zu wissen.«

Ben sah Garrison eine ganze Weile an. Sein Gesichtsausdruck war nicht zu deuten. »Ich weiß es nicht. Ich hatte den Namen einfach gehört. Kommt es darauf an?«

»Unter Umständen ja. Glenda glaubt offenbar, es gehe irgend etwas Komisches vor sich.«

»Tut mir leid. Mehr kann ich dir nicht sagen.« Bens Stimme klang plötzlich flach, ausdruckslos. »Ich muß gehen. Bis später.« Er zog den Reißverschluß seiner Parka-Kapuze wieder zu und eilte aus der Präpkan, wobei er beinahe über Cathy Cleveland stolperte, die gerade hereinkam.

Garrison, der dem hinausstürmenden Ben nachsah, bemerkte Cathy kaum. Er dachte beunruhigt: Es war schwer zu glauben, daß Ben auf legitime Weise von der Geological Research Foundation gehört haben sollte. Wenn *Glenda* nie von ihr gehört hatte, wo es doch ihr Job ist, Geldquellen ausfindig zu machen, wie hoch ist dann die Wahrscheinlichkeit, daß ein obskurer Geologe den Namen kennt? Und was ist mit diesem verdammten Feuer? Wie ist es denn nun ausgebrochen?

Cathy öffnete ihren Parka. »Hallo, Garrison. Wie geht es?« Sie lächelte zu ihm hoch und war sich bewußt, daß dieses Lächeln nicht von ihrem üblichen Charme-Reflex hervorgerufen worden war. In Garrisons Nähe zu sein, machte sie glücklich.

Er blinzelte und sah auf sie hinab, und jetzt erst nahm er ihre Anwesenheit zur Kenntnis. Ein bißchen schüchtern erwiderte er ihr Lächeln. Cathy war nett. »Hei, Cathy. Es geht aufwärts.« Er hielt kurz inne. »Cathy«, fragte er dann nachdenklich, »du kennst Ben ziemlich gut, nicht wahr?«

»Mehr oder weniger. Vor dieser Expedition habe ich ihn überhaupt nicht gekannt, aber wir haben viel miteinander geredet«, antwortete sie. »Was ist los? Habt ihr miteinander gestritten?«

Garrison ignorierte die Frage. »Was für eine Arbeit hat Ben getan, bevor er sich uns anschloß?«

Cathy zuckte die Achseln. »Ich weiß es nicht«, erwiderte sie obenhin. »Er war einmal für das Smithsonian Space Science Center in D.C. tätig, er war an irgendeiner Cambridge-Studie über lunaren Vulkanismus beteiligt, und ich glaube, er hatte beratende Funktion für eine der orbitalen Minen-Gesellschaften. Aber alles von der Erde aus; er hat den Planeten nie verlassen. Davor hat er eine Menge Arbeit am Mount St. Helens und auf Hawaii geleistet. Glenda Doyle hat ihn für uns ausgewählt, weil die Hawaii-Expedition Bohrungen vor der Küste durchgeführt hat. Warum? Hast du seinen Lebenslauf nicht gelesen?«

Für jemanden, der behauptete, nicht viel zu wissen,

war Cathy recht gut informiert, dachte Garrison. »Nein, das habe ich der Personalabteilung des guten alten Naturgeschichte-Museums überlassen, und ich habe nicht mal daran gedacht, seine Empfehlungen zu überfliegen.«

»Wo liegt das Problem? Ist er nicht qualifiziert?«

»Ich glaube«, erwiderte Garrison verstimmt, »er könnte ein bißchen *zu* qualifiziert sein. Warum soll ein As mit einem solchen Lebenslauf an einer unbedeutenden Expedition wie dieser teilnehmen wollen?«

Die Geheimnisse, die ihn umgaben, vermittelten Garrison ein ungewohntes Gefühl von Paranoia, und unaufgefordert löste seine Paranoia das Rätsel für ihn. Es war leicht, ein häßliches kleines Bild zusammenzusetzen. Die Foundation war eine Fassade, errichtet von Leuten, die von Garrisons Reise gehört hatten, Leuten, die sich zusammengereimt hatten, hinter was er wirklich her war, und die vielleicht nicht wollten, daß er es bekam. Was vermuten ließ, daß Ben den Brand als Sabotageakt gestiftet hatte. Aber warum finanzierte die GRF dann die Operation? Es ergab keinen Sinn.

Garrison verabscheute Geheimnisse, und jetzt fiel ihm auch wieder ein, warum. Wenn man offen heraus die Wahrheit sagte, gab es keine Verwicklungen. Verdammt noch mal! Wenn er sich keine Sorgen darum gemacht hätte, das Museum könne seinetwegen lächerlich wirken, wenn er seine Theorie veröffentlicht hätte, dann wäre die Expedition nicht gegen diese geheimen Ränke verwundbar geworden. Der Kampf hätte bei Licht stattgefunden, und allein schon die Tatsache, daß es Auseinandersetzungen gab, wäre eine Art Schutz gegen eine Verschwörung gewesen. Nun war es dazu zu spät.

Nun mußte er auf andere Weise zurückschlagen. Wenn die GRF eine erst kürzlich errichtete Fassade war, hatte man Ben wohl erst nach seiner Ankunft im Lager darüber informiert. Wenn er Informationen *von* diesen Leuten bekam, war es wahrscheinlich, eigentlich sicher, daß er ihnen ebenso Informationen schickte. Das war einfach genug. Die ganze Welt war von jeder der beiden Kom-Konsolen im Lager nur ein paar Tasten-Anschläge entfernt. Er mußte etwas dagegen unternehmen. Er mußte eine Menge unternehmen. Er würde Hilfe brauchen. Er würde jemandem vertrauen müssen. Garrison kam plötzlich zu Bewußtsein, daß er Cathy, seine natürliche Verbündete, ansah.

Abgesehen von ihrer eigenen Simulationsarbeit und der Fotodokumentation war Cathy die Verwaltungschefin des Lagers. Wenn Simulationsarbeit anfiel, mußte sie sich intensiv darum kümmern, aber in den Zwischenzeiten ging es oft ruhig zu. Also trug sie einen zweiten Hut: Sie kaufte die Lebensmittel ein, sie feilschte mit den Einheimischen um die Wechselkurse, sie hielt den Schlepper-Kapitän bei guter Laune, sie hielt die Arbeiter auf der Bohrplattform davon ab zu kündigen. Niemand verstand ganz, wie sie das alles schaffte. Doch das Essen war das beste, das jedes Mitglied der Expedition jemals im Feld bekommen hatte, die Post wurde an die heimwehkranken Wissenschaftler ausgeteilt, fast noch bevor sie im Lager eintraf, und wenn auch niemand aus ihren Kontobüchern schlau wurde, der Monatsabschluß stimmte immer.

»Cathy, ich glaube, es geht etwas ganz Gemeines vor sich«, sagte Garrison. »Vielleicht brauche ich dich, um meinerseits gemein zu sein und dem ein Ende zu machen.«

»Nun aber mal langsam ...«

»Cathy, werde nicht halsstarrig. Ich *brauche* dich. Aus seinem Benehmen schließe ich, daß er nicht glücklich darüber ist, aber ich bin nicht sicher, ob Ben wirklich für diese Expedition arbeitet. Möglicherweise spioniert er bei uns für jemand anders.«

»Oh. Wow.« Cathy schluckte schwer. Großartig. Garrison hatte etwas entdeckt, es falsch ausgelegt und noch dazu irrigerweise Ben die Schuld daran gegeben.

»Ich will es dir erzählen«, fuhr Garrison fort. »Komm,

setzen wir uns, damit wir reden können.« Er führte sie zu der Kaffeemaschine und zog sich einen Becher. Auf Hrisey entwickelte sich bei jedem das Verlangen, wann immer möglich etwas Heißes zu trinken, schnell zu einer Reflexhandlung. Cathy machte sich einen Kakao und folgte Garrison zu einer unbesetzten Bank hinten in der Baracke. Garrison setzte sich ihr gegenüber, nahm einen schnellen prüfenden Schluck aus seinem Becher und zuckte zusammen. »Noch zu heiß zum Trinken«, murmelte er, eigentlich nur, um etwas zu sagen. Cathy erkannte, daß er zögerte zu sprechen. »Die Sache ist die — du weißt besser als jeder andere, wie knapp an Geld wir schon vor dem Feuer waren«, begann Garrison. Cathy nickte ermutigend. »Glenda rief mich heute an, und wir haben soeben eine ganz unheimliche Zuwendung von einer Organisation bekommen, an die wir nie herangetreten sind und über die Glenda absolut nichts weiß. Und es war ausgerechnet Ben, der uns riet, wen wir um Geld bitten sollten. Was geht also vor, wenn er mehr über das Auftreiben von Mitteln weiß als unsere Expertin? Ich glaube, er ist ein Amateur-Spion und arbeitet für jemanden, dem nicht paßt, was ich tue. Ich glaube, Ben ist hier, um unser Vorhaben zu torpedieren.«

Cathy hörte mit großen Augen zu und schwieg lange, bevor sie antwortete. Garrison war nicht über *ihr* Herumschnüffeln gestolpert — aber die Konkurrenz war hier im Lager! Dieses Stückchen Information war allein schon die Mühe wert, die es gekostet hatte, sie in diese Expedition einzuschleusen. Es war ein schlagender Beweis, daß es um eine ganz große Sache ging. Aber sie mußte vorsichtig sein. Wenn Ben ein Amateur war, nun, sie war es auch. Es war notwendig, daß sie Garrison ein bißchen in die Irre führte, ein bißchen ausholte. »Garrison, vielleicht ist das paranoid, aber gehen wir einmal davon aus, daß du recht hast. Warum sollte sich irgendwer anstrengen, diese Expedition zu torpedieren?«

Garrison zögerte, spähte nach allen Seiten. Niemand war nahe genug, um sie zu hören. »Es ist Mjöllnir«, sagte er endlich. »Mjöllnirs Grab …«

»*Wessen* Grab?« fragte Cathy. Sie hielt den Atem an. Wenn sie ihn zum Reden bringen konnte, würde ihr das die Arbeit unendlich erleichtern.

»Das Grab von Mjöllnir, von Thors Hammer, der die Erde mit schrecklicher Wut traf.« Garrisons Augen sahen sie plötzlich nicht mehr an.

Bingo. Cathy musterte Garrison scharf. Das war's also. Aber er mußte immer noch ein bißchen angestachelt werden, und sie wagte nicht, ihn zu schnell zu verstehen. »Garrison, über was, zum Teufel, redest du? Was sollst du da nicht finden?«

»Die Knochen Mjöllnirs.«

»Das ist sehr hübsche Poesie, aber *über was, zum Teufel, redest du?*«

»Über einen Killer unter unseren Füßen.«

Cathy pfiff. »Du bist vielleicht nicht paranoid, aber allmählich bin ich bereit zu glauben, daß du schlicht verrückt bist.«

Garrison stand auf und begann seinen Parka von neuem zu schließen. »Das ist erst der Anfang von allem, und es wird noch viel schlimmer. Komm mit in mein Büro, und ich werde ein paar Dinge aus meinem Safe holen, die dich vielleicht überzeugen. Ich muß mit jemandem reden, dem ich vertrauen kann.«

Mit besorgtem Stirnrunzeln knöpfte Cathy ihren Parka zu und folgte ihm schweigend. Jetzt wußte sie, was für ein Gefühl es ist, ein Verräter zu sein.

Eine Stunde später hatte sie genug gesehen. Ihre Freunde waren auf der richtigen Spur gewesen, als sie sich dazu entschlossen hatten, ein Auge auf Garrison zu halten.

Garrison nahm ihr die letzten Papiere wieder weg und verschloß sie in seinem Safe. »Das Risiko ist ungeheuerlich«, sagte er. Er sah Cathy in die Augen. »Nun? Bist du bereit, mir zu helfen? Zu helfen, das Projekt zu schützen?«

»Ja, natürlich«, antwortete Cathy. Sie fühlte sich schmutzig dabei. Dies war die Art von Information, die zu erlangen sie hergeschickt worden war. Aber der Erfolg hatte nicht die Wirkung, daß sie sich im Augenblick besonders gut leiden mochte.

»Ich bin ehrlich überzeugt, daß Ben die Gefahr nicht versteht«, fuhr Garrison fort. »Ich glaube, wenn ich ihm zeigte, was ich dir gezeigt habe, würde er die Seite wechseln. Aber wir können das Risiko nicht eingehen, mit ihm zu reden, ihm die Wahrheit anzuvertrauen. Tatsächlich müssen wir davon ausgehen, daß er die Operation sabotieren wird, wenn er kann.« Garrison dachte kurz nach. »Wenn er das nicht bereits getan hat und das Feuer kein Unfall war.«

Cathy antwortete nicht. Garrison berührte ihren Arm.

»Cathy, ich möchte dir gern zu der Verwaltung und den Simulationen die Aufsicht über die Bohrarbeiten übertragen. Könntest du das schaffen?« Er nahm Cathys Parka und reichte ihn ihr.

Wieder sah Cathy ihn an. Sie hatte ihn noch nie aus irgendeinem Grund so ernst und so voller Furcht gesehen. »Ja. Ja, ich kann es schaffen«, erklärte sie ganz sachlich.

»Gut.« Garrisons Augen ruhten auf ihr, ohne sie zu sehen, während sie ihren Parka anzog. »Ich weiß nicht, ob du den Job sofort übernehmen mußt«, sagte er endlich. »Lies nur über Bohrverfahren nach — insgeheim. Ich möchte, daß du weißt, wo wir stehen, und bereit bist einzuspringen. Natürlich darfst du Ben nichts darüber sagen. Ich muß noch einiges überprüfen. Wir sehen uns später.« Er öffnete die innere Tür, und Cathy trat hindurch. Sie zögerte, war versucht, umzukehren und es ihm zu gestehen — aber er hatte die Tür bereits hinter ihr geschlossen. Cathy stand lange Zeit da zwischen den beiden Türen.

Drinnen lief Garrison von einer Seite des Wohnwagens zur anderen. Ein einziger mikroskopischer Verdacht, ein einziger merkwürdiger Umstand an einem Mann, den er mochte, einem Mann, von dem er geglaubt hatte, er stehe auf seiner Seite, und nun sehe man sich an, was das bewirken konnte. Er haßte Mißtrauen. Was, zum Teufel, war los mit Ben? Und, noch wichtiger: Was konnte er selbst tun?

4. KAPITEL

MOND, ZENTRALKOLONIE

»Da ich heute den Vorsitz habe, erkläre ich die Wiederaufnahme der Sitzung«, sagte Hiroshi Suzuki mit seiner leisen, müden Stimme. Er machte guten Gebrauch von seinem Alter, dachte Neruda. Die Menschen zollten einem Mann, der so schwach zu sein schien, instinktiv Ehrerbietung. Suzuki tippte auf ein paar Tasten seines Minicomputers und räusperte sich. »Die Sitzung dauert jetzt schon fünf Tage, meine Freunde, und wir sind uns über wenig mehr einig geworden, als daß wir das Treffen in einem Jahr auf der Erde wiederholen wollen. Ich sage, die Bewohner aller Welten werden diese Konferenz als Fehlschlag verdammen, wenn das alles bleibt. Sicher können und müssen wir zu einer Art Kompromiß kommen.«

Angela Hardin schniefte hörbar. »Herr Vorsitzender, mit allem schuldigen Respekt, ich bitte Sie, nicht von einem Kompromiß zu sprechen, wenn Sie nichts weiter anzubieten haben als Bedingungen, die auf eine bedingungslose Kapitulation hinauslaufen. Ihre Vorstellung von einem ›Kompromiß‹ ist, rundheraus zu verbieten, daß die Erde Waren von den Siedlungswelten importiert.«

»Ich muß das noch einmal klarstellen«, erwiderte Suzuki. »Uns geht es nur darum, unsere eigene Ökonomie zu rationalisieren. Wir möchten, daß überflüssige Importe aufhören, solche, die Gegenstände oder Stoffe, die im cislunaren Raum gewonnen oder hergestellt werden, duplizieren. Wenn das fragliche Produkt nicht innerhalb der Mondumlaufbahn gefunden werden kann, begrüßen wir seinen Import.«

»Wie Sie ganz genau wissen, gibt es buchstäblich keine Produkte und keine Rohstoffe, die im cislunaren

Raum nicht verfügbar sind beziehungsweise nicht hergestellt werden«, warf Hardin mechanisch ein.

»Einmal angenommen, das wäre wahr — warum sollten unsere Leute dann von Ihnen importieren, was unsere heimische Industrie ihnen bereits jetzt verkaufen kann?«

»Weil ›Ihre Leute‹ ebenso von Ihnen ausgequetscht werden, Kumpel«, fuhr McGillicutty auf. Die anderen Siedlungsdelegierten rückten verlegen auf ihren Stühlen herum. Der Leiter der Mars-Delegation war nicht für seine Subtilität bekannt. »Erze, Wasser und organische Stoffe, Fusionsmotoren und Treibstoff, Raumfahrzeuge, sogar ganze Habitate — alles davon könnten wir ›Ihren Leuten‹ für die Hälfte dessen liefern, was Ihre gehätschelte einheimische Industrie dafür bekommt.

Aber Sie schließen *uns* aus, um Ihre Industrie vor ihren eigenen Kunden zu schützen — weil Ihre Industrien daran gewöhnt sind, das Monopol zu haben. Ihre eigenen Leute zahlen doppelte Preise, und wir sind gezwungen, ein uns ausblutendes Handelsdefizit mit der Erde zu ertragen, weil Sie uns das, was wir brauchen, zu Monopolpreisen verkaufen, während Sie sich weigern, von uns zu kaufen.« Er wies mit dem dicken Zeigefinger auf Suzuki. »Führen Sie so viele schöne Reden, wie Sie wollen, Suzuki, Ihre Handelspolitik ist doch ein systematisches Vorgehen, Wohlstand von den Siedlungen auf die Erde zurückzuziehen. Sie wollen uns in einen Haufen kläglicher Eunuchen-Kolonien wie den verdammten Mond verwandeln.«

Neruda fuhr schockiert zusammen und sah McGillicutty haßerfüllt an. »Ich muß protestieren!« sprudelte er hervor.

Der marsianische Delegierte zuckte gleichgültig die Achseln. »Tut mir leid, Kollege, aber wem der Schuh paßt ... Versuchen Sie mal, jemanden auf dem Mars einen ›Kolonisten‹ statt einen Siedler zu nennen! Man wird Ihnen den Kopf abreißen. Ihr armen Trottel wißt nicht einmal, daß ›Kolonist‹ ein schmutziges Wort ist.« McGillicutty entließ den erbosten Neruda aus seinen Gedanken und fuhr fort: »Die Frage ist also, fallen die Handelsbarrieren, oder sitzen wir nur auf unseren Ärschen und kläffen, bis die Konferenz vorüber ist?«

Angela Hardin saß schweigend da. Wenigen am Tisch entging der bemerkenswerte Punkt von McGillicuttys Ausbruch. Hardin hatte es zugelassen. Bisher hatte sie ihren Stellvertreter zurückgehalten. Daß sie ihn heute losließ, war bedeutsam. Sie erhöhte den Einsatz.

Suzuki zog ein Papier aus der Innenseite seiner Jacke und faltete es nachdenklich auseinander. »Meinen Informationen zufolge sind die sogenannten ›Handelsbarrieren‹, auf die Sie sich beziehen, bereits gefallen. Es ist immer in ziemlichem Umfang geschmuggelt worden, was hauptsächlich der Schwierigkeit zuzuschreiben ist, die Weiten des Raums zuverlässig zu überwachen. Bis jetzt hat es immerhin einiges an ehrlichen Bemühungen zwischen den Regierungen gegeben, den illegalen Verkehr zu kontrollieren. Jetzt liegt jedoch etwas vor mir, das anscheinend die authentische Kopie eines Befehls der gesetzgebenden Körperschaft der Siedlungskonföderation ist. Darin werden die Zollbeamten der Siedlungswelten angewiesen, alle Maßnahmen zur Verhinderung des Schmuggels zwischen der Erde und den Siedlungen einzustellen. Wie können wir mit Regierungen, die die Verletzung der bestehenden Handelsgesetze dulden — nein, anordnen —, über ein Handelsabkommen verhandeln?«

»Wie können wir ein Abkommen mit einem Haufen kolonialistischer Monopolisten treffen, die unsere Kinder lieber an Unterernährung und Krankheiten sterben lassen wollen, als den freien Handel zu erlauben?« konterte McGillicutty. »Uns fehlen die Mittel, die Einrichtungen und das Rohmaterial, um Lebensmittel mit Spurenelementen zu produzieren. Uns fehlen die medizinischen Labors und die Forschungseinrichtungen, um irgend etwas außer den einfachsten Impfstoffen und Medikamenten herzustellen.

Ja, wir sind gezwungen, den Schmuggel zu dulden, denn sonst könnten wir zusehen, wie unsere Leute zu Tausenden an Seuchen sterben. In einem geschlossenen Environment breiten sich Krankheiten schrecklich schnell aus. Aber Sie legen haushohe Zölle auf Medikamente und medizinische Hilfsgüter. *Darum* schmuggeln wir sie. Es muß das erste Mal in der Geschichte sein, daß die Schwarzmarktpreise niedriger sind als die offiziellen. Ihre Zölle sind so hoch, daß die Schmuggler einen Blutsauger-Profit machen und dabei die legalen Preise immer noch unterbieten können. Sie verkaufen eine einzige Tablette mit Vitaminen und Spurenelementen für das, was auf der Erde eine ganze Flasche davon kostet.

Und so weit da draußen ist es unmöglich, einfache alte Vitamine, die *Sie* mühelos und billig aus natürlichen Quellen gewinnen, in nützlichen Mengen synthetisch herzustellen. Und da fordern Sie uns auf, die Zollkontrollen zu verschärfen, wenn wir Kinder mit Rachitis und Skorbut haben?«

McGillicutty wies auf die nervösen Gesichter auf seiner Seite des Tisches. »Meine Freunde hier wollten nicht, daß ich all das vorbringe, weil sie so tun möchten, als sei es ein großes Geheimnis. Aber Sie müßten schon verdammte Idioten sein, wenn Sie es nicht wüßten. Die Hälfte dessen, was wir von Ihnen kaufen, dient auf die eine oder andere Weise der Gesundheitsfürsorge. Doch es sind nicht nur Drogen und Medikamente, die Sie uns vorenthalten. Es sind Menschen. Ausgebildete, qualifizierte Menschen.

Bis zu diesem Tag gibt es keine medizinische Schule außerhalb der Erde, weil wir es uns nie leisten konnten, Professoren anzustellen und die Ausrüstung, die wir brauchen würden, zu kaufen. Wir müssen unglaubliche Gehälter zahlen, um überhaupt irgendwelche Ärzte zu bekommen — und dann macht Ihre Politik es noch schlimmer.

Sie haben Gesetze und Verträge geschaffen, nach denen alles Geld, das ein Bürger eines UN-Landes in der Zeit verdient, die er außerhalb der Erde verbringt, ebenso versteuert werden muß, als wenn er zu Hause wäre — plus zusätzlichen zwanzig Prozent, die direkt an die UN zahlbar sind! Gesetzesübertreter sollen in die Tycho-Strafanstalt kommen, wenn sie jemals in das Erde-Mond-System zurückkehren. *Wir* müssen Auswanderern genug zahlen, um sie für die Steuern zu entschädigen, zu denen Sie sie zwingen! Das läuft auf indirekte Steuern hinaus, die den Siedlungswelten auferlegt werden, Bestechungsgelder, die wir Ihnen zahlen müssen, wenn wir die ausgebildeten Personen anwerben wollen, die wir zum Überleben brauchen.

Das sind nicht bloß Ärzte, sondern auch Piloten, Techniker, alle Sorten von Spezialisten — jeder, der vielleicht von der Erde auswandern möchte, wird unter diesen Umständen zögern. Wer sich doch zur Emigration entschließt, aber die Erde wiedersehen will, bevor er stirbt, muß einer Regierung, die sich eine Milliarde Kilometer entfernt befindet, eine ungerechte Steuer zahlen. Entweder das, oder er verbannt sich selbst für alle Zeiten von der Erde, er kann seine Familie, seinen Heimatplaneten niemals wiedersehen. Das ist Erpressung.«

»Die zwanzig Prozent UN-Steuerzuschlag bilden die Entschädigung für das Geld, das es uns kostet, Ihre Spezialisten für Sie auszubilden«, warf Suzuki gewandt ein.

»Das habt ihr von den alten Sowjets gelernt, was?« höhnte einer der Titan-Delegierten. Die Titanier waren buchstäblich alle russischer Abstammung, erinnerte Neruda sich, und reagierten auf den bloßen Verdacht einer Tyrannei paranoider als die meisten anderen.

Suzuki ignorierte die Unterbrechung. »Jeder Emigrant von der Erde stellt eine verlorene Investition an

Ausbildung und anderen sozialen Dienstleistungen dar. Es ist unser gutes Recht, dafür Entschädigung zu verlangen.«

»Und die Zölle auf Medikamente sollen Sie für all die Mühe entschädigen, die es Ihnen macht, unseren Kindern lebensnotwendige Stoffe vorzuenthalten?« schoß McGillicutty zurück. »Welche Entschuldigung haben Sie dafür?«

»Es gibt, wie Sie ganz genau wissen, Ausfuhrzölle auf viele Arten von Waren und Dienstleistungen. Medikamente werden entsprechend den Sätzen ihrer Klasse von Exportartikeln besteuert.«

»Das ist nichts als Gerede, eine Antwort aber...«, knurrte McGillicutty. Hardin berührte seinen Arm. McGillicutty hielt mitten im Satz inne. Die beiden steckten die Köpfe zusammen und flüsterten miteinander. Einen Augenblick später grunzte McGillicutty und setzte sich wieder gerade.

»Die Gemüter erhitzen sich«, stellte Hardin fest. »Ich beantrage, daß wir uns für heute vertagen und die strittigen Punkte morgen von neuem angehen.«

Der Vorsitzende Suzuki nickte bedauernd. »Ich bin gezwungen, Ihnen zuzustimmen.« Er hob den Hammer. »Ist die andere Delegation einverstanden?«

Das war Nerudas Stichwort. Er wußte genau, wann Suzuki eine Zustimmung *wollte.* »Herr Vorsitzender, ich unterstütze den Antrag«, erklärte er prompt, obwohl es ihm gar nicht paßte. Warum sollte er der Opposition ein so beleidigendes letztes Wort zu dem Thema lassen?

»Irgendwelche Einwände oder Wünsche zur Diskussion?« fragte Suzuki mechanisch. »Da keine Meldungen erfolgen, erkläre ich diese Konferenz bis morgen 0900 Uhr vertagt. Dann wird Dr. Angela Hardin den Vorsitz führen.« Er ließ den Hammer sinken, und die Delegierten begannen hinauszuschlurfen.

Hillary Wu, persönliche Assistentin des lunaren Gouverneurs, hatte zusammen mit dem Rest des Stabes in einer Stuhlreihe an der Wand gesessen. Jetzt erhob sie sich. Gouverneur Neruda, ihr Chef, verließ gerade den Raum. Sie schloß zu ihm auf und ging neben ihm weiter.

»Ermutigend, nicht wahr, Wu?« fragte Neruda. »Die Siedlungsdelegation ist sich offensichtlich uneins. Haben Sie bemerkt, wie weit McGillicutty aus der Reihe getanzt ist? Hardin wird nicht viel länger fähig sein, sie alle zusammenzuhalten. Haben sich die Siedler einmal gespalten, können wir beginnen, uns die einzelnen Gruppen für günstigere Abkommen vorzunehmen, immer eine nach der anderen.«

Hillary Wu seufzte. Sie war darüber hinaus, sich Gedanken zu machen, ob Nerudas Dummheit angeboren oder ob er gezwungen worden war, sie sich anzueignen. Wieder einmal war es ihm gelungen, jeden einzelnen wichtigen Punkt der Sitzung zu übersehen oder falsch auszulegen. Daß McGillicutty die Schwächen der Siedler öffentlich zugegeben hatte, war kein Ausbruch gewesen, sondern eine sorgfältig geplante Warnung. Sie machte ganz deutlich, daß die Siedler bereit waren, mit der Geschichte darüber, daß die Erde absichtlich für eine mangelhafte medizinische Versorgung der anderen Welten sorgte, an die Öffentlichkeit zu gehen. Auf dem Heimatplaneten würden sich viele Leute darüber entrüsten. Dann hatte Suzuki auch noch enthüllt, daß die Erde geheime Dokumente der Siedlungswelten kannte.

Das hatte auf der Siedler-Seite des Tisches die Finger über die Tastaturen der Minicomputer fliegen lassen. Zweifellos hatte ein halbes Dutzend der Delegierten Botschaften abgeschickt, und die Geheimdienste der Siedlerwelten suchten bereits nach dem Leck.

Der Schlüsselpunkt: Suzuki hatte bereitwillig eine wichtige Informationsquelle geopfert, um die Siedler wissen zu lassen, daß er ebenfalls bereit war, an die Öffentlichkeit zu treten. Für die Siedler mit ihrer Empfindlichkeit würde es äußerst peinlich sein, als ein Haufen vagabundierender Schmuggler gebrandmarkt zu werden. Davon gab es in der Vergangenheit der Siedler zu viel, als daß sie heute eine Anschuldigung in Gemütsruhe hinnehmen konnten.

Hardins Delegation stand unter strengster Kontrolle, das war offensichtlich. Sogar McGillicutty war auf ihren Befehl hin verstummt. Jetzt waren die Einsätze erhöht, die Handschuhe waren ausgezogen — und morgen hatte Hardin den Vorsitz. Sie konnte die Diskussion an einem entscheidenden Punkt kontrollieren.

»Alles in allem — war das ein Tag! Nicht wahr?« fragte Neruda.

»Ja, Sir, gewiß«, stimmte Hillary zu. Dieses eine Mal meinte sie das, was sie zu ihrem Chef sagte.

HRISEY, ISLAND

Am nächsten Morgen lag eine Nachricht in der Präpkan. Bei der Hauptkommunikationskonsole der Präpkan war eine Sicherung durchgebrannt, man hatte sie durch eine neue ersetzt, und auch die war durchgebrannt. Jetzt war nur noch eine Ersatzsicherung auf Lager, und die würde man nicht in die Kom-Konsole installieren, solange nicht festgestellt war, warum sie Sicherungen fraß. Bis auf weiteres blieb der Kontakt mit der Außenwelt auf Garrisons Apparat und auf Gespräche mit Vorrang beschränkt.

In der Zwischenzeit wanderte die intakte Sicherung von der Kom-Einheit aus der Präpkan in Garrisons Safe. Garrison achtete von nun an darauf, seine Baracke abzuschließen, wann immer er sie verließ und wenn er sich für die Nacht zurückzog.

Aus New York berichtete Glenda über E-Mail, sie sei gegen eine Ziegelmauer gerannt. Leonard Brattleby war sehr gut darin, seine Spuren zu verwischen. Die New Yorker Anwaltskammer führte ihn als Mitglied guten

Rufes. Auch war er Vorstandsmitglied von Lucifer Technologies, aber sonst hatte er keine Fährte hinterlassen. Die einzige Adresse, die sie besaßen, war ein privates Postfach — übrigens das gleiche Postfach wie das der GRF. Sein Telefon hatte eine Geheimnummer, es gab keine E-Mailbox unter seinem Namen, nichts. Der Mann verstand es, sich zu verstecken.

Garrison drängte Cathy, sich perfekte Kenntnisse über das Aufschmelz-Bohrverfahren anzueignen, und zwar so schnell wie möglich. Sie lernte leicht, aber es war eine Menge von Einzelheiten durchzugehen. Wenigstens machte das Bohren selbst gute Fortschritte. Noch ein paar Tage, und sie müßten mit dem augenblicklichen Loch fertig sein und mit dem letzten, dem entscheidenden, anfangen können.

Zwei Tage, nachdem die GRF ihnen die Mittel gewährt hatte, geschah etwas Merkwürdiges, das Garrison noch nervöser machte. Er erhielt einen Anruf von Lucifer Technologies. Cathy und Garrison saßen gerade bei einem Arbeitsessen in seinem Büro. Gereizt drückte Garrison den Anruf-Annahme-Knopf. Sie gingen das Wechseln von Bohrspitzen durch, und er war nicht in der Stimmung für Unterbrechungen. Der Schirm erwachte zum Leben und zeigte einen dicken, kahlköpfigen, glotzäugigen Mann. Er trug ein bedeutungsloses Grinsen auf seinem dünnlippigen Gesicht, und er rauchte eine große schwarze Zigarre.

Cathy betrachtete ihn von außerhalb der Kamera-Reichweite und fragte sich, wer das sein mochte. Ihm fehlte nur noch ein Schild um den Hals: MIR IST NICHT ZU TRAUEN.

»Guten Tag«, sagte Garrison vorsichtig. Warum rief ein Fremder hier an? wunderte er sich. Einem Impuls folgend, drückte er die Recordertaste.

»Hallo«, erwiderte der Fremde mit saurierhafter Selbstgefälligkeit. »Mein Name ist Lem Archer. Ich möchte einen ...« — er hielt inne, um auf einem Blatt

Papier auf seinem Schreibtisch nachzusehen — »Dr. Garrison Morrows sprechen.«

»Es heißt ›Morrow‹. Ohne ›S‹ am Ende. Ich bin der Mann, den Sie suchen.«

»Ah, Sie sind es!« rief Archer mit offenkundig synthetischer Begeisterung. »Man bekommt Sie schwer zu fassen. Nun also, Dr. Morrows — Verzeihung, Morrow —, ich bin von Lucifer Technologies, der Firma für orbitale Erzgewinnung. Wir möchten Ihnen einen Job anbieten.«

Ein Zucken von einem Lächeln entschlüpfte Garrisons Mundwinkel. »Ich habe einen Job.«

Archer winkte mit einer Hand ab und kniff die Augen zusammen. »Ich kann Ihnen einen besseren anbieten. Aufregende Arbeit. Gute Bezahlung. *Sehr* gute Bezahlung. Eine Chance, auf dem neuesten Gebiet der Wissenschaft tätig zu sein ...«

»Als was?«

»Als Geologe. Sie wissen schon, *Ihre* Spezialität«, erklärte Archer ein bißchen vage. Er zuckte die Achseln. »Felsen.«

»Augenblick mal. LuTech beschäftigt sich nur mit orbitaler Erzgewinnung, richtig? Die Firma schürft weder auf der Erde noch auf dem Mond, richtig? Also würde die Arbeit ausschließlich auf Asteroiden stattfinden, richtig?«

»Ja, wir sind streng orbital orientiert«, erklärte Archer gereizt. »Wo ist da der Unterschied? Felsen sind Felsen.«

»Aber sie stellen keine innerplanetare Kruste dar. Asteroiden entstehen nicht auf die Weise, wie Erde und Mond entstanden sind.«

»Na und?«

»Deshalb weiß ich nichts über Asteroiden. Ich beschäftige mich mit Planeten-Geologie.«

»Hören Sie, Gary, denken Sie darüber nach, bevor Sie ...«

Das wär's, dachte Cathy. *Er kann es nicht leiden, Gary genannt zu werden.*

»Ich heiße Garrison für meine Freunde und Dr. Morrow für alle anderen«, korrigierte Garrison ihn unmutig. »Und im Augenblick bin ich ziemlich beschäftigt.«

»Nur eine Minute! Das ist ein guter Job, den ich Ihnen anbiete ...«

»Aber er hat nichts mit meiner Arbeit zu tun. Ich rate Ihnen, sich wegen dieser Position mit astrogeologischen Spezialisten in Verbindung zu setzen. Guten Tag.« Garrison unterbrach die Verbindung.

»Was, zum Teufel, hatte *das* zu bedeuten?« fragte Cathy.

Garrison schüttelte den Kopf. »Vielleicht glauben die, wenn sie mich anstellen, können sie damit meinen Forschungen ein Ende bereiten. Sie wollten mich mit einem tollen Job bestechen«, stellte er sarkastisch fest.

»Du meinst, er wollte dir einen Job anbieten?« wandte Cathy ein. »Der Kerl war nichts weiter als beleidigend. Der könnte niemanden aus einem brennenden Gebäude locken.«

Garrison lächelte, und dann dachte er einen Augenblick lang darüber nach, und das Lächeln verblaßte. »Du hast recht. Sie wollten nicht, daß ich den Job annahm.«

»Sie haben ihn dir nur angeboten.«

»Und sie haben Quasimodo geschickt, damit er mich bezauberte. Sie wollten die Aufzeichnung eines Stellenangebots als Beweis dafür, daß sie keinen Groll gegen mich hegen. Würde ich zusagen, na fein, dann hätten sie ihr Ziel auch damit erreicht. Würde ich ablehnen, was wahrscheinlich war, ganz gleich, wer mir die Arbeit anbot, könnten sie das später als Beweis benutzen, daß meine Anschuldigungen gegen sie nur das Geschimpfe eines verärgerten Spinners sei, der Dampf abläßt.«

»Garrison, das verstehe ich nicht. Was für Anschuldigungen?«

»Diejenigen, die ich erheben werde, nachdem sie versucht haben, meine Arbeit hier von neuem zu sabotieren.«

»Oh. Richtig.« Cathy entschloß sich, das Thema zu wechseln. Es paßte ihr nicht, über Paranoia oder Sabotage zu sprechen. Sie stand auf. »Ich muß gehen. Der Schlepper soll morgen früh beginnen, die Plattform zu bewegen. Ich möchte mit dem Schlepper-Kapitän reden und mich vergewissern, daß alles unter Kontrolle ist.«

»Gut, aber tu mir unterwegs einen Gefallen. Suche Ben und sage ihm, er soll zu mir kommen, ja? Inzwischen sollte ich besser Glenda anrufen und ihr diese letzte interessante Neuigkeit mitteilen.«

Cathy mummelte sich ein und ging, und Garrison wandte sich der Kom-Konsole zu. Sein Finger schwebte schon über dem Selbstwählknopf für Glendas Büro, als ihm die Zeitdifferenz einfiel. Sie würde das Büro jetzt verlassen haben, und ihm war nicht danach, ihr über ihr mobiles Telefon nachzujagen und sie wahrscheinlich beim Essen zu stören. Deshalb zog er sein Keyboard hervor und klapperte statt dessen eine schnelle E-Mail-Notiz für sie herunter. Gewohnheitsmäßig komprimierte er Wörter und Sätze, wie er es gelernt hatte, als er sich lange E-Mail-Botschaften vom Mond zur Erde noch nicht leisten konnte.

G – Soeben seltsames und wahrsch. getürktes Job-Angebot von einem gewissen Lem Archer von LuTech erhalten. War das echt? Verbindung Archer zu Brattleby/GRF/LuTech? Vermute, LuTech will Weiterführung der Expedit. verhindern. Was werden sie als Nächstes versuchen? Erbitte baldigst Rat. Garrison.

Ben kam in den Wohnwagen, gerade als Garrison die E-Mail-Botschaft auf den Weg brachte. Seit der Szene im Präparier-Raum hatten die beiden nicht mehr richtig miteinander gesprochen — und aus leeren Höflichkeiten war längst verdrossenes Schweigen geworden. Ben blieb einen Augenblick lang stehen und sah Garrison an, bevor er die Handschuhe abstreifte und sich an die Arbeit machte, seinen Parka auszuziehen. »Cathy sagte, du wollest mich sprechen?« fragte er. Es lag etwas Nervöses, etwas Herausforderndes in der Art, wie er dastand, in dem Ton seiner Stimme.

»Ja, Ben. Setz dich. Ich möchte etwas wissen«, erwiderte Garrison. Ben setzte sich vorsichtig auf die Kante des Stuhls, der am weitesten von Garrison entfernt war.

»Cathy und ich haben eingehend über die ganze Situation gesprochen, und ich selbst habe viel darüber nachgedacht«, fuhr Garrison fort. »Ich bin bis dahin gelangt, daß ich mir sage, du mußt das Verbindungsglied zu LuTech sein. Ich sage mir außerdem, LuTech wird sich kein Bein ausreißen, um mir einen Gefallen zu tun. Ich nehme an, deinen LuTech-Freunden gefällt nicht, was ich tue, und daher versuchen sie, mich fertigzumachen. Glenda hat festgestellt, daß Brattleby im LuTech-Vorstand sitzt. Es mußte Geld dieser Firma sein, mit dem die Vorräte bezahlt wurden — und das Schiff, das sie bringt. Aber da die Firma nicht will, daß ich Erfolg habe, kann sie nicht zulassen, daß ich neue Vorräte bekomme. Dieses Schiff wird nie hier ankommen, oder?«

Ben zwang sich, Garrison in die Augen zu sehen. »Es hat wohl keinen Sinn mehr, noch länger zu leugnen. Du hast recht. Das Schiff wird an einen anderen Ort geschickt.«

»Und ohne die Vorräte auf diesem Schiff sind wir tot«, stellte Garrison fest. »Nicht nur, daß ich meinen Beweis nicht beibringen kann, ich werde dabei auch noch so lächerlich gemacht, daß ein neuer Versuch so gut wie unmöglich ist. Die Expedition wird ein Fehlschlag gewesen sein. Aber was ich wissen möchte, ist: Warum haben sie sich die Mühe gemacht, das Schiff überhaupt loszuschicken?«

Ben biß sich auf die Lippe und rutschte verlegen herum. »Weil sie das Risiko nicht eingehen wollten, daß du von anderer Stelle Unterstützung bekämst. Wenn Vorräte unterwegs sind und Geld auf der Bank liegt, wirst du, so dachten sie, nicht einmal versuchen, eine zu finden — und mit den Vorräten sparen wirst du auch nicht. Bei der gegenwärtigen Verbrauchsrate kann es noch eine Woche oder zehn Tage dauern, und dann mußt du das Lager abbrechen und mit der Arbeit aufhören. Das wird für die GRF das Stichwort sein, ihre Gelder zurückzurufen. Das Schiff wird niemals kommen, du wirst nicht imstande sein, irgendwen zu bezahlen, und deine Leute werden kündigen und nach Hause zurückkehren. Und das wäre es dann.«

Garrison musterte Ben scharf, schüttelte den Kopf und seufzte. »Du bist entlassen«, sagte er schließlich. Er nahm aufs Geratewohl ein Blatt Papier hoch, richtete die Augen darauf, ohne es zu sehen, und warf es wieder auf den Schreibtisch. »Ich übertrage Cathy Cleveland die Leitung der Bohrarbeiten.«

Ben warf Garrison einen merkwürdigen Blick zu. »Cathy? Nachdem ...«

»Cathy«, bestätigte Garrison knapp. »Hast du etwas dagegen? Sie weiß vielleicht nicht alles, was du weißt, aber wenigstens wird sie keine Informationen an Leute weitergeben, die versuchen, meine Arbeit zu torpedieren.«

Ben schnaubte verächtlich. »Sie ist bereits torpediert. Nicht einmal Cathy könnte noch mehr Schaden anrichten. Du hast verloren, Garrison. Die Sache, hinter der du her warst, war einfach zu gefährlich. Sie würde eine Panik auslösen, die Welt auf den Kopf stellen. Das kann man nicht zulassen.«

Eine Weile herrschte Schweigen. Ben traf keine Anstalten zu gehen. Er saß einfach da.

Dann fragte Garrison: »Glaubst du das wirklich? Ist es das, was sie dir erzählt haben? Ich müsse aufgehalten werden, um eine Massenhysterie zu vermeiden?«

»Das brauchten sie mir nicht erst zu erzählen.« Bens Stimme klang hart und verärgert. »Es liegt auf der Hand. Was du tust, könnte Millionen, Milliarden von Menschen zu dem Glauben verleiten, die orbitalen Asteroiden-Minen stellten eine tödliche Gefahr dar. Die Minenleute wollen keine in Panik geratenen Menschenmassen auf den Straßen. Der Mann auf der Straße versteht einfach nicht, daß ein Asteroid in einer hohen Umlaufbahn ebensowenig auf die Erde fallen kann wie der Mond. Du wirst ihn dazu bringen, daß er sich davor fürchtet.«

»Das ist Unsinn, wie du selbst weißt. Die Minenleute jammern jetzt schon seit Jahrzehnten über die unwissende Bevölkerung — und dabei ist die Bevölkerung gar nicht mehr so unwissend. Keiner der die Erde umkreisenden Felsen kann abstürzen. Du meinst, die Menschen verstehen das nicht? Ganz im Gegenteil, sie *wissen*, daß es wahr ist. Heutzutage ist das ein Glaubensartikel, die Menschen *glauben* es fest und unerschütterlich. Warum sollten sie das auch nicht tun? Die Minenleute haben im Laufe der Jahre Milliarden dafür ausgegeben, es ihnen einzuhämmern. Und die Asteroiden umkreisen die Erde seit beinahe einem Jahrhundert da oben in einer hohen Umlaufbahn, ohne daß es merkliche Probleme gegeben hätte. Jetzt ist ihr Vorhandensein akzeptiert, sie werden sogar als selbstverständlich betrachtet. Die Menschen sind es zufrieden, daß im Orbit Erz abgebaut wird. Und mein kleines Projekt hier könnte nicht einmal eine schwache Delle in der Einstellung der Bevölkerung zu Minen im hohen Orbit erzeugen.

Aber es geht gar nicht um die Minen im hohen Orbit. Da ist Cornucopia. Und Cornucopia ist das, was gefährlich ist.«

»Cornucopia?« fragte Ben.

Garrison bedachte Ben mit einem winterlichen Lächeln. »Ich frage mich, ob du ehrlich nie davon gehört hast ober ob auch das ein Teil der Vorstellung ist.« Garrison trat an seinen Safe, drehte die Wählscheibe, öffnete ihn und entnahm ihm ein Bündel Papiere.

Er ließ die Papiere vor Ben auf den Schreibtisch fallen. »Eine Freundin von mir, die namenlos bleiben soll, hat einmal für LuTech gearbeitet. Ging dort ziemlich abrupt weg. Sie hat einige dieser Unterlagen für mich besorgt. Cornucopia war einst ein Felsen mit einer Nummer anstelle eines Namens. Dann bemerkten irgendwelche Ingenieure, daß er eine interessante Umlaufbahn hatte. LuTech entwickelte eine sehr billige Fallkurve für ihn, die ihn genau in die Umlaufbahn der Erde werfen wird. Das letzte Bremsmanöver soll nach LuTechs Plänen von einem ›speziellen Atomenergie-Gerät‹ durchgeführt werden. Der laienhafte Ausdruck lautet natürlich ›Bombe‹. Cornucopia ist bereits auf seinem Weg hierher.«

»Und?« fragte Ben.

»Das Perigäum des sich ergebenden Orbits ist nur tausend Kilometer hoch. Es muß so niedrig sein, damit die spezielle schwerkraftunterstützte Technik des Einsteuerns in eine Umlaufbahn angewendet werden kann. Außerdem bedeutet eine niedrigere Umlaufbahn, daß der Transport von Material zur Erde billiger wird.«

»Nur tausend Kilometer hoch?« wunderte sich Ben. »In so geringer Höhe gibt es immer noch atmosphärischen Widerstand!«

»Und ob«, stellte Garrison trocken fest. »Aber keine Bange. Nach den Zahlen, die ich gesehen habe, wird der Orbit erst in drei-, vierhundert Jahren instabil werden. Bei LuTech ist man fest überzeugt, daß der Asteroid bis dahin restlos abgebaut worden ist oder daß man andernfalls imstande sein wird, den Orbit zu justieren. Beim heutigen Stand der Technik würde diese Justierung das Zünden *weiterer* Atombomben erfordern, um den Asteroiden zu bewegen — und das immer noch nur tausend Kilometer über unseren Köpfen hier unten auf der Erde. Ansonsten wird es gar keine Probleme geben.«

Nach kurzer Pause fuhr Garrison fort: »Es sei denn, beim Einschwenken in die Umlaufbahn geht etwas schief. Sagen wir, die Bremsbombe feuert nicht genau richtig. Oder im atmosphärischen Widerstand tritt in dieser Höhe aus irgendeinem Grund eine unerwartete Anomalie auf — das ist schon passiert.

Oder wir kommen in ein paar Jahrhunderten zu dem Schluß, daß wir keinen orbitalen Erzabbau brauchen, oder es findet zwischen jetzt und dann ein schrecklicher Krieg statt, der die Zivilisation vernichtet, und wir vergessen, wie man Asteroiden bewegt. Verfolgst du die Nachrichten regelmäßig? Diese große Konferenz auf dem Mond, die gar nicht gut läuft? So, wie die Vereinten Nationen und die Koalition der Siedlungswelten aufeinander losgehen, liegt meiner Meinung nach ein Krieg nicht außerhalb des Reichs der Vorstellbarkeit. Ich habe mir noch ein paar andere Möglichkeiten ausgedacht. Möchtest du sie hören?«

Ben sagte gar nichts. Statt dessen griff er nach den Papieren und begann, sie zu lesen, langsam und sorgfältig.

Garrison sprach indessen weiter. »Selbst wenn der Hauptkörper des Asteroiden die Erde nicht trifft, wird es bestimmt dieses Dings wegen mehr Meteoriten-Einschläge geben. Die Sprengungen beim Erzabbau werden Rückstände und Abfälle aus der Umlaufbahn schleudern, und dann fallen sie entweder runter — oder sie treiben da oben herum, bis sie ein Loch in irgendeine Satelliten-Station bohren. Bei den weiter draußen kreisenden Asteroiden sind die Rückstände nicht so groß — aber das ist ein überfülltes Stück Weltraum, wo sie diesen Felsen hinbringen wollen! Zu verurteilen ist, daß sie *wissen*, er wird abstürzen! Sie geben es zu!«

Ben blickte zu Garrison hoch, schwenkte die Papiere. »Das sind nur Kopien. Keine Beglaubigungen, kein Beweis, daß nicht irgendein im geheimen wirkender Hakker diese Zahlen als Jux oder als Gemeinheit gegen Lu-

Tech zusammengebraut hat. Wie kann ich wissen — wie kannst *du* wissen —, ob sie echt oder nichts als Fälschungen sind?«

»Sie sind echt«, versicherte Garrison. »Und das kann ich auch ohne Beglaubigungsstempel beweisen. Wirf einen Blick hinten in den Ordner. Lies die Zeitungsausschnitte. Die Veröffentlichungen sind allgemein zugänglich, wenn man weiß, wo man nachsehen muß.«

Ben blätterte in den Papieren und fand eine Serie von Zeitungsartikeln aus verschiedenen spezialisierten Publikationen.

BOEING ENTWICKELT FRACHTSCHLEPPER FÜR KURZSTRECKEN

Die Boeing Aerospace Group gab heute Pläne bekannt, eine Variante ihres der Personenbeförderung dienenden Kurzstrecken-Starlifters 77A7 als Transporter für unverpackte Ladungen zu entwickeln. Wenn Ausrüstungen wie Lebenserhaltungssystem, Rettungssitze, Kombüse usw. entfernt werden, ergibt sich fast eine Verdoppelung der Kapazität. LuTech Industries drückte sein Interesse an der Entwicklung eines Frachtfahrzeugs für den Nahverkehr zwischen Erdoberfläche und Orbit aus . . .

Irgend jemand hatte an den Rand gekritzelt: *Beachte das Interesse am Frachtverkehr zwischen Erdoberfläche und Orbit.*

FALLKURVEN-TECHNIK ERWEITERT ORBIT-MÖGLICHKEITEN

Eine Studie der Universität Tokio, gesponsert von Lucifer Technologies, berichtet von einem neuen Verfahren bei den schwerkraftunterstützten oder katapultbetriebenen Starts in eine Umlaufbahn. Unter Ausnützung der Schwerkraft des Mondes in Verbindung mit einer nahezu rückläufigen Geschwindigkeit in der

Endphase der Annäherung könnten Objekte in eine viel größere Zahl von Umlaufbahnen um die Erde gebracht werden, und zwar mit einem Perigäum zwischen fünfhundert und fünfhunderttausend Kilometern. Die neue Technik wird sehr viel weniger Zeit, Geld und Energie erfordern. Die Nahezu-retrograde-Geschwindigkeitstechnik (NRG) wird durch ein größeres Vertrauen in die Hardware ermöglicht, die eine Reduzierung des Sicherheitsspielraums bei der Einsetzung in eine Umlaufbahn erlaubt ...

SIMULATION DES EINFANGENS EINES ASTEROIDEN UNTER BENUTZUNG DER NRG-TECHNIK

15. Mai 2114. Als Teil einer in Arbeit befindlichen Untersuchung über entsprechende neue Techniken wurde im Raumwissenschaft-Zentrum der Universität Tokio das Einfangen eines bestimmten Asteroiden vom Computer dargestellt. Die Simulation der dreizehn Monate dauernden Mission begann mit einem Starttermin am 23. Juni 2115 und endete ...

»Das sind alles ziemlich schwache Indizienbeweise«, wehrte Ben ab. »Du hast da ein paar Zeitungsartikel und ein paar Unterlagen über bestimmte Theorien ausgegraben. Na und?«

Garrison kam und schob ihm das Computer-Keyboard über den Schreibtisch zu. »Sieh selbst nach, damit du erkennst, daß die Informationen echt sind und ich sie nicht irgendwie gefälscht habe. Schalte einen der kommerziellen Datenkanäle ein und rufe die elektronische Version der *Professionellen Astronautik* ab.«

Ben warf Garrison einen Blick zu und gab die Befehle ein, die den Computer mit dem Kom-Kanal und über diesen mit dem Datenzentrum in Reykjavik verbanden. In neunzig Sekunden war er innerhalb der *Professionellen Astronautik*. »Okay, was kommt jetzt?«

»Laß dir eine Liste der erfolgten Starts geben, sortiert

erstens nach Datum, zweitens nach Dauer der Reise. Sieh dir den Juni letzten Jahres an.«

Ben gab den Befehl, und die Listen erschienen auf dem Schirm. Und dann sah er es. Es war, als springe es ihn an. Eine dreizehn Monate dauernde Mission, die am 23. Juni 2115 begonnen hatte — vor einem Jahr. Zweck und Zielort waren nicht angegeben, aber Ben kannte sie. Die Daten entsprachen genau der ›Simulation‹, die in Tokio durchgeführt worden war. Es konnte unmöglich Zufall sein.

»Sie haben den Asteroiden vor zwei Monaten eingefangen«, sagte Garrison. »Jetzt sind sie auf dem Heimweg. Der Asteroid kommt langsamer nach. Er wird erst in zwei Jahren eintreffen.«

»Jesus.« Ben war überwältigt. »Das ist unglaublich. Man kann wohl sagen, daß du deine Hausarbeiten gemacht hast.«

»Danke.« Garrison verzog das Gesicht. »Wie schön, Anerkennung von jemandem zu bekommen, der ebenfalls im Intelligenz-Geschäft ist. Glaubst du mir jetzt?«

»Beinahe«, gestand Ben. »Beinahe. Aber warum bist du mit dem Zeug nicht an die Öffentlichkeit gegangen, warum hast du der Welt nicht von diesen Plänen berichtet?«

»Weil der Mond noch nie auf die Erde gestürzt ist«, stellte Garrison bitter fest, »und ebensowenig die Minen-Asteroiden. Weil man lauter alte, bärtige Argumente und dumme Behauptungen hervorholen wird, die gar nichts mit der Situation zu tun haben. Ihnen stehen ein paar sehr gewandte PR-Agenten zur Verfügung, die mich in einer Sekunde zum Schweigen bringen könnten, wenn ich über das, was ich hier habe, den Mund aufmachte. Es mag ausreichen, dich zu überzeugen, Fachleute zu überzeugen — aber es reicht nicht aus, der breiten Öffentlichkeit die Gefahr vor Augen zu führen.

Die Firmen, die sich mit dem Abbau von Asteroiden beschäftigen, sind *mächtig,* Ben, und sie haben der Welt eine Menge Gutes getan. Ich würde dastehen wie einer, der vor den bösen Folgen der Elektrizität warnt. Nachdem man sie jahrhundertelang benutzt hat, wer würde es glauben? Wer würde zuhören wollen? Wer würde *zuhören?*« Garrison setzte sich in seinen quietschenden alten Schreibtischsessel und gestikulierte hilflos. »Außerdem liegt das alles Jahre in der Zukunft. Die PR-Jungs hätten diese ganze Zeit zur Verfügung, um es als okay hinzustellen. Sie würden schwer daran arbeiten, ›unnötige Besorgnisse‹ oder was auch immer zu dämpfen.« Garrison nahm Ben den Ordner ab und blätterte darin. »Was mich vor allem aufregt, ist meine Überzeugung, daß es keine schlechten Menschen sind, die diesen Wahnsinn vorhaben. Unwissend mögen sie sein, eine gefährliche Macht mögen sie in Händen halten, aber *schlecht* sind sie nicht. Sie verstehen einfach nicht, um welchen Einsatz es in ihrem Spiel geht.«

Ben schaltete das Computer-Terminal ab, griff nach dem Ordner, klopfte auf den Deckel und reichte ihn Garrison zurück. »Tu mir einen Gefallen. Warte zwölf Stunden, bis du mich hinauswirfst. Ich brauche Zeit zum Nachdenken, Zeit, ein paar Leute anzurufen. Laß mich das hier überprüfen.«

Garrison bedachte ihn mit einem müden Lächeln und nahm den Ordner. Er stellte ihn wieder in den Safe und holte dafür eine Kom-Sicherung heraus. Dann schloß er die Tür und drehte die Wählscheibe. Er stand auf und gab Ben die Sicherung. »Ich hatte gehofft, daß du das sagen würdest. Es war ein großes Risiko, mit dir zu sprechen, aber ich wollte es eingehen. Ruf an, wen du möchtest. Laß dir vierundzwanzig Stunden Zeit.«

Ben erhob sich ebenfalls. Er schüttelte den Kopf. »Garrison, ich glaube nicht, daß du noch vierundzwanzig Stunden hast.« Er drehte sich um und ging hinaus in die Dunkelheit.

Keiner von beiden verbrachte eine ruhige Nacht.

Garrison war es endlich gelungen einzunicken, als er roh geweckt wurde. Ungeachtet des kurzen arktischen Winters war es draußen noch dunkel. Ben stürmte durch die Tür des Büro-Wohnwagens, riß das Schloß dabei ab, fluchte und tobte und jagte Garrison eine höllische Angst ein.

Garrison wäre fast aus seinem Schlafsack gesprungen, und sein Bett schwankte für einen Augenblick am Rand des Zusammenbruchs. Er wollte gegen Bens Eindringen protestieren, aber Ben war zu aufgebracht, um zuzuhören.

»Diese *Blödmänner!* Diese *Vollidioten!*« schrie Ben. »Ich gebe es ungern zu, Garrison, aber du hattest recht. Diese Wahnsinnigen halten die Sache tatsächlich für okay und glauben, es gebe kein Risiko!«

Garrison war am Morgen nie in bester Form, ganz zu schweigen davon, wenn er mitten in der Nacht plötzlich geweckt wurde. Benommen schälte er sich aus seinem Schlafsack, fiel halb vom Bett und taumelte auf die Kaffeemaschine zu. »Dann darf ich davon ausgehen, daß du überzeugt bist?« Er fummelte mit dem Behälter für das Kaffeepulver herum.

»Ich bin überzeugt.« Ben merkte überhaupt nicht, in welchem Zustand Garrison war. »Gott sei für Zeitzonen und Arbeitssüchtige gedankt. Ich habe überall auf der Welt Leute erwischt, die gerade ins Büro kamen oder es verließen — auch auf dem Mond.«

»Die Monatsrechnung für Ferngespräche wird es zeigen«, murmelte Garrison verdrießlich. Er blinzelte einoder zweimal und machte eine bewußte Anstrengung, wach zu werden.

Ben segelte weiter, ohne die Anspielung zu beachten. »Die Profis, die Techniker, diejenigen, die *wissen*, was sie tun — die werden *wahnsinnig!* Niemand will ihnen irgendwelche Aufmerksamkeit schenken. Larry Priory ist unter Protest zurückgetreten, und sie haben einfach einen Firmenlakaien an seinen Platz gesetzt. Joanne

Mayron versuchte, sich an die Nachrichtenmedien zu wenden, doch die PR-Agenten haben sie unschädlich gemacht, indem sie alle Reporter überzeugten, sie sei bekloppt.«

»Nun mal langsam.« Der erste dünne Faden der schwarzen, lebensspendenden Flüssigkeit tröpfelte in die Kanne. »Von wem redest du? Wer sind Larry und Joanne?«

»Angestellte von LuTech, die ich kenne. Ich habe überall herumtelefoniert. Haufen von Technikern wissen davon, nur können sie nichts dagegen unternehmen.« Ben schüttelte fassungslos den Kopf. »Die Holzköpfe werden es tatsächlich tun. Sie werden in tausend Kilometern Höhe einen Asteroiden aufhängen!«

»Heißt das, du bist bereit zu einem Versuch, sie aufzuhalten?« fragte Garrison.

Ben sah Garrison in die Augen. »Ja«, erwiderte er. »Ja, das heißt es.«

»Gut. Du stehst wieder auf der Gehaltsliste.«

»Eine Sekunde. Bist du bereit, mir zu vertrauen? Einfach so? Vergangenes soll vergessen sein?«

»Ich habe wirklich keine Wahl«, brummte Garrison. »Du hast als einziger die Informationen, die mir helfen können.«

Ben grinste begeistert. »Probier es mit mir. Beichten ist gut für die Seele, sogar für einen netten jüdischen Jungen. Es war wirklich kein Spaß, hinter deinem Rükken herumzuschleichen. Außerdem haben diese Schweinehunde mich *angelogen.* Sie sagten mir, du seist ein Spinner. Ich schulde ihnen gar nichts. Also, was willst du wissen?«

»Erzähl' mir für den Anfang über die Geological Research Foundation. Das ist doch nur eine Fassade für die LuTech-Leute, stimmt's? Ohne jede legitime Existenz.«

»Richtig. Sie haben die Gesellschaft in größter Hast zusammengestellt. So schnell, daß sie vielleicht ein paar

Fehler gemacht haben. Deine Freundin Glenda könnte sie möglicherweise aufspüren — obwohl ich nicht weiß, was es dir an dieser Stelle nützen würde.«

»Was kannst du mir sonst noch über ihre Pläne sagen?« Garrison gähnte und fuhr sich mit der Hand durch seinen zottigen Haarwust. Wenigstens war sein Gehirn jetzt wach. Mit etwas Glück würde sein Körper bald aufholen. Der Kaffee war fertig durchgelaufen, und er goß sich dankbar eine Tasse ein.

»Nicht viel«, antwortete Ben. »Das meiste hast du dir schon zusammengereimt. Sie haben vor, dich hinzuhalten, dir Unterstützung zu versprechen, damit du dich nicht anderswo danach umsiehst, und dann nicht zu liefern.«

»Was ist mit dem Schiff?« Garrison grub seine Hose unter dem Bett hervor und zog sie über seine lange Unterhose. »Hat es das je gegeben?«

»Oh, ein Schiff gibt es schon.« Ben bediente sich mit Kaffee. »Denke daran, die Sache soll ganz korrekt wirken. Es wird in achtundvierzig Stunden in Reykjavik ankommen ...«

»In *Reykjavik?* Im Süden? Das ist Hunderte von Kilometern entfernt von hier! Das Schiff sollte geradenwegs nach Akureyia fahren, den Fjord hinunter.«

»Genau. Aber das Schiff wird Reykjavik anlaufen, und der Kapitän wird da im Hafen sitzen und sich wundern, warum du nicht kommst, die Vorräte abzuholen. Wir werden uns wundern, warum das Schiff niemals bei uns in der Einöde aufgetaucht ist ...«

»Und bevor das alles geklärt ist, gehen uns das Material für die Bohrarbeiten und das Essen aus, und wir sind gezwungen aufzugeben. Raffiniert.«

Ben ließ sich auf das ramponierte alte Sofa des Wohnwagens fallen. »Es tut gut, das von der Seele zu bekommen. Mir hat es nicht gefallen, heimlich herumzuschleichen.«

»Nun, hör nicht gerade jetzt damit auf. Wir brauchen

dich, damit du anfängst, für unsere Seite herumzuschleichen«, sagte Garrison. »Wir müssen uns aus diesem Schlamassel herauswinden. Denn wir haben immer noch eine Aufgabe zu erledigen.«

»Okay, gut. Ich kann mir denken, was du auf Island tust, aber was genau planst du?«

»Ich will aufzeigen, wie gefährlich Cornucopia in solcher Nähe zur Erde sein wird. Ich will den Leuten Angst machen. Sie sollen nicht nur verhindern, daß Cornucopia hierher in Marsch gesetzt wird, sie sollen der Erde überhaupt keinen Asteroiden mehr so nahe kommen lassen«, erklärte Garrison.

»Wie stehst du zum Asteroiden-Abbau im allgemeinen?« wollte Ben plötzlich wissen. »Bist du fanatisch ... äh ... *strikt* dagegen, oder bist du flexibel? Wie schätzt du die Gefahr ein, wenn ein Asteroid in einen, sagen wir, 35 000 Kilometer hohen geosynchronen Orbit eingesteuert wird?«

»Die Gefahr ist dabei so gering, daß sogar ich damit leben kann. Zumindest ist die Gefahr bisher gering gewesen — bis die NRG-Technik entwickelt worden ist. Bisher hat man Asteroiden immer in einen Wegfall-Orbit eingesetzt — die Richtung der Geschwindigkeit wurde *auf die Erde zu* geändert. Ein Asteroid, der dabei war, in den Weltraum davonzutreiben, wurde gezwungen, näher an uns heranzukommen, als er ursprünglich wollte. Wenn die Anpassung nicht funktionierte oder zu schwach war, verfehlte er den Planeten. Ein Fehler ließ ihn von der Erde wegfallen. Cornucopia will man auf einen direkten Abfangkurs schicken und eine Atombombe benutzen, um den Felsen *abzubremsen,* nicht, um ihn zu beschleunigen. Geht die Atombombe nicht los und versagen die Sicherungseinrichtungen — dann befindet sich der Asteroid auf Kollisionskurs mit dem Planeten! Deshalb müssen wir die Gefahren aufzeigen.« Garrison kratzte sich am Bart. »Eigentlich sprachen wir davon, wie wir vor Cornucopia warnen sollen ...«

»Warum zeigen wir nicht einfach Bilder von dem Meteorkrater in Arizona?« fragte Ben.

»Erstens liegt dieser Aufschlag rund fünfzehntausend Jahre zurück — und er erzeugte keine ...« Garrison wurde dadurch unterbrochen, daß Cathy in den Wohnwagen stürzte. »Meine nächste Expedition mache ich nach Hawaii!« verkündete sie, noch bevor sie sich umgesehen hatte. »Hübsch und warm. Massenhaft Vulkane ...« Sie hielt inne und bemerkte, daß Ben anwesend war. »Ihr Jungs habt die Differenzen also beigelegt?«

Ben lachte. »Ja, wir sind Freunde.«

Cathy zuckte die Achseln und wandte sich Garrison zu. »Heißt das, du willst, daß ich die Bohranlage zurückgeben soll?«

»Die Bohranlage — du meinst die *Surveyor*...« Ben rannte an das Nordfenster und blieb sprachlos dort stehen. Die ehrwürdige alte Plattform pflügte gemächlich nach Norden.

Jetzt war Garrison an der Reihe zu lachen. »Das hatte ich vollständig vergessen. Gestern abend wies ich Cathy an, sie fünfzehn Kilometer weiter nach Norden zu schicken, damit wir mit dem letzten Loch so bald wie möglich beginnen können.«

Ben schüttelte den Kopf. »Wohl eher, um dem Firmenspion ein Schnippchen zu schlagen.« Sein Ausdruck schwankte zwischen Schock und Belustigung. »Nun, was auch das Motiv gewesen sein mag, es war der richtige Schritt. Wir müssen schnell arbeiten. Lu-Tech wird bestimmt versuchen, uns aufzuhalten.«

Cathy maß Ben mit einem seltsamen Blick. »Lucifer Technologies? Schon wieder? Was haben sie denn vor?«

Ben brachte Cathy so knapp wie möglich aufs laufende.

Cathy hörte zu, stellte nur wenige Fragen. Als Ben fertig war, sagte sie: »Nun, natürlich müssen wir Reykjavik anrufen und das Schiff pronto hierher umleiten lassen.«

Ben schüttelte den Kopf. »Nein, das taugt nichts. Das wäre die ehrliche, gerade Art, die Vorräte herzubekommen. Aber wir müssen die Ladung vom Schiff holen, damit die LuTech-Leute keinen Wind bekommen, daß wir über sie Bescheid wissen. Wenn sie herausfinden, daß wir das Zeug erhalten haben, werden sie sich etwas anderes ausdenken, um uns zu stoppen. Wir müssen uns die Vorräte holen, ohne dabei erwischt zu werden.«

»Du meinst, wir müssen sie vom Schiff stehlen«, präzisierte Cathy.

Ben hob eine Augenbraue. »So könnte man es nennen.«

»Mir ist es gleich, *wie* wir die Sachen bekommen, solange wir sie überhaupt bekommen«, erklärte Garrison. »Also, was tun wir?«

»Wir schicken jemanden nach Reykjavik, und dort muß er improvisieren — aber auf jeden Fall muß er ein Scheckbuch dabeihaben«, sagte Ben.

Garrison dachte kurz nach. »Cathy und ich werden gehen«, entschied er. »Ben, du bleibst hier. Wenn wir irgendwelche interessanten Telefonanrufe von den bösen Buben bekommen, kannst du ihnen ja sagen, was sie hören wollen. Und schicke Glenda in New York eine Nachricht. Cathy — geh packen!«

5. KAPITEL

MOND, ZENTRALKOLONIE

Hiroshi Suzuki starrte mit leerem Blick auf die unwirtliche Mondlandschaft hinaus. Er war ein großer, magerer Mann, und das Alter hatte ihm einen Mantel der Zerbrechlichkeit um seine breiten Schultern gelegt. Sein Gesicht war glatt und faltenlos; nur die zarte Durchsichtigkeit seiner Haut und seine schneeweißen Haare verrieten seine Jahre. Und trotzdem war er auf unbestimmte und doch unmißverständliche Weise *alt.* Die Blüte und Vitalität der Jugend hatte ihn seit langem verlassen.

Für gewöhnlich fühlte er sich ungeachtet seiner Jahre immer noch jung und stark. Heute fühlte er sich *alt,* müde, so lange vorhanden und abgenutzt wie die leblosen Krater, die die Ebene unten sprenkelten.

Die Krater waren ein gutes Bild für seinen eigenen Erhaltungszustand. Selbst im perfekten Vakuum des Mondes hatte die Natur Wege gefunden — langsame, unmerkliche, schleichende Wege, die Landschaft abzutragen. Der endlose Regen unsichtbar kleiner Mikrometeoriten, die heftigen Zyklen der Erhitzung und Abkühlung, die die Oberfläche ausdehnten und zusammenpreßten, bis sie schließlich brach, Körnchen für Körnchen. Es war ein langsamer Prozeß, aber ein unaufhörlicher, erbarmungsloser.

Gegen einen Feind dieser Art kämpfte er jetzt. Er war einundneunzig Jahre alt, aber das war längst nicht das Wichtigste. Die Ärzte konnten ihn am Leben und seinen Körper jugendlich erhalten, solange er es wünschte. Er kämpfte gegen die Geschichte, nicht gegen das Alter, gegen die Geschichte, die ihn mit folternder Langsamkeit zermahlte. Die Geschichte und die sture Kurzsichtigkeit seiner Landsleute würden ihn besiegen.

Die Tür läutete und glitt auf. Angela Hardin trat ein

und schenkte ihrem alten Freund ein müdes Lächeln. »Guten Abend, Hiroshi. Behandelt man dich gut?«

Er machte eine Geste, die den luxuriösen Raum umschloß. Die Präsidenten-Suite nahm das gesamte obere Stockwerk des Apollo-Turms ein. Auf dem ganzen Himmelskörper gab es keinen anderen so üppig ausgestatteten Ort wie diesen Komplex. Nur auf der Erde konnte er seinesgleichen finden. »Angemessen«, erklärte er mit spöttischer Ernsthaftigkeit.

»Falls es dich tröstet, meine Räume sind gewiß angenehm, aber hiermit in nichts zu vergleichen«, sagte Hardin.

Suzuki lächelte. »Es sieht so aus, als wüßten unsere lunaren Freunde, auf welcher Seite ihr Brot mit Butter bestrichen ist.« Wenn es eine felsenfeste Gewißheit in dem Morast der interplanetaren Politik gab, dann die, daß der Mond *Eigentum* der Erde, der Vereinten Nationen war. Die Siedler würden sich nicht im Traum einfallen lassen, das zu bestreiten. Tatsächlich stellte man sich die beiden Welten häufig als eine vor. »Komm.« Er bot ihr den Arm und führte sie zu einer Couch. »Setzen wir uns und finden wir heraus, was die Kolonisten Sake nennen.«

Hardin ließ sich zu dem bequemen Sitz führen und sah Suzuki bei dem hübschen Ritual zu, den Reiswein zu wärmen und zum Servieren vorzubereiten. Sie war nicht so alt wie er, nicht ganz so alt, und die Jahre lasteten etwas leichter auf ihr.

Auch sie war groß und schlank, aber sie hatte sich ihre Geschmeidigkeit, die Anmut und Präzision einer Tänzerin in ihren Bewegungen bewahrt. Ein Lächeln huschte über ihr dunkles, rundes, ernstes Gesicht, während ihr alter Freund eine der kleinen Zeremonien vollführte, die er so liebte. Er trug den Sake auf einem Tablett vom Buffet zum Kaffeetisch; der Wein war in einer Keramikflasche mit Stöpsel. Dann goß er ihn in die viereckigen Holzbecher, die immer mit ihm reisten.

Hardin nahm ihren Becher und wartete, bis er sich selbst eingegossen hatte. »Auf was sollen wir trinken?« fragte sie.

Suzuki dachte einen Augenblick lang nach. »Auf das Überleben«, antwortete er.

»Wir können doch sicher einen größeren Erfolg anstreben als das bloße Überleben.« Hardin sah ihm ins Gesicht und fand keine Fröhlichkeit darin. Es war ihm ernst. »Also, gut, auf das Überleben.« Sie hob ihren Becher und trank den Sake nachdenklich. »Steht es so schlimm?« fragte sie schließlich.

Hiroshi Suzuki trank auch und lehnte sich auf der Couch zurück. Er gestattete sich den Luxus, seine Müdigkeit zu *fühlen,* statt sie von neuem von sich zu weisen. Hier, in Angelas Gesellschaft konnte er die Dekkung herunternehmen. »Schon möglich. Du kennst das Problem ebenso gut wie ich. Die Zeit der Erde läuft aus. Wir werden immer eine größere Bevölkerung haben als eure Welten, aber der Tag kommt, an dem wir nicht mehr reicher oder mächtiger sein werden. Nicht etwa, daß es abwärts mit uns geht — nur schreitet ihr schneller voran. Industrien, die wir jetzt mit Handelsgesetzen schützen müssen, waren einmal unser *Eigentum.* Vor zwanzig Jahren hat niemand ein Raumfahrzeug außerhalb der Mondumlaufbahn gebaut. Heute ist der Mars führend in der Schiffsproduktion.«

Hardin wollte etwas sagen, hielt sich jedoch zurück. Dies war die eigentliche Konferenz, bei der die Abkommen tatsächlich geschlossen wurden. Sie kannte Hiroshi seit — wie lange? — nahezu sechzig Jahren. All die endlosen Konferenzen, die wechselnden Aufgaben und Rangstufen, während sie die Karriereleiter der Diplomatie emporstiegen. Es gab sogar Gerüchte über eine einstige Liebesaffaire zwischen ihnen.

Das stimmte tatsächlich. Aber sie schien ein Lebensalter oder mehr zurückzuliegen. Jahrzehnte des Lebens und der Erfahrung, das Ausüben von Macht hatte sie beide zu völlig anderen Menschen gemacht. Sie waren nicht mehr die halben Kinder, die ein Bett geteilt hatten, als die Welten jung gewesen waren. Angela Hardin wußte genau, wann es am besten war, ihn reden zu lassen.

»Ich möchte versuchen, die Erde dazu zu bringen, daß sie die Situation mit Anstand akzeptiert«, sagte er. »Früher oder später *müssen* wir erkennen, daß die Siedler nicht unsere Feinde und keine uns unterlegenen Menschen, sondern unsere Partner sind. Ist diese Einsicht erreicht, können wir zum beiderseitigen Nutzen unsere Stärken teilen. Der freie Handel würde der Erde einen höchst wirksamen Schock verpassen, und ein erneuter Kontakt mit außerplanetarer Technologie würde uns zu neuen Anstrengungen stimulieren. Vielleicht würden wir mit der Zeit wieder die Vorherrschaft erlangen.

Aber meine Ansichten sind für meine Delegation nicht maßgeblich. Es gibt Erdbewohner, die euch alle als ungezogene Kinder betrachten und meinen, man müsse euch ins Gebet nehmen, euren Willen brechen, eure Volkswirtschaften aussaugen, und jede Auswanderung müsse verhindert werden. Sie kennen eure Geburtenziffern, eure Kindersterblichkeitsraten. Ohne Auswanderung würde sich eure Einwohnerzahl *verringern.* Das sehen sie als Waffe, die sie benutzen können, nicht als eine Tragödie, die abgewendet werden sollte. Sie bilden sich ein, die Erde werde irgendwie von eurem Zusammenbruch profitieren. Ich teile diese Ideen nicht, auch wenn ich sie bei meinen Leuten tolerieren muß.«

»Ich weiß, Hiroshi. Und McGillicutty spricht nicht für alle Siedler — obwohl seine Ansichten an Beliebtheit gewinnen. Seine Faktion *haßt* die Erde. Meine Extremisten sind ebenso extrem wie deine. Und ich kann sie nicht auf längere Zeit kontrollieren.«

Eine ganze Weile herrschte Schweigen. Das Vakuum draußen in seiner Nacktheit und Leere schien jedes Geräusch aus dem Raum zu saugen. »Gibt es gar nichts, bei dem wir Übereinstimmung erzielen können?« fragte Hardin endlich.

»Etwas anderes, als daß wir uns in einem Jahr wieder treffen wollen? Ich denke, nein. Wenn es nur du und ich wären, Angela, nur du und ich, dann könnten wir diesen unwirtlichen Vorposten mit einer sicheren Zukunft für uns alle verlassen.« Er dachte kurz nach. »Aber die Show, die dein McGillicutty heute abgezogen hat, könnte unwirksam gemacht werden. Wenn den Medien der Erde eine Aufzeichnung seiner Worte zugespielt würde, könnte das die öffentliche Meinung dahin umschwenken lassen, daß die Zölle auf medizinische Hilfsgüter herabgesetzt oder sogar aufgehoben werden sollten.«

Hardins schmales, ernstes Gesicht verzog sich zu einem Lächeln. »Das ist mir auch schon durch den Kopf gegangen, weißt du. Und aus irgendeinem seltsamen Grund haben meine Presseleute ein paar Videobilder von kranken Kindern und primitiven Krankenhäusern mitgebracht. Nur habe ich gezögert, sie zu benutzen. Sie stellen Hiroshi Suzuki als ein bißchen zu herzlos hin.« Beide wußten, welche Personen als Ersatz für Suzuki in Frage kamen. Wohl keiner von ihnen würde sich ein paar Stunden nach der Konferenz mit dem Oppositionsführer treffen. »Es könnte uns gelingen, diesen Aspekt in den Veröffentlichungen zu unterdrücken, wenn du einverstanden bist.«

»Kannst du dafür sorgen, daß der Schmuggel aufhört?« fragte Suzuki.

»Was? Diese zum Himmel schreiende Fälschung?« neckte Hardin ihn. »In dem Augenblick, wo du sie weitergibst, werde ich leugnen, sie je unterschrieben zu haben. Natürlich ist sie echt; auch sie ist McGillicuttys Werk. Und dumm noch dazu. Ein solcher allgemeiner Befehl *mußte* früher oder später an die andere Seite durchsickern. Ich werde alle Zollbeamten öffentlich dringend auffordern, ihre Bemühungen gegen das Schmuggeln zu verdoppeln. Es wird sie verwirren, sich widersprechende Anweisungen zu erhalten, aber sie werden mir gehorchen.«

»Die wirkliche Gefahr ist, daß die Menschen diesen Schmuggelbefehl als Fälschung ansehen werden, als eine Fehlinformation, die unsere Agenten lanciert haben«, meinte Suzuki ernst. »Versuche einmal, einen solchen Verdacht auszuräumen.«

»Aber du hattest noch einen anderen Grund, dieses Papier vor aller Augen zu schwenken«, behauptete Hardin. Es war keine Frage. »Die Zeit reichte nicht, daß dieser Befehl an die Zollbeamten und dann durch die üblichen Geheimdienst-Kanäle an euch zurückgelangen konnte. Du hast mir erzählt, der Rat der Siedlungswelten habe ein gefährliches Kommunikationsleck. Wo?«

Suzuki lächelte. »Du sitzt darauf. Auf dem Mond. Die Hälfte eurer Fernkommunikationen benutzen die Lunare Kommunikations-Laserbatterie als Relais. Oft ist sie die einzige starke Station, die für ein Signal-Relais in der richtigen Position ist. Selbst dann, wenn es eine Alternative gibt, benutzen die Siedlungswelten oft den Mond. Die Gebühren sind niedriger.«

»Aber ich dachte, unsere Laser-Kommunikation sei sicher! Hardware und Software sind doch angeblich gegen jede Störung blockiert und ebenso unverletzlich wie Diplomatengepäck. Technisch und juristisch sollen sie so angelegt sein, daß niemand einbrechen kann.«

»Das ist richtig — auf dem Mond. Doch oft sind Quelle und Ziel einer Kommunikation nicht beide von der Vorderseite des Monds aus sichtbar. Denke daran, die Vorderseite kann zu einem gegebenen Zeitpunkt nur die Hälfte des Himmels ›sehen‹.«

»Spielt das denn eine Rolle? Die Kommunikationen werden mit Hilfe von Relais übertragen und kommen auf jeden Fall durch.«

»Ja, aber die Relais sind Komsats, die die *Erde* umkreisen und nicht mit technischen Abwehrvorrichtungen ausgestattet sind. Dem Gesetz nach gelten von ihnen weitergeleitete Kommunikationen als ultrasicher und werden behandelt, als seien sie streng geheimes UN-Material.« Suzuki verzog seinen Mund zu einer angespannten Grimasse. »Und auf eine Weise sind sie das auch. Sie haben bei den UN in New York die höchste Prioritätsstufe, was das Entschlüsseln und Verteilen angeht.«

Hardin sah ihn scharf an. »Warum erzählst du mir das?« verlangte sie kategorisch zu wissen. »Warum gefährdest du auf diese Weise eine erstklassige Geheimdienstquelle? Wir beherrschen das Spiel beide zu gut, als daß du glauben könntest, *ich* würde glauben, es sei reiner Idealismus.«

»*Rein* ist er nicht, aber etwas Idealismus ist dabei. Spionage gegen ein deutliches Ziel, einen wirklichen Feind, mit einem echten Ziel in Aussicht, das kann ich akzeptieren. Es ist ein notwendiges Werkzeug der Diplomatie, es gehört bei diesem Spiel dazu. Aber etwas ganz anderes ist es, wenn man unterschiedslos und schadenfroh die Post seines Nachbarn öffnet, obwohl man feierlich versprochen hat, es nicht zu tun. Das ist unehrenhaft. Abgesehen davon kontrolliere ich die Quelle nicht. Das Anzapfen besorgen meine maßlosen Rivalen. Es hat mich einige Mühe gekostet, überhaupt eine Information von dort zu erhalten, und meine Leute mußten eine Reihe von Intrigen spinnen, um die Quelle der Information zu identifizieren. Mich würde es freuen und es würde meine Position stärken, wenn ich die Opposition im dunkeln lassen könnte, was die Aktionen der Siedlungswelten angeht. Und es wäre für uns alle sicherer. Sie neigen zu übereilten Handlungen.«

Trocken setzte Suzuki hinzu: »Außerdem habe ich meine eigenen geheimen Quellen — dich zum Beispiel.« Er hob Hardin sein Glas entgegen. »Du magst Leiterin der rivalisierenden Koalition sein, aber trotzdem erfahre ich von dir sehr viel.«

Hardin lächelte. »Und ich von dir, Hiroshi. Und ich von dir.«

Suzuki stellte sein Glas wieder ab. »Ich schlage vor, wir regen morgen eine Lösung des Problems an. Als Ergänzung zu der jetzt vorhandenen Laser-Batterie auf der Vorderseite könnte eine zweite auf der Rückseite gebaut werden. Mit sicheren Relais-Anlagen auf beiden Seiten des Mondes werden eure Kommunikationen nicht mehr abgehört werden können. Wären die Siedlungswelten einverstanden, sich an den Kosten zu beteiligen? Als ein Zeichen guten Willens?«

»Und um deine Feinde auszuschalten?« Hardins Lachen klang ganz jugendlich. »Natürlich werden wir das tun.«

»Ich werde die UNLAC-Ingenieure anweisen, gleich morgen mit der Planung zu beginnen.«

Damit war die Diskussion einer Batterie auf der Rückseite beendet. Suzuki wie Angela dachten lange Zeit nicht einmal mehr daran.

Und dann würde es zu spät sein.

HRISEY, ISLAND

Natürlich wurde die Sache in dem Augenblick, als Eile geboten war, unmöglich. Es hatte die Expedition von Anfang an behindert, daß sie nicht durch die Luft versorgt werden konnte, denn das Chartern — ganz zu schweigen vom Kauf — eines Flugzeugs, das bei den Temperaturen, den Winden und dem Terrain des nördlichen Islands sicher und zuverlässig operieren konnte, war unerschwinglich teuer. Garrisons finanzschwaches Unternehmen konnte sich so etwas nicht leisten. Deshalb war es auf den Seetransport angewiesen — oder, um es weniger großartig auszudrücken, auf einen einzigen überalterten hochseetüchtigen Schlepper.

Zur Zeit stand nicht einmal der Schlepper zur Verfügung. Er war dabei, die Plattform zu verlegen, eine Arbeit, die eigentlich nicht lange hätte dauern sollen. Aber die See ging hoch, und der Schlepper schaffte es noch weitere acht Stunden nicht, die *Surveyor* in ihre neue Bohrposition zu bringen. Dann kostete es ihn zusätzliche drei Stunden, an das Dock auf Hrisey zurückzudampfen. Eine Stunde brauchte die Mannschaft, um den Schlepper aufzutanken und andere rätselhafte nautische Maßnahmen zu treffen, bevor sie bereit war, Passagiere an Bord zu lassen. Garrison und Cathy, gewöhnt an die Hochgeschwindigkeitswelt des Luft- und Raumflugs, die an genauen Zeitplänen ausgerichtet ist, kam das Reisen zur See absurd langsam und planlos vor. Alles dauerte länger als vorgesehen, und das aus Gründen, die niemals erklärt wurden.

Dieser Eindruck wurde nicht gerade berichtigt, als sie schließlich an Bord des Schleppers gingen, um nach Akureyia zu fahren, nach dem Festlandshafen siebzig Kilometer südlich der Insel Hrisey. Noch nach Cathys und Garrisons Eintreffen fanden der Kapitän und seine Crew alle möglichen mysteriösen Dinge, die erledigt werden mußten, bevor sie sich auf den Weg machen konnten. Die meisten dieser Tätigkeiten wickelten sich offenbar so ab, daß ein Mannschaftsmitglied unter Deck verschwand, während die anderen an der Reling lehnten und gedankenverloren ihre Pfeifen pafften. Auch wenn sie alle gleichzeitig arbeiteten, bewegten die Seeleute sich ohne Hast, ja, sogar gemächlich. Nach all diesen zahllosen Verzögerungen, für die kein Grund zu erkennen war, legte der Schlepper schließlich vom Dock ab. Der Kapitän teilte seinen beiden Passagieren fröhlich mit, es dauere nur drei Stunden, die siebzig Kilometer Meer bis Akureyia zu überqueren — vier, wenn die Strömungen stark waren.

NEW YORK CITY

Glenda kam sich wie eine Idiotin vor. Ihre Arbeit war das Auftreiben von Mitteln für wissenschaftliche Zwekke, sie war eine bessere Büroangestellte, zweihundert Pfund Wissen darum, wo das Geld steckte und wie man es lockermachte — aber kein Privatdetektiv. Spendensammler legten sich nicht in den Foyers von Bürogebäuden auf die Lauer, wo sie sich lächerlich fühlten und nur darauf warteten, wegen Herumlungerns festgenommen zu werden. Solche Arbeit taten Privatdetektive, wenn sie Ausschau nach einem auf Abwege geratenen Ehemann hielten.

Aber Glenda fiel keine andere Möglichkeit ein, um den Mann festzunageln. Es war ihr nicht gelungen, Brattleby auf die Schliche zu kommen, und mit jedem mysteriösen Fehlschlagen ihrer Bemühungen wuchs ihre Überzeugung, sie *müsse* mit ihm reden, und zwar sofort. Sie hatte das deutliche Gefühl, daß das Museum bis über den Hals in der Sache drinsteckte. Sie *mußte* wissen, was, zum Teufel, all diese merkwürdigen Vorkommnisse wert war. Garrisons geheimnisvoller Liebesbrief über Lem Archers Stellenangebot war auch nicht gerade beruhigend.

Brattleby war im LuTech-Vorstand, und ein paar Fragen, die sie Freunden in der Wall Street gestellt hatte, bestätigten, daß er eine der wirklichen Mächte hinter dem LuTech-Thron war. Ein Zeitungsausschnittdienst hatte ihr ein paar Artikel und Fotos von ihm in dieser und jener Funktion geliefert. Nichts davon war besonders informativ. Aber Glenda nahm als sicher an: Brattleby war wahrscheinlich die einzige andere Person außer Garrison, die wußte, was eigentlich los war.

Und Brattleby war weder in einem Büro noch unter einer Privatanschrift, die Glenda festgestellt hatte, schriftlich oder telefonisch zu erreichen. Er war so gründlich aus dem Verkehr gezogen wie Garrison, der in Island auf Eis lag.

Die einzige Methode, wie sie Brattleby zu fassen kriegen konnte, war ihrer Meinung nach, daß sie im Foyer des Gebäudes wartete, wo LuTech seine Büroräume hatte. Im Augenblick war er da oben, dessen war sie sich ziemlich sicher.

Sie seufzte, verlagerte ihr Gewicht auf der Bank und warf einen Blick auf ihr Armbandgerät. Der winzige Schirm blitzte sie wütend an — Glenda hatte an diesem Vormittag bereits drei Termine versäumt. Sie drückte den Knopf, der die Zeit zeigte. Nun wartete sie hier schon drei Stunden lang. Es gefiel ihr nicht, so herumzusitzen.

Eine Stunde später öffnete sich ein Privataufzug am hinteren Ende des Foyers, und ein ziemlich zappelig wirkender Mann in konservativem Straßenanzug trat heraus. Glenda, abgestumpft davon, daß sie zu lange dagesessen und ins Nichts gestarrt hatte, brauchte einen Augenblick, bis ihr aufging, daß ihre Beute gekommen war.

Sie stand auf und sah ihn sich genau an. Ja, das war der Mann auf den Zeitungsfotos. Sie setzte einen entschlossenen Gesichtsausdruck auf und trat vor. »Mr. Brattleby?«

Er drehte sich um. »Wer sind sie?« fragte er gereizt.

Glenda studierte sein Gesicht. Sie war seit langem sehr geschickt darin, die Gesichter der Reichen zu lesen. Er ähnelte seinen Fotos sehr, aber in Fleisch und Blut hatte er etwas Nervöseres und Kurzsichtigeres an sich. Hier war ein Mann ohne Vorstellungskraft, ohne die Fähigkeit, etwas, das ihn nicht unmittelbar anging, zu verstehen oder daran interessiert zu sein. Er hatte eine Glatze, um die eine Franse schwarzen Haars überlebt hatte. Das blasse Gesicht zierten dicke Augenbrauen und ein buschiger Schnurrbart. Zusammen mit dem anthrazitfarbenen Anzug ließen sie seine Haut beinahe durchscheinend weiß wirken. Die Augen waren von einem dunklen Braun, glänzend und ausdrucksvoll. Das war ein Mann, der niemals etwas umsonst hergab. »Mein Name ist Glenda Doyle.«

»Sie sind die Frau vom Museum«, stellte er kurz fest.

»Das ist richtig, Sir, und ich habe viel Mühe gehabt, Sie aufzuspüren. Es gibt ein paar sehr wichtige Fragen, die ich stellen muß. Die Rechtsabteilung des Museums hat die Island-Sache überprüft, und man überlegt dort, ob man weitermachen und gefälschte Rechnungsposten verbuchen soll«, log sie. »Man wünscht meine Meinung zu hören, bevor man sich entscheidet. Soll ich anrufen und sagen, was ich jetzt darüber denke — oder sollen Sie und ich erst miteinander reden?«

Brattleby starrte sie mit bewußt leerem Gesichtsausdruck an. Schließlich räusperte er sich. »Ich erhalte schon genug Rechnungen von Rechtsanwälten. Kommen Sie, wir können in meinem Wagen reden.« Brattleby drehte sich um und führte Glenda nach draußen, wo eine lange schwarze Limousine am Randstein wartete.

Glenda war gebührend beeindruckt. Nach den letzten Zahlen, die sie gehört hatte, betrug die Tagessteuer für das Halten eines Privatwagens auf Manhattan mehr als tausend Dollar. Wahrscheinlich gab es heutzutage nicht einmal tausend zugelassene Privatfahrzeuge auf der Insel. Kaum einer konnte es sich leisten. Aber es hätte sich auch kaum einer den eleganten schwarzen Lincoln-Honda, der auf sie wartete, leisten können.

Die hintere dem Gehsteig zugewandte Tür glitt automatisch auf, als Brattleby sich näherte, ohne daß er, soviel Glenda sehen konnte, irgendein Zeichen gegeben oder einen Befehl erteilt hätte. Er winkte ihr einzusteigen, und Glenda trat in einen großen, luxuriös mit schwarzem Leder und mit Chrom ausgestatteten Innenraum, der ein Überbleibsel des vorigen Jahrhunderts war — oder vielleicht der vorvorigen. Sie setzten sich einander gegenüber, Glenda mit dem Rücken zur Fahrtrichtung. Von irgendwoher klang Chopin-Musik auf, betörend schön. Die undurchsichtigen Fenster wurden plötzlich transparent, und die Straßen der Stadt waren zu sehen, aber nicht zu hören. In geisterhafter Stille fuhr der Wagen von selbst an und fädelte sich in den Verkehr ein. Das einzige Geräusch war die leise, quellenlose Musik. In wenigen Augenblicken bahnte sich der Wagen mühelos seinen Weg durch den Strom anderer Autos und Busse, die die Straße hinunterfuhren. Der Robotwagen bewegte sich mit perfekter, leichter Grazie.

Glenda schrieb Brattleby ein paar Punkte gut. Warum am Randstein miteinander reden, wenn das eigene mobile Stück eindrucksvollen Grundbesitzes davor wartete? Hier drinnen würde es viel schwerer sein, Brattleby einzuschüchtern. Entschlossen, sich nicht beeinflussen zu lassen, beugte Glenda sich vor und begann, über die Musik zu sprechen. Im gleichen Augenblick wurde die Musik höflich zum Hintergrundgeräusch und ließ ihre Stimme widerwärtig laut und ungehobelt klingen. »Sie sind der Mittelpunkt von irgend etwas, Mr. Brattleby«, begann sie und ignorierte alles, was bei diesem Gespräch gegen sie stand. »Sie gehen Risiken ein, manipulieren Personen, treiben seltsame Spiele. Und ich mache mir große Sorgen, daß mein Museum in den Skandal verwickelt sein wird, wenn alles herauskommt. Sie werden sich ebenso elegant ausblenden, wie es Ihre Stereomusik tut, und es anderen überlassen, den Dreck wegzuputzen.«

Brattleby hob eine Augenbraue, sagte jedoch nichts. *Erzählen Sie mir etwas, das ich noch nicht weiß*, verkündete sein Gesichtsausdruck.

»Wenigstens haben Sie es auf diese Weise *geplant*«, fuhr Glenda fort. »Sie sind sehr reich, sehr mächtig — aber Sie sind nicht unverwundbar oder unfehlbar, auch wenn Sie sich das einbilden. Ich habe merkwürdige Berichte von Island bekommen, und ich weiß nicht, was ich davon halten soll«, gestand Glenda. »Die Gesellschaft, die Sie als Fassade gegründet haben, zahlt für die Forschungsarbeiten, die Sie offensichtlich verhindern wollen. Sie machen nicht ernstzunehmende Stellenangebote, die eher nach Bestechungen aussehen. Ein Schiff wird absichtlich in den falschen Hafen geschickt. Es sind Spione im Lager. Sie führen hier an diesem Ende Ihre eigene kleine Verschwörung durch, halten sie streng geheim, erfinden eine gemeinnützige Stiftung. Vielleicht kommen Sie damit durch — vielleicht auch nicht.

Sie können vieles tun, aber Sie können die Medien nicht kontrollieren und sie nicht einmal wesentlich beeinflussen. Wenn ein Reporter von diesen Vorgängen Wind bekommt, werden Sie ebenso dumm dastehen wie das Museum. Und bei undurchsichtigen Affären dieser Art gibt es immer jemanden, in dessen Interesse es liegt, einen Reporter zu rufen. Ich würde darauf tippen, daß Garrison Morrow dieser Jemand ist.«

Brattlebys Augen blitzten, und er sprach zum erstenmal, seit sie in den Wagen eingestiegen waren. »In welcher Beziehung stehen Sie zu Morrow?« fragte er scharf. Seine Stimme klang kräftiger, volltönender als im Foyer des Bürogebäudes. Vielleicht war die Akustik im Wagen besser. Vielleicht war der Robotwagen darauf programmiert, die Stimme seines Eigentümers mit irgendwelchen akustischen Tricks zu verstärken. Es kam nicht darauf an.

»Dr. Morrow führt Forschungen in Verbindung mit dem Museum durch. Wir dienen als Koordinationszentrum für seine Arbeiten, das ist alles. Meine Beziehung zu ihm erschöpft sich darin, ob sie der Aufgabe des Museums zuträglich oder abträglich sind.«

»Ich verstehe. Bedeutet Ihnen der Name Mjöllnir etwas?« fragte er, unvermittelt das Thema wechselnd. »M-J-Ö-L-L-N-I-R?«

»Nein.«

»Hmmm. Ich halte Sie nicht für eine so gute Schauspielerin, daß Sie ein Pokergesicht beibehalten können, wenn Sie lügen. Es ist ein Code-Name, den Morrow benutzt hat. Schlagen Sie ihn einmal nach.« Brattleby verstummte für lange Zeit, doch schließlich erklärte er: »Dr. Morrow muß die Konsequenzen nicht nur seines Handelns, sondern auch seines *Wissens* bedenken. Er zieht kühn aus nach der goldenen, schimmernden Wahrheit, und es kümmert ihn nicht, welche Folgen das, was er in Erfahrung bringt, haben mag. Es wäre unbedingt im Interesse des Museums — und im Interesse eines jeden, der Lebensmittelaufstände vermeiden will —, ihm die Flügel zu stutzen. Wenn ich Sie wäre, würde ich Himmel und Erde in Bewegung setzen, um ihn der Presse fernzuhalten.« Brattleby dachte nach und fuhr dann fort: »Sie haben zum Ausdruck gebracht, ich hätte Ihrer Meinung nach einen ziemlichen Wirbel veranstaltet. Ich dagegen finde, ich habe mich in Anbetracht der Tatsache, daß Dr. Morrows neue Erkenntnisse das Wirtschaftssystem der Erde — und infolgedessen das des gesamten Sonnensystems — erschüttern könnten, im höchsten Maße zurückgehalten habe. Menschen verhungern, wenn Wirtschaftssysteme versagen.

Und es könnte zu Schlimmerem als Versorgungsschwierigkeiten kommen. Was Morrow tut, mag auf der Erde eine Woge von Fremdenhaß auslösen, der sich gegen die Siedler richtet. Politiker, die bereits gegen die Siedlungswelten wettern, wären nicht fähig, sich der Hysterie zu verschließen. Dank diesem verdammten Marsianer McGillicutty gibt es jetzt schon genug Groll. Bei einer so angespannten interplanetaren Lage ist es gut möglich, daß eine Panik wie die, die Garrison Morrows Arbeit hervorrufen könnte, einen Krieg zur Folge hat.«

Glenda sah Brattleby erstaunt an. Sie fragte sich, ob er wahnsinnig oder schlicht paranoid sei. Wie konnten ein paar Felsen in Island einen interplanetaren Krieg hervorrufen? Der Wagen hielt vor dem Central Park-Eingang des Museums. Jetzt fiel Glenda auf, daß Brattleby keinen Befehl ausgesprochen, auf keine Taste getippt, keine Kontrolle betätigt hatte, um dem Auto mitzuteilen, wohin er fahren wolle. Das hatte es völlig allein herausgefunden. Auf der ganzen Welt gab es vielleicht hundert schauderhaft teure Computer, die zu einem solchen pseudo-intuitiven Sprung fähig waren. Die meisten von ihnen leiteten Regierungen. Der hier fuhr ein Auto. Brattleby war in der Tat ein sehr reicher Mann.

Die Tür öffnete sich. Glenda zögerte, auszusteigen. »Aber um was geht das alles?« fragte sie. »Was ist so wichtig und gefährlich?«

Brattleby richtete gelangweilt Augen auf sie, die sie bereits entlassen hatten, Augen, die bereits ein halbes Dutzend Züge im voraus sahen. »Sie werden es besser verstehen, wenn Sie es selbst ergründen. Sie werden es in der Bibliothek Ihres kostbaren Museums finden. Lesen Sie über die Arbeit der Alvarezes, Vater und Sohn, nach. Und über die des Astronomen Whipple.« Er hob den Blick zu einem weit entfernten Horizont seines Inneren. »Das war alles vor sehr langer Zeit«, sagte er leise, nachdenklich. »Vor hundert Jahren. Und fünfundsechzig Millionen Jahren. Leben Sie wohl, Miss Doyle.«

Glenda stieg aus, die Tür schloß sich, der Wagen fuhr an. Lange Zeit blieb sie da allein stehen. Dann eilte sie in die stolze Sicherheit des Theodore Roosevelt-Museums.

6. KAPITEL

NEW YORK CITY

Glenda hatte, während sie Brattleby jagte, eine Menge Arbeit vernachlässigt. Es war frustrierend, aber jetzt, wo sie ihn gefunden und er ihr ein paar ziemlich kryptische Hinweise gegeben hatte, war sie gezwungen, die Jagd für ein Weilchen aufzugeben. Ganz gleich, wie dringend der unverständliche Kampf zwischen Garrison und LuTech sein mochte, sie mußte ihren anderen Pflichten einige Zeit widmen, bevor sie sich wieder an die Suche machen konnte.

Eine Stunde nachdem sie von Brattleby am Randstein stehengelassen worden war begann eine Party, die dem Auftreiben von Mitteln diente, und die endlos dauerte. Glenda ließ sie ebenso über sich ergehen wie eine gleichermaßen endlose Abteilungskonferenz am nächsten Vormittag. Es war beinahe Mittag geworden, als sie in ihr Büro, zu ihrem Terminal und an ihre Suche zurückkehrte.

Mit einem deutlichen Gefühl der Erleichterung setzte sie sich hinter ihren Schreibtisch, zog ein Keyboard hervor und schaltete einen Schirm an. Nichts war ihr ärgerlicher, als wenn sie eine dringende Arbeit unbeendet liegenlassen mußte.

Ihre erste Frage war schnell beantwortet, auch wenn die Antwort ihr nicht besonders weiterhalf. Wie sich herausstellte, stammte Mjöllnir aus der nordischen Mythologie und war der Name von Thors Hammer.

Das war dunkel, doch es war wenigstens leicht zu recherchieren gewesen. Was hatte Brattleby sonst noch gesagt?

Die Alvarezes, Vater und Sohn, und der Astronom Whipple ... Wahrscheinlich waren in den Nachschlage-Speichern, die den Computern des Museums zugänglich waren, Hunderte von Alvarezes verzeichnet und mehrere Dutzend Whipples. Aber der Bibliothekscomputer war intelligent genug, daß er die Speicher auf Glendas Anweisung hin sieben konnte. Die richtigen Namen zu finden, sollte kein Problem sein. Andererseits wollte sie nichts übereilen.

Vor hundert Jahren. Und fünfundsechzig Millionen Jahren ...

Die fünfundsechzig Millionen Jahre erinnerten sie an etwas. Dieses Datum hatte irgendeine Bedeutung, irgendwo. Es war eines der Zeitalter in der Geologie ...

Glenda zog einen abgegriffenen Band von dem Regal über ihrem Schreibtisch. Sie blätterte darin, bis sie eine Tabelle der geologischen Epochen fand. Das Buch gehörte zu einer Zahl wissenschaftlicher College- und High School-Texte, die sie griffbereit hielt, um grundlegende Dinge nachschlagen zu können, über die sie sich nicht ganz im klaren war. Sie fand die Tabelle und stellte das Buch aufgeschlagen neben das Keyboard. Der Computer-Speicher hätte ihr die gleiche Information ebenso schnell und mühelos liefern können, aber sie konnte weder ein Lesezeichen in einen Bildschirm legen noch Notizen an den Rand machen. Mit den allgemeinen Informationen des Buches vor sich war sie imstande, die flüchtigen Einzelheiten zu jagen, hinter denen sie her war.

Eine Weile studierte sie die Tabelle. Sie nickte. Die halb vergessenen Namen und Zahlen fielen ihr wieder ein.

Die Geschichte der Erde wurde in fünf Abschnitte eingeteilt, vom ältesten zum jüngsten in das Archäozoikum, Proterozoikum, Paläozoikum, Mesozoikum und Känozoikum. Die Epochen wurden wiederum in Perioden unterteilt. Die alten Namen waren auf der Seite übersichtlich dargestellt. Glenda erinnerte sich, wie sie sie damals in der High School auswendiggelernt hatte, und lächelte vor sich hin. »Paläozoikum: Kambrium,

Ordovizium, Silur, Devon, Karbon, Perm. Mesozoikum: Trias, Jura, Ältere Kreidezeit, Jüngere Kreidezeit. Känozoikum: Tertiär, Quartär, Neuzeit, Gegenwart!«

Sie erinnerte sich, wie albern ihr die Namen vorgekommen waren, wie sie und ihre Freundinnen gekichert und eigene Namen erfunden hatten. »Obskurium: Kontentium, Kontextium, Prätentium. Cinematikum: Photographikum, Pornographikum, Videum, Tridimensium. Bulemikum: Früher Fraß, Später Fraß, Kotzium.«

Mr. Stemegna, der Geologielehrer, hatte sein Bestes getan, hatte erklärt, daß die Namen nicht bedeutungslos und bombastisch waren, daß die Perioden keine sinnlosen Etiketten darstellten, die man willkürlich über die Landkarte der Zeit geklebt hatte. Glenda hörte seine ernste, schrille Stimme noch, die versuchte, einer zappeligen Klasse, die längst dem Frühlingsfieber verfallen war, eine Botschaft zu vermitteln.

»Wenn man die Grenze zwischen dem Kambrium und dem Ordovizium überschreitet, verändert sich das Gestein, verändern sich die Fossilien«, dozierte er. »Und das Gestein ist die geschriebene Geschichte des Lebens. Das ist die Bedeutung der Namen Paläozoikum, Mesozoikum, Känozoikum. Leben der alten Zeit, Leben der mittleren Zeit, Leben der jüngsten Zeit. Es ist das Leben selbst, das diese Steine bedeutungsvoll gemacht hat.

Die alten Wissenschaftler haben nicht einfach beschlossen, die Zeit in Stücke aufzuteilen und ihnen komische Namen zu geben. Sie stellten fest, daß sich die Felsen an bestimmten Orten überall auf der Welt in gleicher Weise veränderten und benannten die geologischen Perioden für gewöhnlich nach dem ersten Ort, an dem sie die Veränderungen bemerkten.«

Glenda blinzelte und kehrte in die Gegenwart zurück. Neben der Tabelle mit den geologischen Perioden war eine Spalte mit BEGINN überschrieben — Beginn vor Millionen von Jahren, und die Abschnitte wurden immer länger, je weiter es in der Zeit zurückging. Glenda fuhr mit dem Finger die Linie entlang und hielt bei 65 an. Das war genau die Grenze zwischen Mesozoikum und Känozoikum, das Ende der Kreidezeit, nach der die Ära des Lebens der Mittleren Zeit und mit dem Tertiär das Leben der Jüngsten Zeit begann.

Aber Mr. Stemegna sagte, das seien bedeutungsvolle Namen, dachte sie. Sie drückten etwas über das Leben in diesen Perioden aus, und der Zeitpunkt vor fünfundsechzig Millionen Jahren war so wichtig, daß er nicht nur zwei Perioden, sondern zwei *Zeitalter* trennte. Fünfundsechzig Millionen Jahre markierten die Grenze zwischen zwei der größten Abschnitte geologischer Zeit.

Vor fünfundsechzig Millionen Jahren hatte es eine so drastische Veränderung in den fossilen Aufzeichnungen gegeben, daß sie nur im größten Maßstab abgegrenzt werden konnte. Also, was war der Unterschied zwischen Mesozoikum und Känozoikum? Glenda blätterte zu der nächsten Seite ihres Geologiebuchs um. Wieder eine Tabelle, detaillierter, mit Angabe der Schlüsselereignisse der geologischen Zeit. Da war es, genau an dem Trennstrich zwischen Mesozoikum und Känozoikum. *Dinosaurier ausgestorben,* hieß es schlicht. *Beginn des Zeitalters der Säugetiere.*

Lange saß Glenda da und dachte nach. Dann wandte sie sich ihrem Keyboard zu.

Eröffne Biographie-Dateien, tippte sie. *Erstelle Liste der Vater-Sohn-Paare von Wissenschaftlern, Familienname Alvarez, in den letzten 150 Jahren, vor allem im späten 20. Jahrhundert.* Es war ein ziemlich komplizierter und vager Befehl, aber der Parser der Zentraleinheit konnte mühelos damit fertigwerden. Glenda stieß einen Seufzer der Erleichterung aus, als nur ein einziges Paar Namen erschien.

In der Zeit von 1960—1990, verkündete der Computer, *Dr. Luis W. Alvarez, Nobelpreis für Physik 1968. Professor emeritus der Physik, Lawrence Berkeley Laboratory, Universität von Kalifornien, Berkeley. Sein Sohn Dr. Walter Alva-*

rez, Fachbereich Geologie und Geophysik, Universität von Kalifornien, Berkeley.

Einen Augenblick später fügte Glenda nach den Hinweisen, die Brattleby ihr gegeben hatte, einen weiteren Namen hinzu.

Dr. Fred Whipple, Professor emeritus, Smithsonian Astrophysical Observatory, Cambridge, Massachusetts, derselbe Zeitabschnitt.

Stirnrunzelnd betrachtete sie die Namen. Das waren die Namen, die Brattleby ein Jahrhundert später ängstigten? Wie, zum Teufel, konnten ein Astronom, ein Physiker und ein Geologe aus der Zeit von vor hundert Jahren den Asteroiden-Abbau bedrohen?

Jetzt war sie bereit zu der Hauptfrage, zu einer Frage von der Art, die Bibliothekscomputer für einen Rechercheur kostbarer als Rubine macht. Der Computer konnte mit heroischer Geschwindigkeit buchstäblich alles aufgezeichnete menschliche Wissen durchsehen, sich, wenn er es für richtig hielt, mit anderen Computern an anderen Orten verbinden, die verstreuten Fäden der Information zu einem neuen und perfekten Gobelin verweben. Nur menschliche Wesen konnten sich die Fragen einfallen lassen, aber nur mit Computern durften sie hoffen, die Antworten in der grenzenlosen, pfadlosen Wildnis des Wissens zu finden.

Stelle Verbindung her zwischen den oben genannten Namen, der Grenze zwischen Mesozoikum und Känozoikum und anderen Ereignissen vor ca. 65 Millionen Jahren sowie Island. Überprüfe alle geeigneten Quellen und Datenspeicher bis zum Kreditlimit dieses Kontos. Erstelle Ausdruck für dieses Terminal, tippte Glenda. Selbst für das im Auffinden von Relationen schnellste System würde es eine schwierige, zeitaufwendige Arbeit sein, da sie den Befehl zu einer unbegrenzten Suchaktion gegeben hatte. Der Computer würde zuerst an den wahrscheinlichsten Orten nachsehen, sich dann durch alle Wahrscheinlichkeitsebenen durcharbeiten. Schließlich mochte die Verbindung *ir-*

gendwo stecken. Glenda hatte den Befehl nicht eingeschränkt, und die Maschine würde unermüdlich jedem Index und jedem Querverweis nachgehen, alle Informationen sieben, bis sie etwas fand, bis Glenda ihr sagte, sie solle aufhören — oder bis Glendas Computer-Kreditkonto erschöpft war. Sich selbst überlassen, hatte der Bibliothekscomputer bei früheren Gelegenheiten schon Stunden auf solche Probleme verwandt. Immerhin war das den Monaten oder Jahren — oder Jahrhunderten — vorzuziehen, die eine manuelle Suche möglicherweise erfordern würde.

Glenda nickte und schob das Keyboard zur Seite. Zeit zum Lunch. Mit etwas Glück fand der Computer in weniger als einer Stunde irgendeine hauchzarte Verbindung, der sie nachgehen konnte. Sie rechnete damit, bei ihrer Rückkehr eine oder zwei Zeilen ausgedruckten Text zu sehen oder vielleicht vor dem Feierabend gar nichts mehr zu erfahren.

Fünf Minuten, nachdem sie gegangen war, erwachte der Drucker zum Leben und begann, Seite um Seite auszuspeien, bis der Fangkorb überquoll.

ISLAND

Garrison hörte Bens Stimme zu, die über das Funkgerät kam, und sah dabei auf den Fjord hinaus. Die Nachrichten waren nicht gut.

»Die Hälfte der Einheimischen hat sich verdrückt, was ein Drittel der Mannschaft ausmacht. Sie sind weg. Verduftet. Keiner mehr da. Over.« Bens Stimme klang kratzig aus dem altersschwachen Schiff-Küste-Funkgerät. Garrison und Cathy kamen mit dem Frachtschlepper den Fjord herauf. Die Rückfahrt von der Hauptstadt mit dem Lastwagen war ein weiterer knochenzermalmender Alptraum gewesen, und sie konnten gerade jetzt keine neue Katastrophe brauchen.

»O um Himmels willen, Ben. Haben sie schon angefangen, den Erstgeborenen zu schlachten?« fragte Garrison. »Over.«

»Ich will diese Bemerkung überhört haben. Over.«

»Ein schlechter Witz, Ben«, räumte Garrison ein. »Wenn ich lache, sag mir, du freust dich, daß ich meinen Sinn für Humor noch nicht verloren habe. Over.«

»Wenn du deinen noch hast, geh doch einmal auf die Suche nach meinem«, brummelte Ben. »Paß auf. Ich mußte einiges unternehmen, um den Rest festzuhalten. Das werde ich dir erklären, wenn du herkommst. Oh, und du kannst Zeit sparen. Lande nicht erst auf der Insel — wir sind sowieso alle hier draußen auf der Bohrplattform. Wir werden dir eine Kerze ins Fenster stellen. Over und aus.«

»In Ordnung. Morrow aus.« Garrison legte das Mikrophon hin, bedachte den Schlepperkapitän mit einem Achselzucken und trat aus der Kabine auf das Deck. Er stellte sich zu Cathy, die am Stern in das tosende Wasser starrte.

Leer. Das verdammte Frachtschiff in Reykjavik war leer gewesen oder nahezu leer. Eine symbolische Fracht, um dem Schwindel Wahrscheinlichkeit zu verleihen. Der Kapitän hatte ihnen überlassen, was da war — ein paar Ersatzteile und etwas Hochtemperatur-Brennstoff —, und die Crew hatte geholfen, das Zeug auf einen Lastwagen zu laden. Auf einen einzigen Lastwagen — in dem eine Menge Platz übrigblieb.

Garrison teilte Cathy mit: »LuTech hat die Hälfte der Isländer bestochen, daß sie die Crew verließen.« Er mußte brüllen, damit sie ihn durch das Rauschen des Wassers und das Brummen der Maschine verstand. »Eines Abends kam irgend so ein Kerl nach Hrisey und sagte, er werde ihnen das Doppelte zahlen von dem, was sie bei uns bekommen, nur damit sie *nicht* für uns arbeiten. Außerdem streute er Gerüchte aus, wir bohrten so tief, weil wir einen künstlichen Vulkan ausbrechen lassen wollten. Von den zwölf Einheimischen haben wir sechs verloren.«

»Was ist mit den anderen sechs?« fragte Cathy hölzern. Sie war schon ohne diese Neuigkeit geschlagen genug, deprimiert genug.

Garrison zuckte die Achseln. »Sie sind geblieben. Ich weiß nicht, warum. Vielleicht wegen einer Kombination von Gründen. Vielleicht haben sie echtes Interesse an der Forschung, sind neugierig. Vielleicht empfinden sie Stolz auf ihre Arbeit. Oder vielleicht wissen sie, daß die Geschichte über den Do-it-yourself-Vulkan eine verdammte Lüge ist, und es erbost sie, daß man sie angelogen hat. Oder vielleicht mögen sie uns einfach. Ich weiß es nicht. Ich bin zu müde, um noch verärgert oder aufgebracht oder überrascht zu sein. Ich bin nur froh, daß einige von ihnen geblieben sind. Jetzt gehe ich nach unten und horche eine Weile an der Matratze. Warum suchst du dir nicht auch eine Koje?«

»Ich kann nicht schlafen. Ich wünschte, ich könnte es. Am besten bleibe ich wohl hier. Ich wecke dich, wenn wir ankommen.«

Garrison schüttelte den Kopf. »Wenn du nicht schlafen kannst, nimm eine Tablette, Mädchen. Wir werden dich am anderen Ende gesund und munter brauchen.«

Cathys Mund zuckte im Ansatz zu einem Lächeln, was wegen des Parkas unsichtbar blieb. »Okay. In einer Minute. *Jesus Christus,* ist das kalt.« Garrison klopfte ihr auf den Rücken, ging und ließ sie noch eine Zeitlang aufs Meer starren.

Sie wurden bei ihrer Rückkehr nicht sehr freudig empfangen. Ben holte sie von der Landebrücke der *Surveyor* ab. Obwohl sein Gesicht innerhalb der Parka-Kapuze verborgen war, erkannten sie die Müdigkeit, die Erschöpfung, die sich in jeder seiner Bewegungen ausdrückte. Er führte sie in den kalten, kahlen Raum, der an Bord der *Surveyor* als Büro diente. Jedenfalls lag die

Temperatur im Innern über dem Gefrierpunkt, und sie öffneten die Reißverschlüsse ihrer äußeren Hüllen.

Garrison betrachtete Bens Gesicht und schüttelte den Kopf. Ben sah furchtbar elend aus. Hatte er, seit sie ihn zuletzt gesehen hatten, überhaupt geschlafen? »Wie läuft es mit dem Bohren, Ben?« fragte er.

»Wir kommen voran, wir kommen tiefer, aber es geht nicht besonders gut. Gott, ich kann nicht einmal mehr geradeaus *denken.* Jeder hier weiß, daß dies unser letzter Versuch ist. Ich habe alle Leute von den anderen Arbeiten abgezogen — Analyse, Lagerung der Kerne, Lagerwartung, von allem. Jeder tut, was er kann. Wir haben Rekorde im Wechseln, im Auftanken, im Demontieren und Reparieren von Bohrspitzen aufgestellt — wir haben unsere alte Rate ›Arbeitsstunde pro gebohrtem Meter‹ halbiert — aber wir haben einfach nicht mehr genug Leute. Zehn Personen können nicht die Arbeit von achtzehn tun. Ihr beiden seid wieder da, das wird ein bißchen helfen. Nur bleibt uns nicht mehr viel Zeit. Früher oder später — wahrscheinlich früher — wird LuTech oder die GRF es mit einem anderen Trick versuchen, um uns lahmzulegen. Was es sein wird, weiß ich nicht. Vielleicht ein Angriff mit Tieffliegern. Bis jetzt kann man ihnen gewiß keinen Mangel an Phantasie vorwerfen.«

Ben blickte zu Garrison hoch und blinzelte schläfrig. »Hör mal, ich mußte irgend etwas unternehmen, um die anderen festzuhalten — und sie anzuspornen, so schwer zu arbeiten, wie wir es brauchen. Deshalb habe ich aus der Schule geplaudert. Ich habe ihnen gesagt, was wir *tatsächlich* hier tun — und erklärt, warum du ihnen das nicht von Anfang an mitteilen konntest. Sie stehen alle auf deiner Seite.«

Garrison nickte. »Ja, ich habe mir gedacht, daß du dazu gezwungen sein könntest. Das geht in Ordnung. Es ist nicht mehr wichtig. Aber was du sagst, bedeutet, daß wir nicht nur gegen den Mangel an Vorräten zu kämpfen haben, sondern auch gegen die Zeit.«

»Ja, aber ohne Material für die Bohranlage spielt die Zeit keine Rolle mehr«, entgegnete Ben. »Laß mich mal die Dokumente für das sehen, was ihr mitgebracht habt.« Garrison grub die Papiere aus seiner Tasche und reichte sie ihm. Ben las sie langsam durch.

»Reicht es?« fragte Cathy. »Reicht das, was du noch übrig hast, und das, was wir mitgebracht haben, daß wir tief genug bohren können?«

Ben kratzte sich mißmutig den Kopf. »Kein Problem — wenn. Wenn, wenn, wenn.« Gedankenversunken las er den Frachtbrief. »*Wenn* die neuen Bohrspitzen es aushalten, daß wir sie ebenso schlecht behandeln wie die alten. *Wenn* der Brennstoff von guter Qualität ist. *Wenn* die unteren Gesteinsschichten sich für uns nicht in rostfreien Stahl verwandeln. Hoffen wir auf hübsch weichen Fels da unten. Mit Sandstein könnten wir fertigwerden«, sagte er düster, »aber den trifft man in vulkanischen Strata nicht häufig. Oh, und natürlich, *wenn* die vor der Eruption liegenden Strata sich nicht entscheiden, einen Kilometer tiefer zu liegen, als unsere Simulationen annehmen, Cathy. Wenn wir alle diese Wenns überwinden, klar, dann werden wir es schaffen.« Er sah Garrison an. »Andernfalls ist es aus. Bei der Lieferung sind keine Kernsammler, oder?«

»Nein.«

»Dann sollten wir lieber noch ein Wenn hinzufügen — *wenn* wir gut im Raten sind. Ich habe unseren Vorrat an Kernsammlern überprüft. Wir hatten zwanzig. Acht davon taugten nichts.«

»Christus!« Garrison schlug sich frustriert mit der rechten Faust in die linke Handfläche. Ohne Bohrkerne hatten sie keine Ahnung, was sie durchbohrten. Sie mußten völlig blind arbeiten. Sie konnten den Mittelpunkt der Erde treffen, und es würde ihnen überhaupt nichts nützen. »Okay, Ben. Das sind vorerst genug gute Neuigkeiten. Zeig uns eine Art von Lagebericht und verzieh dich dann ins Bett. Cathy, wir beide wollen uns an die Arbeit machen.« Garrison war noch nicht ganz bereit aufzugeben — aber er zog es ernsthaft in Erwägung.

NEW YORK CITY

»O mein Gott!« Glenda trat in ihr Büro und fand einen Ozean aus Papier auf dem Fußboden vor. Sie hatte das Fenster offengelassen, und der Ausdruck war überallhin geweht worden. Es mußten fünfhundert Seiten sein, Diagramme, Pläne und Fotos waren im Zimmer verstreut, als hätte der Zauberlehrling das Wasserholen aufgegeben und sich dem Geschäft des Wiederauffindens von Informationen zugewandt. Es hätte schlimmer kommen können, sagte sich Glenda. Auf dem Zustandsschirm des Druckers flackerte eine Botschaft. *KEIN PAPIER/BITTE NACHLADEN.* »Das werde ich schön bleibenlassen«, murmelte Glenda. Sie watete vorsichtig in das Büro, bahnte sich einen Weg durch den Blizzard aus Papier. Dann befreite sie den Schreibtisch so weit von Blättern, daß sie das Keyboard fand. *Annulliere letzten Suchbefehl, lösche Pufferspeicher des Druckers,* instruierte sie den Computer. Sie sah auf die Wanduhr. Es war vier. Fogarty sollte verdammt dafür sein, daß er sie zu dieser Konferenz gezerrt hatte! Glenda hatte schon gefürchtet, nie mehr entkommen zu können. Sie warf ihre Handtasche auf den Schreibtisch, ließ sich auf die Knie nieder und begann, das Papier einzusammeln. Wenigstens waren die Seiten numeriert. Es sollte nicht zu schwierig sein, sie in Ordnung zu bringen.

Zehn Minuten später hatte sie das letzte Blatt des Ausdrucks eingefangen und alles in einem einzigen, wenn auch ziemlich zerknitterten Stapel auf ihrem Schreibtisch liegen. Ihre überdimensionale Handtasche diente als gewichtiger Briefbeschwerer. Glenda begann, die Seiten zu sortieren. Dann überlegte sie es sich anders und ging einen Kaffee trinken. Wahrscheinlich würde es eine langwierige Arbeit werden.

ISLAND

Garrison fügte den letzten Bolzen in eine neue Bohrspitze und signalisierte dem Team, den Bohrer zu heben und wegzuschwenken. Er stand auf. Sein Rücken schmerzte mit einem dumpfen Pochen. Er warf einen Blick auf die Uhr, versuchte, sich darüber klarzuwerden, ob es drei Uhr morgens oder nachmittags war. Achselzuckend sagte er sich, daß es keine große Rolle spiele. Die Zeiteinheiten hatten hier herum vor langer Zeit aufgehört, etwas Besonderes zu bedeuten. Das Wetter machte es beinahe unmöglich, Tag und Nacht zu unterscheiden, und nach draußen konnte man sowieso nicht gehen. Ein neues Unwetter war herangezogen, verdunkelte den Himmel, ließ die alte Plattform in Sturm und Wellen ächzen und stöhnen. Niemand konnte schlafen. Die dienstfreien Crew-Mitglieder kamen wieder, nachdem sie eine oder zwei unruhige Stunden in ihren Kojen verbracht hatten, und arbeiteten mit den anderen weiter, bis Erschöpfung oder Hunger sie zum Aufhören zwang. Sie kauten auf ein paar Bissen faden Essens herum, ließen sich für eine Stunde oder zwei, die ihnen keine Erholung brachten, wieder in die Kojen fallen, und taumelten von neuem zur Arbeit.

Essen schmeckt nach gar nichts, wenn es über Zungen geht, die von altem, immer wieder heißgemachtem Kaffee verbrüht sind. Die Gerüche nach Hochtemperatur-Brennstoff, nach ungewaschenen Körpern, nach zuviel Zigarettenrauch, nach einer Toilette, deren Abflußrohr zugefroren war, nach ungegessenen und ungenießbaren Speisen gerannen zu einem trägen Miasma, das die Nase beleidigte.

Alles verschwamm in Gräue.

Lasse einen brennstoffbeladenen Bohrkopf hinunter, hoffe, das verdammte Ding zerbricht nicht in dem Augenblick, wo es die Bohrlochsohle erreicht. Drücke Knöpfe, beobachte die Instrumente, vergewissere dich, daß die Schneidflamme am Schmelzbrenner aufleuchtet, verfolge die Anzeigen, um zu sehen, ob das Ding sich tatsächlich abwärts bewegt. Verfolge die Druckanzeigen, die Temperaturanzeigen, frage dich, wie lange es dauern wird, bis da unten etwas kaputtgeht. Trage den quälend langsamen Fortschritt auf einem Plan ein, der von Kaffeeflecken beinahe unleserlich geworden ist. Schimpfe auf die Maschinen, wenn etwas schiefgeht, wenn der Brennstoffvorrat zu Ende ist, wenn das Kabel knickt. Spüre deine Eingeweide zu Gallerte werden, wenn du glaubst, das Kabel sei gerissen und die Bohrspitze bleibe für alle Ewigkeit unten liegen und du habest ein blockiertes und nutzloses Bohrloch. Atme auf, wenn der Druckmesser zuckt und anzeigt, die Bohrspitze ist noch da. Horche auf das nervenzerfetzende Winseln der Winden, die die tote Bohrspitze hochziehen, warte darauf, daß etwas reißt, während sich Kilometer um Kilometer Kabel aus dem Bohrloch schlängelt, warte darauf, daß irgendein Stück der Ausrüstung sich festfrißt. Hilf den anderen, die rotglühende Bohrspitze abzuspritzen, wenn sie endlich zum Vorschein kommt. Laß die Wasserstrahlen auf der Bohrspitze spielen und das Universum in einer Wolke fettigen Qualms verschwinden. Hebe die Bohrspitze von dem Bohrkopf, befestige eine neue. Senke den brennstoffbeladenen Bohrkopf hinunter, hoffe, daß das verdammte Ding nicht zerbricht …

Auf der Karte zeichnete sich langsam, langsam ein Fortschritt ab. Garrison war sich nicht bewußt, daß er noch etwas anderes tat, außer daß er beobachtete, wie die Striche auf dem Papier ein bißchen länger, ein kleines bißchen länger wurden. Er hatte keine genaue Vorstellung davon, wie lange sie schon dabei waren. Einen

Tag? Zwei? Zehn? Es kam nicht darauf an. Sie waren noch nicht tief genug, aber sie kamen immer noch voran.

An irgendeinem Punkt ihres Weges hatte sich alles verändert. Es war nicht mehr einfach eine Suche nach Wissen, es war ein Kampf. Eine verzweifelte Schlacht gegen unsichtbare Gegner, um ein unschätzbares Juwel, ein Juwel aus zerbröckeltem Gestein, ein Juwel mit der Macht, die Welt zu verändern. Wie war das geschehen? Wie hatte die Natur des Kampfes sich so radikal verändert? Garrison schüttelte den Kopf. Es kam nicht darauf an. Die nächste Bohrspitze wurde hochgezogen, tauchte höllenrot aus der stygischen Schwärze auf. Sie spritzten die Bohrspitze ab, und seine Sorgen gingen in einer neuen Wolke widerlichen, kränklichen Dampfes unter.

Mit schmerzender Langsamkeit krochen die Markierungen auf der Fortschrittskarte endlich unter eine dünne, zweifelhaft wirkende gepunktete Linie — die geschätzte Tiefe, wo sie unter dem Stratum sein müßten, das durch Islands Vulkanismus aufgeworfen worden war. Bald darauf fingen die Anzeigen auf den Druck- und Bewegungsmessern an, mit einer geringfügig höheren Rate nach unten zu zittern: Sie waren auf eine weichere Felsader gestoßen, und die Bohrspitze bewegte sich schneller.

Sie waren bis zu den zertrümmerten Überresten des alten Meeresbodens vorgestoßen, die Art von Fels, die am höchsten gelegen hatte, obenauf, bevor Island geboren worden war. Wenn das, was sie suchten, überhaupt irgendwo war, hatten sie die Stelle gefunden. Wenn Mjöllnir je existiert hatte, war dies sein Grab, seine Knochen lagen hier — mikroskopische Fragmente und Scherben, wirr durcheinander in den alten Meeresboden eingebettet.

Ein Summer ertönte, und mit plötzlich erwachtem Eifer richtete Garrison den Blick auf die Anzeigen. Der Bohrspitze war der Brennstoff ausgegangen. Sie holten sie heraus. Ben, dessen Gesicht unter einer Maske aus Schmutz, Schweiß, Steinstaub, Schmiere und Erschöpfung verborgen war, sah zu Garrison hin. Garrison nickte, einmal, ganz knapp. Sein Gesicht war leer, er war im Geist weit weg von der Betriebszentrale, war ganz in seine eigenen Gedanken versunken.

Ben rief nach einer Kernziehvorrichtung. Die Mannschaft befestigte sie an dem Bohrseil und hängte sie über das Bohrgestell. Die Winden liefen an, und die Ziehvorrichtung fiel, glitt unter genauer Kontrolle lange Kilometer abwärts auf die Bohrlochsohle zu. Sie wurde langsamer, hielt ein paar Meter über dem Bohrort an, wartete auf Befehle aus der Betriebszentrale Kilometer weiter oben.

Garrison streckte den schmutzigen Zeigefinger aus und drückte den *Start*-Knopf. Das Signal lief zu dem Rohr hinunter, und es erwachte zum Leben. Winzige, starke Zwillingslaser, so klein, daß sie im Rand des Rohrs Platz hatten, flammten auf. Das Rohr begann sich zu drehen. Zentimeter um Zentimeter schnitten sich die Laser durch den Fels, formten einen perfekten Zylinder mit fünfzig Zentimetern Durchmesser. Das Rohr schob eine Messinghülle mit genau dem gleichen Durchmesser von oben nach unten über die Bohrprobe, während die Laser sie aus dem sie umgebenden Gestein herauslösten.

Als der Bohrkern den Messingzylinder ganz füllte, richteten die Laser sich nach innen und schnitten den Bohrkern unten ab, wobei sich die Hülle der Ziehvorrichtung weiterdrehte. Ein dirigiertes Spezial-Dichtungsmittel floß aus dem unteren Rand des Rohrs. Das Dichtungsmittel haftete seitlich, aber nicht senkrecht, und versiegelte so das untere Ende des Rohrs, ohne es an der Sohle des Bohrloches festzukleben. Die Ziehvorrichtung schickte ein Signal nach oben. Langsam, vorsichtig drehten sich die Winden, hoben den hart erkämpften Preis behutsam an die Oberfläche.

Lange Minuten später brach das Rohr klappernd durch die Oberfläche des Planeten. Die Winden zogen das acht Meter lange Rohr ganz aus dem Bohrloch und hielten es an einem Seil über den Köpfen der Expeditionsmitglieder fest. Schwarz von verbranntem Stein, angeschlagen und schmutzig von den rauhen Felswänden des Bohrloches, glich das Rohr einem trotzigen mechanischen Flüchtling aus einer früheren Unterwelt, dem dienenden Automaten eines der älteren Götter der Hölle.

Sie befestigten das Rohr an einem anderen Seil, damit die Winden sich mit der nächsten Bohrspitze an die Arbeit machen konnten, und ließen es an der Luft hängen, damit es abkühlte, langsam die Hitze des Planeteninneren verlor. Garrison wollte das Risiko nicht eingehen, das Gestein innerhalb des Rohrs durch die abkühlende Kraft eisiger Meereswassergüsse zu erschüttern. Schließlich wurde der gefüllte Messingzylinder zwecks späterer Untersuchung ganz vorsichtig auf die Seite gelegt.

Die nächste Bohrspitze war bereits auf dem Weg nach unten. Zwei Stunden, nachdem der erste Bohrkern extrahiert worden war, hing sein Zwilling über der Crew. Dann noch einer und noch einer, bis sie alle funktionsfähigen Kernziehvorrichtungen aufgebraucht hatte.

Garrison sah den letzten Bohrkern nach oben schweben. Das war's dann gewesen. Es war vorbei. Entweder hatten sie etwas gefunden oder nicht. Rings um ihn brachen die Leute buchstäblich da, wo sie standen, zusammen; die Erschöpfung war nun doch größer geworden als der Zwang, die Arbeit zu beenden, bevor *wieder* etwas passierte, das sie aufhielt.

Garrison salutierte dem Bohrkern schwach und taumelte auf das Deck hinaus. Nach und nach kam ihm zu Bewußtsein, daß es Nacht war und daß ein neuer Sturm über die Bohrinsel raste. Ausgeschlossen, noch heute nacht ins Basislager zurückzukehren. Er machte kehrt und ging wieder hinein, um sich irgendwo eine Koje zu suchen.

Erst am nächsten Morgen, als die Bohrkerne mühsam und vorsichtig in die Präparierkantine auf der Insel gebracht worden waren, erst nachdem die Rohre geöffnet worden waren, fanden sie etwas. Tief ins Innere der letzten paar Bohrkerne eingebettet, fanden sie etwas, auf das zu hoffen sie längst aufgehört hatten.

Sie fanden den Sieg.

NEW YORK CITY

Die Nacht war schon fortgeschritten auf Island, als über Manhattan erst die Dämmerung hereinbrach. Glenda nippte an den lauwarmen Resten ihres Kaffees und las weiter. Die Geschichte war wirr, verborgen in der Masse der Hinweise, aber allmählich begriff sie.

Angefangen hatte es vor hundert Jahren mit einer dünnen Tonschicht, die in einer Kalksteinwand gefunden wurde, Teil eines Hangs vor der italienischen Stadt Gubbio. Die Fossilien in dem Stein überhalb und unterhalb der Tonschicht zeigten, daß sie haargenau die Grenze zwischen Mesozoikum und Känozoikum markierte.

Die Tonschichten hatten sich am Grund eines Meeres gebildet, das später durch die Bewegungen der Erdkruste hochgehoben wurde und verschwand. Der Stein bestand hauptsächlich aus Trillionen und Abertrillionen von Plankton-Leichen. Das Kalzium aus ihren Schalen löste sich auf, wenn ihre einzelligen Körper verfielen, und verwandelte sich dann in Kalziumkarbonat — Kalkstein. Unendliche Generationen von Plankton bauten im Lauf der Jahrmillionen den Kalkstein auf, Millimeter um Millimeter, Meter um Meter.

Die erwähnte Tonschicht unterbrach den Kalkstein ein Stück den Hang hinauf. Das Alvarez-Team wollte feststellen, wie lange es gedauert hatte, bis die Tonschicht sich abgesetzt hatte, und versuchte deshalb, das Iridium in dem Ton zu messen. Was es dort an Iridium gab, konnte nur von einer einzigen Quelle stammen, dem kosmischen Staub, der mit einer ziemlich konstanten Rate aus dem Weltraum auf die Oberfläche der Erde rieselt. Solange sich die Tonschicht unter der Meeresoberfläche bildete, landete der kosmische Staub auf dem Wasser, sank auf den Grund und wurde von dem Ton absorbiert.

Hatte der Ton sich schnell abgelagert, war er dem offenen Wasser nicht lange genug ausgesetzt gewesen, um viel Staub anzusammeln. Hatte er über längere Zeit hinweg Staub aufgenommen, mußte der Iridium-Gehalt höher sein.

Ja, der Ton hatte Iridium enthalten — unglaubliche Mengen davon. In Teilen pro Milliarde gemessen, nur durch die empfindlichsten Instrumente aufzuspüren, war da immer noch dreißigmal mehr Iridium als der vorausgeschätzte Höchstbetrag. Viele andere Elemente, die nicht aus terrestrischen Quellen stammen konnten, wurden ebenfalls in dem Ton gefunden.

Etwas hatte beträchtliche Mengen der Platin-Gruppe in diese Tonschicht injiziert. Bei anderen Grenzschichten zwischen Mesozoiokum und Känozoikum in Dänemark, Neuseeland und Amerika fand man ähnliche Konzentrationen der fremden Elemente.

Direkt unter der Grenzschicht von Gubbio war der Kalkstein voll von Fossilien vieler Spezies der einzelligen *Foraminifera,* Dutzende von Typen. Im Ton selbst gab es keine — und in dem Kalkstein unmittelbar darüber waren alle Foraminifera-Spezies bis auf eine einzige verschwunden.

Etwas hatte das Plankton, die Foraminifera, ausgelöscht. Sie waren nicht dagewesen, um das Kalzium zu liefern, das zur Bildung der Kalksteinschichten gebraucht wurde. Nur feine Sedimente, frei von tierischer

Materie, senkte sich herab und bildete statt dessen die Tonschicht. Erst als das Leben in das Meer darüber zurückkehrte, entstand von neuem Kalkstein. Und als es zurückkehrte, gab es weniger Lebensformen. Also kennzeichnete die Tonschicht eine Zeit, als das Meer tot war, leer von Leben. Und damals waren nicht nur die Foraminifera verschwunden, erinnerte Glenda sich. Die Dinosaurier wählten diesen Augenblick, um ebenfalls auszusterben. Glenda tippte auf ihrem Keyboard eine Frage ein, sah auf den Schirm und pfiff. Nach einer Schätzung des Bibliothek-Computers waren siebzig Prozent allen Lebens gestorben. Andere Quellen hielten diese Zahl für zu hoch — aber alle stimmten überein, es habe tatsächlich ein großes Sterben gegeben.

Etwas hatte die ganze Welt in genau dem Augenblick des Massensterbens mit Iridium bestäubt. Das konnte kein zufälliges Zusammentreffen sein. Aber welches Verbindungsglied mochten die beiden Ereignisse haben? Das Iridium selbst war nicht der Mörder gewesen. Dreißig Teile pro Milliarde Iridium konnten so viele Lebewesen nicht umbringen. Es war nicht einmal giftig, oder?

Glenda sah sich die nächste Seite an und schnappte erschrocken nach Luft. Da war die Antwort auf alle ihre Fragen, ganz einfach ausgedrückt.

Ein Asteroid. Ein erzhaltiger Kohlenwasserstoff-Asteroid mit sechs oder sieben Kilometern Durchmesser, der auf der Erde einschlug, würde genug Iridium enthalten, um so hohe Werte zu erklären — und eine Katastrophe hervorrufen, bei der eine Menge Tiere umkam.

Nicht so schnell! Etwas so Großes würde einen riesigen, nicht zu übersehenden Krater hinterlassen, nicht wahr? Also, wo war der Krater? Und was, zum Teufel, hatte das alles mit Island zu tun?

Glenda überflog die Seiten, bis sie das Wort *Island* entdeckte, ging dann zurück und las den Abschnitt.

Whipple. Ah. Da kam Whipple ins Spiel. Er hatte gemeint, *Island* könne der Ort des Einschlags sein, ein Super-Vulkan, aufgerissen von dem Asteroiden.

Jetzt erkannte Glenda, wie passend der Name *Mjöllnir* war. O Gott. Garrison versuchte, da oben einen *Asteroiden* auszugraben. Einen fünfundsechzig Millionen Jahre alten Asteroiden namens Mjöllnir, so genannt nach Thors Hammer, der mit unglaublicher Wucht die Erde traf. Garrison wollte nicht nur eine alte, bärtige Theorie, nicht nur eine wilde Vermutung, sondern den Beweis, die Wahrheit, die Realität.

Glenda rieb sich die Stirn, und ihre Hand wurde feucht von Schweiß. *Kein Wunder, daß LuTech sich vor Garrison fürchtet,* dachte sie. *Wenn das herauskommt, könnte es die ganze Welt in Raumgegner verwandeln. Die Regierungen würden vor lauter Angst ein Abkommen treffen, das den Asteroiden-Abbau ganz und gar verbietet, und wenn das die Weltwirtschaft lahmlegt, ist es eben Pech.* Glenda sah aus ihrem Fenster, und zufällig erblickte sie einen hellen Stern, und sie wußte, daß es der niedrig über der Erde hängende Luzifer war.

Der Anblick hatte sie bisher nie geängstigt. Sie schluckte schwer und zwang sich, ihn anzusehen. Mjöllnir mußte ungefähr diese Größe gehabt haben.

7. KAPITEL

ISLAND

Eine so großartige Entdeckung schrie nach einer Zeremonie, nach einer Siegesfeier. Aber Bohrkerne haben keine dramatische Wirkung. Es sind große, sperrige, zerbrechliche Gegenstände, die ihre Geheimnisse nicht auf den ersten Blick preisgeben. Niemand konnte wissen, was in den Kernen steckte, bis man sie in die Präpkan gebracht und die Rohre geöffnet hatte. Auch dann sah Stein immer noch aus wie Stein. Erst nach langem Studium konnte man sicher sein, daß man etwas gefunden hatte — vielleicht nach Wochen oder Monaten.

Am Morgen, nachdem der letzte Bohrkern extrahiert worden war, wachte Garrison auf und hatte das *Gefühl*, da sei etwas. Aber er wußte, wieviel und wie wenig Gefühle und Ahnungen wert sind. Es war ein heller, frischer, klarer Morgen. Der Sturm der vergangenen Nacht hatte sich zu einer erfrischenden, nach Salz schmeckenden Brise gemäßigt. Der Himmel strahlte in einem unmöglichen Kobaltblau. An diesem frischgewaschenen Tag erwachten die Expeditionsteilnehmer nach dem längsten und erholsamsten Schlaf, den einige von ihnen seit Wochen gehabt hatten. Jeder einzelne erfreute sich des guten Gewissens, das davon herrührt, sein Bestes getan zu haben. Es war schwer, an einem solchen Morgen etwas anderes als optimistisch zu sein.

Alle wollten sie die Plattform so bald wie möglich verlassen, denn sie hatten genug von ihren unsicheren Annehmlichkeiten. Die Folge war, daß *jeder* den Lastwagen mit den Bohrkernen ins Lager zurückfahren wollte.

Zwei Stunden später wurde auf der Kantinen-Seite der Präpkan das erste warme Essen serviert, das sie alle seit Tagen gesehen hatten, ein genauer Zeitplan für die

Duschen wurde aufgestellt, und die eifrigen Techniker öffneten vorsichtig das erste Kernrohr.

Der Messingmantel wurde zurückgezogen, und ein paar Staubkörnchen und Steinchen fielen ab von dem schmutzigen, graufleckigen Steinzylinder, einem Stück des Erdinneren mit dem Durchmesser eines ziemlich großen Baumstumpfes. Wie er da auf der Seite lag, sah der Bohrkern wie eine umgestürzte, vom Feuer geschwärzte Säule aus, wie der einzige Überrest eines Tempels, der vor langer Zeit bei einem Brand zerstört worden war. Er war massig, viel größer als die Bohrkerne, die mit traditionellen Methoden gewonnen werden. Das Aufschmelz-Bohrverfahren brachte einem hübsch große Proben, dachte Garrison.

Cathy dokumentierte sorgfältig jeden Augenblick der Prozedur, machte dreidimensionale Standfotos und Filmaufnahmen von jedem Quadratmillimeter der Oberfläche des Bohrkerns, bat die Techniker sogar, ihn herumzurollen, damit sie auch von der anderen Seite Bilder bekam. Auf den ersten Blick war klar, daß dieser Stein ein Kind der Gewalt war. Es gab keine weichen Schichten, keine im gemächlichen Prozeß der Sedimentation eines auf das andere abgelagerten Strata, nicht einmal Zeichen normaler Vulkantätigkeit. Dieser Stein war zerschmettert, gefoltert, zu Geröll zermalmt und dann von neuem zu festem Stein zusammengepreßt worden.

Garrison schraubte sich eine Juwelier-Lupe ins Auge, nahm eine starke tragbare Lampe in die Hand und hockte sich vor dem Kern hin. Mit unendlicher Behutsamkeit fuhr er mit der Hand über die Oberfläche und sah sie sich genau an.

»Ja, ja«, sagte er zu sich selbst. Er trat zurück, nahm die Lupe aus dem Auge und holte sich ein Kernmesser von der Werkzeugbank. Er setzte das Spezialwerkzeug auf die Säule und führte es über einen kurzen Streifen der Oberfläche. Ein hohes Summen war zu hören, und ein dünner Span glitt hinten heraus. Garrison ließ ihn zerkrümeln und zu Boden fallen. Die chemische Zusammensetzung der äußeren Schicht mochte durch die Extraktion mittels Laserstrahlen verändert worden sein. Er wollte keine verunreinigte Probe.

Er befestigte den Probenhalter an dem Messer und fuhr ein zweites Mal über dasselbe Stück der Oberfläche. Er löste den Probenhalter von dem Messer und trug ihn zu dem supraleitenden Elektronenmikroskop. Er klemmte den Probenhalter in der Objektkammer fest, schloß den Deckel der Kammer, trat auf den Fußschalter der Vakuumpumpe, schaltete von ›Mikroskop‹ auf ›Elektronenbeschuß-Spektograph‹ um und aktivierte den Analysator.

Der Spektograph brauchte fünf lange Minuten, bis er seine Arbeit beendet hatte. Schließlich erwachte der Drucker zum Leben, und die Ergebnisse rollten heraus, drei ganze Seiten füllend.

Garrison nahm den Ausdruck und las als erstes die Spalte der Elemente von oben bis unten. Er fand die *Iridium*-Zeile und spürte, wie die Anspannung seinen Körper verließ. Tränen traten ihm in die Augen. Er hatte gewonnen. Er stand auf und drehte sich den wartenden Mitarbeitern zu. »Iridium«, las er laut vor. »Achtundzwanzigtausend Teile pro Million. Beinahe das Zehntausendfache der normalen Werte auf der Erde. Ein Teil dieses Gesteins gehört zu einem früheren Asteroiden. Hier hat sich Mjöllnir sein Grab gegraben — und wir haben es geöffnet.«

Alle brachen in Jubelrufe aus. Ben kam und schüttelte Garrison die Hand. »Es hat geklappt, Boss. Du hast es bewiesen. Nun brauchst du nur noch die Welt zu überzeugen.«

Eine der Regeln der Wissenschaft ist die Wiederholbarkeit — was ziemlich langweilig sein kann. Wiederholbarkeit bedeutet nicht einfach, daß das Experiment, die

Messung, der Test immer wieder und wieder funktionieren muß. Es bedeutet, die Sache muß als Doppelblindversuch mit einer Kontrollprobe funktionieren, und der Wissenschaftler darf nicht wissen, welches die Testprobe ist. Das verhindert, daß die Messung durch irgendeine vorgefaßte Meinung beeinflußt wird, ob unbeabsichtigt oder sonstwie.

Garrison hatte jede einzelne dieser Regeln bei seinem schnellen, ungenauen Test gebrochen. Er hatte zu seiner eigenen Befriedigung bewiesen, daß Island von einem Asteroiden geschaffen worden war, aber ein schlampiger Feldversuch reichte nicht, wenn er die Welt aufhorchen lassen wollte. Die Ergebnisse mußten bestätigt, mußten wasserdicht gemacht werden.

Während der nächsten Tage wiederholten er und sein Stab die Untersuchung wieder und wieder ganz vorschriftsmäßig mit Kontrollen und Dokumentation. Einige Proben von den Bohrkernen enthielten sogar noch mehr Iridium — andere, gleich daneben entnommen, fast gar keins. Auf eine Weise war auch das eine Bestätigung. Eine unglaubliche Wucht war erforderlich, um die eine Gesteinsart so in eine andere hineinzukeilen.

Es erstaunte Garrison, mehrere ziemlich große Stücke — mit vier oder fünf Zentimetern Durchmesser — einer Materie zu finden, die wahrscheinlich das unveränderte Erz des Asteroiden war. Sie war in die sie umgebenden Strata eingedrungen. Die Stücke waren in jeder Beziehung identisch mit Asteroidengestein, völlig anders als jedes auf der Erde gebildete. Er verstand nicht, wie makroskopische Fragmente den Aufschlag überlebt hatten — aber er dachte nicht daran, einen so spektakulären Beweis in Zweifel zu ziehen.

Doch das war immer noch nicht genug. Was bei einem selbst funktioniert, muß auch bei jedem anderen funktionieren, der es versucht. Garrison faßte in fieberhafter Eile einen vorläufigen Bericht ab, fügte mehrere Proben des Kerns bei und schickte ihn als Eilbrief an Laoratorien überall auf der Erde und sogar an eins oder wei auf dem Mond. Wenn irgendwer etwas von Gestein verstand, das sich durch einen Aufschlag gebildet hat, waren es schließlich seine früheren Partner, die un-er den lunaren Kraterfeldern saßen.

Die Bohrkerne mußten außer dem Beschuß mit Elektronen noch vielen weiteren Tests unterzogen werden, Sicherungen für den Fall, daß es irgendeinen anderen Grund für den absurd hohen Iridium-Wert gab. Noch mehr Splitter des Erzes und der reinen Einlagerungen wurden abgeschabt und an ihnen all die teuflischen Untersuchungen vorgenommen, die Garrisons Geologen-Kollegen sich ausdenken konnten. Spannungs-Verformungs-Tests, Strukturtests, chemische Tests, Computer-Simulationen über Möglichkeiten der Entstehung. Alle von ihnen bestätigten die unglaubliche Wahrheit: Mjöllnir war wirklich.

Eine andere Regel der Wissenschaft, die fast immer befolgt wird, lautet, daß die Forschung mit schwerfälliger Langsamkeit vorwärtsschreiten muß. Nur unter den seltensten Umständen liegt eine Spanne von weniger als sechs Monaten oder einem Jahr zwischen einer Entdeckung und ihrer ersten Ankündigung und Veröffentlichung — und es vergehen weitere Monate oder Jahre, bis andere Wissenschaftler die Beweise prüfen und mit ihren eigenen Tests darauf reagieren.

Es war ein Zeichen für Mjöllnirs Bedeutung, daß der ganze Vorgang nur Wochen in Anspruch nahm.

Alles, was an Arbeit und Korrespondenz anfiel, erfolgte privat. Garrison wollte die Nachricht jetzt noch nicht an die Öffentlichkeit gelangen lassen — erst dann, wenn der Beweis unwiderleglich war. Erst dann, wenn sie ganz bestimmt einen Kreis erreichte, der groß genug war, daß sie etwas bewirkte.

Bei all der Hektik, mit der die wissenschaftlichen Aktivitäten fortgeführt wurden, lenkten weitere prosaische Probleme jedermann ab. Das Lager mußte abgebrochen, alle Ausrüstungsgegenstände und Zelte und Proben mußten zusammengepackt und fortgeschafft werden. Die Arbeiter zogen zu neuen Jobs weiter, und das Team schmolz dahin. Die Arbeit auf Hrisey war zu Ende, das Projekt abgeschlossen. Wie so viele wissenschaftliche Forschungsgruppen war auch diese seinerzeit von Garrison und Glenda zusammengewürfelt worden aus Leuten, die a) qualifiziert und b) gerade frei waren. Die Einheimischen gingen, und die Wissenschaftler würden bald entweder nach Hause zurückkehren oder sich einer neuen Aufgabe zuwenden.

Das ließ eine rapide schrumpfende Rest-Crew zur Erledigung der letzten Einzelheiten zurück. Die Logistik der Beendigung einer Untersuchung ist mindestens so komplex wie die anfängliche Zusammenstellung der Operation, aber Ben und Cathy schafften es, ohne richtig zu merken, daß sie es taten. Sogar die Vorbereitungen, die getroffen werden mußten, damit die *Surveyor* von ihren Eigentümern abgeholt werden konnte, kamen ihnen wie eine Geringfügigkeit vor. Es gab zu aufregende Neuigkeiten über Mjöllnir, um sich besondere Gedanken über irgend etwas anderes zu machen.

Für Garrison und Cathy hatte die Sache noch eine angenehme Seite. Es dämmerte ihnen langsam, daß *jetzt* der Augenblick war, zu dem sie Zeit genug und Abgeschlossenheit genug hatten, um zu entdecken, daß ihre scheue, unausgesprochene Neigung füreinander zu etwas Größerem aufblühen konnte.

Der Druck der Arbeit — und die ständige Gegenwart anderer in dem keine Privatsphäre kennenden Lager — war gewichen. Sie hatten Zeit und Gelegenheit, miteinander allein zu sein.

Bis auf Ben, Cathy und Garrison waren alle weggefahren, und es standen nur noch zwei Unterkünfte. Die eine war Garrisons Büro-Wohnwagen, die andere eine Mehrzweck-Baracke. Ben gelang es, logische Gründe dafür zu finden, daß Garrison und Cathy in Garrisons

Anhänger wohnen sollten, während er in der Baracke schlief.

Die erste Nacht, die Garrison und Cathy miteinander verbrachten, war eine Wonne, eine Offenbarung. Sogar die unromantische Umgebung kam ihnen *richtig* vor, ganz so, wie sie sein sollte. Die zweite Nacht und die nächste und die übernächste waren ebenso schön.

Aber an ihrer gemeinsamen Zeit war auch etwas Trauriges und Aussichtsloses. Der Augenblick war nur möglich, weil ihre Arbeit, ihr Leben zur gleichen Zeit und am gleichen Ort an einem Haltepunkt angelangt war, eine Pause einlegte. Demnächst mußte Bens Baracke abgerissen werden, und sie waren dann gezwungen, sich zu dritt unter einem Dach zusammenzupferchen. Das wäre dann vorerst — und vielleicht für immer — das Ende ihrer Zweisamkeit. Garrison und Cathy rechneten damit, daß sie bald wieder in den Strudel der Ereignisse hineingerissen werden würden. Sie beide hatten für lange Zeit keinen Frieden mehr zu erwarten.

Deshalb klammerten sie sich in diesen wenigen Nächten aneinander, als fürchteten sie, ihre nächste gemeinsame Nacht könne ihre letzte sein. Das würde nur zu bald wahr werden.

Nach ein paar weiteren Tagen Abbrucharbeit war von dem Lager nichts weiter mehr übrig als Garrisons Wohnwagen — der als Geschenk für den Leuchtturmwärter zurückgelassen werden sollte. Alles andere war auseinandergenommen und zur Anlegestelle hinuntergetragen worden. Morgen sollte ein Fracht-Hovercraft kommen. Das einzige, was man noch loswerden mußte, waren die übriggebliebenen Essensvorräte.

»Wir haben die Schlacht gewonnen«, verkündete Garrison. Die drei verspeisten gefriergetrocknetes Huhn und das letzte Bier des Lagers. »Jetzt müssen wir den Krieg gewinnen. Wie machen wir die Sache mit Mjöllnir bekannt?«

Ben zuckte die Achseln. »Wir schreiben einen Artikel und reichen ihn *Nature* oder *Science* ein, was sonst?«

Garrison lächelte und warf einen abgenagten Hühnerknochen auf seinen Teller zurück. »Ben, ich bin froh, daß die Opposition dich als Spion ausgewählt hat. Es würde *mindestens* vier oder fünf Monate dauern, bis der Artikel geschrieben, redigiert, beurteilt und gedruckt wäre. Wir müssen etwas anderes unternehmen, das schnell geht, sonst steht LuTechs Abteilung für Possen und Streiche die ganze Zeit zur Verfügung, um uns in Mißkredit zu bringen. Wir müssen an die Öffentlichkeit treten, ehe sie uns niederschlagen kann. Später, ja, dann schreiben wir den offiziellen Artikel — aber wir müssen uns überlegen, wie wir die Nachricht vorher unters Volk bringen.«

»Wie wäre es mit einer Pressekonferenz?« schlug Cathy vor. »Wir laden sämtliche Medienleute ein, von der Erde und von überall.«

»Nicht wirksam genug«, widersprach Ben. »Wenn nun zu unserer Pressekonferenz niemand erscheint? Warum soll man einen Reporter schicken, damit er einem Haufen von halb erfrorenen Spinnern zuhört, die am hinteren Ende von Island mit Steinen herumgespielt haben? Außerdem kennen wir ja gar keinen. Wen ruft man eigentlich, wenn man eine Pressekonferenz ›einberuft‹? Ich weiß es nicht. Wißt ihr es? Wir müssen mit einem guten Agenten reden.«

»Mit einemmal redest du vom Geldausgeben«, wandte Garrison ein. »Das würde teuer.«

»Ja«, stimmte Ben zu und nahm sich noch einmal von dem Huhn. »Aber ich sehe keine andere Möglichkeit. Du sagst, wir müssen viel Lärm machen, um genug Aufmerksamkeit zu erregen. Das bedeutet, wir müssen alle Medien auf einmal erreichen, quer durch den Garten. Und das erfordert eine Organisationsarbeit, von der wir keine Ahnung haben. Und die Leute, *die* sich darin auskennen, verlangen hohe Honorare.«

»Verdammt noch mal!« Garrison rückte seinen Stuhl vom Tisch ab, nahm sein Bier und begann, in dem Wohnwagen hin- und herzulaufen. »Wie man die Sache auch dreht und wendet, es läuft immer auf Geld hinaus. Es war schon schwer genug, Mittel aufzutreiben, *bevor* wir Mjöllnir gefunden haben. Könnt ihr euch vorstellen, wie schwer es jetzt sein wird?«

Cathy räusperte sich. »Wenn ich einen Vorschlag machen darf ...«

»Ja, Cathy, was denn?« ermunterte Ben sie.

»Ich habe Freunde, die vielleicht helfen könnten. Habt ihr jemals von einem Unternehmen namens CRATER gehört?«

»*CRATER?*« fragte Ben verblüfft. »Ich dachte, du wärest ...« Er brach ab und sah von Cathy zu Garrison. »Egal. Nicht wichtig.«

»Einen Augenblick«, protestierte Garrison. »Was ist CRATER?«

»›Citizens for the Removal of Asteroids from Technological Enterprise Regions‹«, antwortete Ben prompt. »Schrecklicher Name. Es ist eine Bürgerbewegung, die sich die Entfernung von Asteroiden aus der Nähe von Industriegebieten zur Aufgabe gemacht hat. Halte dich bloß von den Leuten fern. Das ist ein größerer Haufen von Spinnern. Sie sind so eine Art von Neo-Ludditen-Gruppe*, die *alle* Operationen auf Asteroiden und großen Artefakten eingestellt haben möchte. Sie fürchten. Mutter Erde könne durch Meteoriteneinschläge und die Ökologie durch Mikrowellen Schaden nehmen. Es gibt Beweise, daß die Meteor-Einschläge um ungefähr ein Prozent zugenommen haben, und in der ganzen Geschichte der Mikrowellen sind etwa acht Personen verletzt worden. Sie halten die Gefahren für so groß, daß sie meinen, mit dem allen müsse radikal Schluß ge-

---

* Eine englische Arbeitergruppe des frühen 19. Jahrhunderts, die als Protest arbeitsparende Maschinen zerstörte. — *Anm. d. Übers.*

macht werden, auch wenn ein solcher Schritt die Ökonomie zugrunderichten sollte und Menschen verhungern würden.«

Cathy maß Ben mit ärgerlichen Blicken. »Jedenfalls haben sie die Expedition eine Weile beobachtet.«

»Langsam!« rief Garrison. »Cathy, willst du damit sagen, *du* hättest spioniert ...?« Garrison schüttelte den Kopf. »O mein Gott. Nicht auch noch du.«

Cathy runzelte die Stirn. Es gab keine Möglichkeit, Garrison zu antworten. »Einige Zeit lang glaubten wir — glaubten sie, Garrison arbeite für die Minen-Leute.« Cathy sah zu Garrison hoch. »Sie dachten, du hättest vor, Ergebnisse zu fälschen und zu ›beweisen‹, Island sei *nicht* durch einen Meteoriteneinschlag entstanden. Sie waren froh, als sie feststellten, daß du ehrlich bist. Aber ich wollte doch nur sagen, CRATER könne über die Mittel verfügen, dir zu einiger Wirkung in der Öffentlichkeit zu verhelfen.«

»Wenn der Verein das Geld hat, um mit PR zu helfen, und zu dem Schluß gekommen ist, Garrison zu glauben, warum hat er dann die Bohrungen hier nicht finanziert?« verlangte Ben zu wissen. Garrison fiel der seltsame, mißtrauische Klang seiner Stimme auf.

»Ich habe nicht behauptet, er habe *Geld*«, berichtigte Cathy ihn. »Ich habe gesagt, er habe *Mittel*. Diese Gruppe will Druck ausüben, sie versucht, die öffentliche Meinung zu beeinflussen. Deshalb hat sie selbstverständlich eine Pressestelle und ein Video-Labor. So habe ich sie kennengelernt — ich habe als freie Mitarbeiterin Videos für sie gemacht.« Sie sah Garrison an. »Sie würde helfen. Der Chef ist Shiro Ishida, ein Japaner. Ein Anruf, und wir wären im Geschäft.«

Garrison dachte nach. Daß Ben zugegebenermaßen ein Spion war, konnte er so gerade eben verkraften, aber Cathy? Er hatte die vergangene Nacht mit ihr geschlafen, hatte sie geliebt. Er zwang sich, das alles zu vergessen. Persönliche Fragen durften hier keine Rolle spielen. »Nein«, entschied er endlich. »Noch nicht. CRATER mag genau das sein, was wir brauchen, aber wir können es uns vorerst nicht leisten, mit einer Randgruppe gemeinsame Front zu machen. Das Eis unter unseren Füßen ist sowieso schon dünn genug.«

Cathy zuckte unglücklich die Achseln. Sie hatte ihre Tarnung aufgegeben, sie hatte alles aufs Spiel gesetzt, was sie hatte, und Garrison reagierte kaum — wenigstens nicht mit Worten. »Na gut, aber merke sie dir vor. Vielleicht brauchen wir sie noch.« Lange Zeit saß sie schweigend da. Garrisons Gesicht zeigte, wie verletzt und verwirrt er war. Dann erklärte Cathy: »Ich komme gleich wieder. Hoffentlich hat keiner den Heizofen in der Latrine abgestellt.«

Ben sah ihr nach und begann in dem Augenblick zu sprechen, als sie aus der Tür war. »Hier geht etwas Seltsames vor, Garrison. Etwas verdammt Seltsames. Die ganze Zeit dachte ich, Cathy arbeite für LuTech. Jetzt hat sie so gut wie zugegeben, daß sie dich für *CRATER* ausspioniert. Ich weiß nicht, wie weit wir ihr trauen können.«

Garrison war sprachlos. Er war so verblüfft, daß er gar nicht richtig erfaßte, was Ben über die Frau, die er liebte, gesagt hatte. »*LuTech?* Was, zum Teufel, hat dich auf die Idee gebracht, sie arbeite für LuTech?«

»Das Feuer«, antwortete Ben.

Langsam wurde Garrison böse. Er hatte sich entschlossen, schlafende Hunde nicht zu wecken und das Feuer nicht aufs Tapet zu bringen. Ben war ein so nützlicher Partner, daß er nicht einmal eine Brandstiftung zwischen sie kommen lassen durfte. Aber jetzt hatte *Ben* die Stirn, das beiläufig zu erwähnen. »Was hat es mit Cathy zu tun, daß du im Lager Feuer gelegt hast?«

»Hä?« Jetzt war Ben an der Reihe, schockiert zu sein. »*Ich?* Teufel, nein. *Cathy* hat die Baracke angezündet, nicht ich. Ich dachte, du wüßtest es.«

8. KAPITEL

Garrison saß nur da, mit offenem Mund, unfähig zu antworten. *Cathy* hatte das Feuer gelegt? Er konnte es nicht glauben.

Ben achtete nicht auf Garrisons Reaktion, er redete einfach weiter. »Um darauf zurückzukommen, worüber ich mir Sorgen gemacht habe: Wenn sie für CRATER arbeitet, warum hat sie dann deine Arbeit sabotiert?«

»Eine Sekunde. Woher weißt du, daß sie das Feuer gelegt hat?«

»Ich habe sie gesehen. Cathy und ich hatten an diesem Abend noch lange in der Präparierkantine gearbeitet. Sie ging als erste, und ich bemerkte, daß sie ihre Video-Kamera liegengelassen hatte. Ich wußte, sie würde sie am nächsten Morgen zur Bohrinsel mitnehmen wollen, und beschloß, sie ihr in ihr Zelt zu bringen. Als ich hinter ihr die Baracke verließ, ging sie nicht in Richtung auf ihr Zelt. Sie hielt auf das hintere Ende des Lagers zu. Ich folgte ihr. Gerade wollte ich sie anrufen, als ich sah, daß sie etwas in das Vorratslager warf. Zehn Sekunden später ging es in Flammen auf.«

»Und du bist sicher, daß es Cathy war?« faßte Garrison nach.

»Habe ihr Gesicht im Feuerschein gesehen.«

»Ich kann es nicht glauben. Ich *glaube* es nicht.«

»Willst du einen Beweis?« fragte Ben. »Warte eine Minute. Mein Rucksack muß hier irgendwo liegen.« Er stand auf und suchte in dem vollgestopften Anhänger herum. Dann kam er zurück, baute sich vor Garrison auf und hielt ihm eine Einbelichtungskamera hin. »Hier ist es aufgezeichnet. Ich hatte die Kamera bei mir. Als ich sah, was passierte — nun, es lag auf der Hand, daß ich den Apparat benutzte.«

Garrison sah Ben an, und dann richtete er den Blick

auf den kleinen Plastikwürfel. Er wollte mit so etwas nicht konfrontiert werden.

Cathy suchte sich diesen Augenblick aus, um zurückzukehren. Sie hörten sie zur äußeren Tür hereinkommen. Garrison griff verstohlen nach der Kamera und schob sie in ihr Etui, bevor Cathy die innere Tür öffnete. »Danke, Ben. Ich werde es mir später ansehen«, sagte Garrison.

Cathy trat ein und merkte sofort, daß etwas nicht stimmte. »Was geht hier vor?« fragte sie.

»Nichts, Cath«, antwortete Garrison. »Überhaupt nichts.«

An diesem Abend lag Garrison lange wach und starrte in die Dunkelheit. Tausend seltsame und sich widersprechende Gedanken jagten sich in seinem Gehirn. Ben *mußte* lügen. *Er* hatte den Brand gelegt, nicht Cathy. Aber Ben hatte ihm den Beweis für Cathys Schuld übergeben. Die Kamera bohrte sich ihm ein bißchen in die Seite. Aber *Cathy? Warum?* Er mußte noch einmal mit Ben reden. Und, verdammt, er mußte sich diese Aufnahme ansehen.

Schließlich hielt er es nicht länger aus. Er wand sich aus seinem Schlafsack und stand so schnell auf, wie es ihm möglich war. Die Kom-Konsole neben seinem Schreibtisch hatte eine Abspiel-Einrichtung. Er setzte sich an den Schreibtisch und schwenkte den Monitor sorgsam von der schlafenden Cathy auf dem Fußboden weg.

Er drehte den Ton auf Null zurück, schob den Block in den Schlitz und drückte den *Play*-Knopf. Das Bild ruckte erst ein bißchen, und die Kamera hatte etwas Mühe, mit dem schwachen Licht zurechtzukommen, aber das Bild war deutlich genug. Offenbar hatte Ben gerade einen Augenblick zu spät mit dem Filmen begonnen, um den Akt der Brandstiftung selbst aufzeichnen zu können, aber trotzdem erzählten die Bilder die ganze Geschichte. Die Flammen breiteten sich bereits im Innern der Baracke aus, und vor ihnen zeichnete sich eine einsame Gestalt ab, die ruhig dastand und das Feuer wachsen sah. Sie blickte zurück, als habe sie ein Geräusch gehört, und Cathys Gesicht war gut zu erkennen, bevor sie sich umdrehte und in die Nacht hineinrannte.

Garrisons Gedanken wanderten zu jener schrecklichen Nacht zurück — und er erinnerte sich undeutlich, daß Cathy als eine der letzten auf der Bildfläche erschienen war. Er schaltete die Konsole ab und schluckte schwer. Sein Magen verkrampfte sich, und seine Augen brannten. Eine Hand umfaßte seine Schulter.

»Es tut mir leid«, flüsterte Ben. »Ich dachte, du wüßtest es. Ich dachte, du wüßtest es und würdest aus bestimmten Gründen schweigen, weil ... weil ihr beiden ...« Ben beendete den Satz nicht.

»Wir müssen miteinander reden«, brachte Garrison schließlich hervor. Seine Stimme funktionierte nicht richtig.

»Zieh deinen Parka an. Wir können auf der Diele reden, zwischen der inneren und der äußeren Tür. Cathy wird uns nicht hören, wenn wir leise sprechen.«

Die beiden Männer gelangten in die Diele, ohne Cathy aufzuwecken.

»Ein Glück, daß sie einen festen Schlaf hat«, flüsterte Garrison. Ben schloß die innere Tür. Es war bitterkalt in dem Raum zwischen den beiden Türen und ein bißchen zu eng, als daß zwei Männer bequem hätten stehen können. Sie lehnten sich aneinander. Ihr dampfender Atem mischte sich in der Kälte und Dunkelheit.

Bens Gesicht war nur eine Handbreit von dem Garrisons entfernt, aber Garrison konnte ihn in der beinahe vollkommenen Schwärze kaum sehen. Er war versucht, das Licht anzuschalten, doch er überlegte es sich anders. Cathy könnte es sehen.

Eine ganze Weile schwieg Garrison unentschlossen. »Ich weiß gar nicht, wo ich anfangen soll«, sagte er dann. »Warum, zum Teufel, hast du angenommen, Cathy arbeite für LuTech, wo doch *du* für sie gearbeitet hast? Hätten sie es dir nicht gesagt?«

»Regel Nummer eins der Industrie-Spionage — was man nicht weiß, kann man nicht weitererzählen«, erwiderte Ben. »*Meine* Aufgabe war es, Informationen zurückzusenden, sonst nichts. Man hat mir nie viel mitgeteilt, aber ich hatte den Eindruck, die Absicht war, die Expedition durch Pannen scheitern zu lassen. Sieh dir die Gags an, die die LuTech-Leute sich haben einfallen lassen: Sie sorgten dafür, daß du kein Geld bekamst, daß die Hälfte deiner Mitarbeiter plötzlich kündigte, daß deine Vorräte in den falschen Hafen geschickt wurden. Alles gemein — aber sehr viel raffinierter als eine Brandstiftung. Du solltest als der geborene Verlierer dastehen, als Flasche. Es war ein schlauer Zug. Er vermeidet das Hauptproblem bei offenkundiger Sabotage — Flaschen erwecken im Gegensatz zu Märtyrern keine Sympathie.«

Garrison nickte. »Wenn es so aussieht, als versagte ich wegen meiner eigenen Unfähigkeit, bin ich eine Flasche. Wenn die Mächtigen mich verfolgen, stehe ich als David da, der gegen Goliath kämpft, und dann kann ich nicht umhin, einen guten Eindruck zu machen. Aber was hätten sie getan, wenn es nicht gebrannt hätte?«

Ben zuckte die Achseln. »Ich weiß es nicht. Ein paar Kubikzentimeter Salzsäure im Brennstoff würde seine Nutzleistung um neunzig Prozent herabsetzen. Deine Kom-Leitung könnte wegen Nichtbezahlung der Gebühren abgeschaltet werden. Alle Schlepper in diesem Gebiet könnten bereits von anderen gechartert worden sein, und du säßest ohne eine Möglichkeit da, zu der Bohrplattform hinauszukommen. *Das* wäre LuTechs Stil.

Mir ist nie in den Sinn gekommen, es könnte dich jemand außer LuTech beobachten. Deshalb habe ich natürlich angenommen, Cathy arbeite für LuTech. Aber das Vorratslager anzuzünden, war nicht LuTechs Art, Dinge zu erledigen. Das hätte mich warnen sollen. Die CRATER-Organisation müßte deine Arbeit doch *unterstützen* — warum sollte sie sie sabotieren?«

»Um LuTech zum Handeln zu zwingen«, erklärte Garrison plötzlich. »Angenommen, meine Expedition wäre durch ein Feuer verdächtigen Ursprungs gescheitert, dann hätte es einen Märtyrer gegeben, was die LuTech-Leute doch gerade vermeiden wollten. Deshalb mußten sie improvisieren, und sie taten es ungeschickt. Und durch diese ungeschickte Improvisation haben wir sie entlarvt. Sie gründeten dieses Schein-Unternehmen GRF nur zu dem Zweck, mir neue Vorräte zu verschaffen — oder, genauer gesagt, zu dem Zweck, den Eindruck zu erwecken, daß sie mir neue Vorräte verschaffen wollten. Richtig? Und das müssen sie, nachdem es hier gebrannt hatte, sehr schnell getan haben.«

»Du hast recht. Ich bekam die Anweisung, dir den Vorschlag mit der GRF zu machen, eine Stunde nachdem ich meinen Bericht über das Feuer durchgegeben hatte. Sie hatten gerade erst den Namen erfunden. Aber es gäbe doch einfachere Wege, wie CRATER dich vor LuTech warnen könnte. Und ungefährlichere.«

»Angenommen, CRATER wußte gar nicht, wer uns Schwierigkeiten machte. Es gibt außer LuTech noch viele Firmen, denen nicht gefallen wird, was ich über Mjöllnir herausgefunden habe. Das Feuer hat uns nicht nur gewarnt — es gab auch *CRATER* die Möglichkeit, festzustellen, wen sie gegen sich hatten. Es war riskant. Es war ziemlich schmutzig. Aber es hat funktioniert.«

»Kann man wohl sagen«, stimmte Ben ihm zu. »Trotzdem, wer auch immer sich das hat einfallen lassen, hat einen Verstand wie eine Brezel. Dieser Kerl, den Cathy erwähnte, Shiro Ishida. Der muß es gewesen sein. Ein hinterlistiger Teufel.«

»Und es sähe so aus, als sei er auf unserer Seite«,

stellte Garrison verdrießlich fest. »Nicht die erste Wahl, die ich unter Verbündeten treffen würde.«

»Unter Verbündeten? Denkst du immer noch daran, mit ihm zusammenzuarbeiten?«

»Er könnte sich als das einzige jagdbare Wild erweisen.« Garrison schloß die Augen und dachte an Cathy, dachte an ihre Augen, ihr Lächeln, ihre Berührung, ihre freudige Art, das Leben anzupacken — an ihren Verrat an ihm. Nichts davon, keiner der Dolche, die ihm im Herzen staken, durfte das Projekt behindern. »Wir müssen diese Tür offenhalten«, sagte er. »Cathy darf nicht erfahren, daß wir wissen, wer den Brand gelegt hat. Wenn sie es Ishida melden würde — Gott allein weiß, was er dann täte. Wir müssen so tun, als sei alles in bester Ordnung.«

Ben wollte widersprechen — aber er sah seinen Freund an, sah den Schmerz in seinem Gesicht und erkannte, was die Worte ihn gekostet hatten. Wenn Garrison bereit war, sich der Sache wegen selbst weh zu tun, hatte Ben kein Recht, Einwände zu erheben.

Garrison verließ Hrisey am nächsten Morgen als letzter. Cathy und Ben waren bereits an Bord des Hovercraft gegangen, aber er spürte das Bedürfnis zu einem letzten Rundgang.

Ben und Cathy, seine Vertreter, hatten ihn beide betrogen. Und doch war Bens Verrat irgendwie leichter zu akzeptieren, zu verzeihen. Weil Ben ihn bereits eingestanden hatte? Weil Ben so etwas wie Reue gezeigt, Wiedergutmachung geleistet hatte? Oder weil es Cathy war, der Garrisons Liebe gehörte?

Hrisey war an diesem letzten Tag ein seltsamer und ganz besonders düsterer Ort. Die niedrigen Wolken dräuten schlachtschiffgrau. Der Wind war für einen Augenblick erstorben, als warte er, daß der letzte der Eindringlinge ging, bevor er wieder über die Insel toste. Garrison blickte ringsum. Hier lag nicht nur das Grab

Mjöllnirs, sondern das der Hälfte allen Lebens auf der Erde. Wie sähe die Welt heute aus, wenn die Tafel nicht vor fünfundsechzig Millionen Jahren leergewischt worden wäre? Was für Geschöpfe würden anstelle der Menschheit über die Erde wandeln? Die ersten Böen eines nahenden Sturms zerrten an Garrisons Parka, und er erschauerte. Ein kalter, trostloser, öder Ort.

Damals, nach dem Aufschlag, mußte die ganze Erde so ausgesehen haben. So *einsam* mußte es gewesen sein. Den einen Tag war da eine ganze Welt nicht einfach vor Leben übergeschäumt, sondern vor Riesen. Am nächsten Tag spannte der Himmel ein Leichentuch über die Sterbenden, die die Toten umgaben.

Garrison blinzelte und kam wieder zu sich. Er war froh, diesen Ort verlassen zu können. Ein letztes Mal stapfte er durch das verlassene Lager, sammelte ein bißchen Abfall ein, dem es gelungen war, sich zwischen den Steinen anzusiedeln. Er stattete dem Leuchtturmwärter einen Abschiedsbesuch ab und leerte ein Glas mit ihm als offizielle Bestätigung, daß er seine Insel — und seine Einsamkeit — zurückbekam.

Dann ging es zum Pier hinunter und an Bord des Hovercraft. Garrison sah auf die Öde Insel hinaus. Nicht zum erstenmal dachte er an Robert Frosts zwei Wege, die sich im gelben Wald teilten. Immer wieder und wieder in seinem Leben hatte Garrison den weniger begangenen gewählt.

Wenn er die alte Arbeit des Alvarez-Teams ignoriert hätte, wenn er die vergessene Idee hätte weiterschlummern lassen, wenn er nie nach Hrisey gekommen wäre und die Knochen eines Weltenzerstörers ausgegraben hätte — dann hätte er in seinem Labor auf dem Mond auch weiterhin ein ruhiges Leben geführt, niemanden beunruhigt und eine sichere Zukunft vor sich gehabt. Auch noch nachdem er mit der Arbeit angefangen hatte, hätte er an dem Punkt, als soviel gegen ihn stand, daß es keinen Sinn zu haben schien, weiterzumachen, schlicht aufgeben und zu seinem früheren Leben zurückkehren können.

Jetzt jedoch war nichts davon mehr möglich. Es gab keine Umkehr, er hatte seinen Weg gewählt — und deshalb sollte er nicht zurückschauen. Auf Hrisey hatte sich der Weg geteilt. Warum den Weg entlangblicken, den er nicht eingeschlagen hatte? Er kehrte dem zerstörten Land den Rücken, als das Hovercraft die Küste erreichte, und drehte sich nicht mehr nach ihm um.

NEW YORK CITY

Wieder daheim in den Staaten, hatte sich die Hoffnung schnell verflüchtigt. Zwei Tage der Suche nach Unterstützung hatten sie nirgendwohin gebracht. Niemand wollte ihnen mehr in die Nähe kommen — schon gar nicht Glenda und das Museum.

Die GRF hatte dafür gesorgt, indem sie einen Prozeß gegen Garrisons Expedition anstrengte. Sie erhob straf- und zivilrechtliche Klagen, beschuldigte Garrison und seine Mitarbeiter des Betrugs — sie hätten sich Waren angeeignet, die von der GRF nach Island geschickt worden waren. Der Prozeß war natürlich lächerlich, aber so oder so hatte er die beabsichtigte Wirkung, Garrison so beliebt wie Typhus zu machen. Über LuTech und die GRF mochte man sagen, was man wollte, dachte Ben, man mußte ihnen zubilligen, daß sie, wenn sonst nichts, Frechheit besaßen.

Nach einem zweiten Tag, an dem sie vergeblich Hilfe gesucht hatten, trafen sie sich von neuem. Ben sah von Garrison zu Cathy und schüttelte bekümmert den Kopf. »Ich habe mit allen Leuten gesprochen, von denen ich dachte sie könnten uns helfen, ich habe wie verrückt herumtelefoniert — aber niemand will eine Gruppe von Spinnern unterstützen. Ich erwähne den Aufschlag eines Asteroiden, und es wird aufgelegt. Alle nehmen an, wir seien Freunde von CRATER.« Die drei saßen in Garrisons beengtem Zimmer im Robotel praktisch Knie an Knie. Alle hatten sie einen langen Tag des Pflastertretens hinter sich.

»Wir könnten im Augenblick Freunde wie CRATER brauchen«, sagte Cathy. Beiläufig setzte sie hinzu: »Ich habe noch einmal mit Mr. Ishida drüben gesprochen.«

Garrison musterte sie. Klang ihre Stimme übertrieben unbefangen, oder fand er, was er zu finden erwartete, entdeckte er einen Beweis ihrer Schuld in allem, was sie tat? Kam ihm jede ihrer Gesten nervös, der Ton von allem, was sie sagte, falsch vor?

»Sie haben uns ihren gesamten Video- und Simulator-Komplex zur Benutzung angeboten«, fuhr Cathy fort. »Sie möchten, daß wir einen vollständigen Film über Mjöllnir herstellen, und Mr. Ishida versprach, ihn auf der ganzen Welt, im ganzen System zu zeigen.«

Garrison stellte in der Hoffnung, etwas mehr Platz zu finden, seine Beine anders und strich sich nachdenklich den Bart. Das war zu groß, als daß seine persönlichen Gefühle — oder auch seine Sicherheit — im Weg sein durften. Sie *brauchten* Hilfe, und vielleicht gab es nur eine Stelle, die sie ihnen bot, ganz gleich, wie sehr er CRATER mißtraute. »Garantieren sie uns Kontrolle über den Programm-Inhalt?«

Ben sah beunruhigt hoch. »Garrison, du denkst doch nicht etwa daran, das Angebot anzunehmen?«

Garrisons Augen blickten müde und unglücklich. »Uns geht die Zeit aus, Ben. GRF und LuTech versuchen, uns ins *Gefängnis* zu bringen — oder hast du den Teil übersehen?«

Ben hob bittend die Hand. »Garrison, überleg es dir noch einmal. Du machst dir nicht klar, wie verrückt diese Leute sind — und dabei müßtest du es eigentlich inzwischen gemerkt haben. Nichts für ungut, Cathy, aber ich finde, wir können es uns nicht leisten, deine Freunde wie eine verantwortungsbewußte politische Gruppe zu behandeln. Man kann mit ihnen kein Abkommen treffen, keinen Kompromiß halbwegs zwischen dem eigenen und ihrem Standpunkt schließen. Entweder ist man ganz und gar auf ihrer Seite, oder man ist der erklärte Feind. Politik ist die Kunst des Kompromisses — und CRATER besteht aus Absolutisten, nicht aus Politikern.«

»Teufel, Ben, ich gehöre nicht einmal zu CRATER«, wehrte Cathy ab. »Ich kenne kaum jemanden da drüben.« Ben und Garrison tauschten einen Blick. Keiner von beiden verriet ihr, daß sie wußten, es war gelogen.

Bens scharfer Ton war so anklagend wie die Worte, die er nicht sprach. »Nein, Cathy. Nicht CRATER. Wir können es uns nicht leisten, mit diesen Wahnsinnigen in einen Topf geworfen zu werden.«

Garrison wandte sich Cathy zu. Zwischen ihnen dreien bestand eine zerbrechliche Allianz. Es war kompliziert, zwischen Cathys Abwehrhaltung und halben Lügen auf der einen Seite und Bens Verdacht auf der anderen zu navigieren. Aber sie alle *brauchten* einander. Das hielt sie zusammen. »Hast du dazu etwas zu sagen, Cath?« fragte er ruhig.

Cathy wickelte sich eine Haarsträhne um den Finger. »Ben hat auf gewisse Weise recht«, räumte sie widerstrebend ein. »Sie sind ein bißchen radikal, ein bißchen scharf — aber sie sind nicht *wahnsinnig*. Und einige von ihnen machen sich sogar etwas Sorgen über die Richtung, die die Bewegung nimmt. Aber im Augenblick bieten wir ihnen die beste politische Waffe, die sie je gehabt haben — und ich glaube nicht, daß sie sich das durch die Finger schlüpfen lassen werden.«

»Du meinst also, sie werden sich bei der Herstellung dieses Films korrekt verhalten, werden es mir erlauben, eine den Tatsachen entsprechende Simulation zu zeigen, und mich dabei nicht hereinlegen?« fragte Garrison.

Cathy wickelte die Strähne auf und ließ sie in die Lokkenmassen zurückschnellen, die ihr Gesicht umrahmten. »Ja-a, das meine ich. Aber vergessen wir nicht, sie wissen, daß *wir sie* brauchen.«

Ben schüttelte heftig den Kopf. »Wir brauchen sie nicht so nötig, wie du denkst. Gib mir ein paar Tage, und ich kann euch jemand anders bringen, der bereit ist, die Sendezeit zu kaufen und das Studio zu mieten.«

»Aber wir haben keine paar Tage mehr«, erinnerte Cathy ihn müde. Das hatten sie schon ein halbes Dutzend Mal diskutiert. Sie hatte nicht mehr genug Energie, um sich von neuem darüber aufzuregen. »Verlaß dich darauf, unsere PR-Freunde bei LuTech setzen eifrig falsche Stories über uns in Umlauf, graben Experten aus, die der Welt erzählen, unser Fund sei nichts als Fälschung und Betrug. Mit jedem Tag, der vergeht, werden die Leute weniger bereit sein, uns zu glauben — und die-Anführungsstriche-verantwortungsbewußten-Anführungsstriche-Leute mit Geld werden immer weniger bereit sein, uns zu helfen. CRATER ist die einzige Stelle, die ein Scheckheft gezückt hält, und ist bereit, jeden Cent zu opfern, um unsere Botschaft zu verkünden. Diese Menschen nehmen leidenschaftlich Stellung. Sie werden ihr Bestes geben. Wir haben doch gar keine andere Wahl, als ihre Hilfe anzunehmen.« Sie sah Ben fest an. »Sag mir geradeheraus, an wen wir uns sonst wenden könnten — nenne den Namen einer bestimmten Person oder Organisation, sprich nicht vage von ›jemand anders‹. Wer genau würde die Alternative sein?«

Garrison verhielt sich still. Wenn Ben ihr in diesem Punkt recht gab und das Unvermeidliche akzeptierte, ohne gedrängt zu werden, umso besser. Mit einer unerfreulichen Realität wird man besser fertig, wenn man von allein zur Einsicht gelangt ist.

»Mir fällt niemand ein«, gab Ben schließlich zu. Er schwieg lange Zeit. »Und mir fällt auch nichts ein, was wir tun könnten.« Er richtete sich auf und stützte die Hände auf die Knie. »Okay, wir verbünden uns mit

CRATER. Aber wir halten die Augen offen. Ruf Mr. Ishida an, damit wir es hinter uns bringen.«

Ben stand auf und ging zum Fenster hinüber. Garrison trieb ein gefährliches Spiel, um es vorsichtig auszudrücken. Ben sah auf die Wildnis aus Wolkenkratzern hinaus. Sie bildeten einen schroffen Gegensatz zu dem windgepeitschten Ödland der isländischen Insel. Für einen Augenblick sehnte er sich beinahe nach Hrisey. Wenigstens wußte man dort, wo man stand.

9. KAPITEL

NEW YORK CITY

Garrison fühlte sich unbehaglich vor dem leeren Zuschauerraum. Die Sitzreihen schienen in stummem Vorwurf wegen seiner Unfähigkeit, es gleich beim erstenmal richtig zu machen, auf ihn zurückzustarren. Sie waren *überzeugt,* er werde es verpatzen und sie würden die Vorstellung retten müssen.

Garrison hatte eine Live-Sendung gewollt, aber Cathy hatte ihn überzeugt, ein Amateur wie er brauche die Hilfe, die eine professionelle Redigierung ihm geben könne, und außerdem hätte eine Live-Sendung bei den vielen unterschiedlichen Zeitzonen ein viel kleineres potentielles Publikum. Es war viel einfacher, den Medien eine Aufzeichnung zu geben. Sie wollten den Film hier produzieren, ihn bearbeiten, Unebenheiten glätten und ihn in die ganze Welt an die verschiedenen Nachrichtendienste schicken, sowohl an die freien als auch an die kontrollierten.

Garrison hatte in dem endlosen Prozeß, Mittel aufzutreiben, zu dem Wissenschaftler gezwungen waren, oft vor Publikum gesprochen. Er war überzeugt, er hätte eine Live-Sendung schaffen können, er hätte darauf bestehen sollen — aber mit selbsternannten Experten ließ sich nicht streiten. Ben und Cathy saßen da hinten im Kontrollraum, und dieser Ishida blickte ihnen über die Schulter. Außerdem waren hinter dem schalldichten Glas ein paar Techniker, die ihre Anzeigen im Auge behielten.

Garrison gefiel das alles nicht. Er hatte das Gefühl, die Kontrolle über etwas verloren zu haben, das seine Operation hätte sein sollen. Und er wartete ungeduldig darauf, anfangen zu können.

Endlich ging das letzte rote Kamera-Licht an. Garrison räusperte sich und begann: »Hallo. Ich bin Dr. Garrison Morrow, und ich bin Astrogeologe, ein Wissenschaftler, der die Geologie von Welten außerhalb der Erde studiert. Vor kurzem hat mein Team eine Studie hier auf der Erde abgeschlossen, von der ich Ihnen gern berichten möchte. Bevor ich darauf eingehe, warum ein Wissenschaftler, der sich mit extraterrestrischen Welten beschäftigt, hier auf der Erde gegraben hat, bevor ich darauf zu sprechen komme, wie wichtig unsere Arbeit war, lassen Sie mich Ihnen erzählen, was wir gefunden haben.

Wir benutzten eine sehr fortschrittliche Bohrausrüstung, die auf dem Mond entwickelt wurde, und bohrten dicht vor der Küste Islands durch den Meeresboden. Dabei drangen wir in größere Tiefen vor, als es je zuvor gelungen ist. Sobald wir weit genug gekommen waren, extrahierten wir Bohrkerne aus dem Meeresboden, die im Labor geöffnet und untersucht wurden. Dabei fanden wir folgendes ...« Garrison hob einen kleinen, geschwärzten, unscheinbaren Stein hoch, und die Kameras brachten seine Hand in Großaufnahme. »Dies ist das bei weitem größte Fragment, das wir gefunden haben. Die meisten Stücke waren mikroskopisch klein. Aber die kleineren Fragmente enthalten identisches Material. Ich weiß, das hier sieht wie ein einfacher alter Stein aus, und doch ist es ein ganz spezieller Typ von Stein.

Proben davon wurden in Labors rund um die Erde und auf dem Mond einer ganzen Serie von Tests der verschiedensten Art unterzogen. Physiker, Astrogeologen, Spezialisten für Metamorphologie — alle sind zu demselben Schluß gekommen. Dieses Felsstück, das ich in der Hand halte, und die ihm gleichenden Fragmente, die Felsschichten viele Kilometer unter der Oberfläche Islands entnommen wurden, *stammen aus dem Weltraum.* Weiterhin ist diese Gesteinsart identisch mit dem, was in einer Reihe von Asteroiden gefunden worden ist. Dieser Stein kann nur im Weltraum geschaffen worden sein, kaltgeformt von Prozessen, die allem, was es auf der Erde gibt, völlig unähnlich sind.«

Garrison hob die Hand hoch, in deren Fläche das unscheinbare Bröckchen ruhte. »Dies ist ein Stück von einem alten Asteroiden, einem Meteoriten von gewaltiger Größe, einem Berg von einer anderen Welt. Wir haben diesem Asteroiden den inoffiziellen Namen *Mjöllnir* gegeben, nach Thors Hammer, einem Hammer, der den Boden mit der ganzen Macht des Zorns eines Gottes traf.

Nun gibt es offensichtlich nur eine Möglichkeit, wie ein Asteroid an eine Stelle achtzehn Kilometer unterhalb der Oberfläche unseres Planeten geraten kann. Er hat sich hineingeschmettert.

Wenn ich einmal kurz abschweifen darf, möchte ich einen anderen Asteroiden erwähnen, einen, der *Cornucopia* genannt worden ist. Ebenso wie Mjöllnir ist Cornucopia ein erzhaltiger Kohlenwasserstoff-Körper. Die Firma Lucifer Technologies plant, Cornucopia in eine sehr enge Umlaufbahn um die Erde zu bringen — in nur eintausend Kilometern Höhe. Tatsächlich ist Cornucopia bereits auf dem Weg hierher. Sie haben davon noch nichts gehört, weil LuTech ihr Bestes getan hat, um das Projekt geheimzuhalten.

Dazu hatte LuTech guten Grund. Befindet sich Cornucopia einmal in diesem Orbit, ist es unvermeidlich, daß er letzten Endes *abstürzen* wird — falls man nicht etwas unternimmt, das zu verhindern. Die Reibung der äußersten Luftschichten wird den Orbit allmählich niedriger machen, bis er ganz zusammenbricht. In vier- bis sechshundert Jahren wird Cornucopia die Erde mit ungefähr der gleichen Wucht wie Mjöllnir treffen. Sobald er anfängt abzusinken, wird eine heroische Anstrengung notwendig sein, um den Asteroiden im Orbit zu halten.

Das einzige zur Zeit bekannte Mittel, das ihn in eine höhere, sichere Umlaufbahn befördern könnte, wäre die Explosion einer Atombombe — gezündet innerhalb von tausend Kilometern Entfernung von der Erde. Wenn sich das für Sie unwahrscheinlich und riskant anhört, kann ich Ihnen versichern, daß es genau die Methode ist, die beim letzten Bremsmanöver benutzt werden soll, wenn der Asteroid in zwei Jahren den Orbit um die Erde *erreicht.*

LuTech setzt auf die Fähigkeit seiner Ingenieure, den Asteroiden so präzise zu placieren, daß er für fünfhundert oder mehr Jahre sicher in seinem Orbit bleibt. Das Unternehmen setzt nicht nur darauf, daß der Asteroid in zwei Jahren haargenau auf die richtige Bahn gebracht werden wird, sondern auch darauf, daß unsere Nachkommen in fünf Jahrhunderten bereit und imstande sein werden, Cornucopia rechtzeitig von unserem Planeten wegzudrücken.

Aber wenn die Zivilisation nun aus irgendeinem Grund untergeht? Und selbst wenn sie überlebt, wie wir es alle hoffen und erwarten, könnten unsere Nachkommen doch aufgehört haben, unsere Methoden der Raumfahrt anzuwenden — oder es ist einfach die hochspezialisierte Kunst, wie man Asteroiden bewegt, verlorengegangen. *Wir* setzen voraus, sie werden ein so großes Objekt sorgfältig unter Beobachtung halten, damit jedes bedrohliche Absinken sofort entdeckt wird. Aber liegt es nicht eher in der menschlichen Natur, einen Mond am Himmel als selbstverständlich zu betrachten — besonders da er sich dort seit fünf Jahrhunderten als harmlos erwiesen hat? Was ist, wenn die Menschen es vergessen? Selbst wenn wir überzeugt sind, uns darauf verlassen zu können, daß sie die Krise abwenden werden, welches Recht haben wir, heute eine solche Entwicklung in Gang zu setzen und eine potentielle planetare Katastrophe als unser Vermächtnis an die Zukunft zu hinterlassen?

Wenn Cornucopia tatsächlich aufschlägt, wird er sich langsamer bewegen als damals Mjöllnir. Er ist jedoch größer als unserer Meinung nach Mjöllnir war, und deshalb wird ungefähr die gleiche Kraft dahinterstecken. Daher wird der Absturz Cornucopias eine enge Parallele zu dem Absturz Mjöllnirs sein und ungefähr die gleichen Ergebnisse zeitigen. Lassen Sie mich nun zu Mjöllnir zurückkehren. Ich möchte Ihnen zeigen, was Mjöllnir der Erde antat, was geschah, als der Hammer Thors die Erde traf.«

Ein großer Bildschirm stieg hinter Garrison in die Höhe, und Cathys akkurate — wenn auch etwas gespenstische — Computer-Simulation begann. Zuerst war nur ein leeres Sternenfeld zu sehen. Garrison sah es auf einem kleinen Taschenschirm, der auf dem Podium stand. Seine Hände lagen auf einem Kontrollpaneel, bereit, die Simulation zu unterbrechen, weiterlaufen zu lassen, nach Bedarf dieses oder jenes Bild hervorzuheben. Garrison war mit der Apparatur nicht sonderlich vertraut, aber man hatte ihm gesagt, darüber brauche er sich keine Gedanken zu machen. Er solle den Film als Unterlage für seinen Vortrag benutzen und ihm die Stichworte für seine eigenen Ausführungen entnehmen. Die Techniker würden das Ergebnis später ins Labor bringen und unbeholfene Redewendungen ausmerzen.

Die Erde, schmerzhaft schön aus dem Raum gesehen, erschien auf dem Schirm. Vom äußeren Rand des Sichtfeldes her kroch ein graues Pünktchen ins Bild. Es wurde in Großaufnahme gezeigt und löste sich zu einem typischen Asteroiden auf, einem von Kratern übersäten, länglichen Himmelskörper. Der riesige, irgendwie bedrohliche, kartoffelförmige Felsen taumelte durch den Weltraum.

»Stellen Sie sich vor, daß sich eine Masse von etwa zehn Kilometern Durchmesser der Erde nähert. Höchstwahrscheinlich ist ihre Bahn im Laufe von Jahrtausenden durch dichte Annäherungen an den Jupiter, die Erde, den Mars und die Venus immer wieder verbogen worden. Schließlich ist sie dabei, nicht nur den Orbit der Erde, sondern die Erde selbst zu treffen.

Von der Schwerkraft der Erde angezogen, beschleunigt sie im Näherkommen ständig. Als Mjöllnir die ersten Ausläufer der Atmosphäre erreicht, bewegt er sich mit mindestens fünfzehn Kilometern pro Sekunde, doch wahrscheinlich noch viel schneller. Tatsächlich dauerte Mjöllnirs Sturz von der obersten merklichen Schicht der Atmosphäre bis zum Aufschlag nicht einmal zehn Sekunden. Bei dieser Simulation müssen wir das Geschehen verlangsamen und von Zeit zu Zeit anhalten, damit wir es sehen und verstehen können.«

Das Bild des Asteroiden erreichte die obere Grenze der Atmosphäre und begann an einigen Stellen zu glühen und zu glimmen. »Der Asteroid ist so groß und so schwer, daß die atmosphärische Reibung ihn kaum verlangsamt. Er schleudert Megatonnen von Luft beiseite, als seien sie gar nicht vorhanden.« Die Simulation zeigte jetzt, wie der Planet dem kartoffelförmigen Objekt entgegensprang. Seine Oberfläche leuchtete plötzlich hell auf.

Ein Teil des Asteroiden spaltete sich ab und kreiselte davon. Kleinere Fragmente lösten sich von ihm und verdampften sofort. Das größte Stück überlebte und flog auf den Rand des Gesichtsfeldes zu. »Wir nehmen an, daß der Zusammenstoß mit der Atmosphäre den Asteroiden zum ›Kalben‹ brachte, das heißt, in zwei oder mehr Körper zu zerbrechen«, erklärte Garrison.

Er hielt die Simulation an und drückte eine Taste, die das große Fragment hervorhob. »Vor einem Jahrhundert entdeckten Wissenschaftler in bestimmten Felsschichten Mikrofragmente von schockgeformtem Quarz, die überall auf der Welt genau das gleiche Alter hatten. Solche Quarze konnten nur durch den Aufschlag eines großen Körpers auf eine Landmasse gebildet werden. Bei keinem anderen Ereignis wäre die Energie vorhanden, die notwendig ist, um derartige Formen zu produzieren. Meeresgrundgestein unterscheidet sich völlig von kontinentalen Felstypen und würde keine solchen Quarze erzeugen. Aber wir haben festgestellt, daß die Schock-Quarze genau dasselbe Alter haben wie Mjöllnir, und wir wissen, daß Mjöllnir im Wasser aufgeschlagen ist. Deshalb glauben wir, daß Mjöllnir kalbte und ein kleineres Stück die Erde anderswo traf, vielleicht auf Grönland. Wir wollen uns auf den Hauptteil Mjöllnirs konzentrieren.« Das Bild löste sich aus der Erstarrung, und das große Bruchstück spiralte außer Sicht. »Dieses Kalben würde das Resultat nicht wesentlich verändern. Folgen wir dem Hauptkörper zur Erde. Die atmosphärische Reibung erhitzt die Kruste, bis sie ein paar Sekunden lang rotglühend ist.«

Garrison ließ den Asteroiden noch eine Weile länger abstürzen und hielt den Film dann wieder an. »Schon der Überschallknall und die Schockwelle, die erzeugt wurden, als Mjöllnir die Atmosphäre traf, haben große Wirkung auf die Erde. Die Schockwelle rast wie eine Luftflut mit Überschallgeschwindigkeit dahin und tötet auf Hunderten von Kilometern in allen Richtungen jedes Lebewesen in der Luft und auf dem Land allein durch ihre Wucht. Auf der Hälfte des Globus wird jede Kreatur, die Gehör besitzt, davon taub. Gleichzeitig wird ein kleiner Teil der Erdatmosphäre — vielleicht ein halbes Prozent — in den Raum geschleudert. Das allein könnte das Wetter für Jahrzehnte verändern, aber wie wir gleich sehen werden, gehen diese Veränderungen in anderen Katastrophen unter.

Zu diesem Zeitpunkt hat Mjöllnir bereits binnen weniger Sekunden Milliarden von Tieren getötet und der Ökostruktur großen Schaden zugefügt — und er ist noch nicht einmal unten angelangt.« Garrison ließ den Film weiterlaufen, und der simulierte Asteroid stürzte dem Boden zu.

»Mit einer Geschwindigkeit, die zwischen dem Eineinhalbfachen und dem Dreifachen der Fluchtgeschwindigkeit liegt — das heißt, zwischen etwa sechzehn bis dreiunddreißig Kilometern pro Sekunde —, stürzt

Mjöllnir von der ersten merklichen Schicht der Atmosphäre in höchstens zehn Sekunden auf die Oberfläche des Atlantischen Ozeans, und er ist bereits heiß wie ein Schmelzofen.« Der Asteroid auf dem Bildschirm tauchte nach unten und rammte sich die Luft aus dem Weg. Ein anderer Gesichtswinkel zeigte, wie sich abrupt massive ringförmige Wolken um den Pfad des Asteroiden bildeten, eine um den Planetoiden gemalte Zielscheibe, als er ins Schwarze traf, geschaffen von der Schockwelle, die die Atmosphäre erschütterte und den Wasserdampf der Umgebung zur Kondensation zwang. Garrison unterbrach die Bewegung des Asteroiden auf dem Schirm und vergrößerte ihn, wie er durch die Wolkendecke brach und über dem Aufschlagpunkt hing. Dann setzte Garrison seinen Bericht fort und ließ den Film weiterlaufen.

»Mjöllnir erreicht die Meeresoberfläche und kracht durch das kilometertiefe Wasser, wieder ohne merklich verlangsamt zu werden. Vielleicht ist der Asteroid überhaupt nicht auf das Wasser aufgeschlagen. Die Säule aus komprimierter Luft, die vor ihm hergetrieben wird, mag das Wasser *sich* aus dem Weg gedrängt, einen gewaltigen Überschall-Tsunami hochgeworfen haben, Flutwellen, wie es sie in unserem Zeitalter nie gegeben hat, und so kann in dem Sekundenbruchteil vor dem Aufschlag des Asteroiden das Wasser weggeräumt worden sein.« Bei diesen Worten sprangen auf dem Schirm riesige Wellen hoch.

»So oder so legt die Wucht des Aufschlags für kurze Zeit einen großen Teil des Meeresbodens bloß. Aber bevor wir uns dem Aufschlag zuwenden, wollen wir uns ansehen, welche Folgen die ihm vorangehenden Ereignisse hatten.« Der Blickwinkel der Simulation veränderte sich und folgte den kilometerhohen Wellen, die von dem Epizentrum aus über das Meer rasten. Garrison hielt den Film an und rief eine andere Sequenz auf. Eine freundliche grüne Küste erschien auf dem Schirm. Eine

Herde Triceratops graste im Vordergrund, ein Hain von Riesenfarnen raschelte in der Brise.

»Hier sehen Sie, was mit Meeren und Küsten geschah, *bevor* die Wirkungen des Aufschlags das ferne Land erreichen können. Die Flutwelle bricht über das nördliche Europa und das Land herein, das eines Tages die Britischen Inseln sein wird.« Auf dem Schirm krachte der Wasserberg auf die Küste nieder, überschwemmte alles, warf die großen Tiere umher wie Streichhölzer, walzte alles platt, begrub das grüne Land unter den schäumenden grauen Wogen des wütenden Wassers. »Die Wellen treffen Grönland und bald danach Nordamerika. Der Atlantik war in jenen Tagen viel schmaler, deshalb hatte die Energie der Wellenfront weniger Zeit und Raum, sich zu zerstreuen. Andere Flutwellen wandern über den Nordpol hinweg und erreichen den Norden Asiens. Ein großes Stück der Küste kommt direkt in die Schußlinie.

Natürlich leiden nicht nur die Landtiere. Wahrscheinlich wird das gesamte makroskopische Leben im Nord-Atlantik und in den arktischen Meeren in einem Umkreis von eintausendfünfhundert Kilometern um den Aufschlagsort ausgelöscht, sobald die Schockfront durchzieht. Große Gebiete des Küstenlandes — einschließlich der empfindlichen Feuchtgebiete, auf die viele Spezies zum Nisten angewiesen sind — werden zerstört.

Inlandgebiete werden von Salzwasser überflutet, wodurch weitere Pflanzen und Tiere umkommen. Zurückbleibendes Salzwasser vergiftet das Grundwasser auf Jahre hinaus. All das ist nur das Ergebnis der Flutwellen, die kurz vor dem Aufschlag erzeugt werden.« Auf dem Bildschirm verschwand die verheerte Küste. Dafür erschien wieder das erstarrte Bild des Aufschlagpunktes.

»Aber jetzt schlägt Mjöllnir durch den Meeresgrund — er schlägt nicht *ein,* sondern *hindurch.* Die Erdkruste ist im nördlichen Atlantik dünn; Mjöllnir durchbricht sie, als gehe eine Gewehrkugel durch eine Eierschale.«

Garrison verstummte und ließ den Film in überzeugendem Zeitlupentempo weiterlaufen. Der Asteroid, jetzt weißglühend von der atmosphärischen Reibung, schmetterte in einer Explosion aus Licht, die heller war als jeder Blitz, in den Meeresboden. Das Felsgestein kräuselte sich, bog sich, verdrehte sich, brach, flog davon. Wie Blut aus einer gräßlichen Schußwunde stieg das rohe geschmolzene Magma des Erdmantels in den Himmel.

»Die Schockwelle hat eine Säule aus Atmosphäre und Ozean zur Seite gedrängt. Als der Asteroid aufschlägt, liegt der zertrümmerte Meeresboden offen vor dem Vakuum des Raums und einem Vakuum, das hinter dem Asteroiden angesaugt wird.

Der Aufschlag pulverisiert den Meeresboden und den Asteroiden. Große Massen werden hochgeschleudert. Stücke des Meeresbodens in der Größe von Gebirgen, Felsblöcke, Megatonnen flüssigen Magmas, Steine, Dampf, Materie, die sich aus dem Asteroiden und dem Meeresboden gebildet hat, alles fliegt in dieses Vakuum hinein. Die größeren Fragmente fallen wieder zurück, manche eine halbe Welt entfernt. Ein paar mögen tatsächlich orbitale Geschwindigkeit erreichen und umkreisen die Erde einige Zeit, bis ihre Bahnen niedriger werden und sie von neuem in die Atmosphäre eintauchen. Doch werden einige sogar auf Fluchtgeschwindigkeit beschleunigt werden. Was die kleineren Teile betrifft, so saugt das Teil-Vakuum eine große Menge von Staub und Rauch auf und befördert sie direkt in die obere Atmosphäre.

Unten auf der Erde hat der Asteroid die Kruste und den Mantel durchbohrt, und der Schock hat ein großes Gebiet des Meeresbodens hochgehoben, wahrscheinlich über die lokale Meereshöhe hinaus. Oben auf diesem Berg bildet sich natürlich ein Krater, vielleicht von der halben Größe Islands, eine blutrote Wunde aus scharlachrotem Magma, die vom Raum aus sichtbar ist, eine schreckliche Narbe mit Dutzenden von Kilometern Durchmesser. Sofort steigt geschmolzener Fels, der bis dahin von dem enormen Druck der Kruste darüber festgehalten wurde, durch dieses Loch nach oben. Ein gewaltiger Vulkan ist geboren.«

Auf dem Schirm sprudelte eine blutrote Fontäne flammenden Steins kilometerhoch aus dem Loch in der Planetenoberfläche. Die Lava begann zurückzufallen, platschte auf den freigelegten Meeresboden und das aufgewühlte Wasser, das ihn umgab. »Das Magma, der rohe geschmolzene Fels des Erdmantels, braust aus dem Planeteninneren nach oben. Vielleicht setzen Flutwellen, die von den Küsten zurückgeworfen werden oder die Erde ganz umkreist haben, den Krater unter Wasser. Oder vielleicht ist der Rand des neugebildeten Kraters, wie es uns hier gezeigt wird, hoch genug, um das Wasser draußen zu halten. In beiden Fällen beginnt das vulkanische Ventil, sich zu einem Berg zu gestalten, der früher oder später aus dem Wasser steigt.

Aber die seismischen Effekte des Aufschlags sind nicht nur lokal. Der Aufschlag löst eine plötzliche planetenweise Zunahme der seismischen Aktivität aus. Wahrscheinlich kommt es bei jedem aktiven Vulkan auf der Erde zu einem Ausbruch. Erdbeben erschüttern den Boden überall. Die Schockwellen überwältigen jeden Widerstand in lokalen Verwerfungen.

Beachten Sie, daß seit dem Aufschlag erst ein paar Minuten vergangen sind. Die Oberfläche des nördlichen Atlantik ist ein brodelnder, schäumender Kessel aus Megatonnen von Wasser, die über den Siedepunkt hinaus erhitzt worden sind. Ungeheure Mengen Dampf werden zusammen mit anderen Gasen in die Luft entlassen. Die große Hitze des Vulkans und die von ihm aufsteigenden Gase verstärken die Niederdruck-Säule, die sich hinter dem fallenden Asteroiden gebildet hat.

Die zur Seite gedrängte Luft fließt jetzt mit Heftigkeit zurück, um das Vakuum zu füllen, und wird auf ihrem Weg von dem Coriolis-Effekt der Erdrotation abgelenkt.

Der Wasserdampf kondensiert plötzlich, und es entsteht ein riesiger, vielleicht semipermanenter Hurrikan, zehnmal größer als jeder, den wir je erlebt haben, der möglicherweise den ganzen Atlantik umspannt. Im Auge des Sturms oder nahebei ist eine Proto-Insel aus geschmolzener Lava durch den Meeresboden hochgequollen, vielleicht heiß genug, um den ursprünglichen Krater wieder zu schmelzen. Die Hitze des halbflüssigen Vulkans hält das Wasser zurück. Die Lava fließt weiter, nach und nach bildet sich festes Land, und Island wird aus den Flammen geboren.«

Garrison ließ die Simulation bei dem Hurrikan und der alptraumhaften Insel verweilen, die darunter wuchs. Dann drückte er eine Taste, und der Schirm wurde schwarz. Er drückte eine andere Taste, und hinter ihm erschien das Bild des ganzen Planeten. Der furchtbare Sturm mit dem unheimlichen roten Auge des Vulkans im Mittelpunkt schrumpfte zu scheinbarer Bedeutungslosigkeit zusammen.

Eine rot-schwarze Fahne hing über dem Aufschlagsort des abgekalbten Fragments auf Grönland. Andere, kleinere rote Punkte zeigten die Vulkantätigkeit an, die weltweit durch den seismischen Schock des Aufschlags ausgelöst worden war. Aber die Wolkendecke verbarg die überfluteten Küsten, und der Planet machte einen beinahe friedlichen Eindruck.

»Bis jetzt haben wir die Ereignisse in Realzeit oder in Zeitlupe gesehen. Nun wollen wir sie schneller ablaufen lassen.« Die Wolken über der Welt begannen zu wachsen, wurden dunkler, grauer. Der ganze Planet trübte sich, war schwerer zu erkennen.

»Was sich bisher abgespielt hat, war nur der Anfang der Katastrophe. Monatelang, vielleicht jahre- oder jahrzehntelang speien die Vulkane weiter Feuer. Sie fügen Island nicht nur Land hinzu, sie pumpen auch Megatonne auf Megatonne Rauch und Asche in die Luft. Diese ganze dunkle, aus Partikeln bestehende Masse vergrößert die riesige Menge von Staub und Ruß, die während des Aufschlags in die Atmosphäre geschleudert wurde, und blockiert das Sonnenlicht.«

Der Planet hinter Garrison wurde dunkel. Garrison sprach weiter. »Billionen von Pflanzen und Tieren sind schon gleich bei dem Aufschlag des Asteroiden getötet worden. Zweifellos wurden in diesem einen einzigen Augenblick ganze Spezies ausgelöscht. Auf Tausende von Kilometern in allen Richtungen wurden im Meer und auf dem Land Ökosysteme geschädigt oder vernichtet. Aber das alles ist nichts verglichen mit dem Schaden, der noch entstehen wird.« Auf dem Schirm hörte der Vulkan endlich auf zu speien, die Hurrikans lösten sich auf, und allmählich bildeten sich vertrautere Wettermuster.

»Denn der Staub, der Rauch und der Ruß sind immer noch da. Auch als der letzte Vulkan seine Tätigkeit einstellt, hängt der Staub weiter in der Luft, schwebt wie ein schwarzes Leichentuch in der oberen Atmosphäre. Er blockiert das Sonnenlicht, verdunkelt den Himmel um neunzig Prozent, vielleicht noch mehr. Mittags hat die Sonne vielleicht soviel Licht gespendet wie heute der Vollmond. Des Sonnenlichts beraubt, beginnen die Pflanzen überall zu sterben. Tiere, die von den Pflanzen gelebt haben, verhungern, ebenso die Tiere, die von den Pflanzenfressern gelebt haben. Die ganze Erde bekommt nicht mehr genug Wärme von der Sonne und kühlt sich ab.«

In den oberen Breiten des verdunkelten Planeten leuchten Flecken auf, Zeichen falschen Lichts und unbegründeter Hoffnung auf dem Antlitz der gefolterten Welt. »Schnee fällt, wo nie zuvor welcher gefallen ist. Die nördlichen und südlichen Ozeane kühlen ab und gefrieren. Fällt die Temperatur weit genug und bedekken Eis und Schnee genug von dem Boden, um das Sonnenlicht zurück in den Raum zu reflektieren — dann ernährt sich das Eis von sich selbst, kühlt den Planeten ab, läßt neues Eis entstehen und kühlt den Planeten noch weiter ab. Eine Eiszeit beginnt, die vielleicht tausend — oder hunderttausend Jahre dauert.

Doch selbst wenn das Eis nicht lange bleibt, tötet der verdunkelte Himmel. Innerhalb weniger Jahre sind fünfzig Prozent aller Gattungen ausgestorben. Weit mehr als fünfzig Prozent aller Familien der Spezies von Lebewesen sind ausgelöscht. Es wird Millionen Jahre dauern, bis sich der Planet völlig erholt hat — und vieles ist für immer verlorengegangen.«

Die verheerte Erde der Vergangenheit verblaßte auf dem Bildschirm, und die grüne, liebliche Welt der Gegenwart erschien.

Garrison hielt den kleinen Felsbrocken hoch und gestikulierte damit. Es war kein Zufall, daß der Stein in etwa Form und Farbe des Bildes von Mjöllnir besaß, wie es in den ersten Augenblicken der Simulation gezeigt worden war.

»Nichts davon ist bloße Vermutung«, sagte Garrison. »Den Beweis halte ich hier in der Hand. Mjöllnir hat existiert. Wir haben seinen Absturz durch verschiedene radiometrische Messungen, durch Untersuchungen des Steins, der die Asteroiden-Parikel umgibt, und durch andere Methoden sorgfältig datiert.

Mjöllnir traf die Erde vor 63,5 Millionen Jahren. Seit vielen Jahren ist bekannt, daß buchstäblich alle Dinosaurier und dazu viele andere Tiere der Erde vor rund 65 Millionen Jahren plötzlich ausgestorben sind. Jetzt wissen wir über jeden Zweifel hinaus, wie sie starben.

Mjöllnir wischte die Tafel ab, machte auf der Erde Platz für die Säugetiere, für uns selbst, als er die Welt der Dinosaurier vernichtete. Unsere Art hätte nicht aufsteigen können, wenn Mjöllnir die Bühne des Lebens nicht leergefegt hätte. An dieser grundlegenden Kette der Ereignisse kann es keinen Zweifel geben. Alle Stükke passen in das Puzzle.

Wir sind die Kinder eines schweren kosmischen Unfalls. Lassen Sie uns keinen weiteren hervorrufen. Lassen Sie uns gründlich nachdenken, bevor wir eine lauernde Katastrophe, eine Katastrophe namens Cornucopia, auf unsere Welt bringen.«

Der Schirm hinter Garrison wurde leer, die Video-Lichter verblaßten und ließen den Saal in geisterhafter Düsterkeit zurück. Eine gedämpfte Stimme aus dem Kontrollraum gratulierte Garrison, aber er hörte es nicht. Er spürte, wie seine Hand, die den Stein hielt, zitterte, fühlte Schweiß über seinen Körper strömen und sich auf der Stirn zu Perlen formen. Er sah auf den Stein nieder und staunte ihn an. Zum erstenmal wurde er sich dessen voll bewußt, wie *real* die Katastrophe war, die er eben beschrieben hatte. Dies war kein interessantes intellektuelles Puzzle. Dies war das Geschick von Welten. Er schloß die Hand um die kostbare Probe aus den vernarbten Tiefen der Erde und warf sie in die Dunkelheit des Zuschauerraums hinein. Ben, der ihn vom Kontrollraum aus beobachtete, zog die Kassette aus dem Recorder und steckte sie in die Tasche. Später würden die Profis die Show ausbügeln, aber er wußte, Garrison würde sich seine eigene, ungeschönte Darstellung ansehen wollen.

Er nahm sich vor, die Gesteinsprobe später wiederzuholen. Sie war unbezahlbar, die Frucht all ihrer Arbeit. Aber es war besser, nicht gleich hineinzugehen. Er konnte es Garrison, der diese grauenhaften Bilder einer zerstörten Erde noch frisch im Gedächtnis hatte, nicht verübeln, wenn er Abscheu vor der unreinen Scherbe empfand, vor dem Überrest des Dings, das hundert Millionen Jahre Evolution nahezu ausgelöscht hatte. »Du bist dran, Cath«, sagte Ben und ging, seinen Freund nach Hause zu bringen.

»Ihr Freund hat seine Sache gut gemacht, Miss Cleveland«, verkündete Shiro Ishida, nachdem Ben gegangen war. »Es werden nur ein paar geringfügige Veränderungen seiner Erklärung notwendig sein, damit sie sich für unsere Zwecke eignet.«

Cathy war schon vor langer Zeit zu dem Schluß gekommen, Mr. Ishida sei kein netter Mensch. Er *sagte* immer das Richtige, er war sehr höflich, sehr freundlich. Nie sprach er ein grausames Wort. Er sah sogar gut aus. Und doch konnte Cathy ihn im tiefsten Innern nicht leiden. Vielleicht war sie in diesen Tagen einfach besonders empfindlich, so daß sie in allem eine Schmähung witterte — aber in ihren Augen hatte Ishida eine Begabung für die versteckte Beleidigung, das Sticheln, und ebenso für das Manipulieren, so daß Leute Dinge taten, die sie gar nicht tun wollten.

Er hatte soeben diese beiden Talente unter Beweis gestellt. Wie konnte er es wagen, von Garrison zu sprechen, als sei dieser ein kluger Hund, der alle Kunststükke richtig ausgeführt hatte — und wie hatte er Cathy dazu gebracht, Garrison mit dem nächsten Atemzug noch mehr zu verraten? Sie sah Ishida von der Seite an und wandte den Blick gleich wieder ab. Tatsache war, daß sie Angst vor ihm hatte.

Er war ein junger Mann, groß, dunkelhaarig und mit olivenfarbenem Teint, von reinster japanischer Abstammung, was er einem unter die Nase rieb, sobald man ihn kennenlernte. Er besaß die Würde und die selbstsichere Haltung, die nur Generationen von Reichtum und Stellung verleihen.

Seine Familie hatte sich vor vier Generationen in Hawaii niedergelassen, aber sie betrachtete sich immer noch nicht als Amerikaner oder Hawaiianer, sondern als Japaner. Seine Leute waren reich und mächtig, ihnen gehörte ausgedehnter Grundbesitz auf den Inseln, aber sie benahmen sich nicht wie Siedler oder Einwanderer, sondern eher wie die kolonialen Plantagenbesitzer des

19. Jahrhunderts. Ishida hatte, der Tradition der Familie folgend, mit achtzehn die US-amerikanische Staatsbürgerschaft abgelehnt. Er besaß einen japanischen Paß, er lebte als Fremder in seinem Heimatland.

Die nicht angepaßten Japaner stellten nicht nur in Hawaii und an der Westküste der Vereinigten Staaten ein Problem dar, nein, in der gesamten Pazifik-Region, und Shiro Ishida war ein archetypisches Produkt der Tradition. Höflich, gesetzestreu und doch beunruhigend mächtig, einschüchternd selbstsicher und autoritär. Sogar der japanischen Regierung gingen er und seinesgleichen auf die Nerven, weil sie an die arrogante imperialistische Vergangenheit erinnerten.

In Ishidas Gegenwart fühlte Cathy sich groß, unbeholfen, auffällig, primitiv und anmaßend. Ihr wurde die Rolle der plumpen Barbarin aufgedrängt, die mit einem weltgewandten Mitglied einer Kultur, die viel älter war als ihre eigene, zusammen war. Sie war in New York City geboren — und in wenigen Worten konnte er klarmachen, daß er die Stadt, ihre Geographie und Geschichte weitaus besser kannte, als sie es je lernen würde. Cathy war immer stolz auf ihr Französisch gewesen. Nach fünf Sätzen mußte sie bestürzt feststellen, daß er es besser sprach als sie, ebenso gut wie Deutsch und Russisch und wer weiß was sonst noch alles.

»Müssen wir diese Schnitte und Veränderungen wirklich machen, Mr. Ishida?« fragte sie. »Ich finde, was Garrison gesagt hat, ist gut, so wie es ist. Sehr überzeugend. Die Realität ist gut genug, ohne ›verbessert‹ zu werden, und wir laden uns eine Menge juristischer Probleme auf, wenn wir zu sehr daran herumbasteln.«

»Wir wollen die Zukunft des Planeten sichern, Dr. Cleveland«, erwiderte Ishida glatt. Ihm war natürlich jetzt schon klar, wer als Sieger aus der Diskussion hervorgehen würde. »Kann ›gut genug‹ jemals dazu ausreichen? Wenn wir nur hier und da ein Wort austauschen, ein- oder zwei Bilder stärker hervorheben müssen, um die äußerste Katastrophe zu verhindern, halte ich das nicht für eine Ermessensfrage, sondern für eine Pflicht. Wir werden die Aufzeichnung wie geplant bearbeiten.«

»Aber wie können Sie Garrison das antun, der Ihnen diese sensationellen Forschungsergebnisse zur Verfügung stellt?« fragte Cathy. Sie fühlte sich in die Enge getrieben. Sie wollte Garrison nicht verletzen. In diesem Augenblick hätte der verdammte Asteroid aufschlagen können, wo er wollte, wenn sie dadurch von der Schuld frei geworden wäre, Garrison verraten zu haben.

»Diese Frage hätten Sie stellen sollen, bevor Sie sich einverstanden erklärten, uns bei Dr. Morrow zu vertreten.«

»Aber wir brechen das Gesetz!« protestierte Cathy, wohl wissend, wie schwach dieses Argument war.

»Sie können sicher sein, daß wir längst außer Reichweite des Gesetzes sein werden, bevor irgend etwas gegen uns unternommen werden kann. Sie haben bei den Vorbereitungen für unsere Abreise mitgearbeitet. Sie müssen mit uns reisen, wie es abgemacht ist.« Er schwieg eine Weile und sah auf einen der Monitore. »Es ist ein Axiom, daß für eine große Sache Opfer gebracht werden müssen. Seien Sie jetzt still, es gibt viel zu tun.«

Schon war einer der Techniker an der Arbeit. Ein perfektes dreidimensionales Bild Garrisons erschien auf der Bühne, erstarrt in der Zeit. »Wir fangen nach den ersten paar Seiten des Manuskripts an, Mr. Ishida«, meldete einer der Techniker.

Garrisons Bild flackerte ein- oder zweimal, wurde dann deutlich und begann sich zu bewegen. Er blätterte kurz in seinen Notizen und sprach: »... Tatsächlich ist Cornucopia bereits auf dem Weg hierher. Sie haben davon noch nichts gehört, weil LuTech sein Bestes getan hat, um das Projekt geheimzuhalten.«

Garrisons Bild verschwand für einen Augenblick. Cathy wurde beinahe übel, als die bearbeitete Version auf dem Schirm erschien. Sie hatten die Farbe seines Hemdes verändert, sein Haar war ein bißchen kürzer, der Bart ein bißchen ordentlicher gestutzt. Er hielt sich gerader. Cathy hatte gewußt, daß sie dies tun würden, aber sie fand es immer noch verkehrt.

Trotzdem beeindruckte sie das Geschick der Techniker. Sie sagte sich, daß sie sich über die Qualität nicht zu wundern brauche, wußte sie doch, wie gut dieses Team, diese Ausrüstung war — und Teile der Programmierung stammten von ihr selbst. Wenn diese Gruppe den Untergang einer ganzen Welt simulieren konnte, war es für sie eine Kleinigkeit, einer Aufzeichnung einen Haarschnitt zu verpassen.

Das Bild sprach mit Garrisons Stimme — aber auch die Stimme war verändert worden. Es war Garrisons Stimme, doch man hatte sie tiefer, kräftiger, ausdrucksvoller gemacht, als die Stimme des größten Schauspielers je gewesen war. Und die Worte selbst waren auch ›verbessert‹ worden.

»... Tatsächlich ist Cornucopia bereits auf dem Weg hierher. Sie haben davon noch nichts gehört, weil LuTech sein Bestes getan hat, um das Projekt geheimzuhalten.

Dazu hatte LuTech guten Grund. Befindet sich Cornucopia einmal in diesem Orbit, wird die Reibung der äußersten Luftschichten ihn sehr schnell herunterholen. Innerhalb von sechs Jahren wird Cornucopia mit etwa der gleichen Wucht wie Mjöllnir auf der Erde aufschlagen. Das einzige Mittel, ihn in eine höhere, sichere Bahn zu befördern, wäre die Explosion einer Atombombe — gezündet hundert Kilometer über der Erde.« Der umgestaltete Garrison blickte hoch, Leidenschaft flammte aus seinen simulierten Augen. »Aber das Schicksal der Erde kümmert die orbitale Zivilisation nicht. Lassen Sie mich Ihnen zeigen, was LuTech für die Erde geplant hat ...«

Das Bild verschwand in statischem Knistern. »Ah, hier ist eine Macke in der Software. Kann einige Zeit dauern, bis die ausgebügelt ist. Bis hierher können wir mit dem programmierten Zeug kommen, Mr. Ishida«, berichtete ein Techniker. »Dann schalten wir die Darstellung des Aufschlags ein, mehr oder weniger so, wie sie steht — wir werden sie nur ein bißchen lebendiger machen, das ist alles. Was meinen Sie?«

Ishida lächelte. »Höchst zufriedenstellend. Findet es Ihre Billigung, Dr. Cleveland?«

Cathy erschauerte. Das war nicht ihre Arbeit. Sie hatte ein Standard-Programm zur Verbesserung der äußeren Erscheinung geschrieben, damit Garrison vorteilhafter aussah und vielleicht auch seine Grammatik und sein Sprachgebrauch ein bißchen aufpoliert wurden. Jeder, der vor Publikum sprach, benutzte heutzutage ein solches Programm. Aber das da waren unverfrorene Lügen, die Garrison in den Mund gelegt wurden!

Das war wilder Fanatismus. Nur ein Verrückter konnte so etwas tun. Sie sah Ishida ins Gesicht und fand nicht, was sie erwartete. Sie suchte nach Anzeichen von Wahnsinn, und es waren keine da. Ihr fiel ein, was Ben über die Fanatiker und Absolutisten bei CRATER gesagt hatte. Sie waren genau die Art von Leuten, die eine solche Aufzeichnung aus Leidenschaft herstellen mochten. Aber Ishidas Gesicht war glatt, ruhig, berechnend. Ohne Not setzte er alles aufs Spiel. Verdarb alles. Dieser Schritt konnte nur ins Unglück führen.

Warum? fragte Cathy sich.

Der Film, den er im ganzen System zeigen wollte, würde die Menschen unnötig aufhetzen, würde Ishidas Freunden ebensoviel Schaden zufügen wie seinen Feinden. Wenn die Wahrheit herauskam, konnte sie CRATER vernichten.

Aber CRATER war wichtig. Es kam nur darauf an, daß Cornucopia aufgehalten wurde. Und ein Film wie dieser, der jedermann Angst einjagte, konnte das durchaus fertigbringen.

Cathy wollte weglaufen, sich verstecken, ihre Hände

in Unschuld waschen — aber wie konnte sie *nicht* darum kämpfen, die Erde zu retten? Spielte es eine Rolle, wer ihre Verbündeten waren? Ishida leitete die Show. Sie brauchten ihn. Und er hatte ihr eine Frage gestellt.

»Der Film ist sehr eindrucksvoll, Sir«, antwortete sie.

10. KAPITEL

NEW YORK CITY
Die Schlagzeilen waren schon gleich zu Anfang unerfreulich, und im Laufe der Tage wurden sie schlimmer.

WISSENSCHAFTLER WARNT VOR ASTEROIDEN-ABSTURZ IM NÄCHSTEN JAHRZEHNT

BÜROS VON LUTECH VON AUFSTÄNDISCHEN VERWÜSTET

LUTECH VERKLAGT MORROW WEGEN VERLEUMDUNG

AKTIENKURSE DER RAUMGESELLSCHAFTEN FALLEN, AUSSERPLANETARE VOLKSWIRTSCHAFTEN FÜRCHTEN REZESSION

MORROW VERHAFTET, DER ANSTIFTUNG ZUM AUFSTAND ANGEKLAGT

Die elektronischen Medien waren natürlich noch schlimmer. Sie konnten den gefälschten Film immer wieder und wieder zeigen, komplett mit einem tobenden, wahnsinnigen Garrison und einer reißerisch aufgemachten Zerstörung der Erde. Und das taten sie auch. Weltweit.

Die Menschen verloren vor Angst fast den Verstand. Sie fürchteten jetzt nicht nur den Erzabbau auf den Asteroiden, sondern alle Aktivitäten im Raum. Gerüchte kamen auf, eins der größeren Raum-Habitate werde auf einer Spiralbahn herunterkommen und die Erde treffen, es habe sogar schon schreckliche Abstürze gegeben, die vertuscht worden seien, gewisse Verfechter eines harten Kurses unter den Führern der Siedler planten, die Erde mit Hilfe von Asteroiden anzugreifen.

Nun mußten die Aufnahme-Teams auch die Anti-Raum-Aufstände zeigen.

All das traf Garrison schwer. Weiterer Verrat, wieder wurde ihm der Sieg von jemandem weggenommen, dem er vertraute, den er liebte. Am schlimmsten war, seine Warnung vor der zukünftigen echten Katastrophe ging in dem allgemeinen Lärm um einen Schwindel unter.

Und dann drangen Polizisten in Garrisons Robotel-Zimmer ein und verhafteten ihn wegen Anstiftung zum Aufruhr. Wahrscheinlich war es nur gut, daß es so kam. Schon brüllte der Mob nach seinem Blut. Im Gefängnis war er wenigstens sicher.

Ben riß sich fast ein Bein aus, um den für diesen Fall zuständigen Richter zu sprechen. Er dankte sämtlichen Göttern, die es geben mochte, daß er ein paar Dollar hatte sparen wollen und Garrisons Präsentation auf einer der billigeren Read-only-memory-Kassetten aufgenommen hatte. Einmal bespielt, konnte eine ROM-Kassette nicht mehr verändert werden. Das versetzte Ben in die Lage, dem Richter in einer vorläufigen Anhörung die richtige Version von Garrisons Vortrag zu zeigen. Er unterstützte sie mit Dokumentation aus einem halben Dutzend Quellen und Bestätigungen von Dutzenden von Raumfahrt-Wissenschaftlern.

Damit bekam er Garrison frei, es tat LuTechs Verleumdungsklage gegen ihn großen Schaden, und außerdem wurde der Richter ganz hübsch böse. Die Manipulierung von Informationen mit betrügerischer Absicht wurde als sehr schweres Verbrechen betrachtet. Aufgrund eines Gerichtsbeschlusses stellte ein Spezialist für das Wiederauffinden von Daten aus den Computern des Video-Labors die ursprüngliche Aufzeichnung wie auch drei oder vier Zwischenlösungen sicher. Das bewies Garrisons Unschuld, und so waren wenigstens die juristischen Probleme schnell gelöst. Der Richter ordnete sogar an, das Büro des US-Marshalls müsse Garrison Schutz gewähren — es gab immer noch eine Menge Leute, die ihm etwas antun wollten.

Von der Partei der Verlierer waren Cathy, Ishida und CRATERs Video-Team allesamt verschwunden. Haftbefehle wegen Datenfälschung wurden gegen sie erlassen, aber niemandem gelang es, eine Spur von ihnen zu finden. Inzwischen konnten sie überall auf der Erde oder unterwegs zu einem halben Dutzend Punkten außerhalb der Erde sein.

Die Öffentlichkeit ließ sich nicht davon abhalten, dem Überbringer die schlechten Nachrichten zu verübeln, nur weil seine Unschuld bewiesen worden war. Das Amerikanische Naturgeschichte-Museum hatte bei Garrisons Verhaftung jede Verbindung mit Dr. Morrow geleugnet und wandte ihm seine Unterstützung auch dann nicht wieder zu, als er entlastet und in Freiheit gesetzt worden war. Das konnte Garrison ihm kaum verübeln. Wer wollte schon mit einem, dem das Pech anklebte wie eine Krankheit, wieder ins Bett hüpfen? Das gleiche galt für jede andere wissenschaftliche Organisation. Es würde schwer für ihn werden, Arbeit zu finden.

Bei weitem das Schlimmste war jedoch der Schaden, den ihre Sache erlitten hatte. Auch wenn LuTech mit seiner Verleumdungsklage nicht durchgekommen war, schlug die Firma Profit aus der Situation, indem sie bewies, die Behauptung, Cornucopia werde bald abstürzen, sei falsch. Das genügte, um die meisten Leute die Bedrohung zukünftiger Generationen vergessen zu lassen — oder bei ihnen den Eindruck zu erwecken, die Vorhersage eines Absturzes in fünfhundert Jahren sei ebenfalls Schwindel. Die ganze Arbeit Garrisons — übrigens auch CRATERs Arbeit — war sinnlos gemacht worden. Niemand glaubte dem Jungen, der »Der Wolf kommt!« rief.

MARS, PORT VIIKING

Angela Hardin löschte ihren Monitor und fluchte halblaut vor sich hin. Als wenn es nicht schon genug Probleme gäbe! Als ob die feindliche Einstellung gegen den Raum auf der Erde nicht schon scharf genug gewesen wäre! Gerade als ein Abkommen über die Ermäßigung der Zölle auf medizinische Hilfsgüter echte Hilfe hätte bringen können, mußte das passieren.

Sie trommelte wütend mit den Fingern auf den Schreibtisch. Am abscheulichsten war es — von *vielen* abscheulichen Dingen —, daß die Siedler wegen einer Operation, die auf der *Erde* stattgefunden hatte, schlechte Publicity bekamen. Lucifer Technologies, die all den Ärger hervorgerufen hatte, war ausschließlich im Erde-Mond-System tätig.

LuTech hatte mit den Siedlungswelten nichts zu tun, und diese Firma war es, die den Asteroiden hereinholte — aber irgendwie stand LuTech als die Partei da, der man Unrecht getan hatte. Ein paar Fernsehaufnahmen ihrer ausgebrannten und geplünderten Büros, ein oder zwei gedruckte Berichte über den Sturz ihrer Aktien — und schon vergaßen die Leute, wer letzten Endes an der ganzen Situation schuld war. Morrow hatte diesen Asteroiden nicht aus seiner Bahn gezerrt. Die Siedler hatten es auch nicht getan. LuTech *hatte* es getan — und LuTech brachte es fertig, sich als das Opfer darzustellen, während Morrow und die Siedlungswelten den Kopf hinhalten mußten.

In der Pressekampagne gab es andere, weniger auffällige Dinge. Morrow wurde vorgeworfen, er habe verantwortungslos von Gefahr gesprochen. Diese angebliche Verantwortungslosigkeit aufs Korn nehmend, erweckten die LuTech-Leute den Anschein, als gebe es die Gefahr gar nicht. Die eklatante Datenfälschung der CRATER-Idioten spielte LuTech genau in die Hände.

Alles in allem war es eine meisterhafte PR-Operation, räumte Angela ein. Es fiel schwer, die Schufte in gewisser Weise nicht zu bewundern. Aber sie war willens, sich Mühe zu geben. Schließlich machte LuTech ihren Leuten das Leben sehr sauer.

Und das tat die Minen-Firma, während sie den Siedlern nichts ließ, gegen das sie hätten zurückschlagen können. Weder LuTech noch sonst jemand hatte die Siedler in der Cornucopia-Affäre in irgendeiner Weise beschuldigt. Es gab nichts Greifbares, nichts Spezifisches, auf das Hardin oder ihre Leute hätten reagieren können, nur eine vage Idee, das habe mit dem Weltraum zu tun, mit dem Weltraum außerhalb der Mondbahn — und deshalb mußten die Siedler hineinverwikkelt sein.

Die Leute — und die Politiker — der Erde waren nicht einmal *vor* Cornucopia in der Stimmung gewesen, freundlich von ihren Verwandten auf den anderen Welten zu denken. Jetzt konnte es nur noch schlimmer werden.

Angela Hardin stand von ihrem Schreibtisch auf und sah aus dem Bürofenster auf die überkuppelte Stadt. Es war im Grunde eine kleine Stadt, staubig und ein bißchen langweilig, eine nach Gesichtspunkten der Nützlichkeit errichtete Siedlung, die sich noch nicht bewußt war, daß sie die Hauptstadt eines Planeten und das Hauptquartier einer systemumspannenden Konföderation werden sollte.

Angelas Augen wanderten von den etwas schäbigen Gebäuden und Straßen zu der dämmerigen Landschaft hinter den Stadtgrenzen, die durch die widerstandsfähige Isolier-Plastik der Kuppel nur undeutlich zu sehen war. Die Nacht kam, und die Kuppel wurde langsam verdunkelt, um während der kalten Nachtstunden die Wärme zurückzuhalten. Die Kuppel wurde jeden Abend im Rahmen der Wärmebewirtschaftung undurchsichtig gemacht, und deshalb konnte man den Nachthimmel nie von innen sehen. Angela hatte, obwohl auf der Erde geboren, die meiste Zeit ihres Lebens als Erwachsene im

Asteroidengürtel und in den freifliegenden Habitaten verbracht. Die Möglichkeit, die Sterne zu sehen, war für Gürtel- und Habitat-Bewohner in ihren eingeschlossenen Weltchen wichtig. Selbst wenn es bauliche Schwierigkeiten machte, wollten sie Bullaugen und Fenster haben — keine Bildschirme, die an Kameras angeschlossen waren, sondern richtige *Fenster* mit nichts als einer dicken Quarzscheibe zwischen dir und dem Weltraum. Für ihre Psyche spielte es eine große Rolle, die Sterne zu sehen, tatsächlich zu *sehen*.

Bei Marsianern war das anders. Sie zeigten kein besonderes Interesse für den Himmel. Sie konnten mit einem Minimum an Aufwand in einen Druckanzug steigen und ihre Kuppeln verlassen, wann immer sie einen Blick auf den Himmel werfen wollten — einen von Sichtfenstern unbehinderten Blick, ohne daß sich andere hinter ihnen drängten, die auch an die Reihe kommen wollten. Für einen Gürtelbewohner war das ein Luxus, von dem er nicht einmal zu träumen wagte. Doch wenigen Marsianern fiel es je ein, nach draußen zu gehen, wenn es sich vermeiden ließ. Hier unten auf ihrem staubigen Planeten kehrten sie dem Universum den Rücken. Für eine Gruppe von Pionieren am Rand des Weltraums waren sie ein seltsam insulares Volk.

Vielleicht lag es daran, daß der Mars *beinahe* bewohnbar war. Niemand konnte sich vorstellen, auf irgendeiner der anderen Siedlungswelten ohne massive und ständige Anstrengungen zur Erhaltung der künstlichen Umgebung zu leben. Auf dem Mars war es den Menschen so gerade eben möglich, auf sich allein gestellt zu leben, ohne ungeheuerliche technische Investitionen. Den Staubratten ging es gut draußen in ihren Höhlen und eingegrabenen Unterständen; sie bezogen Energie von selbstgebauten Windfarmen und Solarzellen-Reihen. Man konnte hier *beinahe* ohne Technologie, ohne Zivilisation überleben. Die Marsianer konnten *beinahe* ohne fremde Hilfe auskommen. Vielleicht war das der

Grund, aus dem sie sich über die Hilfe, die sie brauchten, ärgerten.

Angela gab nicht vor, die Marsianer zu verstehen — oder auch nur, sie besonders zu mögen. Aber der Mars war die bei weitem reichste, bevölkertste und mächtigste Welt der armen, unterbevölkerten und schwachen Siedlungswelten. Es war unvermeidlich, daß das Hauptquartier des Rates hier aufgeschlagen wurde.

Das Dumme war, wenn sich das HQ des Siedlungsrates auf dem Mars befand, kam auf der Erde der Mann auf der Straße noch eher auf den Gedanken, der Mars und die Siedler seien ein und dasselbe. Und die marsianischen Anführer, verkörpert durch diesen Neandertaler McGillicutty, gehörten zu den radikalsten und am wildesten die Konfrontation suchenden, die die Siedler zu bieten hatten.

Es war verdammt frustrierend.

JERSEY CITY, NEW JERSEY

Sie konnten es sich nicht leisten, noch viel länger zu bleiben. Sogar hier jenseits des Flusses waren die Preise zu hoch. Es war Zeit, weiterzuziehen. Garrison saß in einem kleinen Park nicht weit von dem Robotel und überdachte es alles ein letztes Mal. Der Asteroid würde die Erde erst in zwei Jahren erreichen — und wenn er präzise auf seine Umlaufbahn gebracht wurde, würde er für vielleicht weitere fünfhundert Jahre keine Gefahr darstellen.

Zwei Jahre oder fünfhundert. Soviel Zeit hatte er, um ihn aufzuhalten.

Aber das ließ sich nicht von New Jersey aus machen. Und Veröffentlichungen brachten keine Lösung — nicht, wenn seine Gegner dermaßen die Oberhand hatten. Er mußte mit anderen Waffen kämpfen, und diese Waffen fand er nicht hier. Er brauchte Arbeit, er brauchte einen Ort, wo er sich auskannte, einen Ort, wo er Kontakte hatte, wo er Dinge hören konnte, wo er mit Menschen sprechen konnte, die etwas vom Raum verstanden, wo die Skandale der Erde keine Rolle spielten.

Garrison merkte, daß Ben von hinten herankam, aber er sagte nichts. Ben setzte sich neben ihn auf die Bank. Beide schwiegen lange Zeit, sahen zum Himmel auf, zu dem großen hellen Vollmond, der hoch am Firmament hing.

»Ich habe dir ein Bier mitgebracht«, sagte Ben nach einer Weile. »Und auch eins für mich.«

»Danke.« Garrison nahm seinen Bierkarton, öffnete ihn und trank. Er dachte an Cathy und daran, wie tief sie ihn verletzt hatte. Hatte ihr jemals etwas an ihm gelegen, oder war sie auf Befehl von CRATER, das hieß, von Ishida, mit ihm ins Bett gegangen? Die Frage tat weh. Und dieser Schmerz brachte ihn zu einem Entschluß. Er wollte weiter weg von der Erinnerung. »Mich hält hier nichts mehr«, verkündete Garrison schließlich.

»Mich auch nicht«, erwiderte Ben. Er hatte ebenfalls nachgedacht. Es mochte ihm gelingen, sich nach dem Skandal wieder hochzuarbeiten — aber immer würde es Getuschel geben. So wollte er nicht leben. »Mich auch nicht.«

Garrison hob seinen Bierkarton und trank dem Himmel zu. »Ich gehe nach Hause«, stellte er ruhig fest. »Auf den Mond.«

Nach geraumer Zeit fragte Ben: »Kann ich mitkommen?«

ZWEITER TEIL

Exile

Der Mond widerspricht jeder Vernunft.

In den Angelegenheiten der Kosmologie und in den Angelegenheiten der Menschheit paßt er nicht zu dem Rest des Universums. Auf diesen beiden völlig unterschiedlichen Gebieten ist der Mond aus dem gleichen Grund eine Anomalie: Er ist zu groß, und er ist zu nahe an einer anderen Welt.

Nirgendwo sonst gibt es einen im Vergleich zu dem Planeten, den er umkreist, so riesigen Satelliten oder einen, der seinen Planeten so stark beeinflußt. Kein anderer Satellit kann diese mächtigen Gezeiten hervorrufen oder die periodische Nachtbeleuchtung liefern, zwei Effekte, die allem terrestrischen Leben ihr Siegel aufgedrückt haben.

In den Jahrhunderten, die er studiert worden ist, hat niemand jemals zur vollen Zufriedenheit erklärt, wie es kommt, daß der Mond da ist. Dutzende von Theorien wurden aufgestellt. Einige waren rundherum bizarr, einige waren überzeugend — und einigen gelang es sogar, beides zu sein. Aber Astronomen, Kosmologen und Geologen haben Beweise gefunden, die sie alle widerlegen.

Er dürfte nicht da sein. Aber er ist da.

In politischen Angelegenheiten ist es das gleiche. Wäre er weiter entfernt, schwerer zu erreichen oder vielleicht kleiner, ein weniger lockender Preis gewesen, wären die Erdlinge nicht so früh schon auf ihm gelandet, hätten ihn nicht so früh schon kolonisiert, bevor Gesetze und Präzedenzfälle eine neue Realität einholen konnten.

Lange bevor die Siedler im Asteroidengürtel landeten, auf dem Mars, auf den Monden der Gasriesen, waren die Regeln des Siedlungsspiels auf saubere, ordentliche Weise festgelegt worden. Es war einfach, aufzuführen, wem was gehörte und wer welche Rechte hatte. Aber für den Mond war es viel zu spät. Obwohl niemand wußte, wem er gehörte, landete jeder auf ihm. Zu dem Zeitpunkt, als der Lunare Verwaltungsrat der Vereinten Nationen (United Nations Lunar Administra-

tive Council = UNLAC) gegründet wurde, seinen Anspruch auf den Mond durchdrückte und sich daranmachte, den Satelliten im Namen des Volkes der Erde zu regieren, war der Satellit unregierbar geworden. Der UNLAC fand schnell heraus, daß er wenig mehr tun konnte, als dem Chaos Schranken zu setzen — größtenteils, indem er den Menschen Schranken setzte. Er gab jeden Versuch einer gerechten Regierung auf und konzentrierte alle Bemühungen auf zwei Ziele: Die Ordnung und das eigene Besitzrecht am Mond aufrechtzuerhalten.

Aber der Mond ist keine Grenzwelt mehr. Die Repressionen des UNLAC dauern an, obwohl weder er noch sie länger notwendig sind.

Niemand, der auf dem Mond lebt, billigt dem UNLAC noch eine Existenzberechtigung zu. Die Kolonisten könnten, wenn sie die Chance bekämen, sich selbst regieren. Aber sie bekommen sie nicht.

Kosmologen auf dem Mond pflegen zu scherzen, der UNLAC sei ganz wie der Mond selbst.

Er dürfte nicht da sein. Aber er ist da.

11. KAPITEL

MOND, ZENTRALKOLONIE

Ben war für die Ausschiffung auf dem Mond eigentlich nicht bereit. Das war niemand beim ersten Mal. Der Transit von der Erde war recht einfach gewesen. Sie waren von Kourou in Französisch-Guinea in einer großen, horizontal startenden Passagier-Fähre aufgestiegen, dann hatten sie in die billigste Klasse eines Interorbit-Schiffes ohne besondere Service-Leistungen gewechselt, und dann war noch einmal auf der L-5-Station ein Umstieg in ein Landeboot gekommen. Luftschleusen und Andruckliegen waren sich überall sehr ähnlich, und das wesentliche Merkmal der Flüge war (abgesehen von der Aufregung beim Start von der Erde) die Langeweile, bei weiteren Reisen seit vielen Jahren Tradition. Es gab auch nichts zu sehen — Bullaugen oder Sichtschirme waren zu teuer, um auf die Economy-Klasse verschwendet zu werden.

Die Landung selbst hätte interessant werden sollen. Aber die Bewegung zeigte sich allein in gelegentlichem Wechsel zwischen Schwerkraft und Schwerelosigkeit sowie ein paar Rucken und Bumsern und mehrmaligem gedämpften Aufbrüllen, als die Motoren sich ein- und ausschalteten.

Ben war sich nicht einmal sicher, daß sie unten waren, bis seine Ohren knallten. Erst einen Augenblick später wurde ihm klar, daß jemand die Luftschleuse in aller Eile aufgerissen haben mußte, obwohl sich der Druck noch nicht ganz ausgeglichen hatte.

Später dachte Ben an diesen ersten Akt bei der Ankunft als perfekte Analogie für die Art, wie es überall auf dem Mond zuging. Ein bißchen schlampig, ein bißchen zu knapp kalkuliert, ein bißchen gefährlich, ein bißchen zu ungeduldig, ein bißchen zu wenig stolz auf eine gut getane Arbeit.

Jedenfalls war eine offene Luke das Stichwort, daß alle Leute um ihn herum ihr Gepäck unter ihren Sitzen hervorzogen und mit den anderen etwa hundert Passagieren auf die Luftschleusentür zuschlurften. Ben stand vorsichtig auf, öffnete den Gepäckkasten unter seiner Andruckliege, zog seinen Matchsack hervor und folgte Garrison.

Sie passierten die Luftschleuse und kamen in einen fensterlosen Zugang, der an das Landeboot angedockt worden sein mußte, beinahe noch ehe der Antrieb abgeschaltet worden war. Er führte zu einem Drucktunnel. Der Tunnel hatte einen viereckigen Querschnitt und bestand aus einem flexiblen grauen Material, das kaum ausreichend versteift war, um nicht zusammenzufallen. Ben bemerkte Fußabdrücke an den Wänden und der Decke. Sie mußten manchmal als Fußboden dienen, je nachdem, wo das Schiff landete. Offenbar wurde der Tunnel in die Richtung und Position gebogen, die für eine Verbindung mit dem Schiff notwendig war, und dann mit Luft vollgepumpt. Der Druck versteifte die Tunnelwände — daß die Passagiere dadurch etwas zum Atmen bekamen, war beinahe ein Nebenprodukt.

Der ganze Tunnel wackelte bei jedem Schritt, den die Passagiere taten. Er führte steil nach unten — viel steiler, als man auf der Erde hätte gehen können, ohne nach hinten umzufallen. Selbst hier stolperten ein paar Personen, fingen sich aber, bevor sie stürzten. Ben folgte Garrison hinab. Sie passierten ein mit komplizierten Gelenken versehenes Verbindungsstück, und plötzlich hörte der Boden auf, unter ihren Füßen zu bibbern. Sie waren in einem breiten, in Spiralen abwärtsführenden Korridor, der aus dem gewachsenen Fels gehauen war. Ben erkannte, daß sie sich bereits unter der Oberfläche befanden. Er war auf — und in — dem Mond angekommen, ohne ihn *gesehen* zu haben. Den letzten Blick auf den Mond hatte er von der Erde aus geworfen — und nun war er *innerhalb* dieser Welt.

Die breite, abwärtsführende Rampe warf sie plötzlich in einen horizontalen Felstunnel hinaus.

Hier war es kalt, kahl und unwirtlich. Stromkabel und Ventilationsrohre, die vom anderen Ende des Tunnels kamen, waren ohne jeden Versuch, sie zu verbergen, einfach an der Decke befestigt worden. Ein scharfer, eisiger Wind fegte den widerhallenden Gang entlang und schlug ihnen ins Gesicht. *Willkommen auf dem Mond,* dachte Ben.

Der Tunnel hatte ganz die gastliche Atmosphäre eines Bergwerkstollens; nichts glättete oder schönte die Realität. In ungleichmäßigen Abständen hingen helle Lampen von der Decke, so daß der Weg abwechselnd durch gleißendes Licht und Finsternis führte, durch Lichttümpel zwischen halbbeleuchteten Inseln der Dunkelheit. Ein Gleitband klapperte durch Staubwolken, und das Geräusch wurde durch Echos verdoppelt und wieder verdoppelt. Das Gleitband, das von der beleuchteten Basis der Rampe in den schattigen Tunnel führte, wirkte mehr als nur ein bißchen altersschwach.

»Hast du nicht gesagt, diesen Landekomplex gebe es hier schon seit Jahrzehnten?« wandte sich Ben an Garrison. »Warum hat man den Tunnel inzwischen nicht fertiggestellt?«

Garrison grinste. »Oh, er ist fertiggestellt. So ist er seit Jahren. Der UNLAC sah eben nicht viel Sinn darin, ihn schön zu machen, wo doch die Motoren eines Landebootes zu früh aussetzen können. Dann kracht das Boot durch die Oberfläche und zerstört den Tunnel. Das ist schon passiert.«

Garrison lachte, und Ben maß ihn mit einem seltsamen Blick. Daß er sich wieder auf dem Mond befand, hatte bei Garrison etwas bewirkt. So munter und selbstbewußt war er seit langer Zeit nicht mehr gewesen. Seine Augen funkelten, und er hielt sich ein bißchen gerader, als sei er sich sicherer, wo er war, wer er war und wie die Spielregeln lauteten.

»Schon die Vibration, die bei Start oder Landung normalerweise hervorgerufen wird, kann einen Riß erzeugen und die Luft aus dem Tunnel lassen«, fuhr Garrison fort. »Da diese Tunnel also Verbrauchsgüter sind, werden sie billig gemacht. Es gibt eine Sicherheitsvorschrift, daß sich niemand in einem Landefeldtunnel aufhalten darf, wenn ein Schiff landet oder startet, nur für alle Fälle.« Ein dumpfer Lärm erschütterte die Passage und wirbelte neue Staubwolken hoch. »Da hast du es, buchstabengetreu befolgt wird diese Vorschrift nicht.«

Ben fiel auf, daß sich die Passagiere in zwei ungefähr gleiche Gruppen teilten, in solche, die zuversichtlich auf das Gleitband traten, und solche, die, unsicher, wohin es ging, zurückblieben. Offenbar Veteranen und Neulinge.

Es war leicht zu erkennen, warum die Neulinge unsicher waren. Ben hatte kein einziges Zeichen gesehen, das einem sagte, wohin der Tunnel führte oder wo irgend etwas war. Kein Führer oder Begleiter zeigte den Weg, auf gar keine Weise wurde etwas erklärt. Eine weitere subtile, das Unterbewußtsein ansprechende Botschaft, wie schnurzegal es dem Mond war.

Ben hatte von Garrison eine Menge Warnungen erhalten. Das Hauptthema war gewesen, er solle nicht versuchen, in der lunaren Kultur eine Variante der *amerikanischen* Kultur zu sehen. Viele, vielleicht sogar die Mehrheit der Kolonisten waren Amerikaner oder amerikanischer Abstammung, und sie hatten dem Mond ihren Stempel aufgedrückt. Aber ebenso hatten das die Russen, die Europäer, die Inder, die Japaner, die Brasilianer und die Siedlungswelten getan. Der UNLAC war hier das Gesetz — und das bedeutete, hatte Garrison ihm eingehämmert, es herrschte ein Durcheinander von Regeln und Vorschriften und Widersprüchen, die der Mond von jeder Nation der Erde geerbt hatte.

Ben schüttelte den Kopf, stieg auf das Gleitband und ließ sich schweigend von ihm weitertragen. Wieder durchlief den Tunnel ein Klappern und Beben und verkündete einen ein bißchen zu früh erfolgten Start. Allmählich machte Ben sich Gedanken über das Auftreten von Klaustrophobie auf dem Mond.

Am Ende des Tunnels befand sich eine große Luftschleuse, die etwa dreißig Leute gleichzeitig aufnehmen konnte. Sie kamen ohne Unfall hindurch und traten in einen großen, überfüllten Abschnitt hinaus, der etwa hundert Meter lang und zwanzig Meter breit war.

»Halte dich dicht bei mir, und wir werden es schnell hinter uns bringen«, sagte Garrison. »Falls wir doch getrennt werden, *bleib stehen, wo du bist!* Ich werde dich finden. Und um Gottes willen, kaufe nichts. Kein Essen, keine Waren, keine Information. Die Preise sind hier anders.«

Er führte Ben von der Schleuse weg, hielt ihn fest, damit Bens an die Erde angepaßten Muskeln ihn nicht durch die Decke schleuderten. Die Decken in der Zoll-, Rechts- und Naturalisierungszone waren gepolstert, um Erdenwürmer vor einem solchen Mißgeschick zu bewahren. Trotzdem wäre es für Ben peinlich gewesen. Ein paar unbegleitete Anfänger gleich hinter ihnen hatten sich bereits in die Polsterung gerammt.

Garrison lächelte vor sich hin und faßte Ben um so fester. Schön, wieder zu Hause zu sein, dachte er. Hier verstand er die Spielregeln.

Er hielt Umschau in der großen, trostlosen Kammer. Die ZoReNa-Zone (wie sie in dem unglücklichen Abkürzungsstil hieß, den die Kolonisten benutzten) war bis zum Bersten voll. Es herrschte ein trübes graues Licht, die Luft war heiß, schwül und stickig. Staubflöckchen wirbelten umher und zogen den Blick auf die zu niedrige Decke. Es war zu warm und zu laut, als daß man sich hätte wohl fühlen können. ZoReNa war natürlich mit Absicht so gestaltet worden. Man wendete viel

Mühe und Phantasie auf, um den Zögernden zu ermutigen, seine Luftrechte sofort zu kaufen. Garrison sah nach oben und suchte nach der Warnung, die, wie er wußte, unweigerlich da sein würde.

SIE BESITZEN AUSSERHALB DIESES ABSCHNITTS KEINE LUFTRECHTE

behauptete das große Schild in leuchtend roten Buchstaben.

KAUFEN SIE LUFT- UND WOHNRECHTE, ODER SIE LAUFEN GEFAHR, DASS IHNEN UNTERSAGT WIRD, ZU ATMEN ODER ANDERE PRIVILEGIEN WAHRZUNEHMEN.

Der klaustrophobische Raum und die stickige Atmosphäre förderten gemeinsam mit den Schildern die Verkäufe sehr. Natürlich war alles Täuschung. Der Internationale Gerichtshof in Den Hag (dem in dem Azoren-Vertrag die Appellationsrechtsprechung in letzter Instanz über die lunare Kolonie übertragen worden war) hatte schon vor Jahren festgestellt, daß die Luftproduktion sich durch die Photosynthese bei der Erzeugung von Lebensmitteln und als Nebenwirkung verschiedener Abbauprojekte selbst finanzierte — und tatsächlich war auf dem Mond eher ein Überschuß an Sauerstoff zu verzeichnen als ein Mangel. Weiterhin wurde verkündet, es gebe keine gerechte Methode, Gebühren für Luft zu erheben. Der Gerichtshof beschloß daher, niemand dürfe gezwungen werden, für Luft zu bezahlen, oder zivil- oder strafrechtlich haftbar gemacht werden, falls er derartige Gebühren nicht bezahle.

Aber dies war der Mond, und was die Gesetze *sagten* und wie sie *ausgelegt* wurden, waren zwei ganz verschiedene Dinge. Klar, stimmten die lokalen Unternehmer und Steuereintreiber zu, in Den Hag war entschieden worden, niemand dürfe *gezwungen* werden, für Luftrechte zu bezahlen. Aber das Gesetz verbot nicht, Leute *aufzufordern,* dies aus freien Stücken zu tun. Die jetzige Regelung, daß in allen ZoReNa-Zonen Warnschilder aufgehängt und Rechteverkäufer anwesend waren, hatte der Gerichtshof niemals ausdrücklich für ungesetzlich erklärt. Also blieb der ZoReNa-Abschnitt stickig und klaustrophobisch, und die Verkäufer zogen den Neulingen das Fell über die Ohren.

Garrison steuerte seinen Freund an dem dichtgedrängten Haufen der verängstigen und nervösen Luftkäufer vorbei.

»Müssen wir denn keine Luft ...?« begann Ben besorgt.

»Nein. Luft gibt's auf Kosten des Hauses.«

Ben sah unruhig zurück. »Garrison, weißt du ganz genau, daß ich sicher bin ohne ...?«

Garrison lächelte. »Immer mit der Ruhe. Du hast einen zuverlässigen eingeborenen Führer, hast du das vergessen?«

»Ich dachte, du seist in Denver geboren.«

»Na gut, halb-eingeboren. Bleib stehen, hier wollen wir tatsächlich hin.«

Garrison wies auf ein kleineres und diskreteres Schild, auf dem stand: *Bürgerrechte.* Niemand stand vor ihnen an, was in diesem so großen und überfüllten Raum ungewöhnlich war. Ben fand es merkwürdig, daß die Regierung weniger darauf erpicht war, Bürgerrechte als Luftrechte zu verkaufen. Eine gelangweilt dreinblikkende Frau mittleren Alters in einer beuteligen grauen Uniform lächelte ihnen zu. »Kaufen oder Verkaufen?« fragte sie und legte das Taschenbuch hin, in dem sie gelesen hatte.

»Kaufen, das ganze Paket, wenn der offizielle Kurs stimmt. Und wo sind die unabhängigen Makler?«

»Oh, sie arbeiten an der anderen Schleuse. Sie haben mit ZoReNa ein Abkommen getroffen, die meisten Touristen dort hinauszuschicken, so daß sie sie in Null Komma Nichts einfangen können.«

»Arbeiten Sie auf Kommission?« erkundigte sich Garrison. Ben wurde es immer schwerer, dem Gespräch zu folgen.

Die Bürgerrechte-Maklerin verstand jedoch offenbar, was er meinte. »Nein, irgendein Tugendbold weiter oben hat das abgeschafft. Beamte im öffentlichen Dienst dürfen nicht mehr auf Kommission arbeiten. Ich bekomme nicht einmal Stundenlohn«, erklärte sie in einem Ton, der andeutete, dies sei ein Pluspunkt für sie. »Ich habe nichts als mein Gehalt. Auf die Weise bekomme ich eine bessere Pension. Deshalb kann ich mir von dem Preis keine Scheibe abschneiden — und ich habe keinen Vorteil davon, wenn ich Sie warten lasse. Welche Währung besitzen Sie?«

»US-Dollar und Pfund Sterling. In Banknoten, keine elektronischen Überweisungen oder Interimsscheine.«

Die Beamtin nickte anerkennend. »Reisen Sie Erster Klasse, wenn Sie es sich leisten können. Wir haben im Augenblick eine Menge Drachmen und Pesos da. Beides ist nichts wert, abzüglich zehn Prozent Wechselgebühr.« Sie langte nach ihrem Klammerbrett. »Sie wollten das ganze Paket, nicht wahr? Ein guter Plan. Immer auf Nummer Sicher setzen, sage ich. Okay, die Bevölkerungsquote ist eben erst wieder gestiegen, deshalb haben wir im Augenblick einen Käufermarkt. Die Unabhängigen kaufen zu vierhundert US, 60 Sterling, verkaufen zu fünfhundert oder 75. Wir verkaufen zu fünffünfundzwanzig oder 80, ganz nach Wahl.«

»Dann gehen wir also zu den Unabhängigen?« fragte Ben.

Garrison und die Beamtin grinsten sich an. »Nein, Ben. Ich denke, ich werde die zusätzlichen fünfundzwanzig opfern und dir deine Rechtekarte hier kaufen. Dann weiß ich, daß sie echt ist«, erklärte Garrison.

Die Beamtin zwinkerte ihm verschwörerisch zu.

»Vielleicht machen Sie einen Fehler. Manche Fälschungen sehen besser aus als unsere Karten.«

»Das Risiko nehme ich auf mich«, sagte Garrison fröhlich und reichte ihr das Geld.

»Nur einmal?« Die Beamtin zählte nach.

Garrison nickte zu Ben hin. »Er ist der Neue. Ich habe meine Rechte behalten, als ich den Mond verließ. Wollte sicher sein, daß ich wieder nach Hause kommen konnte.«

»Kluger Junge«, lobte die Beamtin.

»Kommen Sie hier herum und setzen Sie sich auf den Stuhl vor dem Hintergrund-Vorhang«, forderte sie nun Ben auf. »Wir werden Sie in Null Komma Nichts fotografiert, Ihnen die Fingerabdrücke abgenommen und Sie registriert haben.« Sie schob die Geldscheine zusammen. »Ich habe sogar eine Plastikhülle für Sie. Die Karte von Hand zu versiegeln, kostet fünf Dollar extra.«

»Gekauft.« Garrison warf einen weiteren Schein hin. Diese Beamtin mochte keine Kommission bekommen, aber es gab keine Menschenseele auf dem Mond, die keinen Nebenverdienst hatte. Und es lohnte sich niemals, ein paar Dollar zu sparen und damit eine Regierungsangestellte zu verärgern. Sie nahm eine Kamera, die Plastikhülle und ein paar Formulare aus einer Schublade.

Ben betrachtete zweifelnd die verbeulte Kamera und die anderen Gegenstände. Das war nicht die reibungslose High-Tech-Abfertigung, an die er gewöhnt war. Zu Hause waren Regierungsstellen ganz anders. Da gab es für solche Sachen Roboter und KIs. Diese Arbeitsweise kam ihm furchtbar schluderig vor. »Sie machen das alles von Hand?« fragte er. »Warum installieren Sie keinen Foto-ID-Automaten?«

Die Beamtin blickte beleidigt drein. Garrison packte Ben am Arm, zog ihn nahe zu sich heran und flüsterte ihm ins Ohr: »So etwas darfst du hier nicht sagen, Junge. Dies ist der Mond. Menschen sind hier *billiger* als

Maschinen. Und sie mögen es nicht, wenn man sie daran erinnert.« Ben geriet in Verlegenheit, trat gehorsam hinter den Tresen, setzte sich und ließ sich fotografieren.

Fünf Minuten später standen sie bei ›Gesundheitswesen und Quarantäne‹ in der Schlange, und Ben studierte die Karte, die ihn als Bürger des Mondes auswies. »Trage sie bei dir, wenn du möchtest«, riet Garrison ihm, »aber mach dir keine Sorgen und gerate nicht in Panik, wenn du sie verlierst. Wichtig ist, daß du mitsamt deinen Rechten in den Polizei- und Verwaltungscomputern gespeichert bist.«

»Fein, dann bin ich jetzt Bürger. Aber was, zum Teufel, bedeutet das?« erkundigte Ben sich mißtrauisch.

»Ich werde es dir später erklären«, vertröstete Garrison ihn.

Auf der Erde, auf dem Mars, auf all den anderen Welten und Habitaten gab es unterschiedliche Vorstellungen über die Menschenrechte. Regierungen mochten die Bevölkerung mehr oder weniger unterdrücken oder vielleicht ganz andere Gesetze anerkennen, aber noch nie waren Rechte als Handelsware angesehen worden.

Dies war jedoch der Mond. Rechte, ganze Pakete und einzelne Privilegien, zeitweilige Rechte, zukünftige Rechte, Optionen auf Pressefreiheit, Rechte auf ein Geschworenenverfahren, Freiheit von Überwachungsaktionen, Berechtigungen auf Lombarddarlehen, Bezugsrechte auf Wertpapiere wurden gekauft, verkauft, vermietet, verspielt, verpfändet, geliehen, gestohlen, einem Treuhänder übergeben, vererbt, untervermietet, zurückgewonnen und getauscht wie alles anderes. Das Blaue Kreuz/Der Blaue Schild boten sogar Pauschalsätze auf Pakete von Rechten an.

Das war kein Witz, kein Spiel. Die UNLAC-Polizisten würden es nicht wagen, Ben ohne vorliegende Beweise anzurühren, sobald er seine Prozeßrechte erworben hatte. Ohne diese Rechtskarte konnte er vollkommen legal in das Tycho-Gefängnis gesteckt werden, wenn ein UN-LAC-Bulle glaubte, Ben habe ihn komisch angesehen. Manch ein Insasse von Tycho war da oben geendet, nachdem er seine Prozeß- oder Verfahrensrechte in schlechten Zeiten ›vorübergehend‹ verkauft hatte.

Garrison war nicht in der Stimmung, Ben das alles gerade jetzt zu erklären. Seine Gedanken beschäftigten sich mit den Sonden und Nadeln und Fließband-Ärzten von GesQuar. Vielleicht war es doch nicht ganz so schön, wieder daheim zu sein.

NEW GODDARD STATION, ERDUMLAUFBAHN

O mein Gott, der da hat mich durchschaut! Cathy geriet in Panik.

Dr. Catherine Cleveland, die mit falschen Papieren und unter Vortäuschung falscher Tatsachen reiste, starrte mit hervorquellenden Augen den Zollbeamten an, der ihren gefälschten Paß prüfte. Sie rechnete damit, daß Alarmknöpfe gedrückt und Wachen erscheinen würden, während er sorgfältig ihr Gesicht mit dem Foto verglich. Schweißperlen bildeten sich auf ihrer Stirn, und ihre Fingernägel gruben sich in die Handflächen. Es war ein sehr seltsames Gefühl, eine gesuchte Verbrecherin zu sein.

Plötzlich spürte sie das Gewicht des Eherings an ihrem Finger. Der Ring war Teil ihrer falschen Persona — aber sie war nicht daran gewöhnt, er paßte ihr nicht richtig, er behinderte ihre Hand. Sie fühlte sich nicht verheiratet. Sie sah kein kleines bißchen verheiratet aus. Der Zollbeamte würde es bestimmt merken. Cathy schluckte schwer und hatte die verrückte Vorstellung, wenn irgendwer in diesem Augenblick ihre Hand betrachte, werde er erkennen können, daß sie nicht in Wahrheit verheiratet war.

Mit aller Willenskraft beruhigte sie sich. Sie hatte bereits vier Überprüfungen ihrer Identität hinter sich — zwei am Raumhafen, eine beim Einsteigen ins Shuttle und eine, damit sie an Bord der Raumstation gehen konnte. *Inzwischen sollte ich daran gewöhnt sein,* schalt sie sich. Bei diesem Checkpoint würde sie ebenso einfach durchkommen.

Wie bei jedem anderen Checkpoint redete sie sich zu, ihr werde schon nichts passieren, solange der Zollbeamte das *Foto* betrachtete und nicht den Paß selbst oder die gefälschten Visa-Stempel und Indossierungen. Schließlich *war* es ihr Bild. Der Teil war echt. Wenn er angefangen hätte, das Papier gegen das Licht zu halten oder die Textur des Einbands mit den Fingerspitzen zu prüfen — dann würde sie Schwierigkeiten bekommen.

Sie zwang sich, dem Beamten zuzulächeln. Schließlich lächelte sie auf dem Foto, und es konnte nicht schaden, wenn sie ihm so ähnlich sah wie möglich. Außerdem wußte sie, daß sie hübsch war — und gerade jetzt waren Skrupel, daß sie ihr Aussehen auf unfaire Weise benutzte, nicht am Platz. Alles war recht, was sie schleunigst von hier wegbrachte.

Der Beamte erwiderte ihr Lächeln und reichte ihr den Paß. »Gute Reise, Mrs. Wilson«, wünschte er. Cathy brachte ein ersticktes »Danke« heraus, ohne daß ihre Stimme brach, und ging den Zugangstunnel hinunter. Sie hätte sich wegen der falschen Papiere keine Sorgen zu machen brauchen, sagte sie sich. Schließlich hatten Ishidas Leute bewiesen, daß sie Experten in makellosen Simulationen waren.

Der Zugangstunnel führte vom äußeren Rand der Station zu dem Null-Ge-Abschnitt ihres Zentrums. Gleich nachdem Cathy ihn betreten hatte, stieg er sanft nach oben an. Der Winkel wurde steiler und steiler, aber mit jedem Schritt wurde Cathy leichter und leichter. Nahe dem Ende war es nicht mehr möglich, zu gehen, und Cathy benutzte das Geländer, um sich weiterzuziehen. Schließlich erreichte sie die Luke des Linienschiffes.

Immer noch fiel es ihr schwer, zu glauben, was geschah. Sie mußten sich verstecken; das konnte sie akzeptieren. In Anbetracht all der scheußlichen Publicity, die ihre Fälschung ihnen eingetragen hatte, war sie ganz damit einverstanden. Aber von dem Planeten zu fliehen, war ein bißchen extrem.

Cathy schob sich durch die Luke und in die *Dawn Treader.*

Es war niemand da, sie zu begrüßen oder einzuweisen. Gut. Sie konnte ein paar Augenblicke des Alleinseins brauchen.

Innerhalb der Luftschleuse befand sich ein großer Bildschirm. Er war an eine Außenkamera angeschlossen, die auf den blau und weißen Globus weit unten hinabblickte. *Auf Wiedersehen, Erde,* dachte Cathy bei sich. Sie betrachtete den schönen blauen Planeten und hatte jetzt schon Heimweh nach ihm. Bis zum Mars wegzulaufen, ging ein bißchen zu weit — in mehr als einer Hinsicht.

Aber Ishida hatte den Mars angeordnet, und Ishida hatte den Befehl. Soviel war klar, und dagegen ließ sich nicht argumentieren. Seine Macht, sein Einfluß und vor allem sein Geld hatten sie alle bis heute vor der Justiz abgeschirmt. Cathy wußte genau, daß sie, auf sich allein gestellt, längst ins Gefängnis gewandert wäre. Natürlich, erinnerte sie sich mißmutig, wenn sie von Anfang an auf sich allein gestellt gewesen wäre, hätte sie das Gesetz gar nicht erst gebrochen. Sie hätte Garrison niemals betrogen. Von neuem überlegte sie, ob die Datenfälschung auch zum Ziel gehabt habe, eine ganze Crew zusammenzuführen, die keine andere Wahl hatte, als zu Ishida zu halten.

Solche Fragen kamen zu spät. Sie hatte mit Ishida kooperiert, und nun war ihr Schicksal mit dem seinen verknüpft. Wenigstens hatte er seinerseits zu ihnen gehalten, was auch immer seine Motive gewesen sein mochten. Er hatte die falschen Papiere besorgt. Er hatte die

Reisepläne sorgfältig organisiert, so daß sein gesamtes Team in dieses Linienschiff kam und jeder einzelne über eine andere Route eintraf. Er hatte acht einfache Fahrscheine zum Mars gekauft. Das hätte sich bestimmt kein anderer leisten können.

Trotzdem kam es ihr extrem vor, so weit wegzulaufen. Um so mehr, als alles ganz offensichtlich geplant gewesen war, lange *bevor* man den Film gefälscht hatte. Ein Mann mit Ishidas Möglichkeiten hätte sie doch bestimmt alle gut genug auf der Erde verstecken können. Welchen Grund konnte es geben, sie zum Mars zu schicken?

Cathy blickte hoch und sah, daß ein anderer Passagier ziemlich flott durch den Zugangstunnel kam. Sie zog sich an die Wand heran (oder nannte man das auf einem Schiff ein Schott?) und ließ ihn vorüber. Er war ein großer, lächelnder, rundlicher Mann, er trug einen knallblauen Anzug, und er bewegte sich mit einer für seinen beträchtlichen Umfang eindrucksvollen Geschwindigkeit. Cathy hatte ihn noch nie gesehen. Er manövrierte sich geschickt durch die Luke, lächelte und sagte »Entschuldigen Sie« zu Cathy. Dann faßte er einen Pfosten und hievte sich den Korridor hinunter, offenbar ein Mann, der genau wußte, wohin er ging. Cathy bemerkte einen Hauch von Pimentöl. Von Herzen wünschend, sie wisse, wohin *sie* gehe, nahm sie den gleichen Korridor wie ihr neuer Bekannter. Sie mußte ihre Kabine suchen. Wenigstens *das* war ein klar umrissenes Ziel.

Shiro Ishida sah auf sein Armbandgerät und gestattete sich ein kleines Lächeln. Der letzte von seinem Team müßte inzwischen an Bord sein. Juristisch gesehen, war das Schiff marsianisches Territorium. Selbst wenn die Sicherheitspolizisten der Raumstation jetzt entdeckten, wer sie waren, war es zu spät. Die Polizisten hatten kein Recht, das Schiff zu betreten. Nicht etwa, daß dergleichen auch nur entfernt möglich gewesen wäre. Aber es war angenehm, den Augenblick festzuhalten, zu dem selbst diese letzte und unbedeutende Gefahr vorüber war. Alles war reibungslos abgelaufen, jedes Detail seines Plans hatte sich genauso entwickelt wie erwartet.

Die bei weitem größte Gefahr hatte darin gelegen, daß er seine Mitflüchtlinge in diesen letzten Wochen hatte unter Kontrolle halten müssen. Er hatte sie herumgehetzt, damit sie ihr seelisches Gleichgewicht ja nicht wiederfanden und keine Zeit hatten, den nächsten Schritt selbst zu durchdenken.

Aber es waren mehr von Ishidas Leuten an Bord als nur die Video-Techniker. Eine ganze Anzahl mehr. Die gesamte Crew, Kapitän Broadmoor, sogar das Schiff selbst gehörten Ishida. Jetzt war keine Tarnung mehr notwendig. Von neuem wollte Ishida einen Blick auf sein Armbandgerät werfen, dann beherrschte er sich. In weniger als einer Minute überflüssigerweise zweimal nachzusehen, war ein bei ihm seltenes Zeichen von Nervosität. Auch sich selbst mußte er unter der strengsten Kontrolle halten.

MOND, ZENTRALKOLONIE, REGIERUNGSHAUS

Hilary Wu warf ein weiteres Papier in den Eingangskorb des Gouverneurs und notierte die Zeit. Der Gouverneur kam schon wieder zu spät zur Arbeit. Im Grunde war das gut. So würde er weniger Zeit haben, Unheil anzurichten. Natürlich, dachte sie, *brauchte* er dazu selten viel Zeit. *Und auch nicht viel Verstand,* dachte sie verdrossen, *wenn man seinen mageren Vorrat daran betrachtet.*

Der lunare Gouverneur war tatsächlich kein sehr intelligenter Mensch. Es kam nicht darauf an; der Gouverneur brauchte nicht klug zu sein, ja, eine gewisse Stumpfheit war ein absolutes Plus bei dem Job.

Schließlich herrschte der lunare Herrscher nicht, und

ein größerer Intellekt, als Neruda ihn besaß, wäre für jemandem auf seinem Posten nur lästig gewesen. Hillary blätterte den Papierkram durch und hatte dabei, wie schon oft, die Vorstellung, er sei eine Art menschlicher Gummistempel, der nach einer vom UNLAC gespielten Melodie auf und ab sprang und seine Genehmigung dahin drückte, wo man ihm zu landen befahl. Doch letzten Endes hatte nicht einmal der UNLAC zu sagen. Der Rat erhielt *seine* Befehle direkt von den größeren Weltraum-Unternehmen auf der Erde.

Aber meistens waren es — auf der Erde und auf dem Mond — die UNLAC-Technokraten, die die Leitung in Händen hielten. Sie besaßen das Personal, sie besaßen das Budget, sie besaßen die Hardware und die politischen Verbindungen und den Einfluß.

Bei all dem brauchten sie doch einen Gouverneur für alle möglichen politischen und zeremoniellen Zwecke. Wer sonst konnte bei den Feierlichkeiten zu Beginn von Bauarbeiten den Vorsitz führen, wer eine altmodische Spitzhacke schwingen, um das erste Stück Stein für einen neuen Tunnel auszuhauen, bevor die UNLAC-Tunnelvortriebsmaschinen sich richtig in den Felsen hineinfraßen?

Da der UNLAC die eigentliche Regierung war, erforderte der Posten des Gouverneurs einen Menschen, der fähig war, bloß eine Galionsfigur zu sein, das war klar. Und in José Neruda hatte man eine solche Person gefunden. Auch das war klar.

Das Problem war, es gab genau eine Person auf dem Mond, die *nicht* wußte, daß der Gouverneur eine machtlose Marionette war. Und das war der Mann, der aus dem Spiegel heraussah, wenn der Gouverneur hineinsah.

Unglücklicherweise hatte der Gouverneur zwar nicht die Macht, selbständig irgend etwas Positives oder Lohnendes zu vollbringen, aber er war vollkommen fähig, Sand ins Getriebe zu werfen und mit nichts als einer

Handbewegung endlosen Ärger zu verursachen. Und wenn er so viel zu spät kam, bedeutete das für gewöhnlich, daß er den Morgen damit verbracht hatte, sich über irgendeine eingebildete Krise zu erregen, und kam er dann endlich, würde die Hölle losbrechen. Hillary ertappte sich dabei, daß sie wieder und wieder ängstlich zu der Aufzugtür hinsah, ob er denn noch nicht kam.

Als persönliche Assistentin des Gouverneurs sah Hillary Wu ihre Hauptaufgabe in der Schadenskontrolle. Sie mußte vorhersehen, welche Katastrophen Gouverneur Neruda hervorzurufen im Begriff stand, und sie abwenden — oder zumindest begrenzen —, bevor sie eintreten konnten.

Das war keine sehr befriedigende Arbeit. Die besten Tage waren es, wenn nicht viel passierte — eine frustrierende Vorstellung vom ›Besten‹ für eine ehrgeizige und energische Frau wie Hillary.

Sie war eine kleine Frau mittleren Alters, drahtig, dünn und straff mit kräftigen Händen, ganz anders als der dickliche, unter Mangel an körperlicher Übung leidende Typ, den die niedrige Schwerkraft des Mondes normalerweise erzeugte.

Der Aufzug gab auf seine untertreibende Weise einen dünnen Glockenton von sich. Die Türen glitten lautlos auf und enthüllten Gouverneur José Neruda in all seiner Glorie. Hillary machte schnell und schweigend Inventur von seiner Erscheinung. Seine silberne Haarmähne war perfekt frisiert wie immer, aber seine Krawatte war nicht nur wie sonst fest gebunden, sondern so fest gebunden, daß sie die Atmung bedrohte. (In weiten Kreisen herrschte der Verdacht, er sei überhaupt der einzige Mann auf dem Mond, der eine Krawatte trug.) Die Blume in seinem Knopfloch war an diesem Morgen eine erschreckend rote Nelke, und sowohl seine feine, patrizierhafte Nase als auch sein eleganter schneeweißer Schnurrbart bebten vor Entrüstung. In Gedanken stieß Hilary einen Fluch aus. Es würde ein schlechter Tag werden. Aus der Tatsache, daß er Hillary nicht anbellte, dieser oder jener solle in zwei Minuten in seinem Büro sein, ließ sich schließen, daß diesmal wenigstens keiner von der Abteilung etwas verbrochen hatte. Dann war es wahrscheinlich etwas aus den Nachrichten. Hillary verfolgte die Nachrichten genau, eigens zu dem Zweck, Neruda bei seinen Kreuzzügen ein Stück voraus zu sein. Offenbar hatte sie etwas übersehen. Neruda stolzierte an ihrem Schreibtisch vorbei und forderte sie mit einer brüsken Geste auf, ihm in sein Privatbüro zu folgen.

Mit einem Seufzer, von dem sie hoffte, er sei philosophisch, schaltete Hillary die Telefone um, damit ihr Gürtelgerät läutete, schnappte sich ihren Minicomputer und betrat das innere Sanktum. Neruda saß bereits an seinem Schreibtisch und sah sie gereizt an. »Haben Sie das gesehen, Wu?« Damit warf er ihr einen Ausdruck der Morgennachrichten zu.

Sei vorsichtig, ermahnte sie sich selbst. Es ließ sich nicht erraten, was ihn so in Wut versetzt hatte. »Nun, ja, Sir, ich habe die Zeitung heute morgen gelesen. Steht etwas darin, das Ihre Aufmerksamkeit besonders auf sich gelenkt hat?«

Nerudas Blick wurde noch giftiger. »Großer Gott, bin ich hier der einzige mit politischem Bewußtsein? Da, in der Mitte von Seite 5, die Passagierliste. Ich habe diejenigen eingerahmt, die meine ›Aufmerksamkeit besonders auf sich gelenkt‹ haben«, höhnte er.

Hillary Wu dachte erbost, es habe gerade noch gefehlt, daß er die täglichen Ankunft-und-Abreise-Listen der Raumhäfen studiere. Viele Leute lasen sie, sahen nach, ob alte Freunde zurückkehrten, oder suchten die Namen von Freunden, die ihre Sachen packten und aufgaben. Die Rechteverkäufer hielten auch ein Auge darauf, verglichen Ankünfte mit Abreisen als Schlüssel zur Festsetzung ihrer Raten. Aber meinte der Gouverneur, sie aus *politischen* Gründen lesen zu müssen? Hieß das, *sie* werde die Listen von nun an verfolgen müssen, um auch hier immer einen Schritt Vorsprung vor ihm zu haben? Was kam als Nächstes? Graffitti auf den Toilettenwänden? Durchaus möglich, daß sie versuchen sollte, diese Kritzeleien zu überwachen.

Sie griff nach der Zeitung und sah sich die Namen an. »Garrison Morrow und Benjamin Moscowitz?« fragte sie. »Es tut mir leid, diese Namen bedeuten mir nichts, Sir.« Sie gab die Namen in ihren Minicomputer ein, um zu sehen, was die Regierungscomputer über sie wußten.

Die Adern auf Nerudas Stirn begannen bedrohlich zu schwellen. »Das sind die beiden, die auf der Erde den ruchlosen Aufstand gegen den orbitalen Erzabbau angezettelt haben!« brüllte er. »Haben Sie eine *Ahnung*, wieviel von der lunaren Ökonomie direkt oder indirekt mit dem orbitalen Erzabbau verknüpft ist?«

»Achtzehn Prozent«, platzte Hillary heraus und wünschte sofort, den Mund gehalten zu haben.

Nerudas Gesichtsfarbe neigte sich dem Purpurnen zu, aber er zwang sich, sich zu beruhigen und mit normaler Stimme zu sprechen. »Wenn Sie mit unserer wirtschaftlichen Situation so vertraut sind, dann schlage ich vor, daß Sie sich über die Leute informieren, die eine Gefahr für sie darstellen. Dieser Dummkopf Morrow und seine Gruppe behaupteten in einem Film, innerhalb von zehn Jahren werde ein Asteroid auf die Erde abstürzen. Das waren natürlich lauter Lügen, aber was haben sie für einen *Schaden* angerichtet! Die Aktien der Minengesellschaften sind gefallen. Es könnte hier auf dem Mond zu Entlassungen kommen. Und nun spazieren diese beiden Männer zu unserer Vordertür herein, als hätten sie nichts getan, als seien sie normale Einwanderer. Ich bestehe darauf, daß wir etwas dagegen unternehmen!«

Hillarys Minicomputer hatte inzwischen Zusammenfassungen der Informationen über die beiden Männer ausgedruckt. »Sir, ich bin mir nicht ganz klar darüber, was getan werden *könnte.* Seit gestern sind beide lunare Bürger mit allen entsprechenden Rechten, und sie haben weder hier noch sonstwo Strafregister.«

»Wurde wegen des Films mit den gefälschten Daten nicht Anklage gegen sie erhoben?«

Hillary gab einen Querverweis zum Thema des Verfahrens ein und überflog den Bericht, der aus dem Drucker rollte. »N-nein — soviel hier steht, nicht. Den Film haben wir alle gesehen, und wir wissen natürlich von den Unruhen. Aber wir besitzen nicht viele Informationen über das Verfahren; unser Nachrichtenprogramm brachte nicht mehr als eine kurze Zusammenfassung. Aus irgendeinem Grund wurden sämtliche Anklagen gegen die beiden Männer fallengelassen. Der Film wurde in den Vereinigten Staaten freigegeben, und das mag es erklären. Dort ist man in solchen Dingen recht lasch. Und es gab offenbar ein ziemliches Durcheinander bei der Frage, wer für die endgültige Version verantwortlich war.«

Neruda schüttelte angewidert den Kopf. »Nun, vielleicht wird man auf der Erde mit derartig unverantwortlichem Verhalten nicht fertig — aber *ich* habe nicht die Absicht, müßig dazusitzen und es zuzulassen, daß solche Leute sich vor ihrer Strafe drücken. Nicht, solange sie sich auf meinem Gebiet befinden.«

Hillary blickte beunruhigt hoch. »Ah, Sir, wir *können* sie nicht bestrafen. Sie besitzen die vollen Rechte, und sie haben nichts verbrochen. Es ist keine Anklage gegen sie erhoben worden, Sir.«

Nerudas Oberlippe zuckte leicht bei seinem Versuch zu lächeln. »Ich muß mich über Sie wundern, Wu. Sie wissen doch sicher, daß es andere Wege als das Strafrecht gibt, um mit solchen Leuten fertigzuwerden. Wozu sind Bürokratien wohl da?«

12. KAPITEL

MOND, ZENTRALKOLONIE

Mit unendlicher Erleichterung taumelte Ben auf die Tür von Zimmer 232 des Perimeter-Hotels zu. Ein bißchen Jonglieren mit der Schlüsselkarte, und dann plumpste er in die winzige Zelle, betätigte den Lichtschalter mit dem Ellbogen und ließ sein Gepäck auf den Fußboden fallen. Es war erstaunlich, wie *schwer* Sachen sich anfühlen konnten, selbst bei so niedrigen Ge-Werten. Sein Matchsack hatte all die Masse — und die Trägheit — wie früher, und Ben brauchte eine ganz neue Reihe von Muskeln, um ihn zu kontrollieren und nicht jedes Mal, wenn er die Richtung wechselte, darüber zu fallen. Schon das Gehen *ohne* etwas zu tragen war ermüdend. Es erforderte Kraft, Muskeln davor zurückzuhalten, ihre gewohnten Bewegungen auszuführen.

Ben sah sich in dem Abteil um und schnüffelte. Es roch stickig; ein feiner Staubnebel trieb durch die Luft. Das Ventilationssystem war vom Empfang aus erst bei ihrem Eintreffen angestellt worden und hatte noch keine Chance gehabt, die schale Luft hinauszutreiben. Der erste Eindruck, den die Nasen der Gäste bekamen, diente wahrscheinlich auch als Mahnung, ihr Hotelkonto auf dem laufenden zu halten, falls sie nicht wünschten, daß die Ventilation wieder abgestellt wurde. *Willkommen auf dem Mond,* dachte Ben.

Es war ein bißchen wie ein entgegengesetzter Schock, in eine so sterile Kammer zu treten. Ben hatte die Überraschung genügt, die ihn erwartete, als sie ZoReNa und GesQuar durch die Hauptschleuse verließen. Aus dem bürokratischen Grau und der trostlosen, muffigen Atmosphäre der Einwanderungssektion waren sie in eine Welt aus lauter Grün geraten, das in dem schimmernden klaren Licht wie poliert glänzte. Die riesige Neue

Unterblase der Zentralkolonie erstreckte sich vor ihnen, eine Untergrundstadt, die eher einem Wald glich. Überall wuchsen Pflanzen jeglicher Beschreibung, zwischen den Gebäuden, auf den Gebäuden, sogar auf den Wänden der Unterblase selbst. Große Matten eines dunkelgrünen, breitblättrigen Efeus klommen der blaubemalten Kuppeldecke entgegen.

Die Luft roch nach Frühling auf dem Lande, der scharfe Geruch frisch gemähter Wiesen mischte sich mit einem seltsam angenehmen Hauch von Moder wie von Mulchhaufen des Vorjahres. Es gab einen Überfluß von Blumenbeeten, unter dem künstlichen Himmel tummelten sich Vögel — und sogar, wenn Ben es sich nicht eingebildet hatte, ein paar fliegende Eichhörnchen. Sie vollführten akrobatische Kunststücke, von denen ihre Vorfahren auf der Erde sich nie hätten träumen lassen.

Ben lernte seine erste wichtige Lektion über die Kolonisten in diesem Augenblick. Weil sie eine tote Welt bewohnten, liebten sie das Leben und lebende Kreaturen und hatten ihre Freude daran, Pflanzen wachsen zu machen.

Ausgenommen in ihren Hotelzimmern. Dieses hier war nichts als grau und steril. Ben entdeckte einen mit SESSEL markierten Griff und zog ihn herunter. Ein recht bequem aussehender Lehnstuhl klappte aus seiner Nische, und Ben ließ sich dankbar hineinfallen.

Garrison grinste ihm zu, zog eine in die Wand eingelassene Schublade auf und begann, seinen Matchsack auszupacken.

Ben sah sich in der Kammer um. »Bilde ich mir das ein, oder ist das dasselbe Robotel-Zimmer, das wir in New Jersey hatten?«

»Ähnlich genug ist es ihm«, erwiderte Garrison fröhlich. »Es ist nichts Besonderes, aber es ist billig, und es wird das Vakuum draußen halten, bis wir uns arrangiert haben.«

»Und was ist der nächste Schritt zu *diesem* Ziel?« erkundigte sich Ben. »Sollten wir nicht unser Geld in die hiesige Währung umtauschen?«

Garrison sah ihn ein bißchen merkwürdig an. »Hast du *bestimmt* über den Mond nachgelesen? Es gibt keine hiesige Währung. Man benutzt die verschiedenen Währungen der Erde und der Siedlungen, oder man tauscht.«

Ben zog verblüfft die Brauen zusammen. »Wie kann denn eine Volkswirtschaft funktionieren, ohne daß sie ihr eigenes Geld hat? Woher weiß man, was etwas wert ist?«

»Sie funktioniert nicht, und man weiß es nicht«, antwortete Garrison seelenruhig. »Jedermann hier ist ein Experte in Wechselkursen und Geldwerten. Im Augenblick sind US-Dollar und britische Pfunde knapp, was der Grund ist, daß ich diese Währungen auf der Erde gekauft habe. Vor zwei Jahren wären es japanische Yen und zaristische Rubel gewesen.«

»Aber warum druckt die lunare Regierung kein eigenes Geld?« wollte Ben wissen.

Garrison seufzte mit der geduldigen Resignation eines Menschen, der weiß, er wird etwas viele Male erklären müssen, bevor der andere es versteht oder glaubt.

Die lunare Volkswirtschaft — und die lunare Gesellschaft — ist schon mit dem Baseball verglichen worden. Das Verstehen des einen wie des anderen Themas erfordert eine so intime gefühlsmäßige Vertrautheit mit den Regeln und den Spielern und der Geschichte, daß es reflexiv wird, und das macht Erklärungen schwierig. Wer kann erklären, warum die Kolonisten etwas aus einem Reflex heraus wissen?

Anders herum ist es nicht einfacher. Zu dem Zeitpunkt, wo jemand genug gelernt hat, um eine Erklärung zu verstehen, wie der Mond — oder Baseball — funktioniert, ist die Erklärung selbst überflüssig geworden.

Aber Garrison war klar, er würde mit dem Anfang

anfangen müssen. »Weil«, sagte er bedächtig, »die eigentliche ›hiesige‹ Regierung in New York im Hauptquartier der Vereinten Nationen sitzt, und von ihrem Standpunkt aus ist der Mond nur eine weitere Operationsbasis der Vereinten Nationen, der eine eigene Währung ebensowenig braucht oder verdient wie eine Raumstation oder eine Ölbohrplattform oder die antarktischen Forschungslabors.«

Ben schüttelte den Kopf. »Ich erkenne, daß ich das in kleinen Dosen einnehmen muß. Okay, wenn wir unser Geld nicht wechseln können, was tun wir dann als Nächstes?«

Garrison sah auf sein Armbandgerät, froh über die Atempause. »Wir hauen uns in die Falle. Nach lokaler Zeit ist es schon spät. Am besten beginnen wir gleich damit, uns an die Zeitverschiebung zu gewöhnen, und schlafen uns erst einmal aus. Morgen werde ich mich erkundigen, ob ich meinen alten Job im Labor zurückbekommen kann — und ob man dich auch nimmt. Ich möchte darauf wetten. Wenn der Mond etwas braucht, dann Geologen.«

Genia Lumbroska duckte sich unter der Theke weg und tauchte auf der anderen Seite des Empfangs im Perimeter-Hotel wieder auf. Sie öffnete die Tür zum Hauptbüro direkt hinter der Theke, warf ihre Schlüssel auf die Platte, machte es sich auf ihrem hochlehnigen Drehstuhl bequem und seufzte glücklich. Das Leben war schön, und der Morgen auch.

Sie kreiselte herum und blickte aus dem Tafelglasfenster in der hinteren Wand des Foyers hinaus. Jeden Morgen ihres Lebens segnete sie den Tag, an dem sie sich hatte überreden lassen, dieses Fenster einzusetzen. Die Aussicht war es wert, daß sie dieses dünne Mädchen, das das Fenster gemacht hatte, dafür hatte einen Monat lang umsonst wohnen lassen.

Draußen erstreckte sich die Neue Unterblase unter

ihr. Die neue unter der Oberfläche gelegene Blase war ein großer linsenförmiger Hohlraum, zwanzig Kilometer im Durchmesser, in ihrem Mittelpunkt drei Kilometer hoch, an ihrem höchsten Punkt hundert Meter unter der Mondoberfläche gelegen. Genia wußte in groben Umrissen, daß die Blase geschaffen worden war, indem man einen großen Krater überkuppelte und die Kuppel begrub, aber sie quälte sich nie viel mit technischem Zeug ab. Hauptsache war, daß sie einen wundervollen Ausblick auf das grüne Tal unter sich genoß. Genia lächelte stolz. Das Perimeter-Hotel, das sich in den von oberer und unterer Fläche des Hohlraums gebildeten Winkel schmiegte, mochte nicht das schickste sein, aber es bot ganz gewiß einen der schönsten Ausblicke — das heißt, von den Zimmern aus, die Fenster besaßen.

Genia kramte Zigaretten und Feuerzeug aus ihrer Handtasche. Wie alle ihre Bewegungen begleitete auch diese ein Klirren und Klappern, denn sie trug bergeweise rasselnden Modeschmuck in Form von Armbändern und Halsketten. Sie zündete sich eine Zigarette an und legte Zigaretten und Feuerzeug zur späteren Verwendung auf die Theke. Wirklich, sie sollte weniger rauchen, sagte sie zu sich selbst. Eine schmutzige Gewohnheit, und auf dem Mond noch dazu eine verdammt teure. Von neuem öffnete sie ihre umfangreiche Handtasche, nahm ihre Puderdose heraus und überprüfte ihr Gesicht.

Ihr dickes Make-up verbarg die typische lunare Blässe, aber ob verborgen oder nicht, die Blässe war da. *Leg dich bald einmal unter eine Sonnenlampe, wenn du keine Rachitis bekommen willst,* warnte sie sich. Sonnenlampen kosteten Geld, doch sie waren billiger als Ärzte. Genia überzeugte sich, indem sie hier und da prüfend in ihrer Bienenkorb-Frisur stocherte, daß ihre gefärbten und dauergewellten Haare fest an Ort und Stelle saßen. Sie blinzelte mehrere Male heftig und nickte befriedigt. Auch die Wimpern saßen fest. Da alles ihre Billigung gefunden hatte, stopfte sie die Puderdose wieder in die Handtasche. Ihr Tag hatte begonnen, und sie war recht zufrieden mit sich selbst.

Genia war eine scharfe Geschäftsfrau, wenn es darum ging, Profit zu machen. Darum hatte sie ja ein erstklassiges Stück Klippenwand gleich neben dem Haupttransitpunkt vom Raumhafen gekauft und dort ein Niedrigpreis-Hotel gebaut. Sie fing all die neuen Fische, die ein bißchen knapp bei Kasse waren — und das waren viele, die eben erst Geld für einen Flug mit einem Raumlinienschiff ausgegeben hatten. Das Perimeter war einfach und sauber und hatte die richtigen Preise. Ergebnis: Genia machte bei ihren Gästen einen guten Schnitt, und das wußte sie zu schätzen. Sie gab sich gern der Vorstellung hin, sie sorge für sie und danke es ihnen mit gutem Service, daß sie ihr Hotel beehrten.

Die meisten Besucher erwarteten, auf dem Mond sei alles glühende Kybernetik und reibungslose, unpersönliche Tüchtigkeit, und vielleicht hätte Genia den Empfang einem KI-System überlassen, es mit ferngesteuerten Wartungsrobotern verbinden und das Haus zu einem richtigen Robotel machen können. Aber was hätte *sie* dann mit ihrer Zeit angefangen?

Und welche Art von Roboter hätte nicht nur die Währungsflüsse verfolgen, sondern auch den Wert von Sachleistungen, die Güte von Info-Tips oder gar den Gerüchte- und-Informationen-Handel als Ganzes beurteilen können? Viele Male hatte ihr ein Neuling einen Tip für eine Geldanlage gegeben oder ihr ein politisches Gerücht anvertraut, das den Preis eines Zimmers durchaus wert war. Praktisch alle Instandhaltungsarbeiten im Haus wurden von einem losen Netzwerk von Wanderarbeitern erledigt, unsteten Zeitgenossen, die für ein Zimmer und vielleicht eine Mahlzeit vom Computer-Programmieren bis zum Säubern des Pools alles mögliche anboten. Welche Art von Roboter konnte ihnen allen ins Auge sehen und entscheiden, welches die faulen

Kunden waren und welches die netten Jungen und Mädchen, denen nur die Füße juckten oder die vielleicht ein bißchen Pech gehabt hatten? Nein, eine künstliche Intelligenz war dieser Aufgabe nicht gewachsen, dachte Genia mit Behagen. Außerdem konnte sie sich ein solches System nicht leisten.

Davon abgesehen, welcher Roboter hätte *Spaß* an seiner Arbeit? All die Leute kennenzulernen, die durchreisten, sich mit Touristen über einer Karte der Zentralkolonie nett zu unterhalten, ihnen zu sagen, was sie sich ansehen müßten, welchen Vierteln sie sich fernhalten sollten, und ihnen zuzuhören, wenn sie von fernen Orten erzählten. Und sie liebte dieses angenehm aufregende Gefühl, das sie immer dann überkam, wenn ein Gast eine gute Nachricht erhielt.

Wie heute morgen. Diese beiden netten jungen Männer waren noch keinen ganzen Tag hier, und schon kam für jeden von ihnen ein Brief durch den Postschacht — und für Genias geübtes Auge war in jedem Umschlag ein offizieller Regierungsscheck! Genia rang eine oder zwei Minuten mit sich, ob sie nach 232 hinuntergehen, an die Tür klopfen und die Briefe persönlich abliefern solle, aber sie überlegte es sich anders. Aller Wahrscheinlichkeit nach würde sie die beiden nur in Verlegenheit bringen, sie in der Unterwäsche erwischen oder so etwas. Außerdem mußten sie auf ihrem Weg nach draußen doch am Büro vorbeigehen, und da wollte sie sie abfangen.

Sie schaltete die Kochplatte an und wartete darauf, daß das Wasser für ihren Morgentee kochte. Der Drukker erwachte summend zum Leben und gab ein Exemplar der Morgenzeitung von sich. Genia zog es heraus und sah ihr Horoskop nach, das nur bestätigte, was sie längst wußte. Das Leben war schön.

Garrison und Ben waren beide in guter Stimmung, als sie am Morgen aufwachten. So gut wie in dieser Nacht hatten sie lange nicht mehr geschlafen. Für Ben war es eine angenehme Art von Morgen; er wußte genau, wie der Marschbefehl lautete. Eine notwendigerweise kurze Säuberung unter der Dusche mit dem rationierten Wasser, ein schnelles Frühstück irgendwo, und dann kam Schritt Eins: Sie mußten eine öffentliche Telefonzelle suchen, damit Garrison sich mit der Lunaren Erzabbaubehörde in Verbindung setzen konnte. Ben knuffte Garrison (der morgens weitaus weniger munter war als er), um ihn auf Trab zu bringen, und kam ihm in der Dusche zuvor. Kurz darauf waren beide angezogen und verließen das Zimmer.

Als sie das Foyer durchquerten, rief ihnen eine freundliche Stimme vom Empfang aus zu: »Es ist Post für Sie da!« Ben drehte sich um und erblickte den gleichen fröhlichen Wasserspeier, bei dem sie am gestrigen Abend ein Zimmer gemietet hatten. Die Frau winkte ihnen mit zwei Briefumschlägen.

»Uh-oh«, murmelte Garrison beinahe wie im Selbstgespräch. »Was haben Sie denn für uns, Mrs. Lumbroska?« Auf dem Mond gab man sich Mühe, Namen schnell in Erfahrung zu bringen. Und sie zu benutzen.

»Sieht nach zwei netten, freundlichen Regierungsschecks aus, soviel ich sehe. Hier, einer für jeden.« Sie grinste sie an, glücklich, die Überbringerin guter Nachrichten zu sein.

Ben betrachtete den Brief. Ja, er war an ihn adressiert und kam vom Regierungshaus. Nicht vertraut mit den wiederverwertbaren Plastikumschlägen, die man auf dem an Papier knappen Mond benutzte, mühte er sich mit dem Öffnen ab. Trotzdem hatte er seinen Brief eher offen als Garrison den seinen. Drinnen war ein Scheck, das stimmte, ausgestellt auf neun US-Dollar von der Riggs Bank (Luna). Dabei lag ein Schemabrief.

Sehr geehrter Dr. Moscowitz,

Ihrem gestern erteilten Auftrag folgend, hat das UNLAC-Amt für Menschenrechte einen Käufer für das/die Ihnen gehörende/n und unten aufgeführte/n Recht/e gefunden. Das/die Recht/e wurde/n verkauft. Die Akte über Ihre offizielle Staatsbürgerschaft, die in diesem Amt gespeichert ist, wurde dementsprechend geändert. Die Bezahlung für das/die Recht/e abzüglich der üblichen zehn Prozent Verkäuferprovision liegt bei.

VERKAUFTES/VERKAUFTE RECHT/E:

Recht auf freie Wahl des Arbeitsplatzes
Verkaufspreis: US$ 10,00

Zahlung an Sie (Verkaufspreis abzüglich
10% Verkäuferprovision): US$ 9,00

»O mein Gott«, stöhnte Garrison. »Wir müssen schnell machen, bevor das im Datenspeicher anlangt.«

»Aber was hat es zu bedeuten?« fragte Ben. »Wir haben doch niemanden beauftragt, diese Rechte zu verkaufen.«

»Nein, aber jemand hat am Computer herumgepfuscht, damit es so aussieht. Also hat man unser Recht auf freie Wahl des Arbeitsplatzes verkauft, und wir können zur Arbeit verpflichtet werden. Und du kannst dich darauf verlassen, daß unsere Nummern *schnell* auftauchen werden. Wenn wir unbeschäftigt — oder auch nur *unter*beschäftigt sind, kann man uns in jeden verdammten Job stecken, und wir dürfen fünf Jahre lang nicht kündigen.«

»Können wir nicht einfach zu diesem Rechte-Amt gehen und sagen, daß es ein Irrtum ist?« fragte Ben.

Garrison verkniff sich die passende Antwort. Der Junge war neu hier. Er würde es nicht, *konnte* es nicht verstehen. »Es hat keinen Irrtum gegeben. Das ist mit Absicht gemacht worden. Wahrscheinlich von jemandem, der sich bei den Asteroiden-Abbau-Firmen beliebt machen will. Komm, wir müssen uns beeilen. Wir telefonieren gar nicht erst, wir gehen sofort ins Büro von Ken Beasely und reden mit ihm. *Vorwärts!*«

Genia Lumbroska sah die beiden jungen Männer hinausstürmen. Sie nahm es ihnen nicht einmal übel, daß sie ohne Gruß gingen. Man versteht doch, daß Leute in so einem Fall ihre Manieren vergessen, sogar so nette Jungs. *Irgendwer* mußte sie auf dem Kieker haben, um ihnen einen so gemeinen Streich zu spielen. Genia schüttelte den Kopf — und bemerkte, daß beide die leeren Umschläge fallengelassen hatten. Sie kam hinter der Theke hervor und hob sie auf. Am besten kassierte sie das Geld, bevor jemand anders es tat.

Ken Beasely war ein netter Kerl. Als Chef der Lunaren Erzabbaubehörde hatte er die Aufgabe, bessere Methoden zur Gewinnung und Raffinierung von Felsgestein auf dem Mond zu finden. Auf der Erde mag das nicht nach einer lebenswichtigen Funktion klingen. Aber da buchstäblich alle Behausungen auf dem Mond unter der Oberfläche lagen, wurde der größte Teil des Transports innerhalb der City durch Tunnel abgewickelt, und da der gewachsene Fels das einzige ist, was der Mond an Naturschätzen besitzt, war es ein bedeutenderer Posten, als man denken sollte. Ken hatte Garrison immer gemocht, hatte seine Arbeit bewundert, war stolz gewesen, ihn als Angestellten zu haben. Ken war ein untersetzter, weich wirkender, dunkelhäutiger Schwarzer, dessen Teint trotz allem die unvermeidliche Blässe verriet, die das Leben auf dem Mond hervorrief. Seine Haut hatte die Sonne lange Zeit nicht gespürt. Er war völlig kahlköpfig, und sein kugelförmiger Kopf glänzte unter der Deckenbeleuchtung.

Ken faßte es als großes Kompliment auf, daß Garrison ihm seine Situation offen erklärte, statt ohne Angabe von Gründen herumzustottern, daß er *jetzt,* sofort,

Arbeit brauche. Doch das machte es um so frustrierender — denn Ken konnte ihm nicht helfen. »Es sind keine Stellen frei«, erklärte er rundheraus. »Überhaupt keine. Da ist absolut nichts. Heute morgen kam die Nachricht durch, das Budget für wissenschaftliches Personal der ganzen Regierung sei eingefroren worden. Bis auf weiteres darf niemand eingestellt werden. Tue ich es doch, verliere *ich* meinen Job.«

»Und ich wette, mit dem Einfrieren ist es in der Minute vorbei, wo wir dienstverpflichtet werden«, brummte Garrison verdrießlich.

Ben sandte ihm einen seltsamen Blick zu. »Na, na, man wird doch nicht für eine ganze Kategorie von Regierungsangestellten einen Einstellungsstop anordnen, nur damit wir keine Arbeit finden.«

Garrison schüttelte den Kopf. »Schon wieder falsch, Ben. Das hier ist ein sehr kleiner Planet. Die Bevölkerung beträgt anderthalb, vielleicht zwei Millionen. Für die Regierung arbeiten nur fünf- bis zehntausend. Darunter mögen vier- oder fünfhundert Wissenschaftler sein.

Zu irgendeinem Zeitpunkt sind schätzungsweise zwei Prozent der Arbeitsplätze für Wissenschaftler frei. Deshalb können ganze acht oder zehn Stellen nicht sofort besetzt werden, und Ken wird daran gehindert, neue Positionen zu erfinden, auf denen er uns beschäftigen könnte. Der Einstellungsstop kann, wenn es sein muß, lange, lange Zeit aufrechterhalten werden. Und es wird *nicht* sein müssen. Man wird uns pronto dienstverpflichten.«

Ken nickte düster. »Ich verstehe nur eins nicht. Was habt ihr bloß angestellt, um jemanden so sehr zu verärgern? Es ging doch um nichts weiter, als daß ihr diesen Asteroiden ausgegraben habt und daß dann dieser Film produziert wurde, richtig? Hier oben ist er nicht oft gezeigt worden.«

»Und wir haben ihn nicht einmal produziert«, murmelte Ben. »Ein Freund von uns hat das für einen guten Witz gehalten.«

»Da habt ihr vielleicht einen Freund«, meinte Ken mitfühlend. Er strich sich mit der Handfläche über seinen Billardkugel-Kopf. Garrison kannte die Geste, sie verriet, daß Ken heftig nachdachte. »Ich komme einfach nicht dahinter«, sagte Ken. »Ich kann mir nicht vorstellen, wer sich die Mühe machen würde. Es muß jemand sein, der am Drücker sitzt, nicht nur, um den Einstellungsstop anzuordnen — das könnte jeder kleine Popel in der Personalabteilung tun, und etwa einen Tag lang würde es funktionieren. Hier aber muß es sich um einen handeln, der genug Macht hat, um die *juristischen* Regierungscomputer anzulügen und damit durchzukommen. Theoretisch kann niemand außer euch selbst den Auftrag, Rechte zu verkaufen, erteilen — und bevor er gespeichert wird, müßt ihr eure Identität genauestens nachweisen. Es gibt eine Menge Sicherheitsschaltungen, die das, was euch passiert ist, verhindern sollen. Also handelt es sich entweder um einen sehr guten Hacker oder um jemanden, der einen sehr guten Hacker für sich einspannen kann.« Wieder dachte Ken eine Minute lang nach. Seine Augenbrauen schossen in die Höhe. »Und es muß auch noch jemand sein, der so dumm und kleinlich ist, daß er sich mit zwei kleinen Würstchen wie euch überhaupt befaßt.« Sein Ton machte dies zu einer Lösung des Rätsels, nicht zu einem Teil der Frage.

Garrisons Augen leuchteten auf. »O mein Gott. Der Gouverneur.«

»Wer sonst?« fragte Ken rhetorisch. Er zog eine Tastatur heran und klapperte ein paar Befehle herunter. »Bingo. Der Einstellungsstop geht vom Büro des Gouverneurs aus. Garrison, zeig mir diese Benachrichtigung über den Verkauf des Rechts.« Garrison reichte ihm das Blatt Papier, und Ken verglich es mit der Information auf seinem Computerbildschirm. »Hier steht nicht, von welcher Dienststelle er ausgeht. Aber die Zeitangabe ist zwei Minuten, nachdem der Einstellungsstop durchkam.«

»Warum ist denn der Gouverneur dermaßen aufgebracht?« fragte Ben. »Gut, wir waren auf der Erde in einen Skandal verwickelt. Na und? Ich dachte, fünfzig Prozent der Kolonisten auf dem Mond seien so etwas wie Verbannte. Warum macht er sich die Mühe?«

Ken lachte auf. »Mann, fragen Sie mich etwas Schwereres. Neruda hat seine Finger in so vielen Minengesellschaften, daß es nicht einmal komisch ist. Jeder in LuErz weiß das. Er ist im Aufsichtsrat von rund einem halben Dutzend Asteroiden-Abbau-Firmen und im Vorstand Ihres alten Freundes LuTech. Ist das nicht entzückend?«

»Ist das denn kein Interessenkonflikt? Gibt es keine Gesetze gegen ...« Ben merkte, daß Ken und Garrison sich mit einem gewissen weltmüden Ausdruck ansahen, den er allmählich kannte. »Okay, okay«, sagte er schnell. »Schon kapiert. Dies ist der Mond.«

Sie verließen Kens Büro und suchten das öffentliche Daten-Terminal in der Armstrong-Bibliothek auf. Garrison überprüfte als erstes die Terminankündigungen der Regierung und stellte fest, daß am nächsten Tag eine Verlosung für Dienstverpflichtete stattfinden würde. Ihnen mochten vierundzwanzig Stunden bleiben. Er machte sich ans Studium der Stellenangebote.

Sie saßen in mehr als einer Beziehung in der Klemme. Die lunare Ökonomie war chronisch knapp an Kräften für niedrige Arbeiten, und wahrscheinlich würden Ben und Garrison sofort Stellen beim Tunnelbohren oder in den hydroponischen Anlagen finden. Doch das Amt für Arbeitsverpflichtung konnte sie dann als *unterbeschäftigt* einstufen. Schließlich waren sie hochqualifizierte Wissenschaftler. Was hatten sie beim Tunnelbohren zu suchen? In solchen Fällen konnte die Regierung bestimmen, ihre Fähigkeiten sollten anderswo zu besserem

Nutzen eingesetzt werden. Deshalb schützte Dreckarbeit nicht davor, eingezogen zu werden, und Garrison machte sich gar nicht erst die Mühe, es zu versuchen. Sie mußten geeignete Stellen in ihrem Beruf finden — und das *schnell*. Da der Regierung nicht erlaubt war, sie zu engagieren, und da die Regierung die meisten der Wissenschaftler brauchte, hatten sie hier ein Problem.

Unglücklicherweise waren die einzigen anderen möglichen Arbeitgeber die Minen-Gesellschaften, wie aus den nach Klassen eingeteilten Datenbanken hervorging. Lucifer Technologies zum Beispiel würde sie sicher nicht nehmen, auch wenn die Firma Garrison erst vor ein paar Wochen einen Posten angeboten hatte.

Da draußen gab es jedoch andere Minen-Gesellschaften, und Garrison klapperte sie alle ab. Den ganzen Vormittag und den halben Nachmittag machte er Anrufe, wurde nicht weiterverbunden, wurde auf ›Warten‹ geschaltet, wurde abgelehnt. Er rief alte Freunde an und Leute, die ihm einen Gefallen schuldig waren — es war alles zwecklos. Hier und da gab es freie Stellen, die entweder Ben oder Garrison hätten ausfüllen können — aber die Formalitäten würden Wochen oder sogar Monate in Anspruch nehmen, nicht Stunden.

Sie hatten keine Chance. Soviel wurde ihnen klar. Am späten Nachmittag wurde die Lage noch hoffnungsloser. Der ›Verkauf‹ ihres Rechts auf Wahl des Arbeitsplatzes kam bei den Personal-Computern der Firmen an. Jemanden einzustellen, nachdem der Arbeitgeber Kenntnis über den Rechtsverkauf erhalten hatte, war absolut illegal. Die Regierung liebte es nicht, wenn die Zahl der Dienstverpflichteten reduziert wurde.

Es wurde sechs Uhr, und nun konnten sie wirklich nichts anderes mehr tun, als zur Riggs Bank zu gehen und die lausigen Neun-Dollar-Schecks zu kassieren. Sie schleppten sich zum Perimeter-Hotel zurück und machten für heute Schluß.

Ben lag in dieser Nacht wach und dachte heftig nach.

Er drehte sich auf die Seite und betrachtete seinen Freund Garrison, versuchte wieder einmal, aus ihm klug zu werden. Auf Island hatte Garrison bewiesen, welche unermüdliche, sture Entschlossenheit er besaß. Auf dem Mond angekommen, zeigte er eine unbeschwerte Lebensfreude, die Ben nicht erwartet hatte. Und heute hatte Garrison nach der anfänglichen Panik den Eindruck erweckt, als akzeptiere er die ganze Situation mit einem merkwürdigen Fatalismus. Das paßte so gar nicht zu ihm. Vielleicht war es eine Art lunarer Reflex, den die Kolonisten entwickelten. Sie betrogen und rechneten damit, betrogen zu werden.

In seinem tiefsten Inneren, entschied Ben, hatte Garrison die Reflexe eines Kolonisten bereits zurückgewonnen. Sie drückten sich so perfekt in dieser verdammten Redensart aus, die alles erklärte, was unsinnig schien, jede blödsinnige Panne, jede unerklärliche Vorschrift, gegen die man nicht ankämpfen konnte: »Dies ist der Mond.«

Ben flüsterte den Satz vor sich hin. Er langte nach seiner Hose, die über einem Stuhl hing, und zog seine Brieftasche heraus. In der Dunkelheit tastete er nach den Karten mit seinen Bürgerrechten. Was waren das für Rechte, wenn die Regierung sie nach Lust und Laune verschwinden lassen konnte, ohne die Möglichkeit einer Berufung, ohne Anspruch auf Schadensersatz? Es hatte nicht einmal Sinn, diese Frage zu stellen. »Dies ist der Mond«, wiederholte Ben. Als ob das es erklärte!

An seinem ersten vollen Tag hier hatte Ben wahrlich vieles gesehen, was niemand sollte hinnehmen müssen, was niemand hinzunehmen *brauchte*. Es waren Mißstände, die leicht abgestellt werden *könnten* — falls man sich nicht darauf eingestellt hatte, sie seien unvermeidlich.

Ben konnte — beinahe — verstehen, daß in einer rauhen Pionier-Gesellschaft, in einer von allen Seiten durch die Launen der Natur bedrohten Oase Opfer gebracht werden mußten. Früher einmal war der Mond ein solcher Ort gewesen. Aber die Zentralkolonie war es nicht mehr. Sie war eine bequeme, sichere, sogar wohlhabende Stadt. Warum ließen die Kolonisten es sich gefallen, daß man sie beleidigte, beraubte, betrog, ohne daß dies einem sinnvollen Zweck diente? Sie hätten das ändern können, wenn sie es wirklich gewollt hätten.

Vielleicht blieb alles beim alten, weil keiner dieser Fatalisten sich mehr die Mühe machte, Veränderungen herbeizuführen. Ben jedoch hatte nicht viel von einem Fatalisten an sich. Was konnte es bewirken, wenn *er* sich die Mühe machte?

»Aber dies ist der Mond«, protestierte Ben im Selbstgespräch sarkastisch. Garrison brummte im Schlaf und zog sich das Kissen über den Kopf.

Ben lächelte vor sich hin und schlief ein.

Am nächsten Morgen beim Frühstück knallte er es Garrison an den Kopf. »Hör zu«, begann Ben. »Du bist der Experte für die hiesigen Verhältnisse, stimmt's? Du kennst den Mond, du weißt, wie es hier läuft, was man tun kann, was man nicht tun kann.«

Garrison zuckte die Achseln und goß sich noch einmal Tee ein. »Na und?«

»Also sind wir erledigt«, stellte Ben unverblümt fest.

Garrison gab es einen Ruck. »He, Ben, es tut mir leid, daß du auch in der Tinte sitzt — aber es ist nicht meine Schuld. Dies ist der ...«

»Neunhundertmal habe ich das gehört. Ich weiß, ich weiß. Ich mache dir keinen Vorwurf, ich sage auch nicht, wir hätten anders handeln sollen. Ich weise nur darauf hin, daß du alles getan hast, was du konntest, und *trotzdem* sind wir erledigt. Also wieviel schlimmer kann es noch werden?«

»Nicht viel. Jetzt können sie mit uns machen, was sie wollen. Wir haben nicht genug Geld, um wieder abzureisen, und auf der Erde will man uns sowieso nirgends haben. Jedenfalls mich nicht. Ich habe meine alte Staatsbürgerschaft aufgegeben, als ich das erste Mal auf den Mond kam. Aber du bist immer noch Bürger der USA — sie *müssen* dich zurücknehmen. Willst du darauf hinaus? Paß auf, wenn wir unser Geld zusammenlegen, reicht es vielleicht gerade für *ein* Rückfahrticket ...«

»Vergiß es. Die LuTech-Bande kann jederzeit diese Verleumdungsklage aufpolieren, und ich glaube, sie würden sich einen besseren Anwalt kaufen, als ich ihn mir leisten könnte. Vielleicht würden sie sogar einen Richter bar bezahlen. Das ist nichts für mich. Ich kehre nicht zurück. Also, die intimen Kenntnisse des eingeborenen Führers über die hiesigen Sitten und Gebräuche helfen uns nicht weiter. Deshalb können wir ebensogut Stunk machen.«

»Was für Stunk?« fragte Garrison mißtrauisch.

»Ich sage, es ist Zeit, das Rathaus zu stürmen. Was haben wir zu verlieren?«

Garrison spielte eine Weile mit seiner Teetasse und fragte sich, wohin das Amt für Dienstverpflichtung sie beide wohl schicken werde. »Nicht viel«, sagte er. »Gar nicht viel.«

Hillary Wu zog die Tür zu den Büroräumen des Gouverneurs im Regierungshaus zu und drehte den Schlüssel um. Sie ging an diesem Abend als letzte, ebenso wie sie am Morgen als erste gekommen war. Oft fragte sie sich, wer außer ihr eine Spur von Interesse für das Haus habe. Jetzt warf sie das Keyboard in ihre Handtasche und machte sich auf den Weg. Den beiden Männern, die draußen in der Eingangshalle saßen, schenkte sie nicht viel Aufmerksamkeit.

»Entschuldigen Sie. Miss Wu?«

Die ruhige, vollkommen höfliche Stimme erschreckte sie. Langsam drehte sie sich um. Die Zentralkolonie war voll von irren Typen. »Ja, was kann ich für Sie tun?« fragte sie mit, wie sie hoffte, fester Stimme. Es waren zwei starke Männer mit grimmigen Gesichtern und wilden Bärten, ein großer und ein kleinerer rothaariger.

»Sie arbeiten doch im Büro des Gouverneurs?« erkundigte sich der Rothaarige.

»Ja, so ist es«, antwortete sie vorsichtig. Die beiden kamen ihr bekannt vor. »Woher wissen Sie das?« fragte sie aufs Geratewohl. Sie wollte Zeit gewinnen, damit sie nachdenken und ihr Gedächtnis durchforschen konnte, wer die Männer waren.

»Zehn amerikanische Dollar an einen der Wachposten in der Eingangshalle«, gestand der Rothaarige unbekümmert. »Wir hätten gern einen Termin beim Gouverneur«, setzte er hinzu.

Blitzartig erinnerte Hillary sich an die beiden, und die Panik kehrte teilweise wieder. Das waren die, auf die der Gouverneur so wütend gewesen war. Sie erkannte die Gesichter nach den Bildern in den Akten. Und jetzt waren sie hier, um sich zu beschweren, daß man ihr Leben ruiniert habe ... »Es tut mir leid, das ist unmöglich«, sprudelte sie hervor, denn sonst fiel ihr nichts ein. »Der Terminkalender des Gouverneurs ist ganz voll.« Sie brach plötzlich ab. »Sie sind es doch, nicht wahr? Morrow und Musca ...«

»Moscowitz«, berichtigte der Rothaarige. »Sie kennen uns also. Du hattest recht, Garrison. Es war der Gouverneur.«

Hillary sah sie an, schluckte schwer und sagte sich, besondere Angst brauche sie nicht zu haben. Nicht vor Leuten, die so naiv waren, zu glauben, ein Gesuch an den Gouverneur werde sie irgendwohinbringen. Sahen sie wie Psychos oder wie Klaustro-Freaks aus? Nein, das taten sie nicht. Sie machten einen ganz höflichen, vollkommen normalen Eindruck. Nur entschlossen waren sie. Sehr entschlossen.

Plötzlich kam ihr zu Bewußtsein, warum sie immer noch dastand und zuhörte, statt wegzulaufen und nach den Wachen zu rufen. Nicht etwa, weil die Männer nett aussahen, sondern weil sie sich schuldig fühlte für das, was sie diesem Paar angetan hatte. »Er war es nicht«, sagte sie. »Ich war es.« Die beiden sahen einander an, dann richteten sie den Blick auf sie. Ihre Gesichter waren erschrocken und wütend. *Hoppla,* dachte Hillary. Das war ein Fehler gewesen. »Ich *mußte* es tun«, verbesserte sie sich schnell. »*Er* wollte Ihr Recht auf einen ordnungsgemäßen Prozeß verkaufen und Sie in die Tycho-Straffarm schicken. Dort erleben die Leute das Ende ihrer Strafzeit für gewöhnlich nicht.«

»Also haben Sie sich statt dessen den Gag mit dem Recht auf Wahl des Arbeitsplatzes einfallen lassen?« fragte Moscowitz. Er wirkte jetzt ein bißchen größer und bedrohlicher. »Sehr freundlich von Ihnen.«

Hillary sah von einem zum anderen. »Hören Sie, ich kann Ihnen helfen — aber ich kann nicht hier mit Ihnen reden. Es könnte uns jemand sehen. Gehen Sie vor, und wir treffen uns in fünf Minuten in der Bar unten.«

»Ich fürchte, das werden wir nicht.« Morrow, der Große, sprach langsam und sorgfältig. »Wir warten dort fünf Minuten, zehn, zwanzig, dann kommen wir wieder herauf, um nachzusehen, was aus Ihnen geworden ist, und Sie sind fort — oder es steht ein Trupp Sicherheitspolizisten an der Tür, und wir werden wegen Störung der öffentlichen Ordnung verhaftet und doch ins Tycho-Gefängnis geworfen. Wenn Sie mit uns in der Bar reden wollen, gehen wir zusammen.«

Verdammt. Nun, sie konnte es ihnen nicht verübeln. Sie selbst würde auch niemandem trauen, wenn sie in den Schuhen dieser Männer stünde. Zum Teufel damit. »Okay, dann gehen wir zusammen«, lenkte sie ein und ging ihnen voran die Treppe hinunter.

Fünf Minuten später saßen sie in einer Nische hinten in der Bar, und in der Mitte des Tisches stand ein hoher Krug Bier. Hillary goß jedem von ihnen einen Becher ein.

Die entspannte Atmosphäre der Bar und die Zeremonie der Gastfreundschaft beschwichtigte ihre Besucher ein bißchen — wie Hillary es vorausgesehen hatte.

»Wir können uns recht gut zusammenreimen, was als nächstes kommt.« Garriscns Stimme klang viel ruhiger als vorhin. »Heute morgen hat eine Dienstverpflichtungslotterie stattgefunden. Wenn die Ergebnisse bekanntgemacht werden, wird sich zeigen, daß unsere Nummern dabei sind, und das wär's dann. Wir werden die scheußlichsten Jobs bekommen, die dem Gouverneur eingefallen sind.«

Hillary schüttelte traurig den Kopf. »Nein, es ist schlimmer als das. Der Plan ist viel grausamer: Sie sind diesmal *nicht* ausgelost worden — das wird erst nächsten Monat geschehen. In der Zwischenzeit können Sie keine Arbeit bekommen, ganz gleich, welcher Art, und Sie werden gezwungen sein, all ihr Geld auszugeben, nur um am Leben zu bleiben.«

Sie zögerte, sah erst den einen, dann den anderen lange an. »Sobald Sie abgebrannt, pleite und deprimiert sind, sobald Sie gar keine andere Wahl mehr haben — dann werden Sie zur Rückseite geschickt.«

13. KAPITEL

Garrison öffnete den Mund, schloß ihn, öffnete ihn von neuem. Beim dritten Versuch gelang es ihm, ein Wort herauszubringen. »Zur *Rückseite?* Dieser Hurensohn will uns zur *Rückseite* schicken?«

»Ich wußte nicht einmal, daß es dort eine feste Siedlung gibt«, sagte Ben.

»So kann man es auch nicht nennen«, informierte Garrison ihn düster. »Soviel ich weiß, lebt dort ein kleines Astronomen-Team — sichtbare, infrarote, UV- und Röntgenstrahlen. Sie sitzen genau in der Mitte der Rückseite, so weit wie möglich von der Zentralkolonie entfernt, damit sie den ganzen Mond zur Verfügung haben, um Funk- und Licht-Interferenzen von der Erde abzublocken. Angesichts dieser Tatsache kann man die Gegend nicht gerade überbevölkert nennen.«

»Es wird dort auch eine kleine Kommunikationsanlage errichtet«, erwähnte Hillary. »Oder vielmehr, sie soll dort errichtet werden.«

»Wozu, zum Teufel, braucht man eine Kom-Station, wenn keiner da ist, mit dem man reden kann?« brummte Garrison.

Hillary schüttelte den Kopf. »Die Einzelheiten kenne ich nicht. Es hieß, man wolle ein unabhängiges Relais zwischen dem Mond und den Siedlungen schaffen. Solange wir dieses Relais auf der Rückseite nicht besitzen, müssen wir die Kommunikationen der Vorderseite die Hälfte der Zeit, nämlich immer dann, wenn ein bestimmter Planet oder eine Station von der Rückseite aus sichtbar ist, über die Erde oder die Komsats der Erde laufen lassen.« Hillary zuckte die Achseln. »Politik.«

»Das verstehe ich nicht«, sagte Garrison. »Warum leiten Sie Kommunikationen über die Erde, wenn der Zielort über der Rückseite steht? Und warum benutzen Sie keine Komsats?«

»Wenn man ihn von der *Rückseite* aus sehen kann, ist er von der Vorderseite aus eben *nicht* zu sehen. Stellen Sie sich die Erde im Mittelpunkt der Mondumlaufbahn vor. Die Vorderseite ist ständig der Erde zugekehrt. Die Rückseite sieht nach außen, immer von der Erde weg. Wir können im lunaren Orbit keine Kommunikationssatelliten verwenden, weil es aus einer ganzen Reihe von Gründen keine gibt. Einige der möglichen Bahnen sind zu niedrig, als daß sie für eine genügend lange Zeit über einem bestimmten Horizont bleiben könnten. Andere sind bereits von manövrierenden Raumfahrzeugen mit Beschlag belegt — und niemand möchte eine Kollision. Manche Orbits sind zu hoch, um stabil zu sein. Die Schwerkraft der Erde stört sie. Außerdem wäre der Komsat nicht stationär relativ zur Oberfläche, und man brauchte komplizierte Verfolgungseinrichtungen in den Bodenstationen.«

»Was ist mit den Librationspunkten? Sind sie nicht stabil und stationär?« fragte Garrison.

»Weniger stabil und viel voller an Schutt und Gesteinsbrocken, als die meisten Leute denken. Ein Komsat würde dort nach einem Monat wie ein Schweizer Käse aussehen. Aber jedes der Probleme könnte gelöst werden, wenn man bereit wäre, dafür eine entsetzliche Menge Geld auszugeben. Lunare Komsats sind technisch machbar — aber sie zu betreiben und zu warten, wäre ein Verlustgeschäft. Deshalb schicken wir unsere Kommunikationen zu den Vögeln, die die Erde umkreisen. Früher oder später kommt die Sendung da an, wohin sie bestimmt ist. Aber die Siedlungswelten wollen etwas Schnelleres und Zuverlässigeres für ihre Relais. Sie haben darum die UN unter Druck gesetzt, die Station auf der Rückseite zu bauen, damit die Kommunikationen des Mondes unabhängig von der Erde werden.«

»Es überrascht mich, daß der UNLAC diese eine Sendung durchgelassen hat«, meinte Garrison. »Der Rat mag es gar nicht, wenn die Wörter ›Mond‹ und ›unabhängig‹ im gleichen Satz auftauchen. Warum sollte er auf die Chance verzichten, unsere Telefongespräche und die der Siedler abzuhören?«

Hillary lächelte. »Wahrscheinlich interessiert es ihn nicht besonders, was wir zu den äußeren Welten sagen. Aber ich vermute, daß der UNLAC dabei den wirtschaftlichen Vorteil sieht. All diese teure Relais-Arbeit kann man sparen, es brauchen keine teuren steuerbaren Komsats mehr in schmutzigen, instabilen Orbits um den Mond aufgehängt zu werden. Eine Station auf der Rückseite ist billiger.«

Ben räusperte sich bedeutungsvoll. Langsam ging ihm auf, wie sehr die Kolonisten es genossen, von Politik und militärischer Ausrüstung zu sprechen, jederzeit und überall. »Doch um wieder zum Thema zu kommen — sollen wir tatsächlich zu dieser Station auf der Rückseite geschickt werden, oder ist das nur eine von mehreren Möglichkeiten?«

»Oh, das ist definitiv. Übrigens ist es eine Beförderung«, erklärte Hillary sarkastisch. »Sie ...« — sie nickte zu Garrison hin — »werden der Direktor, und Sie, Dr. Moscowitz, der stellvertretende Direktor des gesamten geologischen Forschungsdienstes der Rückseite sein. Dazu seine beiden ersten — und einzigen — Angestellten. Das Gehalt ist recht gut. Aber wofür, zum Teufel, wollen Sie es da hinten ausgeben?«

»Warum gibt man uns hochtrabende Titel und gutes Geld, wenn der Gedanke dabei ist, uns zu bestrafen, weil wir der Minen-Industrie weh getan haben?« fragte Ben.

»Das ist die übliche Tarnung«, antwortete Hillary. »Wenn zwei hochqualifizierte Wissenschaftler zu Hausmeistern bei Mindestlohn gemacht werden, könnte das dem Dienstverpflichtungsamt eines Tages auffallen. Es ist daran interessiert, den höchstmöglichen Nutzen aus dem Arbeitskräfte-Pool zu ziehen. Wenn Sie auf legitime Weise in seine Listen geraten wären, könnten Sie Ihre Stiefel darauf verwetten, daß man Ihnen Arbeit auf Ihrem Fachgebiet zugewiesen hätte. Und wenn Sie doch zu Hausmeistern gemacht würden, hätten Sie einen triftigen Grund, sich beim Amt zu beschweren. Wie die Dinge jetzt liegen, zumindest auf dem Papier, haben Sie überhaupt keinen Grund zur Klage. Aus den Akten geht hervor, daß Sie Ihres Rechtes auf freie Wahl des Arbeitsplatzes verlustig gegangen sind — und es gibt eine gefälschte Eingabe, daß Sie es zum Verkauf freigegeben haben. Sie waren arbeitslos, und Sie wurden ordnungsgemäß auf Posten geschickt, die Ihren Fähigkeiten entsprechen. Wie könnten Sie etwas dagegen einwenden?«

»Vermutlich wird man von uns auch noch verlangen, die Reise dahin selbst zu bezahlen«, vermutete Garrison.

Hillary nickte. »Entweder, indem Sie im voraus bezahlen, oder im nachhinein durch Abtretung Ihres Gehalts in Höhe des vollen Betrages zuzüglich Zinsen.«

»Wundervoll«, murmelte Garrison. »Und eine Raketenfähre können wir uns nicht leisten.« In spöttischem Salut hob er Ben sein Bierglas entgegen. »Wir sehen uns auf dem Sonnenweg wieder, Kumpel.«

»Was, zum Teufel, ist der Sonnenweg?« wollte Ben wissen.

»Eine unbefestigte Straße zur Rückseite. Es ist eine lange Fahrt«, erwiderte Hillary gedankenverloren.

»*Das* ist eine Untertreibung«, berichtigte Garrison.

Ben schüttelte den Kopf. »Gibt es keine Möglichkeit, dagegen Einspruch zu erheben? Könnten wir uns nicht einen guten, scharfen Anwalt nehmen und irgendwen verklagen?«

Garrison schüttelte den Kopf. »Nicht auf dem Mond. Rechtsanwälte sind illegal.«

Ben hatte das Gefühl, daß seine Augenstiele sich verknoteten. »Wie können *Rechtsanwälte* illegal sein?«

»Weil sie es sind«, gab Garrison müde zurück. Unausgesprochen lag hinter seinen Worten die richtige Erklärung: *Weil dies der Mond ist.* »Statt dessen haben wir ›Advokaten‹, und davon nicht viele. Sie sind lizensierte Freiwillige und bekommen von den Gerichten ein kleines Gehalt bezahlt. Manche sind tatsächlich frühere Rechtsanwälte von der Erde, aber es ist ihnen nicht erlaubt, von einem Mandanten eine Gebühr zu kassieren. Man *kann* keinen eigenen Anwalt engagieren, das ist die Idee dabei. Wenn ein Fall zur Verhandlung kommt, wird vom Gericht festgestellt, wer aus dem Pool von Advokaten frei ist, und dann wird einer für die Verteidigung und einer für die Anklage bestimmt. Das sollte ursprünglich verhindern, daß die Reichen ein für sie günstiges Urteil kaufen, und das Rechtssystem davor bewahren zu wuchern. Ein hübsches kleines soziales Experiment, das der UNLAC hier in seinem eigenen kontrollierten Laboratorium in der Zentralkolonie durchführen konnte. Aber da der Richter *beide* Advokaten ernennt und da alle drei Richter auf dem Mond von dem Gouverneur ernannt werden …«

Ben trommelte mit den Fingern auf den Tisch und nickte. »Ja, ja, ich kann es mir vorstellen.« Er nahm einen Schluck Bier und sah auf seine Armbanduhr. Siebenunddreißig Stunden. Seit siebenunddreißig Stunden war er auf dem Mond, und hier saß er in einer Bar und redete seelenruhig über Komsats und Rechtsanwälte. Viel lieber hätte er herumgeschrien, er solle an einen Ort deportiert werden, der noch schlimmer sei als dieser. »Warum erzählen Sie uns das alles?« fragte er Hillary unvermittelt. »Warum machen Sie erst bei diesem Betrug mit und versuchen hinterher, uns zu helfen?«

»Weil das meine Aufgabe ist«, stellte Hillary einfach fest. »Oder zumindest ist es das, was ich als meine Aufgabe betrachte.« Sie sah Garrison an. »Sie haben den

Gouverneur nie gesehen, und Sie halten ihn für einen gefährlichen Idioten. *Ich* sehe ihn jeden Tag. Was glauben Sie, wie mir zumute ist? Jeden Morgen gehe ich in dieses Büro und versuche, soviel Schaden wie möglich zu verhüten.

Der Gouverneur war fest entschlossen, Ihnen irgendeine Gemeinheit anzutun. Ich habe alles getan, was ich konnte, damit sie nicht *ganz* so gemein ausfiel. Die Rückseite ist besser als Tycho.«

»Da sind unsere Steuergroschen an der Arbeit«, bemerkte Garrison mit müdem Lächeln. »Danke, Miss Wu. Komm, Ben, wir sollten sie nach Hause gehen lassen.« Die beiden Freunde standen auf und gingen, und Hillary sah ihnen nach. Arme Teufel. Sie nahm noch einen Schluck Bier und verzog das Gesicht. Plötzlich hatte sie einen sehr schlechten Geschmack im Mund, aber das Bier hatte nichts damit zu tun.

Garrison ging schweigend zum Perimeter-Hotel voraus. Ben, immer noch nicht ganz daran gewöhnt, sich auf dem Mond zu bewegen, gelang es, wenn auch mit einiger Mühe, den Anschluß nicht zu verlieren. Schließlich riß er seinen Freund aus seiner Versunkenheit. »Was sollen wir nun tun, Garrison?«

Garrison blieb stehen und drehte sich um. »Kommen wir ihnen zuvor. Wir wissen, wo wir enden werden, stimmt's? Falls Wu nicht gelogen hat natürlich, und ich sehe keinen Grund, warum sie gelogen haben sollte. Ich glaube ihr. Deshalb sage ich, wir reisen *sofort* zur Rückseite ab, solange wir es uns noch leisten können, gleichzeitig zu essen und einen Fahrschein zu kaufen.«

Ben nickte. »So ungefähr waren das auch meine Gedanken.«

Garrison blickte umher. Sie folgten einem schönen grünen Pfad und befanden sich auf halber Höhe des Hangs, der zum Hotel führte. Die zerbrechlichen Gebäude und Gärtchen der Neuen Unterblase lagen vor ihnen ausgebreitet. Nebel und Wolken verbargen einen Teil der hinteren Wand, und die blaue Kuppel über ihnen war goldgefleckt — gerade wurde Sonnenuntergang simuliert. Es war ein schöner Ort, ganz gleich, wer über ihn zu bestimmen hatte. Nachdenklich strich sich Garrison den Bart. »Hier gibt es nicht viel, was uns zurückhält«, sagte er, »und ich finde, je eher wir verschwinden, desto besser. Schließen wir uns der nächsten Karawane an, die hinauszieht. Spätestens morgen.«

»Langsam, langsam! Ich möchte noch einen oder zwei Tage hierbleiben ...«

»Um dich auszuruhen?«

Ben grinste. »Nein, um Schularbeiten zu machen. Vergiß nicht, daß du es hier mit einem netten jüdischen Jungen zu tun hast«, sagte er ironisch. »Du und ich sind von der Erde vertrieben worden. Jetzt werden wir von der Vorderseite vertrieben. Vielleicht ist dir das alles neu, aber ich habe genetische Erfahrung als Flüchtling. Es gibt Möglichkeiten, Vorteil aus der Verbannung zu ziehen. Ich habe schon ein paar Ideen.«

»Zum Beispiel?«

Ben grinste. »Zum Beispiel, daß wir Geld dabei verdienen könnten.«

Garrisons Mund verzog sich zu einem zögernden Lächeln — und plötzlich begann er zu lachen, richtig laut herauszulachen. Es war das Lachen eines Menschen, der die emotionale Befreiung braucht. »Du willst Profit aus einer *zweimaligen* Deportation herausschlagen? Junge, wenn du das fertigbringst, mache ich noch einen Kolonisten aus dir.«

Ben nickte begeistert. »Dann hilf mir, es auszuarbeiten. Fang an zu denken.« Er wies auf die unter ihnen liegende Stadt. »Hier befinden wir uns in der Neuen Unterblase der Zentralkolonie, einem Käufer-Paradies. Woran wird es den Leuten auf der Rückseite wahrscheinlich mangeln?«

»Hä?« Garrison krauste die Stirn. »Wovon redest du?«

»Vom Kleinhandel. Ich rede davon, Waren an der Grenze weiterzuverkaufen, so wie 1849 beim Goldrausch in Kalifornien. als man für ein frisches Ei fünf Dollar bezahlt hat.« Ben legte den Arm um Garrisons Schultern, und sie gingen weiter. »Sieh es nicht als politische Verfolgung an, sondern als eine klassische Marktchance.«

Garrison zuckte die Achseln. »Okay, dann müssen wir als erstes die Transportkosten prüfen. Was bedeutet, du solltest dir Kenntnisse über den Sonnenweg aneignen.«

»Den Sonnenweg?«

»Den Sonnenweg. Schlag darüber nach.«

Der um den Äquator verlaufende Sonnenweg hatte einen eindrucksvollen Namen, und wie in der Armstrong-Bibliothek zu lesen stand, stellte er eine großartige Leistung dar. Für jemanden, der tatsächlich darauf *stand,* war jedoch nicht viel daran — eigentlich gar nichts. An manchen Stellen war nicht einmal zu merken, daß er da war, wenn nämlich die Oberfläche in diesem Gebiet Ketten- oder Räderspuren nur schwer annahm. Langfristige Pläne sahen den Bau einer vierspurigen Autobahn mit glatter Oberfläche vor. Das war alles schön und gut, aber vorerst war der Sonnenweg nicht einmal gepflastert. Er war nichts als eine Piste, hier und da planiert, wo schwieriges Terrain es erforderte und hohes Verkehrsaufkommen die Mühe lohnte. Funkortungsantwortsender säumten den ganzen Weg so, daß immer mindestens einer von der Straße aus in Sichtlinie war. Einige waren auf Türmen montiert, andere saßen auf Kraterwänden. Weiter war das Bauvorhaben noch nicht gediehen.

Der Sonnenweg schlängelte sich durch die Maria, durch die Berge, durch die Kraterfelder. Er umging Krater mit sehr hohen Wänden und andere massive Hindernisse. Eines Tages würden Tunnel durch die Kraterwände gebohrt werden und die Route beträchtlich abkürzen. Aber zur Zeit war weder Geld dafür vorhanden, noch würde die Verkehrsdichte ein so umfangreiches technisches Projekt rechtfertigen.

Eigentlich rechtfertigte nicht einmal die *gegenwärtige* Verkehrsdichte die heroischen baulichen Anstrengungen. Schon der gegenwärtige ungepflasterte, knochenrüttelnde Sonnenweg, der nur aus Spuren im Staub bestand, stellte eine visionäre Investition in die Zukunft dar. Nicht die Qualität der Straße machte den Sonnenweg visionär, sondern der *Umfang* des Projekts.

Denn der Sonnenweg umgürtete den Globus, lief von der Zentralkolonie zu der Station auf der Rückseite und zurück rings um den Mond, verband sämtliche anderen dauernden Vorposten entweder direkt oder durch Stichstraßen.

Und kein Fahrzeug, das ihn befuhr, brauchte eine eigene Energieversorgung.

Ein Sonnenroller konnte um die Welt fahren, ohne jemals zum Tanken oder Aufladen anzuhalten — und daher hatte der Sonnenweg seinen Namen. Denn er war zur Benutzung durch Fahrzeuge bestimmt, die von Sonnenenergie angetrieben wurden. Bei Einhaltung einer Durchschnittsgeschwindigkeit von etwa zwanzig Kilometern pro Stunde behielt ein Fahrzeug die Sonne ständig in Sicht, während sie ihre gemächliche, einen Monat dauernde Reise über den Himmel des Mondes machte. Die Fahrt von der Zentralkolonie zu der Rückseitenstation dauerte zwei lange Wochen — aber es war ein billiger und zuverlässiger Transport. Man konnte Passagiere und sperrige Fracht um die ganze Welt befördern, ohne ein einziges Molekül des teuren Raketentreibstoffs zu verbrauchen.

Unbemannte, von Sonnenenergie betriebene Robotfahrzeuge konnten, geleitet von den Funkortungsantwortsendern, die Fahrt allein machen, nicht einmal, nicht gelegentlich, sondern ständig, immerfort einmal pro Monat den Mond umkreisend. Sie stellten ein billiges, aber langsames Transportmittel für Post, Fracht und solche Passagiere dar, die sich nichts Besseres leisten konnten. Langsam und primitiv mochten sie sein, aber sie hielten eine Welt zusammen. Allein durch die Tatsache ihrer Existenz wurde der Transport so billig, daß der Verkehr erzeugt wurde, der den Handel erweitern würde, der die ganze Ökonomie ausweiten würde, um den Sonnenweg kosteneffektiv zu machen. Er war ein staubiger Pfad, der in die Zukunft des Mondes führte.

Es erübrigt sich, zu erwähnen, daß er mit über vierzehntausend Kilometern die längste Einzelstraße — und die längste *Einbahn*straße — im Sonnensystem war.

An dem Tag, der ihrem Gespräch mit Hillary Wu folgte, entwickelte Ben bei seinen Untersuchungen darüber, was ihre neue Heimat werden würde, großes Interesse für den Sonnenweg. Er informierte sich, was ein Roller-Fahrschein zur Rückseite kostete und wie teuer es sie kommen würde, dort zu wohnen, er stellte Überlegungen an, wie groß die Handelswaren sein dürften, die sie mitnehmen konnten. Dabei kam er zu recht verblüffenden Schlüssen, die bestätigt wurden, als er die Datenbank mit den Kleinanzeigen überprüfte.

Sein nächster Schritt war, seinen leeren, zerknüllten Matchsack aus dem oberen Fach des Schranks in ihrem Hotelzimmer zu ziehen, ihn zu öffnen und auf links zu drehen. Er faßte den Rand des Futters und zog kräftig. Es löste sich und enthüllte etwas Überraschendes. Zwischen dem Futter und dem äußeren Segeltuch waren Dutzende von kleinen, flachen Päckchen eingenäht. Ben nahm sein Taschenmesser und setzte sich auf den Fußboden. Sorgfältig und methodisch arbeitend, schnitt er die Päckchen eins nach dem anderen aus dem Futter und stapelte sie auf.

Garrison kam herein, während er mitten in der Arbeit war. »Was tust du denn da?« fragte Garrison.

»Ich packe aus. Und erteile dir eine Lektion darin, wie man ein Flüchtling ist.«

Garrison kniete sich hin und hob eins der Päckchen hoch. Er öffnete eine Klappe, sah hinein und stieß einen leisen Pfiff aus. Darin waren dreißig Eintausend-Dollar-Noten. »Du hast Geheimnisse vor mir, mein Sohn. Woher stammt das alles?«

»Es war einiges Familiengeld da, und dann habe ich mein Haus in Philadelphia verkauft, als wir darauf warteten, daß Plätze für die Reise zum Mond frei wurden.« Ben trug großen Gleichmut zur Schau. »Warum auch nicht, ich habe nicht vor, dorthin zurückzukehren.«

»Und warum, zum Teufel, hast du mir nicht erzählt, daß du das alles bei dir trugst?« fragte Garrison.

»Ich sah nicht ein, warum zwei von uns bei dem Weg durch die Zollabfertigung nervös sein sollten.«

»Warum hätten sie auch nervös sein sollen? Ich hätte dir sagen können, daß es keine Beschränkungen für die Einfuhr von Geld nach hier oben gibt. Hier liebt man das Zeug.«

»Ja, aber es gibt ein paar Gesetze, die es verbieten, zuviel davon aus den Vereinigten Staaten hinauszuschleppen. Außerdem hast du großartige Arbeit darin geleistet, uns mit wenig Geld am Leben zu erhalten. Du hättest dir nicht ganz soviel Mühe gegeben, wenn du gewußt hättest, daß ich diese Scheine versteckt hatte.«

Garrison lachte. »Du bist mir schon einer, Kumpel!« Er schüttelte den Kopf. »Und was willst du damit anfangen?«

»Einen Teil davon werde ich für einen gebrauchten Sonnenroller ausgeben.«

»Was?« brüllte Garrison. »Wozu brauchen wir einen Roller?«

»Ich habe mein Auge auf eine der heutigen Kleinanzeigen geworfen, in der jemand gesucht wird, der

Fracht befördert.« Ben ließ sich von Garrison nicht aus der Ruhe bringen. »Es könnte genau das sein, was wir brauchen.«

»Aber für *was* brauchen wir es?«

»Zunächst einmal kosten zwei Rundreise-Tickets über Land zur Rückseite beinahe ein Drittel dessen, was ein gebrauchter Roller kostet. Aus irgendeinem Grund ist der Markt gerade mit Rollern überschwemmt. Zweitens sind die Preise für den Frachttransport noch lächerlicher. Dann habe ich mir die Preise für eine befristete Unterbringung da draußen auf der Rückseite angesehen. Sie sind wahnsinnig. Wenn wir dort einen Monat in einem gemieteten Zimmer verbringen, kostet uns das die übrigen zwei Drittel des Roller-Preises. Aber wenn wir in dem Roller wohnen, bis wir etwas für die Dauer gefunden haben, sparen wir eine Menge Geld.«

»Falls die Verschlüsse des Rollers nicht undicht werden und die Luft hinauslassen«, schränkte Garrison ein. Ihm kam ein Gedanke. »Warum hast du übrigens festgestellt, was eine Rundreise kostet? Wir brauchen doch nur einfache Fahrscheine.«

»Aber es werden nur solche für Rundreisen verkauft. Als Erklärung wird angegeben, dies sei ein Gebiet mit beschränkten Hilfsgütern, was immer das heißen soll, und man könne es sich nicht leisten, das Lebenserhaltungssystem der Station mit armen Teufeln vollzustopfen, die ihren letzten Dollar dafür ausgegeben haben, hinzugelangen, und dort gestrandet sind. In Wirklichkeit bringt der Verkauf von Fahrscheinen für die Hin- und Rückreise natürlich mehr Geld. Deshalb gebe ich meines lieber für einen Roller aus, und sie kriegen von mir überhaupt keins.«

Garrison hielt das Geldpäckchen hoch, das er geöffnet hatte. »Ich nehme an, einiges davon soll verwendet werden, um diesen Roller bis obenhin zu beladen?«

»Du hast es erfaßt«, stimmte Ben zu. Er zog einen Minicomputer aus der Tasche und ließ seine Notizen durchlaufen. »Auf der Rückseite leben rund tausend Menschen. Sie brauchen eine Menge Dinge — oder vielmehr, sie hätten sie gern, aber sie haben sie nicht. Zigarettenmarken, die sie nicht bekommen können. Neue Arten von Blumen- und Gemüsesamen für ihre Gärten. Unterhaltungsbänder. Ersatzteile für Maschinen, die sie da draußen benutzen. Datenbänder und Zeitschriften für die Astronomen. Bessere Test-Ausrüstungen für die Kommunikationsarbeiter. Spielzeug für die Kinder. Bücher für alle. Haushaltsgeräte.«

»Ich hoffe, bei all dem Zeug bleibt für uns noch Platz in dem Wagen«, meinte Garrison. »Wie hast du nur so präzise Informationen über all das bekommen?«

»Von Mrs. Lumbroska am Empfang. Sie erklärte sich bereit, mit ein paar Freunden zu reden, die auf der Rückseite gewesen sind, die Informationen im Großhandel von ihnen zu kaufen und im Einzelhandel an mich zu verkaufen.«

»Du bekommst allmählich das richtige Fingerspitzengefühl«, lobte Garrison.

»Danke«, antwortete Ben. »Heißt das, ich bin bereits ein Kolonist, oder habe ich noch einen langen Weg vor mir?«

Garrison lächelte. »Du wirst schon zum Ziel kommen.« Er stupste den Stapel Geldpakete auf dem Fußboden mit einem Zeh an. »Aber ich verstehe es immer noch nicht ganz. Du hast hier wahrscheinlich genug Geld, um die nächsten fünf Jahre wie die Made im Speck zu leben. Und wenn Wu uns die Wahrheit gesagt hat, werden wir recht gut bezahlt werden, solange wir da draußen sind, und zwar in der von uns gewünschten Währung, sofern sie sich an die Spielregeln halten. Warum also willst du dich total verausgaben, indem du ein Kaufhaus eröffnest?«

»Ich *könnte* von dem Geld eine Weile leben — aber was sollte ich in dieser Zeit anfangen? Und früher oder später würde mir das Geld doch ausgehen.

Außerdem — werden sie sich an die Spielregeln halten? Bis jetzt haben sie es nicht getan. Niemand, auf den wir gestoßen sind, hat es getan. Nicht LuTech, nicht CRATER, nicht die lunare Regierung — verdammt, sogar das Amerikanische Naturgeschichte-Museum hat uns im Stich gelassen. Ich meine, ich sollte mich lieber um Nummer eins kümmern, weil anscheinend niemand vorhat, diese Aufgabe zu übernehmen.«

Ben entfernte ein weiteres Geldpäckchen aus dem Matchsackfutter. »Und ich vermute, es gibt noch einen Grund. Wir werden an einen Ort geschickt, wo wir unseren eigentlichen Beruf nicht ausüben können. ›Stellvertretender Geologie-Chef für die Rückseite‹, ach du meine Güte. Laut Mrs. Lumbroskas Gewährtsleuten gibt es da draußen nicht einmal eine Schaufel und eine Spitzhacke. Keine Labor-Ausrüstung, nicht einmal Platz, um ein Labor einzurichten. Keine Unterstützung durch Computer. Es ist mir nicht gelungen, in der Armstrong-Bibliothek *irgend etwas* über die Geologie-Station auf der Rückseite zu finden, das der Mühe wert wäre. Soviel ich weiß, ist nicht einmal eine erste Untersuchung des Gebietes durchgeführt worden. Was bedeutet, wir ziehen hinaus, ohne auch nur eine Ahnung von den Fragen zu haben, die wir stellen sollen, ganz zu schweigen von der Möglichkeit, Antworten zu erhalten. Wenn du und ich tatsächlich irgendwelche Forschungsarbeit leisten wollen, werden wir bei Null anfangen müssen.

Wenn es mir nun unmöglich gemacht wird, als Geologe gute Arbeit zu leisten, möchte ich wenigstens *etwas* Vernünftiges tun, damit ich nicht in Stumpfsinn verfalle und nur noch aus dem Fenster starre. Ich werde nicht nur eine Wagenladung zur Rückseite bringen und sie verkaufen. Ich werde ein richtiges, gut ausgestattetes Geschäft anfangen und an die Leute verkaufen, die zu kaufen wünschen. Das wird das Leben da draußen ein bißchen angenehmer machen.«

»Hört sich ganz vernünftig an«, räumte Garrison ein. »Wenn du einen ersten Verkäufer brauchst, laß es mich wissen.«

»Ich werde deine Bewerbung im Speicher behalten«, versprach Ben. »Nur eins macht mir Sorgen — wir können uns nicht vor der Dienstverpflichtung drükken. Was soll die hier daran hindern, mir meine Aktivitäten zu verbieten? Ich meine, gibt es ein Gesetz, das die Eröffnung einer Privatfirma untersagt?«

»Für alles, was man hier tut, muß man sich eine Lizenz besorgen, und der Vorgang ist so kompliziert, daß niemand ihn durchschaut. Mach dir keine Gedanken deswegen. Hauptsache ist, daß du dich bei der Verkaufssteuer anmeldest, und da ist man relativ ehrlich. Dann brauchst du nichts weiter zu tun, als die Verkaufssteuer ordnungsgemäß einzubehalten und das Geld schnell an die Regierung zu überweisen. Damit hast du deine Pflicht erfüllt. Sollte dir irgendein Schreibtischhengst von der Regierung vorwerfen, du hättest dieses oder jenes Gesetz, von dem noch nie jemand gehört hat, übertreten, dann füllst du alle Formulare aus, die er dir gibt, und achtest darauf, daß du die Gebühr um wenigstens fünfzig Prozent überzahlst. Tu das, und alles wird glatt laufen.«

»Aber was ist mit Importgesetzen und Zolltarifen?« fragte Ben. »Kann ich Schwierigkeiten bekommen, weil ich, ich weiß ja nicht, Schmuggelware verkauft habe?«

Garrison winkte ab. »Ausgeschlossen. Sollte die Regierung das Schmuggeln und den Schwarzen Markt verbieten, würde sie die Hälfte ihres Einkommens verlieren.«

Ben nickte stumm und fuhr mit seiner Arbeit fort. Offenbar gewöhnte er sich an diesem Ort ein. Derartige Antworten kamen ihm schon ganz vernünftig vor.

14. KAPITEL

AN BORD DER *DAWN TREADER*

Shiro Ishida saß in der Kapitänskajüte, und vor ihm lag der Inhalt eines Aktendeckels ausgebreitet. Die *Dawn Treader* war endlich unter Spin, und Papiere konnten auf einen Schreibtisch gelegt werden, ohne in Gefahr zu geraten, bei der ersten Brise davonzuschweben. Ishida verabscheute die Unbequemlichkeiten bei null Ge.

Er sah sich die Blätter genau an. Jedes von ihnen war ein kurzer Bericht über einen der Leute an Bord des Schiffes. Achtzehn Seiten, achtzehn Personen an Bord einschließlich der Mannschaft. Es war wichtig, den Grad der Loyalität ihm gegenüber in jedem einzelnen Fall zu kennen und zu bewerten, ebenso die Gründe, die Formen und die Qualität dieser Loyalität. Alles, wofür er gearbeitet hatte, wäre verloren, wenn diese Menschen ihm nicht gehorchten. Auf einem Blatt stand sogar ein Bericht über Ishida selbst. Wie alle anderen, hatte er auch diesen verfaßt. Er sollte ihn daran erinnern, daß er, wenn er plante, seine eigene Persönlichkeit, seine Stärken, Schwächen, Träume und Ängste ebenfalls berücksichtigen mußte.

Aber das war eine bloße Formalität, ein Streben nach Vollkommenheit. Gedanken mußte er sich über die anderen an Bord machen.

Die Crew der *Dawn Treader* entließ er schnell aus seinen Gedanken. Das waren einfache Angestellte, treu nicht ihm, sondern seiner Brieftasche. Ishida hatte Kapitän Broadmoor ausgewählt, weil dieser eine Null war. Mit der Mannschaft war es das gleiche. Er brauchte sie ebenso, wie er einen Hammer oder eine Reisschüssel brauchte. Wie einen Hammer oder eine Reisschüssel benutzte er sie, bis er sie nicht mehr nötig hatte, und das war dann das Ende. Er zahlte die Leute aus, und damit erlosch jede Verbindung zwischen ihm und ihnen. Geld stellte sie zufrieden, Geld befreite ihn in ihrem Fall von jeder Verpflichtung.

Aus diesem Grund, dachte er, hätte er für sie nichts als Gleichgültigkeit empfinden sollen — aber ihre Söldner-Mentalität irritierte ihn. Das war falsch, hielt er sich vor. Ihm hatte es in seinem Leben nie an etwas gemangelt, er hatte immer Geld und Macht in solchem Überfluß besessen, daß sie ihm nichts galten, es sei denn als Werkzeuge zu höheren Zielen. Ein Ding war nur wertvoll, wenn es knapp war — was würde *er* für Geld empfinden, wenn es für *ihn* knapp wäre? Schließlich war es die Jagd nach größerer Beute, die ihn vorantrieb. Im weiteren Sinne war er ebenso ein Söldner wie die Angehörigen seiner Crew. Wenn er mit ihnen gleichgesetzt werden konnte, waren sie auch seiner Achtung würdig, und das sollte sein Mißvergnügen über ihre nackte Liebe zum Geld ausgleichen.

Nachdem seine Gefühle sich so auf Neutralität eingependelt hatten, dachte er über die anderen Menschen an Bord seines Schiffes nach. Sie ließen sich in Gruppe zwei und drei einteilen.

Gruppe zwei bestand aus denen, die an ihn gebunden waren, weil sie gemeinsam Gesetze gebrochen hatten — genauer gesagt, weil *sie* Gesetze für *ihn* gebrochen hatten. Sie waren als Flüchtlinge Kameraden. Das war in seinen Augen ein viel stärkeres Band als Geld, aber eins, das eine bedeutsame und potentiell nicht zu beendende Verpflichtung für Ishida darstellte.

Er hatte sie getäuscht, ja, im Grunde hatte er sie verraten, was das Band weiter komplizierte und seine Schuld ihnen gegenüber erhöhte. Tatsächlich hatte er mit der *Absicht* begonnen, sie zu manipulieren, sie zu betrügen, und das einzig allein zu dem Zweck, sie aneinander und an sich zu binden. Das war keine ehrenhafte Handlung gewesen. Er zog es vor, seine Gefühle für diese Personen nicht allzu genau zu prüfen.

Auf seine Gefühle kam es nicht an, sagte er zu sich selbst, solange er die Schulden bezahlte, die er gemacht hatte. Ishida bezahlte seine Schulden immer. Er würde seinen Verpflichtungen diesen Leuten gegenüber nachkommen, auch wenn er sich nicht gestattete, die Verpflichtungen *anzuerkennen.*

Aber wenn sie *durch* ihn Gesetzlose geworden waren, so waren sie doch Gesetzlose *mit* ihm. Das war der Schlüsselpunkt. Das war der Hauptgrund gewesen, daß er sie in Verbrechen verwickelt hatte. Indem er die Welt gegen seine Gefolgsleute aufbrachte, hatte er seine Gefolgsleute zu einer festen Gruppe geformt. Er wußte, wenn er sie gut behandelte, würden sie alles für ihn tun.

Dann gab es noch eine letzte Gruppe, die kleinste. Sie bestand aus nur zwei Personen — aber diese beiden waren aus keinem anderen Grund hier, als daß sie wirklich und wahrhaftig *ihm,* Ishida, gehörten. Diener, die die Kinder der Diener seiner Eltern waren. Er war mit ihnen aufgewachsen. Sie waren seine Spielgefährten gewesen, seine Truppen, er hatte die Pflicht, für sie zu sorgen, sie hatten die Pflicht, für ihn zu sorgen, jeden Tag seines Lebens. Durch lebenslangen Gehorsam geschult, würden sie jedem seiner Worte mit der Selbstlosigkeit gehorchen, die der Westen irrtümlich für Fanatismus hielt.

Auch auf diese Gruppe brauchte er nicht viele Gedanken zu verschwenden. Sie waren äußerst zuverlässig, ihm durch und durch bekannt, ihre Stärken und Schwächen waren ihm so vertraut wie sein eigenes Gesicht im Spiegel. *Und doch dreht der Spiegel alles um, was er sieht,* mahnte er sich. Menschliche Wesen waren immer für Überraschungen gut.

Wie dem auch sein mochte, es war die zweite Gruppe, Menschen, die er absichtlich der Gefahr und der Strafverfolgung ausgesetzt hatte, die ihm am wenigsten bekannt und für ihn die wichtigsten waren. Diejenigen, die er betrog, mußten die beste Behandlung von ihm erfahren. Darin lag Ironie. Sein Gesicht verfinsterte sich. Er sammelte die Papiere ein und schloß die Mappe.

Shiro Ishida hatte nichts für Ironie übrig.

Er drückte den Knopf der Gegensprechanlage auf dem Schreibtisch. »Hoshiro, ich hätte gern, daß sich Passagiere und Mannschaft des Schiffes im Gemeinschaftsraum versammeln. Einige Worte, die ich zu ihnen sprechen möchte, könnten sie interessieren.« Nachdem er den Befehl gegeben hatte, blieb er ein paar Minuten sitzen, damit die anderen sich einfinden konnten, stand dann auf und ging zum Gemeinschaftsraum. Er wollte als letzter eintreten.

Sie waren alle da und warteten auf ihn. Der dumme Kapitän Broadmoor und zwei oder drei seiner Crew trugen Minicomputer bei sich, die mit den Schiffsinstrumenten verbunden waren. Sie konnten lebenswichtige Systeme von hier aus überwachen. Gut. Alle waren da, um zuzuhören. Seine Botschaft wäre viel weniger wirkungsvoll gewesen, wenn einige sie aus zweiter Hand oder nur durch den Interkom des Schiffes erfahren hätten.

Ishida hatte über das, was er sagen wollte, gründlich nachgedacht. Er bedauerte, daß er gezwungen war, Englisch zu sprechen. Obwohl er das Englische natürlich fließend beherrschte, hatte er immer das Gefühl, den westlichen Sprachen mangele es an der Subtilität und Poesie, die für eine perfekt gestaltete Rede notwendig waren. Es war äußerst wichtig, daß er gut und präzise sprach, denn seine Worte würden Wahrheit und Lüge mischen — wie er hoffte, in kunstvoller und überzeugender Weise.

Er trat an die Stirnseite des Raums. »Guten Tag Ihnen allen«, sagte er. »Ich werde jetzt bestätigen, was viele von Ihnen seit einiger Zeit vermuten: Jede Person an Bord dieses Schiffes ist als Teil eines einzigen Teams hier. Wir haben uns hier eingefunden, um gegen die Gefahren zu kämpfen, die Cornucopia repräsentiert. Zu diesem Zweck habe ich Sie alle zusammengebracht. Ich muß auch bestätigen, daß die vor uns liegende Arbeit nicht leicht und nicht rasch zu vollenden sein wird.

Unsere Bemühungen, Cornucopia eine schlechte Presse zu verschaffen, waren zumindest ein Teilerfolg. Unsere Überarbeitung von Dr. Morrows Bericht hat viele Leute alarmiert und viele andere veranlaßt, sich zum ersten Mal wirkliche Sorgen über diese ernste Gefahr zu machen. So haben wir Millionen von Menschen belehrt. Das ist nichts Geringes. Ich selbst muß die Verantwortung auf mich nehmen, daß die an diesem Bericht vorgenommenen Veränderungen zu umfangreich waren und daß sie Folgen für unsere Gruppe nach sich zogen. Unser gutgemeinter Betrug, mit dem wir nur beabsichtigten, die Bewohner der Erde zu warnen, ist als krimineller Akt hingestellt worden. Glücklicherweise kann uns die Justiz des Staates New York und der USA hier nicht erreichen. Wir sind in Sicherheit.

Aber wir haben für ein weit größeres und erhabeneres Ziel als unsere eigene Rettung eine Reise in den Raum angetreten. Auch in diesem Zusammenhang werden viele von Ihnen den Schluß schon gezogen haben, vielleicht ohne zu ahnen, welches das größere Ziel ist. Es liegt auf der Hand, daß ich es Ihnen aus Sicherheitsgründen nicht eher eröffnen konnte. Jetzt ist es meine stolze Aufgabe, Ihnen von der vor uns liegenden Aufgabe zu sprechen.

Wir sind nicht zum Mars unterwegs, sondern fliegen in den tiefen Raum.«

Er hielt inne und sah sich im Saal um. Seine Augen schimmerten. »Wir werden den Asteroiden Cornucopia abfangen, seine Kontrollstation besetzen — und ihn von der Erde weglenken, ihn in die Leere schicken, aus der er gekommen ist!«

Im Saal herrschte Totenstille.

Cathy Cleveland fluchte stumm vor sich hin. Eine gute Idee, dachte sie. Eine großartige Idee. Es war zu schaffen. Wunderbar. *Warum gefällt mir die Sache dann nicht?* verlangte sie von sich selbst zu wissen.

Aber es war viel zu spät, um etwas anderes zu tun als mitzumachen. Sie betrachtete Ishida, sah, wie seine Augen leuchteten, sah die Begeisterung in seinem normalerweise regungslosen Gesicht. In der Haltung seines Kinns, in der Röte seiner Wangen, in einem Dutzend mikroskopischer Hinweise erkannte sie die Leidenschaft des Wahnsinns, den sie nicht hatte finden können, als er die Fälschung des Films befahl.

Er war also doch geistesgestört. Seine Verrücktheit hatte nur eine Weile gebraucht, um sich zu enthüllen.

Und dieser Mann hatte sich vorgenommen, einen Asteroiden abzulenken.

Irgendwie überraschte Ishidas Plan sie nicht. Und irgendwie wußte sie, daß er log.

MOND, ZENTRALKOLONIE

Die Luke schwang auf. Ben zögerte auf der Schwelle der Thermalkuppel. Er hatte noch nie zuvor einen Druckanzug getragen, und es war ein seltsames — und enervierendes Erlebnis.

Er stand bereits im Vakuum. Verstandesmäßig wußte er das, aber seine Sinne lieferten ihm keinen Hinweis, daß es stimmte. Er war immer noch drinnen, umgeben von Wänden und Decken, geschützt. In die ungeschützte Weite der Thermalkuppel hinauszutreten, war, psychologisch gesehen, ein großer Schritt.

Schon der Anblick der Kuppel warf einen um, mußte auch Garrison zugeben. Im Grunde war sie nichts weiter als ein mittelgroßer Krater, der überdacht und im Vakuum gelassen worden war — aber sein Inneres war riesig. Wahrscheinlich hatte man noch nie von nichts — das heißt, von Vakuum — in einem solchen Umfang Gebrauch gemacht.

Viele Arten von Maschinen und Material lassen sich am besten im Vakuum lagern. Es geht ihnen dort viel besser, als wenn sie den Dämonen von Luft und Wasser ausgesetzt sind. Ohne die korrodierenden Wirkungen des Sauerstoffs und die chemischen Reaktionen anderer atmosphärischer Gase, ohne Luftströme, die aggressiven Staub mit sich tragen, ohne rostfördernde Feuchtigkeit, die bei jedem Wirbelwind angreift, haben Maschinen eine sehr lange Lebensdauer. Vorausgesetzt, daß Dinge wie geölte Lagerungen abgedichtet und andere elementare Vorsichtsmaßnahmen getroffen sind, können Raumfahrzeuge, Roller, Tunnelbohrer und so weiter Jahre oder sogar Jahrzehnte im Vakuum bleiben, ohne den geringsten Schaden zu nehmen.

Aber ein wildes, natürliches Vakuum hat seinen eigenen Dämon, der die Werke der Menschheit ebenso wirksam zerstören kann wie Luft und Wasser: den thermalen Schock. Die Temperaturen auf der Mondoberfläche liegen zwischen 100° plus bis 190° minus, und diese Bandbreite stellt nur die Oberflächentemperaturen der Welt selbst dar. Die Masse des Satelliten mäßigt die Extreme ein wenig. Alles, was auf der Oberfläche liegengelassen wird, kann unschwer wärmer oder kälter werden, da es schneller, als der Mond selbst es könnte, Hitze sowohl schluckt als auch abstrahlt.

Bei Wärme dehnen sich Gegenstände aus. Bei Kälte ziehen sie sich zusammen. Je nach Material verläuft die Ausdehnung und die Zusammenziehung unterschiedlich. Ohne teure technische Anlagen würde selbst der einfachste Mechanismus durch diese Beanspruchung ruiniert. Mikroelektronische Schaltungen können durch eine Zusammenziehung von nur ein paar Mikromillimetern zerstört werden. Die größte Verheerung richten zu schnelle Kontraktionen und Expansionen an. Wenn zum Beispiel ein Roller aus dem Licht in die Dunkelheit fährt, ist es möglich, daß die Temperatur innerhalb weniger Sekunden um zweihundert Grad fällt.

Die Lösung sind Thermalschleusen. Jede große Siedlung hatte eine. Alle bestanden aus den gleichen Elementen: Einem großen überdachten Gebiet, das im Vakuum gelassen und mit einem Heiz- und Kühlsystem ausgestattet wird, um die Temperatur bei konstanten zwanzig Grad zu halten. Spezielle Moderatorkammern erlauben eine allmähliche Temperaturanpassung zwischen innen und außen. Die Thermalkuppel der Zentralkolonie war wie jede andere Thermalschleuse. Außer daß sie so verdammt groß war.

Die Neue Unterblase war tatsächlich ein bißchen größer als die Thermalkuppel, aber der gemalte blaue Himmel, die Gebäude und die grünen Pflanzen in ihrem Innern geben ihr Struktur. Dieser Ort war tot, öde, bedrohlich, dachte Ben, eine luftlose künstliche Höhle. Der Personeneingang befand sich auf einer Plattform ein paar Meter oberhalb des Bodens, und Ben und Garrison bot sich dadurch das ganze Panorama des Chaos unter ihnen dar. Das Innere des alten Kraters war übersät mit einem unheimlichen Sammelsurium von Druck-Iglus, Stapelplätzen und Maschinerie, manches davon Schrott, manches davon in häufigem Gebrauch, das meiste für Bens Augen nicht zu identifizieren.

Man hatte nichts unternommen, um den Boden des Kraters zu pflastern oder die ihn umgebende Klippenwand ordentlicher zu gestalten. Der rauhe, von Steinblöcken bedeckte Boden war in seinem Urzustand belassen worden. Kleinere Krater von Grapefruitgröße bis zu einem Durchmesser von hundert Metern pfefferten ihn, aber viele blieben dem Blick durch die geschäftige Tätigkeit der Menschen verborgen.

Obwohl die Kuppel hell erleuchtet war, ließ sich schwer erkennen, was alles vor sich ging. Das harte Licht kam von Scheinwerfern oben an der Decke. Alles war Helligkeit und Schatten, gleißender Glanz und vollkommene Schwärze, und nirgendwo konnte das Auge sich in sanfteren Schatten ausruhen.

In der Ferne fuhren Roller mit anonymen Männern und Frauen in Druckanzügen umher. Winzig durch die Entfernung, unbeholfen durch die klobigen Anzüge, sahen sie wie seelenlose Automaten aus, die mit unmenschlicher Zielstrebigkeit ihren Geschäften nachgingen. Das ganze Innere flackerte und flimmerte — Werbeschriften gingen an und aus, reflektierende Flächen bewegten sich und warfen das Scheinwerferlicht zurück, Schweißflammen gleißten, und Arbeitslampen wanderten umher. All das geschah in der beunruhigenden Stille des Vakuums, und die Decke der Kuppel spiegelte die zuckenden Lichter von unten wider. Der wüste Lärm, der auf der Erde an diesem Ort geherrscht hätte, wäre angenehmer, wäre menschlicher gewesen als das unnatürliche Schweigen. Die Kuppel war ein alptraumhafter, wimmelnder Bienenkorb geräuschloser Aktivität. Sie glich einem mechanischen Kreis der Hölle, den Dante irgendwie verpaßt hatte, oder den antiseptisch gemachten Feldern von Mordor.

Mir fallen da seltsame Vergleiche für eine übergroße Garage ein, dachte Ben. Er versuchte sich zu beruhigen. Aber der Ort war so verdammt *groß.* Plötzlich konnte er glauben, daß es auf dem Mond ebenso oft Agoraphobie gab wie Klaustrophobie. Er hatte erst ein paar Tage in der sicher umschlossenen Zentralkolonie zugebracht, und schon fürchtete er sich vor offenen Räumen. Und das war nicht einmal die offene Oberfläche des Mondes, sondern nur ein mittelgroßer Krater mit einem Dach, das die Sonneneinstrahlung abhalten sollte. Das Wissen, daß er sich tatsächlich im Vakuum befand und ein nadelstichgroßes Loch in seinem Anzug ihn umbringen konnte, trug nicht gerade zur Besserung seines Befindens bei.

»Immer mit der Ruhe, Ben«, riet Garrison seinem Freund über die Gegensprechverbindung. Bens schweres Atmen kam über seine Kopfhörer.

»Ich bin okay«, behauptete Ben in gar nicht überzeugendem Ton. »Ich bin nur nicht an den Gedanken gewöhnt, im Vakuum herumzuspazieren.«

»Diese Leih-Anzüge sind sicherer als die Unterblase.« Garrison gab seiner Stimme einen möglichst beschwichtigenden Klang. »Alles an ihnen ist idiotensicher, für alles gibt es ein Ersatzsystem, sie senden ständig alle telemetrischen Daten an die Leihfirma, und jedesmal, wenn sie zurückgebracht werden, jedesmal, wenn sie ausgeliehen werden, ist eine genaue Überprüfung Vorschrift. Dir kann gar nichts passieren.«

Idiotensicher oder nicht, die Anzüge sahen auf jeden Fall idiotisch aus. Sie waren groß und klobig, alle Ecken waren abgerundet, und sie besaßen überhaupt keine äußeren Anhängsel oder Kontrollen. Die Luft- und anderen Versorgungsgeräte versteckten sich unter einer Art Buckel quer über den Schultern des Anzugs. Es gab absolut nichts, woran der Träger hätte herumstellen können, keine Schläuche, die ein Tourist in einem panikartigen Anfall von Klaustrophobie vielleicht abgerissen hätte, und die Helme waren aus dem gleichen Grund nicht zu entfernen. Ein Leih-Anzug war mit voller Absicht so konstruiert, daß es dem, der drinsteckte, unmöglich war, ihn ohne Hilfe von außen zu verlassen. Garrison mochte die plumpen Leih-Anzüge nicht, aber er vertraute ihnen. Wenn man einen trug, konnte nichts anderes verletzt werden als der eigene Stolz.

Garrison legte Ben die Hand auf die Schulter und schob ihn an, damit er aus der Schleuse hinaustrat. Er war froh, daß sie vereinbart hatten, sich mit dem Roller-Verkäufer in der Kuppel zu treffen. Das gab Ben ein bißchen Zeit, sich an den Anzug zu gewöhnen. Wenn sie innerhalb der Stadt zusammengekommen wären und dann gemeinsam die Thermalkuppel aufgesucht hätten, wäre dem Verkäufer Bens Anfänger-Nervosität aufgefallen. Vermutlich war dieser Yorg Reinhart auch nicht anders als die meisten Verkäufer auf dem Mond, und seine Raubtier-Instinkte waren sicher schon deutlich genug ausgeprägt, ohne daß ihm ein sichtlich eingeschüchterter Kunde gegenüberstand. Ben würde keine Chance haben, sobald Reinhart merkte, daß sein Kunde sich Sorgen machte, ob er weiterhin Luft zum Atmen bekam. Besser war es, wenn Ben sich an den Druckanzug gewöhnte, solange sie unter sich waren, und wenn der Verkäufer gar nicht erst in diese Art von Versuchung geriet.

Auch die Gegensprechverbindung diente dem Zweck, dem Neuling Privatunterricht zu geben. Das Funkgerät funktionierte zwar — aber es sendete öffentlich bis an die Grenzen des lokalen Horizonts. Ein geschickter Verkäufer würde versuchen, ihre Unterhaltung zu belauschen, während sie sich seinem Büro-Iglu näherten — und geschickt waren alle Verkäufer auf dem Mond. Mit einem zwischen ihnen gespannten Kabel zu laufen, mochte unbequem sein, aber es mochte ihnen am Ende einen schönen Batzen Geld sparen.

Vielleicht versuchte Reinhart sogar, den Mann im Hertz-Büro zu bestechen, damit er ihm die telemetrischen Angaben des Anzugs überspielte. Für einen Verkäufer von gebrauchten Rollern war es eine große Hilfe, wenn er den Herzschlag und das EKG seines Opfers verfolgen konnte …

Garrison wollte dies nicht aus dem Bereich des Möglichen verweisen, aber andererseits konnten sie kaum etwas dagegen unternehmen, falls der Verkäufer wirklich solche Methoden verfolgte. »Los, lassen wir den Mann nicht warten«, sagte er.

Yorg Reinhart hatte sich zusammen mit anderen Rollerhändlern in der Tat Gedanken darüber gemacht, Kunden-Telemetrie von den Anzugverleihfirmen zu kaufen, aber unglücklicherweise stellten diese nur unbestechliche Leute ein — eine bemerkenswerte Ethik in der Nachbarschaft der Zentralkolonie. Die Unbestechlichen bildeten wahrscheinlich die kleinste Minderheit auf dem

Satelliten. Vielleicht waren Jungfrauen noch knapper, wenn auch nicht viel.

Wie dem auch sei, Reinharts semilegaler Anschluß an die Luftschleusen-Kameras bereitete ihm eine neue Enttäuschung: Die beiden benutzten eine festverdrahtete Gegensprechanlage anstelle von Funkgeräten. Er konnte nicht mithören, aber schließlich war das nicht weiter wichtig. Er verstand es, auch ohne solche Hilfe zu verkaufen, und an diesem Tag schien er in bester Verkaufsstimmung. Außerdem verriet ihm die Gegensprechanlage, daß Moscowitz' Freund kein Neuling war. Das war eine nützliche Information.

Reinhart erhob sich von seinem Schreibtisch und nahm seinen Helm vom Aktenschrank. Den ganzen Tag ging es bei ihm rein und raus, und er machte sich selten die Mühe, aus seinem Anzug zu steigen, wenn er hereinkam. Es war zuviel Arbeit, ihn wieder anzulegen. Dadurch sparte er Zeit, nur kostete es ihn ein Vermögen für die chemische Reinigung. Nichts wird stinkiger nach einem oder zwei Tagen als das Innere eines Druckanzugs — und anscheinend ist nichts teurer in der Reinigung. Trotzdem wollte er nicht, daß seine Kunden jedesmal, wenn er den Helm abnahm, von dem Geruch in Ohnmacht fielen.

Reinhart mühte sich in die Handschuhe, trat in die Mikroschleuse und aktivierte die Luftpumpe. Zwei Minuten später war er draußen im Vakuum der städtischen Thermalkuppel und sah seinen potentiellen Kunden entgegen. Sie kamen aus der Richtung der Hauptschleuse und waren noch einen Kilometer entfernt.

Guter Standort, dachte er wie immer, wenn er nach draußen kam. *Genau in der Mitte der Kuppel.* Er blickte zu dem immer wieder aufleuchtenden Schild über seinem Druck-Iglu hoch, nur um sich zu vergewissern, daß es eingeschaltet war.

REINHART ROLLERS
Günstigste Preise

Nun, vielleicht nicht die für den *Kunden* günstigsten Preise, dachte er wölfisch, aber bestimmt die günstigsten, die er für sich herausholen konnte. Und mit diesem einem Wolf gut anstehenden Gedanken drehte er sich um und wartete darauf, daß die Schäfchen zu ihm kamen.

Die Thermalkuppel der Zentralkolonie hatte sich längst ihrer ursprünglichen Bestimmung als Lagerhalle entzogen und sich zu einer seltsamen Kombination von altmodischem Basar und Schwerindustriepark entwickelt. Druck-Iglus tupften die Landschaft, Werkstätten reparierten alles vom Oberflächenroller bis zu Raumfahrzeugen. Alle Arten von Hardware wurden gebaut, umgebaut, repariert, gewartet und verkauft. Ben und Garrison bahnten sich ihren Weg durch planlos verlaufende Gassen und Pfade und hielten den Blick auf Reinharts großes Schild als ihre einzige sichere Landmarke gerichtet. Sie kamen an vielbesuchten Schnellimbissen und besseren Restaurants vorbei, an einer großen Tunnelbohrmaschine, die repariert wurde, und einer Reihe von beschädigten Maschinen, die darauf warteten, ausgeschlachtet und verschrottet zu werden.

Dann bogen sie um eine Ecke und fanden sich auf Reinharts Hinterhof wieder. Vierzig oder fünfzig Roller, einige beinahe neu, einige in der Bauweise vor zwanzig Jahren, parkten in ordentlichen Reihen.

»Hallo!« brüllte ihnen eine Stimme in die Ohren. Eine stattliche Gestalt in einem zerknüllten Druckanzug winkte ihnen vom anderen Ende des Platzes aus zu. »Ich grüße Sie, Dr. Moscowitz, Dr. Garrison! Ich bin Reinhart!« Der Verkäufer sprang ihnen in raschen Känguruh-Hopsern entgegen.

»Ah, Garrison ist mein *Vorname* ...«, begann Garrison, aber Reinhart hatte sich bereits in einen Schnellfeuer-Verkaufsvortrag gestürzt.

»Sie sagten, Dr. Moscowitz«, begann er, während er noch einen Meter über dem Boden war, »daß Sie sich für Frachtroller interessieren. Da kann ich Ihnen versichern ...« Reinhart machte eine kurze Pause und konzentrierte sich auf die Landung. Ben mußte ein Stück zurücktreten, damit er nicht getroffen wurde. »Hoppla! Entschuldigen Sie. Da kann ich Ihnen versichern, daß Sie an die richtige Stelle gekommen sind.« Reinhart war Ben nahe genug, um in seinen Helm zu spähen und sein Gesicht genau zu betrachten.

Was er sah, erfreute sein Herz. Das war ein ganz grüner Anfänger und wahrscheinlich noch nie im Vakuum gewesen.

Dem da, sagte Reinhart zu sich selbst, konnte er *alles* verkaufen.

15. KAPITEL

AN BORD DER *DAWN TREADER*

Cathy starrte düster auf den Computerschirm. Die Simulation lief wieder, als Zeitraffer. Der Schirm zeigte die Positionen von Cornucopia, der *Dawn Treader* und der inneren Planeten, die sie im Laufe der nächsten zwei Jahre bis zu der Begegnung der *Treader* mit dem Asteroiden ein paar Millionen Kilometer von der Erde entfernt einnehmen würden. Schon kam ihr alles trüb und langweilig vor. Dabei waren sie kaum zwei Wochen unterwegs, und es lagen noch zwei Jahre vor ihnen. Wäre die *Dawn Treader* ein moderneres Schiff mit ständiger Beschleunigung gewesen, hätte die Reise nur ein paar Wochen gedauert.

Aber ein schnelles Schiff hätte nicht in Ishidas Pläne gepaßt. Zunächst einmal war ein Schiff mit ständiger Beschleunigung kinderleicht aufzuspüren. Hätten sie eins für eine direkte Annäherung benutzt, wären sie von dem System künstlicher Intelligenz, das das ganze computerisierte Raumkontrollnetz betrieb, sofort festgenagelt worden. Das Netz hätte die Fusionsflamme entdeckt, die Woche für Woche hell in den Himmel brannte. Das System hätte die Bahn bis zu der Begegnung mit dem Asteroiden projiziert und sofort bei LuTech Alarm geschlagen. Nein, nur ein alter ballistischer Pott wie die *Dawn Treader* konnte sich anschleichen — und auch das nur, wenn sie langsam machte.

Beabsichtigt war, Cornucopia erst ziemlich nahe an der Erde zu übernehmen, jedoch vor dem Zeitpunkt, zu dem LuTechs Crew an Bord gehen sollte. Dazu mußten sie aus einer unerwarteten Richtung kommen, die niemand unter Beobachtung hielt, und die Sache in einer sehr kurzen Spanne durchziehen. Dieser Augenblick lag zwei Jahre in der Zukunft.

Das alles bedeutete, daß sie auf Zeit spielen mußten, bis sie in Vergessenheit geraten waren. Draußen zwischen den Asteroiden verfolgte niemand Schiffe so erbarmungslos, wie es die Verkehrskontrollen des Inneren Systems taten.

Deshalb ein langsames Schiff. Ishida hatte alles säuberlich ausgearbeitet.

Der offizielle Flugplan der *Dawn Treader* sah vor, daß sie nach dem Verlassen des Mars auf Ceres im Asteroidengürtel zu beschleunigte, und die echte Mission würde diesem Flug sehr ähneln. In Wirklichkeit wollten sie zwar direkt auf den Mars zuhalten, dann aber den Kurs wechseln, um Cornucopia abzufangen. Eine Zweijahresreise.

Wenn sie nur ein schnelleres Schiff hätten nehmen können ... Aber auch mit der langsamen *Dawn Treader* würden sie, wenn sie Cornucopia erreichten, auf dem Mars um mehrere Wochen überfällig sein. Das war lange genug, daß es sogar den Marsianern auffallen mußte, lange genug, daß ein paar Leute sich Gedanken machen, eine Suche arrangieren würden. Wenn sie ein schnelleres Schiff genommen hätten und *Jahre* überfällig gewesen wären, hätte die Zeit irgendwem gereicht, sie zu finden.

Zwei Jahre. Daran führte kein Weg vorbei. Cathy saß zwei Jahre lang auf der *Dawn Treader* fest. Die meiste Zeit würde sie im Kälteschlaf verbringen, aber trotzdem ...

Zwei Jahre, in denen der beinahe geisteskrank zu nennende Shiro Ishida den Befehl führte, zwei Jahre, in denen ein Fanatiker über ihr Leben bestimmte. *Aber es wird sich lohnen,* redete sich Cathy von neuem zu. *Was sind zwei Jahre meines Lebens verglichen mit der Rettung der Erde?* Es störte sie, daß sie sich diese Frage überhaupt stellte. War sie so oberflächlich? Lag ihr so wenig an einer ganzen Welt, daß ihr der Handel unfair vorkam?

Die Simulation war nach dem Rendezvous weitergelaufen. Cathy blinzelte und befahl sich, mit dem Tagträumen aufzuhören. Sie zögerte mit den Fingern über der Tastatur, dann zog sie die Hände zurück, saß da und starrte von neuem ins Leere.

Nein, dachte sie. *Es geht nicht um die zwei Jahre.* Sie begann, Befehle einzutippen.

Es ging nicht um die zwei Jahre. Darauf kam es gar nicht an. Es war die zunehmende Überzeugung in ihrem Herzen, daß Shiro Ishido nicht das geringste Interesse daran hatte, die Erde zu retten.

MOND, SONNENWEG, SEKTOR OCEANUS PROCELLARUM

Das rechte Vorderrad fand schon wieder einen kleinen Krater und stürzte sich mit seinem üblichen Enthusiasmus hinein. Der unheimliche Zeitlupensturz warf Garrison und Ben unerbittlich von ihren Plätzen hoch. Die geringe Schwerkraft des Mondes machte selbst aus einem heftigen Aufschlag ein lang hingezogenes Spektakel, das sich mit traumartiger Gemächlichkeit vollzog. Die Männer schwebten für einen Augenblick in der Luft und wurden nur von ihren Gurten festgehalten. Dann erreichten die überarbeiteten Stoßdämpfer den Tiefstpunkt, sprangen wieder nach oben und rammten die beiden mit so knochenerschütternder Wucht zurück, daß sich die ganze rechte Seite des Fahrzeugs für einen Augenblick vom Boden hob. Das rechte Vorderrad drehte sich in einem halben Meter Höhe im Leerlauf, bevor es aufsetzte und wieder einige Haftung gewann.

Ben, der das manuelle Lenkrad umklammert hielt, brach der kalte Schweiß aus. Der ganze Roller protestierte gegen die ihm angetane Gewalt mit einer Kakophonie von quietschenden und knallenden Geräuschen, die über das gewohnte Hintergrundgeräusch weit hinausgingen.

Das Heck des Rollers lag unter dem Übergewicht an Fracht noch tiefer auf den Stoßdämpfern als der Bug, aber es gelang dem Autopiloten, die Hinterräder aus dem Bereich des Kraters zu schwenken. Das scharfe Ausscheren nach links löste eine eigene Serie von Rukken und Stößen aus, während sich die Frachtstücke unter dem Haltenetz umarrangierten.

Garrison, der auf der ganz zurückgekippten Andruckliege schlief, öffnete mühsam ein Auge, murmelte vor sich hin und versuchte, sich auf die Seite zu drehen — ein schwieriges Unterfangen, wenn man einen Sitz- und einen Brustgurt trägt. Garrison war jedoch mit der Gabe des Tiefschlafs gesegnet. Er wachte die ganze Zeit nicht richtig auf, und einen Moment später schnarchte er wieder.

Ben drehte den Kopf nach seinem Freund. In der schwach beleuchteten Kabine sah er ihn wie durch eine Sonnenbrille. Der Glückliche. Wenn Ben mit dem Schlafen an der Reihe war, wachte er bei jedem Zucken des Rollers auf.

Er fluchte vor sich hin und begann zum dutzendsten Mal an diesem Vormittag, Schalter und Knöpfe zu justieren. Dieses letzte Tänzchen der Räder überzeugte Ben, daß es besser war, die Steuerung auf das Umgehen kleinerer Hindernisse zu programmieren. Natürlich würde das eine Menge mehr Zickzackkurven auf ihrer Fahrt bedeuten, und Ben war gegen Seekrankheit anfällig. Pech. Lieber wollte er seinen Lunch verlieren als ein Antriebsrad.

Auch als der Autopilot neu eingestellt war, blieb Ben an den manuellen Overrides. Er war darauf vorbereitet, die Selbststeuerung diesmal ganz abzuschalten. Der ›autonome‹ Leitroboter an Bord der *Rock & Roll* verlangte soviel Überwachung, so viele Eingriffe und Justierungen, daß Ben beinahe ebenso von Augenblick zu Augenblick Entscheidungen zu fällen hatte, als lenke er das Fahrzeug manuell. Wenn das Terrain noch viel schlimmer wurde — und das wurde es bestimmt —, dann *mußten* sie den Roller von Hand kontrollieren.

Und diese Möglichkeit machte Ben langsam Angst. Sie *konnten* das Ding nicht manuell lenken. Nicht Nonstop, nicht den ganzen Weg bis zur Rückseite des Mondes. Es war schon schwer genug, sich in Schichten bei der Überwachung des Autopiloten abzuwechseln. Vier Stunden Arbeit, vier Stunden frei — *vielleicht* hielten sie das volle zwei Wochen durch, wenn der Diensthabende nur die Anzeigen im Auge behalten mußte, aber nicht dann, wenn er diese bockende Blechbüchse tatsächlich *steuerte.*

Unter anderem würden ihre Augen versagen. Selbst mit Filtern über den Sichtfenstern und mit Sonnenbrillen war es anstrengend. Nach dem Ende seiner Schicht sah Ben noch eine Stunde lang Flecken. Schuld daran waren das harte, ungemilderte Tageslicht auf dem Mond, die tintenschwarzen Schatten neben der blendenden Helligkeit der beleuchteten Stellen. Und das passierte schon beim Fahren mit dem Autopiloten, wenn er es wagen konnte, seine Augen für einen Moment von der Straße abzuwenden. Der Versuch, in die Schatten zu spähen, beanspruchte ihn bis zur Grenze seiner Fähigkeiten.

Unglücklicherweise war es notwendig, sich die Schatten anzusehen. Ben wurde besser darin, aber er ›las‹ diese Art von Landschaft immer noch nicht so gut, daß er eine kleine, im Schatten liegende Senke von einem gähnenden Abgrund, der darauf lauerte, ein Rad abzureißen, unterscheiden konnte. Die *R & R* war mit zwei starken, schwenkbaren Scheinwerfern gleich über den vorderen Sichtfenstern ausgerüstet, doch bis Ben die Strahlen auf einen schwarzen Fleck gelenkt hatte, der ihn nervös machte, war der Roller bereits über der fraglichen Stelle.

Ben hatte anfangs geglaubt, er könne Schwierigkeiten vermeiden, wenn er den Spuren von jemand anders folgte. Leider nützte das auch nichts. Es gab zu viele Spuren, die über die ganze Gegend wanderten. Zu verdammt viele Cowboys hatten diesen Kurs genommen, und das mit Fahrzeugen, die offenbar viel sportlicher waren als seines — wenn man nach den Reifenspuren urteilte, die über Felsblöcke, durch Krater und in die tiefsten Spalten führten. Und die Fahrer mußten verrückter gewesen sein als er, davon zeugten aufgegebene Wracks. Er hatte vier gezählt, seit sie die Zentralkolonie verlassen hatten.

Ben sah zu dem Verkehrsstatusmelder hoch, einem ziemlich primitiven Gerät, ungeachtet seines pompösen Namens. Es tat nichts weiter, als daß es die Zahl und Identität der Fahrzeuge zwischen jedem Paar von Antwortsendern auf der Straße für je fünfzig Kilometer vor und hinter der eigenen Position meldete. Das konnte eine wichtige Information sein, wenn man eine Panne hatte — die ID-Nummern, die der Melder auswies, repräsentierten die einzigen potentiellen Retter. Der Verkehr war ziemlich dünn verteilt, soviel Ben feststellen konnte. Nicht mehr als zehn oder zwölf Fahrzeuge auf der ganzen Hundert-Kilometer-Strecke. In Anbetracht des Ausmaßes an Vertrauen, das er gegenwärtig in die *Rock & Roll* setzte, hätte Ben gern mehr Gesellschaft gehabt.

Die *Rock & Roll* geriet auf ein neues Stück unebenen Bodens und schwankte wie betrunken. Ben und Garrison hatten sie so genannt, weil sie ein Roller war, der Geologen trug, aber der Name erwarb sich eine zweite, treffendere und weniger erfreuliche Bedeutung. Ben wurde gar zu gut darin, sich einen Überschlag vorzustellen.

Die *R & R* war im Grunde ein großer Zylinder, der auf ein Fahrgestell geschraubt war. Das Dach trug eine ganze Batterie steuerbarer Solarzellen, deren Halterung beträchtlich größer war als der Druckzylinder selbst und an den Seiten und vorn und hinten überstand. Das machte sie nicht nur zu einem wirksameren Schutzschild gegen die Sonne, es konnten auch viel mehr Zellen darauf angebracht werden.

Leider waren die Zellen und der Komplex von Streben und Stützen, der sie hielt, verhältnismäßig zerbrechlich. Kippte die *R & R* um, würde der Druckzylinder vermutlich heil bleiben. Aber das Gestänge würde in Stücke zerschmettert werden, und dann waren das Fahrgestell und der Druckzylinder dem vollen Sonnenlicht ausgesetzt. Sie würden Energie an die Auflade/Speicher-Wicklungen und das Kühlsystem verlieren und innerhalb von Stunden kochen …

Gerade als er bei diesem erbaulichen Gedanken ankam, entdeckte Ben an der Seite des Weges ein weiteres Wrack, ein älteres Modell von einem Roller, der frontal gegen eine Kraterwand geprallt war. Ein Steinschlag war über ihn gefallen. Da stand das Wrack schimmernd weiß in dem perfekten Sonnenschein des lunaren Vakuums, sein Lack war makellos, obwohl seit dem Unfall zwanzig Jahre vergangen sein mochten. Hier oben hatten Katastrophen nicht den Anstand, nach wenigen Jahren wegzurosten und zu verschwinden. Jedes Wrack, das Ben gesehen hatte, machte den Eindruck, als sei der Unfall erst vor zehn Minuten passiert.

Ben erschauerte unwillkürlich und sah noch einmal nach dem Verkehrsstatusmelder.

Die *R & R* nahm noch ein Loch mit und bog dann um eine Kurve auf eine weite, flache Ebene. Ben stieß einen Seufzer der Erleichterung aus und entspannte sich. Nun hatte er freie Fahrt. Für eine Weile.

Garrison regte sich im Schlaf, grunzte, erwachte, versuchte, sich aufzusetzen. Der Brustgürtel widerstand seinen Bemühungen eine Zeitlang, bis Garrison einfiel, wo er war und was vor sich ging. Es erforderte ein paar benommene gymnastische Übungen, doch er bekam den Gürtel los und fand den Knopf, der den Sessel hochstellte. Irgend etwas stimmte nicht mit dem Mechanismus — eine Tatsache, an die Garrison sich auch in diesem Fall ein bißchen zu spät erinnerte. Die Sessellehne sprang in einem Sekundenbruchteil von zurückgekippt auf ganz senkrecht und schleuderte Garrison wie einen Schachtelteufel vorwärts. »Äh!« schrie er und konnte gerade noch die Arme rechtzeitig hochwerfen, um nicht an das rechte Kontrollpaneel geklebt zu werden.

Ben grinste, ohne die Augen von der Straße abzuwenden. Seine Sonnenbrille gab ihm ein nonchalantes, keckes Aussehen. »Guten Morgen«, wünschte er.

»Keine übereilten Schlußfolgerungen«, murmelte Garrison, löste seinen Sitzgurt und kletterte aus dem Sessel. Sich an den Griffen haltend, die in die Wände und die Decke des Passagierabteils eingelassen waren, taumelte er nach hinten zur Toilette. Fünf Minuten später kehrte er mit zwei Null-Ge-Trinkballons mit schrecklich teurem Instantkaffee zurück. Niemand versucht es in einem holpernden Roller auch nur, etwas aus einer offenen Tasse zu trinken, und schon gar nichts Heißes. Jedenfalls nicht öfter als einmal. Garrison reichte Ben den einen Ballon und nahm wieder auf dem rechten Sitz Platz. Er schnallte sich sorgfältig an, bevor er es sich bequem machte. »Wie war die Fahrt, *mon brave capitan?*«

»Dein *brave capitan* hat einen schweren hysterischen Anfall gehabt. Es zerrt an den Nerven, wenn man ganz einsam und verlassen dahinfährt, ohne etwas anderes zu sehen als Felsen, Krater und gelegentlich ein aufgegebenes Wrack.«

»Wir sind immer noch heil und ganz«, betonte Garrison.

»Bis jetzt«, gab Ben zu. »Aber ich frage mich, ob Reinhart uns einen guten Roller verkauft ...« — er tätschelte das Schott der *R & R* —, »oder nur ein gutes Geschäft gemacht hat. Sie ist eine starke Persönlichkeit, um es höflich auszudrücken.«

»*Du* hast ein gutes Geschäft gemacht. Sie ist ein braver alter Kahn«, behauptete Garrison mit mehr Zuversicht, als er empfand. Er nahm einen großen Schluck Kaffee und richtete sich in seinem Sessel auf. »Zeit für den Schichtwechsel, Freund. Schalte die Kontrollen zu mir herüber.« Ben tat es. Garrisons Seite des Paneels leuchtete auf, und er sah sich die Anzeigen an. Plötzlich quollen ihm die Augen beinahe aus dem Kopf. »Jesus, Ben! Hast du nicht auf die lokale Sonnenzeit geachtet?«

»Hä?«

»Sieh dir den Indikator an! Wir bleiben fürchterlich zurück! In dieser letzten Schicht haben wir eine volle Stunde Verspätung bekommen.«

»Mein Gott«, stöhnte Ben. Die *Rock & Roll* wurde von Solarzellen angetrieben. Zwar konnte sie genug Energie speichern, um ihre Räder zwölf Stunden in Dunkelheit zu drehen, aber sie mußte die Sonne in Sicht behalten, wenn sie längere Zeit in Bewegung bleiben wollte. Ben und Garrison hatten ihren Trek von der Zentralkolonie aus begonnen, als es nach Lokalzeit ›Mittag‹ gewesen war, und sie waren mit der Sonne direkt über sich nach Westen gefahren. Sie hatten gleichen Schritt mit ihr halten wollen, während sie im Laufe eines lunaren ›Tages‹ von Osten nach Westen über den Himmel des Mondes wanderte.

Man nannte diese Technik die Strategie des konstanten Fahrens. Dabei mußte man gerade schnell genug sein, um die Sonne immer an der gleichen Stelle im Himmel zu halten, und durfte ja nicht vergessen, daß es besser war, zu schnell zu werden als zu langsam.

Wenn sie zu schnell gefahren wären und die Sonne überholt hätten, wäre sie hinter ihnen dem östlichen Horizont entgegengesunken. Theoretisch war ein Roller bei Höchstgeschwindigkeit imstande, aus dem Sonnenlicht über den Terminator in die lunare Nacht zu fahren und hinter sich im Osten einen falschen Sonnenuntergang zu erzeugen. Das wäre weiter nicht schlimm — in einem solchen Fall brauchte man nur stehenzubleiben und von den Batterien zu leben, bis die Sonne wieder aufgeholt hatte.

Aber die *R & R* war zu langsam, nicht zu schnell, und die Sonne bekam einen Vorsprung. Jetzt drohte sie wirklich unterzugehen, vor ihnen im Westen. Und wenn sie dort unterging, handelte es sich nicht um eine geringfügige Unannehmlichkeit von ein paar Stunden. Die Sonne würde für zwei Wochen wegbleiben — und bis dahin war niemand an Bord der *R & R* mehr am Leben, der sich die Morgendämmerung hätte ansehen können.

Im Augenblick war die Situation noch weit davon entfernt, so gefährlich zu sein — aber wenn sie so gefährlich wurde, gab es so gut wie keine Rettung mehr. Dafür waren sie zu weit von jeder größeren Siedlung entfernt. Je näher ein Roller der Sonnenuntergangslinie kam, desto weniger Fahrzeuge waren auf der Straße. Denn nur Verzweifelte würden es wagen, eine Fahrt mit Solarenergie über den Mond zu beginnen, wenn die Sonne sich anschickte, unterzugehen. Es gab auch keinen Ort, an den sie flüchten konnten. Hier draußen lagen die Siedlungen Hunderte oder Tausende von Kilometern auseinander.

Garrison bedachte ihre Lage. Sie waren hinter der Sonne zurückgeblieben, seit sie die Zentralkolonie vor zwei Tagen verlassen hatten. Fahrer von Solar-Rollern bestimmen ihre Position nach dem Licht vor und hinter sich. Zu Beginn hatte die *R & R* sieben Tage Licht vor sich und sieben Tage Licht hinter sich gehabt. Jetzt waren sie bei acht Tagen vor sich und sechs Tagen hinter sich angelangt. Mit anderen Worten, wenn die *R & R* stehenblieb, wo sie war, würde der Sonnenuntergang sie in sechs Tagen einholen.

Sicher, sie befanden sich nicht in unmittelbarer Gefahr, aber ebenso sicher war, daß Schwierigkeiten auf sie warteten. Sie hatten nur zwei Tage gebraucht, um einen vollen Tag Verspätung zu bekommen. Wenn sie so weitermachten, ging ihnen der Sonnenschein auf halbem Weg zur Rückseite aus.

Die auf der Hand liegende Maßnahme war, schneller zu fahren — nur ging das nicht so einfach. Die *R & R* war eine nicht mehr ganz junge Maschine und dazu eine, die geraume Zeit auf einem Parkplatz herumgestanden hatte. Was auch die Vorzüge einer Aufbewahrung im Vakuum sein mochten, sonderlich gepflegt worden war sie wahrscheinlich nicht. Ben und Garrison hatten sich beide gefürchtet, sie mit hoher Geschwindigkeit zu fahren. Nun blieb ihnen gar nichts anderes übrig.

Es gab noch einen Faktor, den Garrison nicht erwähnen wollte. Zu einer Verspätung war es immer während Bens Schicht gekommen. Er war zu langsam, zu vorsichtig. Und Vorsicht konnte sie hier draußen umbringen. Garrison fiel die Aufgabe zu, die Geschwindigkeit zu erhöhen, wenn sie überleben wollten.

»Wir können es uns nicht leisten, noch weiter hinter der Sonne zurückzubleiben«, sagte Garrison. »Wir müssen die *R & R* auf mindestens vierzig Kilometer die Stunde bringen.«

»Ausgeschlossen, daß der Autopilot das schafft, selbst wenn der Roller selbst es könnte«, protestierte Ben. »Vielleicht sind die Sensoren des Autopiloten in schlechtem Zustand oder so etwas, aber er kann ihn nicht einmal bei *zwanzig* Kilometern kontrollieren.«

»Dann müssen wir den Autopiloten abschalten und das Ding selbst steuern«, erklärte Garrison grimmig. »Andernfalls muß man uns auftauen, nachdem man uns gefunden hat.« Ben sah ihn sprachlos an, und Garrison zuckte die Achseln. »Höre, Ben, dies ist der *leichte* Teil der Reise gewesen, nichts als schöne flache Maria. Sobald wir die Erdaufgangsstation hinter uns haben, kommen nur noch Kraterfelder, und wir müssen kriechen, um durchzukommen. Deshalb müssen wir *jetzt* einen Sprint einlegen, solange wir die Chance haben.«

»Garrison, wir haben doch nur zwei Tage Verspätung,

wir sind beide schon ganz durcheinander von zu wenig Schlaf — und dabei sind wir nicht einmal selbst gefahren!« Ben war gar nicht glücklich.

»Besser durcheinander als tot«, stellte Garrison fest. »Von hier an heißt es Sprint und Stop. Wir fahren, bis wir umfallen, bleiben stehen und ruhen uns aus, und dann fahren wir wieder schnell weiter, bis wir von neuem umfallen. Was können wir sonst tun?« Garrison wartete eine ganze Weile auf eine Antwort, doch Ben schwieg. Endlich setzte Garrison seine Sonnenbrille auf, schaltete den Autopiloten ab, übernahm die Kontrollen und beschleunigte die *R & R* auf vierzig.

Ben starrte Garrison stumm an. Schließlich öffnete er seine Gurte, stand auf, nahm die Sonnenbrille ab und ging nach hinten, um sich frischzumachen und etwas zu essen.

Garrison seufzte. Die Sache war im Grunde ganz einfach. Ben dachte immer noch wie ein Stadtjunge, und das hier war die Wildnis. Hier draußen war man auf sich selbst gestellt. Das mußte Ben noch gefühlsmäßig akzeptieren. Er dachte, als sei er zu Hause, er ging davon aus, alles sei ungefährlich, als gebe es Polizisten oder Rettungsmannschaften, die man rufen konnte, wenn man in Not geriet, als hätten Sicherheitsingenieure jeden Grashalm aus dem Pflaster gerupft und dafür gesorgt, daß die Straße sicher war. Er glaubte immer noch, man könne um Hilfe rufen und sie tatsächlich bekommen.

Auf der Erde konnte man sich Fehler leisten. Die Gesellschaft, die Kultur, ja, der Planet selbst sorgten für einen oder ließen einen wenigstens trotz eines falschen Schritts am Leben. Der Preis für ein Versagen war gering, und eine Katastrophe nannte man es, wenn man einen Fleck auf den Anzug bekam.

Ben hatte sich den hiesigen Bedingungen nicht angepaßt, trotz all der Wracks, an denen sie vorübergekommen waren. Hier oben war die einzige Frage, auf welche

Weise die Natur einen töten würde, wenn sie die Chance erhielt.

Auf der Erde wäre Bens vorsichtiges Fahren nur vernünftig gewesen. Besser, man fuhr auf einer unbekannten Straße zu langsam, als daß man riskierte, einen Kotflügel um einen Baum zu wickeln. Noch besser war es, wenn man gar nicht erst das Risiko einging, sich selbst ans Steuer zu setzen. Der Autopilot des Wagens machte es besser als jeder menschliche Fahrer. Man durfte sich darauf verlassen, daß alles reibungslos funktionierte.

Nur waren die Autopiloten hier oben dümmer, und die Straße war nicht einmal vorhanden. Entweder man ging ein Risiko ein, oder man starb, indem man auf Nummer Sicher setzte. Manchmal starb man so oder so.

Alles war hier oben riskanter. Ein Spaziergang im Freien. Auf der Erde starb man nicht, wenn man sich die Kleider zerriß. Ben mußte sich dessen ganz klar bewußt werden, wenn er überleben wollte.

Garrison sagte nichts zu Ben darüber, *warum* sie hinter der Sonne zurückgeblieben waren oder wessen Schuld es war. Aber schon die Änderung ihres Plans rieb es Ben auf gewisse Weise unter die Nase. Garrison zuckte die Achseln. Vielleicht fühlte Ben sich beleidigt. Vielleicht hatte er aber auch etwas gelernt. So wurde man auf dem Mond erzogen. Man machte Fehler und hatte das Glück, sie zu überleben. Und man mußte so klug sein, einzusehen, daß es mit dem Glück früher oder später vorbei sein werde.

Garrison wußte verdammt genau, daß er Ben nichts davon *beibringen* konnte. Dabei ging es um Einstellungen, Annahmen, Ansichten, die tief im Unterbewußtsein saßen. Der arme Teufel mußte es von ganz allein lernen. Oder sterben.

Ein großer Krater schwang um eine Kurve auf sie zu. Garrison schlug das Steuer hart ein und umfuhr ihn.

Ein bißchen wunderte Garrison sich darüber, daß Ben

versagte. Schließlich hatte Ben sich an der Nordküste Islands gut gehalten, und *das* war auch kein Tag am Strand gewesen. Der Unterschied lag darin, sagte sich Garrison, daß der Körper auf Island Signale bekam. Man *spürte,* daß es rauh und unwirtlich war. Der Wind und die Kälte und das Wetter gaben einem Hinweise, warnten vor Gefahr.

Aber dies war der Mond, eine Grenzsiedlung mit Klimaanlage. Aus dem Leim gegangene Pioniere mit Schmerbäuchen führten ein Leben mit allem High-Tech-Komfort — und konnten am Vakuum oder an der Hitze oder an der Kälte oder am Versagen der Energieversorgung oder am Zusammenbruch der Nahrungskette oder an Luftmangel sterben, was alles Gefahren waren, die unsichtbar unter der Oberfläche lauerten. Sie latschten in ihren Städten in Pantoffeln herum und brauchten nicht zu fürchten, sich einen Zeh anzustoßen — während die Sonne die Oberfläche über ihnen über den Siedepunkt hinaus erhitzte. Kein Wunder, daß die Kolonisten alle ein bißchen verrückt waren, wenn diese Zweiteilung in ihren Köpfen und ihrem Leben herumspukte. Es war ein Wunder, daß überhaupt jemand am Leben blieb.

Garrison wünschte Ben viel Glück und fuhr weiter.

Vierzig Kilometer die Stunde hört sich lächerlich langsam an. Das ist weniger als fünfundzwanzig Meilen. Pferde können schneller laufen. Die Geschwindigkeitsbegrenzung in verschlafenen New-England-Dörfern lag höher.

Aber nach zwei weiteren Tagen in einem hopsenden, torkelnden, überladenen, zu alten Roller auf dem nackten, von Felsen übersäten Boden der lunaren Maria unter einer Sonne, die jeden Schatten so schwarz machte, daß nichts mehr darin zu erkennen war, und jede beleuchtete Oberfläche zu einer gleißenden Spiegelfläche — da war es eine halsbrecherische Geschwindigkeit, eine wilde Fahrt mit dem Risiko, daß der Roller wie eine Eierschale zerbrach und das tödliche Vakuum einließ.

Garrison fiel ein seltsamer Essay ein, den er vor einer Million Jahren, damals im College gelesen hatte. ›Die englische Postkutsche‹ von Thomas de Quincey. Es war die lebhafte, ja, erregende Schilderung der unheimlichen, unkontrollierbaren Geschwindigkeit, mit der eine Postkutsche durch die englische Wildnis des frühen 19. Jahrhunderts fuhr und nur um Haaresbreite einem gefährlichen Unfall entging.

Garrison erschauerte jetzt noch im Gedanken an die Beschreibung des unmöglichen Tempos, mit dem die Kutsche unter dem Donnern der Hufe und dem Klappern des Geschirrs durch die Nacht sauste. Ihm war es als die überzeugendste Darstellung tollkühnen Dahinrasens vorgekommen — nur daß de Quinceys Abenteuer, bei dem einem das Herz stehenbleiben konnte, sich mit gemächlichen dreizehn Meilen die Stunde abgespielt hatte.

Als Student hatte sich Garrison durch diese Tatsache beinahe betrogen gefühlt. De Quincey versuchte doch, ein langsames Dahinzuckeln als todesverachtende Höllenfahrt zu verkaufen! Natürlich, de Quincey gestand ein, unterwegs eine Dosis Opium genommen zu haben, und Garrison hatte lange Zeit gemeint, das erkläre alles.

Jetzt dachte er nicht mehr so. Er war bereit zu glauben, daß alles, was schneller als Stillstehen war, furchterregend sein konnte. Vierzig Kilometer die Stunde war ein Alptraum. Es gab einfach keine Zeit zum Denken, keine Zeit, das nächste Hindernis abzuschätzen, bevor man handeln mußte.

Das menschliche Auge, das für die Erde entwickelt worden war, konnte auf dem Mond Entfernung, Größe und Perspektive nur mühsam bestimmen. Viele der visuellen Hinweise fehlten oder waren verzerrt. Da war keine Luft, die die Einzelheiten eines weit entfernten Gegenstandes verwischte. Oft war es schwer, zu entscheiden, ob etwas klein und nahe oder groß und weit weg war. Der Durchmesser des Mondes beträgt ein Viertel von dem der Erde, und der Horizont ist dementsprechend näher — aber der Horizont *sieht aus,* als habe er in etwa die Größe und Form wie auf der Erde. Deshalb neigt das Auge dazu, Objekte am Horizont für weiter entfernt zu halten, als es den Tatsachen entspricht, bis man merkt, wie nahe — und wie groß! — sie sind. Krater, Hügel, Felsblöcke und Senken schienen Garrison beim Fahren entgegenzuspringen.

Das Abschätzen von Größen wurde ihm noch schwerer dadurch gemacht, daß er nicht wußte, was es war. Auf der Erde weiß ein Beobachter wenigstens ungefähr, wie groß ein Ding ist, weil er das Ding kennt, was ihm wiederum erleichtert, die relative Größe und Entfernung zu bestimmen. Wenn ein Mensch und ein Haus scheinbar die gleiche Höhe haben, ist für den Beobachter klar, daß der Mensch näher und kleiner, das Haus größer und weiter weg ist. Aber auf dem Mond gibt es Felsen, Krater, Senken und Grate in allen Größen — und schon bei mäßiger Entfernung gleichen sich alle Felsen und Krater, ganz gleich, wie groß sie sind. Oft war es Garrison unmöglich, einen hundert Meter entfernten Krater mit einem Meter Durchmesser von einem Krater zu unterscheiden, der zehn Meter Durchmesser hatte und einen ganzen Kilometer entfernt war.

Währenddessen wurde die ›Straße‹, sofern man von einer solchen reden konnte, mit jedem Kilometer schlechter. Je weiter nach Osten sie kamen, desto weniger befahren war sie, da jede kleine Siedlung etwas von dem Verkehr in sich aufsog.

Schließlich wurde die Straße zu einem Pfad, und dann verschwand sie ganz. In den stärker bevölkerten Teilen des Mondes hatte eine ausreichende Zahl von Fahrern die Reise oft genug gemacht, daß ihre Spuren zumindest eine übereinstimmende Meinung über einen guten Weg zwischen jeweils zwei Antwortsendern ausdrückten. Hunderte von Radabdrücken, entstanden durch Versuch und Irrtum jedes Fahrers und jedes Autopiloten, die vor ihnen hier gewesen waren, hatten zumindest Hinweise auf die ›beste‹ Route gegeben.

Hier war das noch nicht geschehen. Während Garrison sich mit der *R & R* zwischen den Kratern hindurchschlängelte, kreuzte er Dutzende von Räderspuren, die sich über wenigstens zwei Kilometer Landschaft schlängelten. Sie erweckten den Eindruck, daß kein einziger dieselbe Route zweimal benutzt hatte.

Garrison konnte sich nach nichts anderem richten als nach den Leitstrahlen der Antwortsender — und ein paar von ihnen waren außer Betrieb. In dem Fall tat er gut daran, sich darauf zu verlassen, daß das Trägheitssuchgerät ihn an die Stelle führte, wo der Leitstrahl laut Karte gewesen war. Es bedeutete immer eine Erleichterung, nach einem nicht funktionierenden Antwortsender wieder einen funktionierenden zu finden und zu wissen, daß sie immer noch am Weg standen.

Die einzige andere Aufregung lieferten die Geisterfahrer. Obwohl der Sonnenweg offiziell eine Einbahnstraße war, die von Osten nach Westen führte, gab es zwischen zwei Siedlungen, die sich relativ nahe waren, auch ein gewisses Maß an Verkehr von Westen nach Osten. Garrison konnte es den Geisterfahrern eigentlich nicht verargen — sollten sie rings um den Mond fahren, wenn sie nur hundert Kilometer in die andere Richtung wollten? Trotzdem gingen ihm diese Sonnenroller auf die Nerven, die plötzlich hinter einem Krater hochsprangen und da, wo sie gar nicht hätten sein dürfen, genau auf ihn zukamen, wobei jedes einzelne Rad eine Fontäne von Mondstaub hochwarf.

Garrison sah zu dem Indikator hoch, der die lokale Sonnenzeit anzeigte. Wenigstens hier gab es eine gute Nachricht. Sie holten langsam aber sicher auf. Trotz der kurzen Ruhepausen, die sie sich gönnten, hatten sie schon beinahe ihre ganze Verspätung wettgemacht. Im

Augenblick war es nur eine Winzigkeit später als ›Mittag‹. Garrison sah auf sein Armbandgerät. Gleich war Ben wieder an der Reihe. Garrison stellte erfreut fest, daß er sich allmählich an die Geschwindigkeit gewöhnte. Jetzt, am Ende seiner Schicht, war er nur erschöpft, er hatte keinen Gehirnschaden.

Vielleicht würden sie es schaffen.

16. KAPITEL

AN BORD DER *DAWN TREADER*

Cathy saß allein in ihrer Kabine. Sie hatte sich auf ihrem ungemachten Bett zusammengerollt und fühlte sich verzweifelt einsam. Wie gern wäre sie in den Gang hinausgetreten, hätte sich in die Gemeinschaftsräume gewagt, hätte sich jemanden, *irgend jemanden* gesucht, mit dem sie reden konnte. Aber sie ertrug den Gedanken nicht, durch diese Tür zu gehen, nur um auf einen Menschen zu stoßen, der ebenso elend war wie sie. Das wäre schlimmer, viel schlimmer, als mit ihrer Schuld allein zu sein.

Seufzend rieb sie sich die Stirn. Sie kam sich ein bißchen wie Judas vor. Zum großen Teil trug sie die Schuld daran, daß Garrisons Leben, seine Arbeit, seine Karriere zerstört worden waren. Zerstört, ohne daß dadurch irgend etwas gewonnen wurde. Tag für Tag quälte sie sich endlos mit diesem Wissen. Sie wußte nicht, wie sie damit aufhören sollte, und sie wollte die anderen Leute im Schiff nicht in ihre Stimmung hineinziehen. Und deshalb blieb sie allein.

Cathy war aufgefallen, daß jede Person an Bord mehr und mehr Zeit allein verbrachte, aber ihr war nicht klar, daß ihr diese Tatsache hätte Angst einjagen sollen.

Wenn die *Treader* das gewesen wäre, was sie vorspiegelte, ein normales Passagierschiff auf einer typischen langdauernden Fahrt, wäre jemand an Bord gewesen, der darauf geschult war, Warnzeichen zu entdecken. Sogar ein langsamer alter Tramp auf einer ballistischen Route — *vor allem* ein langsames Schiff — mußte wenigstens ein Crew-Mitglied mit einigen psychologischen Kenntnissen haben. Ein langsames Schiff, bei dem Mannschaft und Passagiere monate- oder jahrelang von dem Universum draußen isoliert waren, stellte genau die Art von Fahrzeug dar, das psychologische Überwachung am nötigsten brauchte.

Der Zustand, in dem sich Passagiere und Mannschaft der *Treader* befanden, hätte einen Psych-Offizier ernstlich beunruhigt. Ein Psych-Offizier hätte auf der Stelle Fälle von verzögertem Stress-Schock, Depression, Trennungsangst, sich verstärkenden Tendenzen zur Klaustrophie und ein halbes Dutzend anderer Probleme erkannt. Cathy sah nichts weiter, als daß niemand, den sie sah, glücklich war.

Gott allein wußte, wie Shiro Ishida mit der Situation fertig wurde. Er wagte sich so gut wie nie in die Gemeinschaftsräume hinaus, sondern blieb in seiner Kajüte, umsorgt von seinen Dienern. Cathy gelang es beim besten Willen nicht, sich auszumalen, welche Wirkung die Isolation auf *ihn* haben mochte.

Die Totenstille wurde von einem höflichen Klopfen an der Tür ihrer Kabine unterbrochen. Cathy wand sich innerlich. Es gab nur ganz wenige Menschen, deren Anblick sie zur Zeit ertragen konnte. »Wer ist da?«

»Bradford Choate, Dr. Cleveland«, erklang eine tiefe Baßstimme mit kultivierter Aussprache. »Darf ich ganz kurz reinkommen?«

Cathy stieß einen Seufzer der Erleichterung aus. Bradford war wahrscheinlich die einzige Person an Bord, mit der sie reden wollte. »Ja. Augenblick, bitte.« Sie stand auf, machte einen halbherzigen Versuch, die Decken auf der Koje zu glätten, sah in den Spiegel, strich sich über das Haar und öffnete die Tür. »Treten Sie ein, Mr. Choate.«

Choate kam herein und lächelte auf Cathy herab. Sie fing einen Hauch von Pimentöl auf und lächelte zurück. Der Geruch würde sie immer an ihre erste Begegnung erinnern, als er wie ein übergroßer Strandball durch die Luftschleuse der *Dawn Treader* geschossen kam.

Ohne Zweifel war er massig, aber bei null Ge hatte er dicker gewirkt, als er wirklich war, und Cathy hatte nicht bemerkt, wie groß Choate war, bis das Schiff mit Spin fuhr und sie sich mit den Füßen auf dem Boden gegenüberstanden. Er war mindestens zwei Meter groß.

Seine Größe gereichte ihm zum Vorteil; sie machte seinen Umfang eher eindrucksvoll als komisch. An ihm war nichts Schwabbeliges oder Weiches, nichts von dieser schwächlichen Atemlosigkeit eines Mannes, der erschöpft davon ist, seinen eigenen Körper herumzuhieven. Statt dessen strahlte er Kraft und Solidität aus. Er trug den gleichen leuchtend blauen Anzug wie an dem Tag, als er an Bord gekommen war. Die Farbe stand ihm, sie paßte zu dem durchdringenden Blau seiner Augen.

Seine Wangen begannen mit dem Alter ein bißchen zu hängen, aber das Gesicht bewahrte seinen Charakter, grob ausgehauen und ernst. Seine Augenbrauen waren dicht und buschig und ließen seinen Blick noch direkter erscheinen, als er war. Silberfäden zogen sich durch das früher einmal jettschwarze Haar, aber mochte die Farbe sich auch verändern, es gab noch kein Zeichen, daß der Haaransatz zurückwich. Choate kämmte sich das Haar glatt zurück und hielt es mit einer Pomade an seinem Platz, die vor zwanzig Jahren modern gewesen war.

»Dr. Cleveland«, sagte er, »ich würde gern mit Ihnen über eine recht ernste Sache sprechen. Denn ich halte Sie für einen Menschen, dem ich vertrauen kann.«

Cathy lächelte unsicher. »Natürlich. Ich muß jedoch gestehen, daß ich ein bißchen überrascht bin. Sie kennen mich nicht, und ich weiß gar nichts über Sie. Nicht, woher Sie kommen, und nicht, wieso Sie hier sind.«

»Ich habe Nachforschungen angestellt«, erwiderte Choate, »und ich habe Sie an Bord gesehen, bei den Mahlzeiten und so weiter, ich habe ein paarmal ein paar Worte mit Ihnen gewechselt, ich habe mit den Leuten gesprochen, die Sie aus dem Video-Labor in New York kennen. Nun schmeichele ich mir, Charaktere sehr gut beurteilen zu können, und deshalb glaube ich, daß Sie die Person sind, die ich brauche.«

Cathy schüttelte traurig den Kopf. »Dann können Sie Charaktere sehr schlecht beurteilen, Mr. Choate. Ich bin kein Mensch, dem irgend jemand vertrauen sollte.«

Choate sah sie lange prüfend an. »Ich verstehe«, sagte er endlich. »Darf ich mich setzen?«

»Was? Natürlich.« Cathy trat zurück und ließ sich wieder auf ihrer Koje nieder. Choate klappte einen Sitz aus der Wand ihr gegenüber und brachte seine beträchtlichen Massen darauf unter.

»Dann halten Sie sich selbst für nicht vertrauenswürdig?« fragte er. »Weil Sie auf der Erde von Ishida manipuliert worden sind? Weil Sie Ihre Freunde ausspioniert und geholfen haben, ihre Arbeit zu sabotieren? Weil Sie mit allen möglichen Tricks in eine dumme Lüge hineinmanövriert worden sind, die die Karriere Ihrer Freunde ruiniert hat? Hatte Ishida Ihnen nicht gesagt, das werde helfen, ihre Arbeit zu *retten?*«

Cathy faßte einen Zipfel ihres weiten Pullovers und verknotete ihn. »Ja. Jedenfalls kommt das der Sache sehr nahe. Ich habe Garrison in große Schwierigkeiten gebracht.«

»Sie haben nichts dergleichen getan, Dr. Cleveland«, erklärte Choate mit überraschender Heftigkeit. »Das alles war Ishidas Werk. Er hat Sie benutzt. Wenn jemand anders seiner Meinung nach ein passenderes Werkzeug gewesen wäre, hätte er diese andere Person benutzt. Sie sind ebensowenig schuldig wie die Kugel schuldig ist, weil man sie abgefeuert hat, oder das Gewehr, weil es zugelassen hat, daß man seinen Abzug drückte.«

»Mr. Choate, ich bin ein menschliches Wesen, kein Werkzeug. Ich treffe meine eigenen Entscheidungen. Und ...«

»Ishida kommt es sehr gut zupaß, daß Sie das glauben. Ja, Sie treffen Ihre eigenen Entscheidungen — aber das können Sie nur auf der Grundlage dessen tun, was

Sie wissen und was Sie glauben. Und *diese* Dinge hat Ishida manipuliert. Er beschwor eine Situation herauf — eine ganze Folge von Situationen —, in denen für Sie jeweils nur eine einzige Entscheidung möglich war. Zum Beispiel, als Sie das Feuer gelegt haben — ja, ich weiß darüber Bescheid. Was hat er Ihnen damals erzählt? Er habe Beweise, Garrison wolle die Ergebnisse fälschen und behaupten, es habe den Asteroiden nie gegeben?«

Cathys Augen leuchteten zornig auf. »Das ist richtig. Später sagte er mir, er habe sich geirrt und bedauere meine Tat sehr. Aber natürlich dürfe ich mit niemandem darüber reden, denn dann würde ich ganz bestimmt eingesperrt.«

»Er hat von Anfang bis Ende gelogen und sich auf Ihren Glauben an die menschliche Natur verlassen. Von da an gehörten Sie ihm. Sie waren verbunden durch das gemeinsam begangene Verbrechen. Er brachte Sie durch Tricks dazu, seinen Befehlen zu gehorchen. Das ist die eine Sache, in der er gut ist. Ungeachtet seines ganzen Intellekts, seines kalten Charmes und seiner einschüchternden Blasiertheit weiß er mit all diesen Talenten und Fähigkeiten nichts weiter anzufangen, als andere Menschen dahin zu bringen, daß sie für ihn handeln. Das jedoch versteht er sehr, sehr gut.«

Choate zögerte einen Augenblick lang und fuhr dann fort: »Dazu gehört das Wissen, welchen Typ er benutzen soll. Und Sie waren genau der richtige Typ. Das hört sich wie eine Beleidigung an, ist aber keine.«

Cathy verzog das Gesicht. »Darauf kommt es nicht an. Ich verdiene nichts anderes als Beleidigungen.«

»Unsinn«, widersprach Choate. »Ishida hat Sie benutzt, weil Sie freundlich sind, weil Sie vertrauensvoll sind, weil Sie Anteil an Dingen außerhalb Ihrer eigenen Person nehmen, weil Sie bereit sind, zuzugeben, Sie selbst seien im Unrecht und jemand anders im Recht. Das sind nicht die Eigenschaften eines wertlosen Menschen, der kein Vertrauen verdient.«

Cathy zuckte die Achseln und blickte auf ihre nervös zuckenden Hände hinab. »Ich kann nicht sagen, daß ich Ihnen zustimme. Aber es tut mir trotzdem gut, etwas Nettes über mich zu hören.«

»Dann könnten wir doch einmal davon ausgehen, Sie seien tatsächlich vertrauenswürdig?« Choates Ton hatte eine Andeutung von Neckerei.

Cathy blickte zu ihm auf und konnte nicht anders, sie mußte ihn anlächeln. »Ich denke schon.«

»Dann möchte ich auf den Zweck meines Besuchs zurückkommen«, sagte Choate. »Ich glaube, Sie und ich sind zu dem gleichen Schluß über unseren furchtlosen Führer gekommen — wir trauen ihm nicht, wir mögen ihn nicht, aber wir brauchen ihn und seine Hilfsmittel, um Cornucopia von der Erde fernzuhalten.«

»Sehr gut zusammengefaßt«, meinte Cathy. »Hoffen wir nur, daß in diesen Räumen keine Wanzen verborgen sind.«

Choate erschrak und sah die Wände der Kabine an, als glaube er, die Mikrophone entdecken zu können. »Auf die Idee bin ich gar nicht gekommen.« Er senkte seine Stimme zum Flüstern. »Aber Sie haben recht, das wäre sein Stil.«

»Es sei denn, er ist sich unserer so sicher, daß er sich nicht einmal die Mühe macht«, gab Cathy wütend zurück. Eine Sekunde lang tat es ihr gut, ihrer Situation wegen zornig zu werden. Sie stand auf, zog einen Recorder aus einer Schublade, steckte eine Kassette hinein und schaltete ihn an. Das Finale von Beethovens Fünfter donnerte los. Cathy setzte sich wieder und brachte ihren Kopf dicht an den Choates. »Diese Musik könnte zweimal so laut sein, und ich wäre mit der richtigen Ausrüstung trotzdem fähig, sie in einer Sekunde auszufiltern«, hauchte sie. »Theoretisch mag er uns immer noch deutlich hören können. Aber ich nehme nicht an, daß die Ausrüstung an Bord ist, und wenn doch, könnten weder er noch seine Lakaien damit umgehen. Deshalb sind wir wahrscheinlich sicher. Also, was haben Sie mir zu erzählen?«

»Es ist kompliziert«, warnte Choate. »Vielleicht fange ich am besten damit an, daß ich seit vielen Jahren für CRATER tätig bin. Ich gehörte schon dazu, bevor die Bewegung radikalisiert wurde, bevor Ishida irgend etwas damit zu tun hatte. CRATER war die Abkürzung für ›Citizens for the *Restrictions* of Asteroids in Technological Enterprise Regions‹, also nur für eine *Einschränkung* der Nutzung von Asteroiden. Wir versuchten durchzusetzen, daß der Umgang mit Asteroiden in der Nähe von Planeten und Habitaten unter strengste Kontrolle gestellt wurde. Von den Habitaten erhielten wir eine Menge Unterstützung. Dann kamen die Radikalen, übernahmen die Gruppe und änderten den Namen in ›Citizens for the *Removal* of Asteroids from Technological Enterprise Regions‹. Sie verlangten also, auf allen Asteroiden, wo auch immer, solle der gesamte Abbau eingestellt werden. Nicht leicht durchzuführen und nicht sehr populär, vor allem nicht bei den Bewohnern der Habitate, für die wir tatsächlich Gutes bewirkt hatten. Die Habitate sind natürlich abhängiger von Asteroiden als sonst irgendwer. Von nun an unterstützten sie uns nicht mehr. Vor ein paar Jahren erschien Ishida und wurde zum alleinigen Geldgeber der Organisation. Und seit die Radikalen und Ishida gekommen sind, haben wir buchstäblich nichts mehr erreicht.«

»Das verstehe ich nicht. Wenn sie die Organisation kaputtgemacht haben, warum sind Sie dann dabeigeblieben?« fragte Cathy.

»Weil«, erklärte Bradford Choate, »es keine Alternative gibt. Niemand sonst unternimmt etwas zur Lösung des Problems. Weil mir sehr viel daran liegt, Kontrollen der Nutzung von Asteroiden einzuführen.« Lange Zeit saß er stumm da. Dann sagte er: »Ich stamme ursprünglich aus England.« In seiner tiefen, klangvollen Stimme lag eine Spur nicht eigentlich von Traurigkeit, sondern eher von Nostalgie. »Doch vor Jahren, als ich noch ein junger Mann war, wanderte ich nach High Manchester aus.«

Cathy zog scharf den Atem ein. High Manchester. Plötzlich verstand sie alles, verstand Choate tatsächlich sehr gut. Der Name des verlorenen Habitats war ein Synonym für eine Katastrophe im Raum.

Choate, in Gedanken versunken, bemerkte ihre Reaktion nicht. »High Man war eins der frühesten unabhängigen Habitate, wissen Sie.« Er lächelte kurz. »Wir redeten uns alle den Mund in Fransen, wenn wir Besuchern erläuterten, daß der Ausdruck ›unabhängig‹ nichts mit Politik zu tun habe. Immer dachten sie, es heiße, daß wir weder mit der Erde noch mit den Siedlungswelten verbündet seien. Die wirkliche Bedeutung war jedoch, daß wir *physisch* von keinem Planeten abhängig waren. Das Habitat befand sich weder in einer Umlaufbahn noch an einem Librationspunkt — es war nicht das, was man ein planetares Habitat nennt. Unabhängige Habitate folgen einem freien solaren Orbit und kommen niemals einem Planeten in die Nähe.

Für die Bewohner macht es einen großen Unterschied, ob ihr Habitat planetar oder unabhängig ist. Wie weit sind die Versorgungswege? Wie lange dauert es, bis Notlieferungen ankommen? Haben wir mit planetaren Magnetfeldern und Van-Allen-Gürteln oder mit direkter Sonnenstrahlung zu kämpfen, oder mit beidem? Wird es Unterbrechungen des Sonnenlichtes bei Verfinsterungen durch den Planeten geben? Wie weit entfernt sind wir von den potentiellen Märkten für unsere Produkte?

Setzen Sie sich einmal mit zwei alten Habitat-Ingenieuren zusammen, und sie werden Sie mit solchen Dingen zu Tode langweilen. Es gibt einige ganz wesentliche Konstruktionsunterschiede zwischen einem planetaren und einem unabhängigen Habitat.

High Man ...« Seine Stimme war kaum noch mehr

als ein halbes Flüstern. Bradford Choate lehnte sich zurück und starrte zur Decke hoch. Seine scharfen blauen Augen mußten wohl Dinge sehen, die sehr weit entfernt und sehr lange verloren waren. »High Manchester war im Erd-Orbit gebaut und auf die vorgesehene Bahn geschleppt worden, ein gutes Stück von der Ekliptik entfernt und etwa auf halbem Weg zwischen Erde und Mars. Und wenn ich sage, es war ein unabhängiges Habitat, entspricht das nicht ganz der Wahrheit. Wir hingen doch mit einem Planeten zusammen — wenn auch bloß mit einem ganz kleinen. Wir zogen zu diesem gottverlassenen Orbit hinaus, weil es dort einen Asteroiden, einen Felsbrocken gab. Natürlich hatte er keinen Namen, bevor wir hinkamen. Und wir nannten ihn einfach die Mine.«

Bradford Choates Gesicht verhärtete sich, als versuche er, bestimmte Gedanken zu verbannen. »Die orbitale Dynamik von zwei relativ so kleinen Massen ist recht kompliziert. Theoretisch umkreisten wir die Mine, und theoretisch gab es überhaupt keinen Grund, warum wir dies nicht in einem *sehr* engen Orbit tun sollten. Und es war nur vernünftig, der Mine so nahe wie möglich zu sein — warum sollten wir zwischen Habitat und Mine eine längere Fahrtzeit als notwendig in Kauf nehmen? Außerdem wäre ein größerer Abstand viel unstabiler gewesen.

High Man war ein zwei Kilometer langer Zylinder, und die Mine war ein unförmiger Klumpen von etwa der gleichen Größe, nur natürlich viel dichter — das Habitat war hohl, und die Mine bestand aus massivem Fels. Wir setzten High Man an einen Punkt, der zehn Kilometer von der Mine entfernt war.

Lange Zeit ging alles gut. Jeder sah den Felsen am Himmel als selbstverständlich an. Er war normal, er war nichts, worüber man sich hätte Sorgen machen müssen. In High Manchester lebten rund achthundert Menschen, die Bevölkerungszahl stieg, das Einkommen steigerte sich recht ordentlich. Und dann stieß man auf den Gaseinschluß.«

Die Musik hatte geendet, ohne daß einer von beiden es bemerkt hatte. Obwohl Cathy klar war, daß sie die Kassette von neuem anlaufen lassen sollte, damit ihr Gespräch übertönt wurde, brachte sie es nicht fertig, sich zu bewegen und zu unterbrechen, was Choate zu sagen hatte.

»Die Mine war ein ausgebrannter Komet«, fuhr er fort, »wie es so viele Himmelskörper von Asteroidengröße sind. Kometen sind schmutzige Schneebälle, wie die alte Redensart lautet, und die Mine war im Grunde der Schmutz, der übriggeblieben war, nachdem die Sonnenhitze den ganzen Wasserstoff und die anderen leichten Elemente weggekocht hatte. Aus irgendeinem Grund waren sie jedoch nicht vollständig weggekocht worden. Die erste angenehme Überraschung war die verhältnismäßig hohe Konzentration von Wasserstoff in dem Felsen, den wir abbauten. Wasserstoff ist verdammt nützlich, und wir waren froh, ihn zu bekommen. Doch die Mine hielt eine weitere Überraschung für uns bereit. Tief in ihrem Innern, nahe dem Kern entdeckten wir einen großen Wasserstoffeinschluß, der vor Milliarden Jahren, als die Mine aus dem verdampfenden Kometen gerann, in ihrem gefrorenen Zustand festgehalten worden war. Natürlich war der gefrorene Wasserstoff teilweise abgeschmolzen, aber ein paar Kilometer Fels sind eine gute Isolation und ein guter Druckverschluß. Einiges war ausgesickert — was den hohen Wasserstoff-Anteil überall in dem Asteroiden erklärte. Und unter der Oberfläche hatte sich ein großer Einschluß verunreinigten Wasserstoffs erhalten.

Die Arbeiter benutzten Sauerstoff-Brenner, um sich durch den Stein zu schneiden. Der erste kleine Feuerstoß riß die Sauerstofftanks auf.

Die Mine war in ihrer Struktur ziemlich schwach, und die Hauptexplosion zerfetzte sie vollständig. Bruchstükke flogen mit hoher Geschwindigkeit in alle Richtungen.«

Choate schwieg lange Zeit. »Und High Man war nur zehn Kilometer entfernt. Das Habitat war selbstverständlich so konstruiert, daß es ein paar Meteoriten-Einschläge verkraften konnte. Wir wären vielleicht sogar damit fertiggeworden, wenn zehn oder zwölf große Brocken die Hülle gleichzeitig durchschlagen hätten. Aber auf *Tausende* waren wir nicht vorbereitet. Einige der Fragmente waren so groß wie ein Haus oder noch größer. Groß genug, um katastrophale Verwüstungen anzurichten, tragende Balken zu zerschmettern. Das Habitat rotierte, und als ihm die Stützen fehlten, löste es sich auf und flog auseinander.

Wir waren auf der der Erde entgegengesetzten Seite der Sonne und beinahe ebenso weit vom Mars entfernt. Hilfe konnte uns nicht früher als in ein paar Wochen erreichen. Die meisten Bewohner kamen auf der Stelle ums Leben — auch meine Frau und meine Kinder. Zufällig war ich zur Zeit des Unglücks an Bord einer Fähre. Unser Fahrzeug bekam ein paar Treffer ab, aber wir entgingen größeren Beschädigungen. Wir schafften es, uns mit drei anderen Schiffen zu verbinden, und zusammen überlebten wir so gerade eben, bis die Rettungsmannschaften vom Mars eintrafen. Wir waren neunundzwanzig. Das waren die einzigen Überlebenden.«

Choate rückte auf seinem Sitz herum und faltete die Hände im Schoß. »Sie verstehen jetzt, warum ich eigene Gründe habe, Asteroiden zu fürchten, die sich zu nahe an einem Habitat befinden, von einer bewohnten Welt ganz zu schweigen. Aber meine Kenntnisse, meine Einsicht sagen mir, daß man nicht alle Brücken abreißen darf, weil eine Brücke eingestürzt ist. Statt dessen baut man sicherere Brücken. CRATER dagegen will das Unmögliche vollbringen und den Asteroiden-Abbau ganz und gar abschaffen. Das würde mehr Menschen töten als damals die Explosion der Mine.

Nur ein Beispiel: Sehr viele Menschen hängen für ihr tägliches Leben von Asteroiden-Produkten ab. Ihre Nahrung ist auf Boden gewachsen und mit Substraten gedüngt, die aus Asteroiden-Materie bestehen. Und ganz gleich, wie nahe man dem Ziel kommt, die Habitate mit geschlossenen Ökologien zu versehen, die zunehmende Bevölkerung wird es weiterhin erforderlich machen, daß jedes Jahr mehr Stickstoff, Kohlenstoff, Sauerstoff und Wasserstoff, die aus Asteroiden gewonnen sind, herbeigebracht werden. Gar nicht erst zu erwähnen brauche ich, daß alle ihre für Export und Handel hergestellten Waren aus Asteroiden-Materie gemacht sind.«

Cathy winkte ab und lächelte schwach. »Ersparen Sie mir die Einzelheiten. Ich verstehe das alles.«

Choate blickte überrascht drein und mußte selbst lächeln. »Verzeihen Sie mir. Ich bin zu sehr daran gewöhnt, Leuten, die es *nicht* verstehen, Erklärungen zu geben.«

Cathy dachte nach. Ihre nächsten Worte wählte sie sorgfältig. »Wenn Sie mit CRATERs Zielen nicht einverstanden sind und wenn das, was CRATER tut, sowieso unmöglich ist — warum sind Sie dann hier?«

»Um Ishida zu helfen, das zu tun, was er behauptet, tun zu wollen — und um ihn daran zu hindern, das zu tun, was er *wirklich* tun will.« Choate zögerte und lehnte sich ganz zu Cathy hinüber. Ernst flüsterte er ihr ins Ohr: »Ich glaube nicht, daß er nichts weiter vorhat, als Cornucopia aus der Bahn der Erde herauszuhalten. Ich glaube, er will den Asteroiden für sich selbst stehlen.«

Er stand abrupt auf, als habe seine eigene Erklärung ihn erschreckt, und ging ohne ein weiteres Wort zur Tür hinaus.

17. KAPITEL

MOND, SONNENWEG, OSTSEKTOR

Ben, der bis zum äußersten erschöpft war und das Gefühl hatte, sein gesamter Blutvorrat sei durch Koffein ersetzt worden, bemerkte es kaum, daß zwei oder drei Nebenspuren auf den Hauptweg einmündeten und sich der rauhe Pfad in eine legitime, vielbenutzte Piste verwandelte. Die Fahrt war zu lang und zu ermüdend gewesen, als daß er so etwas noch registriert hätte. Der Mangel an Schlaf hatte die meisten seiner höheren Funktionen ausgebrannt. So ungefähr die einzigen Teile seines Gehirns, die noch arbeiteten, waren diejenigen, die den verdammten Roller steuerten, automatische Reaktionen und Reflexe, sonst nicht.

Doch selbst in diesem Zustand konnte die erste Anzeigentafel auf tausend Kilometer nicht umhin, seinen Blick einzufangen. Schließlich war sie schwer zu übersehen, auch wenn sie einen halben Kilometer links und noch in ziemlich weiter Ferne stand. Nach Tausenden Kilometern Fels, Fels und nochmals Fels in allen seinen Myriaden Formen wurde das Auge natürlich auf ein schimmernd weißes, perfektes Rechteck gelenkt, ein erfreuliches, tröstlicherweise von Menschenhand gemachtes Ding in der endlosen Wildnis, ein Zeichen menschlicher Besiedelung und Zivilisation.

Natürlich schadete es nicht, daß das Ding fünfzig Meter hoch und hundert breit war. Ben zog das Fernglas hervor und betrachtete es mit müden Augen.

ERDAUFGANGSSTATION
FÜNFZIG KM
ESSEN BETTEN DUSCHEN REPARATUREN

verkündete es. Sehr ermutigt beschleunigte Ben und fuhr eilends der verheißenen Oase zu.

Vielleicht fünf Kilometer weiter bemerkte er etwas Seltsames am Rand seines Gesichtsfeldes. In einem halben Kilometer Abstand lief eine gerade Linie parallel zu seinem Kurs. Anfangs hielt er sie für einen langen Grat, den es zu vermeiden galt — dann fiel ihm plötzlich auf, daß sie genau an der großen Anzeigentafel endete. Er besah sich den ›Grat‹ durch das Fernglas und stieß einen Freudenschrei aus. Das war eine *Straße,* eine richtige, ehrliche, nachweisbare, befestigte *Straße,* gerade wie mit dem Lineal gezogen. Sie sah nach Vakuum-Beton aus, der weiß in der Sonne leuchtete.

Ben riß das Steuerrad hart herum und hielt darauf zu. Fünf Minuten später rollte die *R & R* über eine glatte Straßendecke.

Es war ein unglaubliches Gefühl. Das Klappern und Klirren, das knochenbrechende, nervenzerfetzende Holpern verschwanden, als habe es das nie gegeben. Die ganze scheußliche Kakophonie verklang, wurde von schwachen, beruhigenden mechanischen Geräuschen ersetzt, von denen Ben noch gar nicht gewußt hatte, daß sie da waren. Das Schnurren der Antriebsmotoren übertrug sich durch das Chassis und füllte den Druckzylinder mit einem sanften Summen, der Ventilator zischte leise. Zum erstenmal, seit sie die Thermalkuppel der Zentralkolonie verlassen hatten, befanden sie sich in der *R & R* an einem ruhigen, friedlichen Ort.

Die Abwesenheit von Lärm weckte Garrison, ein Beweis, wie drastisch die Veränderung war. Garrison setzte sich hoch und mühte sich wie üblich mit seinem Brustgurt ab. »Was ist los?« fragte er. »Haben wir angehalten?«

»Von wegen! Wir fahren mit fünfzig!« lachte Ben. »Wirf einmal einen Blick aus dem Fenster.«

Garrison tat es. »Ich will verdammt sein!« entfuhr es ihm. »Eine *Straße!* Wo ist die denn hergekommen?«

»Eigentümer und Geschäftsleitung der Erdaufgangsstation dachten sicher, sie sei gut für das Geschäft.«

»Wenn sie so dachten, dachten sie richtig. Und wie weit sind *wir* noch von der Erdaufgangsstation entfernt?«

»Keine vierzig Kilometer mehr.«

Garrison grinste. Die Erdaufgangsstation lag beinahe genau auf halbem Weg zwischen der Zentralkolonie und der Rückseiten-Station, und sie hatten nur sechs Tage gebraucht, um hinzugelangen. Zugegeben, sechs der längsten, unerfreulichsten, strapaziösesten Tage seines Lebens. Immerhin waren sie eher hier als nach dem Zeitplan. »Ben, ich finde, wir haben uns eine Pause in der Erdaufgangsstation verdient. Fahre uns hin.«

Ben nickte begeistert. »Du liest meine Gedanken, Junge.« Er beschleunigte. Es mußte noch ein kleines bißchen Geschwindigkeit da sein, das er aus der *R & R* herausquetschen konnte.

Fünfundvierzig Minuten später folgte Ben der Straße einen letzten Kraterwall hinauf und hielt oben an. Unter ihnen breitete sich im Mittelpunkt des Kraters die Erdaufgangsstation aus. Der Name mochte unangemessen romantisch und beziehungsvoll für so einen zusammengestoppelten, baufälligen Vorposten am Rand des Nichts sein. Aber nicht für Ben. Er sah sich die paar halb im Boden vergrabenen Hütten, das rauhe Landefeld und das wackelige Versandlager, die die Station ausmachten, lange an. Noch nie in seinem Leben hatte er etwas Schöneres erblickt.

Ben schaltete einen niedrigen Gang ein und fuhr vorsichtig den steilen Hang hinunter. Es war für die Verhältnisse auf dem Mond ein bescheidener Krater mit nur zehn oder zwölf Kilometern Durchmesser. Die gepflasterte Straße führte genau hindurch; sie lief von der einen Seite der Station bis zur anderen. Ben rollte in den Mittelpunkt der Stadt, wenn sich dieser Ausdruck anwenden läßt, und lenkte neben einer der größeren Druckhütten von der Straße hinunter.

Sie schalteten den Roller zurück und arbeiteten dabei langsam und sorgfältig, so sehr sie sich auch wünschten, aus der *Rock & Roll* hinauszukommen. Dann stiegen sie in ihre Druckanzüge und überprüften alle Verschlüsse am Anzug des anderen. Das waren keine idiotensicheren Leih-Modelle, sondern gebrauchte Anzüge, ein Gelegenheitskauf. Ben und Garrison hatten sie in der Thermalkuppel der Zentralkolonie ausprobiert — aber es war trotzdem eine Sache des Glaubens, wenn man sich auf einen gebrauchten Anzug verließ. Garrison war entschlossen, dem Schicksal so wenig wie möglich zu vertrauen.

»Okay, hör zu«, sagte er zu Ben, sobald sie angezogen waren. »Wir gehen nach draußen, und das tun wir so vorsichtig wie möglich. Ich möchte die Kollektoren des Reservespeichers soviel Energie aufnehmen lassen, wie sie können, während wir in der Erdaufgangsstation sind. Wir müssen die *Rock & Roll* zurückschalten, um das Maximum an Ladung zu bekommen.« Die Kollektoren waren Supraleiter, fähig, ein gewaltiges Maß an Energie zu speichern. Auf dem Mond galt der Grundsatz, sie jederzeit bis zum Überlaufen aufgeladen zu halten. Solarzellenbatterien versagen bekanntlich zuweilen, und dann mochte der Reisende jedes Erg gespeicherter Energie brauchen. »Das bedeutet, wir müssen die Luft aus dem Roller lassen, damit wir keine Energie für das Lebenserhaltungssystem verschwenden. Aber das können wir nicht gleich tun, denn ich möchte drinnen auf dem Sprung stehen, dich hereinzuholen, falls du Schwierigkeiten bekommst. Also, du gehst als erster durch die Schleuse. Bist du draußen, drücke ich in der gleichen Sekunde den Knopf für die Schnell-Entlüftung und betrete die Schleuse meinerseits. Ich werde direkt hinter dir sein, bereit, dich zu packen, wenn irgend etwas schiefgeht. Selbst wenn dein Anzug ganz versagt, werde ich dich wieder drinnen haben, bevor du zu Schaden kommst. Habe ich mich aber überzeugt, daß du okay bist, fange ich an, den Roller zurückzuschalten und zu entlüften. Wenn ich damit fertig bin, komme ich zu dir nach draußen.«

Ben nickte ein bißchen nervös. Garrisons Stimme klang dünn und blechern durch den alten Lautsprecher des Druckanzugs. »Unsere Anzüge sind vom Trödler, deshalb müssen wir vorsichtig mit ihnen sein«, fuhr Garrison fort. »Laß dir Zeit mit dem Entlüften bis zum Vakuum. Ich möchte, daß du volle fünf Minuten in der Schleuse stehenbleibst und den Luftdruckanzeiger deines Anzugs beobachtest, bevor du die äußere Tür öffnest. Du mußt unbedingt jedes einzelne Gelenk beugen, während du wartest. Besser, sie brechen in der Schleuse als draußen im Freien. Wenn du einen Druckverlust feststellst, und sei er noch so geringfügig, laß wieder Luft in die Schleuse und komm zurück. Komm zurück, wenn du auch nur *meinst,* du hättest den Druck sinken gesehen. Rede dir nicht ein, das sei nichts oder es sei nichts weiter als ein winziges Löchlein, das du ignorieren kannst, weil wir ja nicht weit laufen werden. Lecks werden größer, nicht kleiner. Manchmal werden sie sehr schnell größer. Ich werde über das Funkgerät zuhören.«

Ben wollte sich schon dagegen verwahren, wie ein Kind behandelt zu werden, doch er überlegte es sich und hielt den Mund. Mit den Vorsichtsmaßnahmen war er ja durchaus einverstanden. Alles, was Garrison sagte, war richtig, vernünftig, besonnen. Ihm fiel etwas ein, das Garrison früher einmal gesagt hatte. »Nicht alle Mondkolonisten sind paranoid — nur die lebendigen.« Ben trat in die Schleuse und schloß die innere Tür. Wenn er begann, auf diese Weise zu denken, wurde vielleicht doch noch ein Kolonist aus ihm.

Die winzige Schleuse konnte eine Person in einem Druckanzug oder in einem Notfall auch zwei aufnehmen, wenn ihnen die Enge nichts ausmachte. Ben vergewisserte sich ein zweites Mal, daß die innere Tür geschlossen war. Dann drehte er den Kontrollknopf auf *langsame Entlüftung* und wartete, daß die Luftpumpen ihre Arbeit taten.

Als die Luft die Schleuse verließ, versteifte sich sein Anzug. Die Kontrollventile im Rucksack des Anzugs traten mit einem leisen Knall und einem dünnen Zischen in Aktion. Eine Minute lang war Ben unruhig, bis er sich erinnerte, was das bedeutete. Wenn die Luft aus der Schleuse entfernt wurde, dehnte sich der Anzug natürlich ein bißchen aus. Der verringerte Außendruck ließ ihn anschwellen. Mit der gleichen Luftmenge in einem größer gewordenen Innenraum fiel der Druck geringfügig. Die automatischen Kontrollen des Anzugs pumpten ein wenig Luft herein, um das auszugleichen. Eine ganz normale Erscheinung.

Die Luftdruckanzeige der Schleuse fiel auf 0000,01 Millibar und blieb dort stehen. Ein Hunderttausendstel einer Atmosphäre war das beste Vakuum, das die alten Pumpen herstellen konnten, und es sollte gut genug sein. Ben sah auf die Uhr, die auf den Anzugärmel genäht war. Fünf Minuten. Er begann, seine Arme vor- und zurückzuschwingen, die Knie zu beugen und sich zu verrenken, so gut das in der Enge ging.

Es war nicht leicht, sich so zu winden und gleichzeitig den altmodischen Druckmesser auf der Brust im Auge zu behalten. Ben tat sein Bestes — und erschrak von neuem über die Ergebnisse. Der Zeiger sprang wie wild auf und ab. Der Anzug spielte verrückt! Besser, er kehrte sofort ins Innere zurück. Bens Hand lag bereits auf den Pumpenkontrollen. Doch er hielt inne und dachte eine Sekunde lang nach.

Natürlich sprang der Zeiger! Jedes Mal, wenn er einen Muskel bewegte, bog und drehte er den Anzug und veränderte so sein Volumen. Außerdem heizten seine körperlichen Übungen den Anzug auf — und Wärme beeinflußt den Luftdruck. Was blieb dem Luftdruck anderes übrig, als sich zu verändern? Ben stand still und beobachtete weiter die Druckanzeige. Felsenfest. Er bog den Anzug heftig, hörte auf, sah auf die Druckanzeige und wiederholte das noch zweimal.

Keine Veränderung des Druckes. Ben stellte fest, daß ihm schon von diesen leichten Übungen der Schweiß ausgebrochen war. Auf dem Mond konnte man die Kondition rasch verlieren. Er sah auf die Uhr. Die fünf Minuten waren um. Nervös ballte er die Hand zur Faust und lockerte sie wieder. Dann öffnete er die äußere Tür.

Sich mit übertriebener Vorsicht bewegend, stieg er bis auf die letzte Sprosse der Leiter einen Meter über der Oberfläche hinunter. Behutsam ließ er die Füße sinken und benutzte die Arme, um sich auf den Boden zu hanteln.

Zum erstenmal in seinem Leben stand Ben auf der offenen Oberfläche des Mondes ohne äußere Barrieren zwischen seinem Anzug und dieser öden, wilden Welt. Dies war keine geschlossene Schleuse, in die mit einer Notschaltung wieder Luft eingepumpt werden konnte, wenn irgend etwas schiefging. Über ihm hing kein Sonnenschild, es gab keine Thermalschleuse, die die Temperatur konstant hielt, kein Pflaster unter seinen Füßen. Dies war echt. Dies war der Mond.

Ben hätte Angst haben müssen. Zwischen ihm und dem Tod lag nichts weiter als ein paar Schichten Stoff, eine zerbrechliche Blase aus transparentem Plastik als Helm, eine Kollektion kleiner Pumpen und dünner Schläuche, die ihn atmen ließen. Er führte die im Handschuh steckende Hand an den Helm. Das Gefühl war schon sehr seltsam, daß nichts, buchstäblich nichts zwischen Helm und Handschuh war. Ben trug ein kleines und unvollständiges Abbild von Mutter Erdes schützendem Habitat auf dem Rücken — aber zwischen seinem Gesicht und seiner Hand lag eine andere Welt, die ureigene Landschaft des Mondes. Ben konnte niemals wirklich ein Teil dieser Welt werden, konnte sie niemals wirklich erleben, falls er dies nicht im Akt des Sterbens tat. Er hielt die Hand vor das Gesicht und tippte mit einem Finger gegen die Plastikscheibe. Er hörte das leise *Ping, Ping* innerhalb des Helms, wußte jedoch, daß es in seiner Umgebung überhaupt kein Geräusch gab. Dies war ein fremder Ort — und dann sagte er sich, daß *er* hier fremd war. Alles Leben war hier fremd.

Ben drehte sich um und sah durch das kleine Bullauge in die Schleuse der *R & R* zurück. Garrison stand darin und beobachtete jede Bewegung Bens. Bens Funkgerät war eingeschaltet, aber ihm war nicht nach Reden zumute. Er winkte Garrison zu, und Garrison winkte zurück.

Ben ging ein paar Schritte, sah sich die trostlose Landschaft an, hielt den Rücken den Hütten und Gebäuden der Station zugekehrt. Er senkte die Sonnenblende seines Helms, um die Helligkeit zu mildern.

Die nackte Sonne schien genau senkrecht herab, außerhalb des begrenzten Sichtfeldes, das ihm das Helmvisier ließ. Trotzdem warf sie ein schmerzend helles Licht auf den Kraterboden. Wenn die Sonne ihren höchsten Punkt am Himmel erreicht hatte, gab es beinahe keine Schatten, und der ganze Kraterboden, scheinbar vollkommen flach und konturlos, briet in dem intensiven, ungefilterten Sonnenlicht. Die Kraterwände umgaben die leere Ebene als ein Klippenring, der irgendwie die Leere drinnen- und die samtene Dunkelheit des Himmels draußenhielt.

Über dem Ort lag eine traurige Schönheit, das stumme Leid einer unvollendeten, verarmten Welt, die geduldig ihr schicksalhaftes Versagen ertrug. Diese kleine Welt, dachte Ben, die so perfekt in genau der richtigen Entfernung von der Sonne lag, hätte leben *können.* Wäre sie nur ein bißchen größer gewesen, hätte der Protomond nur ein bißchen mehr Masse, ein bißchen mehr Wasser gesammelt, hätte er seine anfängliche Atmosphäre behalten und entwickelt, statt sie an den gleichgültigen Raum zu verlieren — dann *hätte* diese Welt gelebt.

Es hätte hier Leben geben *sollen* — Wasser, Luft, Wolken, Wind. Die Krater hätten vom Regen gesänftigt und weggewaschen sein sollen, der Boden hätte Bäume und Blumen sprießen lassen sollen. Die vertrauten Dinge der Heimatwelt gehörten hierher. Und doch hätte sich das Leben hier von dem auf der Erde gewaltig unterschieden. Die geringere Schwerkraft, die monatelangen Tage — was für wundersame Geschöpfe hätten sich hier entwickelt?

Die leblose, graue Mondlandschaft sprach zu Ben in einer Sprache, die er nicht erklären konnte, obwohl er sie vollkommen verstand. Diese einsame, leere, öde Welt war ein Invalide, schwer verwundet von zahllosen Unfällen und Katastrophen in den vier Milliarden Jahren ihrer Existenz. Erst jetzt, in diesen letzten Tagen war endlich das Leben zu ihr gekommen. Auf der Heimatwelt war die Menschheit der Zerstörer des Lebens gewesen. Noch heute akzeptierten auf der Erde viele nicht, daß die Menschheit der Verwalter, nicht der Herr alles dessen, was sie schaute, sein mußte.

Dort auf der Heimatwelt hatte die Menschheit eine endlose Schuld zu begleichen, Buße bis ans Ende der Zeit zu tun. Der angerichtete Schaden konnte niemals ganz wiedergutgemacht werden, doch der haushälterische Umgang mit den Schätzen der Erde, die Fürsorge, die Pflege, die Forschung mußten weitergehen.

Hier auf dem Mond gab es keine Schuld — aber eine Pflicht. Als Verwalter des Lebens schuldete die Menschheit sowohl der leblosen Welt als auch dem Leben selbst die Chance zu wachsen. Zum erstenmal konnte Ben die Leidenschaft der Kolonisten für ihre Gärten, ihre Blumen, ihre Tiere verstehen. Diese leere Welt *brauchte* das Leben, ersehnte es nach vier Milliarden Jahren Einsamkeit.

Ben ging ein Stückchen weiter, drehte sich nach

Osten und sah an dem Kraterwall entlang. Er erstarrte vor Staunen und Ehrfurcht.

Fünf Minuten später fand ihn Garrison dort, wie er stocksteif dastand und zum östlichen Himmel hochblickte. Zuerst war Garrison besorgt und eilte auf seinen Freund zu — bis er zufällig in die Richtung sah, der Ben sich zugewandt hatte. Garrison hielt den Atem an und starrte nun ebenfalls, überwältigt von dem Anblick.

Die Erde hängt nicht unbeweglich am Mondhimmel, wie allgemein angenommen wird. Das täte sie nur dann, wenn der Mond sich in einem perfekten Kreis um den genauen Mittelpunkt der Erde drehen und die Erde deshalb in Relation zu ihrem Satelliten stillstehen würde, aber so funktioniert der orbitale Mechanismus nicht.

Der Mond reist auf einer elliptischen Bahn um die Erde. Wenn er der Erde am nächsten ist, bewegt er sich schneller, und wenn er weiter weg ist, bewegt er sich langsamer. Auch rotiert der Mond um seine eigene Achse, wobei ein lunarer ›Tag‹ genauso lang ist wie eine Umkreisung der Erde. Da die Geschwindigkeit des Mondes auf seinem Kurs variiert, während die Geschwindigkeit der Rotation konstant ist, sind die beiden Bewegungen nicht Augenblick für Augenblick genau aufeinander abgestimmt, sondern nur im Durchschnitt und über längere Zeit.

Die orbitale Bewegung der Erde bleibt am Apogäum hinter der Rotationsgeschwindigkeit zurück, holt dann auf und gewinnt am Perigäum ein bißchen Vorsprung, bevor sie wieder langsamer wird, wenn der Mond von neuem dem Apogäum zusteuert. Und so geht es in einem endlosen Zyklus immer wieder von vorn.

Vom Mond aus gesehen, erscheint dieses Zusammenspiel als ein leichtes Schwanken der Erde am Himmel.

Von den meisten Stellen auf der Vorderseite ist diese Bewegung so gering, daß man sie gar nicht bemerkt.

Anders ist es auf der Linie, die die Vorderseite von der Rückseite trennt. In der Erdaufgangsstation, direkt auf dieser Linie, sahen Garrison und Ben die Erde blau, schön, zerbrechlich und vollkommen über dem östlichen Horizont hängen. Während des Monats, den der Mond braucht, um sie zu umkreisen, würde sie über den Kraterrand lugen, langsam aufsteigen, sich dabei jeden Tag um ihre eigene Achse drehen, langsam wieder unter dem Rand der Welt versinken und für zwei Wochen außer Sicht geraten.

Die Erde war halb. Sie balancierte auf der Kraterwand; die von der Sonne beleuchtete Hälfte lag oben, über der verdunkelten Nachtseite. Die Nachtseite war nicht völlig schwarz, sondern im Licht der Städte und in den Widerspiegelungen von Mond- und Sternenlicht auf Wolken sichtbar. Viermal so groß wie der Vollmond und viel heller, thronte die schimmernde Welt über dem messerscharfen Horizont. Die Lebendigkeit der Erde, ihr Leuchten, die wirbelnden Wolken, das wechselnde Wetter, alles trug dazu bei, die öde Mondlandschaft umso lebloser zu machen. Der Kontrast mußte jedem Betrachter deutlich machen, eine wie große Kostbarkeit die Erde ist.

Ben und Garrison blieben vielleicht eine Minute, vielleicht eine Stunde lang in den schmerzhaft schönen Anblick versunken. Es kam nicht darauf an, wie lange es dauerte, denn das Bild würde immer bei ihnen bleiben, so zeitlos, so fortdauernd, so zerbrechlich wie die blau und weiße Vision vor ihnen.

Da ist sie, dachte Garrison. Die Welt, die gegen Cornucopia zu verteidigen er geschworen hatte. Der Anblick der Erde, die friedlich durch den Himmel schwamm, gab ihm die Gewißheit, daß er nicht verrückt war. Es spielte keine Rolle, ob die Gefahr, die ihr drohte, noch Jahrhunderte entfernt war, ob kein anderer Mensch sie erkannte, ob kein anderer Mensch daran glaubte oder sich Gedanken darüber machte. All das war unwichtig.

Er würde die Erde verteidigen.

18. KAPITEL

Endlich kehrten Ben und Garrison dem Anblick widerstrebend den Rücken. An dem Roller vorbei gingen sie auf die Siedlung zu.

Beinahe kam es ihnen wie eine Sünde vor, sich von dem herrlichen Bild der Erde am Horizont abzuwenden. Dieses Wunder zurückzulassen, um sich einem Ort wie der Erdaufgangsstation zuzuwenden, war geradezu eine Blasphemie. Wenn die Aussicht *von* der Station erhaben war, so war die Station selbst lächerlich.

Ihr Umkreis glich mehr einem Schrottplatz als einer Siedlung. Halb demontierte Roller verschiedener Baujahre lagen herum, viele von ihnen so verändert, daß sie kaum noch zu erkennen waren. Über einigen hatte man tragbare Sonnenschilde montiert, aber es war unmöglich zu sagen, welche der Roller repariert werden sollten, welche ausgeschlachtet wurden und welche einfach aufgegeben worden waren. Ben und Garrison wanderten durch das Feld und sahen sich den merkwürdigen Abfall an. Kleinere Maschinen von ungewissem Verwendungszweck und nicht zu identifizierende Stücke und Teile von allen möglichen Geräten waren über den staubigen Boden verstreut. Hier und da hatte wohl jemand einen halbherzigen Versuch gemacht, den Schrott zu sortieren und ähnliche Teile in Haufen aufzuschichten. Die Bemühungen waren offensichtlich nicht sehr weit gediehen.

»Ben!« rief Garrison. »Komm und sieh dir das an!«

Ben mußte erst Umschau halten, bevor er Garrison lokalisieren konnte — das Helmradio gab keinen Hinweis darauf, aus welcher Richtung eine Stimme kam, nicht einmal, wie weit weg sie war. Schließlich drehte er sich einmal ganz um sich selbst und sah Garrison in mittlerer Entfernung damit beschäftigt, einen Frachtroller zu untersuchen, der dreimal so groß wie die *R & R* war.

Unbeholfen in dem plumpen Anzug, ging Ben zu seinem Freund hin. »Was ist das?«

Garrison zeigte auf das große Fahrzeug. »Sieh mal, was es geladen hat.«

Ben betrachtete den Frachtroller. Anders als die *R & R* nahm der Druckzylinder nur den vorderen Teil des Fahrgestells ein. Die hinteren drei Viertel waren eine dem Vakuum offene Ladefläche mit sorgfältig festgebundenen Gegenständen.

Ben betrachtete diese Gegenstände, und plötzlich erkannte er sie. Die Konstruktion war in den Einzelheiten ein bißchen anders, aber die Familienähnlichkeit war vorhanden. Es war eine Tiefbohrausrüstung wie die, die sie vor ein paar Wochen und einer Million Jahren auf Hrisey, Island, benutzt hatten. »Wonach, zum Teufel, kann man denn hier bohren?« fragte Ben.

»Praktisch nach allem. Vergiß nicht, unsere Tiefbohrgeräte auf Island waren eine Weiterentwicklung von denen, die wir auf dem Mond hatten«, antwortete Garrison »Viele wertvolle Elemente und Stoffe sind in der äußeren Kruste des Mondes selten oder fehlen völlig. Es gibt sie auf dem Mond, aber nur viel tiefer unten. Man bekommt sie, indem man bohrt, und zwar viel tiefer als wir auf Hrisey. Erst schafft man ein Bohrloch, dann mit hitzeverstärkten Atombomben eine Unterblase. Das zerstört das Bohrloch natürlich, deshalb bohrt man wieder und schickt Robotmaschinen den neuen Schacht hinunter, die die Unterblase aushöhlen.

Manchmal kann man durch Messungen von Masse und Schwerkraft einen alten Asteroiden oder einen kohlenstoffreichen Kometen orten, der sich beim Aufschlag eingegraben hat. Das sind die lohnendsten Objekte: Sie liefern Metalle, Kohlenstoff oder sogar Wasserstoff in verschiedenen Verbindungen. Aber darum geht es gar nicht. Sieh dir an, wie die Fracht beschriftet ist.«

Ben grinste. »Na, so was. ›An: Lagerhalle der Rückseiten-Station.‹ Vielleicht gibt es doch Arbeit für die Geologie-Abteilung der Rückseite.«

Garrison schlug Ben auf den Rücken, so gut es mit einem klobigen Handschuh und einem schweren Anzug ging. »Komm, gehen wir hinein und hören wir uns um, was es mit dieser Ladung auf sich hat.«

Sie gingen auf die größte der halb im Boden vergrabenen Hütten im Zentrum der Station zu. Das eine Ende des langen, schmalen Gebäudes war mit einer Luftschleuse ausgestattet. An der Außenseite stand zu lesen:

WILLKOMMEN IN DER ERDAUFGANGSSTATION
BAR & GRILL
WIR BRAUEN UNSER EIGENES BIER
ALLE ALKOHOLISCHEN GETRENKE WERDEN SELBST DESTILLIERT
ES GIBT DAS BESTE ESSEN DER WELT (LUNA)
FAMILIENHOTELL — GÜNSTIGE PREISE
LUKSURIÖSE ZIMMER EINSCHL. MATRATZE DECKE KISSEN

Luxus, sagte sich Ben, war relativ — und Grammatik und Rechtschreibung anscheinend auch. Die Idee, daß eine Matratze in einem Hotelzimmer einen besonderen Service darstellte, kam ihm als deutlicher Hinweis auf den Vorposten-Charakter vor. Natürlich waren eine weiche Matratze und ein Kissen auf dem Mond nicht unbedingt notwendig. Auch eine steinharte Oberfläche ist bequem genug, wenn der Schläfer nur mit einem Sechstel des Gewichts, das er auf der Erde hat, darauf niedergedrückt wird. In der Praxis wünschen sich die Leute jedoch ihre vertraute Behaglichkeit.

Ben folgte Garrison in die Schleuse, und sie machten die Prozedur gemeinsam durch. Luft wurde hineingepumpt, und ihre Anzüge fielen ein bißchen in sich zusammen. Garrison öffnete die innere Tür, und sie traten in einen langen Raum mit niedriger Decke.

Es war ein sehr merkwürdiger Raum. Von vorn nach

hinten betrachtet, kombinierte er die Funktionen einer Gastwirtschaft, einer Reparaturwerkstatt und einer Hotel-Rezeption. Eine lange hüfthohe Theke lief an der rechten Seite entlang. Die Wand dahinter zeigte, was hinter jedem Abschnitt der Theke vor sich ging. Im ersten Abschnitt war sie mit Flaschen bedeckt, im zweiten mit Werkzeugen und Behältern voller Ersatzteile und im letzten mit — zumeist leeren — Postfächern.

Die linke Seite des einen großen Raums nahmen Tische und ein wackeliges Gestell für Druckanzüge ein. Am hinteren Ende stand eine große, in den Fußboden eingelassene Luke offen. Der obere Teil einer Leiter ragte daraus hervor, und Ben vermutete richtig, sie führe zu Tunneln, die den Raum mit den übrigen Gebäuden und dem unter der Oberfläche angelegten Teil der Station verbanden. Die unvermeidlichen Massen an Vegetation — hauptsächlich Spinnenpflanzen — hingen aus Töpfen an der Wand. Überall, wo ein Plätzchen frei war, hatte man Kübel aufgestellt, aus denen übergroße dekorative Palmen ragten. Kletterefeu, schon beinahe außer Kontrolle geraten, besetzte jede freie Wand, die er finden konnte. In Anbetracht der matten Beleuchtung und der raucherfüllten Luft sah das Grünzeug bemerkenswert gesund aus.

Eine dunkelhäutige, schwergebaute Frau mit einem geflochtenen Dutt auf dem Kopf, über den sie Kopfhörer geklemmt hatte, schoß zwischen dem Bar- und dem Reparatur-Abschnitt der Theke hin und her und bemühte sich, mehrere Dinge gleichzeitig zu tun: Einer geräuschvollen Gruppe von Gästen Getränke zu servieren, mit einem unsichtbaren Gesprächspartner über den Kopfhörer zu streiten und an den Teilen eines zerbrochenen Geräts zu arbeiten, die auf dem mittleren Abschnitt der langen Theke ausgebreitet lagen.

Unter den Gästen liefen zwei oder drei hitzige Diskussionen ab, die Wirtin tat ihr Bestes, sich an ihrem Ende der telefonischen Debatte zu behaupten, und ein

Lautsprecher plärrte eine unkenntliche Musik heraus. Ganz am Ende des Raums, hinter dem Hotel-Teil der Theke, saß ein dünner, blasser junger Mann fest schlafend aufrecht auf einem Stuhl.

Den Ehrenplatz an der Wand, die der Luftschleuse gegenüberlag, nahm ein großes Porträt eines ernstblikkenden älteren Mannes in einer Operetten-Uniform ein. Auf einem Tisch vor dem Gemälde flackerte eine Kerze in der rauchgeschwängerten Luft.

Ben sah Garrison an, und Garrison sah Ben an. Abgesehen davon nahm keiner der Anwesenden auch nur Notiz von den Neuankömmlingen.

Ben öffnete seinen Helm und rümpfte sofort angewidert die Nase. Hier stank es, es gab mehr Gerüche, als er identifizieren konnte. Schaler Tabakrauch, gutes, starkes Stew beim Kochen, ein Hauch Marihuana, Lachen von verschüttetem Bier und Schnaps, ungewaschene menschliche Körper, ausgebrannte Elektromotoren, frischer Kaffee, gekochter Kohl, eine Katzentoilette, bei der dringend der Sand gewechselt werden mußte, der lehmige, stechende Geruch nach Erde und frischgeschnittenem Efeu. Andere, schwächere Spuren, die man, überwältigt von all dieser Konkurrenz, nicht zu bestimmen vermochte, hielten sich im Hintergrund. Ben hustete, nieste, atmete unwillkürlich wieder ein — und stellte zu seiner Überraschung fest, daß der Gestank nicht ganz so schlimm war, wie er vermutet hatte. Er schnüffelte noch einmal vorsichtig, und noch während er die Luft einsog, verflüchtigten sich die Gerüche.

Das hätte ihn nicht überraschen dürfen. Nachdem er die letzte Woche in der überfilterten Luft der *Rock & Roll* und die Woche davor in der sorgsam hygienisierten Abgeschlossenheit der Zentralkolonie verbracht hatte, war *jede* Art von Geruch mehr, als seine Nase gewöhnt war. Er brauchte einfach eine Minute oder zwei, um sich zu akklimatisieren. Ben holte von neuem tief durch die Nase Atem und fand, der Ort habe Charakter. Was er hier einatmete, ließ die Luft, die er in den letzten beiden Wochen inhaliert hatte, im Vergleich fade erscheinen.

Hinter ihm war Garrison schon halb aus seinem Anzug gestiegen. Ben nahm den Helm ab und legte ihn auf das obere Brett eines leeren Anzugständers neben der Tür. Nachdem er sich ein paar Minuten lang verrenkt hatte, hängte auch Ben seinen Anzug sorgfältig auf.

Garrison verstaute seinen eigenen Anzug, grinste, kratzte sich den Bart und nickte zur Bar hin. »Wollen wir mal den selbstdestillierten Alkohol probieren?« Sie gingen zur Bar hinüber, fanden zwei leere Schemel und setzten sich.

Die stämmige Wirtin — ein Blick auf sie, und man *wußte,* daß sie die Eigentümerin, nicht nur eine Barfrau war — tauchte sofort vor ihnen auf.

»Augenblick, Fred, muß zwei erstklassige Gäste bedienen, die eben hereingekommen sind«, meldete sie ins Mikrophon. »Willkommen in Erdaufgangsstation, Freunde. Sah vorhin über Außenkamera euren Roller hereinkommen.«

Sie streckte ihnen eine fleischige Hand entgegen, die mit einem dünnen Film Maschinenöl bedeckt war. »Ich bin Nadezhda Konstantinowna Pewtrowka. Mir gehört Laden.« Sie war eine große, kräftige Frau mit einem derben, entschlossenen Gesicht, das sich leicht zum Lächeln verzog und dann zwei Stahlzähne zwischen den elfenbeinernen enthüllte. Ihre leuchtend blauen Augen funkelten und wurden hübsch von rosigen Wangen unterstützt. Ihr Alter war nicht zu bestimmen, sie mochte dreißig, sie mochte fünfzig sein. Bekleidet war sie mit einem knallblauen Jumpsuit, der hauptsächlich aus Reißverschlüssen, Taschen und Flicken zu bestehen schien. Werkzeuge und Geräte entsprossen jeder Tasche, und ein Werkzeuggürtel klirrte um ihre breiten Hüften. Nach der Art zu schließen, wie sie die Kopfhörer benutzte, um ihre Frisur festzuhalten, stellten sie einen ständigen Teil ihres Outfits dar.

Garrison ergriff ihre Hand als erster und bekam die seine beinahe zerquetscht. »Ich freue mich, Sie kennenzulernen, Nadeshda Konstantinowna.« Er sprach den russischen Namen perfekt aus, was ihre Wirtin offensichtlich erfreute. »Ich bin Garrison Morrow, und dies ist mein Freund Ben Moscowitz. Wir sind unterwegs zur Rückseiten-Station.«

»Hallo«, sagte Ben, als auch seine Hand unter ihrem kräftigen Griff knirschte. »Schön, Sie kennenzulernen.«

»Moscowitz«, wiederholte die Wirtin. »Sie Jude? Russischer Jude?« fragte sie hoffnungsvoll.

»Ja, russischer Jude vor etwa acht Generationen«, erwiderte Ben vorsichtig. »Ich bin Amerikaner.«

»Pah!« stieß sie ärgerlich hervor. »*Nie* kommen welche hier durch. Russen auf Mond müssen sich alle verstecken oder immer an selbem Ort bleiben. Reisen nie. Nie kann ich meine eigene Sprache sprechen. Immer Englisch, Englisch, Englisch. Sie finden Ort, wo Russen sich verstecken, Sie sagen ihnen, daß sie sollen herkommen für Besuch. Na, macht nichts, wir heißen auch Yankees willkommen!«

»Dann geben Sie uns für den Anfang von Ihrem Bier«, bat Garrison. »Und welche Mahlzeit servieren Sie im Augenblick? Frühstück, Lunch oder Dinner?«

»Wir haben vierundzwanzig Stunden geöffnet, wir servieren immer alle Mahlzeiten. Aber«, fügte sie in einem verschwörerischem Flüsterton hinzu, der bis hinten im Raum zu hören war, »bleibt gerade jetzt vom Porridge weg. Ich lasse es noch eine Stunde auf Herd und benutze es dann, um Lecks abzudichten.« Währenddessen ließ sie zwei große Bierkrüge auf der Theke erscheinen, jeder von einem Schnapsglas begleitet, in dem anscheinend Wodka war. Interessante einheimische Trinkgewohnheit, dachte Ben.

»Wie wäre es denn mit zwei Portionen von dem Stew, das hinter Ihnen kocht?« schlug Garrison vor.

Nadezhda Konstantinowna strahlte vor Glück. »*Wuß-*

te doch, daß Sie erstklassig sind — ja, Fred, was, zum Teufel, ist jetzt schon wieder?« unterbrach sie sich mitten im Satz und schrie von neuem in das Mikrophon ihres Kopfhörers. Sie lauschte kurz und bedeckte dann das Mikrophon mit der Hand. »Moment, Freunde, bitte. Idiotischer Partner könnte keinen Briefbeschwerer ohne Rat reparieren. Ist jetzt draußen, arbeitet an kaputter Lademaschine.« Sie servierte ihnen zwei große Portionen Stew und dicke Stücke schwarzes Brot, während sie in das Mikrophon brüllte: »Nein, nein, NEIN! Speicherspule muß *abgeschirmt* werden, bevor du Abdeckplatte öffnest. Vor Sonne abgeschirmt. Bei mehr als fünfzig Grad Celsius ist sie kaputt! Was? Sag das noch einmal!« Sie eilte zum mittleren Abschnitt der Theke, hockte sich hin und nahm ein dickes, eselsohriges Handbuch von einem unteren Regalbrett. Sie warf es auf die Theke und blätterte darin. »Kalibrierungswerte sind einhundertzehn Volt, dreißig Ampère. *Da!*« Sie legte das Handbuch wieder weg, lief an den Gästen vorbei, die an der Bar saßen, und füllte unaufgefordert jedes Glas nach. Offenbar erinnerte sie sich mühelos, was jeder einzelne trank.

Ben erwartete, sie werde zurückkommen und mit ihnen plaudern, aber nachdem sie die Bargäste für den Augenblick befriedigt hatte, arbeitete sie schon wieder an dem zerlegten Apparat auf der Werkbank. Sie schraubte sich eine Juwelierlupe ins Auge und prüfte kritisch ein kleines Teil. Vorerst war ihre Aufmerksamkeit von den Neuankömmlingen abgelenkt.

»Komm, tragen wir unsere Sachen an einen Tisch«, sagte Ben zu Garrison. An der Bar war es ein bißchen zu voll und die Gäste waren nicht mehr standfest genug, daß man in Ruhe hätte essen können.

Sie mußten zweimal gehen, um Teller, Brot, Löffel, Bier und Schnapsgläser zu einem der weniger schmutzigen Tische zu bringen. Sie verzichteten auf eine Unterhaltung, solange sie in das nahrhafte Stew einhieben.

Ben konnte gar nicht glauben, daß irgend etwas so gut schmeckte. Eine ständige Diät von Konzentraten und lauwarmem Kaffee, verzehrt in einem hopsenden Roller, neigt dazu, die gastronomischen Erwartungen herabzuschrauben. Übrigens war Ben schon vor Island nicht gerade ein Gourmet gewesen. Wie viele Junggesellen hing er dem Glauben an, Nahrung sei Brennstoff. Man brauchte das Zeug, um am Leben zu bleiben, aber es war nicht der Mühe wert, für eine Person zu kochen. Leichter — und weniger deprimierend — war es, sich ein Tablett zu schnappen und das Essen hinunterzuschleudern, statt das Ritual des Kochens und einsamen Verspeisens einer richtigen Mahlzeit zu absolvieren.

Ben faßte den Entschluß, *richtige* Mahlzeiten zuzubereiten, sobald sie auf der Rückseite angekommen waren. Sogar dieses einfache Stew schmeckte köstlich. Ben war sich nicht ganz sicher, was für ein Fleisch darin war — vermutlich Kaninchen, da diese Tiere auf dem Mond am leichtesten zu züchten waren. Aber es kam nicht darauf an. Das Essen war frisch, es war heiß, es hatte Charakter. Das schwarze Brot hatte einen kräftigen Geschmack und erforderte gründliches Kauen — so sollte Brot ja auch sein, nicht das Ergebnis eines Kompromisses, um das Verpacken leichter zu machen. Das Bier war für Bens Gaumen vielleicht ein bißchen zu dünn, und der Wodka hatte etwas an sich, das in ihm den Verdacht weckte, er sei erst ein paar Stunden alt. Na und? Essen und Getränke waren *echt,* sie waren von Menschen hergestellt, sie sollten Freude bereiten und das Leben angenehm machen, nicht nur das Überleben gewährleisten.

Das waren eine Menge Schlußfolgerungen aus einer einzigen Mahlzeit. Vielleicht war er noch erfüllt von dem poetischen Anblick der Erde am Himmel. Was es auch sein mochte, Ben schwor sich, von nun an zu *leben,* statt nur die Zeit zu markieren. Auf gewisse Weise hatte er damit schon angefangen. Vor einem Jahr hatte er noch in seinem langweiligen kleinen Labor in Philadelphia gesessen, hatte Tag für Tag die gleichen verdammten Tests an einem endlosen Strom von Steinproben durchgeführt, hatte nicht einmal genau gewußt, woher die Proben stammten und was die Ergebnisse bedeuteten, und es hatte ihn auch nicht interessiert. Damals hätte er sich nie träumen lassen, daß er einmal an der Grenze der Mondvorderseite Kaninchen-Stew essen würde.

Seltsame Gedanken bei einer Mahlzeit. Vielleicht lag es nur daran, daß er müde war, müder als je zuvor in seinem Leben. Aber sein Gehirn konnte nicht aufhören zu arbeiten. Und es gab eine Menge, worüber er nachdenken mußte.

Seine Vergangenheit auf der Erde war für ihn verloren, seine Zukunft war unbekannt und nicht vorherzusehen. Gefahren lauerten auf ihn, von der rauhen Umgebung des Mondes, von den Launen der Politiker und von den Regeln einer Vorposten-Kultur, die er nicht verstand. Kein erstickender, bevormundender Arm der Gesellschaft würde ihn schützen. Keine wöchentliche Gehaltsüberweisung, keine Versicherungspolice, keine Polizei, die man rufen konnte, kein Beauftragter für soziale Gerechtigkeit. Keine der Personen, die auf dem Mond zu sagen hatten, würde oder könnte sich um ihn kümmern, wenn er in Schwierigkeiten geriet. Garrison ausgenommen, konnte er sich auf niemanden verlassen als auf sich selbst. Er war überrascht, ein wie gutes Gefühl das war. Es breitete sich allmählich in ihm aus. Zum ersten Mal in seinem Leben stand er auf eigenen Füßen. Zweimal ins Exil geschickt, war er *frei*.

»Das ist großartig«, verkündete Ben.

»Was, das Stew?« fragte Garrison geistesabwesend.

Ben zuckte die Achseln. Es war zu schwierig, das zu erklären. Aber so, wie es war, war es *richtig*. Er war durch seine eigenen Anstrengungen hierhergelangt, er hatte es aus eigener Kraft geschafft. Das hieß etwas. »Das Stew, das Brot, unsere Ankunft hier — alles. Ich fühle mich einfach gut.«

»Ich mich auch«, stimmte Garrison ihm glücklich zu. »Noch hundert Meter weiter — und wir sind am Rand der Rückseite, schon halbwegs da. Anfangs habe ich nicht geglaubt, daß wir es schaffen würden, allein um einen ganzen Planeten zu fahren — aber es war dein Plan, und er hat funktioniert. Und das in deinem Gebrauchtroller aus dem Trödelladen.«

»Das erinnert mich daran, daß ich dich etwas fragen wollte.« Ein bißchen verlegen wollte Ben das Thema wechseln. »Warum sind Roller so billig? Du hast mir immer wieder versichert, Maschinen seien auf dem Mond teuer. Wir haben zwar einen gebrauchten gekauft, aber sogar die neuen Roller, nach deren Preisen ich mich erkundigt habe, waren *billig.* Natürlich habe ich gar nichts gegen den Preis einzuwenden — nur hier liegt ein Widerspruch.«

Garrison dachte nach. »Okay, mal sehen, ob ich es dir erklären kann. Angenommen, du willst auf dem Mond Eier verkaufen. Was würdest du importieren, Eier oder Hühner?«

»Hühner natürlich«, antwortete Ben. »Oder wahrscheinlich befruchtete Eier, die hier ausgebrütet würden.«

»Das ist eine unwesentliche Einzelheit. Ein befruchtetes Ei ist nichts anderes als ein Huhn in Kompakt-Verpackung. Das Prinzip ist das gleiche. Da Eier etwas sind, das jeder brauchen kann, ist es lohnender, eine ganze Eierfabrik — also die Hühner — einzuführen als das Endprodukt, das Ei. Du verkaufst eine Million Eier billig und verdienst an der Masse. Nun nimm einmal an, du möchtest Kaviar verkaufen. Was würdest du importieren, die Fischeier oder die Störe?«

»Den Kaviar, ist doch klar.«

»Richtig. Nicht nur, daß Fische schwieriger zu versorgen sind als Hühner, es gibt für Kaviar auch viel weniger potentielle Käufer. Wenn du also deinen Lebensunterhalt damit verdienen willst, daß du auf dem Mond

Kaviar verkaufst, wirst du keinen solchen Umsatz machen. Um das auszugleichen, verlangst du haushohe Preise.«

Garrison nahm einen Schluck Bier und fuhr fort: »Was auf dem Mond teuer ist, sind die Kaviar-Maschinen, Dinge, von denen man nur einige wenige braucht, falls man sie überhaupt braucht. Spezialisiertes High Tech-Zeug. Wie die automatisierte ID-Zelle, die du erwartet hattest. Oder Wartungsroboter. Oder Luxusartikel wie diese automatischen Friseure, die während unseres Aufenthalts in New York ein Schlager waren. Sie würden zuviel kosten, deshalb kommen die Mondkolonisten ohne sie aus und reden sich ein, ohne sie seien sie besser daran. Wenn wir jemals in die Zentralkolonie zurückkehren, frage Mrs. Lombroska nach ihrer Meinung über automatisierte Hotelsysteme. So etwas ist Kaviar.

Das, womit wir hergefahren sind, ist ein Hühnerei. Es gibt hierzulande *Tausende* von Rollern, weil irgendwelche Leute in einem UNLAC-Labor auf der Erde eine ganze Rollerfabrik konstruiert haben. Sie haben sie gebaut, hertransportiert, eingeschaltet und sich selbst überlassen. Seitdem produziert sie immerzu Roller. Die Konstruktion ist ein paarmal modernisiert worden, und es gibt jetzt mehrere verschiedene Modelle für verschiedene Aufgaben. Frachtroller wie der dicke Brummer da draußen. Abgesehen davon, daß eingetippt werden muß, welches Modell die Fabrik produzieren soll, gibt es für einen Menschen dort nichts mehr zu tun. Das macht Roller billig. Es ist das Prinzip von Angebot und Nachfrage.

Der Pferdefuß ist, daß die Fabrik *völlig* automatisiert ist, bis hinunter zur Beschaffung des Rohmaterials. Ich habe einmal eine Besichtigung mitgemacht. Da gibt es Robot-Bulldozer, die Erde in den Trichter eines Brechers füllen, und einsatzfreudige Robot-Schlepper, die von nahegelegenen Minen Erze für auf dem Mond seltene Elemente wie Stickstoff holen. Die Teile werden gleich aus den Rohstoffen hergestellt und von Robotern montiert. Man nennt das eine halbe von-Neumann-Maschine.«

»Und das heißt?«

»Eine von-Neumann-Maschine ist jede Maschine, die sich selbst duplizieren kann. Dann duplizieren die Duplikate sich, und bald sitzt man bis zum Hals in von-Neumanns. In Labors hat es schon Spielzeuge gegeben, die sich duplizieren konnten, aber noch nie hat jemand eine richtige von-Neumann-Maschine gebaut, mit der sich etwas anfangen ließe. Eine halbe von-Neumann kann endlos eine Maschine herstellen, die einfacher ist als sie selbst.«

»Das geht doch nicht mit einem ganzen *Roller!*« protestierte Ben. »Die Arbeit ist viel zu komplex.«

»Hebe einmal die Klappe über den Kontrollen, wenn wir wieder an Bord sind, und sieh nach, wie viele Teile dahinter sind. Man hat die Dinger auf absolute Einfachheit eingedampft.«

Ben runzelte die Stirn. »Warte mal. Die Energie für die Fabrik kommt von Solarzellen, richtig?«

»Richtig.«

»Die Energie gibt es also umsonst. Und die Rohstoffe gibt es praktisch auch umsonst, wenn einfach der Boden aufgegraben und veredelt wird. Roboter schürfen das Rohmaterial und bauen die Roller, also entstehen auch keine Lohnkosten. Energie, Rohstoffe und Arbeitskräfte sind gratis. Abgesehen von dem Geld, das für den Bau der Fabrik aufgebracht werden mußte, kostet es *gar nichts,* die Roller herzustellen! Auf welcher Grundlage wird nun ihr Preis kalkuliert?«

»›Der Wert von Dingen ist das, was sie bringen‹« zitierte Garrison. »Sie werden zu dem Preis verkauft, den der Markt akzeptiert. Im Augenblick ist der Markt überschwemmt, deshalb sind Roller billig. Kommt ein neuer Schwung von Einwanderern, werden die Vorräte knapp. Oder man schaltet die Fabrik für eine Weile ab, bis wieder Roller gebraucht werden, und treibt den Preis ein bißchen in die Höhe. Tatsächlich hast du da ein echtes Problem entdeckt. Wie funktioniert eine Volkswirtschaft, wenn es nichts kostet, wertvolle Gegenstände zu produzieren? Die Rollerfabrik ist ein Beispiel, keine Ausnahme. Viele von jedermann benötigte Gegenstände werden auf diese Weise hergestellt.«

»Und wie funktioniert die lunare Volkswirtschaft nun wirklich?«

Garrison zuckte die Achseln. »Ich nehme an, der UNLAC ignoriert das Problem und hofft, es wird von selbst verschwinden. Hier hast du einen ganzen Planeten, der nicht einmal eine eigene *Währung* besitzt. Statt dessen benutzen wir Geld von allen anderen — und die Hälfte davon ist soviel wert wie Konfetti. Vom ökonomischen Standpunkt aus ist der ganze Mond das reine Chaos, aber irgendwie klappt es doch. Vermutlich haben die Politiker Angst, wenn sie versuchen, Ordnung hineinzubringen, werden die Leute erst merken, daß es unmöglich funktionieren kann, obwohl es seit Jahren funktioniert hat. Das Vertrauen würde schwinden, und der ganze Planet würde zum Teufel gehen.«

»Essen gut?« fragte eine dröhnende Stimme hinter ihnen, und sie fuhren beide zusammen. Nadezhda Konstantinowna setzte sich zwischen Garrison und Ben.

»Ja«, antwortete Ben. »Alles ist köstlich.«

»Gut«, sagte sie. »Ihr wollt also auf Rückseite? Für kurzen Besuch?«

»Um dort zu leben«, sagte Garrison. »Wir sind dienstverpflichtet worden.« Das war vorerst genug an Erklärung. Es hatte keinen Sinn, ihr die ganze Geschichte zu erzählen.

»Pech für euch«, erklärte sie ernst. »Aber ihr habt eigenen Roller, ich sehe«, setzte sie fröhlicher hinzu. »Viel angenehmer als Reisen in scheußlichem öffentlichen Roller. Gleiche Größe wie eurer, zwanzig Leute darin für zwei Wochen! Puh! Schrecklich. Aber wenn ihr zu Rückseiten-Station wollt, fahrt ihr besser in Konvoi mit Mohammed. Er fährt auch dorthin.« Sie drehte sich um und rief zur Bar hinüber: »Mohammed! Komm mal Augenblick her. Hier sind Leute, die du kennenlernen mußt.«

Ein großer, schlaksiger junger Mann löste sich von der Gruppe an der Bar und kam zu ihnen an den Tisch. Sein Glas brachte er mit. Er setzte sich auf den vierten Stuhl, zwischen Ben und Garrison und ihrer Wirtin gegenüber. Er war ein auffallend schöner junger Mann mit schmalem Gesicht, dunkler Haut, jettschwarzem Haar und sehr weißen Zähnen, die er in einem entwaffnenden Lächeln zeigte. »Was gibt es, Nadja?«

Sie drohte ihm mit dem Finger. »Braver Moslem wie du trinkt Alkohol. Satan versucht dich«, warnte sie in gespieltem Zorn.

»Er versucht *dich,* wenn du solche Lügen erzählst«, erwiderte Mohammed gelassen. »Dies ...« — er hob das Glas und sprach Ben und Garrison an — »ist ein scheußliches Gebräu aus Fruchtsaft, mit dem Nadja mich jedesmal, wenn ich durchkomme, zu vergiften sucht. Glücklicherweise bin ich schon immun dagegen.« Streng sagte er zu Nadja: »Ich muß dem Patriarchen schreiben und ihm mitteilen, daß du wieder der Sünde des Lügens verfällst.«

»Meinst du, er hat da unten in Moskau Zeit, Liebesbriefe zu lesen, wenn ganzes Land zum Teufel geht? Der Zar sollte zugunsten seiner Tochter abdanken.« Nadja wies zu dem großen Porträt an der hinteren Wand hin. »Hör zu, Mohammed, sag Hallo zu Ben und Garrison. Sie wollen zu Rückseiten-Station. Ich sage ihnen, sie sollen in Konvoi mit dir fahren.«

Mohammed nickte. »Klar. Ich freue mich immer, da draußen Gesellschaft zu haben. Ihr rollt also selbständig?«

»Das tun sie, und mit zehn Jahre alten Roller, der so,

wie er durchhängt, überladen ist«, antwortete Nadja für die beiden Freunde. »Federung ist schon beinahe flachgedrückt. Was transportiert ihr nur mit diesem Ding?«

Bevor Ben etwas sagen konnte, fiel Mohammed ein. »Zehn Jahre alt? Wie ist eure Nummer?«

»CC-260-3S-5«, erklärte Garrison. »Der Name ist *Rock & Roll.*«

»Ja, ich bin vor vier Tagen an euch vorbeigekommen, und ich weiß noch, daß ich mich fragte, was, zum Teufel, ein Roller mit einer alten Lokalregierungsnummer hier draußen zu suchen habe. Ihr krocht nur so dahin, deshalb war ich überzeugt, ihr wärt auf einer kurzen Fahrt. Wie seid ihr so schnell hergekommen?«

»Wir haben den Autopiloten abgeschaltet und sind Nonstop mit vierzig Stundenkilometern gefahren«, antwortete Ben schlicht.

»Mit vierzig?« Mohammed konnte es nicht glauben. »In *dem* Ding? Nichts für ungut, aber ihr habt Glück gehabt, daß ihr hier angekommen seid. Oder überhaupt noch lebt. Warum erst so langsam und dann so schnell? Und warum, zum Teufel, habt ihr den Autopiloten abgeschaltet?« wollte Mohammed wissen.

»Weil es der Autopilot war, der uns langsam machte. Er wurde nicht einmal bei zwanzig Stundenkilometern mit dem Terrain fertig, und wir waren dabei, die Sonne zu verlieren. Wir *mußten* einen Sprint einlegen, um wieder aufzuholen«, erläuterte Garrison.

Nadja runzelte die Stirn. »Schlechte Planung«, rügte sie streng. »Ihr macht Fahrt bestimmt zum erstenmal. Von wem habt ihr Roller gekauft?«

»Von Reinhart Rollers in der Zentralkolonie«, antwortete Ben.

»Von *dem* Gauner!« schimpfte Mohammed. »Er hätte euch das Ding nicht für einen Transport bis zur Rückseite verkaufen dürfen. Dieser Roller ist für leichte Beanspruchung in den besiedelten Gebieten gedacht.«

Ben und Garrison wechselten einen unbehaglichen

Blick. Es war gar nicht so komisch, ein Greenhorn zu sein.

Nadja schaltete ihren Kopfhörer wieder ein. »Fred! Deine nächste Arbeit: Roller CC-260-3S-5, geparkt auf Ostseite von Station. Baue richtigen Autopiloten ein, verstärke Federung.« Sie schaltete ab, ohne auf eine Antwort zu warten.

Ben rückte verlegen auf seinem Stuhl herum. »Äh, aber ich bin mir nicht sicher, ob wir das bezahlen ...«

»Möchte, daß ihr wiederkommt, denn an toten Gästen ist nichts zu verdienen«, erklärte Nadja unverblümt. »Wir arbeiten später fairen Vertrag aus, aber Arbeit muß jetzt getan werden, wenn ihr Fahrt durch Kraterfelder von Rückseite lebendig überstehen wollt. Fred wird es machen.«

Ganz plötzlich fühlte Ben sich nicht mehr ganz so selbstsicher und unabhängig. Doch er begriff allmählich, daß man hier draußen nicht am Leben blieb, wenn man Hilfe ablehnte. Diese Leute kannten sich aus. »Danke«, sagte er.

»Vergiß es«, lachte Nadja. »Und nun entschuldigt mich, ich muß Trunkenbolden an Bar nachschenken.«

»Gehört dir der große Frachtroller da draußen, der die Ausrüstung für Tiefenbohrungen geladen hat?« wandte sich Garrison an Mohammed.

»Na klar. Und es ist auch die letzte Ladung. Das war ein guter Vertrag, solange die Sache dauerte. Ich habe das Zeug von der Zentralkolonie zur Rückseite gebracht und bin um den Globus herum wieder zur Zentralkolonie gefahren. Ein ziemlich gnadenloser Terminplan, aber wenigstens habe ich damit genug Geld verdient, daß ich der Straße jetzt für eine Weile fernbleiben kann.«

»Wozu braucht man da draußen Geräte für Tiefenbohrungen?« wollte Garrison wissen.

»Laserbatterie.«

»Hä?«

»Für die Kommunikations-Laserbatterie, die auf der Rückseite gebaut wird.«

»Richtig, davon haben wir gehört«, nickte Garrison. »Aber was haben Kom-Laser mit Abbau durch Tiefenbohrungen zu tun?«

»Es wird eine ganze Laser*fabrik* hingebracht, und sie braucht Rohstoffe, die es an der Oberfläche nicht gibt. Das ist die alte Fabrik, die die Batterie auf der Vorderseite gebaut hat.«

»Eine ganze Fabrik, nur um ein paar Kom-Laser zu bauen?« wunderte sich Ben.

Garrison zuckte die Achseln. »Man muß die Fabrik irgendwo aufstellen. Es ist billiger, sie zu transportieren, als die Enderzeugnisse um den halben Mond zu schikken, auch wenn man nur einige wenige Laser braucht.«

»Man braucht mehr als nur einige«, berichtigte Mohammed. »Bei der geplanten Dichte des Raumverkehrs wird man zwei, drei Dutzend Kom-Ziele gleichzeitig verfolgen müssen — den Großteil der interplanetaren Schiffahrt, dazu die Siedlungen auf dem Mars, den Gürtel und die inneren und äußeren Planeten. *Dazu* braucht man für sie alle Backups, und aus mehreren langweiligen Gründen sind Laser mit unterschiedlichen Frequenzen nötig. Man wird auf der Stelle etwa hundert frequenzabstimmbare Kom-Lasereinheiten brauchen. Mehr für eventuelle Erweiterungen und für den Ersatz von beschädigten. Da ist es doch nur vernünftig, sie an Ort und Stelle zu bauen. Außerdem sind die Lasereinheiten nicht gerade klein. Jede Kom-Lasereinheit wird unabhängig von den anderen sein. Jede hat ihre eigenen Solarzellen und Speicherspulen und Zielmechanismen und so weiter.

Wenn man sie in der Zentralkolonie gebaut und dann verladen hätte, wäre es mir *vielleicht* möglich gewesen, gleichzeitig zwei von ihnen auf meinem Roller zu befestigen. Bei zwei Einheiten pro Fahrt und einer Fahrt pro Monat hätte es mehr als vier Jahre gedauert, sie alle auf die Rückseite zu schaffen. Das hätte den UNLAC eine Menge gekostet und noch mehr, wenn er mehrere große Roller gechartert hätte, um den Transport zu beschleunigen. So viele Brummis gibt es aber hier nicht, und sie zu chartern ist teuer. Billiger, schneller und einfacher ist es, eine Robotfabrik zur Rückseite zu schaffen. Das meiste ist übrigens schon dort. Die Tiefenbohrgeräte sind die letzte Ladung.«

Garrison öffnete den Mund, um eine Frage zu stellen — doch er überlegte es sich anders. Ganz plötzlich tauchte in seinem Gehirn eine glänzende, eine perfekte Idee auf. Eine Idee, die ihm *richtig,* einfach, offensichtlich vorkam. Ihre einzelnen Stücke und Teile fügten sich in seinem Verstand so natürlich und vollkommen zusammen, daß es ihm Angst machte. Ein vielschichtiger, voll ausgereifter Plan erstand vor seinem geistigen Auge, makellos und vollständig.

Er, Garrison, befand sich zur rechten Zeit am rechten Ort und in der geeigneten Situation, den Plan durchzuführen. Er war so *einfach* — aber es würde große Raffinesse dazu gehören. Und große Kühnheit. Er würde vorsichtig sein müssen. Und vielleicht ein kleines bißchen verrückt.

19. KAPITEL

MOND, ERDAUFGANGSSTATION

Der bisher unsichtbar gebliebene Fred arbeitete schon an ihrem Autopiloten, als Garrison und Ben mit dem Essen fertig waren. Bens Gedanken wandten sich sofort den luxuriösen Betten mit richtigen Decken, Kissen und Matratzen zu. Er und Garrison wollten sich ein Zimmer nehmen, aber der junge Mann hinter dem Hotelempfangsabschnitt der langen Theke schlief immer noch fest.

Nadja nahm sich zwischen ihren verschiedenen Pflichten hinter der Bar die Zeit, zu seinem Ende der Theke zu marschieren und ihm ins Ohr zu schreien: »Josef! Wach auf, Faultier! Gäste sind einzutragen!«

Der junge Mann riß die Augen auf, sprang erschrokken auf und hätte dabei fast seinen Schemel umgeworfen. »Ist gut, Ma, immer mit der Ruhe. Jesus.« Er blinzelte ein paarmal, um den Schlaf zu vertreiben, blickte benommen in die Runde und versuchte sich zu orientieren. Seine Gäste entdeckte er nicht sofort, aber schließlich fand er sie auf der anderen Seite der Theke. »Ah, da sind Sie ja. Willkommen in der Erdaufgangsstation.«

»Gib diesen beiden Männern gutes Zimmer ohne Luftlecks«, befahl Nadja, und dann warf sie den Neuankömmlingen einen verlegenen Blick zu, weil sie fürchtete, sie entmutigt zu haben. »Das ist Scherz.«

»Wissen wir«, sagte Garrison freundlich. »Das ist also Ihr Sohn?«

»Da.« Nadja strahlte ihren Sohn stolz an, griff über die Theke und zauste sein Haar. »Er ist guter Junge, fleißiger Arbeiter. Ist nur gerade von Nachtschicht gekommen. Nicht genug Schlaf gehabt. Aber *kluger* Junge.«

»Hör auf damit, Ma«, murmelte Josef in einem Ton, aus dem deutlich hervorging, er habe keine Hoffnung, daß sie es tun werde. Glättend fuhr er sich mit den Fingern durchs Haar. »Ich kümmere mich um sie, geh du nur wieder zu deinen Gästen.« Er wartete, bis seine Mutter sicher außer Hörweite war und bot Garrison die Hand. »Hei. Ich bin Joe Pewtrowka.«

»Garrison Morrow, und das ist mein Freund Ben Moscowitz.«

»Schön, Sie kennenzulernen. Kommen Sie, ich zeige Ihnen Ihr Zimmer.«

Das Händeschütteln gehörte offensichtlich zur Check-in-Prozedur. Joe sprang mit der mühelosen Anmut eines Menschen, der an niedrige Schwerkraft gewöhnt ist, über die Theke. Mehr hüpfend als gehend bewegte er sich zu der Luke im Fußboden hinüber und ließ sich einfach hineinfallen, statt die Leiter zu benutzen. Garrison wollte seinem Wirt schon folgen, doch dann blieb er stehen und rief den Schacht hinunter: »Warten Sie eine Sekunde!« Er eilte zu den Ständern an der Luftschleuse zurück und griff nach seinem und Bens Anzug. »Die würden uns hier an der Tür bei einem Unfall kaum etwas nützen.« Er reichte Ben seinen Anzug und sprang Joe nach.

Ben sah in den Schacht und fand, der Boden des Tunnels liege für seinen Geschmack doch ein bißchen zu weit unten. Deshalb wählte er eine konservativere Annäherung und stieg einhändig die Leiter hinab. In der freien Hand hielt er Anzug und Helm.

Der Tunnel war mit dunkelgrünen Kletterpflanzen bedeckt. Wände und Decke blieben dem Auge vollständig verborgen, und sogar der Boden trug einen dicken Teppich aus dem flachblättrigen Efeu. Er verlieh der Luft einen stechenden, moderigen Geruch. Die Tunnel waren hell erleuchtet, offenbar, damit es der Vegetation gut ging, und die Luft war warm und feucht. Ben hatte schon Kletterpflanzen gesehen, aber noch nie in solchen Massen. Für gewöhnlich wurden sie zur Unterstützung des Luftsystems und als Nahrungsquelle für Haustiere gezogen. Hier sah der Efeu nicht so aus, als werde er kultiviert, sondern vielmehr, als sei er dabei, den Ort zu übernehmen. Ben achtete anfangs darauf, behutsam auf die Ranken zu treten, bis er merkte, daß Garrison und Joe keine solchen Vorsichtsmaßnahmen trafen.

Joe führte sie durch einen Irrgarten von Tunneln, die in alle Richtungen gleichzeitig zu führen schienen. Ben erschrak, als ein Paar braune pelzige Streifen auf sie zu und an ihnen vorübersausten — sie jagten sich gegenseitig den Korridor entlang. Doch es war kein Grund, zu erschrecken. Katzen waren auf dem Mond beliebt. Joe achtete gar nicht auf sie, sondern ging weiter.

Eine weitere Luke führte auf eine niedrigere Ebene hinunter, und endlich blieb Joe vor einer luftdichten Tür stehen. Jemand hatte vor geraumer Zeit eine schlampige 27 darauf gemalt. Tropfen Farbe waren vom Fuß der 7 herab gekleckert und festgetrocknet. Joe strich die Kletterpflanze von den Riegeln zurück, öffnete die Tür und ging ihnen in einen überraschend hübschen Raum voran. Er war nicht elegant, aber es standen zwei echte Betten darin. »Das Bad ist weiter hinten im Flur«, verkündete Joe. »Einen US-Dollar oder eine andere Währung im gleichen Wert für die Dusche. Die Toilette und das Handwaschbecken können gratis benutzt werden. Auf der Kommode liegt eine Karte von allen vier Ebenen — aber trauen Sie ihr nicht, was das südliche Ende angeht, dort bohren wir ein paar neue Tunnel.« Er sah sich in dem Zimmer um, vergewisserte sich, daß alles in Ordnung war, und nickte befriedigt. »Okay.« Er hatte ihnen keinen Schlüssel gegeben, und Ben bemerkte, daß die Tür sowieso kein Schloß hatte. Joe ging in den Flur hinaus. Dann fiel ihm etwas ein, und er wandte sich zurück.

»Oh, und Sie schließen die Tür zwischen 2000 und 0100 vielleicht besser. Zu der Zeit lassen wir die Häschen laufen. Manchmal stellen sie in den Zimmern etwas an.«

»Häschen?« fragte Ben.

»Häschen. Kaninchen. Was meinen Sie denn, wie wir die Kletterpflanzen sonst unter Kontrolle halten könnten? Oder woher das Stew stammt, das Sie gegessen haben?«

Ben schlief fast schon ein, bevor er im Bett war, doch ob echte Matratze (wenn auch nur eine aus Schaumgummi) oder nicht, diesmal war es Garrison, der keine Ruhe fand. Sonst war es immer Ben, der sich Sorgen machte. Diesmal hatte Garrison triftige Gründe, an die Decke zu starren. Die brillante Idee, die ihm vor einem Teller mit Stew ganz einfach vorgekommen war, als erfordere es nichts als Frechheit und eine Prise Schwindel, das Unmögliche zu vollbringen, schien ihm jetzt hoffnungslos kompliziert, durchsetzt mit Unbekannten, gefährlich und düster zu sein.

Da war zum Beispiel die Tatsache, daß Garrison kein guter Lügner, kein guter Intrigant, kein guter Verschwörer war. Ein Beweis war, welches Unheil er mit seinen isländischen Forschungsergebnissen angerichtet hatte. Aber diesmal würde es anders angefaßt werden müssen. Er *mußte* die Sache durchziehen. Die ganze Wahnsinnsidee war eine lächerlich riskante Angelegenheit. Andererseits konnte er nicht hoffen, jemals wieder eine solche Chance zu bekommen. Er drehte sich auf die Seite und zwang sich, einzuschlafen. In Anbetracht dessen, was Nadja wahrscheinlich für die Benutzung dieses Bettes verlangen würde, war es ein Verbrechen, es zu verschwenden. Außerdem saßen sie morgen wieder auf dem verdammten Roller.

Es würde angenehm sein, im Konvoi zu fahren, dachte Ben. Das bißchen menschlicher Kontakt in der Erdaufgangsstation machte die öde lunare Landschaft umso einsamer. Wie schön war es da, wenn jemand neben einem herrollte. Ben legte sich den Sitzgurt um und spähte durch die vordere Sichtscheibe. Mohammeds großer Roller *Ali Akbar* setzte sich gerade in Bewegung. »Glück ist der Planet Erde auf eurem Rückansichtmonitor«, verkündete Mohammed über Sprechfunk.

Ben schaltete sein eigenes Funkgerät ein. »Was, zum Teufel, soll denn *das* heißen?« Er ließ die *R & R* warmlaufen. Solarzellen, Speicherring-Energie, Kühlsystem, Kabinendruck, Antwortsender-Verbindung. Alles in Ordnung. Er schaltete den Autopiloten ein, und die *Rock & Roll* fuhr an.

»Ich bin mir nicht ganz sicher«, erklang Mohammeds Stimme in Bens Kopfhörer. »In der Rückseiten-Station sagt man es häufig. Ich glaube, es ist eine Redensart, die sich an ein altes amerikanisches Lied aus dem 20. Jahrhundert anlehnt. Ein Mann ist froh, seine Heimatstadt verlassen zu können. Die meisten Leute auf der Rückseite sind auf die eine oder andere Art Verbannte. Vielleicht fühlen sie sich besser, wenn sie behaupten, sie seien die Erde losgeworden, als wenn es anders herum wäre.«

Ben sah auf seinen eigenen Rückansichtmonitor. Die Erde glitt am Himmel immer weiter nach unten, und er empfand so manches, aber Glück gehörte nicht dazu. Es mochte Monate oder Jahre dauern, bis er die Erde wiedersah. Tatsächlich gab es keine Garantie, daß er sie überhaupt wiedersehen würde. Dies war die Wildnis. Hier draußen starben Menschen aus mehr Ursachen als aus Altersschwäche.

Und wenn er die Erde auch wiedersah, war immer noch die Frage, ob er sie jemals wieder *betreten* würde. Würde er, konnte er, der zweimal Verbannte, irgendwann heimkehren?

Vielleicht hatten die Leute auf der Rückseite nicht so unrecht, wenn sie taten, als seien sie gern weggegangen, dachte Ben. Mit unendlicher Traurigkeit sah er die Erde unter den östlichen Horizont sinken.

AN BORD DER *DAWN TREADER*

Die Tage waren lang an Bord der *Dawn Treader.* Es gab wenig Arbeit zu tun und viel Zeit zum Nachdenken und zu Gesprächen. Trotz der Vorsichtsmaßnahmen, die sie treffen mußten, um nicht belauscht zu werden, fanden Bertram Choate und Cathy Cleveland in den kurzen Augenblicken, die sie erhaschen konnten, ohne Argwohn zu erregen, Zeit zum Reden. In ruhigen, vorsichtigen Unterhaltungen, in Bruchstücken, die sich über viele Tage verteilten, berichtete Cathy die ganze Geschichte — alles, was sie getan hatte, alles, was ihr seit Hrisey widerfahren war. Choate sagte selbst sehr wenig und erwähnte seinen Verdacht gegen Ishida überhaupt nicht mehr. Es war, als zögere er, mehr zu sagen, sich noch stärker auf Cathys Vertrauenswürdigkeit zu verlassen, bevor er sie besser kannte.

Es war in ihrer Kabine, einige Tage nachdem Cathy ihm den letzten Rest ihrer Geschichte erzählt hatte, als sie ihn schließlich dazu bekam, offen zu sprechen. Auch dann mußte Cathy ihn erst drängen. »Nun machen Sie schon, Bertram«, sagte sie. »Ich habe Ihnen praktisch meinen ganzen Lebenslauf dargelegt. Entweder Sie vertrauen mir inzwischen, oder Sie tun es nicht. Es ist mir nicht gelungen, irgendwelche Wanzen zu entdecken, und ich habe die besten Störgeräte aufgestellt, die ich zusammenbasteln konnte, nur um sicher zu gehen. Niemand kann uns hören. Wenn es je ungefährlich sein wird, zu reden, dann hier und jetzt. Also, was hat Ishida im Sinn?«

Choate zögerte, doch dann beugte er sich dicht zu Cathy hinüber und sprach mit gedämpfter Stimme. »Nun gut. Sie haben recht. Aber bitte, fühlen Sie sich durch meine Vorsicht nicht gekränkt. Ich mußte mich nicht nur erst überzeugen, daß ich Ihnen vertrauen kann, obwohl auch das wichtig war. Ich mußte Ihre Geschichte hören, weil ich wissen wollte, ob die Tatsachen, die Sie zu berichten hatten, in meine Theorie passen. Zu meiner Bestürzung muß ich sagen, Ihre Abenteuer passen nur zu gut hinein.« Choate stand auf und wanderte in Cathys winziger Kabine hin und her. »Ich stelle nur Vermutungen über Ishidas Pläne an — aber ich glaube, daß ich der Wahrheit sehr nahe gekommen bin. Meine Theorie geht von der Annahme aus, daß Ishida bisher genau das getan hat, was er sich vorgenommen hatte. Seine *scheinbaren* Fehler waren in Wirklichkeit lauter gut getarnte Erfolge.«

Cathy zog verblüfft die Brauen zusammen. »Von was reden Sie?«

»Er entschuldigte sich dafür, daß er Morrows Film verdorben habe, nicht wahr?« fragte Choate. »Das überzeugte jeden, daß es ein Versehen, eine Fehlkalkulation gewesen war. Ich dagegen glaube, daß er genau wußte, was geschehen würde. Er hatte es alles vorausberechnet. Er *wollte,* daß es zu einer Katastrophe kam — nicht nur, um uns alle zu Flüchtlingen zu machen und uns zu zwingen, bei ihm zu bleiben, sondern auch, um Morrows Arbeit zu vernichten. Für Ishidas Pläne war es *notwendig,* daß Morrow versagte. Von Anfang an hat er nur so getan, als unterstütze er ihn. Und er kann sehr überzeugend sein.«

Cathy flocht ihre Finger ineinander. »Das weiß ich. Jesus! Ishida hat mich dazu überredet, in Garrisons Camp *Feuer* zu legen. Ishida hatte mich überzeugt, wenn Garrisons Vorratslager niederbrenne, werde entweder Garrison als Betrüger entlarvt, oder es werde eine *Hilfe* für ihn sein, weil es LuTech zum Handeln zwinge.«

»Ein Beweis, daß er gut darin ist, Wahrheit unter seine Lügen zu mischen.« Choate lächelte bitter. »Er wollte tatsächlich, daß die Situation für LuTech brenzlig wurde, daran ist gar nicht zu zweifeln. In gewisser Weise hat er Ihnen die Wahrheit gesagt. Schließlich hat der Plan mit der Brandstiftung funktioniert. Ich wette, es war das Feuer, das bei Morrows Leuten Argwohn gegen die Quelle der Geldspenden weckte.

Aber Ishida hatte noch einen viel wichtigeren Grund, Morrow um LuTechs indirekte Unterstützung zu bringen. Er wollte Morrow und LuTech gleichzeitig den guten Ruf nehmen.

Wenn Garrison in diesem Film glaubwürdig gewirkt hätte, wäre vielleicht eine ausreichend große Zahl von Leuten ängstlich geworden und hätten wirksame Maßnahmen getroffen. Cornucopia wäre inzwischen von der Bahn, die ihn zur Erde führt, längst abgelenkt. Auf diesem Felsbrocken stehen ein paar große Fusionsmotoren und dazu umfangreiche Treibstofftanks. Ja, es wäre jetzt noch möglich. Fragen Sie die Computer, und sehen Sie einmal, was Sie bekommen. Fünf zu eins, daß Cornucopia immer noch so gesteuert werden könnte, daß er die Erde in den nächsten sechs Monaten um zwanzig Millionen Kilometer verfehlen würde. Versuchen Sie es.«

Cathy runzelte die Stirn. Aus diesem Gesichtswinkel hatte sie das Problem nie betrachtet. Sie hatte nur an die Prozeduren gedacht, mit denen man den Asteroiden ablenken könnte, wenn er sich bereits in Erdnähe befand. Erst jetzt kam ihr zu Bewußtsein, daß es unsinnig war, bis zu dieser Endphase zu warten.

Wochenlang hatte sie Fallkurven und Manöver-Techniken studiert und sich selbst zum Navigator ausgebildet. Sie als Simulationsspezialistin fand, daß die Wissenschaft der Raum-Navigation ihrer eigenen Arbeit sehr ähnlich war, und sie lernte schnell.

Eins hatte sie gleich zu Anfang begriffen. Eine Faustregel ist, je näher man seinem Ziel im Raum kommt, desto mehr Energie erfordert eine Kurskorrektur. Tatsächlich ist das mehr als eine Faustregel — das ist ein Axiom in der Bahnnavigation. Denn wenn eine größere Kursänderung spät und in großer Nähe erfolgt, ist vielleicht weder Zeit noch Energie mehr übrig, um einen Fehler wiedergutzumachen. Piloten betrachten es als schlechten Stil, Manöver in letzter Minute auszuführen. Sie nehmen sich damit die Möglichkeit, ihre eigene Arbeit zu korrigieren.

Cathy hatte noch andere Einzelheiten der unter Piloten geltenden Bräuche gelernt: Wenn alle übrigen Umstände gleich waren, war es schwieriger, Manöver mit hoher Energie zu kontrollieren als solche mit geringer Energie, und eine Kursänderung in der Nähe eines starken oder komplexen Gravitationsfeldes war problematischer als eine im tiefen Raum.

Wenn man Cornucopia erst in Erdnähe aus seiner Bahn zu stoßen versuchte, bekam man es mit allen diesen Problemen zu tun. Machte man es frühzeitig, solange er sich noch im tiefen Raum befand, würde es weniger Energie, weniger Präzision und eine weit einfachere Berechnung erfordern.

Vor die Wahl gestellt, entweder dem Asteroiden draußen in der Leere einen sanften, beinahe beiläufigen Schubs zu geben oder ihm in dem überfüllten Porzellanladen des erdnahen Raums einen Schlag mit einem Vorschlaghammer zu versetzen — und das noch dazu mit Mikrometer-Präzision —, hatte Ishida eine Situation geschaffen, in der nur die letztere Technik möglich war. Die *Dawn Treader* war ein langsames Schiff mit geringer Energie. Sie traf erst dann mit dem Asteroiden zusammen, wenn er die Erde beinahe schon erreicht hatte. Cathy ließ das Programm auf ihrem tragbaren Computer ablaufen, denn sie war sicher, daß er in keiner Verbindung mit dem Datenspeicher an Bord des Schiffes stand. Es dauerte ein bißchen länger, und die dreidimensionalen Graphiken waren nicht so perfekt, wie das Hauptsystem des Schiffes sie geliefert hätte — aber die Möglichkeit, selbständig vorzugehen, war schon ein paar Opfer wert.

Außerdem erhielt sie ihre Antwort auch so. Nur der zarteste Liebesklaps war notwendig, um Cornucopia unwiderruflich aus seiner zur Erde gerichteten Fallkurve zu werfen. Sein Eintreffen würde dadurch nicht nur verzögert werden, es würde jeder Hoffnung, ihn zu vertretbaren Kosten wieder einzufangen, ein für allemal ein Ende bereiten. Ein ganz bescheidener Schub *jetzt*, in *dieser* bestimmten Richtung schickte den Asteroiden zum Jupiter. Dann konnte man den Riesenplaneten auf zweierlei Weise benutzen, um den Felsbrocken loszuwerden. Entweder schleuderte man ihn mittels eines schwerkraftunterstützten Manövers auf einer wilden, nie wieder zu stabilisierenden Bahn in das äußere System, oder man warf ihn *in* den Jupiter. Letzteres war ein kühner Gedanke, aber Cathy fand keinen Grund, der dagegen sprach. Schließlich gab es auf Jupiter keine feste Oberfläche, die Cornucopia hätte beschädigen können. Mehr als ein Platschen würde er nicht fertigbringen.

Doch nichts davon war im Augenblick durchzuführen. Sie hatten keine Möglichkeit, dem Asteroiden durch Fernsteuerung Befehle zu übermitteln, und mit der *Dawn Treader* erreichten sie ihn nicht mehr rechtzeitig, um ihn zu betreten und den Befehl manuell einzugeben.

Cathy knurrte und schob den Computer wortlos zu Choate hinüber, damit er den Schirm selbst betrachten konnte. »Okay, Sie haben recht«, sagte sie dann. »Aber vielleicht bedeutet das lediglich, daß Ishida sich ein schnelleres, moderneres Schiff nicht leisten konnte.« Ihre eigenen Worte klangen ihr wenig überzeugend.

Choate schnaubte verächtlich. »Dummes Zeug. Seinem Onkel gehört eine Raumschiffahrtslinie, und sein Bruder ist Großaktionär bei Boeing, um nur zwei auf der Hand liegende, *nicht geheime* Verbindungen zu erwähnen. Ich habe unseren Knaben Shiro Ishida lange Zeit studiert. Doch, er hätte sich ein schnelles Schiff mit konstanter Beschleunigung leisten können.«

Choate dachte eine Weile nach. »Kehren wir zu meiner Theorie zurück, daß Ishida jedes Ereignis von Anfang an geplant hat, mag es uns auch schwer fallen, das zu glauben. Er färbt also seine Erfolge absichtlich so, daß sie wie Mißerfolge aussehen. Was bedeutet das? Wenn er immer die Resultate bekommt, die er gewollt hat, was können uns diese Resultate verraten? Stellen Sie sich vor, Sie seien wieder in Ihrem College im Analyse-Kurs.«

Cathy behandelte die Frage als reine Denkübung und ignorierte die offensichtlichen Absurditäten. »Wenn wir Ihre Annahmen als Tatsachen betrachten, verraten uns die jüngsten Ereignisse seine ursprünglichen Absichten. Die Situation, die sich entwickelt hat, paßt ihm genau in den Kram, weil alles so läuft, wie er es geplant hat. Wenn wir also herausfinden wollen, was er will, brauchen wir uns nur anzusehen, was er bekommen hat.« Sie unterbrach sich und sah zu Choate hoch. »Alles ist ein solches Durcheinander! Er ist auf der Flucht vor der Justiz, er ist bei der Öffentlichkeit in Ungnade gefallen, und es ist ihm nicht gelungen, Cornucopia abzulenken.«

»Ein Durcheinander ist es nur dann, wenn seine *wirkliche* Absicht war, den Asteroiden abzulenken«, fiel Choate lebhaft ein. »Aber wenn wir einen Blick auf bestimmte Einzelheiten des Eigentumsrechts und auf die Regeln der Rechtsprechung werfen ...«

»Des *Eigentums*rechts? Was meinen Sie?«

»Nun, das Raumeigentumsrecht, wenn Sie es ganz genau wissen wollen«, sagte Choate. »Und die Streitfragen spielen auch ins Raumschiffahrtsrecht hinüber. Ich glaube, das, was Ishida plant, hat eine Menge mit dem Stand der Gesetze und Vorschriften über Eigentum und Gebietsanspruch im Raum zu tun. Das sind heikle Themen.«

Plötzlich schoß Choate eine Frage auf Cathy ab. »Zum Beispiel: Wem gehört der Mars?«

Cathy sah ihn seltsam an. »Den Marsianern natürlich.« Sie zögerte. »Zumindest der marsianischen Regierung, nehme ich an.«

»Wem gehört dann die Erde?« fragte Choate im gleichen Schnellfeuerton, offensichtlich, um eine sofortige Antwort zu erzwingen.

Cathy öffnete den Mund, schloß ihn wieder und dachte erst einmal eine Minute lang nach. »Ich wollte schon sagen, der Regierung der Erde, aber im Grunde gibt es keine. Und es steht fest, daß keiner der souveränen Staaten seine Rechte an die Vereinten Nationen abgetreten hat. Andererseits wäre die Antwort, daß den Regierungen der einzelnen Staaten jeweils ein Stück des Planeten gehört, ebenso falsch, nicht wahr?«

Choate lachte vergnügt. »Dem zweiten Teil meiner Falle sind Sie entronnen. Ja, das wäre ebenso falsch. Und natürlich mische ich absichtlich die Konzepte des Eigentums und des Gebietsanspruchs durcheinander. Zum Beispiel schließt das Vereinigte Königreich das Gebiet von, sagen wir, London oder Wales oder Dublin ein — aber der Boden, auf dem die Städte erbaut sind, gehört tatsächlich den Kaufleuten und Wirten und Hausbesitzern — es sei denn, die verschiedenen Behörden haben ebenfalls bestimmte Eigentumsrechte. Der Staat oder die Stadt oder der Rat oder welche lokale Autorität auch immer kann die Grundstückseigentümer zu gewissen Dingen zwingen — zum Beispiel, Steuern zu bezahlen oder ihr Land im Rahmen einer Enteignung abzutreten. Wenn die Eigentümer keine Kontrolle über ihr Eigentum haben und andere nicht daran hindern können, es ihnen wegzunehmen, wie kann es dann ihr Eigentum sein? Und Sie haben nicht ganz recht, wenn Sie meinen, die Staaten hätten keine Rechte an die Vereinten Nationen abgetreten. Unter ganz bestimmten Umständen können die Vereinten Nationen auf der Basis der juristischen Theorie, sie handelten im Namen der ganzen Menschheit, ebenfalls Land enteignen.

Nun sagen Sie mir: Wem gehört die Kneipe zur aufgehenden Sonne gleich um die Ecke der St.-Pauls-Kathedrale in der City von London *wirklich?* Dem Eigentümer? Der Stadt London? Dem Bürgermeisteramt? Dem

Vereinigten Königreich? Den Vereinten Nationen? Sie alle üben in irgendeiner Form Kontrolle darüber aus und können Forderungen daran stellen, wenn sie wollen.

Und das ist noch ein einfaches Beispiel. Was geschieht in einem Krieg, wenn die Regierung, die die Gesetze rund um den Grundbesitz erlassen hat, gestürzt wird? Oder wenn eine Kolonialmacht abzieht und ihr Rechtssystem mitnimmt? Oder wenn die Vereinten Nationen ein Land zum Treuhandgebiet erklären und ein Mitgliedstaat einen eigenen Anspruch darauf erhebt, wie es Argentinien mit der Antarktis gemacht hat? Was ist mit den Ozeanen oder dem Meeresgrund oder der Atmosphäre oder dem Erdkern? Eine ganze Anzahl von Gruppen hat mit unterschiedlichem Maß an Vernunft wie auch an Erfolg etwas oder alles davon als Eigentum reklamieren wollen. Es gibt verwickelte Präzedenzfälle und sich widersprechende Gesetze und juristische Theorien über alle diese Fragen.

Die ganz ehrliche Antwort auf meine Frage ›Wem gehört die Erde?‹ müßte lauten: Das weiß keiner. Jahrhundertelang, bevor diese Frage irgendeine Bedeutung gewann, haben Königreiche und Staaten und Bündnisse existiert. In Anbetracht von Jahrhunderten, in denen es Gesetze, Präzedenzfälle und Tradition rund um die Parzellierung der Landschaft gegeben hat — wobei nirgends der Gedanke berücksichtigt wurde, die Erde könne mit einer einzigen Stimme sprechen oder als juristische Einheit angesehen werden —, da war es, kurz gesagt, leichter, die Frage zu ignorieren und alle Zweifel unter den Teppich zu kehren, als jedes einzelne einschlägige Gesetz zu überdenken und neu zu fassen. Die Einsicht, daß die Erde bei der Verfolgung vieler Ziele als Einheit behandelt werden müßte, kam zu spät, als daß noch säuberliche Ordnung hätte geschaffen werden können.« Choate schwieg eine Weile. »Die *praktische* Lösung für den täglichen Gebrauch ist natürlich, die

Frage gar nicht erst zu stellen. Man hat inzwischen verschiedene juristische Fiktionen zusammengebraut, von denen die Leute meistens gar keinen Gebrauch machen. Die Vereinten Nationen tun ihr Bestes, aber selbst sie sind ständig in Prozesse wegen irgendwelcher Souveränitätsverletzungen verwickelt.

Doch wenden wir uns wieder der uns interessierenden Angelegenheit zu. Als sich die Juristen und die Gesetzgeber und die Diplomaten von Angesicht zu Angesicht der Tatsache gegenübersahen, daß die Menschen sich daranmachten, andere Welten im Raum zu kolonisieren — entschuldigen Sie, zu *besiedeln* — und in manchen Fällen ihre eigenen künstlichen Welten außerhalb der Jurisdiktion jedes damals existierenden Gerichts oder Gesetzes zu bauen, hatten sie sowohl eine juristische Krise als auch eine Gelegenheit. Vor ihnen lagen zwei Möglichkeiten, das Chaos und eine neue Ordnung.

Ein paar grundlegende Regeln wurden aufgestellt. *Kein souveräner Staat kann territoriale Rechte an einem Planeten oder an einem Teil davon beziehungsweise an einem natürlichen Himmelskörper oder an einem Teil davon haben oder beanspruchen.* Es gab bereits einen UN-Vertrag, der genau das besagte, bevor die Amerikaner 1969 zum erstenmal auf dem Mond landeten. Als es mit der Auswanderung in den Raum richtig losging, wurde dieses Konzept erweitert und in andere Verträge übernommen. Die einzige Ausnahme war natürlich, daß es den Vereinten Nationen gelang, ihren eigenen Anspruch auf den Mond durchzusetzen.

Die Tradition und die Präzedenzfälle des internationalen Rechts weiteten die Keine-Ansprüche-Regel auf jede Regierung, *ganz gleich wo,* aus, die nach der Unterzeichnung der Verträge gebildet wurde. Theoretisch hätte die Regel ignoriert werden können — nur braucht man die Hilfe einer Regierung, um eine Siedlung auf einer neuen Welt zu errichten. Und ein weiteres Gebot wurde klar niedergelegt. *Kein Staat darf auf einer anderen*

Welt eine Kolonie gründen oder durch andere Mittel versuchen, sein Hoheitsgebiet über den irdischen Raum hinaus auszudehnen.

Statt eine Kolonie zu gründen, unterstützte also eine irdische Regierung die Schaffung eines neuen Staates, der vor allem von ihren eigenen Bürgern besiedelt wurde und ein Bündnis mit dem Mutterland einging — zumindest anfangs. Der alte Staat erlaubte dem neuen erst dann, sich zu proklamieren, wenn er sämtliche Verträge über Raumterritorien unterschrieben hatte.

Haben Sie das bis dahin verstanden?« fragte Choate.

»Ja, mehr oder weniger«, antwortete Cathy vorsichtig. »Sagen Sie mir die Wahrheit — Sie sind Lehrer gewesen, nicht wahr?«

Choate lächelte gedankenverloren. »In meinem früheren Leben. Ich war Dozent an der einzigen Schule von High Man. Alle Klassen, alle Altersgruppen unter einem Dach. Alte Gewohnheiten legt man schwer ab.«

»Das habe ich mir gedacht. Auch wenn es heute nicht mehr wichtig sein sollte, Sie waren offenbar ein guter Lehrer. Doch wenn das, was Sie sagen, stimmt, dann besitzen die außerirdischen Regierungen und Staaten tatsächlich überhaupt kein Hoheitsgebiet.«

»Richtig. Keinem Staat ist es erlaubt, einen planetaren Körper zu besitzen.«

»Aber — wenn zum Beispiel das Commonwealth von Ceres das Territorium von Ceres nicht besitzt — über was hat es denn dann die Souveränität?«

»Über alle Werke von Menschenhand, die sich in, auf und um Ceres befinden, mit Ceres verbunden sind oder von Ceres stammen. Über alles, was von Menschen besetzt oder benutzt ist. Über alles an Ceres, was der Staat — oder seine Bürger — kontrolliert. Was in der Praxis Ceres bedeutet. Jedes Stückchen des Planetoiden, der nicht auf irgendeine Weise von Menschen kontrolliert wird, fällt in dem Augenblick, wo jemand Gebrauch davon macht, unter die Gerichtsbarkeit der Ceres-Regierung. Die Idee, daß Volk und Regierung von Ceres ihren Planeten nicht ›besitzen‹, läuft auf eine weitere juristische Fiktion hinaus — wenn auch eine wichtige Fiktion.

Angenommen, John Smith, Privatmann, setzt den Fuß auf einen unbesetzten, unbenutzten Felsklumpen irgendwo draußen im Raum — dann *ist* er die Regierung dieses Asteroiden, bis er ihn verläßt oder aufhört, Gebrauch von ihm zu machen, selbst wenn er nicht der erste dort war. Innerhalb weitgefaßter Toleranzen, die zeitweilige Abwesenheit erlauben, sind frühere Ansprüche ungültig. Wenn John Smith weggeht und nicht zurückkehrt und dann John Dow des Weges kommt und fünf Minuten auf diesem Felsbrocken verbringt — ist es seiner. Aber wenn Doe ihn verläßt und zwei Jahre lang nicht zurückkehrt, verliert wiederum *er* jeden Anspruch.

Die Kein-Territorium-Gesetze sollen Torheiten von der Art verhindern, wie sie während der Kolonisierung ein Durcheinander aus der Landkarte von Nordamerika gemacht haben. Zum Beispiel hatte Virginia ursprünglich überhaupt keine westliche Grenze. Theoretisch gehörte Virginia ein Streifen der kalifornischen Küste. Privatleute erhielten Land von der Größe ihres alten Vaterlandes zugesprochen, darunter so manche Wildnis, die für ein weiteres Jahrhundert von keinem Europäer erblickt werden sollte. Was hat das für einen Sinn? Und meiner Meinung nach war es sehr töricht von dem Papst, den Portugiesen Japan zuzusprechen — was der japanische Kaiser damals nicht einmal wußte. Die europäische Kolonisierung Afrikas hat *immer noch* Schrecken zur Folge. Niemals mehr wird es gelingen, die Grenzen, die die Kolonialmächte zogen, zu jedermanns Zufriedenheit neu festzulegen.

Das Gesetz soll verhindern, daß jemand eine Flagge auf einen Planeten pflanzt und Anspruch darauf erhebt, obwohl er ihn in keiner Weise kontrollieren, besitzen oder nutzen kann. Oder was soll jemanden davon abhalten, eine Flagge über dem Jupiter abzuwerfen und ihn für alle Ewigkeit zu seinem Eigentum zu erklären?«

Cathys Gesicht nahm einen merkwürdigen Ausdruck an. »Ich ahne schon, worauf Sie hinauswollen.«

»Dann lassen Sie mich dem Puzzle ein weiteres Stück hinzufügen. LuTech ist in Schwierigkeiten, in ernsten finanziellen Schwierigkeiten. Das war schon so, lange bevor Garrison Morrow anfing, Löcher in Island zu bohren. Natürlich ist der größte Vermögenswert der Firma immer der Abbau des Asteroiden Luzifer gewesen. Aber sie hat ein paar schlimme Fehler gemacht und hatte Unglück beim Verpachten von Teilen Luzifers.

Luzifer war der erste Asteroid, der die Erde umkreiste, und er wurde in einen hohen, konservativen Orbit eingesetzt. Das machte die Transportkosten für Luzifer ziemlich hoch, verglichen mit den späteren Asteroiden. Die Maschinen für das Gewinnen und Verarbeiten sind denen, die die Konkurrenz benutzt, weit unterlegen. Kurz und gut, die anderen Minen-Gesellschaften konnten LuTechs Preise unterbieten, sogar auf dem geschützten Markt der Erde. Was mich auf ein weiteres Problem bringt: Im Erde-Mond-System ist das Angebot an Asteroiden-Produkten viel größer als die Nachfrage.«

»Warum holt man dann Cornucopia herein?« fragte Cathy.

»Er besteht aus hochwertigem Gestein«, antwortete Choate. »Er hat extrem große Konzentrationen von gewinnbringenden Verbindungen. Und die meisten potentiellen Märkte für diese Rohstoffe befinden sich in einem niedrigen Orbit um die Erde und werden Cornucopia nahe sein. Setzen Sie die niedrigeren Transportkosten, das höherwertige Rohmaterial und die Leistungsfähigkeit einer modernen Fabrik ein, und sie haben eine Formel, die Profit garantiert. LuTech setzt darauf, daß es klappen wird, und ihr Einsatz ist hoch. Sie hat praktisch jeden Pfennig, den sie besitzt, in das Cornucopia-Projekt gesteckt. Wenn Cornucopia nicht durchkommt — nun, dann wird es einige kreativer Anstrengungen bedürfen, um einen Konkurs zu verhindern, wenn nichts Schlimmeres.«

»Also kann Ishida«, schloß Cathy, »LuTech beziehungsweise LuTechs Eigentümer in den Konkurs treiben, indem er Cornucopia von der Erde weglenkt. Und wenn er zwei Jahre, nachdem LuTech-Personal dort gewesen ist, den Fuß auf den Felsen setzt, kann er legal seinen eigenen Anspruch anmelden. Die Firma trägt die ganzen Kosten für das Bewegen des Asteroiden, und Ishida nimmt ihn ihr weg. Aber was nützt ihm das, wenn sich Cornucopia danach auf einer Bahn befindet, die einen Abbau sinnlos macht?«

»Das müßten Sie sich doch denken können! Spielen Sie die Projektionen durch, Cathy. Verfolgen Sie die Bahn des Asteroiden, nachdem wir ihn zu der geplanten Kursänderung gezwungen haben.«

Cathy riß in entsetztem Begreifen die Augen auf. Wieso hatte sie das übersehen? Es war so offensichtlich. Cornucopia würde in einem engen Orbit um die Sonne bleiben, nachdem das Team der *Dawn Treader* ihn von dem Kurs abgebracht hatte, der ihn in eine Bahn um die Erde gelenkt hätte. Und was im Kreis herumgeht, kommt wieder herum. Cathy griff nach ihrem Computer und gab das Problem ein. »Jesus Christus«, stöhnte sie. »Drei Jahre. Cornucopias neuer Orbit ist achtzehn Monate lang. Alle drei Jahre, jeden zweiten Orbit kommt er der Erde ganz nahe. Immer, wenn die Erde drei Umläufe macht, macht Cornucopia zwei — und dann treffen sie sich wieder. Sein Weg und der der Erde kreuzen sich stets von neuem. Einige der Begegnungen könnten Fast-Zusammenstöße werden, wenn nicht gar ...«

Choate nickte grimmig. »Aber Ishida wird es nicht so lassen. Er braucht nur seinen Leuten zu befehlen, daß sie den Felsen lange genug besetzen, damit sein eigener

Anspruch erhalten bleibt, und zu warten, bis er wieder herumkommt. Nach drei Jahren oder zwei Umläufen Cornucopias kann er ihn selbst in eine niedrige Bahn um die Erde einsetzen. Ohne LuTechs Schulden und Probleme beginnt er dann mit dem Abbau. Er kann ganz legal einen Asteroiden stehlen. Und wenn er ihn in drei Jahren einfängt, setzt er die Erde all den Gefahren aus, gegen die er heute protestiert.«

In der kleinen Kabine herrschte Totenstille.

Cathy erschauerte. »Es sei denn, mit seinem Plan geht etwas schief, nachdem wir den Orbit verändert haben. Wenn er nun in Konkurs gerät oder stirbt oder ins Gefängnis kommt — dann wird Cornucopia auf diesem Orbit bleiben und für ewige Zeiten alle drei Jahre die Erde zu Zielübungen benutzen. Bis jemand anders ihn stiehlt und in eine gefährlich niedrige Umlaufbahn bringt. Oder bis er von selbst auf die Erde abstürzt.«

Choate richtete sich auf und sah Cathy scharf an. »Also: Wie halten wir Ishida auf?«

RÜCKSEITE DES MONDES, SONNENWEG, HERTZSPRUNG-SEKTOR

Die Veränderung, die eine neue Federung und ein funktionierender Autopilot bewirkten, war unglaublich. Die *Rock & Roll* bewegte sich geschickt von einem Antwortsender zum anderen und wahrte dabei einen ordnungsgemäßen Abstand von einem Kilometer zu Mohammeds *Ali Akbar.* Die beiden Roller hielten eine Geschwindigkeit von dreißig Stundenkilometer bei, auch wenn es durch die rauhesten Kraterfelder ging. Das mußten sie sogar — sich einen Weg durch die Krater zu bahnen, fügte der Länge ihres Weges vielleicht fünfzig Prozent hinzu. Im Durchschnitt brauchten sie fünfzehn Kilometer Zickzackkurs, um eine gerade Linie von zehn Kilometern zurückzulegen. Sie hielten knapp Schritt mit der Sonne, die langsam über den lunaren Himmel wanderte.

Das Beste war jedoch, daß die *R & R* jetzt mit dem Autopiloten allein fahren konnte. Mohammeds Autopilot war zweifellos noch tüchtiger als ihr neuer, denn für die *AA* war nur ein einziger Mann erforderlich, aber welche Hardware Fred auch in die *R & R* installiert haben mochte, sie verstand ihr Geschäft besser als die, die er herausgenommen hatte.

Ben und Garrison griffen bei der Fahrt nur noch gelegentlich ein. Fred hatte sogar einen Alarmton eingebaut, der erklang, wenn der Pilot *dachte,* er brauche Hilfe. Der jeweilige Fahrer konnte sich zurücklehnen, sich entspannen und die Aussicht genießen. Die Situation verbesserte sich weiter, als die beiden Fahrzeuge sich in Sichtlinie voneinander befanden. Dann konnten ihre Autopiloten mit Kom-Lasern Informationen hin- und herschicken und jedes Hindernis von zwei Gesichtswinkeln aus betrachten.

In einem plötzlich soviel leistungsfähigeren Fahrzeug, nachdem sie sich gut ausgeruht hatten und auf eine Woche Erfahrung im Rollerfahren zurückblicken konnten, wurde ihnen der Weg über die Rückseite leichter, als sie sich hätten träumen lassen. Trotzdem wäre es hart gewesen, die Wildnis aus Kratern, Spalten und Felsblöcken allein zu durchqueren, ganz gleich, wieviel besser die *Rock & Roll* und ihre Fahrer geworden waren. Mohammed und der Autopilot der *AA* kannten die Route, und Mohammed war Meister darin, genau mit der Sonne Schritt zu halten. Er sorgte dafür, daß an ihrem Standpunkt immer lokale Mittagszeit war. Mit ihm würde ihnen das Tageslicht niemals ausgehen.

Auf der Fahrt durch den endlosen, im Vakuum bratenden Mittag, während sie die Sonne um den Mond jagten, verbrachten Ben und Garrison jeder einen guten Teil der Zeit im Grunde allein, denn stets hatte einer Wache, und der andere schlief. Das waren lange Stunden, in denen man nichts anderes tun konnte als nachdenken.

Hundertmal in diesen stillen Stunden, die er mit sich allein war, hätte Garrison seinen Freund gern aufgeweckt und mit ihm über seinen Plan gesprochen. Garrison spürte das dringende Bedürfnis, all diese wilden Ideen mit jemandem zu diskutieren, mit irgend jemandem, am liebsten aber mit seinem besten Freund. Doch dafür waren seine Ideen eben *zu* wild, und die ersten Schritte mußte er sowieso allein tun. Wenn er nun scheiterte, noch bevor er richtig begonnen hatte? Nein, es war besser, zu warten und Ben seinen Plan nur dann mitzuteilen, wenn eine gewisse Hoffnung auf Erfolg bestand.

Am dritten Tag brach sein Entschluß zusammen. Ihn umgab zuviel Stille, zu viele Zweifel hatten sich in seinem Gehirn eingenistet, er fürchtete sich zu sehr davor, auch nur den ersten Schritt bei einem so tollkühnen Plan allein zu wagen. Ben wachte soeben auf, machte sich bereit, seine Schicht anzutreten, und Garrison hatte die langen Stunden ewigen Lichts mit Sorgen verbracht. Allmählich zerrüttete die endlose Helligkeit seine Nerven. Ihm fehlte die tröstliche Dunkelheit ihres Hotelzimmers in der Erdaufgangsstation. Das blendende Gleißen des lunaren Mittags kam ihm noch erbarmungsloser als früher vor. Er wünschte sich leidenschaftlich, es wäre *Nacht*.

Wahrscheinlich verstärkte die Helligkeit seine Sorgen — doch die Entschuldigung brauchte er kaum noch. »Ben«, begann Garrison, als sein Freund von der Toilette zurückkehrte und es sich wieder auf seiner Couch bequem machte, »es gibt da etwas, über das ich gern mit dir reden möchte.«

Ben sah zu Garrison hinüber und nickte ruhig. »Das habe ich mir schon gedacht. Seit der Erdaufgangsstation bist du ein bißchen merkwürdig. Was ist es?«

»Eine Idee. Eine Idee, die sich total verrückt anhört.«

»Okay, schieß los!«

»Diese automatisierte Fabrik soll auf der Rückseite montiert werden, richtig? Damit sie die Laser-Einheiten bauen kann. Sie soll etwa hundert produzieren und dann abgeschaltet werden.«

»Ja, und?«

»Wenn man nun vergißt, sie abzuschalten?«

Ben richtete sich ein bißchen gerader auf. »Sie würde immer weiter Laser-Einheiten gebären.«

»Und da diese Fabrik auf der Rückseite steht, wo niemand richtig aufpaßt, würde es wahrscheinlich auch niemand merken, wenn das Ding immer weiter in Betrieb bliebe.« Garrison sprach, ohne Ben anzusehen. Er starrte geradeaus auf die Landschaft, betrachtete sie mit weit mehr Aufmerksamkeit, als notwendig war. »Ja, wenn jemand nachsehen käme, würde er uns natürlich erwischen — aber warum sollte jemand nachsehen kommen? Wahrscheinlich würde es überhaupt nicht auffallen, stimmt's?«

»Das stimmt. Weiter.« Eine plötzliche Eingebung zeigte Ben, worauf Garrison hinauswollte. Sein Magen verkrampfte sich zu einem dichten Knoten, und der Mund wurde ihm trocken.

Garrison schluckte schwer. Seine Hände umklammerten das Steuerrad. Beinahe flüsternd fragte er: »Wie viele miteinander verbundene Laser würden wir brauchen, um Cornucopia aus dem Himmel zu schießen?«

20. KAPITEL

RÜCKSEITE DES MONDES, SONNENWEG, HERTZSPRUNG-SEKTOR

Ben brauchte einen halben Tag seiner Schicht, um zu dem Schluß zu kommen, Garrison sei nicht wahnsinnig. Die ganze Idee, Kom-Laser sollten einen Asteroiden aus dem Himmel schießen, kam ihm unglaublich, unmöglich vor.

Anfangs nur, um auf seinen Freund einzugehen und zu beweisen, daß er im Irrtum sei, dann, um eine Bestätigung für die erstaunliche Wahrheit zu bekommen, daß er recht habe, ließ Ben eine lange Reihe von Berechnungen immer wieder und wieder durchlaufen. Es waren viele Unsicherheiten dabei, aber die Skala der möglichen Antworten war eindrucksvoll, um das Mindeste zu sagen. Garrison blieb hinter dem Steuer, während Ben die Fragen ausarbeitete.

Eine Menge von Tatsachen und Zahlen konnte Ben sich nicht beschaffen, solange er an den lunaren Maria entlangrollte. Reichweite, Leistung, Streuung, Betriebsdaten und Wirkungsgrad, Größe des Ziels, Genauigkeit der Zielvorrichtung. Ein Gutteil der Antworten war wahrscheinlich in den Zeitschriften und Datenkassetten zu finden, die im Heck der *Rock & Roll* lagen. Der Gedanke war frustrierend. Unglücklicherweise gab es keine Möglichkeit, an diese Nachschlagewerke zu gelangen, bevor sie angehalten und ausgepackt hatten. Ben wünschte sich mehr als einmal, Cathy Cleveland sei da und könne ihm helfen. Sie mochte Garrison betrogen haben — aber Ben selbst war in dem Punkt auch nicht unschuldig, und Garrison hatte immer das Gefühl gehabt, Cathy habe ihre Sabotageakte mit größtem Widerstreben begangen. Garrison dachte immer noch freundlich an sie, um das Allerwenigste zu sagen. Soviel wußte Ben, falls es etwas zu bedeuten hatte, daß Garrison im Schlaf sprach.

Aber vom Abschweifen in solche Nebenfragen wurde das Problem nicht gelöst. Ben stürzte sich in die Zahlen, entschlossen, sein Bestes zu tun. Auch wenn ihm harte Fakten fehlten, konnte er bei den meisten Variablen recht gute Schätzungen einsetzen. In mancher Hinsicht waren die Berechnungen ganz unkompliziert. Größtenteils ging es um die Frage, wieviel Energie für einen Angriff auf den Asteroiden notwendig sein würde.

Der stark reflektierende weiße Sack, in den Cornucopia gehüllt war, erschwerte das Problem. Er würde den größten Teil des sichtbaren Laserlichts zurückwerfen — aber wenn Ben sich richtig an das erinnerte, was er über den Asteroiden gelesen hatte, und wenn die Bilder, die er gesehen hatte, korrekt waren, hatten die Haltetaue, die über dem Sack lagen, eine dunkle Farbe und müßten Hitze sehr gut absorbieren. Diese Trossen mußten unter großer Spannung stehen. Wenn es ihnen gelang, eine ausreichend große Zahl heiß genug zu bekommen, sollten sie ermüden und schließlich reißen. Waren genug dieser Taue verlorengegangen, riß die ganze Stützstruktur des Asteroiden auseinander. Sie brauchten nur ein paar Löcher und Risse in dem Sack zu erzeugen, und die dunkle Asteroiden-Oberfläche lag bloß — und *die* war sehr leicht aufzuheizen.

Es würde nicht notwendig sein, den ganzen Felsen zu schmelzen. Mit dem Durchtrennen der Haltetaue und der Beschädigung des Sackes war die Schlacht schon halb gewonnen. Die innere Struktur des Asteroiden war von Anfang an nicht sehr fest gewesen, und sie war durch die Beanspruchungen während des Einfangens und der Kursänderungen weiter geschwächt worden. Schließlich hatte man Trossen und Sack angebracht, um den Felsen zusammenzuhalten! Ohne Trossen und Sack würde der sich drehende Asteroid von selbst auseinanderbrechen, und man brauchte dabei nicht mehr viel nachzuhelfen. Dann ging es nur noch darum, die größeren Bruchstücke anzuvisieren und jedes einzelne von ihnen aufzuheizen, bis es sich zu Dampf und Kies auflöste.

Dazu war gar nicht besonders viel Energie notwendig. Nun ja, eigentlich doch, gestand Ben sich ein. Nach normalen Begriffen waren *unglaubliche* Energiemengen notwendig, um Cornucopia zu harmlosem Schutt zu zerschmettern. Ben sah in das grelle Sonnenlicht hinaus. Langsam dämmerte es ihm, daß sie hier draußen unglaubliche Energiemengen zur Verfügung hatten. Unbegrenzte Sonnenenergie, die man sich nur zu nehmen brauchte. Verglichen mit dem, was der Mond von der Sonne bekam, war die Energie, die man benötigte, um einen Asteroiden zu verdampfen, ein Klacks.

Wenn sie genug Laser in die Finger bekamen, die Licht der richtigen Frequenzen abfeuerten, ließ sich die Idee verwirklichen. Sie mußten nur die Kontrolle über den ›Aus‹-Schalter der Fabrik gewinnen. Übertrug man ihnen die Leitung des Laser-Projekts, hatten sie freie Hand.

Aber das war ein großes Wenn. Ein gewaltiges Wenn. Die meisten *technischen* Probleme, die der Plan in sich barg, waren schon von den UNLAG-Ingenieuren gelöst worden, die die Robot-Laserfabrik konstruiert hatten. Übriggeblieben war eine enorme politische Herausforderung. Garrison und Ben mußten den Befehl über die Laser-Operation bekommen.

Das würde viel schwieriger sein, als aus ein paar Millionen Kilometern Entfernung ein paar Terrawatt in einen Asteroiden zu pumpen. Wie fingen es zwei verbannte Geologen nun an, daß man ihnen ein wichtiges technisches Projekt anvertraute? Ben lehnte sich in seinem Sitz zurück und begann, über die Frage zu meditieren.

Anfangs kam ihm gar nicht zum Bewußtsein, daß er bereits darüber nachdachte, *wie* Cornucopia abgeschossen werden könne und nicht, *ob* sie ihn abschießen könnten.

Endlich schaltete Ben seinen Computer-Monitor ab und wandte sich seinem Freund zu. »Garrison, ich denke, es läßt sich machen. *Wenn* man uns die Leitung des Laser-Systems überträgt.«

Garrison hatte den Blick von dem vorderen Sichtfenster nicht abgewendet, seitdem er die Frage nach den Lasern gestellt hatte. Aber jetzt drehte er sich um und grinste Ben an. »So habe ich es mir auch vorgestellt. Diesen Kurs müssen wir auf der Rückseite steuern. Die Leute überzeugen, daß uns die Leitung zusteht, bevor sie auch nur daran denken zu fragen. Herausfinden, wer der Verantwortliche für die Laserfabrik ist und ihm einreden, da für die Fabrik auch geschürft wird und Schürfen unter Geologie fällt, seien wir genau die Richtigen. Wir müssen einfach hineinplatzen und den Laden übernehmen. Und ihn von da an unter Kontrolle behalten.«

»Und wer ist nun für die Fabrik verantwortlich?«

»Das weiß ich nicht — aber Mohammed wird es wissen«, sagte Garrison.

Ben faßte nach dem Schalter des Funkgeräts. »Dann fragen wir ihn doch.«

Garrison hätte fast Bens Hand festgehalten, bremste sich jedoch noch rechtzeitig. »Mach es nur nicht zu offensichtlich«, warnte er.

»Das sagst du dem Meister der Subtilität?« gab Ben grinsend zurück und schaltete ein. »Mohammed, hier ist Ben. Wie geht es dir?«

»Ich sitze hier und träume von dem Bad, das ich auf der Rückseite nehmen werde«, erklang Mohammeds Stimme. »Was ist bei euch los?«

»Oh, nichts Besonderes«, erklärte Ben. »Wir haben uns nur unsere Gedanken darüber gemacht, was geschehen wird, wenn wir da sind. Wirst du gleich wieder abfahren, oder mußt du dich länger aufhalten und deine Fracht dem dortigen Boss übergeben?«

»Glaub mir, ich habe mir eine Pause verdient«, sagte Mohammed. »Aber ich *muß* nicht bleiben. Ich brauche nichts anderes zu tun, als die Luke des Frachtraums aufzukurbeln, das Zeug auszuladen und mir eine Quittung geben zu lassen. Glücklicherweise gibt es gar keinen Boss. Wenn es einen gäbe, müßte ich bestimmt einen Haufen Formulare ausfüllen oder eine verdammte Inspektion über mich ergehen lassen oder so etwas.«

»Irgendwer muß doch die Leitung haben«, wandte Ben ein.

»Nun, in der Zentralkolonie gibt es einen Bürokraten, der der offizielle leitende Ingenieur des UNLAC ist — aber würdest *du* den ganzen Weg zur Rückseite rollen, wenn es sich vermeiden ließe? Er erledigt alles per Telefon. Am Schauplatz sind nur vier Techniker für den Zusammenbau. Der oberste Verwaltungsbeamte für die Rückseite ist ein netter alter Trottel, Dr. Hari Prathnabar heißt er. Er soll das Projekt überwachen, aber er ist kaum imstande, mit der täglichen Routinearbeit fertigzuwerden, die in der Kolonie anfällt. Wenn er den Job irgend jemand anders aufhalsen könnte, würde er es tun. Paßt ihr bloß auf, sonst hängt er ihn euch an. Schließlich hat die Sache auch mit Erzabbau zu tun.«

Ben schaltete das Funkgerät für eine Sekunde ab und murmelte: »Und der Erzabbau ist für uns der Angriffspunkt.« Dann schaltete er wieder ein und hielt das Gespräch in Gang, damit Mohammed nicht mißtrauisch wurde. »Und was hast du für Pläne, nachdem du abgeladen hast?« erkundigte er sich.

»Ich fahre natürlich wieder zur Vorderseite herum und hole eine neue Ladung. Zu was sonst bin ich denn ausgestattet?«

»Zu nicht viel, Mohammed«, lachte Ben. »Wir sehen uns, wenn wir angekommen sind. Moscowitz aus.«

Garrison wandte sich seinem Freund zu. »Mein Gott! Ich glaube, wir können damit durchkommen. Wir brauchen diesen Prathnabar nur zu überzeugen, daß wir ihm einen Gefallen tun, wenn wir ihm seinen Job wegnehmen.«

Die *Rock & Roll* und die *Ali Akbar* fuhren weiter durch oder um die großen, die Landschaft markierenden Krater. Sie brauchten mehr als einen Tag, um allein den Korolew-Krater zu durchqueren. Die Leere der in der Hitze backenden Mondlandschaft, die endlose Härte des mittäglichen Lichts wurden immer bedrückender. Das war kein glückliches oder freundliches Land.

In der ganzen Woche, die die Fahrt dauerte, hielten sie kein einziges Mal an. Keiner gab es zu, aber es widerstrebte ihnen allen, an einem Ort stehenzubleiben, wo das Land selbst ihnen zu sagen schien, sie seien unerwünscht. Immer mehr Antwortsender waren außer Betrieb. Sie waren gezwungen, darauf zu vertrauen, daß der Autopilot der *AA* sich erinnerte, wo die fehlenden Leitstrahlen *gewesen* waren. Mohammed führte sorgsam Buch über alle ausgefallenen Sender, um sie später einem Wartungsteam für den Sonnenweg zu melden — ob das nun etwas nützen würde oder nicht. Viele Defekte hatte er schon öfter als einmal gemeldet.

Aber dann, einen Tag hinter Korolew, fehlte kein einziger Leitstrahl mehr. Sie waren jetzt so nahe an einer Station, daß sich jemand die Mühe machte, die Antwortsender zu inspizieren. Es war eine Winzigkeit, das bloße Fehlen eines Mangels, aber es war ein Zeichen, daß sie sich ihrem Ziel näherten, und das war ermutigend.

Endlich rollten sie über den Rand einer Kraterwand und hielten an. Unter ihnen lag der Dädalus-Krater, der die Rückseiten-Station beherbergte. Die Insassen der beiden Roller betrachteten ihren Bestimmungsort. Obwohl sie sich hoch über dem Kraterboden befanden, war Dädalus groß genug und der Horizont nahe genug, daß sie die gegenüberliegende Kraterwand nicht sehen konnten — sie konnten nicht einmal das Zentrum sehen. Es gab kein Zeichen von Leben, nichts lag vor ihnen als eine leere, von Klippen umgebene Ebene, hie und da mit kleinen inneren Kratern gesprenkelt. Dädalus sah genauso aus wie alle die anderen großen Löcher im Boden, die sie passiert hatten, um bis hierher zu kommen.

»Mohammed, ich dachte, wir seien bereits da«, sagte Ben in das Mikrophon seines Funkgeräts.

»Wir sind auch da.«

»Wo, um Teufel, ist dann die Station?«

»Beinahe am Horizont. Siehst du die beiden größten inneren Krater? Richte dein Fernglas auf den nördlichen. Du müßtest von hier aus gerade noch hineinsehen können.«

Ben unterbrach die Verbindung, holte den Feldstecher hervor und peilte mit ihm den Krater-im-Krater an. Wieder eine Enttäuschung. Langsam gewöhnte er sich auf dem Mond daran, bei der Ankunft enttäuscht zu werden, aber trotzdem deprimierte ihn sein erster Blick auf die Station. Aus dieser Entfernung gab es kaum etwas zu sehen, nur ein paar Baracken auf der Oberfläche. Die Siedlung schien nicht viel größer zu sein als die Erdaufgangsstation. Er konnte nicht einmal irgendwelche astronomischen Instrumente entdecken — und Ben weigerte sich zu glauben, daß sie sich unter der Oberfläche befanden.

»Das ist vielleicht eine blühende Metropole, Mohammed«, spottete Ben.

»Wenn du einmal fünf Minuten Zeit hast, werde ich dir sämtliche tollen Nachtlokale zeigen«, meinte Mohammed fröhlich. »Fahren wir hinunter.« Die *AA* rollte bergab und zog eine Staubwolke hinter sich her.

Ben drückte ein paar Knöpfe, und die *Rock & Roll* folgte ihr.

Dr. Hari Prathnabar betrachtete das Bild, das die Außenkamera lieferte. Er drückte seine altmodische Brille fester auf die Nase und lächelte schwach vor sich hin. Es kamen neue Leute! Mohammed und sein Roller voll mit Geräten zum Erzabbau, das hatten sie erwartet, aber der zweite Roller war eine Überraschung. Eine freudige Überraschung.

Die Station war eine kleine, isolierte Stadt, ein Ort von der Art, wo jeder jeden viel zu schnell und zu gut kennenlernt. Die Bewohner der Rückseiten-Station sehnten sich ständig nach neuen Gesichtern, neuen Besuchern, und Dr. Prathnabar begrüßte Neuankömmlinge noch begeisterter als die meisten anderen. *Du bist nun einmal ein Herdentier, alter Junge,* sagte er zu sich selbst.

Dr. Prathnabar war ein ruhiger, bescheidener Mensch, vielleicht an Jahren ein bißchen weiter vorgeschritten, als es ein Mann in seiner Position sein sollte. Auch wenn es im Grunde nicht viel zu bedeuten hatte, war er der oberste Verwaltungsbeamte für die gesamte Rückseite des Mondes. Achtundsiebzig Jahre alt und verantwortlich für eine halbe Welt! Er hatte nie aufgehört, sich darüber zu wundern.

Vor zehn Jahren war er von seiner Regierung auf die Rückseite des Mondes verbannt worden, und zwar des Verbrechens wegen, öffentlich anzuregen, Indien könne den Einwohnern des besetzten Pakistan vielleicht einige bürgerliche und religiöse Rechte mehr zugestehen. Das wollte niemand hören, nicht einmal von einem geachteten alten Astronomie-Professor. Und — *wumm!* — war er draußen. Im Exil.

Natürlich hieß es nicht *offiziell* Exil. Die indische Regierung handelte heute nicht mehr dermaßen undiplomatisch. Aber trotzdem hatte sie dafür gesorgt, daß sie Dr. Prathnabar los wurde, indem sie alle anderen möglichen Posten oder Stellen für ihn sperrte, bis ihm nur noch die Wahl blieb, eine Position im Observatorium auf der Rückseite des Mondes anzunehmen oder zu verhungern.

Letzten Endes hatte er sich damit abgefunden. Es

half, daß sich fast jeder andere auf der Rückseite in der gleichen unangenehmen Situation befand. Desorientiert, verbannt, von ihrer alten Welt abgeschnitten. Einige Mitglieder des wissenschaftlichen Stabes waren auf der Durchreise; sie weilten freiwillig eine kurze Zeit hier, um ihre Experimente durchzuführen und wieder abzureisen. Aber alle ständigen Einwohner waren auf dem Mond gestrandete Verbannte der einen oder anderen Sorte.

Wissenschaftler, Ingenieure, Schriftsteller, Piloten, Politiker, bedingt Haftentlassene aus dem Tycho-Gefängnis. Alle waren sie Menschen, die irgendwer auf irgendeine Art als unerwünscht erklärt hatte, alle waren sie von der Erde oder den Siedlungswelten oder den Habitaten abgeschoben worden, und man hatte sie dem Mond aufgehängt, weil der Regierung des Mondes niemals das Recht zugestanden worden war, die Einwanderung auf ihre eigene Welt zu kontrollieren.

Aber die herrschenden Mächte auf dem Mond wollten nicht, daß die schlimmsten Unruhestifter in den größeren Siedlungen ihr Unwesen trieben. Der UNLAC fand Möglichkeiten, sie bis auf die Rückseite zu stoßen und zu schieben — oder, noch schlimmer, nach Tycho.

Das war auch Prathnabars Geschick. Er war an diesen leeren und einsamen Ort exiliert worden. Und doch befehligte er eine halbe Welt. Nun, ja, das hörte sich ganz großartig an, wenn man vergaß, daß er eine sehr begrenzte Autorität besaß. Und natürlich gab es nur ein paar tausend Menschen in dieser einen einsamen Siedlung plus ein paar Bergbau-Camps auf der ganzen Rückseite. Und der Hauptgrund, aus dem man ihm den Posten angeboten hatte, war, daß niemand anders ihn haben wollte.

Doch Dr. Prathnabar war ein im tiefsten Herzensgrund fröhlicher Mensch, und er schüttelte seine düsteren Gedanken ab. Da kamen neue Leute, die er kennenlernen wollte. Er schob seine Arbeit zur Seite und machte sich auf den Weg zum Hauptschleusenabschnitt.

Vom Kraterrand fuhren sie auf die zentrale Ebene von Dädalus hinunter. Genau vor ihnen lag ein kleinerer innerer Krater, der nach seiner Lage und der Station, die er beherbergte, Rückseiten-Krater hieß. Ein gut ausgefahrener Weg führte auf ihn zu. Er kam immer näher, und endlich erklommen die Fahrzeuge einen letzten Hang und rollten in den Rückseiten-Krater hinunter.

Vom Rand ihres eigenen Kraters aus gesehen, wirkte die Rückseiten-Station ein bißchen eindrucksvoller, räumte Ben ein. Nach zwei Wochen Praxis fiel es ihm immer noch schwer, auf der Mondoberfläche die Größe von Dingen abzuschätzen. Aber soweit er es beurteilen konnte, waren die verstreuten Baracken größer, als er am Rand des Dädalus gemeint hatte, und von diesem Standpunkt aus waren weitere Gebäude zu erkennen.

»Zeit, auf die Türklingel zu drücken«, verkündete Garrison vergnügt. »Rückseiten-Kontrolle, dies ist Roller CC-260-3S-5 *Rock & Roll*, der im Konvoi mit Roller UN-HT-127 *Ali Akbar* fährt. Hören Sie mich? Over«, sagte er.

»Willkommen auf der Rückseiten-Station, *Rock & Roll*. Hier ist die Schleusenkontrolle. Wir aktivieren die Leuchtmarkierung auf Thermalschleuse Eingang Drei. Sie werden ein wiederholt dreimal aufblitzendes Licht sehen. Folgen Sie diesem an Ihren Halteplatz. Das zweimal aufblitzende Licht ist für die *Ali Akbar* bestimmt.«

»Verstanden, Schleusenkontrolle. Wir sind unterwegs.« Garrison fuhr den steilen Hang hinunter und folgte der Leuchtmarkierung zu den massiven Türen der Thermalschleuse.

Die Flügel der Außentür schwangen auf, und die *Rock & Roll* schob sich in die Temperaturausgleichkammer der Thermalschleuse. Im Augenblick herrschte darin die gleiche Hitze wie die zur lunaren Mittagszeit, 100° Celsius — der Siedepunkt des Wassers.

Die Temperaturausgleichkammer diente dem allmählichen Erhitzen oder Abkühlen. Im Laufe einiger Stunden wurde alles, was sich darin befand, auf 20° abgekühlt. Dann konnte es durch die Innentüren in den unter der Oberfläche angelegten Lagerraum gebracht werden.

Aber von Ben und Garrison wurde nicht verlangt, daß sie diese ganze Zeit in der Schleuse warteten. Ein Robot-Zugangstunnel schlängelte sich aus der Seitenwand der Kammer und befestigte sich an der Ausstiegsluke der *R & R*. Das war für Ben eine angenehme Überraschung, denn so brauchte er nicht erst in den Druckanzug zu steigen. Er öffnete die innere Tür der Fahrzeugschleuse, trat hinein und überprüfte den Außendruck. Da draußen gab es Luft, soviel stand fest. Er öffnete die Überlaufventile. Der Druck im Roller und im Zugangstunnel glich sich aus. Bens Ohren knallten, als der Druck leicht fiel. Er schluckte, um die Taubheit zu vertreiben, und öffnete dann die äußere Tür.

Sie schwang auf — und Ben stieß einen Seufzer der Erleichterung aus. Das waren die letzten Schritte der Reise. Sie waren angekommen. Nichts konnte mehr schiefgehen. Mehr als sechstausend Kilometern Mond war es nicht gelungen, sie umzubringen. Erst jetzt, als die Angst verflog, erkannte Ben, daß er Angst gehabt hatte. Jetzt konnte er es ja vor sich selbst zugeben, denn es gab nichts mehr zu fürchten.

Wundervolle Müdigkeit überflutete ihn. Heute abend gab es keinen nervösen Halbschlaf auf einer Andruckliege, wo er mit dem Roller über die wilde Landschaft geschleudert wurde und sein Unterbewußtsein damit rechnete, jeden Augenblick rauh geweckt zu werden. Heute nacht konnte er *richtig* schlafen. Der Gedanke beruhigte ihn. Schlaf, richtiger Schlaf, Bequemlichkeit und Ausruhen!

Er hängte sich eine Übernachtungstasche um und trat in den Zugangstunnel. Die Gedanken, die er eben noch gehabt hatte, waren vergessen, er hatte nichts mehr im Kopf als die nächste Dusche. Der Preis sollte ihm egal sein, er würde dreißig Minuten lang warmes Wasser strömen lassen. Nie hatte er das mehr gebraucht — oder verdient.

Aus dem Tunnel kam Ben in etwas, das anscheinend der Hauptschleusenabschnitt der Station war. Eine kleine Gruppe von Leuten hatte sich versammelt und wartete anscheinend auf irgend etwas Aufregendes, das sich ereignen sollte. Ben sah nervös um sich und fing Garrisons Blick ein, der gerade hinter ihm aus dem Tunnel kam.

Plötzlich ging Ben ein Licht auf. Garrison und er waren das Aufregende! Schließlich hatten die Leute hier nicht oft Besuch. Großartig! Man wollte sie beide offiziell willkommen heißen — und Ben wußte, sie rochen wie ein Paar tote Elche.

Ein älterer indischer Herr trat vor. »Ich begrüße Sie«, sagte er beinahe schüchtern mit einem kleinen Lächeln auf den Lippen. »Ich bin Dr. Hari Prathnabar, hier der Chef der Verwaltung. Willkommen auf der Rückseiten-Station.« Die kleine Ansprache ließ bei den Anwesenden einen kurzen Applaus aufbranden. Ben betrachtete sie einigermaßen verlegen.

»Wie Sie sehen, heißen wir Besucher immer gern willkommen«, sagte Prathnabar. Er sprach mit einer hohen, angenehmen, sanft melodischen Stimme, die beinahe etwas von einem Singsang an sich hatte. »Wir freuen uns darauf, Sie kennenzulernen und etwas über die Außenwelt zu hören.«

Ben tat einen Schritt vorwärts. Ihm war vor all diesen fremden Gesichtern recht unbehaglich zumute. »Hallo«, grüßte er unbeholfen. »Ich bin Ben Moscowitz, und das ist mein Freund Garrison Morrow.«

»Seien Sie uns beide willkommen.« Dr. Prathnabar

faßte Bens Hand mit festem Griff. Ben ertappte sich dabei, daß er dem freundlichen alten Mann fasziniert ins Gesicht starrte. Er blinzelte und wandte den Blick ab, weil er keinen unhöflichen Eindruck machen wollte. Das hatte nur zur Folge, daß er jetzt in andere Gesichter starrte. Seine Augen wurden unwiderstehlich von einem nach dem anderen angezogen, und jedes trug das Wunder einer Lebensgeschichte auf Fleisch und Knochen geschrieben.

Ben kniff verwirrt die Augen zusammen und sah von neuem hin. Das waren ganz normale Menschen, zehn oder zwölf Männer und Frauen, die in ihrem Aussehen nichts Auffälliges hatten. Es waren Gesichter unterschiedlichen Alters und in unterschiedlicher Verfassung, aber keines war dabei, das ihm Grund gegeben hätte, es mit offenem Mund anzuglotzen. Ihm kam zu Bewußtsein, woran es lag — er war nicht mehr daran gewöhnt, Menschen zu sehen. Menschen sind soziale Tiere, und Ben war nach Gesellschaft ausgehungert. In den letzten zwei Wochen, als er niemanden anders als Garrison hatte ansehen können, hatte er vergessen, eine wie unendliche Vielfalt das menschliche Aussehen hat.

Garrison, der von Bens Verwirrung nichts merkte, kam und schüttelte dem Verwaltungschef ebenfalls die Hand. »Dr. Prathnabar«, sagte er, »es ist schön, Sie kennenzulernen.«

»Vielen Dank, junger Mann. Auch ich freue mich, Ihre Bekanntschaft zu machen. Wollen Sie lange bei uns bleiben?« erkundigte Prathnabar sich höflich.

Garrison räusperte sich und trat von einem Fuß auf den anderen. »Es tut mir leid, aber wir sind auf Dauer hier, Doktor. Als ständige Bewohner.«

Prathnabars Gesicht wurde lang. »Ach du meine Güte, da hat es offenbar einen Irrtum gegeben. Ich habe keine Nachricht über neue Bewohner erhalten. Leider haben wir für Sie keine Räume parat, nur die Unterkunft für Durchreisende, die sich auf keinen Fall dazu eignet, dort ein Heim einzurichten. Wenn man es uns nur gesagt hätte …«

»Die Schuld liegt bei uns, Dr. Prathnabar.« Ben fand langsam wieder zu sich selbst. »Vor zwei Wochen wurde uns im voraus mitgeteilt, daß wir in zwei Wochen *von heute* nach hier versetzt werden würden, und wir entschieden uns, frühzeitig einzutreffen«, erklärte Ben. Es war die beste Art von Lüge — der Wahrheit so nahe, daß sie praktisch die Wahrheit war. »Wir sollen hier draußen eine geologische Abteilung aufbauen. Es wundert mich, daß man Sie davon inzwischen nicht informiert hat.«

»Geologie?« fragte Prathnabar. Er zog die Brauen zusammen, als versuche er, sich an etwas zu erinnern. »O ja, natürlich!« rief er dann aus. »Ich habe erst gestern eine diesbezügliche Nachricht erhalten, doch wurden darin keine Namen genannt. Man teilte mir mit, zwei Geologen würden in der *nächsten* hellen Periode hier eintreffen, also in drei oder vier Wochen. Sie sind etwa einen Monat früher gekommen, das ist alles. Wir haben noch keine Räume für Sie bereit. Aber ich bin sicher, es läßt sich etwas arrangieren. Bitte, folgen Sie mir.«

Ben und Garrison verließen mit Prathnabar den Luftschleusen-Abschnitt, und die kleine Menschenmenge zerstreute sich, zweifellos, um Freunden und Mitarbeitern von den neuen Nachbarn zu erzählen. Der letzte ging gerade, als Mohammed durch einen anderen Zugangstunnel hereinkam. »Ah, Mr. Ul-Haq!« rief Prathnabar glücklich. »Wie schön, daß Sie wieder da sind. Ich fürchte, Ihre Reisegefährten haben Ihnen die Schau gestohlen.« Prathnabar lächelte Ben und Garrison zu. »Für gewöhnlich ist es Mr. Mohammed Ul-Haq, den zu sehen sie alle herauskommen. Er hat viele Freunde hier.«

»Das geht in Ordnung, Doktor«, meinte Mohammed. »Ich bin froh über die Chance, mich dieses eine Mal still verdrücken und säubern zu können.«

»O ja, natürlich.« Dr. Prathnabar runzelte die Stirn

und sah zu Ben und Garrison hinüber. Offenbar fiel ihm erst jetzt auf, wie schmutzig und zerknittert sie waren. Seine Nase zuckte unwillkürlich, und Ben geriet wegen seines Eigengeruchs in noch größere Verlegenheit. Anscheinend wog Prathnabar nicht nur ab, wie dreckig seine Gäste waren, sondern auch welches Maß an Zartgefühl es erforderte, dies zu erwähnen. »Verzeihen Sie mir, ich habe nicht an Ihre Bequemlichkeit gedacht«, sagte er. »Zweifellos würden auch Sie sich gern erfrischen. Aber vielleicht möchten Sie in zwei Stunden meine Gäste beim Dinner sein?«

»Mit Vergnügen, Doktor«, antwortete Garrison. »Könnten Sie uns zu dieser Unterkunft für Durchreisende bringen oder sonst an einen Ort, wo wir eine Dusche finden ...?«

Mohammed grinste und zeigte den Korridor hinunter. »Folgt mir einfach da entlang. Und wenn ihr mich aus den Augen verliert, braucht ihr bloß die Richtung einzuschlagen, wo es nach alten Sweatshirts und Turnschuhen riecht.«

Die Unterkunft für Durchreisende war ziemlich klein für einen so langen Namen, aber sie hatte Schlafgelegenheiten und eine Dusche und einen Platz zum Rasieren. Ben bekam keine Chance, sich eine halbe Stunde lang einzuweichen, denn Mohammed und Garrison wollten auch an die Reihe kommen. Aber von der Fünf-Minuten-Dusche wurde er sauber, und das war die Hauptsache.

Irgendwie standen sie das Dinner mit Prathnabar durch, und dann fielen sie ins Bett.

Sogar Ben schlief tief und fest. In einem Bett zu liegen, das sich nicht bewegte, war so herrlich, daß die Schlaflosigkeit keine Chance hatte.

21. KAPITEL

PORT VIKING, MARS

Angela Hardin wollte nach Hause, nach Ceres. Sollten diese Idioten doch alles mögliche Unheil anrichten, solange sie sie nur in Ruhe ließen! Hier auf dem Mars gab es nichts mehr für sie zu tun. Nichts, als auf die nächste Katastrophe zu warten — die nicht lange auf sich warten lassen würde. McGillicutty und seine Leute hatten ihren Antrag auf Abschaffung der Zölle durchgebracht. Von nun an würde kein Bewohner irgendeiner Siedlungswelt mehr Zoll an die Vereinten Nationen oder einen Staat auf der Erde zu zahlen brauchen, ja, es würde ihm nicht einmal erlaubt werden.

Da die Vereinten Nationen immer noch Steuern von jedem Bürger der Erde verlangten, der nach Hause zurückzukehren wünschte, ohne ins Gefängnis geworfen zu werden, ließ sich unschwer voraussehen, daß McGillicuttys Gesetz nichts als Ärger zeitigen würde. Die Erde mußte früher oder später darauf reagieren.

Aber Angela war klar, daß sie nicht nach Hause reisen konnte. Die Pflicht hielt sie zurück. Sie hatte keine Wahl, als zu bleiben und den Schaden zu begrenzen.

Das war keine sehr lohnende Aufgabe.

MOND, RÜCKSEITEN-STATION

Die Rückseiten-Station war groß und weitläufig und strahlte von ihrem Mittelpunkt kilometerweit nach allen Richtungen aus. Sie stellte eine der ganz wenigen gemeinsamen Unternehmungen der Siedlungswelten und der Erde dar. Wer für welche Aufgabe zuständig war, wurde im Laufe der Jahre zu einem solchen Chaos —

und die Rückseite erwies sich als dermaßen spektakulär unwichtig —, daß niemand wirklich wußte oder sich dafür interessierte, wer hier der Chef war.

Genauso sah die Station auch aus. Nebengebäude waren anscheinend aufs Geratewohl über die Landschaft des Dädalus-Kraters verstreut worden, je nachdem, welches Projekt oder Programm eine bestimmte Art — elektromagnetisch, vibrational oder personal — von Isolation vor irgendeiner anderen Unternehmung benötigte. Der größte Teil der Station bildete das Forschungszentrum Rückseite, das als wissenschaftliches Sibirien sowohl für die Erde als auch für die Siedlungswelten diente. Das FZR stellte die ultimate Müllkippe für wissenschaftliche Unzufriedene, Exzentriker und politisch Unzuverlässige von allen bewohnten Welten dar. Kreuz und quer durch das Sonnensystem übertrugen sämtliche Abteilungsleiter, die eine Möglichkeit suchten, ihre Exzentriker, Unfähigen, reizbaren Genies und lokalen Meckerer loszuwerden, ihr Problem der FZR. Unruhestiftende Wissenschaftler vom Titan, vom Mars, aus dem Asteroidengürtel, von den Habitaten und von der Erde endeten so gut wie immer hier. Dann hatte man sie vorübergehend — oder dauernd — an einem Ort untergebracht, wo sie dem Chefbüro keine Kopfschmerzen mehr machen konnten.

Anders als im richtigen Sibirien — oder im Tycho-Gefängnis — gab es keine Zwangsarbeit, niemand wurde eingesperrt, und nur ganz wenige der Bewohner waren tatsächlich *deportiert* worden. Wie es Garrison und Ben passiert war, hatte man die meisten Angehörigen des wissenschaftlichen Stabes auf den Weg zu dem einzigen Ort gedrängt, der sie haben wollte. Wie in Sibirien und an anderen solchen Orten in der Geschichte entdeckten die Leute auf der Rückseite, daß das Exil nicht ganz so schlimm war. Aus dem Verkehr gezogen zu sein, bedeutet auch, der Unterdrückung entzogen zu sein. Die Rückseite war zu abgelegen, als daß sich die herrschenden Mächte die Mühe gemacht hätten, sie zu überwachen. Es gab wenig oder gar keine Aufsicht, keine Tests der politischen Zuverlässigkeit, keine Bürokraten, die einem das Leben hätten schwermachen können. Kurz gesagt, man führte ein ungezwungenes, gemütliches Leben, und hier wurde ein Teil der besten Denk- und Forschungsarbeit im Sonnensystem geleistet.

Tatsächlich hatte die Rückseite schon Zuzug von Freiwilligen. Sicher, die meisten von ihnen weilten hier nur vorübergehend, und aus auf der Hand liegenden Gründen verstanden Verbannte und Freiwillige sich nicht sehr gut.

Der bei weitem größte Teil des FZR war das Observatorium, der ursprüngliche Grund, warum auf der Rückseite überhaupt eine Station errichtet worden war. Hier versank die brennende Sonne für zwei volle Wochen hintereinander unter dem Horizont, die kaum weniger blendende Erde blieb dem Auge ständig verborgen, der ganze endlose elektromagnetische Lärm der terrestrischen Zivilisation wurde von der Masse des Mondes abgeblockt. Deshalb war die Rückseite der ideale Platz für eine astronomische Station und konnte sich erstklassiger Instrumente für die Untersuchung von optischen, Radio-, Röntgen- und Gammastrahlen-Emissionen rühmen. Wie alles andere auf der Rückseite war die eine Hälfte der astronomischen Hardware von den Siedlern, die andere Hälfte von der Erde bezahlt worden. Es war nicht immer klar, welche Hälfte welche war.

Mit solcher aufgeteilten Autorität und Verantwortung überrascht es nicht, daß die Rückseite nicht sehr gut verwaltet wurde. Trotzdem waren die Astronomen glücklich. Sie wußten schließlich, was sie taten. Offenbar wußte das sonst niemand in der Station.

Garrison wünschte, *er* wüßte, was er tat. Die Tage vergingen, und er entdeckte von neuem die Tatsache, daß eine Verschwörung nicht leicht zu bewerkstelligen ist.

Soviel hätte er schon bei seinem ersten Hineinriechen in dieses Handwerk lernen müssen, damals auf Island — falls man einen so hochtrabenden Ausdruck wie ›Verschwörung‹ für die Art und Weise benutzen durfte, wie Ben, Cathy und er bei ihren Ränken übereinander gestolpert waren.

Doch es war klar, daß Ben und er diese Sache nicht allein durchziehen konnten. Sie würden Hilfe brauchen. Wie und wo, das war weniger klar. Sie kannten hier niemanden, sie verstanden nicht, wie der ganze Betrieb organisiert war oder welchen politischen Überzeugungen die Einwohner zuneigten. Vermutlich stand der UNLAC bei der Gruppe von Leuten, die von ihm deportiert worden waren, nicht hoch in Gunst, aber von da war es ein weiter Weg zur Teilnahme an einem verdammt törichten Komplott, bei dem Asteroiden als Tontauben für Schießübungen benutzt wurden.

Es gab noch andere Schwierigkeiten. Diskretion und Unauffälligkeit waren zwei Voraussetzungen für das Verschwörungsgeschäft. Unglücklicherweise stellte es sich in den nun folgenden Tagen heraus, daß die guten Leute von der Rückseiten-Station zwei prominenten Neuankömmlingen keine Chance zu geben gedachten, sich diskret und unauffällig zu verhalten. Die beiden stellten echte Attraktionen dar, und Ben fand sich im Speisesaal als glücklicher Mittelpunkt einer nicht geringen Menge weiblicher Aufmerksamkeit wieder.

Der Grund war nicht allein, daß sie Neuankömmlinge waren. Um die Sache noch weiter zu komplizieren, hatten sich Ben und Garrison auf der Rückseite schon lange vor ihrer Ankunft einen gewissen Ruf erworben. Kaum einer in der Zentralkolonie oder der Erdaufgangsstation hatte über die Mjöllnir-Affäre und den gefälschten Film Bescheid gewußt oder Interesse dafür gezeigt — aber auf der Rückseite war man bestens informiert.

Vielleicht förderte das große Observatorium hier das allgemeine Interesse an astronautischen Angelegenheiten. Vielleicht dürsteten die einsamen, isolierten Menschen nach Neuigkeiten jeder Art aus dem weiten Universum außerhalb ihres winzigen Vorpostens. Sie waren neuigkeitensüchtig und wollten über alles informiert werden. Nach Zeitungen herrschte eine bedeutende Nachfrage, und die Druckerschwärze war fast von den Plastikfolien abgewetzt, wenn sie zum Recycling gegeben wurden. Bagatellen wurden auf der Rückseite sehr ernst genommen.

Was auch hinter dem leidenschaftlichen Interesse an Ben und Garrison stecken mochte, die beiden mußten ihre Geschichte immer wieder und wieder erzählen. Ben hatte Kassetten mitgebracht, die sowohl die authentische als auch die gefälschte Fassung des Films zeigten, und erlaubte gern jedem, beliebig viele Kopien davon zu ziehen. Während sie sich eingewöhnten, reifte bei Ben und Garrison langsam der Gedanke, daß sie ihre Bekanntheit und die Reaktionen der Leute auf ihre Abenteuer und die Simulationen im Film als Test für eine eventuelle Teilnahme an Garrisons Plan benutzen konnten.

In der Zwischenzeit gab es eine Menge anderes zu tun. Die Unterkunft für Durchreisende war ganz in Ordnung für eine Nacht oder so, und sie waren gern mit Mohammed zusammen, aber die drei Männer hätten sich ebensogut einen Besenschrank teilen können. Wie es von Anfang an seine Absicht gewesen war, machte sich Ben daran, die *Rock & Roll* in ein Wohnquartier umzuwandeln, das sie benutzen konnten, bis Räume frei wurden — oder, was wahrscheinlicher war, bis die Wartungsmannschaft Zeit fand, ein paar weitere Tunnel und Abteile zu bohren. Prathnabar sorgte für einen günstigen Parkplatz in der Thermalschleuse und ließ einen Zugangstunnel zwischen dem Roller und dem belüfteten Teil der Station legen. Nun konnten sie ein- und ausgehen, ohne Luftschleusen und Druckanzüge benutzen zu müssen. Das machte das Leben bequemer. War der Innenraum der *R & R* erst umgebaut, hatten sie eine hübsche kleine zeitweilige Adresse.

Das Problem war, daß Bens Waren den größten Teil des Innenraums einnahmen. Das meiste davon würde das Vakuum überleben, und Ben stapelte es prompt außerhalb des Rollers auf, gleich vor den Frontfenstern, wo er es im Auge behalten konnte. Er war angenehm überrascht, wie schnell der Rest seiner Handelsartikel dahinschmolz. Natürlich hatte er damals in der Zentralkolonie eine geschickte Auswahl getroffen, und die Stationsbewohner waren mehr als bereit, einen guten Preis für Dinge zu bezahlen, die sie lange Zeit nicht mehr gesehen hatten. Ben verdiente bei weitem nicht soviel, daß die Kosten für die *R & R* dabei herausgekommen wären, aber die Zahlen boten ein Versprechen für die Zukunft.

Bei all dem arbeiteten sie an ihrem eigentlichen Plan weiter. Was sie für den schwierigsten Teil gehalten hatten, nämlich die Leitung der Laserfabrik zu bekommen, gelang ihnen ohne jede Mühe. Prathnabar war entzückt, jemanden zu finden, der sich freiwillig dazu erbot, und fragte Garrison nicht einmal, warum er an dem Projekt interessiert sei.

Garrison war übrigens imstande, einen echten Beitrag zu dem Herstellungsprozeß zu leisten. Offiziell hatte ein Deutscher namens Alois Hofmeister, der einem ziemlich auf die Nerven gehen konnte, die Leitung der Laserkonstruktion, aber sein Team hatte nicht gerade Produktivitätsrekorde aufgestellt. Hofmeister hatte kein großes Interesse daran, sich unter Prathnabars planloser Aufsicht in die Arbeit hineinzuknien. Aber Hofmeister zeigte eine sofortige und unerklärliche Sympathie für Garrison, und das brachte den Umschwung. Das Projekt war stark hinter dem Zeitplan zurückgeblieben, und das wurde jetzt anders. Um das Bergwerk anzulegen, wurde nach Plan gebohrt, gesprengt und wieder gebohrt, und man schickte die Minenroboter an die Arbeit hinunter. Die Fabrik wurde aufgestellt und getestet.

Die ersten Laser-Einheiten sollten einen Monat nach Garrisons und Bens Ankunft vom Band kommen.

Die brennende Frage war, wer die Laser bedienen sollte. Sie brauchten Mitarbeiter.

Langsam und vorsichtig stellten Garrison und Ben eine Liste der Leute auf, von denen anzunehmen war, daß sie erstens die durch Cornucopia heraufbeschworene Gefahr verstanden und zweitens Kenntnisse von der Art besaßen, wie sie der Plan erforderte. Sie hatten gleich zu Anfang beschlossen, niemanden anzuwerben, nur weil er den Asteroiden allem Anschein nach fürchtete. Die Leute mußten ihrer Sache nicht nur wohlwollend gegenüberstehen, sie mußten ihr auch nützlich sein. Umgekehrt wollten sie keinen allein seiner beruflichen Kompetenz wegen dabeihaben. Das Risiko eines Verrats war zu groß.

Wenigstens war das ihre ursprüngliche Theorie gewesen. Doch schnell stießen sie auf das Problem Hofmeister. Er war der Laser-Experte. Die anderen Positionen konnten von mehreren Kandidaten ausgefüllt werden — Zielverfolgung, Leitsystem, Computerarbeit —, aber auf der Rückseite gab es niemanden, der mehr über den Bau und den Betrieb von Hochleistungslasern verstand. Sein Wissen, seine Fähigkeiten waren unersetzlich.

»Was meinst du?« wandte sich Garrison an Ben. Sie saßen am Ende eines langen Tages wieder in der *R & R* und bereiteten sich darauf vor, zu Bett zu gehen. »Können wir dem Kerl vertrauen oder nicht?«

»Die eigentliche Frage ist: Welche andere Wahl haben wir, als ihm zu vertrauen?« erwiderte Ben. »Wir können noch so viele Regeln darüber aufstellen, daß wir nur echte Gläubige rekrutieren wollen — diesen Mann brauchen wir.«

»Was weißt du von ihm?« fragte Garrison.

»Nicht viel. Du hast seine Personalakte gesehen. Geburtsdatum, Ankunft auf dem Mond, Erwerb der Bürgerrechte, das ist so ungefähr alles. Für mich sieht das so aus, als habe jemand sehr gründliche Arbeit geleistet, um alles Unerfreuliche aus seiner Computer-Datei zu entfernen, und danach war nicht mehr viel übrig. An Gerüchten habe ich eine Menge mehr gehört. Angeblich ist er einige Zeit im Tycho-Gefängnis gewesen, warum, weiß keiner. Nachweislich betreibt er eine der besten Schnapsbrennereien auf der Rückseite. Seine Erzeugnisse sollen dem Wort ›Mondschein‹ eine ganz neue Bedeutung geben.«

Garrison lächelte. »Ich muß das Zeug mal probieren.«

»Er soll auch emsig auf dem Schwarzen Markt tätig sein, doch wenn das wahr wäre, hätte es ihn doch nicht gefreut, daß ich mit einer Wagenladung von Verkaufsartikeln hergekommen bin. Aber er ist einer meiner besten Kunden gewesen. Er lächelt viel. Er kommt mir nicht wie ein Mann vor, der großen Respekt vor der Obrigkeit hat, und wahrscheinlich hätte er nicht viele Skrupel, ein paar Gesetze zu brechen. Wenn etwas dabei für ihn herausspringt, wird er meiner Meinung nach bei so gut wie allem mitmachen, nur wüßte ich nicht, was wir ihm anzubieten hätten. Das ist alles, was ich dir über ihn erzählen kann. Abgesehen davon, daß wir ohne seine Hilfe zusammenpacken und nach Hause gehen können.«

Garrison ließ sich auf sein Bett fallen und seufzte. »Etwas in der Art habe ich erwartet, auch wenn ich etwas Besseres erhoffte. Dann müssen wir das Risiko eben eingehen. Wie steht es mit unserer Liste von anderen möglichen Rekruten?«

»Gut. Ich glaube, der Rest des Teams läßt sich aus Leuten zusammensetzen, die unser Vertrauen verdienen.«

»Dann finde ich, es ist an der Zeit, die Losung auszugeben. Morgen fangen wir an, mit diesem und jenem ein paar Worte zu wechseln. Ich möchte, daß wir in einer Woche eine Versammlung einberufen.«

Jody Holmes war ein seltsamer Fall. Sie war *froh,* auf der Rückseite zu sein. Noch seltsamer, sie war aus eigenem freien Willen auf die Rückseite gekommen und pries sich glücklich, das geschafft zu haben.

Ihre ursprüngliche Absicht war gewesen, zwei Jahre in der Charon-Station zu verbringen, die, mit der Rückseite verglichen, eine blendende kosmopolitische Metropole war. Die Charon-Station, die Plutos einen großen Mond umkreiste, hatte die beste Position zum Studium der Protokometen der Oort-Wolke, und Jody hatte sich über ihre Versetzung sehr gefreut, auch wenn sie viele Monate der Hin- und Rückreise im Kälteschlaf hätte verbringen müssen. Aber dann war aus der Versetzung nichts geworden, und das war das Ende ihrer Hoffnungen gewesen. Angesichts der sich aufbauenden Spannungen zwischen der Erde und den Siedlungswelten war es vielleicht gar keine so schlechte Sache, auf der Erdseite der Grenze zu bleiben. Es gab Berichte über terrestrische Bürger, die von den Siedlern Schlimmes hatten erleiden müssen.

Und als zweite Wahl war die Rückseite des Mondes erstklassig. Sicher, die Oort-Wolke war entschieden weiter von hier entfernt als von dem Pluto-Charon-System, und es war schwieriger, Niedrigtemperatur-Beobachtungen durchzuführen. Aber in jedem Monat schirmte die Masse des Mondes zwei Wochen lang Jodys Instrumente nicht nur von dem Radiolärm der Erde, sondern auch von der Hitze und dem Licht der Sonne ab. Während diese große und ärgerliche Präsenz so lange Zeitspannen unterhalb des Horizonts gewesen war, hatte sie schon ein paar wirklich erstklassige superlange Belichtungen von mehreren Proto-Kometen-Objekten bekommen. Einmal war ihr eine Belichtung über zwei volle Wochen gelungen. Mit den Möglichkeiten, die ihr das Labor auf der Rückseite bot, waren die daraus resultierenden Daten ein Triumph. Eines Tages würde sie Ruhm mit der Veröffentlichung ernten.

Jodys Aussehen war für eine Astronomin ziemlich unwahrscheinlich. Andererseits wäre ihr Aussehen für *jeden* akademischen Beruf unwahrscheinlich gewesen. Sie war klein, ein bißchen pummelig, schüchtern und zurückhaltend. In Gesellschaft benahm sie sich unbeholfen, und sie hatte eine quietschende dünne Stimme. Sie war beinahe fünfundzwanzig, aber man wollte nie glauben, daß sie älter als siebzehn war.

Gebürtig war sie von Jamaika und war stolz auf ihren singenden Insel-Akzent, obwohl sie entschlossen war, nie etwas anderes zu sprechen als Standard-Englisch — und diese Entschlossenheit machte ihr leichtes Stottern wahrscheinlich schlimmer. Sie trug einen kurzen, aufgeplusterten, strubbeligen, ziemlich altmodischen Afro-Schnitt. Typisch für sie war, daß sie ihr Haar so trug, weil die Frisur pflegeleicht war, nicht, weil es sie kümmerte, wie sie aussah. Insgeheim war sie sogar froh, daß man Kosmetika auf der Rückseite schwer bekommen konnte, und schon gar nicht in Farben, die sich für eine dunkelhäutige Schwarze eigneten. Andernfalls wäre sie verpflichtet gewesen, sie zu benutzen, und sie war für solche Dinge hoffnungslos unbegabt.

Sie hielt sich für hoffnungslos unbegabt in den meisten Dingen — praktisch in allen. In allen, hieß das, wenn man von der Benutzung der Werkzeuge ihres Berufs absah. Doch selbst sie räumte ein, daß sie eine unglaublich begabte Astronomin war, nicht nur gut in der Kunst und Wissenschaft der Beobachtung, sondern auch eine brillante Theoretikerin. Die Volksrepublik Jamaika wußte das ebenfalls. Sie finanzierte Jodys Aufenthalt hier. Das FZR war nicht bekannt dafür, spendabel zu sein, aber die eindrucksvolle Arbeit, die Jody in den chilenischen Observatorien geleistet hatte, überzeugte es, daß sie ein Weltklasse-Talent war — und das FZR war nie schüchtern darin gewesen, seine Erfolge bekanntzumachen. Irgendwie war Jody zum Staatsschatz erklärt worden.

Aber ob Staatsschatz oder nicht, sie fühlte sich in der Gesellschaft anderer Menschen nicht wohl. Es machte sie nervös, mit Fremden zu reden. Und als dieser Neue, der rothaarige Amerikaner, der vor kurzem mit dem Roller eingetroffen war, ein Gespräch mit ihr anknüpfte, machte es sie in der Tat sehr nervös. Unglücklicherweise konnte sie nicht viel dagegen tun, als er sich im Speisesaal neben sie setzte und gleich zu reden anfing.

»Sie sind Jody Holmes, richtig? Die Kometen-Expertin.«

»Pro-proto-Kometen«, berichtigte sie, nur ein bißchen stotternd. »Ja. Ich arbeite über Proto-Kometen, das ist richtig.« Für ihr Ungeschick hätte sie sich am liebsten selbst einen Tritt gegeben.

»Ich freue mich, Sie kennenzulernen. Ich bin Ben Moscowitz. Ich bin der geologischen Abteilung hier zugewiesen worden.«

»Ja. Ich ... ich habe von Ihnen gehört. Vor kurzem ist Ihr Film im Astronomie-Gebäude gezeigt worden. Ich habe ihn gesehen. Einen Tei-teil davon.« Warum gelang es ihr nicht, einen ganzen Satz auf einmal zu sprechen, wie andere Leute es machten? Warum kam es bei ihr immer kleckerweise heraus?

»Was halten Sie davon?« fragte Ben sie.

»Nun — es war furchtbar dramatisch«, antwortete sie zweifelnd.

»Sie meinen die veränderte Version?«

»Nein, sogar das O-original. Auf diese Weise könnte es sich abgespielt haben, nehme ich an. Aber man kann niemals sicher sein, ob es wirklich so war, wie Sie es gezeigt haben.«

»Wir denken, daß wir den Aufschlag des Asteroiden schlüssig bewiesen haben.«

»Sicher, es besteht kein Zweifel daran, daß es einen Asteroiden-Aufschlag gegeben hat — aber Sie können nicht beweisen, welche Fallkurve das Objekt hatte oder zu welcher Tageszeit es aufschlug.« Sie merkte, daß sie, wie gewöhnlich, angefangen hatte, selbstsicher und in vollständigen Sätzen zu sprechen, sobald das Gespräch auf das Thema Astronomie überging. Warum gelang es ihr nicht immer?

»Warten Sie mal«, fiel Ben verblüfft ein. »Beanstanden Sie, daß wir den Aufschlag bei *Tageslicht* gezeigt haben?«

»Das ist eine unbewiesene Annahme. Wie können Sie wissen, welche Tageszeit es war?«

»Aber welchen Unterschied würde das möglicherweise bedeuten?«

»Wenn Sie diese Haltung einnehmen, welchen Unterschied würde dann *irgend etwas* bedeuten?« fragte Jody streng. »Wir brauchen immer die beste Information, die genaueste Information, die möglich ist. Was für einen Sinn hat es, Dinge zu erfinden, die den Gegenstand nur vernebeln?«

»Aber es gibt andere Wahrheiten als die Wissenschaft«, widersprach Ben. »Wahrheiten, die wichtiger sind. Es wäre unverantwortlich, sie einer sklavischen Genauigkeit unterzuordnen, nur um Fehler zu vermeiden.«

Wie bei vielen schüchternen Menschen flammte Jodys Temperament gelegentlich überraschend auf. Tatsachen, Wahrheit, Gewißheit waren die Dogmen ihrer Weltanschauung. »*Was* für andere Wahrheiten?« fuhr sie Ben an. »Was könnte Ihnen, einem Wissenschaftler, wichtiger sein, als genau zu wissen und zu berichten, was geschehen ist? Welche Wahrheit könnte wichtiger sein als das?«

»Diese: ›Das Leben ist schön‹«, erwiderte Ben freundlich. »Ich weiß nicht, wie Sie das wissenschaftlich beweisen wollten, aber es ist wahr, und mit dem, was wir getan haben, versuchten wir, das Leben zu verteidigen.«

Jody blickte drein, als wolle sie etwas sagen, doch sie blieb stumm.

Ben dachte einen Augenblick lang nach und fuhr dann fort: »Ja, wir *haben* für diese Simulation ein paar Einzelheiten erfunden, und ja, das war nicht im strengen Sinne wissenschaftlich. Manche hatten viel mehr Bedeutung als die, gegen die Sie protestieren. So zeigten wir, wie ein gekalbtes Bruchstück Grönland traf, und das war reine Phantasie. Wir zeigten, daß es infolgedessen zu einer Eiszeit kam, und wir haben keine Ahnung, ob das stimmt. Wir haben einen semi-permanenten Riesen-Hurrikan über dem Ort des Aufschlags projiziert, und das war nichts als eine mathematische Konstruktion. Nichts davon war mehr als eine Möglichkeit. Und wer weiß, welche Wirkungen der Aufschlag gehabt hat, die uns überhaupt nicht in den Sinn gekommen sind?

Wir hätten eine Simulation produzieren können, bei der nichts geraten war, und den Vorwurf, Wirkungen übersehen zu haben, hätten wir mit der Erklärung abbiegen können, wir brächten nur Tatsachen und befaßten uns nur mit der dokumentierten Realität. Höchstwahrscheinlich wäre dabei nicht mehr herausgekommen als der schwarz-weiße Umriß der Erde, die von einem konturlosen Klecks getroffen wird, und vielleicht wäre noch an einem ganz exakten Querschnitt des Erdinneren die Entstehung Islands erklärt worden. Ein solcher Film hätte keine Vermutungen enthalten.

Aber damit hätten wir den Menschen nicht gezeigt, was sie sehen *mußten.* Das wäre eine Simulation ohne Saft und Kraft gewesen, sie hätte niemandem Angst eingejagt, niemand hätte sich Sorgen darüber gemacht, ob so etwas noch einmal passieren wird. Wir haben Einzelheiten frei erfunden, aber nur, um eine höhere Wahrheit zu verkünden: Ein Asteroid kann eine lebendige Welt töten.

Etwas in der Art, wie wir es darstellten, ist tatsächlich geschehen, das wissen wir. Wenn es nicht geschehen wäre, beherrschten immer noch die Dinosaurier die Erde. Wir hätten uns nie entwickelt. Die Einzelheiten dessen, was sich an jenem Tag abspielte, sind nicht an sich wichtig, solange sie die zentralen Tatsachen unterstützen, für die wir Beweise besitzen. Was Cathy Cleveland und die CRATER-Leute getan haben, war falsch, weil es in böser Absicht die bekannten Tatsachen so verdrehte, daß sie eine zentrale Lüge unterstützten.« Ben gefiel die Richtung, die das Gespräch nahm, und außerdem freute er sich über seine eigene Beredsamkeit. »Vielleicht ist es der Unterschied zwischen Kunst und Kunstfertigkeit. Wenigstens hört sich das gut an, auch wenn es nicht viel bedeutet.«

Jody errötete. Sie empfand schreckliche Verlegenheit, ohne daß sie dafür einen triftigen Grund hätte nennen können. Aber es steckte mehr dahinter. Sie genoß diesen Streit — nun, diese Diskussion, und sie spürte, daß es Ben ebenso ging. Das war gutes, altmodisches Philosophieren. »Ich ver-verstehe Ihren Standpunkt, Dr. Moscowitz. Aber es würde mich me-mehr überzeugen, wenn es *funktioniert* hätte. Auf der Erde kümmert sich doch kein Mensch um Cornucopia. Sie haben die Wahrheit zur Unterstützung eines höheren Ziels gefärbt. Sie … Sie sagen, der Zweck heilige die Mi-mi-mittel. Aber Sie haben das Ziel ni-nicht erreicht. Ich bin überzeugt, die Leute, die Ihren Film gefälscht haben, könnten sich auf die gleiche Weise verteidigen wie Sie. Indem sie behaupten, die Rettung der Erde sei jeden Preis wert, sogar Fa-fa-falschheit.« Es war klar, daß von Jodys Standpunkt aus kein ernsteres Verbrechen vorstellbar war als Falschheit.

»Der Unterschied ist, daß Garrison und ich nicht vor den Folgen davongelaufen sind — und wir haben niemandes Vertrauen enttäuscht. Garrison wurde verhaftet und ins *Gefängnis* gesteckt, um Gottes willen! Wir haben aufgegeben und sind zum Mond gereist, weil wir dazu gezwungen wurden. Niemand auf der Erde wollte uns von neuem arbeiten lassen. Wir sind nicht gesprungen, wir wurden gestoßen. Anders als die CRATER-Leute. Die haben sich in Luft aufgelöst, bevor jemand die Möglichkeit hatte, sich den Film anzusehen. Bis zu diesem Tag weiß niemand, wo sie stecken. Sie wußten, welches Unheil sie heraufbeschworen, und sie flohen davor — und Garrison durfte die Sache ausbaden. Das führt nicht zu dem Schluß, sie stünden mutig zu ihrer Überzeugung. Wir dagegen haben unsere Suppe ausgelöffelt.«

»Um Ihres Ziels willen waren Sie bereit, sich selbst Schaden zuzufügen.« Jody bemerkte nicht einmal, daß ihr Stottern für den Augenblick verschwunden war. »Die CRATER-Leute waren bereit, anderen Schaden zuzufügen. Das *ist* ein großer Unterschied.« Sie runzelte die Stirn und sah Ben an. »Es ändert jedoch nichts an der Situation. Der Asteroid hält immer noch auf die Erde zu.«

Ben lächelte. »Nein, es hat sich nichts verändert. Noch nicht. Erlauben Sie mir eine Frage. Verstehen Sie, welche Gefahr Cornucopia bedeutet? Kümmert es Sie genug, daß Sie Risiken auf sich nehmen würden, um die Gefahr abzuwenden?«

»Ja. Ja, natürlich. Aber ich ka-kann doch ga-gar nichts tun.«

»Vielleicht nicht. Aber Garrison und ich haben eine kleine Idee ...«

In der besten Tradition der Verschwörer aller Orten beugte Ben seinen Kopf zu Jody hinüber und sprach zu ihr mit leiser Stimme. Jody rückte von sich aus näher, um zu hören, was er sagte, und ihre Augen wurden immer größer. Weiterhin gespannt lauschend, zog sie einen Minicomputer hervor und führte ein paar Berechnungen durch. Sie konnte nicht glauben, was sie hörte. Aber Zahlen lügen nicht ...

Wenn Bens Schwatz mit Jody zufriedenstellend ausging, war Garrison weit weniger erbaut von dem Ergebnis seines Gesprächs mit Hofmeister. Es verlief recht gut, und trotzdem hatte Garrison das entschiedene und unbehagliche Gefühl, er und Herr Hofmeister redeten aneinander vorbei.

Eine Gelegenheit zu einem Gespräch unter vier Augen herbeizuführen, war nicht das Problem. Garrison ließ Hofmeister täglich zu einer Arbeitsbesprechung in sein Privatbüro kommen. (Während es auf der Rückseite keinen Wohnraum für Ben und Garrison gab, standen Büroräume leer. Die Planungsabteilung hatte keine gute Arbeit geleistet.) Aber die schwierige Frage war, wie er bei diesem Mann ansetzen sollte.

Sie gingen die letzten Einzelheiten der gute Fortschritte machenden Arbeit durch, und Hofmeister stand schon auf und wollte gehen, als Garrison sich entschied, den Sprung zu wagen. »Herr Hofmeister«, bat er, »setzen Sie sich wieder. Ich würde gern mit Ihnen noch etwas anderes besprechen.«

»Ja, natürlich, Herr Doktor.« Alois Hofmeister grinste bedeutungslos durch schiefe, verfärbte Zähne und nahm von neuem Platz.

Garrison betrachtete ihn nachdenklich. Hofmeister trug das Haar, soweit es noch vorhanden war, in einem Bürstenschnitt und prunkte normalerweise mit einem Zwei-Tage-Bart, der ihm im Ganzen ein ziemlich stoppeliges Aussehen gab. Sein Gesicht war mager und ekkig, seine graublasse Haut spannte sich fest über Knochen und Muskeln. Wie immer hatte er einen staubgrauen Overall an.

Er sah aus wie halbverhungert oder wie ein Gefängnisinsasse, der die Sonne seit Jahren nicht mehr zu sehen bekommen hat. Früher, im Tycho-Krater, war er zweifellos beides gewesen. Garrison wußte immer noch nicht, wie Hofmeister ins Tycho-Gefängnis geraten war. Mord? Scheckfälschung? Hatte er gegen etwas protestiert oder irgendwo eine Regierung verärgert? Ein Verkehrsvergehen? Durch jedes Delikt, ob groß oder klein, durch jede amtliche Regelung, ob verantwortungsbewußt oder launenhaft, konnte ein Mann in den Tycho-Krater kommen. Die eigentliche Frage war, wie Hofmeister wieder hinausgelangt war.

Doch all das lag Jahre zurück, und Hofmeister sah aus, als sei er immer noch eingesperrt. Es war, als hocke ihm seine Vergangenheit auf den Schultern und lasse ihn grau und ausgemergelt wirken. Garrison hatte ihn unter den Sonnenlampen und bei Mahlzeiten gesehen. Der Mann achtete auf sich, der Mann aß gut. Weshalb wirkte er dann wie ein lebendes Skelett? Garrison seufzte und schob den Gedanken beiseite. Das spielte alles keine Rolle. Es kam nur darauf an, ob Hofmeister innen ebenso seltsam war wie außen, eine abstoßende Kombination von Draufgängertum und Tücke, von Frechheit und Servilität.

Garrison traute ihm nicht. Aber ihm blieb keine Wahl. »Herr Hofmeister, in einer Woche oder zweien sollten unsere ersten Laser vom Band kommen. Bei der normalen Produktion von zwei Stück pro Tag wären wir mit dem geplanten Einhundert-Laser-System in zirka zwei Monaten fertig. Können wir die Fertigung beschleunigen? Und könnten wir die Fabrik länger arbeiten lassen, mehr Laser herstellen, wenn es nötig wäre?«

Garrison wußte, die Antwort auf beide Fragen lautete ja, aber er wollte das von Hofmeister hören, wollte sehen, wie der Mann reagierte.

Falls Garrison Vorsicht oder Unsicherheit erwartet hatte, wurde er enttäuscht. Hofmeister nickte begeistert und lächelte auf eine Weise, die Garrison tatsächlich Angst einjagte. »Na klar. Wir können das Band mindestens doppelt so schnell laufen lassen. Der Zeitplan ist von den übervorsichtigen Quatschköpfen auf der Erde aufgestellt worden. Wir können in einem Monat auf volle Geschwindigkeit kommen.«

»Was ist mit der Verlängerung der Betriebszeit?«

»Die verdammte Fabrik kann bis in alle Ewigkeit weiterlaufen!« versicherte Hofmeister aufgeregt. »Sie ist sehr gut gebaut, sie hat gute Back-ups, sie repariert sich selbst.«

Garrison schluckte nervös. Es war, als habe Hofmeister diese Fragen erwartet, als habe er *gehofft*, sie würden gestellt. Das hatte Garrison gerade noch gefehlt: Weitere Rätsel. »Wenn es einen guten Grund dafür gäbe, wären Sie dann bereit, weitere Laser zu produzieren?«

»Natürlich. Nennen Sie mir den guten Grund, ich helfe Ihnen gern«, versprach Hofmeister. »Warum werden mehr Laser gebraucht?«

Garrison zögerte ein letztes Mal. »Wir wollen einen Asteroiden abschießen.«

Hofmeister sah ihn erst merkwürdig an, und dann explodierte er vor Lachen. Es war kein Zeichen von Fröhlichkeit, es sandte Garrison vielmehr einen Schauer das Rückgrat hinunter. An diesem Lachen war etwas sehr Grausames. »Einen Asteroiden! Das ist gut! Das ist sehr gut. Na klar, wir bauen alle Laser, die Sie haben wollen, um den Asteroiden abzuschießen. Ich werde ein paar Berechnungen durchführen, dann weiß ich, was zu tun ist.« Und damit stand Hofmeister auf und verließ kichernd den Raum.

Garrison starrte die Tür an und fluchte halblaut vor sich hin. Er war doch der Leiter dieser Verschwörung, er sollte die Geheimnisse bewahren, die Ränke spinnen. Warum war *er* nun derjenige, der sich den Kopf zerbrach, was, zum Teufel, hier vorging?

Garrison und Ben waren gleichermaßen angenehm überrascht, wie leicht es war, Leute für die Verschwörung anzuwerben. Die Bewohner hier begriffen wohl die Gefahr. Vielleicht war das gar nicht so verwunderlich. Die Rückseiten-Station war schließlich in der Hauptsache eine wissenschaftliche Anlage mit dem ausdrücklichen Zweck, ein Observatorium zu betreiben.

Das Leben in einem Kraterfeld vermittelte einem eine deutliche Vorstellung davon, was der Aufschlag eines Asteroiden anrichten konnte. Und hier draußen gab es nur sehr wenige Personen, denen es nicht schnurzegal war, was die Behörden dachten. Auf jeden Fall waren Garrison und Ben imstande, eine Kerngruppe zusammenzubekommen.

Jetzt mußte man sie nur noch führen. Und davor bewahren, geschnappt zu werden. Was der Anlaß zu dem Treffen in Garrisons Büro eine Woche später war. Mit acht oder zehn Personen war es überfüllt, und es machte einige Mühe, genug Stühle aufzutreiben, aber es war nicht gerade eine solche Zusammenkunft, für die man einen der öffentlichen Säle mieten konnte. Ben hatte von irgendwoher Punsch und Kekse besorgt und deckte Garrisons Schreibtisch damit. Es war mehr als nur ein bißchen lächerlich, Schokoladenkekse bei einer Konferenz über den Bau der größten Waffe aller Zeiten zu servieren, aber Ben wußte, was er tat. Erstens einmal konnte er nichts Stärkeres anbieten, ohne Gefahr zu laufen, Mohammed — oder ein anderes Mitglied des Teams, das zufällig Moslem war — vor den Kopf zu stoßen. Zweitens machten die Erfrischungen die Versammlung ein bißchen weniger tollkühn und dienten als soziales Schmiermittel. Die Anwesenden mußten die Kekse herumreichen und den Punsch eingießen. Das brachte sie dazu, miteinander zu reden, und dabei entspannten sie sich.

Endlich war es Zeit, anzufangen. Garrison stellte sich verlegen an das Kopfende des Tisches. »Wenn alle Platz nehmen wollen, bitte.« Er gab ihnen einen Augenblick, es sich bequem zu machen. »Wir sind hier nicht viele, und ich könnte mir denken, daß einige Personen in diesem Raum sich nicht besonders mögen.«

Hallo, Hofmeister, dachte Ben.

»Aber ich muß Sie bitten, einander trotzdem zu vertrauen«, sagte Garrison. »Bitte, sprechen Sie mit *nie-*

mandem anders über das, was wir hier beraten werden. Sonst enden wir alle in Tycho. Ben?«

Ben stand auf und sah von einem der kleinen Gruppe zum anderen. »Einzeln und zu zweit, hier und da ist Ihnen allen schon in groben Umrissen mitgeteilt worden, was wir vorhaben. Kurz gefaßt, wir wollen die Kom-Laser-Batterie vergrößern und dazu benutzen, Cornucopia abzuschießen, bevor er eine Bahn einschlagen kann, die die Erde gefährdet.« Gemurmel und Füßescharren waren zu hören. Alle wußten inzwischen, um was es bei dem Plan ging, und doch erschreckte es sie, das so unumwunden ausgesprochen zu hören.

Sogar *Ben* machte es nervös. Er wartete, bis wieder Ruhe eintrat. »Wir müssen jetzt festlegen, wie wir das bewerkstelligen werden. Wie Sie wissen, haben Garrison und ich mit Herrn Hofmeister bei der Bergbau- und Laserherstellungsoperation zusammengearbeitet. Es liegt auf der Hand, warum das für unsere Pläne wichtig ist. Die Fabrik soll erst die vorgesehene Zahl von Kom-Lasern produzieren, und dann wollen wir sie für unsere Zwecke weiterlaufen lassen. Einfach ausgedrückt, wir werden die Fabrik nicht abschalten, wenn sie ihre ursprüngliche Aufgabe erfüllt hat. Herr Hofmeister ist der Direktor der Laserfabrik, und er wird die Leitung der Laser-Produktion haben. Außerdem wird er die Laser verstärken, damit sie für unsere Zwecke leistungsfähiger sind.

Damit haben wir ein Werkzeug, eine Waffe für die Aufgabe.

Aber wie richten wir sie auf unser Ziel?

Jody Holmes vom Observatoriumsstab wird die Zielverfolgungs- und Kontrolldaten liefern, die wir brauchen — heimlich natürlich.

Aber es ist noch mehr erforderlich. Gleich zu Anfang, als Garrison und ich diesen Plan diskutierten, stellten wir fest, daß wir viele Dinge brauchen würden, die wir hier nicht bekommen können. Wir müssen sie uns besorgen. Geradeheraus, wir müssen ein Schmuggel-Unternehmen ins Leben rufen. Mohammed Ul-Haq und ich werden die Firma Sunchaser Shipping gründen. Mohammed?«

Mohammed fragte sich, was, in Allahs Namen, er hier tat. »Äh — hallo. Über Sunchaser gibt es noch nicht viel zu sagen. Die Firma wird ein legitimes Transportunternehmen sein, das auf den Sonnenweg-Routen arbeitet und überschüssige Roller benutzt, die wir aufkaufen werden, wo wir können. Sie sollte Gewinn erzielen und uns so das Geld liefern, das wir brauchen, um die Operation zu finanzieren. Natürlich wird sie auch die Tarnung für das Schmuggeln von Dingen abgeben, die wir brauchen und anders nicht bekommen können. Ein Problem wird wohl sein, daß uns Grenzen gesetzt sind. Es sollte uns gelingen, euch alle erforderlichen kleinen Teile zu beschaffen — aber kein irgendwo herumstehendes Raumfahrzeug.« Das erzeugte ein bißchen Gelächter, und Mohammed setzte sich dankbar nieder.

Jody Holmes hob befangen die Hand. Sie kam sich vor, als sei sie wieder im Hörsaal und habe nicht ganz verstanden, was der Professor gesagt hatte. »B-b-ben, eine Sache ergibt für mich keinen Sinn. Sie reden hier von Ko-kommunikationslasern. Wie können sie stark genug sein, um einen Asteroiden zu schmelzen? S-sie haben nur eine Leistung von ein paar hundert Wa-watt, richtig?«

Garrison räusperte sich und wandte sich dem Laser-Chef zu. »Herr Hofmeister, vielleicht können Sie das erklären.«

Hofmeister beugte sich über die Lehne seines Stuhls zurück und bedachte Jody mit einem unangenehmen Lächeln. »Diese Laser sind viel zu stark für den gedachten Zweck. Man wollte sie bauen und sich niemals mehr die Mühe machen müssen, sie zu reparieren. Ihre Lebensdauer ist auf hundert Jahre festgesetzt — aber sie verlieren pro Jahr etwa ein Prozent ihrer anfänglichen

Leistungsstärke. Am Ende der hundert Jahre verlieren sie jedes Jahr die Hälfte ihres Potentials, verschiedene Bestandteile zerfallen. Vor allem die Flüssigkristalle beginnen zu versagen.

Also bauen wir Laser, die etwa die hundertfache Kapazität der maximal notwendigen Energie haben. Und diese maximal notwendige Energie ist viel höher, als Sie denken. Viel höher als ein paar hundert Watt. Ja, *Empfänger* brauchen vielleicht nur ein paar Milliwatt Energie, um ein Signal aufzufangen. Aber auf den meisten Schiffen hat der Empfänger nur die Größe Ihrer Hand. Eine Grundregel bei elektromagnetischen Kommunikationssystemen lautet: Je kleiner die Oberfläche der Empfängerlinse, des Spiegels oder der Antenne, desto weniger empfindlich ist das Gerät, und desto stärker muß das Signal sein, um das zu kompensieren. Taschentelefone auf der Erde können winzige Antennen haben, weil die orbitalen Antennen die Größe von Fußballfeldern besitzen.

Auch muß der Sendestrahl absichtlich defokussiert werden, vielleicht über zehntausend Quadratkilometer.

Andere Probleme erfordern ebenfalls viel Energie. Um eine überkuppelte Kolonie, zum Beispiel auf dem Mars, zu erreichen, müssen wir Atmosphäre und Staub durchdringen. Dazu wird zusätzliche Energie gebraucht. Vielleicht ein Hunderttausendstel oder Millionstel der ursprünglichen Signalenergie wird am anderen Ende empfangen werden, wenn man Glück hat. Vielleicht sogar weniger.

Normalerweise lassen wir also Laser mit einem geringen Bruchteil der Energie den Strahl weit streuen. Wenn wir den Strahl eng bündeln und gleichzeitig Laser mit maximaler Energie statt mit einer Rate von einem Prozent benutzen, erhalten wir eine Steigerung der Leistung, die einer einmillionenfachen Verstärkung entspricht. Wenn wir genug Laser bauen, können wir so viele Asteroiden schmelzen, wie wir wollen.« Irgend etwas an seinen Ausführungen mußte Hofmeister außerordentlich belustigen; er gab sich Mühe, ein Lachen zu unterdrücken.

Garrison räusperte sich und setzte die Besprechung fort. Er hatte geglaubt, die UNLAC-Polizisten könnten die größte Gefahr für seinen Plan darstellen. Jetzt sah er Hofmeister an, und seine Befürchtungen schlugen eine andere Richtung ein.

22. KAPITEL

MOND, RÜCKSEITENSTATION

Niemand erinnerte sich später, wer angefangen hatte, den Namen ›Laserfaust‹ zu benutzen. Er war plötzlich da. Zweifellos paßte er sehr gut. Bisher war diese ›Faust‹ wenig mehr als ein paar Spielereien auf einigen wenigen — hoffentlich! — sicheren Computer-Schirmen, aber schon die Idee allein konnte einem den Schlaf rauben.

Das konnte auch der Berg der zu erledigenden Arbeit. Buchstäblich alle manuellen Tätigkeiten wurden von Robotern verrichtet, und sie mußten über ein gewisses Maß an künstlicher Intelligenz verfügen, um in Konstruktion und Verwaltung helfen zu können. Aber das, was an Arbeit übrig blieb, war immer noch ungeheuerlich, und das Team bestand anfangs aus nur acht Personen, von denen alle nebenher ihre offiziellen Aufgaben erfüllen mußten.

Aber sie hatten Zeit. Das war wichtig. Ihnen blieb über ein Jahr, um zu denken, zu planen, zu bauen und zu entwerfen. Jody war jetzt hier draußen, um ein bißchen von diesem Planen zu erledigen. Wenn sie die Zielverfolgung übernehmen sollte, wollte sie auch sehen, was sie verfolgen würde.

Hofmeister hatte sie hergebracht, damit sie sich eins der ersten Produktionsmodelle einer Standard-Laser-Einheit ansehen konnte. Er wollte noch eine Verstärkung für diesen Erstentwurf programmieren, aber das Endergebnis würde diesem ganz ähnlich sein. Es hockte da auf der nackten lunaren Oberfläche, wo das Gleiskettenfahrzeug es abgesetzt hatte, eine brütende Gestalt, die irgendwie insektoid wirkte, ein seltsames, halb lebendes, halb mechanisches Monster.

Es war groß. Das war das erste, was Jody überraschte.

Sie hatte Bilder, Zeichnungen, Diagramme gesehen, aber nichts davon hatte ihr eine deutliche Vorstellung von den Maßen vermittelt. Der Sockel des Lasers hatte gut drei Meter Seitenlänge und war zwei Meter hoch, ein schmuckloser Kasten, der die Elektronik und die supraleitenden Speicherspulen enthielt und keine Konzessionen an Aussehen oder Ästhetik machte. Auf dem Sockel saß eine massive Drehscheibe. Ein Y-förmiges Gabelgelenk ragte aus ihrem Mittelpunkt hervor, und das Rohr des Lasers selbst hing zwischen den beiden Armen des Gabelgelenks. Das Laserrohr hatte beinahe einen halben Meter Durchmesser und mochte drei Meter lang sein. Jody sah, daß die Konstruktion dem Laserrohr erlaubte, auf dem Gabelgelenk vertikal von Horizont zu Horizont zu schwenken, und daß die Drehscheibe die ganze Gabelgelenk-Laser-Kombination um volle 360 Grad rotieren lassen konnte. Es war eine sehr einfache, unkomplizierte Montage, mit deren Hilfe es möglich war, das Laserrohr auf jeden Punkt am Himmel zu richten. Das ganze Arrangement ähnelte bestimmten Arten von optischen Teleskopen.

In ein paar Metern Entfernung stand ein zweiter Kasten mit eigener Drehscheibe, der durch ein dickes Kabel mit der ersten Einheit verbunden war. Aber er war nicht mit einem Laserrohr ausgestattet, sondern mit einer Reihe von Solarzellen. Sie verfolgten die Sonne und luden die supraleitenden Speicherspulen auf. Jody war beeindruckt. »A-aber was ist mit dem Empfänger?« fragte sie. »Ich habe nirgendwo einen Hi-hinweis auf den Signalempfänger gefunden.«

»Er sieht wie ein Sonnenkollektor aus«, antwortete Hofmeister. »Tatsächlich *ist* er ein Sonnenkollektor mit nur geringfügigen Veränderungen. Diese Einheit hier könnte ihren eigenen Kollektor benutzen, um ein Lasersignal zu empfangen. Allerdings würde sie, von der Sonne weg gerichtet, Aufladezeit verlieren. Deshalb wurde eine dritte Version der Grundeinheit mit optischer Parabolantenne geschaffen. Sie ist wie ein Kollektor, nur optimiert für Kom-Laser-Frequenzen. Daneben ist ein Standard-Kollektor wie dieser gut als Back-up. Eine ausgezeichnete Konstruktion. Doch nun wollen wir einmal sehen, was das *Laser*-Ende des Systems macht.« An seinem Rucksack war ein tragbares Kontrollpaneel befestigt. Er faßte nach hinten und zog es herunter, hängte es an seinen Gürtel, ging zu der Laser-Einheit hinüber, kniete sich hin und öffnete eine Klappe. Er stöpselte ein Kabel des Kontrollpaneels in eine Steckdose hinter der Klappe.

Hofmeister stand wieder auf, trat ein paar Meter zurück und tippte eine Reihe von Befehlen in das Kontrollpaneel.

Die massive Drehscheibe rotierte mühelos in ihre neue Richtung, beinahe genau nach Süden. Der dicke Zylinder des Laserrohrs schwenkte in seinem Gabelgelenk nach oben, bis er auf einen hellen Stern hoch am südlichen Himmel wies. Es überraschte Jody, wie schnell der Laser auf ein neues Ziel eingestellt werden konnte.

Hofmeister machte sich von neuem an den Kontrollen zu schaffen und ließ das Paneel dann von seinem Gürtel herabbaumeln. »Da«, sagte er. »Jetzt senden wir einen Komstrahl zum Sirius. Wir können in achtzehn Jahren hierher zurückkommen und nachsehen, ob wir eine Antwort erhalten.«

Jody sah den Laser verblüfft an. Ihr Verstand sagte ihr, daß der Laserstrahl selbst im Vakuum nicht sichtbar war, aber trotzdem war es beunruhigend, rein gar nichts zu erkennen. Wäre der Strahl durch die Luft statt durchs Vakuum abgeschossen worden, wäre er nicht nur sichtbar gewesen, sondern hätte hell geleuchtet, weil die Luftmoleküle Photonen von ihrem Kurs ablenken. Die Luft macht die Energie des Lasers sichtbar und raubt sie ihm gleichzeitig, indem sie einen Teil des Strahls absorbiert, reflektiert und zerstreut. Das Vakuum behindert den Laserstrahl nicht. Die Tatsache, daß der Strahl nicht sichtbar war, machte die Energie dieses Geräts nicht weniger real.

Aber irgendwie war nichts davon überzeugend. Jody erwartete immer noch, irgend etwas zu *sehen.* »Sind Sie sicher, daß der Laser funktioniert?« fragte sie zweifelnd. »Gibt es nicht eine Art von Lichtmesser oder so etwas?«

Hofmeister lachte, bückte sich und nahm einen Stein. »Passen Sie auf. Sie werden sehen, daß etwas da ist.« Er hielt den Stein hoch. »Das ist Asteroidengestein, und dieser Laser ist wie alle Laser, die wir bauen werden.« Er wog den Stein in der Hand, und dann warf er ihn in ein paar Metern Abstand an der Mündung des Laserrohrs vorbei.

Ein sonnenhelles Rot blitzte auf; eine geräuschlose Explosion erfolgte fast zu schnell, als daß man sie sehen konnte. Ein Halo aus Funken, mikroskopischen Fragmenten dessen, was eben noch ein Stein gewesen war, sprang aus dem Laserstrahl, glühend vor intensiver Hitze. Die Funken schossen in alle Richtungen davon und verdampften dabei. Ein paar trafen Jodys Helm. Sie waren zu winzig, um den stabilen Anzug zu beschädigen, aber trotzdem war es beunruhigend. Ganz bestimmt war es ein Beweis, daß dort etwas war. »Warum mußten Sie d-d-das tun?« beschwerte sich Jody. »Einer dieser Funken hätte sich durch meinen Anzug brennen können.«

»Nein, nein, dazu sind sie zu klein. Außerdem wollten Sie doch sehen, ob der Laser Gestein schmelzen kann. Unsere Laser sind ganz bestimmt fähig, Asteroiden zu zerstören.« Hofmeisters Stimme kam wie knirschender Kies aus Jodys Kopfhörern, und sein leises, kehliges Lachen klang noch schlimmer. »Wir sind fähig, *alles* zu zerstören.«

Die Laser strömten aus der Fabrik, und die meisten der ersten Serie wurden zum Standort der Kom-Laser-Batterie südlich der Rückseiten-Station gebracht. Die Robot-Schlepper verkehrten ständig zwischen der Fabrik und dem Standort. Niemand bemerkte, daß sie auch nach Norden fuhren und dort die ersten Einheiten für die ›Faust‹ absetzten.

Der Plan lief gut, wenigstens in seiner Anfangsphase. Garrison und Ben waren für die kleine Einwohnerschaft der Rückseite inzwischen weniger neu, aber sie waren deswegen nicht weniger beliebt. Bens aufstrebendes Transportunternehmen hatte viel damit zu tun und ebenso die Tatsache, daß sie von der Erde und aus der Zentralkolonie verbannt worden waren. Jeder auf der Rückseite war irgendwo hinausgeflogen, doch wenige hatten sich dabei so profiliert oder es auf so dramatische Weise erlebt wie Ben und Garrison.

Das Gerücht verbreitete sich, sie seien nicht durch eine Laune der Bürokraten in der Zentralkolonie auf die Rückseite verschlagen worden, sondern durch eigene sorgfältige Planung, und diese gehöre zu einer nicht näher bezeichneten, verwickelten Intrige gegen den UNLAC. Auch wenn das nicht stimmte, kam es der Wahrheit nahe genug, um Garrison unruhig zu machen.

Das Gerücht hatte seine eigene Kraft. Die beiden Freunde erwarben schnell den Status von Volkshelden, von führenden Bürgern der Rückseiten-Station.

Und das paßte einigen Leuten ganz und gar nicht.

Dr. Hari Prathnabar zögerte lange, bevor er Dr. Garrison Morrow in das Büro des Verwaltungschefs zitierte. Noch zwei Monate, nachdem er zu dem Schluß gekommen war, die Beweise seien überwältigend, redete Dr. Prathnabar sich ein, er könne sich auch irren, er habe vielleicht eine Hypothese auf unzureichenden Informationen aufgebaut, und so etwas sei höchst unwissenschaftlich. Aber er machte sich selbst etwas vor, und er wußte es.

Dr. Prathnabar war ein stolzer Mann, auf seine Würde bedacht. Ihm war klar, daß er vielleicht etwas zu sehr darauf bedacht war, und tief in seinem Herzen wußte er, daß sein Stolz das Problem war, nicht irgendwelche Zweifel an dem, was er erfahren hatte. Seine Autorität war sehr begrenzt, er besaß nicht viel Macht. Das machte es für seinen Stolz um so härter, wenn jemand diese begrenzte Autorität mißachtete.

Wie es Dr. Morrow zur Zeit tat.

Von der Türkontrolle kam ein Summton, und Dr. Prathnabar drückte den Knopf auf seinem Schreibtisch, ohne auch nur zu fragen, wer da sei. Die Tür öffnete sich, und Morrow trat ein. Er sah eher nach einem schuldigen Schuljungen als nach einem gefährlichen Intriganten aus.

»Setzen Sie sich doch, Dr. Morrow.« Prathnabar winkte seinen Besucher zu einem Sessel, ohne aufzustehen. Das sollte daran erinnern, wer hier den höheren Rang hatte.

»Danke, Sir.« Morrow setzte sich. Seine Bewegungen verrieten zumindest eine leichte Nervosität.

»Ich will nicht lange auf den Busch klopfen, Dr. Morrow. Ich weiß, was vor sich geht. Ihr Geheimnis ist in aller Munde.«

Garrison traute seiner Stimme nicht, deshalb nickte er bloß.

Dr. Prathnabar legte die Fingerspitzen zusammen und musterte Dr. Garrison Morrow scharf. »Ich bin Wissenschaftler, wie Ihnen bekannt ist, und Verwaltungschef einer Kolonie, und ich bin nicht ohne Verstand und Vorstellungskraft. Sie kommen her, vielleicht durch eine Laune der Zentralkolonie, vielleicht aufgrund eigener Absicht. Sie sind auf dem Mond, weil Sie gegen das Cornucopia-Projekt Stellung genommen haben. Offensichtlich sind Sie ein junger Mann von großer Energie und Entschlossenheit. Kaum eingetroffen, übernehmen Sie ein Projekt, das nur ganz am Rande etwas mit Ihrem Fachgebiet zu tun hat. Mir kam das alles merkwürdig vor. Es wäre schwer gewesen, es *nicht* merkwürdig zu finden. Man braucht nicht lange nachzudenken, um die beiden Seiten der Geschichte miteinander zu verbinden. Sie planen, die Laser gegen den Asteroiden einzusetzen.«

Zum erstenmal sah Garrison Morrow dem Verwaltungschef gerade in die Augen. »Ja. Ja, das planen wir.« Prathnabar sah Morrow an. In Garrisons Gesichtsausdruck, in der Haltung seiner Schultern, in dem ruhigen Ton seiner Stimme lag eine unausgesprochene zweite Erklärung: *Das planen wir, und es gibt nichts, was Sie tun könnten, um uns daran zu hindern.*

Auch das war etwas, das Prathnabar sich schon längst gedacht hatte. Prathnabar war dankbar, daß Morrow es nicht laut ausgesprochen hatte. Stolz und Selbstachtung hätten eine Erwiderung verlangt — und die Katastrophe wäre dagewesen. Jetzt aber konnte Prathnabar die wortlose Herausforderung Morrows ignorieren, und das tat er auch.

Statt dessen nickte er. »Danke, daß Sie es nicht verhehlen. Das wäre eine Beleidigung für unser beider Intelligenz gewesen. Sie haben nie im Ernst geglaubt, es würde nichts herauskommen, nicht wahr? Nicht hier, nicht in diesem winzigen Vorposten voller Klatsch. Wenn ich richtig gezählt habe, wirken an Ihrem Plan acht Personen mit. Das sind sieben — oder vielleicht acht — mehr als die optimale Zahl für die Bewahrung eines Geheimnisses.«

Der Geist eines Lächelns zeigte sich in Morrows Mundwinkeln.

»Sie sind gut informiert. Um Ihre Frage zu beantworten: Nein, ich bin nicht davon ausgegangen, das Projekt könne für immer geheimgehalten werden. Früher oder später mußte die ganze Station auf den Gedanken kommen, daß *irgend etwas* im Gange ist. Meine einzige Hoffnung ging dahin, es könne innerhalb der Station als offenes Geheimnis respektiert werden, über das man vor

Fremden nicht spricht. Aber diese Hoffnung ist nun wohl dahin.«

»Nicht unbedingt«, erwiderte Prathnabar. »Ich weiß, was Sie im Augenblick denken. Ihr Plan ist bereits zu weit fortgeschritten, als daß ich ihm noch Einhalt gebieten könnte. Vielleicht haben Sie bereits hundert Laser-Einheiten fertig. Bis ich die Zentralkolonie benachrichtigt hätte, bis ich zu jemandem vorgedrungen wäre, der mir glauben würde, bis ich die Leute soweit gebracht hätte, daß sie mich ernstnehmen und etwas dagegen unternehmen würden, bis sie ein Team zusammengestellt hätten, das herkommt und Sie mit Gewalt stoppt, könnten Sie weitere fünfzig oder hundert Laser gebaut haben. Mehr als genug, um sich damit zu verteidigen. Und Sie hätten vielleicht sogar Zeit gehabt, die Fabrik zu verlegen, sie an einem Ort zu verstecken, wo sie nicht gefunden werden kann. Und jeder Tag der Verzögerung wäre für Sie ein weiterer Tag, an dem Laser produziert werden und Sie stärker werden. Vielleicht gelänge es Ihnen, so lange auszuhalten, bis Sie den Asteroiden abschießen könnten. Vielleicht auch nicht.

Das Problem ist, Sie treiben ein sehr gefährliches Spiel — und das vor einem Hintergrund aus Kräften, die Sie nicht verstehen. Auch ohne Cornucopia wären dies unsichere Zeiten. Die Erde und die Siedler sind miteinander noch nicht fertig.«

Prathnabar zögerte, bevor er weitersprach. »Ich sollte Sie tatsächlich aufhalten. Ich sollte die Behörden tatsächlich benachrichtigen. Der UNLAC hat keine Armee auf dem Mond, aber er könnte eine Truppe schlecht ausgerüsteter Polizisten zusammenstellen, wie man es tut, um einen Aufstand im Vakuum niederzuschlagen. Vielleicht würden Sie siegen, vielleicht würden die Polizisten siegen. Das sollte ich tun, weil ich Ihre Absichten nicht billige. Die Macht, die Sie sich aneignen wollen, ist so groß, daß nicht einmal eine Regierung sie besitzen sollte, ganz zu schweigen von einer Einzelperson.

Nur bin ich leider Astronom, und Tag für Tag sehe ich auf ein Kraterfeld hinaus. Ich weiß, was Cornucopia anrichten wird, und ich weiß auch, daß der Asteroid aufgehalten werden muß. Deshalb will ich Sie nicht behindern, aber ich werde mich Ihnen auch nicht anschließen. Geben Sie mir die Möglichkeit, in die andere Richtung zu sehen, werde ich es tun. Zwingen Sie mich, Kenntnis zu nehmen und aktiv zu werden, werde ich es tun.«

Prathnabar stand auf und sah Garrison fest an. Er wirkte alt, müde, zerbrechlich, und doch schimmerte ein bedrohliches Licht in seinen Augen. »Sie sind jung, gesund, kräftig. Sie sind beliebt, angenehm, sympathisch. Sie raffen Macht an sich, gefährliche Macht. Und die Zeiten ändern sich. Der Tag wird kommen, an dem dieses Amt einem Menschen übergeben wird, der vom Volk gewählt, nicht von der Obrigkeit ernannt ist. Die Zeiten werden es fordern. Dann wird es gut sein, wenn ein Mann dieses Amt innehat, der bereit ist, friedlich abzutreten. Die Politik, das Theater des Augenblicks, wird einen kooperativen Schurken für das Stück verlangen. Ich werde meine Rolle spielen und Sie die Ihre.

Ich glaube, daß Sie dann meinen Platz einnehmen werden. Aber ich glaube nicht, daß Sie ihn lange werden halten können.«

DRITTER TEIL

Begegnung

Zeit ist eine Illusion.

Es ist das Leben, das die Illusion der Zeit schafft. Zumindest ist es das Leben und die immerwährende Geschäftigkeit einer sich verändernden, sich entwickelnden Welt, die dem Begriff Zeit Bedeutung verleihen. Auf den Planeten des Sonnensystems, die noch unbesiedelt, öde und leblos sind, verändert die Zeit nichts. Die Nacht birgt kein Geheimnis, und ›Morgen‹ heißt nichts weiter, als daß sich ein Klumpen Felsgestein leicht erwärmt. Nichts wird dadurch neu.

Auch ohne Leben mag eine Welt in gewissem Sinne lebendig und veränderbar sein, aber das trifft auf keine der Planeten unseres Sonnensystems zu, die Erde ausgenommen. Auf den anderen inneren Planeten gibt es keinen Regen, kein Wogen von Ozeanen, keinen Gezeiten. Schon die Krusten der anderen erdähnlichen Welten sind starr verglichen mit der ruhelosen Erde. Bei den Gasriesen brodeln gewaltige Energien in der Atmosphäre, aber die Wettermuster folgen Geleisen, die Jahrhunderte, vielleicht Jahrtausende alt sind. Nichts verändert sich.

Auf diesen toten und dumpfen Welten vollziehen sich Veränderungen mit eiszeitartiger Langsamkeit — und die Zeit kann nur an ihnen gemessen werden. Entropie, der Zusammenbruch zur Auflösung hin, ist das einzige wahre Maß da, wo es kein Leben gibt. Die Menschheit bringt diesen Welten Leben und Wechsel, Tod und die Geburt neuen Lebens, teilt die Zeit nach den Maßstäben lebender Wesen ein, aber dazu wird sie viele Lebensalter brauchen.

Trotz allem sind die leblosen Welten jedoch veränderlich, wenn man sie mit der Ewigkeit des tiefen Raums vergleicht. Im Raum gibt es nicht einmal einen langsamen Zusammenbruch, den man zum Messen der Zeit benutzen könnte.

Im Raum gibt es diese Zyklen vorhersehbarer Veränderungen einfach nicht, die die Menschen an solche gegenstandslosen Dinge wie Tage oder Jahreszeiten oder Jahre glauben ma-

chen. Im tiefen Raum ist das Universum ständig in Dunkelheit gehüllt, leuchten die Sterne für immer, flammt die Sonne ohne Ende in Hitze und Glorie. Alles ist immer, wie es gewesen ist.

Natürlich liegt Regelmäßigkeit in den Bewegungen der Planeten über den Himmel, doch sind sie in der Dunkelheit zwischen den Welten bedeutungslos, dahinkriechende Pünktchen, zu klein, zu langsam und zu unauffällig, um die Zeit wichtig zu machen.

Aber auch hier haben die Menschen die Veränderung gepflanzt. Sie haben einen ausgebrannten Kometen, einen einst namenlosen Asteroiden in einen weißen Sack gesteckt. Sie haben ihn Cornucopia genannt und auf einen neuen Weg durch den Himmel geschickt. Jetzt überquert er die Bahn des Mars und beginnt mit dem langen Fall zurück zur Sonne, zurück zur Bahn der Erde. Telemetrische Geräte messen die Veränderungslosigkeit auf dem Asteroiden, das Schweigen der Instrumente und melden es gelangweilten Technikern zurück, die die Erde umkreisen.

Ein kleines Schiff ist noch weit entfernt von dem Asteroiden, aber es nähert sich ihm. An Bord herrscht kaum mehr Aktivität als auf dem toten Felsen. Einer nach dem anderen haben sich buchstäblich alle an Bord der Dawn Treader *Anwesenden entschlossen, die lange Wartezeit im Kälteschlaf zuzubringen. Nur zwei Mannschaftsmitglieder und Shiro Ishida sind wach geblieben, die Mannschaftsmitglieder, weil sie müssen, und Ishida aus Gründen, die er nicht einmal sich selbst erklären könnte. Alle übrigen verschlafen die endlose, sonnendurchflammte Nacht des Raums.*

Dagegen herrscht auf der Rückseite des Mondes Aktivität, heftige Aktivität. Dort arbeitet man gegen die illusorische Zeit, dort muß man zu einem Termin fertig sein, der schon zu nahe sein mag.

Denn Cornucopia und die Dawn Treader *kommen.*

23. KAPITEL

EIN JAHR SPÄTER

NEW YORK, HAUPTQUARTIER DER VEREINTEN NATIONEN

Hiroshi Suzuki verließ den Konferenzsaal. Er litt körperliche Schmerzen. Es war nichts Metaphorisches an den Qualen, die seinen Körper folterten. Dieser Schmerz war real, so real, als ob seine Mitdelegierten ihm Messer tief in den Leib gestochen hätten. Vielleicht war bei dieser letzten Katastrophe endlich das passiert, was die Ärzte als unmöglich erklärt hatten, und er hatte ein Magengeschwür bekommen.

Aber, nein, der Schmerz kam nicht von einer physischen Verletzung. Das war die Pein eines gebrochenen Herzens, das waren die Folgen des Verrats. Ihm war, als hätten sich seine eigenen Kinder gegen ihn gewandt, seien übereingekommen, seinen Rat zu ignorieren. Sie liefen davon, und dabei wußten sie sehr gut, daß die Flucht nur mit ihrer Vernichtung enden konnte.

Embargo. Die verdammten Narren wollten tatsächlich ein vollständiges Embargo gegen die Siedlungswelten verhängen. Der Handel, das Reisen zwischen der Erde und den Siedlungswelten sollten ganz aufhören. Wohin sollte das führen? Wohin konnte das führen, wenn nicht in die Katastrophe?

Doppelt furchterregend wurde es durch die Begeisterung und Einmütigkeit, mit der sie der Katastrophe entgegeneilten. Suzuki hatte damit gerechnet, daß zumindest die Amerikaner einen Funken von gesundem Menschenverstand zeigen würden. Wie oft hatten sie erlebt, daß der Protektionismus versagte! Aber nein, sie hatten sich an die Spitze gestellt, sie hatten das Votum erzwungen, das den Sieg verhieß.

Nur der machtlose Verwaltungsrat der Inneren Planeten hatte dagegengestimmt. Der VRIP, dem Namen nach ein Organ der Vereinten Nationen, war im Herzen *für* die Siedler, und so war seine Entscheidung keine Überraschung. Aber sogar der UNLAC hatte sich für das Embargo erklärt, und das war ein beängstigendes Zeichen, wie weit der Wahnsinn sich schon ausgebreitet hatte. Mehr als die Hälfte der lunaren Ökonomie war vom Handel mit den Siedlern abhängig.

Suzuki ging zum Aufzug und fuhr zu seinem Büro hinauf, und er konnte sich der Frage nicht erwehren, wozu er sich eigentlich die Mühe machte. Aller Wahrscheinlichkeit nach würde er seines Amtes enthoben sein, noch bevor die Woche vorbei war — vielleicht schon, bevor der Aufzug seine Etage erreichte, wenn man bedachte, wie launenhaft der Rat sich in letzter Zeit gebärdete.

Aber das war noch der geringste Schaden, der angerichtet werden konnte. Dieses Embargo war eine nachdrückliche Einladung an McGillicutty und seine Rowdies, Angela Hardin von ihrem Posten zu vertreiben und den Rat der Siedlungswelten zu übernehmen.

Und was würden seine eigenen Rowdies der Erde Gutes tun?

Die Radikalen gewannen — auf beiden Seiten.

MOND, RÜCKSEITENSTATION, LASERBATTERIE

Der Boden ratterte unter ihren Füßen, und sie spürten eine Symphonie von Vibrationen durch die Stiefel ihrer Druckanzüge. Sie hätten in Übereinstimmung mit der Szene, die sie beobachteten, Lärm hören müssen, ohrenbetäubenden Lärm. Aber dies war der Mond, und es herrschte Totenstille.

Auf der Rückseite war es Nacht. Zehn Tage der zwei Wochen dauernden Dunkelheit, die der Oberfläche des

Mondes jedes Erg an Wärme und Licht raubte, waren vergangen. Dem menschlichen Auge zuliebe strahlen starke Scheinwerfer auf die Fabrik und ihre Umgebung nieder.

Das große Raupenkettenfahrzeug rollte aus dem Innern der Fabrik, das ein verwirrender Irrgarten aus Schwärze und hellen Reflektionen war. Ein umfangreiches Stück Maschinerie wurde auf der Ladefläche festgezurrt. Die Solarzellen waren zusammengeklappt, und das Laserrohr war für den Transport nach unten gekippt. Trotzdem war zu erkennen, was es war. Es verschwand aus dem Bereich des Scheinwerferlichts in die Finsternis, die sie umgab.

Eine Laserstation, Nummer 4362. Dahinter, in der Robotfabrik, war Nummer 4363 bereits unterwegs — und 4364 und 4365 …

Ben schüttelte den Kopf und sagte zu Garrison: »Was meinst du, wie lange du das weiterlaufen lassen kannst? Früher oder später wird es jemandem von draußen auffallen.«

»Es wird niemandem auffallen.« Garrisons Stimme klang hart. »Außerdem, wer ist da, dem es auffallen könnte? Seit unserer Ankunft ist niemand von der UNLAC-Zentrale durchgekommen. Die einzige echte Gefahr drohte uns von Prathnabar. Er hätte uns großen Ärger machen können — aber er hat uns sehr gut geschützt, indem er überhaupt nichts getan hat.

Die meisten übrigen in dieser Kolonie richten sich nach ihm und stellen keine Fragen. Sogar die Kom-Leute sind glücklich. Sie haben die letzten ihrer Laser vor zwanzig Monaten erhalten und in Betrieb genommen. Sobald sie einmal dabei waren, Botschaften zu senden und zu empfangen, interessierte es sie nicht mehr, was wir tun. Ein paar Leute hier auf der Rückseite *müssen* sich klar darüber sein, daß Heimlichkeiten vor sich gehen, aber sie wollen schlafende Hunde nicht wecken. Soweit es sie betrifft, wurde diese Fabrik vor einem Jahr abgeschaltet. Etwas anderes wollen sie gar nicht wissen. Offiziell steht die Fabrik seitdem in Bereitschaft für den Fall, daß Ersatzteile herzustellen sind.«

»In der Station und um sie herum gibt es mehr als hundert Personen, die ziemlich genau wissen, was wir hier tun«, protestierte Ben.

»Und wie viele haben in den letzten zwanzig Monaten die UNLAC-Zentrale angerufen und sie vor uns gewarnt?« fragte Garrison ruhig. »Null! Warum sollten sie jetzt damit anfangen? Sie sind den Behörden nichts schuldig. Wir sind alle aufgrund der Theorie hergeschickt worden, hier könnten wir keinen Schaden anrichten und es sei nicht notwendig, uns im Auge zu behalten. Du fürchtest, daß die Gefängnisinsassen die Wärter warnen, Ben, und die Wärter sitzen auf der anderen Seite des Globus. Wahrscheinlich hat irgendein UNLAC-Geheimdienstmann ein Dossier über uns. Vielleicht erreicht ihn dann und wann das eine oder andere Gerücht. Bis er sich entschließt, etwas zu unternehmen, wird es zu spät sein. Übrigens ist es bereits zu spät.«

Ben hatte das alles schon gehört, aber er glaubte immer noch nicht so recht daran, daß Garrisons Plan funktionierte — obwohl eine Zeitspanne von mehr als anderthalb Jahren, in der nichts schiefgegangen war, das Gegenteil bewies. »Wie viele Laser?« fragte Ben. »Wie viele werden genug sein?«

»So viele, wie wir bekommen können«, antwortete Garrison. »Wir bauen einfach so viele Einheiten wie möglich, bevor Cornucopia in Schußweite kommt. Und bei der gegenwärtigen Produktionsrate werden das rund fünftausend sein.«

»Ungefähr das Fünfzigfache der für die Kom-Station geplanten Kapazität — einschließlich eines kompletten Satzes von Reserve-Einheiten«, stellte Ben fest. »Wenn das nicht genug ist, weiß ich nicht, was genug sein würde.«

»Nur haben wir einige dieser Laser zur eigenen Verteidigung aufgestellt«, bedauerte Garrison. »Es gefällt mir nicht, daß wir auf sie verzichten müssen.«

»Du hast trotzdem noch mehr als viertausend«, gab Ben zu bedenken. »Die sollten doch reichen.«

»Mag sein. Aber wir brauchen genug Feuerkraft, um den Asteroiden auf Anhieb zu zerstören — weil wir gar nicht erst zu einem zweiten Versuch kommen werden. Im Augenblick weiß ich noch nicht, ob wir sie haben werden, wenn sich Cornucopia der Erde nähert. Und dann ist da noch das Zielproblem.«

Jede Laser-Einheit war unabhängig und steuerte sich selbst — aber jeder Einheit mußte gesagt werden, wohin sie zielen solle. Die Computer des Kom-Labors waren für ein absolutes Maximum von einhundert Lasern, von denen jeder unabhängig von den anderen ausgerichtet werden konnte, bestimmt gewesen.

Garrison hatte vorgeschlagen, die fünftausend Laserkanonen miteinander zu verdrahten und statt des Zielcomputers einen weitaus einfacheren überschüssigen Computer zu benutzen, den Ben von der Zentralkolonie eingeschmuggelt hatte. Das einzige, was diese Idee entfernt möglich machte, war, daß alle diese fünftausend Kanonen-Einheiten auf das gleiche Ziel gerichtet werden sollten. Schon die Beschaffung von genug Glasfaser-Kabeln, um die Laser und das Kontrollsystem zu verbinden, war ein Kampf gewesen. Ben hatte eine Kabelfabrik im Taschenformat herbeigeschafft und so diese Schwierigkeit gelöst — aber es gab keine Fabriken für Zielcomputer, die er hätte organisieren können, ganz zu schweigen von Ingenieuren für das Programmieren der Robot-Software. Wer, zum Teufel, sollte nun das verdammte Ding programmieren? Jesus Moroz gehörte von Anfang an zu ihrer Verschwörergruppe, und er arbeitete an dem Problem. Ben machte sich jedoch Sorgen, daß er nicht schnell genug vorankam. Wie Jesus behauptete, sollte es möglich sein, jede einzelne Einheit ordnungsgemäß auszurichten, wenn sie Bens Computer für die

Daten und die den Lasern eingebauten Zielsysteme benutzten. Aber ganz gleich, mit welchen Programmier-Tricks, es stand außer Frage, daß es eine äußerst komplizierte Sache war, die Laser zu kontrollieren.

Andererseits war es nicht nur kompliziert, die zusätzlichen Laser-Einheiten in den Computer der Kom-Abteilung zu installieren, ohne Verdacht zu erregen, sondern schlicht unmöglich. Jeder andere Weg mußte leichter sein.

Und natürlich verließen sie sich darauf, daß Jody fähig war, ihnen gute Zielverfolgungsdaten über den Asteroiden zu liefern, was sie nur tun konnte, indem sie Beobachtungszeit stahl.

Niemand glaubte, das werde einfach sein.

»Kehren wir zur Ranch zurück, Garrison«, sagte Ben. »Wir müssen noch zur Besprechung.« Er drückte einen Knopf an seinem Funkgerät und schaltete das Flutlicht ab. Die Fabrik arbeitete im Dunkeln weiter. Die beiden Freunde drehten ihre Helmscheinwerfer an und gingen zur *Rock & Roll.* Sunchaser Shipping hatte in den letzten zwei Jahren eine ganze Flotte von Rollern angeschafft, aber Ben fuhr aus Sentimentalität immer noch die *R & R.* Er und Garrison hatten drei Monate in dem verdammten Ding gewohnt, bis sie in der Rückseiten-Station zwei Apartments bekamen.

Die innere und die äußere Schleusentür der *R & R* standen weit offen; die Kabine war dem Vakuum ausgesetzt. Sie kletterten hinein. Für die kurze Fahrt zur Station ließen sie die Luftschleuse offen und blieben in ihren Anzügen. Ben übernahm die Kontrollen und beschleunigte den Roller auf fünfzig Stundenkilometer. Er war im Laufe des letzten Jahres ein viel besserer Fahrer geworden, und dies war eine Route, die er gut kannte.

Er fuhr an einem großen Raupenkettenfahrzeug vorbei, das zu den Kanonen unterwegs war.

»Du möchtest Cornucopia mit dem ersten Schuß treffen?« fragte Ben. Sie hatten sich wieder einmal bei einer endlosen Planungssitzung für den Angriff festgefahren. »Ausgeschlossen. So gut sind wir nicht. Noch nicht. Wir haben hier eine komplizierte Anlage, und wir müssen sie testen, bevor wir sie im Ernstfall einsetzen.«

»Aber sobald die Außenwelt von der Kanone erfährt, bricht die Hölle los«, gab Garrison zu bedenken. »Was soll sie daran hindern, uns eine Atombombe auf den Kopf zu werfen?«

»Nichts kann sie daran hindern, es zu versuchen, aber Sie haben Ihre Hausaufgaben nicht gemacht, Herr Dr. Morrow«, erklärte Hofmeister bissig. Die meisten Bewohner der Rückseite waren anständige Menschen, die ungerechterweise aus ihrer Heimat, ihrem Vaterland und ihrem früheren Leben vertrieben worden waren. Alois Hofmeister war jedoch eine der Ausnahmen, die Garrison zu Überlegungen anregten, ob man bestimmte Personen nicht aus allgemeinen Grundsätzen verbannen könne.

Hofmeister selbst hatte ganz gewiß keine Grundsätze, ob allgemeine oder sonstige. Vielleicht war das unfair — ihm war anscheinend wirklich daran gelegen, Cornucopia aufzuhalten. Nur war er durchaus nicht wählerisch, was die Methoden anging. Im Grunde, sagte sich Garrison, war Hofmeister nicht mehr als ein altmodischer Gauner. Oder vielleicht nicht weniger als ein altmodischer Psychopath.

»Bomben nützen nicht viel im Vakuum«, fuhr Hofmeister fort. »Ohne Luft, die ihre Energie weiterträgt, gibt es keine Explosionswirkung und keine Schockwelle. Damit bleiben nur die sonstigen Bombeneffekte übrig. Erstens Schrapnells und Fragmente, zweitens, Hitze plus andere elektromagnetische Strahlung und drittens schwere atomare Partikel. Alle drei bekommen wir sowieso jeden Tag der Woche in Form von Mikrometeoriten und allem, was die Sonne auf uns abwirft.

Deshalb sind wir gegen das Zeug abgehärtet. Außerdem sind die Laser über ein großes Gebiet verstreut. Eine Bombe, die ein paar Einheiten auf der östlichen Seite zerstört, tut denen auf der westlichen Seite des Kraterbodens keinen Schaden. Wir könnten einen Bombenangriff leicht überstehen«, schloß Hofmeister frohgemut.

»Aber die Bombe brauchte uns gar nicht zu erreichen«, warf Ben ein. »Wir können doch die Kanone benutzen, um ihre Bomben — oder alles andere, was sie auf uns abwerfen wollen — abzuschießen! Wenn Jesus die Programmierung zusammenbringt — und es uns gelingt, ein paar anständige Zielverfolgungsgeräte zu beschaffen — können wir uns mit der Kanone *verteidigen.*«

Jesus Moroz verzog das Gesicht und setzte sich zurecht. Seine an diesem Ort recht auffällige Lederjacke gab dabei quietschende und knarrende Geräusche von sich. »Das ist leicht zu sagen, Benjamin, aber schwer zu tun.« Er sah Ben mit seinen schwarzen Augen unter den schweren Lidern ernst an, und die dunkle, pockennarbige Haut seines Gesichts wirkte so zerknittert wie seine Bomberjacke. »Ich kann ein Programm *schreiben,* das die Laserkanonen kontrolliert, ja — aber wie soll ich das Programm testen? Ich *brauche* den Probeschuß, das steht ganz außer Frage. Was das Zielverfolgungsgerät für unsere Verteidigung betrifft, da verhungern wir vor einem Gourmet-Restaurant. Das Radioteleskop des Rückseiten-Observatoriums würde eine ideale Radar-Antenne abgeben, und die optischen Instrumente wären für den Zweck ausgezeichnet geeignet. Aber wir können sie nicht benutzen, oder?«

Ben schüttelte heftig den Kopf. »Nein. Nicht daran zu denken. Die meisten Mitarbeiter des Observatoriums stammen von der Erde, und auf der Liste ihrer angestammten Sympathien stehen wir nicht an erster Stelle. Wenn es überhaupt noch eine Gefahr gibt, daß wir verraten werden, dann kommt sie von dem Observatoriumsstab. Besonders bei der gegenwärtigen politischen Situation. Im Speisesaal hat es bereits ein paarmal häßliche Streitereien zwischen Mitarbeitern des Observatoriums und einigen der reizbareren Exilierten gegeben. Gestern abend ist es sogar zu einer Schlägerei gekommen. Nichts für ungut, und Anwesende ausgenommen, Jody, aber wir dürfen es nicht riskieren.«

Jody lächelte Ben schüchtern an. »Da-das ist okay, Ben. Ich stimme Ihnen zu. Da drüben hat man Sie jetzt schon zi-ziemlich in Verdacht.«

»Eine Frage, bitte«, fiel Hofmeister ein. »Warum nehmen wir nicht das gleiche Zielverfolgungssystem, das wir benutzen, um Cornucopia zu entdecken, auch für die Verteidigungsanlagen?«

»Das ist ein ganz anderes Problem«, gestand Jesus unglücklich ein. »Glauben Sie mir, wenn dieser Weg gangbar wäre, würden wir ihn wählen. Aber sehen Sie, wir kennen die Bahn Cornucopias bis auf zwei oder drei Stellen hinter dem Komma genau. Theoretisch würden wir nicht einmal ein Zielverfolgungssystem brauchen. Wenn wir einfach die Zahlen eingäben, die uns sagen, wo er sein sollte, müßten wir ihn treffen. In der Praxis hat es möglicherweise eine kleine Abweichung gegeben, aber nur eine kleine. Um Cornucopia zu finden, braucht Jody also nur ein sehr kleines Stück Himmel rings um die Stelle, wo der Asteroid sein sollte, abzusuchen. Das Verteidigungssystem müßte den ganzen Himmel von Horizont zu Horizont beobachten. Ein Angriff könnte sehr schnell da sein, und zwar aus jeder Richtung. Das erforderte viel mehr Sensoren mit einer viel größeren Empfindlichkeit. Also, wie soll ich den ganzen Himmel beobachten?« jammerte Moroz.

Garrison griff nach einem Stift und kritzelte etwas auf seine Schreibtischunterlage. »Gehen Sie bei Ihrer Planung einmal davon aus, daß wir uns nicht scheuen, weitere Verbrechen zu begehen. Die Verteidigungslaser sind aufgestellt, richtig? Verkabeln Sie die Hardware, als ob Sie die Ausrüstung des Observatoriums benutzen *könnten.* Jody sollte imstande sein, Ihnen die Spezifikationen zu besorgen. Wenn wir *gezwungen* sind, ein Zielverfolgungssystem zu unserer Verteidigung einzusetzen, wird der Grund wahrscheinlich sein, daß der Feind nach hier unterwegs ist. Dann brauchen wir uns nicht mehr zu fragen, ob die Astronomen jemanden warnen werden. Außerdem, wenn wir ihnen begreiflich machen, daß jemand ihnen eine Atombombe auf den Kopf werfen will, könnten sie sich dem Vorschlag der Zusammenarbeit aufgeschlossen zeigen. Wenn nicht, haben wir die Wahl, ob wir radioaktiv oder unhöflich sein wollen, und ich bin dann lieber unhöflich.«

Nervöses Lachen klang auf. Im ganzen Raum herrschte das Gefühl, daß sie eben eine Grenzlinie überschritten hatten. Sie waren einverstanden, sich die Geräte der Astronomen mit Gewalt anzueignen, wenn es sein mußte. Jody und Ben tauschten einen unglücklichen Blick, während das Gelächter verstummte. Sie waren bereit, anderen Schaden zuzufügen, nicht nur sich selbst. Es war eine Kleinigkeit, man konnte behaupten, es sei doch nicht so schlimm, wenn man sich in einem Notfall ein paar Teleskope ausborgte — aber es war auch der erste Schritt ins Unrecht. Wie viele Schritte würden noch folgen? Wie vielen Menschen würden sie Leid zufügen?

»Gehen wir also von der Annahme aus, daß wir fähig sein werden, einen Angriff abzuwehren.« Garrison merkte entweder nichts von dem Unbehagen im Raum oder ignorierte es absichtlich. »Die Feuerkraft, die uns zur Verfügung steht, sollte ausreichen, den Feind in Schach zu halten, solange wir wollen. Nur werde ich den Gedanken nicht los, daß das nicht gut genug ist.« Garrison lehnte sich auf seinem Stuhl zurück und seufzte. »Eine innere Stimme sagt mir, daß es keine Möglichkeit gibt, die Sache unter Kontrolle zu halten. Sobald die Außenwelt erfährt, was wir hier haben, wird *alles* verrückt spielen. Die Erde, die Siedlungswelten, jedermann.«

»Sollen sie doch verrückt spielen«, erklärte Hofmeister kriegerisch. »Das geht uns überhaupt nichts an. Das ist bloße Politik. Die Politik der Erde oder der Siedlungswelten interessiert mich einen Dreck. Ich will nur verhindern, daß dieser Felsbrocken zu nahe an die Erde gerät und vielleicht meine Familie trifft.« Seine Stimme klang übertrieben tugendhaft. Hofmeister hielt inne, um sich eine seiner giftigen Zigarren anzustecken, und gestikulierte lebhaft. »Wenn wir die mit unseren Lasern verbundenen Sensoren des Observatoriums benutzen, sitzen wir hinter einem undurchdringlichen Schild. Sollen sie doch versuchen, uns zu kriegen.« Er stopfte sich die Zigarre in den Mund, paffte und wackelte bösartig mit den Augenbrauen.

Ben ergriff schnell das Wort, bevor irgendwer Gelegenheit fand, einen neuen Streit mit Hofmeister anzufangen. »Sie mögen recht haben, Herr Hofmeister, aber ich weiß nicht, ob wir das Risiko eingehen dürfen. Ich finde, wir sollten mit dem Projekt Extratrumpf weitermachen.«

»Dem stimme ich zu«, sagte Moroz. »Theoretisch hätten wir hier ein unverwundbares System — aber ob es das in der Praxis ist, werden wir erst sicher wissen, wenn wir plötzlich auf die harte Weise herausfinden, daß es das nicht ist. Wir brauchen ein Back-up. Eine verdeckte Karte.«

Garrison sah unglücklich von Jesus zu Ben. »Hat sonst noch jemand etwas zu diesem Thema zu sagen?« Niemand meldete sich. »Ich gebe es ungern zu«, sagte Garrison schließlich, »aber ich gelange an den Punkt, wo ich geneigt bin, dir beizupflichten.«

»Wir müssen dann aber der Kanone eine Menge Feuerkraft entziehen«, gab Hofmeister zu bedenken.

»Wie viele Laser werden wir verlieren?« erkundigte sich Garrison.

Hofmeister zuckte die Achseln. »Fünfhundert vielleicht.«

»So viele nicht«, protestierte Wiggins. Bill Wiggins war Hofmeisters Assistent — und zum größten Teil war es ihm zu danken, daß der Ausstoß der Laserfabrik hatte verdoppelt werden können. »Ben und ich haben es durchgerechnet. Wir schaffen es während einer hellen Periode, die Fabrik zu demontieren und wegzuschaffen. In zwei Wochen, vielleicht in nur zehn Tagen. Weitere fünf Tage brauchen wir für den Wiederaufbau. Damit verlieren wir höchstens zwanzig Tage für die Produktion. Dreihundert Laser, das ist das absolute Maximum.«

»Aber was ist mit dem Rohmaterial?« kritisierte Hofmeister.

»Zwei Telefonanrufe bei dem Chef der Mine im Mare Orientale, und wir bekommen alles Rohmaterial, das wir zur gegebenen Zeit in Vorrat haben müssen«, behauptete Ben. »Ich habe dafür gesorgt, daß die Mine bei Sunchaser hoch in der Kreide steht, indem ich den Leuten dort Luxusartikel auf Kredit verkauft habe. Sie werden ihr Konto gern mit Lieferungen an uns ausgleichen.«

Garrison grinste Ben an. »Das war gut vorausgeplant, wie ich sehe. Und ich hatte mich gefragt, ob aus dir jemals ein listiger Mondkolonist werden würde. Aber kann die Mine unseren Bedarf decken?«

»Machst du Witze? Das ist das zweitgrößte Bergbauunternehmen auf dem Mond. Was wir brauchen, ist nach seinen Maßstäben nur eine Kleinigkeit.«

»Aber wie soll das Rohmaterial befördert werden?« protestierte Hofmeister. »Alle unsere Frachtroller werden damit beschäftigt sein, Ausrüstung von hier wegzubringen.«

Jetzt war Ben an der Reihe zu grinsen. »Oh, das schaffen die Minenleute schon. Es wird ein bißchen haarig werden, aber sie können uns alles, was wir nötig haben, als Expreßlieferung schicken.«

Garrison wandte sich Mohammed zu. »Du bist der Transport-Guru. Was meinst du? Wie schnell können wir das Projekt Extratrumpf durchziehen?«

»In nicht mehr als zwei Wochen — und wir brauchen bloß zuzusehen, wie die Roboter arbeiten.«

Garrison sah auf seine Schreibtischplatte nieder und dachte nach. »Ich verliere auch diese verhältnismäßig geringe Zahl an Lasern ungern — aber wir brauchen die Rückversicherung. Ben, bist du soweit, daß du damit anfangen kannst?«

»Und ob! In vier Tagen geht hier die Sonne auf. Bill und ich können die restliche Planung heute nacht erledigen und uns auf den Weg machen, sobald es dämmert.« Ben freute sich, daß er eine wichtige Runde gewonnen hatte, aber da war noch ein anderes großes Problem. »Kommen wir noch einmal zur Hauptfrage zurück«, fuhr Ben fort. »Wir brauchen *mindestens* einen Probeschuß zum Kalibrieren. Nicht nur zum Kalibrieren, sondern auch, um uns zu vergewissern, daß die Laser mit maximaler Energie arbeiten und welche Wirkung sie auf ein Ziel haben werden. Ohne Test werden wir keine Ahnung haben, was wir tun, wenn wir feuern.«

Garrison zuckte die Achseln. Er war in nachgiebiger Stimmung. »Okay, es gefällt mir nicht, aber ich wüßte auch keinen Ausweg. Jody, können Sie ein Ziel für uns finden?«

Jody sah nervös in die Runde. Aller Augen hatten sich auf sie gerichtet. Mit quietschender Stimme brachte sie heraus: »Ich werde mein Be-be-bestes tun.«

Jodys Bestes war natürlich sehr gut. Sie machte sich während ihrer nächsten Schicht daran, das Problem zu lösen.

Es hatte einmal eine Zeit gegeben, als es schwierig war, Asteroiden und Kometen zu finden. Manchmal wünschte Jody sich, damals gelebt zu haben, bevor die

Astronomen die Atmosphäre der Erde hinter sich gelassen und moderne Spürgeräte mit ihren Spiegeln und Linsen und Antennen verbunden hatten. Heutzutage schien es am Himmel von subplanetaren Objekten geradezu zu wimmeln. Man benötigte Massen von Computerspeicherraum, um sie alle im Auge zu behalten, und das war eine langweilige Arbeit, ganz gleich, wie wichtig sie war. Ohne einen guten Katalog dessen, was ein Beobachtungsgebiet zu einer gegebenen Zeit durchqueren mochte, konnte jede Menge von heiklen Beobachtungen verdorben werden. Natürlich geschah das Verfolgen von Objekten nicht nur zu astronomischen Zwecken. Es hatte auch seinen Nutzen für die Navigation, doch das kam an zweiter Stelle. Wenigstens für Jody. Die meisten Piloten und Navigatoren hätten dieser Behauptung widersprochen, nur kam es darauf schließlich nicht an.

Gegenwärtig mußten rund hunderttausend subplanetare Objekte verfolgt werden, und immerfort kamen neue dazu. Am Himmel war das Gedränge einfach zu groß.

Das hatte aber auch sein Gutes. Als Garrison gesagt hatte, er brauche ein Objekt, das Cornucopia darstellen könne, zu Übungszwecken, erforderte es nur fünf Minuten Arbeit am Computer des Rückseiten-Observatoriums, um einen passenden Brocken Himmelsgestein zu finden. Er näherte sich aus einer anderen Richtung und mit einer anderen Geschwindigkeit als Cornucopia, aber das sollte keine Rolle spielen. Jody forderte einen vollständigen Bericht über das Objekt an. Der Ausdruck überraschte sie. Nicht nur trug es keinen Namen (was durchaus nicht ungewöhnlich war), es war offiziell auch noch unentdeckt. Entdeckt worden war es von einem der automatisierten Suchsysteme, doch hatte es nie die Aufmerksamkeit eines menschlichen Wesens auf sich gelenkt.

Jody hatte den Kometen in dem Gedächtnisspeicher

des Computers ›entdeckt‹. Und eine Entdeckung überträgt bestimmte Rechte auf den Entdecker. Jody lächelte und tippte ein paar Befehle ein, und eine anonyme Nummer, ein Klumpen Stein und Staub in der Dunkelheit, der noch nie von menschlichen Augen erblickt worden war, wurde auf magische Weise zu dem Kometen Holmes.

MOND, ZENTRALKOLONIE, BÜRO DES GOUVERNEURS

Es lief nicht gut.

Unnötig zu sagen, daß das eine grobe Untertreibung war. Gouverneur José Neruda versuchte mit nur bescheidenem Erfolg, ruhig zu bleiben.

Das Embargo drohte zu Aufständen in der Zentralkolonie zu führen. Schon hatte es Demonstrationen gegeben, laute, lärmende Versammlungen, die anscheinend weniger *für* etwas, als vielmehr *gegen alles* waren. Die Schizophrenie der Zentralkolonie wurde offenbar. Die lunaren Kolonisten empfanden eine natürliche Sympathie für die Siedler — fühlten sich aber ebenso stark mit der Erde verbunden.

Die Erde verlor jedoch rasch Punkte auf dem Mond. Es waren die Vereinten Nationen gewesen, die das Embargo erklärt hatten. Ohne ihre Märkte auf den Siedlungswelten würden viele Kolonisten arbeitslos werden. Und wenn die Kolonisten jetzt schon zornig waren, was sollte geschehen, wenn die Zeiten noch ein bißchen schwerer wurden?

Neruda faßte sich ans Revers und betastete nervös die Blüte im Knopfloch. Er hätte sich nie einverstanden erklären dürfen, für das Embargo zu stimmen! Verdammter UNLAC! Sein Druck hatte ihn gezwungen, die Delegierten entsprechend zu instruieren.

Neruda kam es überhaupt nicht in den Sinn, daß er

dem Druck des UNLAC nicht hätte nachzugeben brauchen, wenn er nicht gewollt hätte. So faßte er das Amt des Gouverneurs nicht auf. Aber was er hätte tun oder nicht tun sollen, war inzwischen gegenstandslos geworden — er mußte sehen, wie er mit der augenblicklichen Situation fertig wurde. Die letzten Neuigkeiten hatten bei den Kolonisten große Erregung hervorgerufen. Der Rat der Siedlungswelten hatte Angela Hardin ihres Amtes enthoben. McGillicutty hatte es übernommen und den Rat prompt mit seinen marsianischen Spießgesellen vollgestopft.

McGillicutty hatte angekündigt, die Siedler würden jeden Schritt zur gewaltsamen Durchsetzung des Embargos als feindlichen Akt betrachten. Im Gegenzug hatte die Zollbehörde der Vereinten Nationen bekanntgemacht, sollte ein Schiff sich weigern, das Durchsuchungskommando eines Zollkutters an Bord kommen zu lassen, werde sie ›chirurgische‹ Laserschüsse abfeuern, um die Antennen abzubrennen oder die Motoren zu zerstören. In McGillicuttys Antwort darauf hieß es, jedes Raumfahrzeug der Siedlungswelten, das beim Betreten oder Verlassen des terrestrischen Raumes belästigt werde, sei autorisiert, sich zu verteidigen.

Was das heißen sollte, wenn die Siedler kein einziges Raumfahrzeug besaßen, das schwerer bewaffnet war als die Zollkutter, konnte man nur raten. Die Kutter hatten sehr gute Lasersysteme, aber darüber hinaus hatte sich noch niemand die Mühe gemacht, ein Schiff auch nur mit einer Seitenwaffe auszurüsten. In einem friedlichen Sonnensystem hatte es ja auch keinen Sinn, das tote Gewicht von nutzlosen Waffen mitzuschleppen. Kriegsschiffe und bewaffnete Kauffahrer gab es nur auf dem Reißbrett — vorerst. Zweifellos wurden jetzt schon alte Schiffspläne abgestaubt.

Aber im Augenblick gab es keine Kriegsschiffe im Raum außer den Kuttern. Ein nuklearangetriebenes Fahrzeug konnte sich nur auf eine einzige Weise verteidigen, nämlich indem es seine Fusionsmotoren dem angreifenden Schiff zuwandte. Kurz gesagt, jeder Kauffahrer, der bei dem Versuch, das Embargo zu durchbrechen, geschnappt wurde, hatte die Wahl, ob er sich ergeben oder einen Zollkutter verdampfen wollte. Die meisten Handelsschiffe der Siedler würden zweifellos aus nackter Angst das Embargo respektieren, aber früher oder später, das war so gut wie unvermeidlich, würde jemandem soviel Geld in Aussicht stehen, daß er das Risiko einging. Es war nur eine Frage der Zeit, wann es zu einem folgenschweren Zwischenfall kam.

Und Berichte über diesen Zwischenfall — oder die neueste gegen die Siedlungswelten gerichtete Resolution aus dem UN-Hauptquartier — oder die nächste Ungeheuerlichkeit seitens des Rates der Siedlungswelten — eigentlich *jede* Neuigkeit konnte an diesem Punkt in der Zentralkolonie Aufstände, Zusammenrottungen, Chaos auslösen.

Neruda dachte daran, was er als Junge in Santiago gesehen hatte. Wie so viele, die es miterlebt hatten, als die Anarchie Besitz von ihrer Welt ergriff, hatte er eine paranoide Angst davor, eine abweichende Meinung zu äußern — und einen unerschütterlichen Glauben daran, daß die Obrigkeit im Recht war. Er war fest entschlossen, die Zentralkolonie nicht so außer Kontrolle geraten zu lassen, wie es vor langer Zeit in Chile geschehen war. Aber wie konnte er es verhindern, wenn er nicht die Macht zum Eingreifen hatte?

Plötzlich dämmerte es Neruda, daß es nicht die *Ereignisse* auf fernen Welten waren, die die Bevölkerung in Wut versetzten. Vielmehr lösten die *Nachrichten* über diese Ereignisse Reaktionen aus.

Er brauchte nichts weiter zu tun, als die Nachrichten zu blockieren. Das würde den Pöbel ruhig halten. Es hatte in Santiago funktioniert, wenigstens für eine Weile. Er drückte den Knopf der Gegensprechanlage auf seinem Schreibtisch. »Miss Wu, kommen Sie bitte zu mir.«

Hillary Wu schlüpfte aus dem Vorzimmer herein und setzte sich auf ihren üblichen Platz, den Minicomputer griffbereit.

Der Gouverneur betrachtete seine Schreibtischplatte und sprach, ohne zu seiner Assistentin hochzublicken. »Ich befehle eine vollständige Nachrichtensperre.«

»Das Büro des Gouverneurs soll keine Nachrichten mehr herausgeben?« fragte Hillary überrascht.

»Sie mißverstehen mich. Es werden auf dem Mond keine Nachrichten mehr eingehen. Bis auf weiteres stellen alle Zeitungen, Nachrichtenprogramme, Extrablätter und sonstigen Mittel der Reportage ihr Erscheinen, ihre Sendung, ihre Verteilung oder sonstige Verbreitung ein.«

»Sir?« Hillary sah ihren Chef verwundert an. Welcher schwachsinnige Einfall war ihm nun schon wieder gekommen?

»Gelingt es mir nicht, mich deutlich auszudrücken?« fragte Neruda in drohendem Ton.

»Ah ... doch, Sir. Aber, Sir — da sind die Rechte auf Pressefreiheit ...«

»Sind aufgehoben. Geben Sie dem Amt für Rechte den Befehl weiter, für alle Zertifikate auf Pressefreiheit, die ausgegeben wurden, den Kaufpreis zurückzuerstatten. Lassen Sie die Kommunikationsabteilung jede einzelne Verbindung unterbrechen, die durch die Veränderung überflüssig geworden ist. Verbindungen von Nachrichtenbüros zum Fernsehnetz zum Beispiel und ebenso Verbindungen zu auswärtigen Nachrichtenquellen.«

Hillary war wie vom Donner gerührt. »Sir, das können Sie nicht machen! Die Rechte auf Pressefreiheit ...«

»Sind aufgehoben«, wiederholte Neruda. »Zumindest vorübergehend. Ich habe große Machtbefugnisse in einem Notfall, und meiner Meinung nach liegt hier einer vor.«

»Sir, die Leute werden die Nachrichten auf jeden Fall

erhalten. Von draußen wird man Kom-Laser auf uns richten, um uns den Standpunkt anderer Welten mitzuteilen. Man wird Gerüchte weitergeben. Jeder an ein Netzwerk angeschlossene Computer ist ein potentieller Nachrichtenknotenpunkt. Sie können nichts dagegen ...«

»Ich kann«, erklärte Neruda knapp. »Die Nachrichten von draußen sind es, die die Leute aufhetzen. Wenn wir ihren Zufluß stoppen, bekommen wir die Situation wieder unter Kontrolle. Ich hatte erwartet, daß Sie es nicht begreifen, Wu. Aber ich erwarte ebenso, daß Sie tun werden, was Ihnen befohlen wird. Kurz vor Büroschluß wünsche ich, einen Aktionsplan auf meinem Schreibtisch vorzufinden, in dem Sie die zur Erreichung dieses Ziels geeigneten Mittel zusammenstellen. Ich wünsche, daß der Plan innerhalb von zweiundsiebzig Stunden durchgeführt wird.«

Eine ganze Zeitlang saß Hillary nur da und starrte ihren Chef an, unfähig zu reagieren. Er revanchierte sich mit einem vernichtenden Blick. Dann riß sie sich zusammen und stand auf. Es hatte keinen Sinn, über die Sache zu diskutieren, und ihr fiel nichts ein, was sie gegen seinen letzten Geniestreich hätte unternehmen können. Aber wenn Neruda jetzt schon glaubte, die Einwohner der Zentralkolonie seien unruhig, würde er in drei Tagen eine Überraschung erleben.

AN BORD DER *DAWN TREADER*

Shiro Ishida war stets darauf bedacht, seine Hausaufgaben zu machen, und eine Bedrohung seines Plans bestand immer noch: Das LuTech gehörende Bergungsschiff *Jumpstart*.

Die *Jumpstart* war eine Spezialanfertigung, allein dafür entworfen, gebaut und ausgerüstet, daß ihre Besatzung Cornucopia betreten und zur Erde bringen konnte. Sie war vor einer Woche aus der Erdumlaufbahn gestartet und mußte in einer weiteren Woche an dem Asteroiden anlegen, lange vor der *Dawn Treader.*

Die *Jumpstart* stammte von einer Werft, die einem von Ishidas Vettern gehörte, und das war Ishida eine große Hilfe gewesen. Er hatte dadurch viele wertvolle Informationen über das Schiff und seine Mission erhalten. Das meiste, was er über das Cornucopia-Projekt wußte, war von dieser Werft gekommen.

Aber etwas war auch von Ishida zur *Jumpstart* weitergegangen, und nicht einmal der Vetter, der ihm so große Hilfe geleistet hatte, wußte davon. Das war ein über Funk kontrolliertes Gerät. Ishida hatte den Steuersender während der ganzen Reise in seiner Kajüte versteckt gehabt. Jetzt war die Zeit gekommen, ihn hervorzuholen.

Er nahm das Gerät aus seinem Versteck und sah es sich in der Abgeschlossenheit seiner Kabine lange an. Ein kleines grünes Licht leuchtete auf dem Kontrollpaneel. Solange es leuchtete, würde die *Jumpstart* am Leben bleiben.

Ishida dachte nach. Es war Mord, begangen allein um des Geldes, des Sieges, der Macht wegen. Wie hatte er es wagen können, auf die Crew der *Dawn Treader* hinabzublicken, weil sie Söldner waren, wenn er zu etwas viel Schlimmerem bereit war?

Aber bereit war er. Er war so weit gekommen, er hatte zu schwer gearbeitet, zu lange gewartet, um sich jetzt aus welchem Grund auch immer davon abbringen zu lassen. Jetzt mußte es sein, bevor die *Jumpstart* so nahe kam, daß die Explosion möglicherweise bemerkt wurde. Er konnte in vollkommener Sicherheit handeln, ohne eine Spur zu hinterlassen. Seinen eigenen Leuten hatte er versprochen, man werde die *Jumpstart* aufhalten. Mehr brauchten sie nicht zu wissen. Er schob die Sicherheitsabdeckung zur Seite, drehte den Aktivierungsschlüssel und drückte den Knopf.

Eine Fusionsmaschine wird leicht zu einer Fusionsbombe. Ein Hitzefluß, eine Störung im Magnetfeld, mehr ist dazu nicht nötig.

Weit entfernt von der *Dawn Treader* flammte für kurze Zeit unbemerkt und unbeobachtet ein neuer Stern am Firmament.

Shiro Ishida sah das grüne Licht auf dem Zünder ausgehen und wußte, daß fünf Menschen tot waren.

Er legte das Ding weg und starrte entschlossen die Wand an. War er wahnsinnig? Ja, er war wahnsinnig. Und es war ihm gleichgültig, daß er wahnsinnig war.

Er dachte an die Toten und bat ihre Geister um Verzeihung. Er versprach ihnen und sich, ihre Hinterbliebenen zu unterstützen. Insgeheim, ohne Hinweise auf seine Person, aber es würde geschehen.

Die Ehre erforderte es.

Cornucopia kam näher. Nachdem die *Dawn Treader* ihre Beute zwei Jahre lang verfolgt hatte, kam sie ihr nun näher. Es war beinahe Zeit, sich an die Arbeit zu machen. In drei Wochen würde die *Treader* an dem Asteroiden anlegen.

Ishida befahl, alle an Bord befindlichen Personen aus dem Kälteschlaf zu holen, damit sie die Vorbereitungen treffen konnten. Cathy gehörte zu den ersten, die geweckt wurden, und ihr war zumute, als habe sie den schlimmsten Kater aller Zeiten. Alle Gelenke waren steif, ihr Körper war ausgetrocknet, im Mund hatte sie einen Geschmack, als sei ein kleines Nagetier hineingekrochen, um dort zu sterben. Sich mehr als nur halbtot fühlend, wurde sie in die Welt der Lebenden zurückgeholt. Sie mußte sich auf etwa eine Woche Schlaflosigkeit gefaßt machen, bis ihr Körper den gestörten Tag-und-Nacht-Zyklus wiederhergestellt hatte. Kälteschlaf hat seine Nachteile.

Ebenso die Schwerelosigkeit, aber daran ließ sich nichts ändern. Ein Schiff unter Spin würde aus den so schon komplizierten Manövern eine haarsträubende Sache machen. Deshalb hatte Kapitän Broadmoor befohlen, die Rotation bis zum Stillstand zu verlangsamen, was sehr zum Ärger der Unglücklichen war, die mit empfindlichem Magen aus dem Kälteschlaf kamen.

Cathy hatte den Kurs der *Treader* so geplant, daß der Asteroid zwischen der Erde und dem Schiff blieb und sie vor jedem spähenden Auge auf der Erde wirksam abschirmte. Das war nur eine Vorsichtsmaßnahme. Aller Wahrscheinlichkeit nach würde es sowieso niemandem einfallen, in der Nachbarschaft des Asteroiden nach einem Schiff Ausschau zu halten, und die *Dawn Treader* war außerdem zu klein, als daß man sie auf diese Entfernung hätte finden können, solange sie Funkstille bewahrte und ihre Motoren nicht laufen ließ.

Doch auch wenn jedes Funkgerät brüllte und die Raketen mit voller Kraft liefen, standen die Chancen dafür, daß die *Dawn Treader* unbemerkt blieb, gut — wenigstens im Augenblick. Hatten sie den Asteroiden einmal betreten, würde natürlich die Hölle losbrechen. Soweit war es allerdings noch nicht, sagte Cathy zu sich selbst. Die Gegenwart bot genug Probleme, als daß sie sich auch noch welche von der Zukunft hätte borgen müssen.

Sie brauchte Choates Hilfe. Als gehe es nach dem altbekannten Naturgesetz, daß das Universum voller Eigensinn zum Maximum tendiert, wurde Choate als letzter von allen geweckt. Drei Tage lang holten die Sanitätsroboter einen nach dem anderen von Crew und Passagieren heraus, und Cathy verging fast vor Nervosität.

Unglücklicherweise litten manche Menschen unter dem Kälteschlaf-Prozeß mehr als andere. Choate war nicht in Lebensgefahr, aber er wurde für drei weitere Tage in die Krankenstation gesteckt. Drei Mannschaftsmitglieder, bei denen sich ebenfalls Reaktionen gezeigt hatten, lagen mit ihm im gleichen Raum im Bett und machten ein Gespräch unter vier Augen unmöglich. Und Choate war auch gar nicht in der Verfassung zu reden.

Weil ihr nichts anderes übrigblieb, war Cathy sehr fleißig, während sie auf ihren Mitverschwörer wartete. Es gab viel zu tun, um die Landung auf dem Asteroiden vorzubereiten.

Langsam wuchs der schimmernd weiße Klumpen vor den Bullaugen und auf den Bildschirmen. Anfangs war er nur ein nadelspitzengroßes Licht am Himmel, dessen Helligkeit in regelmäßigem Muster flackerte, da der Asteroid sich um seine Achse drehte. Dann konnten schon bei geringer Vergrößerung Einzelheiten der Oberfläche ausgemacht werden, dann mit bloßem Auge. Die meisten gewöhnten sich an, eine Sonnenbrille aufzusetzen, wenn sie aus dem Bullauge sahen. Das makellose Weiß der Oberfläche stach blendend von dem Schwarz des Weltraums ab.

Der fliegende Berg kam näher und näher, bis er die Hälfte des Himmels einnahm. Die *Dawn Treader* ließ ihre Raketen feuern und hielt das Schiff relativ zu dem Asteroiden an. Sie hätten in einen Orbit um ihn einschwenken können, aber immer noch wollten sie sich so lange wie möglich hinter Cornucopia verstecken und jeder Beobachtung von der Erde aus entgehen. Der Kapitän erstellte ein Programm, nach dem einmal in der Stunde Schub gegeben wurde, um die Position zu halten. So krochen Schiff und Asteroid in perfekter Formation weiter.

Eine Menge sorgfältiger Präzisionsarbeit war notwendig, bevor die *Dawn Treader* am Nordpol des Weltchens andocken konnte. Die erste und wichtigste war eine Untersuchung der Gravitation. Vermutlich hatte LuTech ihre eigenen Messungen vorgenommen und wußte genau, wieviel Masse Cornucopia besaß und wie sie verteilt war — leider sie hatte nichts davon veröffentlicht. Das CRATER-Team an Bord der *Treader* mußte die Werte selbst feststellen, wenn es den Asteroiden zuverlässig manövrieren wollte.

Es war eine recht einfache Aufgabe. Kurz gesagt, sie

brauchten das Schiff nur längsseits des Asteroiden anzuhalten und festzustellen, wie schnell und in welcher Richtung sie auf ihn zufielen. Zuerst zogen sie eine Grundlinie über den Äquator des Weltchens, dann wanderten sie langsam nach Süden und nach Norden und wiederholten die Messungen.

Aber es gab noch mehr zu tun. Sie mußten den Asteroiden abhören oder, besser gesagt, die telemetrischen Signale, die er in die entgegengesetzte Richtung der *Treader* zur Erde schickte. Das tat er über enggebündelte Radiostrahlen. Die Funktechniker an Bord der *Treader*, die keine geeigneten Geräte besaßen, waren nicht eher fähig, etwas davon zu empfangen, bis sie in zehn Kilometern Entfernung genau über dem Sender saßen. Die Daten waren nicht verschlüsselt, und das CRATER-Team erhielt in kurzer Zeit eine große Menge detaillierter Informationen über das Kontrollsystem des Asteroiden.

Abgesehen davon, daß sie die telemetrischen Daten klauten, bestätigten die Signale, daß das CRATER-Team noch nicht entdeckt worden war.

Zur Zeit waren sie Einbrecher, die aus der Dunkelheit ins Fenster spähten, nicht gesehen wurden, nichts unternahmen. Sie wollten erst mit passivem Schnüffeln soviel an Informationen wie möglich erlangen. Wenn sie landeten, schlugen sie das Fenster ein und stiegen ins Innere, und wahrscheinlich gingen dann die Alarmsirenen los und man entdeckte sie — und sie hatten keine Zeit zu vergeuden, bevor sie die Aufmerksamkeit der Polizei auf sich lenkten. Deshalb wollten sie sich möglichst umfassend schon vor der Landung informieren.

Cathy verbrachte viele Stunden mit der Untersuchung des Asteroiden, sowohl durch Bullaugen und über Monitore als auch mit Hilfe ihrer Computer und Simulationsprogramme. Sie brauchte sich keine Sorgen zu machen, andere könnten ihre Motive in Zweifel ziehen — die Hälfte des Teams hielt sich sowieso die ganze Zeit an den Bullaugen auf.

Der Anblick lohnte sich aber auch. Der massige, in Weiß gehüllte Asteroid hing auf unmögliche Weise im Raum, drehte sich gewichtig um seine Achse und wurde von der fernen Sonne in etwa halber Phase beleuchtet. Cornucopia zog mit beinahe senkrecht zu seiner Bahn stehender Achse dahin. Der Nordpol, wo die *Dawn Treader* landen wollte, zeigte auf den Polarstern.

Das konturlose Weiß des großen Sackes wurde von dem dunklen Netz der Trossen durchzogen. Sie liefen von Pol zu Pol und in regelmäßigen Abständen parallel zum Äquator. Es sah aus, als habe jemand Längen- und Breitengrade eingezeichnet.

Der Sack war fest um den Asteroiden gespannt und enthüllte jeden Höcker und Buckel seiner Topographie. Das Netz folgte den Ausbuchtungen des Sackes getreulich. Die *Dawn Treader* hing über dem Äquator und genau über dem Terminator. Die Hälfte der kleinen Welt lag im Licht, die Hälfte im Schatten. Während der Himmelsfelsen rotierte, seitwärts von der Sonne angestrahlt, rollte die umhüllte Landschaft hinter dem sonnenwärts gelegenen Horizont hoch und verschwand direkt unter der *Dawn Treader* in der Dunkelheit.

Das über die unregelmäßige Landschaft gelegte Netz, die Verzerrungen durch die ständig wechselnden Schatten, die unheimliche Mischung aus Wildnis und gewaltigen technischen Leistungen, das alles faszinierte Cathy — und den Rest des Teams. Auch Ishida, wenn man den Berichten des Ersten Offiziers glauben konnte. Laut seinem Stellvertreter verbrachte Shiro Ishida endlose Stunden damit, Cornucopia durch das Bullauge in seiner Kajüte zu betrachten.

Und Ishida war der Schlüssel zu dem ganzen Problem. Cathy hatte anfangs ihre Zweifel gehabt. Jetzt war sie völlig überzeugt, daß Ishida plante, den Asteroiden zu kapern und als sein Eigentum zu beanspruchen. Das war die einzige Erklärung, zu der alle Tatsachen paßten.

Cathy hatte schon Ideen, wie man Ishida aufhalten könne, doch sie waren nur skizzenhaft, keine endgültigen Pläne. Während Choate sich erholte, war sie nach den ihr zufließenden Informationen gezwungen, zwei dieser Ideen ganz zu verwerfen und drei weitere völlig umzugestalten.

Die wichtigste Tatsache, die sie in Erfahrung gebracht hatte, war, daß Cornucopia immer noch von der Erdbahn ferngehalten werden konnte — und nicht nur kurzfristig, sondern für alle Zeit. Es war immer noch möglich, Ishida daran zu hindern, daß er Cornucopia stahl und ihn in drei Jahren in den Orbit der Erde schleuderte.

Aber Cornucopia verbarg die Hälfte des Himmels vor ihren Augen, und von dieser Hälfte konnten keine Neuigkeiten kommen. Sie wußten nichts davon, was auf der Erde und dem Mond geschah.

Oder auf dem Kometen Holmes.

24. KAPITEL

MOND, KONTROLLZENTRUM DER LASERFAUST

In einem lautlosen, robotischen Massenballett drehten sich viertausend Laserrohre wie ein einziges und zielten auf ein Pünktchen am Himmel. Garrison saß in der belüfteten Beobachtungsblase, die in halber Höhe an der Kraterwand hing, zwei Kilometer vom Rand der Laserbatterie entfernt und einen halben Kilometer über dem Kraterboden. Er hielt eine Fernsteuerung in der Hand. Ein dickes Kabel führte von ihr in einen Sockel, der in die Luftschleusen-Kontrolltafel hinter ihm eingelassen war. Die Fernsteuerung war mit den Hauptkontrollen für die Laserbatterie verbunden. Die Hauptsteuerung war sicher in die Kraterwand hinter ihm eingegraben. Die übrigen Angehörigen des Teams behielten ihre Computer-Monitore im Auge. Zweifellos lieferten die Computer bessere Informationen, aber Garrison wollte es *sehen.*

Zwischen der Hauptkontrolle und Garrisons Beobachtungsblase lag eine festverschlossene Luftschleuse nur für den Fall, daß etwas schiefging. Garrison wußte, er hätte einen Druckanzug tragen müssen, aber aus irgendwelchen irrationalen Gründen empfand er das Bedürfnis, in diesem Augenblick so wenig eingeengt wie möglich zu sein.

Und es war ein schönes Gefühl, den Räumen unterhalb der Rückseiten-Station entronnen zu sein. Seit Nerudas Nachrichten-Stop war die Atmosphäre von Tag zu Tag gespannter geworden. Die zur Vorderseite führenden Glasfaserkabel konnten einen beinahe unbegrenzten Betrag an Programmen und Informationen befördern — und nun waren sie vollkommen still. Garrison war sich vorher nie bewußt geworden, wie abhängig die Rückseite vom Kabel war. In Ermangelung von Komsats war es die einzige Verbindung zur Außenwelt — und sein anderes Ende war durch die Nachrichtensperre versiegelt worden.

Alle Fernseh-Nachrichtenprogramme und Nachrichtendienste waren ebenso eingestellt worden wie solche Unterhaltungsprogramme, die auch nur die leisesten Anspielungen auf Politik oder Zeitgeschehen enthielten. Der Telefondienst war stark eingeschränkt, und sogar persönliche Textbotschaften wurden streng kontrolliert. Eine ziemlich paranoide KI strich rigoros alles, hinter dem sie einen codierten oder in Umschreibungen ausgedrückten Hinweis auf jüngste Ereignisse vermutete. Vor allem die Astronomen waren fuchsteufelswild, weil der Robot-Zensor ihre wissenschaftlichen Artikel in Fetzen riß.

Garrison hatte früher auch gar nicht gemerkt, wie wichtig das Kabel für die Moral auf der Rückseite war. Mit der physischen Isolation wurden die Bewohner recht gut fertig — aber die Nachrichtensperre hatte eine viel schädlichere psychische Isolation zur Folge.

Nun, sie würden nicht mehr viel länger abgeschnitten sein. Die Welt würde ihnen bald große Aufmerksamkeit schenken.

Garrison sah zur Laserbatterie hinüber und staunte über das, was er gebaut hatte. Er griff zum Fernglas und richtete es auf die perfekt ausgerichteten, in weitem Abstand voneinander aufgereihten Laser-Einheiten, die dem Horizont zumarschierten. Die Laserrohre und die Sonnenkollektoren schimmerten im hellen Licht, und alle Laser zeigten in genau die gleiche Richtung. Nun, nicht genau in die *gleiche* Richtung. Das Areal war so groß, und der Komet war nach astronomischen Begriffen so nahe, daß jeder Laser der Batterie in eine ein klein bißchen andere Richtung zeigen mußte, wenn er den Kometen anvisierte, und jeder Laser hatte seine eigene Zielkontrolle. Moroz hatte nichts weiter zu tun, als jedem Laser einzeln die dreidimensionalen Raumkoordinaten einzugeben, und dann richtete sich jeder Laser unabhängig von allen anderen automatisch aus. Die Winkeldifferenz zwischen den Lasern war für das bloße Auge nicht zu erkennen, aber sie bedeutete den Unterschied zwischen Treffen und Verfehlen. Garrison schwenkte das Fernglas über das weite Areal. Die perfekte Wiederholung aller Einzelheiten von den Lasern ganz vorn bis zu denen an der weit entfernten gegenüberliegenden Kraterwand hatten für ihn etwas Hypnotisches.

»98 Prozent Zielerfassung, Garrison«, erklang Jodys Stimme in seinem Ohr. Er lächelte. Jetzt war sie voll auf ihre Arbeit konzentriert — er erkannte es daran, daß ihr Stottern verschwunden war. »Nein, Moment — ein paar späte Meldungen. Das macht 99 Prozent.«

»Ich wünschte, Ben wäre hier«, sagte Garrison.

»Unser privates Glasfaserkabel ist an seinem Ende angeschlossen, und wir speisen ein, was alle unsere Kameras aufnehmen«, antwortete Jody. Keiner der Offiziellen wußte von dem Kabel, das Bens Team ausgelegt hatte, und selbst wenn die hohen Tiere davon gewußt hätten, wäre es ihnen nicht möglich gewesen, etwas dagegen zu unternehmen. Es stellte die einzige unzensierte, nicht überwachte Verbindung zwischen der Rückseite und dem Rest des Universums dar. »Keine Bange, Garrison. Er sieht zu.«

Garrison nickte. »Ja, ich weiß.« Er versuchte nicht einmal, Jody zu erklären, daß es nicht darum ging. Ben konnte die Show vom Standort des Projekts Extratrumpf ausgezeichnet verfolgen, doch ein Trost war das nicht. Garrison brauchte Ben *hier.* Es war jetzt einen Monat her, daß Ben mit dem Team für die Operation Extratrumpf abgereist war, und Garrison hatte seitdem nicht aufhören können, sich zu wundern, wie sehr Ben ihm fehlte, seine freundliche Art und sein vernünftiger Rat.

»Drei Minuten«, verkündete Hofmeister mürrisch. »Energiekontrolle positiv. Herr Doktor Morrow, wenn Sie schon von da draußen zusehen müssen, setzen Sie bitte Ihre Schutzbrille auf. Sollte ein Laserrohr explodieren oder sich in die falsche Richtung neigen, könnte es Sie blind machen — oder töten. Es wäre besser, Sie kämen herein.«

»Danke, Herr Hofmeister«, antwortete Garrison höflich. Er legte das Fernglas zur Seite und schob sich die Brille über die Augen. »Ich habe die Brille jetzt auf.«

»Anregung der Rohre beginnt. Hohe Reaktionsrate, 98 Prozent plus«, meldete Jody.

»Gute Programmierung, Jesus«, lobte Garrison.

»Zwei Minuten. Wir haben Komet Holmes stationär im Beobachtungsteleskop. Aufnahme läuft.« Immer, wenn Jody den Namen des Planeten aussprach, verriet ihre Stimme einen Anflug von Stolz.

Garrison spähte angestrengt durch die dunklen Gläser. Er konnte es kaum noch erwarten, daß der Test begann. Natürlich würde nichts zu sehen sein. Laserstrahlen sind im Vakuum unsichtbar. Ein Spektakel würde es also nicht geben — falls nicht ein defekter Laser explodierte. Das konnte tatsächlich aufregend werden.

»Bereit zum Feuern«, flüsterte Jody. »Noch eine Minute.«

Garrison spürte den wilden Drang, die Luftschleuse aufzureißen, hinauszustürmen, zu befehlen, sie sollten aufhören, die Laser abstellen, die Sache vergessen, bevor es zu spät war.

Dabei war es schon lange zu spät. Das Werkzeug, die Waffe, die Laserfaust war gebaut worden. Früher oder später würde sie benutzt werden. Und wenn die Erde vor Cornucopia beschützt werden sollte, mußte die Kanone jetzt benutzt werden.

Aber es würden neben dem Laserlicht viele andere Kräfte losgelassen werden, wenn die Laserfaust zuschlug. Wenn die kombinierte Gewalt von viertausend

Laserstrahlen den Kometen traf, war die Licht-Show im ganzen Sonnensystem sichtbar. Beobachter auf jeder Welt sahen, daß etwas geschah, und würden in aller Eile herauszufinden trachten, *was* — und sie alle würden etwas unternehmen wollen. Garrison konnte befehlen, die Laser abzuschalten, aber er konnte den politischen Feuersturm, den auszulösen er im Begriff stand, nicht mehr zurückrufen.

»Dreißig Sekunden.«

Mit aller Willenskraft zwang Garrison sich zum Handeln. Es mußte sein. Sie mußten diesen Test machen, damit sie Cornucopia aufhalten konnten. Und Cornucopia mußte aufgehalten werden. Das verdammte Ding war in einem Monat hier. Aber *er* mußte es tun. Seine Tat mußte es sein, die diese Geschehnisse in Gang setzte. Keinem Roboter, keinem Computer durfte es erlaubt werden, und er hatte nicht das Recht, die letzte Entscheidung Untergebenen zu überlassen. »Kontrolle auf meine Tafel schalten.«

»Geschaltet, Garrison. Sie haben die Kontrolle. Zehn Sekunden bis zum Feuerbefehl.«

Garrison verfolgte den Countdown auf seiner Fernsteuerung. Der Mund wurde ihm trocken, während die Zahlen sich der Null näherten. Er versuchte, den Finger, den er dem Feuerknopf näherte, so ruhig wie möglich zu halten. Er richtete den Blick auf die Laserbatterie, entschlossen, dem, was er tat, gerade ins Auge zu sehen.

»Feuer.« Seine Stimme klang feierlich und traurig. Er drückte den Knopf und sagte sich, daß nun nichts mehr sein würde wie zuvor.

Erwartungsvoll sah er hin und wußte doch, daß es nichts zu sehen geben würde. *Laserstrahlen sind im Vakuum unsichtbar, hast du das vergessen?* hielt er sich vor. Trotzdem meinte er, er müsse fähig sein, *irgend etwas* zu sehen.

Das unveränderte Bild, das sich unter ihm ausbreitete, hatte etwas Enttäuschendes. Genug Energie, um alles Materielle zu verdampfen, schoß in den Himmel — und es sah so aus, als geschehe gar nichts. Garrison senkte den Blick auf die Anzeigen seiner Fernsteuerung. Den Instrumenten zufolge funktionierte die Kanone genau nach Plan. Aber ein Ereignis, das in das Schicksal von Welten eingriff, hätte sich durch mehr manifestieren müssen als durch Ziffern auf Anzeigetafeln.

Garrison sah zum Himmel hoch, in die Richtung, die die Laserrohre anvisierten. Dort, wo sich der dunkle, ausgebrannte Komet durch die Schwärze bewegte, würde es etwas zu sehen geben, und zwar bald.

Ein Laserstrahl ist im Vakuum unsichtbar — außer von dem Punkt aus, auf den er zielt. Die Gründe dafür sind einfach: Ein Laserstrahl besteht aus monochromatischem, kohärentem Licht. Das bedeutet, das Licht hat eine einzige Farbe, und alles Licht reist *in die gleiche Richtung*. Das heißt, die Photonen, aus denen der Lichtstrahl besteht, müssen alle vom gleichen Energie-Niveau sein und sich parallel zueinander bewegen. Kohärentes Licht nennt man auch ›Kollimationslicht‹, weil es sich in einer geraden Linie oder Säule fortbewegt, statt sich auszubreiten.

Wenn Licht sich in einer geraden Linie fortbewegt, kann im Vakuum nichts und niemand, der sich nicht auf der geraden Linie zwischen dem Laser und seinem Ziel befindet, den Strahl sehen, ebenso wie das Licht, das im Augenblick von der Sonne zum Mars unterwegs ist, von der Erde aus unsichtbar ist. Doch wenn dieses Licht den Mars trifft und in den Raum zurückgeworfen wird, fällt einiges davon auf die Erde — und der Mars wird sichtbar.

Das Licht, das die Laser der Batterie abstrahlten, war für das Universum draußen ebenso unsichtbar — außer von der Oberfläche des Kometen Holmes. Dort war es mehr als sichtbar. Es war von blendender Helligkeit.

Von dem Kometen aus gesehen, wurde der Mond ausgelöscht, verlor sich im Lodern blutroter Energie, die auf die Oberfläche niederstürzte.

Kometen im festen Zustand sind Geschöpfe der Kälte und bestehen zum großen Teil aus Mischungen — zum Beispiel Wasser und Methan —, die sich schon bei ziemlich niedrigen Temperaturen in Flüssigkeiten oder Gase verwandeln.

Wenn sich junge Kometen zu nahe an die Sonne heranwagen, dampfen sie diese flüchtigen Elemente in den Raum ab, wo sie die glühenden Kometenköpfe und -schwänze bilden, die Pracht reflektierten Sonnenlichts, die die meisten Menschen mit Kometen verbinden. Diese Gase gehen dem Kometen fast ganz verloren, entfliehen ins Vakuum des Raums. Wenn sich der Komet wieder in die Dunkelheit und Kälte des tiefen Raums zurückzieht, gefriert das, was von ihm übrig ist, von neuem.

Jedes Mal, wenn ein Komet auf seiner Bahn in Sonnennähe kommt, verliert er mehr und mehr von seiner Substanz. Schließlich sind alle flüchtigen Elemente der Oberfläche ausgekocht, und es gelingt dem von der Sonne aufgeheizten Kometen kaum noch, eine schwach leuchtende Gas- und Staubwolke zu bilden.

Aber andere flüchtige Stoffe bleiben, eingeschlossen unter der Oberfläche des Kometen oder fester in die staubige Oberfläche eingebunden. In diesem Zustand befand sich der Komet Holmes, als der Schlag der Laserfaust ihn traf.

Gemächlich durch den Raum taumelnd, schien Holmes anfangs von dem Lichtsturm gar nicht angegriffen zu werden. Er heizte sich nur langsam auf, lag still unter dem plötzlichen Angriff der Lichtenergie. Aber seine dunkle, staubige Oberfläche war ein idealer Kollektor für die Energie sichtbaren Lichts und neigte dazu, festzuhalten, was sie an Energie aufgenommen hatte, statt sie zu reflektieren oder abzustrahlen. Obwohl die ganze

Oberfläche zur Verfügung stand, um Energie zu absorbieren, begann der Komet Holmes bald, sich zu überhitzen. Seine zerbrechliche Haut, ein lockeres Aggregat von Staubpartikeln und Eis, dehnte sich aus, brach und zersprang, legte die immer noch kalte Materie darunter bloß.

Gefrorene Gase, seit Jahrmillionen in Felsspalten gefangen, schossen heraus und schwächten die Oberfläche noch mehr. Wassereis, Kohlendioxid und Methan wurden über ihre Sublimationspunkte hinaus erhitzt, verwandelten sich direkt in Gas und strömten ins Vakuum. Eine Gaswolke formte sich um den Kometen, begann schwach zu glühen, als sie den gnadenlosen Strahl aus Hitze und Licht, den die Kanone aussandte, absorbierte und zurückwarf.

Immer größere Brocken der Oberfläche rissen unter der Beanspruchung auf. Umfangreichere Einschlüsse von gefrorenem Gas explodierten, brachen durch die Oberfläche, schleuderten Geröll von dem toten Kometen weg.

Der kombinierte Laserstrahl war nicht perfekt auf den Kometen fokussiert. Über die Millionen von Kilometern hinweg, die ihn vom Mond trennten, summiert sich schon der winzige Bruchteil einer Bogensekunde. Der Strahl hatte da, wo der Komet sich befand, mehr als fünf Kilometer Durchmesser — er war größer als der Komet selbst. Als der Komet zerbrach und die einzelnen Stücke sich voneinander entfernten, blieben sie in dem Strahl und entrannen seiner gnadenlosen Hitze nicht, sondern schmolzen und verdampften weiter.

Bald zerbröckelte der ganze Komet unter dem brutalen Schlag der Laserfaust. Sein Kern öffnete sich dem Raum, molekulare Verbindungen, die sich vor vier Milliarden Jahren gebildet hatten, lösten sich zum erstenmal seit der Erschaffung des Sonnensystems.

Die Sonne hatte nicht die Kraft, den Kometen Holmes zu zwingen, einen Kopf oder Schwanz zu bilden, die

Kanone aber war fähig, die Gase auszuschmelzen und sie im Licht der Laserstrahlen und der Sonne leuchten zu lassen. Stunden nach dem Beginn des Beschusses war Holmes als feuerheller Punkt am Himmel mit bloßem Auge von der Erde aus zu erkennen.

Der Punkt schwoll an und dehnte sich aus, wuchs zu einem unheimlich verzerrten Gebilde. Er war unmöglich zu übersehen.

Am Ort der Operation Extratrumpf hatte Ben längst den Befehlsstand verlassen und betrachtete von der Oberfläche aus den Kometen mit bloßem Auge. Er stand allein auf den wüsten Ebenen des Mondes und sah mit Staunen und Begeisterung zu, wie der Komet Holmes am Himmel aufblühte. Nun, es war Zeit, daß dem Sonnensystem die Laserfaust gezeigt wurde.

Ben war zumute, als hätten sie eine große Schlacht gewonnen — und doch wußte er, der Kampf hatte noch nicht einmal begonnen. Aber die Laserkanone war kein Geheimnis mehr.

Er fragte sich, wie die Erde und die Siedlungswelten die Nachricht aufnehmen würden.

ERDE

Es war Mittag in New York, als der Komet Holmes hoch am nördlichen Himmel zu erkennen war. Am nächtlichen Himmel von Asien und Europa war er schon Stunden vorher sichtbar gewesen, aber kaum jemand außer den Astronomen hatte ihm Aufmerksamkeit geschenkt. Am geschäftigen Himmel des 22. Jahrhunderts mit seinen großen Satelliten, Stationen, Raumfahrzeugen und Habitaten in jeder Menge von Umlaufbahnen achtete kaum noch jemand auf irgendwelche seltsamen Lichter dort oben.

Aber selbst die blasierten Bürger der Erde fanden eine blutrote Erscheinung, einen glühenden Klumpen zornigen Scharlachrots am mittäglichen Himmel alarmierend — und das um so mehr, als schnell klar wurde, daß niemand wußte, was das war. Jeder unglückliche Astronom, den die Presse finden konnte, wurde mit drängenden Fragen gehetzt, und was sie zu sagen hatten, ergab wenig Sinn, es war nichts als Gefasel über kohärentes Licht und Farbenreinheit, wie sie in der Natur nicht vorkämen, und das Objekt habe eine unmöglich hohe Temperatur.

Kurz, die Astronomen wußten ebensowenig wie alle anderen.

Da es keine fundierten Informationen gab, schwirrten bald Gerüchte umher.

Die lange erwarteten Aliens waren endlich angekommen, und die scharlachrote Lichtwunde war ihr Raumschiff, dessen Antrieb von seiner Schneller-als-Licht-Geschwindigkeit herunterschaltete. Das war natürlich unwissenschaftliches Geschwafel, aber es klang eindrucksvoll genug, um so manchen zu überzeugen.

Oder es war da oben eine große experimentelle Fusionsmaschine kaputtgegangen. Der Gedanke löste Angst vor einer Verstrahlung aus, und ein großer Teil der Bevölkerung suchte Deckung, wo er sie finden konnte. Kein Strahlungsmesser war imstande, irgend etwas zu entdecken, doch das beruhigte nur wenige. Offensichtlich konnte man der Technikern und Wissenschaftlern nicht vertrauen, wenn sie nicht einmal fähig war, zu erklären, was dieses blutrote Auge war.

Es war die lange erwartete, lange verzögerte Wiederkunft Christi oder der Tag des Jüngsten Gerichts oder die Götterdämmerung oder eine andere aus einer scheinbar unbegrenzten Zahl vorhergesagter religiöser Apokalypsen. Es war auf jeden Fall das Ende der Welt. Gläubige füllten die Straßen und die Stätten der Andacht und teilten sich ungefähr halb und halb in fanatische Büßer und fanatische Bacchanten. Zu der Zeit, als die Sonne wieder im Mittag über New York stand, hatten Unruhen in jeder größeren Stadt der Welt die Nacht erhellt.

Inzwischen ging den Astronomen allmählich die unglaubliche Wahrheit auf. Zahlreiche brillante Theorien waren für kurze Augenblicke aufgeblüht, nur um ebenso schnell zu sterben. Ein unseliger Harvard-Doktorand meinte aufgrund der Tatsache, daß kohärentes Licht nicht in der Natur vorkommt, das Phänomen könne künstlich sein. Diese Wahnsinnsidee wurde mit der Verachtung gestraft, die sie verdiente. Aber jede andere Erklärung hielt genauerer Prüfung nicht stand, so daß die Künstliches-Phänomen-Theorie schließlich allein das Feld behauptete, mehr oder weniger mangels einer besseren. Selbst von den Forschern, die bereit waren, sich mit dem Gedanken anzufreunden, erforderte es großen Glauben, ihre eigenen Meßergebnisse zu akzeptieren, daß etwas von Menschenhand Geschaffenes die Kraft haben sollte, einen Kometen zu schmelzen. Es paßte jedoch zu allen Tatsachen — und als der erwähnte Doktorand eine Strahlenbrechungsmessung vorschlug, anhand derer die genaue Position der Lichtquelle festgestellt werden könne, waren seine Kollegen bereit, auf ihn zu hören.

Das Ergebnis wurde sofort den New Yorker Büros des UNLAC mitgeteilt. Freude erregte es dort nicht. Ganz im Gegenteil, es wurde sofort als streng geheim erklärt, und eine Horde von FBI-Agenten materialisierte sich im Fachbereich Astronomie der Harvard-Universität.

Überall drohte Panik auszubrechen.

In den Büros von Lucifer Technologies sah Leonard Brattleby ebenso wie jeder andere zum Himmel hoch und erkannte instinktiv, daß dies keine Naturerscheinung war. Das hatten Menschen verursacht — irgendwie. Ohne zu verstehen, was er sah, oder die leiseste Ahnung zu haben, was es war, wußte er, daß es Gefahr bedeutete. Wenn man das mit einem toten Kometen machen konnte, mochte es Gefahr für Cornucopia bedeuten. Entweder eine Intuition oder eine begründete Paranoia sagte ihm, es sei tatsächlich eine Gefahr für Cornucopia.

Die meisten Leute hielten das Phänomen für künstlich, aber Brattleby sah die Sache von einem etwas anderen Gesichtspunkt aus als sie. Der Rest der Welt hatte die Aufregung vergessen, die es vor zwei Jahren um Cornucopia gegeben hatte. Nicht so Brattleby. Und er wußte sehr genau, daß Cornucopia jetzt nicht einmal mehr einen Monat von der Begegnung mit der Erde entfernt war, und daß die *Jumpstart* vermißt wurde. Sein Geschäft, sein Vermögen, seine Lebensarbeit hatte er auf diesen Asteroiden gesetzt. Wenn Cornucopia sich nicht innerhalb weniger Monate sicher auf einer Bahn um die Erde befand und Erze produzierte, war Lucifer Technologies am Ende.

Und irgendwo gab es immer noch Leute, die Cornucopia aufhalten wollten. Dieser Morrow und diese Wilden von CRATER. Vor zwei Jahren hatte er sie alle besiegt. Er versuchte sich einzureden, sie seien verschwunden oder ins Exil geschickt worden und er brauche sich ihretwegen keine Sorgen mehr zu machen. Aber in seinem innersten Herzen wußte er, daß Morrow ein Mann war, der nicht aufgab.

MARS

John McGillicutty, frischgewählter Vorsitzender des Rates der Siedlungswelten, versuchte von neuem, mit dem Hammer so etwas wie Ordnung in die Konferenz zu bringen. Aber keiner seiner Ratskollegen zollte ihm die geringste Aufmerksamkeit. Er hatte seine eigenen rowdyhaften Verbündeten in den Rat geholt, weil er so den Rat hatte kontrollieren wollen, und nun lautete das bezeichnende Wort ›Rowdy‹. Niemand konnte diesen Mob kontrollieren.

Die marsianischen Techniker waren ein bißchen schneller von der Startlinie weggekommen als die der Erde. Innerhalb von Stunden, nachdem Komet Holmes sichtbar geworden war, hatten sie erklärt, das Objekt sei ein toter Komet, der von Laserlicht getroffen werde, und sie hatten die Quelle des Laserlichts sogar schon als die Rückseite des Mondes identifiziert. Vierundzwanzig Stunden später wußte die Erde allem Anschein nach immer noch nicht sicher, was da am Himmel erschienen war.

Jedenfalls wußte das Volk der Erde nicht, was es sah. McGillicutty zweifelte nicht daran, daß die Vereinten Nationen und die herrschenden Mächte es genau wußten. Schließlich hatten sie es gebaut.

Plötzlich überfiel ihn der irrationale Wunsch, Angela Hardin sei anwesend. Er hatte die Hysterie geschürt, er hatte die Angst vor der Erde, den Zorn auf die Erde als Waffen benutzt, um den Posten des Vorsitzenden zu gewinnen. Aber Hysterie ist eine Waffe, die leicht außer Kontrolle gerät. Hardin war diejenige, die wußte, wie man überredete, Kompromisse schloß, mit dem eigenen ruhigen Verhalten ein Beispiel gab. Und ruhiges Verhalten würde in den nächsten Tagen verzweifelt nötig gebraucht werden.

McGillicutty klopfte so fest mit dem Hammer auf den Tisch, daß er schon dachte, er werde etwas zerbrechen. »Ruhe!« brüllte er. »Ruhe! Wir werden das Problem nicht lösen, indem wir einander anschreien. Diesmal nicht. Der Nachrichtenoffizier wird jetzt Bericht erstatten, ohne unterbrochen zu werden. Mauser?«

Der dünne, blutlose kleine Mann stand nervös auf. Er umklammerte ein einzelnes Blatt mit Notizen, als sei es ein Talisman, der ihn schützen könne. McGillicutty sah seinen Nachrichtenchef an und fluchte in Gedanken. In Friedenszeiten konnten die Siedler, sicher hinter den weiten Entfernungen des Raums, es sich leisten, jemandes unfähigen Schwager mit der Leitung der vereinigten Geheimdienste zu beauftragen. Jetzt nicht mehr. »Los, Mauser! Sprechen Sie!«

»Ja. Ja, Sir.« Mauser räusperte sich vorsichtig. »Ich könnte unsere sämtlichen Überlegungen zum Ausmaß der Bedrohung vortragen, aber vielleicht ist es am besten, wenn ich zusammenfasse. Offensichtlich haben die Mächte der Erde eine Angriffswaffe gebaut, eine riesige Laser-Batterie.«

»Das wissen wir, Mann! Wie, zum Teufel, haben sie sie gebaut, ohne daß wir etwas davon gemerkt haben?« drängte eines der Ratsmitglieder.

»Das wissen wir nicht. Äußerst seltsam dabei ist, daß wir es hätten merken *müssen.* Unsere Agenten sind sehr gut.« Mauser forderte, ohne sich dessen bewußt zu sein, unerfreuliche Vergleiche mit dem Stab des Hauptquartiers heraus. »In den verschiedenen Büros und Befehlsstellen der Vereinten Nationen, vor allem, soweit sie sich im Raum befinden, sitzen viele Sympathisanten der Siedlungswelten. Wir haben buchstäblich jede größere Befehlsstelle infiltriert und haben fast überall Augen und Ohren — sowohl menschliche als auch elektronische.

Sie hätten Berichte über diese Waffe gesehen, wenn es welche gegeben hätte. Ich bin vollkommen überzeugt, daß keines der Büros, die hätten Bescheid wissen müssen, informiert worden ist. Ich kann mir nicht vorstellen, wie ein so großes Projekt so streng geheimgehalten werden konnte.

Aber offensichtlich *ist* es geheimgehalten worden. Wir vermuten, daß der Bau einer Laser-Batterie zu Kommunikationszwecken — ein Gemeinschaftsunternehmen von Erde und Siedlungswelten — als Tarnung gedient hat. Die Absichten der Erde kennen wir nicht. Wir wissen nicht, welche Pläne sie mit der Laser-Batterie verfolgt. Wir wissen nicht, warum die Laser-Batterie gerade in diesem Moment abgefeuert wurde und warum sie auf diesen Kometen abgefeuert wurde. Vielleicht, um die Wirksamkeit höchst eindrucksvoll zu demonstrieren.«

»Und jetzt, wo uns die Erde soviel Angst eingejagt hat, daß wir uns in die Hose machen, ist es nur noch eine Frage der Zeit, bis uns das Ultimatum gestellt wird«, sagte eine säuerliche Stimme vom anderen Ende des Tisches.

McGillicutty ignorierte die Unterbrechung. »Aber was kann man mit dem Laser anfangen?« Der Vorsitzende hegte immer noch einige Hoffnung, es handele sich um keine so verheerende Waffe, wie es den Anschein hatte. »Welche Fähigkeiten hat er? Wie wirksam ist er?«

Mausers Gesicht glänzte vor Schweiß. »Wir haben bereits eine Menge Zahlen, eine Menge an Informationen über die Feuerkraft und so weiter. Wir können ungefähr abschätzen, wieviel Energie in den Kometen gepumpt wird, indem wir das Licht und die Hitze messen, die er abgibt. Die Werte sind natürlich nur approximativ, aber ...«

McGillicutty ballte die auf dem Tisch liegende Hand zur Faust und versuchte, nicht auch noch selbst loszubrüllen. »Verdammt noch mal, Mann, *was?*«

Mauser wand sich sichtlich und schluckte. »Die Laser-Batterie könnte jedes Schiff im Raum zerstören. Wenn sie ihre Energie auf diese Stadt richtete, würde sie das Environment-Kontrollsystem überhitzen, wahrscheinlich die Blasenkuppel schmelzen und Port Viking innerhalb von wenigen Stunden unbewohnbar machen. Das Gleiche gilt für jede der anderen abgeschlossenen Siedlungen.«

Der Konferenzsaal wurde zum Tollhaus. Mauser wich zurück. Er sah aus, als hätte er am liebsten Deckung unter dem Tisch gesucht. McGillicutty versuchte nicht einmal, die Ruhe mit Hilfe des Hammers wiederherzustellen. Er roch Angst und achtete gar nicht auf das Pandämonium, das ihn umgab. Sie hatten die Erdbewohner mit Bluffs und Drohungen einschüchtern wollen, und jetzt brach der Sturm los. Die Erde war bereit zu kämpfen.

Die Siedler konnten die Existenz dieser Waffe nicht hinnehmen. Sie mußte irgendwie vernichtet werden. Auch wenn die Siedler kein Militär hatten — jetzt würden sie es sich schaffen müssen.

Endlich legte sich der Lärm, und McGillicutty klopfte mit dem Hammer.

Er versuchte, das Zittern der Panik aus seiner Stimme zu verbannen. »Wir brauchen wohl keine Diskussion, um zu der Übereinstimmung zu gelangen, daß der Rat der Siedlungswelten die Existenz dieser Waffe nicht akzeptieren kann. Wir können als unabhängige Regierungen nicht überleben, solange sie auf uns gerichtet ist. Also, meine Damen und Herren, wie sollen wir sie unschädlich machen?«

Niemand sagte ein Wort. Die Bedeutung seiner Frage war klar, furchterregend klar. McGillicutty lehnte sich zurück, schloß die Augen und lauschte dem lähmenden Schweigen im Raum. Er fühlte sich krank, körperlich krank. Seine Absicht war nur gewesen, die letzten Spuren des Kolonialismus abzuschütteln. Die Erde hatte die anderen Welten als Partner akzeptieren sollen, statt sie als Vasallen zu betrachten.

Statt dessen mußte er sich jetzt fragen, ob er eben den Eröffnungszug für den ersten interplanetaren Krieg getan hatte.

MOND, RÜCKSEITENSTATION

Der belüftete Abschnitt der Hauptladebucht, der größte offene Platz in der Station, war als Versammlungsraum gewählt worden, doch nicht einmal er war groß genug, die Menschenmassen aufzunehmen. Jeder, der sich nicht hineindrängeln konnte, suchte sich irgendwo einen Bildschirm, auf den die Geschehnisse übertragen wurden.

Mit der Geheimhaltung war es sehr schnell vorbei gewesen, nachdem sie die Kanone abgefeuert hatten. Diejenigen, die so lange geschwiegen hatten, durften endlich reden — und diejenigen, die die Wahrheit oder etwas, das der Wahrheit nahekam, vermutet hatten, verloren gleichermaßen keine Zeit, ihren Scharfsinn zu beweisen. Was nur eins von vielen Gerüchten gewesen war, wurde jetzt offiziell: Garrison Morrow wollte mit der Laserfaust auf Asteroiden-Jagd gehen.

Und nur ganz wenige Bewohner der Rückseite waren so dumm, daß ihnen entging, was das zu bedeuten hatte.

Dr. Prathnabar entging überhaupt nichts. Er stand auf einer großen Packkiste und stützte sich vorsichtig auf den Stapel kleinerer Kisten, die ein improvisiertes Rednerpult bildeten. Sein Blick wanderte über seine Zuhörerschaft hin. Das zornige, aufgeregte Summen vieler Stimmen stieg von den Menschenmassen auf, die sich gegen das Podest drängten. Neruda, der Marionetten-Gouverneur des UNLAC, hatte es nur sich selbst zuzuschreiben, daß die Versammlung an diesem Abend stattfand. Lange hatte er das System symbolisiert, das diese Leute ins Exil geschickt hatte, aber niemand hatte ihn je ernst genug genommen, um ihn zu hassen. Die Nachrichtensperre hatte das über Nacht geändert, hatte Neruda und seine Regierung zum Brennpunkt des Zorns für diese Menschen gemacht.

Prathnabar war jedoch, auch wenn man ihn persönlich mochte, der hiesige Vertreter dieser Regierung. Und Garrison Morrow machte eine folgenschwere öffentliche Geste, mit der er dieser Autorität, jeder Autorität Trotz bot.

Der böse Tag war also nun gekommen. Vielleicht konnte er seinen Titel als Chef der Verwaltung behalten, sich an die bescheidenen Statussymbole seines Büros klammern. Aber es war der Tag, an dem er alles verlor, was er an wirklicher Macht auf der Rückseite besessen hatte. Es war eine Ironie des Schicksals, daß ein Mann, der offenkundig kein Interesse an dieser Macht besaß, sie nun übernehmen sollte. Und Prathnabar mußte seine Rolle spielen, mußte mit Würde auf das verzichten, was ihm sonst mit Gewalt genommen wurde.

Er schaltete sein Mikrophon ein, hob um Ruhe bittend den Arm und begann. »Meine Freunde, meine Freunde, bitte! Seien Sie jetzt still.«

Das Gemurmel verebbte langsam. »Ich danke Ihnen, danke vielmals. Nun denn. Wir wissen, warum wir hier sind, und ich will Ihre Zeit nicht verschwenden, indem ich erkläre, was Sie alle bereits wissen. Deshalb bitte ich Dr. Garrison Morrow, zu Ihnen zu sprechen.«

Freudengeschrei stieg von der Menge auf, aber — zu Prathnabars Überraschung — auch ein lauter Chor von Buhrufen. Vielleicht ging es doch nicht allein nach Morrows Wünschen. Prathnabar winkte Garrison, auf das Podest zu steigen.

Garrison nutzte die niedrige Schwerkraft voll aus und schwang sich elegant auf die zwei Meter hohe Kiste. Prathnabar machte ihm Platz. Garrison trat ans Pult, nahm von Prathnabar das Handmikrophon entgegen, sah zu den Versammelten hin und fragte sich, was er ihnen denn bloß erzählen sollte.

Dies war sein Augenblick, er wußte es. Alles, was er bisher getan hatte, war so gut wie nichts, wenn die Bewohner der Rückseite nicht zu ihm hielten. Beim Bau der Kanone hatte er im Grunde nichts anderes getan, als den Robotern und der automatisierten Fabrik Befehle zu geben, die Autopiloten der Raupenkettenschlepper zu programmieren und ihnen zu sagen, wo sie die Laser-Einheiten absetzen sollten. Die geleistete menschliche Arbeit war minimal.

Aber den Asteroiden aufzuhalten und gleichzeitig die Rückseite gegen ein vermutlich feindliches Universum zu verteidigen — das würde mehr erfordern. Viel mehr. Er brauchte Hilfe.

Und ›Stoppt Cornucopia‹ war hier keine zündende Parole. Diese Menschen kochten vor Zorn. Alle lange erduldeten Frustrationen ihres Exils waren durch Nerudas tolpatschige Taktik mit einemmal unerträglich geworden.

Das war der richtige Ansatzpunkt, erkannte Garrison. Zuerst mußte er ihnen sagen, was sie hören wollten, und dann würden sie bereit sein, sich anzuhören, was er sagen wollte.

Er hob das Mikrophon an die Lippen. »Ich brauche Sie alle«, erklärte er ruhig und fragte sich dabei, ob seine Worte eine zynische Manipulation waren oder ob sich ein neuer Führer dem Willen des Volkes beugte. Es kam nicht darauf an. Am Ende mußten sie für die Sache des jeweils anderen kämpfen. »Ich brauche Sie alle in meinem Kampf um Ihre Freiheit.«

Diesmal war der Jubel ohrenbetäubend, und Buhrufe waren keine mehr zu hören.

25. KAPITEL

MOND, HAUPTQUARTIER DER OPERATION EXTRATRUMPF

»Ich wünschte, ich hätte Zeit gehabt, es mir länger anzusehen«, meinte Ben traurig. »Aber solange es dauerte, war es ein toller Anblick.« Die Kanone war abgeschaltet worden, und seines Spotlichts beraubt war der Komet Holmes so gut wie unsichtbar geworden. Nur ein schwacher Halo von Staub, der das Sonnenlicht reflektierte, zeigte noch, wo die spektakuläre Erscheinung am Himmel geleuchtet hatte. »Wie steht es auf der Rückseite?«

»Hier haben wir eine feste Front gebildet«, verkündete Garrison glücklich. Ben fand, seine Stimme klinge müde, aber sein Gesicht auf dem Bildschirm sah entspannt und zufrieden aus. »Der UNLAC und Neruda haben uns einen Gefallen getan. Als ich darauf anspielte, waren wir im Geschäft. Die einzigen ernstzunehmenden Gegner sind vom Stab des Observatoriums. Sie sind schon ziemlich aufgebracht, weil unser Testschuß auf den Kometen ihnen Beobachtungen verdorben hat, und sie wollen es nicht zulassen, daß wir ihre Ausrüstung für den Verteidigungsring benutzen.«

»Das ist nicht gut.« Ohne die Instrumente des Observatoriums hatten die Laser, die eventuell ankommende Gefechtsköpfe abschießen sollten, keine Möglichkeit, ihre Ziele zu verfolgen. »Hör zu! Ohne Verteidigungssystem habt ihr große Probleme. Wenn sich jemand entschließt, statt der Laserbatterie die Station anzugreifen ...«

»Eine einzige Atombombe könnte uns den ganzen Tag verderben«, stimmte Garrison zu. »Ich weiß. Ich habe bereits angefangen, Leute auf verschiedene Orte zu verteilen. Vielleicht würde das Menschenleben retten, aber taktisch wäre es nicht von besonderem Nutzen. Jeder, der uns auf den Kopf hauen will, hätte eine Menge mehr Bomben als Ziele. Ich habe es nicht zuletzt auch aus dem Grund befohlen, den Observatoriumsleuten Angst einzujagen. Sie sollen erkennen, daß die Bedrohung real ist. Bis jetzt haben sie nicht viel Angst.«

»Es geht hier schließlich ums Überleben«, erwiderte Ben. »Kannst du nicht einfach in das Observatorium einrücken und die Instrumente übernehmen, die du brauchst?«

»Wer soll sie dann bedienen?« gab Garrison zu bedenken. »Jody kann nicht überall gleichzeitig sein, und sie ist die einzige Astro-Technikerin, die wir haben. Wir brauchen die aktive *Mitarbeit* der Astronomen, wenn es funktionieren soll. Außerdem würde es allen anderen hier nicht besonders gefallen, wenn wir anfingen, als Schlägertrupp aufzutreten. Wir verlören eine Menge lokaler politischer Punkte.«

Ben dachte eine Weile nach. Gerade wollte er antworten, als eine leichte Vibration den Boden unter ihm erschütterte. Das brachte ihn auf eine Idee. Er lächelte mutwillig. »Verweigern die Astronomen dir die Hilfe aus politischen Gründen oder weil sie nicht an die Gefahr glauben?«

»Hauptsächlich, weil sie nicht an die Gefahr glauben, ein bißchen aus politischen Gründen. Dazu mag noch eine Spur von Elfenbeinturm-Komplex kommen. Sie bringen es nicht fertig, echtes Interesse für etwas außerhalb ihrer eigenen Arbeit zu entwickeln. Ihre Untersuchungen beanspruchen sie so sehr, daß sie es sich nicht leisten können, in Angelegenheiten der Außenwelt hineingezogen zu werden.«

»Wenn du sie also ein bißchen durchschütteln, ihre Aufmerksamkeit erregen könntest ...«

»Dann sähe es vielleicht anders aus.« Garrison musterte Bens Gesicht auf seinem eigenen Monitor. »Du siehst wie ein Mann mit einer guten Idee aus.«

»Ich bin auch ein Mann mit einer guten Idee. Laß sie mich erst ausarbeiten, dann gebe ich dir Bescheid.«

»Okay. Nur mach schnell, wenn du kannst. Was gibt es denn sonst noch? Mal sehen.« Garrison überflog seine Notizen. »Hast du es geschafft, die Presseverlautbarung hinauszubekommen?«

»Ja, aber das hat einige Mühe gekostet.«

»Gut. Ich hoffe, das erkauft uns etwas Zeit. Apropos Zeit, ich muß in fünf Minuten zu einer verdammten Konferenz.«

»Was für eine ist es diesmal?«

»Angriffsplanung. Wir müssen noch weitere Einzelheiten festlegen, wie wir Cornucopia treffen wollen. Einen richtig guten Simulationsspezialisten haben wir hier nicht. Bei Gott, ich wünschte, Cathy wäre da. Wir könnten sie brauchen.«

Ben sah seinen Freund scharf an. Garrison erwähnte Cathy nicht mehr sehr oft. Tat er es doch, war es für gewöhnlich kein gutes Zeichen. Es bedeutete, daß Garrison sich Sorgen machte oder Angst hatte oder wünschte, er könne zurückkehren in die Zeit, als das Leben einfacher gewesen war und er eine Frau geliebt hatte, in die Zeit vor dem Augenblick, als seine Liebste ihn verriet.

Nun, Ben konnte es Garrison gerade jetzt nicht verübeln, wenn er sich einfachere Zeiten wünschte. Er entschied sich, es durchgehen zu lassen. »Ja«, sagte er schließlich, »ich weiß, was du meinst. Eine erfolgreiche Konferenz wünsche ich dir! Wir sprechen uns später wieder.«

»Bis dann, Ben.« Garrison unterbrach die Verbindung und ließ Ben mit genügend eigenen Sorgen allein. Unter ihnen stand an erster Stelle die Frage, ob die irreführende Presseverlautbarung all die Mühe wohl wert war, die es gekostet hatte, sie hinauszubekommen.

Die Verlautbarung selbst hatte keine großen Schwierigkeiten gemacht. Es war eine einfache Textnachricht, keine Graphiken, keine Bilder. Trotzdem war es kompliziert gewesen, sie zu senden. Sie hatten erst ein Kabel von der Rückseite zum Extratrumpf-Hauptquartier und dann eines vom Hauptquartier zur Erdaufgangsstation verlegt. Die Erdaufgangsstation war an das Kabelnetz der Vorderseite angeschlossen, und theoretisch bot ihnen das die Möglichkeit, die Zentralkolonie zu erreichen. Aber die Zentralkolonie verweigerte immer noch jeden Kontakt mit der Außenwelt. Dort lag der Deckel fest auf.

Immerhin, Ben entwickelte sich zu einem sehr listenreichen Mondkolonisten — und im Augenblick hatte er eine ganze Reihe von Hilfsmitteln, mit denen er arbeiten konnte. Garrisons Worte, über die Glasfaserkabel von der Rückseite zur Operation Extratrumpf weitergegeben, wurden durch Laser an die Erde, High New York, High Singapore und von da an alle übrigen Siedlungen und Habitate ausgesandt.

Für eine Lüge war Garrisons Lüge gar nicht schlecht.

Gerade jetzt brauchten sie unbedingt eine gute Lüge. Es dauerte noch zwölf Tage, bis sich Cornucopia über den lokalen Horizont der Rückseite erhob und die Kanone das Feuer auf ihn eröffnen würde. In dieser Zeit mochte sich LuTech zusammenreimen, was Garrison vorhatte, und den Asteroiden wegmanövrieren, so daß er für die Rückseite außerhalb der Sichtlinie blieb. Wenn Garrison seine Absichten lange genug verschleiern konnte, kam vielleicht niemand darauf, was vor sich ging.

Jody versicherte, es sei unmöglich, Cornucopias Kurs so stark zu verändern, daß er von der Rückseite aus nicht zu sehen sein werde. Aber eine irreführende Presseverlautbarung war als eine Versicherung gegen das Unmögliche nicht zuviel Mühe.

Ben überflog noch einmal seinen Ausdruck. Wirklich, der Artikel war so langweilig, daß er der Wahrheit entsprechen konnte. Vielleicht überzeugte er genug Leute lange genug.

FORSCHER ÜBERRASCHT VON KOMETEN-HELLIGKEIT

Wissenschaftler der Forschungsstation auf der Rückseite des Mondes haben mit Hilfe ihres Kommunikationsrelais ein Fluoreszenz-Experiment durchgeführt und mußten dabei erneut erfahren, wie unvorhersehbar die Kometen-Chemie sein kann. Fast alle einhundert Laser des Relais wurden auf Komet Holmes fokussiert, einen kleinen, dunklen Himmelskörper, der sich gegenwärtig der Erde nähert.

Völlig überrascht wurden sie von der resultierenden Helligkeit des Kometen, die weit über das erwartete Maß hinausging und weit über dem Energie-Ausstoß der Laserbatterie selbst lag.

Die Forscher glauben, daß der Komet Holmes eine exotische chemische Struktur enthält und daß das Laserlicht-Experiment irgendeine photochemische Reaktion ausgelöst hat. Offenbar hob die Laser-Illumination das Energie-Niveau über einen bestimmten Schwellenwert, ab dem die ungeklärte chemische Reaktion möglich war. Ebenso wie ein Streichholz einen Baumstamm anzünden kann, wodurch sehr viel mehr Energie freigesetzt wird, als das Streichholz selbst enthält, hat die Laser-Batterie auf der Rückseite wohl innerhalb des Kometen eine komplizierte und heftige chemische Reaktion ausgelöst.

Wissenschaftler der Rückseite haben bereits eine Reihe möglicher Reaktionssequenzen aufgestellt, die die ungewöhnliche Helligkeit des Kometen erklären würden. Die extrem starken Kohlenstofflinien im Spektrum des angeleuchteten Kometen lassen vermuten, daß eine Kohlenstoff-Sauerstoff-Reaktion bei dem Ereignis eine große Rolle gespielt hat...

Ben schob den Ausdruck zur Seite. Niemand würde über diesen Punkt hinaus weiterlesen. Die Frage war, würde jemand *bis* zu diesem Punkt ein einziges Wort glauben? Würden sie soviel Glück haben?

Schließlich waren schon viele Ereignisse in für sie günstiger Richtung verlaufen. Ohne Nerudas Nachrichtensperre wäre es ihnen viel schwerer geworden, die Bewohner der Rückseite zur Mitarbeit bei dem Laserangriff zu bewegen.

Armer Neruda. Armer Prathnabar. Von ihrem jeweiligen Gesichtspunkt aus war alles scheußliches Pech gewesen. Ohne die Laserfaust, die die Leute vereint hatte, hätten sie die Rückseite in der Hand behalten. Sie waren buchstäblich von einem Blitz aus heiterem Himmel getroffen worden — nun ja, jedenfalls von einem Blitz aus schwarzem Himmel. Ihre Positionen waren von etwas erschüttert worden, womit sie absolut nicht hatten rechnen können.

Ben runzelte die Stirn, und sein Magen verkrampfte sich. Noch nie war etwas für Garrison so gut gelaufen. Jetzt mußte irgend etwas schiefgehen. Welche Überraschungen warteten da draußen nur darauf, *ihre* Pläne zunichte zu machen?

Ein weiteres leichtes Beben erschütterte das Abteil. Ben lächelte, denn er dachte daran, daß er selbst eine Überraschung für die Astronomen der Rückseite in petto hatte. Die schlechten Karten, die das Universum *ihm* austeilen wollte, würden einfach warten müssen.

AN BORD DER *DAWN TREADER*

Die *Dawn Treader* ließ vorsichtig ihre Manövrierdüsen feuern und schwebte über Cornucopias Nordpol. Ein heller Doppelstern glitt über den Horizont des Asteroiden. Erde und Mond schimmerten wie blaue und weiße Juwelen vor dem schwarzen Samt des Raums.

Schon waren sie nahe genug, daß die Erde erkennbare Gestalt annahm, die einer kleinen blau-weißen Sichel. Der Mond, kleiner und matter, war noch nicht mehr als ein Lichtpünktchen. Die *Dawn Treader* war weit von zu Hause entfernt, aber der Doppelplanet war trotzdem ein willkommener Anblick.

Cathy, die allein in ihrer Kabine war, hatte das Bild auf dem Schirm, aber sie sah es sich nicht genauer an und nahm sich auch nicht die Zeit, es zu bewundern. Sie mußte einen Asteroiden stehlen, und da gab es vieles, worüber sie sich Sorgen machte.

Nur gut, daß sie bald landen würden. Nichts konnte unternommen werden, bevor die *Treader* sicher unten auf Cornucopia saß. Dann aber wurde es viel einfacher. Cathy kaute nervös auf der Unterlippe und wartete, daß Kapitän Broadmoor mit dem Andocken fertig wurde. Oder nannte man es Landung, wenn man sich auf einem Asteroiden niederließ — oder doch Andocken, weil Cornucopia mit Maschinen und Kontrollen ausgestattet und deshalb praktisch ein Raumschiff war? Wie auch immer. Wenn Cathy in dieser Stimmung war, machte sie sich über *alles* Sorgen, nur um ein Ventil für ihre Angst zu haben. Sie kam sich vor, als sei sie wieder in der Grundschule und es sei der Abend vor einer schweren Klassenarbeit, und nun machte sie sich Sorgen, ob ihre Bleistifte abbrechen würden.

Sobald sie unten auf Cornucopia waren, gab es viel zu tun, und dann, sagte sich Cathy, würde sie sich besser fühlen. Der Schlüssel zum Plan war, Ishida von der Szene zu entfernen, und *dafür* war bereits gesorgt, vorausgesetzt, daß Cathys mit Hilfe des Computers durchgeführte Manipulationen am Environment-System funktioniert hatten.

Die *Treader* wurde durchgerüttelt, als Kapitän Broadmoor seine Annäherung korrigierte. Während des Andock-Manövers würde Ishida eingesperrt werden. Sobald Kapitän Broadmoor alle Mann auf die Beschleunigungsstationen befohlen hatte, wußte Cathy genau, wo sich jeder im Schiff aufhielt — und Ishidas Beschleunigungsstation war in seiner Kajüte.

Cathy hatte die Computer benutzt, um die Luftdruck-Kontrollen anders einzustellen. Die Luftpumpen müßten schon arbeiten und in den Korridor-Abschnitten um Ishidas Kajüte ein Vakuum herstellen. War der Druck weit genug gefallen, saß Ishida hinter seinen luftdichten Türen fest. Selbst wenn Ishida und seine Diener Druckanzüge in der Kajüte aufbewahrten, würden sie ihnen nichts nützen. Die Druckdifferenz genügte, um die Türen höchst wirksam zuzuhalten. Bei einem Luftdruck, der Meeresniveau entsprach, in der Kajüte und Vakuum im Korridor verrammelte das Äquivalent eines Felsbrokkens von 17 Tonnen die Tür.

Das Environment-System des Schiffes würde Ishida und seine Diener am Leben erhalten, aber sie würden nirgendwohin gehen. Und da Cathy auch die Gegensprechanlage abschalten würde, konnten sie mit niemandem reden.

Aber alle würden *glauben,* sie sprächen mit Ishida. Bei dem Gedanken lächelte Cathy, und ihre Grübchen zeigten sich. Sie hatte einen Artikel aus Ishidas eigener Trickkiste gestohlen. Im Computer wartete ein kleiner Stimm-Simulator, dessen Aufgabe es war, Anrufe abzufangen, die über die Bordsprechanlage für Ishida kamen. Er war mit einem KI-Programm verbunden. Jeder, der Ishida anrief, erhielt Antwort von dem Computer, der Ishidas Stimme simulierte und das sagte, was Cathy und Choate ihn sagen lassen wollten.

Natürlich ließ sich der Betrug nicht lange aufrecht erhalten. Ishida verließ seine Kajüte selten, aber früher oder später würde jemand sich fragen, warum er überhaupt nicht mehr herauskam. Oder Ishida fand einen Weg aus der Falle. Aber dann war es zu spät. Das hoffte sie. Cathy fing von neuem mit den Sorgen an.

Sie sah auf ihr Armbandgerät. Warum dauerte das

Andocken nur so lange? Sie konnte es sich nicht leisten, Zeit zu verschwenden. Wenn sie auf dem Asteroiden angelangt waren, blieb ihnen nicht viel Zeit dazu, seinen Kurs zu ändern.

Cornucopia näherte sich dem Erde-Mond-System von Westen her. LuTech hatte ein schwerkraftunterstütztes Bremsmanöver in Mondnähe geplant, um den Asteroiden zu verlangsamen. Dann wollte man ihm erlauben, in die Erdumlaufbahn hineinzufallen. Am Perigäum sollte die Bremsbombe ausgelöst werden und den Asteroiden in den vorgesehenen niedrigen Orbit schleudern.

Ishidas offizieller Plan sah vor, die bremsende Atombombe unschädlich zu machen, so daß Cornucopia einfach an der Erde vorbeisegeln würde. Wahrscheinlich bestand die Ergänzung zu diesem Plan, die er für sich behielt, darin, zu warten, bis der Asteroid wieder um die Erde herumkam. Dann würde Ishida ihn sich selbst aneignen.

Cathys Plan war ein bißchen kunstvoller. Sie wollte die Fusionsmaschinen des Asteroiden *jetzt* feuern lassen, bevor sie den Mond erreichten. Das würde ihren Annäherungskurs an den Mond so verändern, daß das schwerkraftunterstützte Manöver Cornucopia beschleunigte, statt abbremste, und ihn ganz aus der Ebene des Erdorbits schleuderte. Es würde entsetzlich teuer werden, den Asteroiden von da zurückzuholen, aber die neue Bahn würde sich immer noch gelegentlich mit der der Erde kreuzen. In Tausenden von Jahren mochte der Asteroid sogar mit der Erde zusammenstoßen. Doch eine zweite Beschleunigung nach dem schwerkraftunterstützten Manöver konnte das Perihel weiter sonnenwärts verlagern und diese Gefahr ausschalten.

Sobald sie sicher im tiefen Raum waren, wollte Cathy die Bremsbombe lösen, ein Loch in den Äquator des Asteroiden bohren und die Bombe hineinstopfen. In der richtigen Position angebracht, sollte die Bombe den

Asteroiden in eine Wolke aus Dampf, Steinchen, Geröll und Staub verwandeln, harmlose Kleinteile auf einer Bahn, die sie der Erde niemals wieder in die Nähe bringen würde.

Es *müßte* funktionieren. Es müßte die Erde vor der Gefahr retten, für Zielübungen mißbraucht zu werden, und ein zweites Massensterben verhindern. Aber als die *Dawn Treader* sich auf den Dock-Komplex am Nordpol Cornucopias niederließ, konnte Cathy an nichts anderes denken als daran, wie überrascht und erfreut Garrison sein würde.

Wo mochte er stecken? Wahrscheinlich auf der Erde in irgendeinem Labor. Im Innersten wußte sie, daß sie nicht handelte, um die Erde zu retten. Sie tat es für Garrison. Sie schuldete ihm etwas — und Cornucopia zu zerschmettern würde ihre Schuld tilgen.

Seit langem hatte sie nur noch selten gelächelt, aber jetzt lächelte sie. Sie würde die erste Frau in der Geschichte sein, die buchstäblich Welten bewegt hatte, um ihren Geliebten zu erfreuen.

Das Dröhnen von Luken klang durch das Schiff. »Wir haben angedockt«, verkündete eine Stimme über die Bordsprechanlage. »Sie können die Beschleunigungsstationen verlassen.« Cathy war mit einem Satz an ihrer Kabinentür. Jetzt kam es darauf an, die Fusionsmaschinen zu starten, bevor Ishida eine Idee kam, wie er es schaffte, seine Kajüte zu verlassen.

MOND, RÜCKSEITEN-STATION

Der erste Einschlag erfolgte eine Stunde nach Bens Anruf.

Das Beben, das er hervorrief, war nicht stärker als das Klirren einer Teetasse, aber bei der geringen Schwerkraft des Mondes reichte schon das, die Menschen umzureißen. Garrison hatte mit den Füßen auf dem

Schreibtisch dagesessen und fand sich prompt flach auf dem Rücken liegend wieder.

Er rappelte sich wieder auf und streckte die Hand nach dem Telefon aus, um zu fragen, was, zum Teufel, passiert sei. Bevor er die Chance bekam, erschien die Antwort auf dem Monitor der Außenkamera, der jetzt ein bißchen schief an der gegenüberliegenden Wand hing. Garrison ging zu dem Flachschirm hinüber, rückte ihn wieder gerade und starrte dabei das Bild an.

Wer auch immer diese Kamera führte, er war gut, daran war überhaupt nicht zu zweifeln. Sie schwenkte bereits auf den Geysir aus Staub und Steinen, der in den Himmel hinaufstieg und sich wie die Strahlen eines Springbrunnens in parabolischen Fallkurven verteilte. Ein Krater von beträchtlicher Größe, der eine Minute zuvor noch nicht dagewesen war, gähnte genau zwischen dem Verwaltungsgebäude und der Technischen Abteilung.

Irgend etwas war soeben mitten in die Rückseiten-Station eingeschlagen. Ein Meteor? Das war höchst unwahrscheinlich, aber ...

Zwei weitere Staub-Geysire blühten plötzlich auf. Der erste Krater lag genau in der Mitte zwischen ihnen. Der Schuttring des ersten Einschlags fing jetzt an, aus dem Himmel niederzufallen, und auf der Außenhülle der Station klapperte es, als schlüge zu Hause auf der Erde Hagel auf ein Dach.

Garrison, der zum zweitenmal zu Boden geworfen worden war, machte sich diesmal nicht die Mühe aufzustehen. Oder vielmehr, er konnte gar nicht aufstehen. Er mußte zu sehr lachen. Ben. Das *mußte* Ben sein. Und wenn das nicht reichte, den Astronomen Angst einzujagen, war es überhaupt nicht möglich!

MOND, HAUPTQUARTIER DER OPERATION EXTRATRUMPF

Ben dankte dem Mare-Orientale-Ingenieur und drückte den Aus-Knopf. Das war schneller Service — aber vom Standpunkt der Mare-Orientale-Mine war es auch gar kein Problem gewesen.

Die meisten Kunden der Orientale befanden sich im Orbit, und dahin lieferte sie das meiste von dem, was sie abbaute. Man benutzte einen leistungsstarken, hochmodernen Linearbeschleuniger, um das Erz an seinen Bestimmungsort zu befördern. Dieser Linearbeschleuniger bestand hauptsächlich aus einer drei Kilometer langen magnetisierten Schiene, über deren magnetische Wechselfelder spezielle Frachtcontainer glitten. Indem man einen Impuls durch die Schiene schickte, konnten die Frachtcontainer auf Hunderte von Ges beschleunigt werden. Eine Erzladung wurde in einen Container gepackt. Der Beschleuniger wurde aktiviert, der Container raste die Schiene entlang und warf das Erz in den Himmel. Die Fracht bewegte sich hier schnell genug, um der Schwerkraft des Mondes zu entfliehen, und der Container wurde auf der zweiten Hälfte der Schiene abgebremst.

Was funktionierte, um Erz in einen Orbit zu schicken, mußte ebenso funktionieren, wenn man Erz an einen anderen Punkt des Mondes schickte, falls es einem nichts ausmachte, daß es am anderen Ende ein bißchen hart landete. Man brauchte dazu nur andere Koordinaten in den Zielcomputer des Beschleunigers einzutippen. Orientale hatte das Erz für die Operation Extratrumpf immerzu auf diese Weise transportiert, und Bens Crew hatte ihr Rohmaterial aus dem Zielkrater herausgekratzt.

Und was funktionierte, wenn man Erz an einen anderen Punkt des Mondes schickte, konnte benutzt werden, um den Astronomen auf der Rückseite Angst einzujagen. Sie gerieten dabei nicht einmal in Gefahr: Der Zielcomputer der Orientale arbeitete so präzise, daß er Ladungen mit einer Zielgenauigkeit von zwei oder drei Metern absetzte. Ben hatte die Orientale gebeten, die ›Lieferungen‹ zur Rückseite bis auf weiteres fortzusetzen, aber er wettete mit sich selbst, die Astronomen würden in wenigen Stunden zur Kooperation bereit sein.

Aber auch dann sollten die Lieferungen weitergehen. Moroz' Verteidigungsprogramme konnten die Zielübungen brauchen.

MOND, ZENTRALKOLONIE, RESIDENZ DES GOUVERNEURS

Gouverneur Neruda zog seine Krawatte gerade und betrachtete bewundernd sein Spiegelbild. Hier herrschte keine Panik! Es war kaum länger als vierundzwanzig Stunden her, daß die Aufregung über diesen Kometen begonnen hatte, und schon hatte sie sich wieder gelegt.

Offenbar hatten die Einsiedler auf der Rückseite oder wer auch immer vor ein paar Stunden ihren überstarken Nachrichten-Laser abgeschossen. Es gab Meldungen, daß das dramatische Himmelsschauspiel ebenso unvermittelt aufgehört hatte, als habe man einen Lichtschalter ausgeknipst, und zurückgeblieben war nur eine Staubwolke, die von der Sonne schwach illuminiert wurde.

Es war ebenso schnell vorbei gewesen, wie es begonnen hatte. Eine Schaunummer, das war alles. Ein neues Spielzeug der Wissenschaftler. Neruda schüttelte in herablassender Verwunderung den Kopf. Soviel Theater wegen eines Nachrichten-Lasers! Wu hatte so etwas wie einen Bericht über das Ereignis geschrieben, aber Neruda hatte sich nicht mehr Arbeit damit gemacht, als ihn bis zu der Stelle zu lesen, wo die Presseverlautbarung der Rückseite mit ihrer Erklärung des Geschehens erwähnt wurde, und den Rest zu überfliegen. Schließlich war es nicht klug, einem Sturm im Wasserglas zuviel Aufmerksamkeit zu schenken. Das lenkte einen nur ab. Neruda war stolz darauf, daß er sich den Kometen nicht einmal angesehen hatte.

Andere mochten wegen der Nachrichten über den Kometen Holmes in Panik geraten, aber das war nicht die Art von José Neruda. Statt dessen nahm Neruda die Krise einfach nicht zur Kenntnis und vermied es bewußt, sich detaillierte Kenntnisse der Situation anzueignen. So hatte er die Ruhe bewahrt. Zweifellos hatten *irgendwelche* führenden Persönlichkeiten die Nerven verloren, nicht jedoch Neruda!

Seit etwa einem Monat hatte er viel Zeit darauf verwendet, seiner Umgebung zu zeigen, welche Nervenkraft er besaß und wie groß seine Fähigkeit war, mit schwierigen Situationen fertigzuwerden. Und er hatte sich als Sieger erwiesen — er hatte die lokale Krise unter Kontrolle behalten.

Sehr wenige Außenseiter wußten von den Aufständen, die es wegen der Nachrichtensperre in der Zentralkolonie gegeben hatte, und noch weniger waren informiert, wie heftig sie gewesen waren. Aber das kleine, geplagte Kontingent der UNLAC-Sicherheitsstreitkräfte hatte trotz allem standgehalten — mit knapper Not, das räumte sogar Neruda ein. Die aufkeimende Revolte im Keim zu ersticken, hatte ein gewisses Maß an tollkühner Entschlossenheit erfordert, dazu das Entlüften eines Korridors voll von Aufständischen. Aber dann begriffen die Kolonisten endlich, wie schwach ihre Position war.

Jetzt durften die Sicherheitsstreitkräfte zu ihrer eigentlichen Arbeit des Störens von Signalen und Aufspürens illegaler Sender und Empfänger zurückkehren. Darin waren sie gut.

Selbst wenn die Nachrichtensperre einen Teil der Schuld an den Schwierigkeiten trug, spielte sie doch eine wesentliche Rolle bei ihrer Lösung. Neruda hatte auch die Sendungen, die von der Zentralkolonie ausgingen, unter seine Kontrolle gebracht. Kein einziges Wort über die Unruhen hatte die Presse draußen erreicht.

Das Schweigen war an der Heimatfront ebenfalls hilfreich gewesen. Nur durch Gerüchte und Latrinenparolen hatten die Kolonisten von dem Aufruhr erfahren. Die Latrinenparolen waren unangenehm, aber selbst wenn sie Schaden anrichteten, war das doch bei weitem nicht so schlimm, wie die Veröffentlichung der Wahrheit es gewesen wäre.

Und vor allem waren die Kolonisten nicht durch verantwortungslose Berichterstattung zu Unüberlegtheiten aufgereizt worden. In der Zentralkolonie waren durch das Embargo gegen die Siedler ganz plötzlich schwere Zeiten angebrochen — aber niemand außerhalb der Mitarbeiter im Stab des Gouverneurs wußte, *wie* schwer sie waren.

Ja, eine Nachrichtenkontrolle war eine wunderbare Sache. Der UNLAC mochte für das Embargo gestimmt haben, doch durch ein Wunder war es Neruda gelungen, das Gerücht in die Welt zu setzen, der UNLAC habe *dagegen* gestimmt und Berichte, die das Gegenteil behaupteten, seien erlogen. Ohne jede unabhängige Informationsquelle waren die Leute bereit, es zu glauben. Vielleicht gewann Nerudas Gerücht dadurch an Überzeugungskraft, daß die Kolonisten nicht glauben konnten, ihre eigene Regierung würde sie so schändlich betrügen.

Wenn die Kolonisten genau gewußt hätten, daß der UNLAC mit die Schuld an dem Zusammenbruch der lunaren Volkswirtschaft trug, ja, daß der UNLAC und die Großmächte der Erde den Zusammenbruch als absichtliche politische Maßnahme verursacht hatten — dann wäre die Residenz des Gouverneurs inzwischen ein rauchender Trümmerhaufen gewesen.

Doch ganz im Gegenteil, an diesem Abend war die Residenz Schauplatz einer glanzvollen Dinnerparty.

Neruda rückte seine Krawatte gerade, versah sich mit einem letzten Spritzer Eau de Cologne, verließ sein Schlafzimmer und machte sich auf den Weg zum Salon, wo er seine Gäste erwarten wollte.

Neruda liebte Parties.

MOND, ZENTRALKOLONIE, REGIERUNGSHAUS

Ungelesen. Der Computer des Gouverneurs hatte den verdammten Bericht über den Kometen Holmes als *Ungelesen* archiviert. Hillary war wieder einmal mit dem Nachtdienst an der Reihe. Sie saß ungern am Schreibtisch des Offiziers vom Nachtdienst. Zwar hatte sie von hier aus Zugriff auf ihre eigenen Dateien, aber sie mußte immerzu zwischen diesem Platz und ihrem eigenen hin- und herlaufen, um dieses oder jenes Schriftstück zu holen. Ihren privaten Minicomputer trug sie an einem Schulterriemen, um die Lauferei auf ein Mindestmaß zu beschränken. Es schien jedoch ein Naturgesetz zu sein, daß die Hälfte dessen, was sie brauchte, nicht darin gespeichert war.

Wenigstens gab ihr der Nachtdienst die Möglichkeit, den Rückstand ihrer Hausaufgaben nachzuholen. Dazu gehörte auch, daß sie die elektronische Eingangsbox des Gouverneurs nach Vorgängen sortierte, die er erledigt, und solchen, die er noch nicht erledigt hatte.

Und *das* konnte nicht einmal sie glauben. *Wesentliche Punkte geprüft,* meldete der Status-Schirm hoffnungsvoll. Nun, Hillary Wu wußte, was das bei dem Gouverneur zu bedeuten hatte. Sehr wahrscheinlich hatte er den Computer beauftragt, die wesentlichen Punkte auszuwählen, und sie dann über den Schirm abrollen lassen, was man nicht gerade ›Prüfen‹ nennen konnte. Er hatte sich nicht einmal einen Ausdruck machen lassen.

Von Tag zu Tag löste sich dieser Mann mehr von der Realität. Hillary überflog erneut die Liste der eingegangenen Dokumente und fluchte diesmal laut. Der Computer meldete fröhlich, die Presseverlautbarung von der Rückseiten-Station habe der Gouverneur zur Gänze gelesen.

Hillary kannte den Gouverneur gut genug, um eine weitere Dokumentation von Wunschdenken zu entdekken. Wahrscheinlich war er der einzige Mensch im Sonnensystem, der diesen kläglichen Versuch, eine Lüge zusammenzubasteln, glaubte. Niemand kannte den wirklichen Grund, aus dem der Laser abgefeuert worden war, aber niemand sonst kaufte den Leuten von der Rückseite die Geschichte über ein Experiment ab.

Das gab den Ausschlag. Hillary machte sich im Ernst daran, für den Gouverneur eine Video-Präsentation über den Kometen vorzubereiten. In vielen Dingen konnte man ihm seine Illusionen gestatten, in diesem Fall aber nicht. Er *mußte* einsehen, von welcher Bedeutung die Laser-Batterie war. Die Anfertigung der Präsentation war eine ziemlich einfache Aufgabe, sie brauchte nur Bilder und Zahlen aus verschiedenen Quellen abzurufen und in ihrem Datei-Abschnitt des Hauptcomputers zu speichern. Hillary brauchte etwa eine Stunde für einen ersten Entwurf, und dann entschloß sie sich, eine kurze Teepause zu machen, bevor sie ihn überarbeitete. Sie stand auf und ging zu der Kochnische am hinteren Ende des Hauptbüros. Verdammter Neruda! Wie, zum Teufel, konnte sie ihn überzeugen, daß ...

Ein hoher Piepton erklang, und das rote Telefon auf dem Schreibtisch des Offiziers vom Nachtdienst begann zu blinken. Das war eine Prioritätsmeldung. *Wunderbar,* dachte Hillary. *Noch mehr schlechte Nachrichten.* Sie rannte zum Schreibtisch zurück und griff nach dem Hörer. »Offizier vom Nachtdienst. Büro des Gouverneurs«, meldete sie sich.

»Hier ist Captain Dubois im UNLAC-Nachrichtenzentrum. Wir haben soeben ein Not-Lasergramm von

Lucifer Technologies an alle Regierungsoberhäupter hereinbekommen. Die Firma besitzt einen Asteroiden namens Cornucopia, der unterwegs zu einem Orbit um die Erde ist. Und das verdammte Ding hat soeben angefangen, ohne Befehl zu manövrieren. Irgendwer stiehlt den Asteroiden.«

»O mein Gott!«

»Das ist alles an Information, was wir bis jetzt bekommen haben. Ich überspiele Ihnen die Daten, die noch bei uns eingehen.«

»Mehr wissen Sie vorerst nicht?«

»Das und einen Haufen von Zahlen über Fallkurven, die noch nicht analysiert worden sind. Unser Kontrollzentrum für orbitalen Verkehr erhält soeben die Einzelheiten.«

Hillary wurde von einer Woge kalter Furcht überschwemmt. »Gut. Ich muß den Gouverneur benachrichtigen. Ich schalte auf mein Gürteltelefon um. Halten Sie mich auf dem laufenden.«

Hillary legte den Hörer auf und schaltete ihr Gürteltelefon ein. Ihr erster Impuls war, loszurasen und Neruda zu alarmieren, aber es zahlte sich bestimmt aus, wenn sie vorher zwei Minuten nachdachte.

Cornucopia. Sie brauchte ihren Minicomputer nicht zu befragen, um sich an diese Geschichte zu erinnern. Die Große Angst, die vor zwei Jahren die Medien der Erde beherrscht hatte. Der Gouverneur hätte ihr fast den Kopf abgerissen, weil sie die beiden Verantwortlichen hatte auf den Mond einwandern lassen. Sie hatte sie sogar kennengelernt, bevor sie auf die Rückseite deportiert wurden ...

Ihr Blut verwandelte sich in Eis, als ihr Gehirn die Verbindung herstellte. Jetzt faßte sie doch nach dem Riemen über der Schulter und nahm den Minicomputer ab. Sie befahl ihm, eine Suche im Hauptcomputer durchzuführen. *Suche: In den letzten drei Jahren zur Rückseite deportierte Geologen.*

Die Antwort erschien sofort auf dem winzigen Schirm. *Morrow, Garrison,* und *Moscowitz, Benjamin.*

Melde augenblickliche Beschäftigung, tippte Hillary.

Direktor und stellvertretender Direktor der Geologie-Station auf der Rückseite mit Sonderauftrag für die Aufstellung der Laser-Batterie ...

Aber Hillary hatte sich den Minicomputer bereits wieder umgehängt und rannte los, ehe sie zu Ende gelesen hatte. Minicomputer und Gürteltelefon schlugen ihr gegen die Hüften.

MARS

Der Konferenzsaal roch nach zu vielen Körpern, die sich zu lange in einem zu kleinen Raum aufgehalten hatten. Der ganze Saal und alle Anwesenden schienen sich in graue Asche verwandelt zu haben.

Sie hatten alle Leidenschaft aus sich herausgebrüllt. Ihre Arbeit war getan, aber keiner hatte die Energie wegzugehen.

McGillicutty betrachtete unglücklich das Dokument, dessen Verbreitung im ganzen Sonnensystem sie soeben befohlen hatten. Es war voller Juristenjargon, und die Delegierten litten wohl alle an historischem Größenwahn.

Praktisch jeder einzelne hatte seine oder ihre Klausel eingesetzt, hatte diese oder jene Klage gegen die Erde in einem Dokument vorgebracht, das einer Kriegserklärung gleichkam. Zweifellos hatten sie damit alle die Magna Charta oder die amerikanische Unabhängigkeitserklärung im Sinn und stellten sich kühn ihre eigenen Worte in den Geschichtsbüchern vor. McGillicutty, der mit einem für ihn uncharakteristischen kontemplativen Fatalismus darüber nachdachte, sah die beiden Haupthindernisse, die diesem ehrgeizigen Ziel im Weg standen.

Zunächst einmal war Jefferson ein besserer Autor gewesen als jeder von ihnen.

Zweitens und vor allem wird Geschichte von den Siegern geschrieben.

McGillicutty sah keine Möglichkeit, wie die Siedler gegen die Erde und diesen verdammten Laser gewinnen konnten. Natürlich würden sie es versuchen. Die Werften im Asteroidengürtel hatten bereits Befehl erhalten, mit dem Bau von Kriegsschiffen zu beginnen — aber was nützten Schiffe gegen eine Waffe, die sie aus einer Entfernung von Millionen Kilometern zu Schlacke schmelzen konnte?

Aber auf das alles kam es nicht an.

McGillicutty las den Text noch einmal durch, übersprang die verschiedenen Klauseln und konzentrierte sich auf das Wesentliche.

... Dieser Rat erklärt feierlich, daß, sollte die vorerwähnte Laser-Batterie nicht sofort abgeschaltet und demontiert und diese Demontage zur Zufriedenheit dieses Rates durchgeführt werden, sich die Siedlungswelten sieben Tage nach Ausstellung dieses Dokuments ab Mitternacht Universalzeit als mit der Erde im Kriegszustand betrachten werden.

Das war alles, doch es war genug. Sie konnten die Existenz dieser Waffe nicht tolerieren. McGillicutty sah keinen anderen möglichen Kurs für seine Partei.

Ebensowenig sah er die Möglichkeit eines Erfolges.

26. KAPITEL

MOND, ZENTRALKOLONIE, RESIDENZ DES GOUVERNEURS

Gouverneur Neruda wollte soeben seinen ersten Bissen von dem Fischgang nehmen, als der Butler zurückkam, geräuschlos zum Kopf der Tafel ging und Neruda ins Ohr flüsterte.

Neruda hörte zu, und je mehr er hörte, desto ärgerlicher wurde er. »Muß sie mich unbedingt sofort sprechen?« fragte er den Butler zänkisch.

»Sie besteht darauf, Euer Exzellenz. Es handelt sich wohl um eine Sache von einiger Dringlichkeit.«

»Nun gut.« Neruda erhob sich von seinem Stuhl und legte die Serviette neben den Teller. Er lächelte seinen Gästen zu. »Meine Damen und Herren, bitte, entschuldigen Sie mich. Anscheinend gibt es da eine Sache, von der meine Assistentin glaubt, daß sie meine Aufmerksamkeit erfordert. Bitte, lassen Sie sich nicht stören. Ich werde so bald wie möglich zurück sein.«

Er drehte sich um und folgte dem Butler hinaus. Sein Lächeln verschwand in dem Augenblick, in dem er seinen Gästen den Rücken drehte. Es war ein Akt äußerster Selbstbeherrschung, daß er den Butler erst anfuhr, als sich die Tür vor den Dinnergästen geschlossen hatte. »Ich bezahle Sie nicht dafür, daß Sie ein Essen unterbrechen, Hennessy«, schnauzte er mit seiner einschüchterndsten Stimme. »Ich hoffe für Sie, daß der Anlaß wirklich wichtig ist.«

»Es tut mir leid, Sir.« Hennessy ließ sich nicht aus der Ruhe bringen. »Aber wie ich sagte, ist Miss Wu *äußerst* entschlossen, Sie zu sprechen.«

»Wo ist sie?«

»Ich habe sie in den Salon geführt, Sir.«

»Nun gut. Gehen Sie in die Küche und geben Sie dort

Bescheid, man solle den nächsten Gang ein paar Minuten zurückhalten. Es wird sicher nicht lange dauern.« Neruda schritt zielbewußt den Gang hinunter, trat durch die offene Tür des Salons und schloß die Tür hinter sich. Ja, da war Wu, und ihre Augen hatten einen seltsamen, wilden Blick.

»Es tut mir leid, Sie zu stören, Sir, aber es sind mehrere wichtige Dinge auf einmal passiert«, sagte sie.

»Dann fangen Sie am besten gleich an.« Neruda durchquerte den Salon und setzte sich in einen Lehnsessel.

Hillary zögerte. Sie wußte nicht recht, wo sie beginnen sollte. »Sir, die Siedlungswelten haben ein Ultimatum gestellt. Sie wollen Krieg mit der Erde führen, falls der große Laser-Komplex auf der Rückseite nicht entfernt wird.«

Neruda schlug ungeduldig die Beine übereinander. »Zunächst einmal gehört uns dieser ›Laser-Komplex‹ nicht. Zweitens ist er viel zu klein, um für irgendwen eine Bedrohung darzustellen. Das sollten Sie doch wissen, Wu. Sie haben mir diese Presseverlautbarung von der Rückseite zu lesen gegeben. Es ist nicht meine Angelegenheit, wenn die Siedler wegen irgendeiner dummen Licht-Show in Panik geraten. Der Laser-Komplex auf der Rückseite kann ihnen keinen Schaden tun. Ich bin sicher, wenn wir alle die Ruhe bewahren, können wir den Siedlern beweisen, daß das die Wahrheit ist.« Neruda machte eine Bewegung, als wolle er aufstehen. »Wenn Sie mich jetzt entschuldigen wollen, meine Gäste sind ...«

Hillary hätte am liebsten mit voller Lungenkraft losgebrüllt, den Idioten bei der Kehle gepackt und ihn erwürgt. Sie zwang sich, ruhig zu bleiben und, so gut sie es fertigbrachte, mit fester Stimme zu sprechen. »Gouverneur, bevor Sie zu Ihren Gästen zurückeilen, erlauben Sie mir die Bemerkung, daß Sie die Bedeutung — und die Dringlichkeit — der Geschehnisse im Zusammenhang mit dem Laser-System auf der Rückseite und die ernste Gefahr, in die wir alle dadurch geraten, nicht völlig erkannt haben. Sie *müssen* mich anhören.«

Neruda maß seine Untergebene mit finsteren Blicken und schnaubte laut — dank seines patrizischen Gesichts und seiner Adlernase eine eindrucksvolle Darbietung. »Dann machen Sie schnell, um Himmels willen. Dieser Unsinn hat mir schon genug von meiner Zeit gestohlen. Ich habe einen Ruf als Gastgeber zu wahren.«

Hillary sah den Gouverneur erstaunt an, als sei er ein seltsames Insekt, das sie unter einem Stein gefunden hatte. Wie konnte er Prioritäten so vollkommen falsch setzen? »Sie haben meinen Bericht über den Laser nicht gelesen, oder?« fragte sie vorwurfsvoll.

Für einen Augenblick packte Neruda die Wut. Wus Unverschämtheit war nicht zu ertragen. Aber sie hielt seinen Blick fest, und in ihren Augen lag etwas, das Neruda ängstigte, sehr ängstigte. Es war der Ausdruck eines in die Ecke getriebenen Tieres, das weiß, es muß sterben, und sich damit abgefunden hat. Benommen schüttelte er den Kopf.

»Nein?« fragte Hillary. »Schade. Ich hatte den Bericht zwei Stunden, nachdem der Komet den höchsten Helligkeitswert erreicht hatte, auf Ihr Terminal gegeben. Sie sollten mehr lesen, Sir. Es erweitert den Horizont wirklich ungemein.« Ein wildes, beunruhigendes Grinsen flammte auf und verschwand sofort wieder, ein kurzer Blick in den Wahnsinn der Panik. »Gewähren Sie mir noch eine oder zwei Minuten Ihrer Zeit.«

In der Ecke des Salons stand eine kleine Kom-Konsole, und an der Wand dahinter hing ein Schirm. Hillary stellte sich vor die Konsole, legte die Hände auf die Kontrollen und wies die Konsole an, ihre Datenspeicher im Hauptcomputer des Gouverneurs herüberzuholen. Alles, was sie hatte, war der erste Entwurf ihrer Präsentation, aber er würde genügen müssen. Sie tippte eine Folge von Befehlen ein. »Ich weiß, Sie wollten den Kometen nicht betrachten, als er angeleuchtet wurde, aber ich bestehe darauf, daß Sie sich jetzt eine Aufzeichnung ansehen.« Neruda starrte Wu beunruhigt an. Noch nie hatte jemand gewagt, so zu ihm zu sprechen, und Wu war sich anscheinend nicht einmal bewußt, was sie tat.

»Es ist schlechterdings unmöglich, daß die Presseverlautbarung der Wahrheit entspricht«, fuhr Hillary fort. »Der Komet kann unter keinen Umständen soviel Energie enthalten haben. Sobald Sie sehen, was der Laser während dieses ›Experiments‹ tatsächlich mit dem Kometen gemacht hat, werden Sie das vielleicht begreifen.«

Ein leeres Gitternetz erschien auf dem Wandschirm. »Sie sehen jetzt die Lichtkurve des Kometen Holmes«, erklärte Hillary. »Die Entwicklung, die die Helligkeit des Objektes im Verlauf eines bestimmten Zeitabschnitts durchlief.« Der Gouverneur, dachte Hillary, hatte gerade soviel technisches Wissen, daß er mit seinem Armbandgerät umgehen konnte, aber vielleicht würde sogar *er* das hier verstehen.

Eine Linie entstand am unteren Rand des Gitternetzes, bewegte sich in einer flachen Kurve nach rechts, schwenkte dann plötzlich um beinahe neunzig Grad und schoß senkrecht nach oben. »Der erste Teil der Graphik ist nur eine Schätzung, weil der Komet so trübe war, daß niemand ihn sehen konnte, ohne ein starkes Teleskop auf ihn zu richten — und die Mühe hat sich bei einem ganz gewöhnlichen Kometen niemand gemacht. Die Stelle, wo die Kurve nach oben geht, kennzeichnet den Zeitpunkt, an dem das ›Fluoreszenz-Experiment‹ begann«, erläuterte Hillary. »Halten Sie sich vor Augen, daß dies eine logarithmische Darstellung ist — jede Waagerechte repräsentiert die Zunahme der Helligkeit um eine Potenz von zehn. Wie Sie sehen, wird Komet Holmes von einem Objekt 10. Größe, viel zu matt, um mit bloßem Auge erkannt zu werden, im Verlauf weniger Stunden fast so hell wie der Vollmond, von der Erde gesehen — und wird dann immer noch heller.

Und das ist es, was Sie damals nicht interessiert hat.« Hillary faßte wieder nach den Kontrollen, und das Bild des Kometen selbst sprang auf den Schirm, eine phantasmagorische Wucherung aus Licht, eine sich drehende, wirbelnde Sternenexplosion aus Rot- und Orangetönen. Vom Kern gingen drei getrennte, wogende, sich windende Schwänze aus, die das Laserlicht reflektierten und brachen.

Der Gouverneur starrte das Bild voller Entsetzen an. Jetzt erst begriff er die Furcht, die dieses Ding erweckt hatte. Da schoß ein heller Lichtblitz aus dem Zentrum des Kometenkopfes und verschwand wieder. »Eine Gasaustreibung«, sagte Hillary. »Eine heftige. Um es anders auszudrücken, Sie sehen den Kometen kochen. Eine Eiskugel mit zehn Kilometern Durchmessern, und sie haben ihn zum *Kochen* gebracht.«

Ein hysterischer Ton stahl sich in ihre Stimme. »Das geschah nach etwa acht Stunden Laserfeuer, und sie feuerten etwas länger als vierundzwanzig Stunden. Hätten sie weitergemacht, wäre der Komet in weniger als sechsunddreißig Stunden vollständig verdampft. Jetzt besitzt Komet Holmes nur noch die Hälfte seiner ursprünglichen Größe. Der Rest ist eine diffuse Wolke aus Gas und Staub. Und das taten sie, als er eine Entfernung von rund fünf Millionen Kilometern vom Mond hatte.« Hillary zog ein Taschentuch hervor und wischte sich den Schweiß von der Stirn. Sie wandte sich dem Gouverneur zu und wies über ihre Schulter auf den Schirm zurück.

»Das ist *nicht* das Licht einer unerklärt gebliebenen photochemischen Reaktion. Das ist die unverkennbare Reflektion von kohärentem Laserlicht. Sie müssen das begreifen.«

Hillary holte tief Atem. »Die einzige wahre Behauptung in dieser verdammten Presseverlautbarung war, der Komet sei von dem Laser-Relais auf der Rückseite angestrahlt worden. Wir haben von dem Winkel der Lichtreflektion zurücktrianguliert und das bestätigt gefunden. Dann war es ziemlich einfach, die Energie zu berechnen, die Komet Holmes absorbiert hatte, und von da aus auf die *tatsächliche* Energie des Relais zu schließen. Das Technische Zentrum des UNLAC schätzt, daß die Batterie statt der einhundert miteinander verbundenen Laser-Einheiten vier- bis achttausend abgefeuert hat. Jede von ihnen ist mit ihrem eigenen Sonnenkollektor ausgerüstet, und jede wurde neu ausgerichtet und verstärkt, so daß sie mit vielleicht dem Millionenfachen der Standard-Energie funktioniert.«

Hillary stand auf und stellte sich vor den Schirm, eine kleine, dünne Gestalt, die sich vor dem schaurig-schönen Farbenausbruch hinter ihr abzeichnete.

»Es gibt kein einziges orbitales Habitat, das diese Laser-Batterie nicht vernichten könnte. Es gibt keine überkuppelte Siedlung, ganz gleich auf welchem Planeten, deren Environment-System sie nicht innerhalb von Stunden zerstören könnte, einfach indem sie die ganze Kuppel über die Sicherheitsgrenze hinaus aufheizt. Es gibt kein Schiff im Raum, das sie nicht innerhalb von zehn Sekunden manövrierunfähig oder in weniger als einer Minute zum Wrack schießen könnte.

Wir kennen keine genauen Einzelheiten über die Konstruktion der Laser-Batterie, aber ich habe ein paar Überschlagsrechnungen angestellt. Wenn sich die Laser-Einheiten über ein ausreichend großes Gebiet verteilen, könnte keine Bombe oder andere Waffen so viele außer Betrieb setzen, daß es die Leistungsfähigkeit der Batterie beeinträchtigen würde. Und wenn die Leute auf der Rückseite einen Funken Verstand besitzen, werden sie ein paar der Laser dazu verwendet haben, einen Verteidigungsschirm aufzubauen, der jede auf sie abgefeuerte Rakete abschießen kann.

Doch am furchterregendsten sind der Energieausstoß

und die Fähigkeiten dieser Laser-Batterie. Ich habe gerade erst entdeckt, wer eigentlich die *Kontrolle* über dieses kleine Spielzeug hat. Es ist beinahe eine Binsenwahrheit, daß jeder unzufriedene Intellektuelle, jeder verrückte Wissenschaftler im ganzen Sonnensystem früher oder später in der Rückseiten-Station landet. Einer dieser Unzufriedenen ist ein Gentleman mit Namen Dr. Garrison Morrow — der, wie Sie sich vielleicht erinnern, diesem Büro und Ihnen, Sir, persönlich dafür zu danken hat, daß er an jenen Ort geschickt wurde.

Ich bin felsenfest davon überzeugt, daß es Morrow war, der die Laser-Batterie baute — und ich glaube, ich weiß auch, warum. Sie wissen doch sicher noch, daß er auf die Rückseiten-Station kam, weil er versuchte, Cornucopia aufzuhalten. Und jetzt feuert diese Laser-Batterie gerade zu der Zeit, wo sich Cornucopia der Erde nähert. Es war ein Probeschuß, bevor er versucht, den Asteroiden zu zerstören.

Wir müssen deshalb davon ausgehen, daß ein Mann mit einem persönlichen Groll gegen diese Dienststelle, ein Mann, der glaubt, eine Mission zu haben, jetzt eine unangreifbare Waffe mit furchtbarer Wirksamkeit besitzt. Ihre Elemente sind entweder weit verteilt oder in die lunare Oberfläche eingegraben. Diese Waffe ist fähig, alles an Schiffen, Bomben, Raketen, was man gegen sie schickt, rechtzeitig zu entdecken und abzuschießen.

Ich bitte deshalb den Gouverneur mit allem Respekt, die politischen Weiterungen einer so gefährlichen Waffe zu bedenken. Sie befindet sich auf der Rückseite des Mondes, also an einer Stelle, von der aus sie jeden Punkt im bewohnten Sonnensystem treffen und zerstören kann. Jeden Punkt bis auf einen: die Erde.

Keine der anderen bewohnten Welten kann es hinnehmen, daß diese Waffe existiert. Wenn es sein muß, werden sie kämpfen, um sie zu vernichten. Die Erde mag für einen Krieg besser gerüstet sein, aber angesichts dieser Waffe bleibt ihnen keine andere Wahl. Vor einer halben Stunde haben wir das Ultimatum der Siedlungswelten erhalten. Sie haben verständlicherweise angenommen, es sei unsere Waffe, und wir hätten sie unter Kontrolle. Sie verlangen, daß sie abgeschaltet und demontiert wird. Sie betrachten sich innerhalb von sieben Tagen als im Kriegszustand mit der Erde, wenn wir diese Forderung nicht erfüllen.

Doch natürlich haben wir gar keine Möglichkeit, den Laser-Komplex auf der Rückseite zu demontieren, ja, wir können ihm nicht einmal in die Nähe kommen. Offensichtlich kontrollieren wir ihn nicht, aber ich bezweifele, daß die Siedler das glauben werden, da er doch auf unserem Territorium steht und der Mann, der diese Waffe gebaut hat, von der Regierung bezahlt wird.

Ich möchte einen weiteren Punkt erwähnen, der schon allein einen Notfall darstellen würde, wäre auch sonst nichts geschehen. Der Asteroid Cornucopia hat plötzlich seine Motoren gezündet, ohne den Befehl dazu erhalten zu haben. Er verändert seinen Kurs. Ich nehme an, daß eine von Morrow geschickte Crew auf ihm gelandet ist und ihn so umlenkt, daß die Laser-Batterie ein besseres Schußfeld hat. Da seine Bahn ursprünglich so berechnet wurde, daß er bis auf tausend Kilometer an die Erde herankommt, ist das natürlich ein heikles Manöver. Wenn es mißlingt und der Asteroid abstürzt, könnte er die Hälfte allen Lebens auf der Erde auslöschen. Ganz bestimmt ist Garrison Morrow wahnsinnig. Wer ein solches Risiko eingeht, muß sich einbilden, ein Gott zu sein.«

Inzwischen konnte man die Hysterie in Wus Gesicht, das mit äußerster Willenskraft unterdrückte Entsetzen in ihrer Stimme nicht mehr verkennen. Sie trat näher an Neruda heran, beugte sich über seinen Sessel und betrachtete ihn mit einem irren Lächeln. Sie packte seine Schultern, und ihre Finger gruben sich in sein Fleisch wie die Klauen des Todes.

»Wir sehen uns vor der Wahrscheinlichkeit eines

Krieges auf der einen und der Möglichkeit eines Massensterbens auf der anderen Seite, und wir müssen annehmen, daß der Mann im Mittelpunkt des Geschehens ein von einer fixen Idee besessener Geisteskranker ist. Und Sie, *Sie persönlich,* haben diesen Wahnsinnigen an die Stelle gesetzt, wo er diesen Schaden anrichten konnte. Alles in allem stellt es eine interessante Reihe von Problemen dar, und vielleicht sind sie interessant genug, um sogar Ihre Aufmerksamkeit zu verdienen. Meinen Sie nicht auch, Sir?«

Neruda wich vor seiner Assistentin zurück. Ihre Augen glommen, sie atmete in kurzen, panikerfüllten Stößen.

Wu leckte sich die trockenen Lippen und rückte ihm noch näher. »Der Sicherheitsrat der Vereinten Nationen wird in etwa fünfzehn Minuten zusammentreten und Sie auffordern, sich über Televerbindung zuzuschalten. Vielleicht überlegt der Gouverneur es sich und läßt seine Dinnergäste dieses eine Mal für sich selbst sorgen?«

27. KAPITEL

HABITAT IM ERDORBIT HIGH NEW YORK, UN-ZENTRUM FÜR ORBITALE OPERATIONEN

An nukleare Gefechtsköpfe kann man im Raum leicht kommen. Jeder Raketenantrieb ist eine leistungsstarke Bombe, falls etwas zufällig schiefgeht. Wer eine Bombe herstellen möchte, braucht eine Panne dieser Art nur absichtlich herbeizuführen — und Teams von Technikern arbeiteten fieberhaft daran, genau dies bei einem Dutzend entbehrlicher Fusionsmotoren zu tun. Der Befehl dazu war vor einer Stunde vom HQ der Vereinten Nationen durchgekommen.

Andere bereiteten in aller Eile Trägerraketen für die Geschosse vor und bastelten sie aus den Teilen zusammen, die sie gerade zur Hand hatten. Noch nie hatte jemand versucht, einen Krieg im Raum zu führen. Abgesehen von den üblichen Buschfeuer-Kriegen, die ein dauerndes Erbteil der ärmeren Nationen auf der Erde zu sein schienen, war lange Zeit überhaupt kein Krieg mehr geführt worden.

Und selbst wenn die militärischen Planer irgendwelche kürzlichen Erfahrungen aufzuweisen gehabt hätten, wären sie ihnen nicht von Nutzen gewesen. Nie hatte es sich jemand irgendwo auch nur im Traum einfallen lassen, einen Angriff dieser Art durchzuführen. Die Rückseite des Mondes würde ein schwer zu treffendes Ziel sein.

Aber den Führern der Erde war klar, daß sie sich an die Arbeit machen mußten — falls sie nicht wollten, daß die Siedler diese Arbeit für sie taten.

Die Bomben würden in ein paar weiteren Stunden fertig sein und konnten dann zum Mond geschickt werden.

MOND, ZENTRALKOLONIE, HAUS DER REGIERUNG

»Aber was *tun* sie, Dubois? Was, im heiligen Namen Gottes, tun sie?« Neruda beugte sich zum Bildschirm vor. Seine Stimme hatte einen seltsam flehentlichen Ton.

Hillary beobachtete nervös, wie er sich aufführte — und so, wie Captain Dubois aus dem Bildschirm blickte, verursachte Nerudas Verhalten auch ihm Unbehagen. Die Argumente des Sicherheitsrates hatten den Gouverneur förmlich gelähmt, und er stand am Rand eines Zusammenbruchs. Der Mond war dem Asteroiden dreihunderttausend Kilometer näher als die Erde; *jeder* mögliche Kurs würde ihn in extreme Nähe des Mondes bringen; die Laser-Batterie lag auf dem Mond. Kurz gesagt, der Mond befand sich in vorderster Front, was die beiden miteinander verflochtenen Krisen betraf, und Neruda war der Gouverneur des Mondes. Der Sicherheitsrat der Vereinten Nationen war deshalb zu dem Schluß gelangt, ein lunares Problem verlange eine lunare Lösung.

Er hatte also Neruda die ganze Verantwortung aufgehalst.

Das las sich auf dem Papier ganz vernünftig, mußte aber jedem, der Neruda kannte, wie Wahnsinn vorkommen. Unglücklicherweise hatte keines der Mitglieder des Sicherheitsrates ihn jemals kennengelernt. Außerdem war es unwahrscheinlich, daß *irgend jemand* fähig war, einen Kurs einzuschlagen, der Ordnung in dieses Durcheinander bringen würde — und niemand auf der Erde wollte die Verantwortung für die Entscheidungen tragen.

In einem Punkt war sich der Sicherheitsrat einig gewesen, nämlich daß es klug sei, mit dem Schlimmsten zu rechnen. Deshalb mußte man davon ausgehen, daß die Piraten der Asteroiden mit den Betreibern der Laser-Batterie auf der Rückseite des Mondes Hand in Hand arbeiteten und daß sie planten, den Asteroiden auf die Erde abstürzen zu lassen.

Hillary war der Meinung, aus dem einen lasse sich nicht unbedingt das andere folgern. Schließlich war Morrow *de facto* deportiert worden, weil er das Verbrechen begangen hatte, die Erde vor dem Asteroiden retten zu wollen. Als ihre Panik sich legte, fing sie an, über Morrow nachzudenken. Sie hatte ihn nur dieses eine Mal gesehen, aber sie erinnerte sich deutlich an ihn, und er war ihr nicht wie ein Geisteskranker vorgekommen. Ganz im Gegenteil, er machte den Eindruck eines sehr vernünftigen und nüchternen Mannes. Jetzt beunruhigte es sie, daß sie Neruda auf den Gedanken gebracht hatte, Morrow sei wahnsinnig. Hatte sich eine Idee einmal bei ihm festgesetzt, brachte er sie nicht wieder los, und inzwischen war Neruda fest überzeugt, Morrow wolle den Asteroiden auf die Erde schleudern.

Hillary fand nur ein einziges Argument dafür, daß jemand die Erde vielleicht mit dem Asteroiden vernichten *wollte*. Jeder, der ihn kaperte, damit er der Erde *keinen* Schaden zufügen konnte, hätte damit doch sicher nicht bis zur letzten Minute gewartet! Er hätte Cornucopia in den letzten zwei Jahren ja jederzeit abfangen können.

Hillary lehnte den Kopf an die Rückenlehne, schloß die Augen und hörte eine Weile Neruda und Dubois zu. Ihr Wutanfall vor Neruda hatte sie ganz ausgelaugt — aber auch viel ruhiger, als habe sie ihre Dämonen der Angst und der Frustration exorziert. Gott wußte, ihre Arbeit genügte, um jeden in den Wahnsinn zu treiben. Aber nachdem sie vor den Augen ihres Chefs die Nerven verloren hatte, fühlte sie sich besser als seit Monaten. Und sie meinte, die so vernünftig klingenden Worte des Sicherheitsrates verrieten eine ebenso große Panik, wie sie sie empfunden hatte. Diese Leute hatten *Angst*. Teufel, sie hatten jedes Recht dazu. Leider hinderte es sie daran, klar zu denken.

»Sir, wir wissen nicht, was sie vorhaben«, sagte Dubois so ruhig er konnte zu Neruda. »Die Piraten steigern die Leistung der Fusionsmotoren des Asteroiden ganz allmählich. Das ist so gut wie alles, was es zu berichten gibt. Wir haben keine Möglichkeit, die Schubvektoren exakt zu messen, und deshalb können wir keine Berechnungen über ihren neuen Kurs anstellen. Das Beste ist, wir verfolgen ihren Kurs von Augenblick zu Augenblick in Realzeit mit Radar und projizieren ihn von da aus.«

Neruda blinzelte ein paarmal schnell hintereinander und lockerte seine Krawatte. »Warten Sie. Warten Sie.« Aufgeregt rieb er sich die Stirn. »Sie haben eben gesagt, Sie könnten nicht vorhersagen, wie die Piraten die Bahn des Asteroiden verändern, und jetzt sagen Sie, wir könnten ihren Kurs ständig verfolgen. Was von beidem stimmt nun?«

Dubois zögerte. »Das ist kompliziert, Sir. Beides ist richtig. Sie lassen die Motoren laufen, aber wir können uns nur eine ungefähre Vorstellung davon machen, mit welcher Kraft und in welche Richtung. Wir können Schätzungen mit einer Genauigkeit von plus minus weniger Prozentpunkte vornehmen, aber die Bahn ist so kompliziert, daß das nicht gut genug ist. Ein paar Meter pro Sekunde mehr oder weniger Geschwindigkeit könnten den Unterschied zwischen einem Verschwinden im tiefen Raum und einem Absturz auf die Erde oder den Mond ausmachen. Außerdem wissen wir nicht, ob sie in fünf Minuten die Leistung der Maschinen drosseln oder weiter erhöhen werden.

Wir tun nun folgendes: Wir verfolgen sie Augenblick für Augenblick über Radar. Das ist sehr genau, doch unglücklicherweise sagt es uns nur, wie der ballistische Kurs aussehen *würde,* wenn sie in dem Augenblick, wo der Radarstrahl sie trifft, mit dem Manövrieren aufhörten.«

»Was hat das für einen Sinn, wenn sie doch die Motoren weiterlaufen lassen?«

»Es gibt uns eine Grundlage, von der aus wir Schätzungen vornehmen können. Wir vergleichen Augenblick um Augenblick den projizierten unveränderten Kurs, den sie hätten nehmen *können,* mit ihrem tatsächlichen Kurs. So erhalten wir eine gute indirekte Aussage über ihre Beschleunigung und ihren Schubvektor. Werden diese Beobachtungen lange genug fortgesetzt, sollten wir fähig sein, den letztlichen Kurs vorauszuberechnen.«

»Sie könnten dann also sagen, ob sie auf Kollisionskurs mit der Erde oder dem Mond sind?«

Dubois zögerte von neuem. »Ja, Sir, das werden wir feststellen. Aber wir können nicht wissen, ob sie irgendeinen gegebenen Kurs beibehalten.«

»Gut. Wenn Sie festgestellt haben, daß es zu einem Zusammenstoß des Asteroiden mit der Erde oder dem Mond kommen wird, geben Sie mir sofort Bescheid.«

»Jawohl, Sir.«

»Etwas anderes, Dubois. Wenn ich richtig informiert bin, sollte diese Laser-Batterie auf der Rückseite ein Gegenstück zu der Laser-Batterie auf der Vorderseite werden, die Ihrer Dienststelle untersteht. Auf der Rückseite haben sie jedoch viele weitere Laser hinzugefügt und jeden einzelnen Laser verändert?«

»Sie haben die Laser nicht eigentlich verändert, Sir. Es ist mehr eine Frage des Verstärkens der Energie und der Verengung der Bündelung.«

»So habe ich es mir vorgestellt. Wie schnell könnten Sie ähnliche Veränderungen an der Batterie auf der Vorderseite vornehmen?«

»Dazu brauchen nur die entsprechenden Befehle in den Kontroll-Computer eingegeben zu werden. Vielleicht zwanzig Minuten. Aber, Sir, auch auf das Maximum an Energie und Fokus eingestellt, hätten wir immer noch keine Waffe von der Wirksamkeit der Rückseiten-Batterie.«

»Das ist mir klar, Captain. Andererseits mag es dahin kommen, daß wir irgendwelche Feuerkraft brauchen, und es ist gut, zu wissen, daß wir sie haben. Eine letzte Sache: Ist über Cornucopia schon etwas bekannt geworden?«

»Auf dem Mond bestimmt nicht, Sir. Die Sicherheitsteams haben jedes Durchsickern verhindert. Natürlich weiß jeder auf der Erde über das Laser-System auf der Rückseite Bescheid, und die Siedler haben ihr Ultimatum im ganzen Sonnensystem bekanntgemacht. Es gibt Berichte über Aufstände und Demonstrationen vor Gebäuden der Regierungen und der Vereinten Nationen. Auf der Erde ist noch nichts über die Entführung von Cornucopia veröffentlicht worden — aber jeder, der ein Teleskop besitzt und zufällig in die richtige Richtung sieht, muß seltsame Fusionslichter sehen und sich fragen, was da vorgeht. Da hier die gesamte Bevölkerung unter der Oberfläche lebt, haben wir das Problem nicht. Die Leute auf der Erde werden die Wahrheit recht bald herausfinden. Und auf den orbitalen Habitaten wird es von Gerüchten nur so schwirren. Davon wird einiges durchsickern, und zwar bald.«

»Ja, natürlich. Danke, Captain.«

Hillary öffnete die Augen und sah zu ihrem Chef hinüber. Neruda stand auf und begann hin- und herzulaufen. »Das will ich nicht!« verkündete er in nörgelndem Ton. »Ich will diese Verantwortung nicht!« Er holte tief Atem und sprudelte die nächsten Worte hervor, als seien sie ein schmachvolles Geständnis. »Ich bin nicht qualifiziert, solche Entscheidungen zu treffen.« Darüber hätte Hillary beinahe gelächelt. Als ob irgend jemand qualifiziert wäre, einen Asteroiden aufzuhalten und die Erde zu retten! »Aber ich bin hier, ich bin Gouverneur dieser dummen kleinen Welt, und das mag alles sein, was zwischen der Erde und ihrem Untergang steht. *Ich* muß entscheiden, was zu tun ist.«

Hillary sagte gar nichts dazu. Das Schreckliche war, daß dieser Einfaltspinsel *keinen* Größenwahn hatte. Er hatte die Situation gerade höchst treffend umrissen.

MOND, ZENTRALKOLONIE, HAUPTUNTERBLASE, PERIMETER-HOTEL

Genia Lumbroska hielt sich das Fernglas vor die Augen, wobei ihre Armreifen und Spangen laut klirrten, und spähte auf die Unterblase hinaus. Gut. Von hier war keine Spur des UNLAC zu entdecken, und von dem anderen hochgelegenen Punkt in der Unterblase meldeten die Geheimzeichen — eine Palme in einem Blumenkübel im Fenster, in einem bestimmten Muster halb zugezogene Jalousien, das unbeleuchtete ›V‹ in dem ›No Vacancy‹-Zeichen am Lunar View Hotel ...: Keine UNLAC-Aktivitäten. Wahrscheinlich war es ungefährlich, zu senden. Die einzige wirkliche Gefahr kam von Kollaborateuren — und von denen gab es nicht viele. Kollaborateure schienen häufig zu vergessen, einen Druckanzug anzuziehen, wenn sie durch Luftschleusen gingen.

Kaum hatte Neruda die Nachrichtensperre verhängt, als auch schon Gerüchte-Großhändler und Informationsanbieter auf dem Markt erschienen — und ein gewisses Maß an Zusammenarbeit war schon erforderlich, wenn man direkt unter der Nase der UNLAC-Schlägertrupps Daten weitergeben wollte.

Es war kompliziert. Sie mußten ihren Informationshandel vollständig unsichtbar halten, während sie die UNLAC-Leute gelegentlich einen Sender oder einen Stapel Flugblätter finden ließen. Der Gedanke dabei war, die Schlägertrupps so zu beschäftigen, daß sie glaubten, sie könnten den Informationshandel unterbinden. Doch dabei sollte niemand erwischt und ins Tycho-Gefängnis geworfen werden.

Aber das Geschäft ging zu gut, und die Preise für Neuigkeiten waren zu hoch gestiegen, als daß Genia sich von den Risiken hätte abschrecken lassen. Natürlich gab sie das meiste Geld an ihre Quellen weiter. Sie bezahlte Spitzenpreise, und ihre Lieferanten bekamen die Daten umsonst.

Auf dem Mond mochte es eine Nachrichtensperre geben, aber ganz bestimmt gab es nirgendwo sonst eine. Idealisten auf der Erde und den großen Habitaten strahlten Nachrichtenprogramme auf den Mond ab, verschenkten sie also, und um sie zu empfangen, brauchte man nichts weiter als eine irgendwo auf der Oberfläche versteckte Antenne. Natürlich waren die Leute an diesem Ende des Geschäfts in größerer Gefahr als Genia — aber was verdienten sie für Geld damit, daß sie verkauften, was sie kostenlos erhielten!

Genia legte das Fernglas weg und sah auf die Uhr. Es war bald soweit. Sie verschloß die Tür ihres Büros, öffnete den Schrank und dann ein kleines Geheimfach an der Rückwand des Schrankes, das einen abgestoßenen Koffer enthielt. Sie zog den Koffer heraus und klappte den Deckel hoch. Er enthielt viele, viele Päckchen mit Geldscheinen, große Scheine von jedem bedeutenden Staat der Erde. Das Informationsgeschäft lohnte sich.

Genia setzte ihre Hoffnung darauf, daß die UNLAC-Leute, sollten sie das Versteck finden, nach Entdeckung des Geldes nicht weitersuchen würden. All diese Knete schien ein ausreichender Grund für das Geheimfach zu sein. Vielleicht gaben sie sich damit zufrieden — steckten einen Teil des Geldes oder auch alles ein — und ließen sie in Ruhe.

Besser, sie nahmen alles Geld als ihre Mittel, neues zu verdienen. Sie schloß den Koffer und stellte ihn zur Seite. Dann faßte sie tiefer in das Geheimfach des Schrankes. Sie zog den Maser und den Dreifuß hervor, die Benny ihr verkauft hatte. Der Maser war ein häßliches Ding, etwa von der Form und der Größe eines Schuhkartons mit vielen rauhen Kanten daran, und die Kontrollen waren mit Fettstift markiert. Aber darauf kam es nicht an. Er funktionierte.

Laser taugen nicht viel für geheime Kommunikationen in der Atmosphäre — der von Luftmolekühlen gebrochene Strahl ist für alle deutlich sichtbar und zeigt geradenwegs vom Sender auf den Empfänger. Dagegen sind Maser, Mikrowellen-Laser, erstklassig. Vor allem diejenigen, die Benny baute. Genauestens auszurichten. Unsichtbarer Strahl. Frequenz hoch genug, daß man Tausende von Wörtern eines codierten Textes in wenigen Sekunden senden konnte.

Genia stellte den Maser auf seinen Dreifuß und visierte sorgfältig das dunkle ›V‹ in ›Vacancy‹ am Lunar View Hotel an. Die Wand hinter dem ›V‹ war für Mikrowellen transparent, und Naomis Empfänger und Recorder würden alles mitbekommen.

Genia schob eine Kassette in den Maser und drückte den *Sende*-Knopf. Viel hatte sie heute nicht für Naomi, nur ein paar weitere Gerüchte über den unheimlichen Klecks roten Lichts, der vor zwei Tagen am Himmel zu sehen gewesen war. Arbeiter hatten sie von draußen hereingebracht. Genia hatte versucht, die Geschichte an ihren Ursprung zurückzuverfolgen, doch es hatte ihr an Anhaltspunkten gefehlt. Heutzutage durfte kaum noch jemand auf die Oberfläche hinaus. Der UNLAC wollte nicht, daß Leute herumwanderten und die außerplanetaren Nachrichtenprogramme abhörten.

Einerseits war Genia das nur recht, denn es trieb die Nachfrage für ihre eigenen Nachrichten und Gerüchte in die Höhe — aber andererseits wurde es dadurch verdammt schwierig, irgendwelche Erklärungen für dieses rote Licht zu bekommen.

Zehn Minuten später wurde der Maser wieder sorgfältig im Schrank verpackt, und Genia zog gespannt die Kassette aus ihrem eigenen versteckten Empfänger. Naomi verkaufte Nachrichten aus High New York, und ihr Service war immer gut, auch wenn er Genia mit 48 Stunden Verspätung erreichte. Vielleicht gab es heute eine Erklärung für das rote Licht. Genia setzte sich und begann zu lesen.

Innerhalb einer halben Stunde wußte sie beinahe ebensoviel über Cornucopia und den Kometen Holmes wie der Gouverneur.

Normalerweise konnte Genia eine Meldung nur fünf- oder sechsmal weiterverkaufen, weil nur so viele Personen hinreichend daran interessiert waren, daß sie ihre Preise bezahlten und es für sie lohnend machten. Aber Genia erkannte eine Goldmine, wenn sie eine sah. An diesem Morgen verkaufte sie die Geschichte fünfzigmal und sicherte sich zwanzig Prozent Provision für jede Weitergabe. In weiteren sechs Stunden wußte die Hälfte der Zentralkolonie über die Zwillingskrisen Bescheid.

AN BORD DER *DAWN TREADER*

Wieder rammte Shiro Ishida seine schon angeschlagene Schulter gegen die luftdichte Tür, und wieder prallte er davon ab wie ein Gummiball von einer Betonmauer. Es war hoffnungslos. Er gab auf, und dabei wußte er genau, daß er in ein paar Stunden, wenn die Frustration ihn von neuem überwältigte, damit fortfahren würde. Es war lebenswichtig, vor seinen Dienern das Gesicht zu wahren, sich ruhig zu erweisen, dem Zorn, der in ihm kochte, nicht nachzugeben. So weit gekommen zu sein, das Schiff tatsächlich auf dem Asteroiden gelandet zu haben, und dann wie eine Ratte in einem Käfig gefangen zu werden! Sogar die Tatsache, daß er sein Gewicht wieder spürte, war eine Niederlage. Er hatte den Countdown gehört, hatte erlebt, wie sein Körper sacht auf das Deck niedergezogen wurde. Gegen seine Wünsche, gegen seine Pläne, gegen seine Autorität manövrierte der Asteroid.

Und er hatte die gefälschten Befehle gehört, die das veranlaßt hatten — hatte sie in seiner eigenen Stimme gehört!

Die Verräter torpedierten seinen Plan, indem sie seine Stimme simulierten — und er selbst hatte offenbar keine Möglichkeit zu sprechen, keine Möglichkeit, zum Kapitän durchzukommen. Finsteren Blicks betrachtete er die Trümmer der Bordsprechanlage, die er vor ein paar Stunden in einem Wutanfall zerschmettert hatte. Dieser Ausbruch war unklug gewesen. Wenn das Gerät intakt geblieben wäre, hätten er und seine Diener vielleicht einen Weg gefunden, diese schlaue Programmierung, die es aus der Kommunikationsschleife des Schiffes ausschloß, zu umgehen. Aber jetzt würde die Bordsprechanlage niemals mehr funktionieren.

Schlimmer, tausendmal schlimmer war es, daß er zwar nicht sprechen, aber sehr wohl hören konnte. Der Lautsprecher an der Decke funktionierte noch, und über ihn kamen die Gespräche zwischen Kapitän Broadmoor und die Computer-Simulation von Ishidas Stimme.

Das war Ironie. Am Ende von seiner eigenen Waffe geschlagen zu werden, von einer Computer-Simulation eines menschlichen Wesens!

Ishida schätzte Ironie nicht.

Ishida zwang sich zur Ruhe, zu nüchternem Nachdenken.

Es mußte einen Weg hinaus geben. Unbedingt.

MOND, RÜCKSEITENSTATION

Garrison schaltete die Kom-Einheit ab und ließ sich in seinem Sessel zurücksinken. Ben hatte ihm die Nachrichten von dem Sender aus High New York überspielt. Garrison konnte es nicht glauben. Die Siedler wollten der Erde wegen der Kanone den *Krieg* erklären? Aufstände auf der Erde? Er hatte erwartet, daß sich die Leute aufregen würden, ja, aber er hätte sich nicht träumen lassen, daß es so weit gehen würde. In seinem Magen saß ein nagender Schmerz, und Garrison fragte sich, welche Art von Katastrophe er losgelassen habe.

Ben war immer noch im Hauptquartier der Operation Extratrumpf, hatte deshalb die Erde und einige der Habitate in Sichtlinie und konnte die Ansicht der Erde über die Geschichte empfangen. Von den Siedlern kam nichts als Schweigen. Garrison stand alles an Hardware zur Verfügung, was ihm eine Kommunikation mit den Siedlungswelten ermöglicht hätte — aber *sie* wollten nicht mit *ihm* sprechen.

Die Kom-Abteilung der Rückseiten-Station strahlte immer wieder und wieder an jede Siedlung, die am Himmel der Rückseite sichtbar war, eine Erklärung seiner friedlichen Absicht aus. Aber keine einzige antwortete.

Zweifellos nahmen sie an, Garrison lüge, wenn er ihnen von der friedlichen Absicht der Rückseite und ihrer *Defacto*-Unabhängigkeit von der Erde berichtete. Und schließlich *hatte* er gelogen, als er behauptete, Komet Holmes sei aufgrund einer chemischen Reaktion so hell geworden. Anscheinend machte ihn das zu dem Jungen, der einmal zu oft »Der Wolf kommt!« gerufen hatte; es war um seine Glaubwürdigkeit geschehen. Vielleicht sahen die Siedler in seinen Protesten strategische Täuschungsmanöver. Vielleicht fürchteten sie, jede Antwort, die sie auf ihn abstrahlten, werde die Kanone mit neuen Zieldaten versorgen. Vielleicht weigerten sie sich, mit einem Mann zu sprechen, in dem sie einen zweitrangigen militärischen Befehlshaber vermuteten, und wandten sich statt dessen an die Stellen der Erde, die sie für seine Vorgesetzten hielten. Wie dem auch sein mochte, die Siedler blieben stumm.

Natürlich blieb Garrison jetzt nichts weiter übrig, als den eigentlichen Zweck der Kanone zu enthüllen und öffentlich bekanntzugeben, die Rückseite wolle Cornucopia vernichten. Zweifellos hatten sich das viele Leute inzwischen selbst zusammengereimt.

Aber angenommen, sie gaben es bekannt und die Leute hatten es sich *nicht* zusammengereimt? LuTech mochte immer noch Zeit genug bleiben, den Asteroiden zu manövrieren, irgendeinen komplizierten Orbit zu finden, der ihn außer Reichweite der Kanone hielt —

oder, was wahrscheinlicher war, LuTech und der UNLAC mochten einen Weg finden, die Kanone zu zerstören.

In dem Versuch, seine Gedanken zu klären, schüttelte Garrison den Kopf. Das war alles zu chaotisch, und zu viele Personen kamen aus zu vielen Richtungen hinein. Er mußte nachdenken, mußte herausfinden ...

Die Kom-Einheit piepte. Garrison drückte den *Antwort*-Knopf.

Bens Gesicht erschien auf dem Schirm, und sein Ausdruck verriet nacktes Entsetzen. »Garrisons, Cornucopia hat begonnen zu manövrieren. Das ist schon zwölf Stunden her, aber die Nachricht ist erst jetzt der Allgemeinheit bekanntgegeben worden. Wir können es von hier aus noch nicht sehen, er wird jedoch viel eher als erwartet über den Horizont aufsteigen. Niemand weiß, wer das tut oder warum oder wohin Cornucopia gebracht werden soll. Natürlich schiebt man es uns in die Schuhe.«

AN BORD DER *DAWN TREADER* AUF CORNUCOPIA

»Ich stelle befriedigt fest, daß die Kurskorrektur Erfolg hat«, sagte Ishidas Stimme über die Bordsprechanlage.

»Ja, Sir, alles läuft gut«, antwortete Kapitän Broadmoor geistesabwesend. »Ich melde mich in einer Stunde wieder bei Ihnen. Brücke aus.«

Cathy, die auf der Brücke den Platz des Navigators besetzt hatte, sah ängstlich zu Broadmoor hinüber, aber anscheinend hatte der Kapitän nicht den geringsten Verdacht geschöpft. Er ahnte nicht, daß er mit einer Computer-Simulation von Ishidas Stimme gesprochen hatte. Wenn der verdammte Computer nur einmal etwas anderes als immer die gleichen Phrasen bringen würde! Er benutzte jede Stunde, wenn Broadmoor Meldung erstattete, fast genau die gleichen Worte. Andererseits hatte Kapitän Broadmoor keine Spur von Phantasie — und das war im Augenblick für Cathy und Choate von Vorteil.

Ebenso Ishidas Hang zur Einsamkeit. Er war seit mehr als vierundzwanzig Stunden nicht mehr außerhalb seiner Kajüte gesehen worden — aber inzwischen war jeder daran gewöhnt, daß er sich oft zurückzog und sein Verhalten unvorhersehbar war. Broadmoor hatte sich nicht einmal überrascht gezeigt, als Ishida den neuen Manövrierplan befohlen hatte, der sich von dem alten drastisch unterschied.

»Nun denn«, sagte Broadmoor. »Machen wir weiter mit unserem Status-Check. Asteroiden-Systeme?«

»Asteroiden-Motoren zeigen die Sollwerte. Alle miteinander verbundenen Kontrollen funktionieren reibungslos.«

»Navigation?«

»Genau auf Kurs«, antwortete Cathy.

»Lebenserhaltung?«

»Alle Systeme auf Sollwerten, Käpt'n.«

Cathy stieß einen Seufzer der Erleichterung aus. Es war bis jetzt noch nicht entdeckt worden, daß sie den Druck vor Ishidas Kajüte auf Null gesenkt hatte. Glücklicherweise galt für die Kajüte auch sonst ›Eintritt verboten‹.

»Kommunikation?«

»Nicht viel zu melden, Käpt'n. Alle Anzug-Funkgeräte sind in Ordnung. Wir erhalten weiter eine Menge Anrufe auf allen Standardfrequenzen, und wir ignorieren sie weiter.«

»Ganz richtig. Sie möchten vielleicht mit uns reden, aber warum sollten wir mit ihnen reden?« Das klang sehr kühn und piratenhaft, aber Cathy kannte den wirklichen Grund für die Funkstille. Die Crew der *Dawn Treader* hoffte, sich nach getaner Arbeit wieder entfernen zu können, ohne daß ihr Schiff oder sie selbst identifiziert worden war. Das Kom-System des Schiffes sandte mit jeder Art von Signal automatisch auf einem Seitenfrequenzband einen ID-Code aus, das verlangten die Verkehrskontrollvorschriften, damit Schiffe auf vielbenutzten Umlaufbahnen automatisch lokalisiert werden konnten. Das System war versiegelt, und es war unmöglich, daran herumzupfuschen.

Sie hätten ein Funksystem zusammenbasteln können, das keinen ID-Code ausstrahlte, aber jede Radio- oder Lasersendung gab deutliche Hinweise — ein Stimmmuster, einen Versprecher, ein identifizierbares Hintergrundgeräusch —, die letzten Endes dazu führen mochten, daß das Schiff sich verriet. Und außerdem, warum *sollten* sie mit irgend jemandem reden?

Der Kom-Operator fuhr mit seinem Bericht fort. »Wir haben noch eine Arbeitsmannschaft draußen, die die nuklearen Systeme überprüft — und eine intakte Bombe meldet. Übrigens habe ich ein paar seltsame Nachrichtensendungen empfangen. Für die meisten Sender sind wir immer noch weit außer Reichweite, aber ich bekomme Bruchstücke herein. Wir machen Schlagzeilen, wie zu erwarten war, aber da ist noch etwas anderes. Irgendein Irrer hat vor einem oder zwei Tagen mit einem großen Laser auf einen Kometen geschossen. Niemand weiß, warum. Das muß passiert sein, als wir hinter Cornucopia versteckt waren. Wahrscheinlich war es eine tolle Licht-Show.«

»Nun, das hört sich nicht so an, als habe es etwas mit uns zu tun. Technik?«

Cathy hörte den Rest des Status-Checks nicht mehr. Ihr war eine Idee gekommen. Und sie hatte das unangenehme Gefühl, die Idee laufe mit ihr davon.

HIGH NEW YORK, OPERATIONSZENTRUM DER VEREINTEN NATIONEN

Die Angriffsstreitmacht, wenn man sie so nennen konnte, war bereit zum Start. Zwölf improvisierte Atombomben, in aller Eile auf Trägerraketen gesetzt, hingen ein paar hundert Meter von dem Habitat entfernt in der Leere. Die Computer an Bord des Habitats sandten die entsprechenden Signale, und eine nach der anderen zündeten die Raketen ihre Motoren und machten sich auf den fünfzehnstündigen Flug zum Mond. Wenn alles gut ging, würden sie alle im gleichen Augenblick über der Rückseiten-Station ankommen und nicht auf den unbekannten Standort der Kanone zielen, sondern in der Hoffnung, daß sich die Befehlsstelle dort befand, in die Station selbst.

Es war unwahrscheinlich, daß es klappen würde. Die Rückseite war bestimmt imstande, alle Raketen abzuschießen. Aber vielleicht half auch ein mißglückter Angriff, die Siedler zu überzeugen, daß die Erde die Laserfaust nicht kontrollierte.

Falls es noch möglich war, die Siedler von irgend etwas zu überzeugen.

MOND, ZENTRALKOLONIE, HAUS DER REGIERUNG

Es war still im Büro des Gouverneurs. Vielleicht war es der einzige Ort in der Zentralkolonie, an dem es still war. Die Neuigkeiten über Cornucopia und die Laserkanone waren irgendwie durchgesickert, und wieder hatten sich in Panik geratene Menschen auf den Straßen und in den Tunneln zusammengerottet. Auch wenn man noch nicht von einem Aufstand sprechen konnte, würde er nicht mehr lange auf sich warten lassen.

Im Büro des Gouverneurs, wo man auf Neuigkeiten wartete, war dagegen alles ruhig. Es gab nichts, was

Neruda oder Hillary hätten tun können, aber es schien beinahe unvermeidlich zu sein, daß noch mehr geschehen würde.

Während der Abend sich in die Länge zog, war Neruda nachdenklich geworden, nachdenklicher, als Hillary ihn je gesehen hatte. Die Krise forderte von diesem Mann sein Bestes, und unglaublicherweise brachte er es. Zum erstenmal, erkannte Hillary, dachte der Gouverneur an die Menschen, die er führte, an die Welt außerhalb seiner eigenen Person und nicht an sein Image und sein Prestige.

Er saß hinter seinem Schreibtisch und las endlich alles zur Verfügung stehende Material — über Morrow, über die Laser-Batterie, über den Kometen Holmes und den Asteroiden. Hillary blieb bei ihm; sie spürte sein Bedürfnis nach Gesellschaft.

Dann schaltete der Gouverneur seinen Leseschirm ab und wandte sich seiner Assistentin zu. »Ich habe eine Theorie, Wu. Eigentlich zwei Theorien.«

Hillary nickte ermutigend. »Ja, Sir?«

»Die erste ist recht einfach. Die Siedler haben den Asteroiden als Reaktion auf Morrows Laser gekapert. Irgendwie haben sie es fertiggebracht, Menschen auf Cornucopia zu landen, oder sie haben eine Möglichkeit gefunden, ihn durch Fernsteuerung zu kontrollieren. Sie planen, ihn über der Rückseite abstürzen zu lassen und den Laser auf diese Weise zu zerstören.

Die zweite Theorie ist eine Synthese von zwei sich widersprechenden Erklärungen, die man mir gegeben hat. Nach der einen sollen Morrows Leute Cornucopia gekapert haben und verändern seine Bahn, damit sein Laser besser zu Schuß auf ihn kommt, nach der anderen hat er die Kanone als Superwaffe gebaut, um das Sonnensystem zu beherrschen. Nebeneinandergestellt, ergeben die beiden Erklärungen nicht viel Sinn. Es erfordert einen bestimmten Typ von einem Wahnsinnigen, der einen sinnlosen Versuch macht, die Welt vor abstürzenden Asteroiden zu retten — und einen ganz anderen Typ, der versucht, sich das Sonnensystem mit einem Megalaser zu unterwerfen.

Nehmen wir nun einmal an, der Raub des Asteroiden ist wirklich sein Werk. Er will ihn damit aber nicht in eine bessere Position für seine Kanone bringen, sondern hat einen viel wichtigeren Grund. Wenn es seine Absicht ist, das Sonnensystem mit Hilfe dieses Lasers zu erobern, was ist dann der einzige Ort, den er nicht bedrohen kann? Was ist der einzige Ort im Sonnensystem, den er nicht treffen kann?«

Hillarys Gesicht verlor jede Farbe. »Die Erde. O mein Gott. Die Erde. Sie ist von der Rückseite aus nicht zu sehen. Der Rückseiten-Laser kann die Erde nicht treffen.«

»Genau. Selbst wenn er sich selbst zum Kaiser des Raums ausriefe, würde die Erde immer noch eine Bedrohung für ihn darstellen.

Bevor er also uns Übrige beherrschen kann, *muß er zuerst die Erde loswerden.* Ich habe hier gesessen und es ein dutzendmal durchdacht, und ich bin überzeugt, daß es eins von beidem ist. Entweder planen die Siedler, *uns* mit dem Asteroiden zu treffen, oder Morrows Leute planen, Cornucopia auf die Erde zu schleudern.

Und uns fällt es zu, sie aufzuhalten, schnell, ruhig, heimlich. Wenn wir unsere Absicht bekanntgeben, würde das noch mehr Panik auslösen. In dem Augenblick, wo Dubois mir eine Bahnprojektion gibt, die die Erdbahn oder die Mondbahn berührt, werde ich ihm befehlen, mit der Laser-Batterie der Vorderseite das Feuer auf die Motoren des Asteroiden zu eröffnen, so daß er den Kollisionskurs gar nicht mehr einschlagen kann. Wir werden seine Motoren in Fetzen schießen und Cornucopia von unseren Welten fernhalten.«

28. KAPITEL

AN BORD DER *DAWN TREADER*

Bertram Choate, riesig in seinem Druckanzug, marschierte den Gang hinunter und blieb am Eingang zu Ishidas Kajüte stehen. In den entlüfteten Teil des Korridors war er gelangt, indem er zwei luftdichte Türen des benachbarten Abschnitts als improvisierte Luftschleuse benutzt hatte. Er hatte den ersten Abschnitt versiegelt und entlüftet, bevor er die Tür zu diesem Abschnitt öffnete.

Die Anzeige auf der Brücke hatte einen Druckabfall in Ishidas Kajüte gemeldet, und Choate hatte sich aus Gründen, die er selbst nicht ganz verstand, freiwillig gemeldet, das nachzuprüfen. Wenigstens war es Cathy gelungen, Ishidas simulierte Stimme abzuschalten, als es zu dem Druckabfall kam. Wenn in der Kajüte tatsächlich Vakuum herrschte, würde es sehr peinlich werden, wenn sie erklären mußten, wieso Ishida immer noch hatte sprechen können.

Und das, erkannte Choate plötzlich, war der Grund, warum er sich freiwillig gemeldet hatte. Welche Ursache der Vakuum-Alarm auch haben mochte, wenn er das Problem beseitigen wollte, mußte er auch ein paar unerfreuliche Einzelheiten aufräumen. Entweder versuchte Ishida es mit einem Trick, und sie befanden sich alle innerhalb der Kajüte, bereit, Choate anzuspringen — oder es handelte sich um eine wirkliche Störung, in welchem Fall Ishida und seine Diener kaum noch zu irgend etwas fähig sein würden.

Choate sah sich erst die Statustafel im Korridor an. Der Korridor lag natürlich immer noch im Vakuum, aber Choate wollte die Ventilkontrollen überprüfen. Cathy hatte sie so eingestellt, daß sie sich in den leeren Raum öffneten. Ja, so war es immer noch. Solange diese Ventile nicht geschlossen wurden, würde Luft, die diesen Korridor erreichte, einfach in den Raum entweichen.

Choate wandte sich wieder der Kajütentür zu. Er faßte schon nach dem Türgriff, als er es entdeckte: Ein sauberes Loch, ein perfekter Kreis von vielleicht fünf Zentimetern Durchmesser war mit einem Hochleistungslaser aus der Tür geschnitten worden.

Choate zuckte zusammen. Eigentlich hatte er die ganze Zeit gewußt, daß er so etwas finden würde. Ishida war ein Risiko eingegangen, hatte sein Leben aufs Spiel gesetzt und die Tür durchbohrt. Wenn Cathy lediglich den Korridor leergepumpt und die Überlaufventile geschlossen gehalten hätte, dann hätte es funktioniert. Die Luft wäre in einer heftigen Dekompression aus der Kajüte durch das Loch geschossen — und hätte den Korridor wieder unter Druck gesetzt. War ein Ausgleich erreicht, dann hätte Ishida aus der Kajüte herauskommen und das Loch in der Tür irgendwie versiegeln können.

Es hätte dann immer noch einen Druckunterschied gegeben, der die Tür zum nächsten Korridorabschnitt geschlossen hielt. Aber wenn sie ein weiteres Loch in die luftdichte Tür des Korridors brannten, wäre Luft aus dem Schiff hineingeflossen, und wieder hätte sich der Druck ausgeglichen. Ishida und seine Diener hätten sich befreien können, ohne schlimmere Verletzungen davonzutragen als geplatzte Trommelfelle und blutende Nasen.

Cathy hatte jedoch die Überlaufventile geöffnet, und die Luft, die aus der Kabine in den Korridor rauschte, war weitergerauscht, hinaus in den Raum. Choate schloß die Ventile. Kein anderer brauchte zu merken, daß sie offengelassen worden waren. Jetzt kam es darauf an, die Leute — vor allem Kapitän Broadmoor — davon abzuhalten, die falschen Fragen zu stellen.

Doch im Augenblick war das eins der kleineren Probleme. Choate zwang sich, der Tatsache ins Gesicht zu sehen, daß sie da drinnen alle tot waren. Er schloß die Augen, und im Geist sah er das Blutbad von High Manchester. Die explodierten Körper, die herumfliegenden Trümmer, die schwarzroten schaumigen Schmierflecken von im Vakuum getrocknetem Blut.

Er wollte das alles nicht noch einmal sehen, nur blieb ihm keine Wahl. Also drehte er den Türknauf.

Da drinnen ebenso wie draußen Vakuum herrschte, schwang die Tür leicht auf. Ishida lag auf dem Fußboden, starrte mit blinden, glasigen Augen an die Decke. Den Laserschneider hielt er immer noch in der Hand. Links und rechts von ihm lagen die beiden Diener mit dem Gesicht nach unten.

Traurig blickte Choate auf die Toten nieder. Dann kniete er sich hin und zog Ishida den Laserschneider aus der Hand. Dies durfte nicht nach einem Fluchtversuch aussehen, sonst würde selbst ein so sturer und dummer Kapitän wie Broadmoor anfangen, Fragen zu stellen. Choate schoß einmal auf das Bordsprechgerät, damit es einen Grund für seine Beschädigung gab, zwei- oder dreimal auf die Innenwände und Möbel und noch einmal durch die äußere Hülle. Von neuem kniete er sich neben einen der beiden toten Diener. Hatte er Hoshiro geheißen? Merkwürdig, da hatte er mit einem Mann zwei Jahre auf einem Schiff verbracht und kannte nicht einmal seinen Namen. Aber Ishidas Diener hatten so gut wie nie diese Kabine verlassen. Und diese Tatsache würde Choates Geschichte Glaubwürdigkeit verleihen. Er drückte Hoshiro den Laser in die Hand.

Die Toten im Geist um Verzeihung bittend, stieg Choate über die Leichen, kehrte in den Korridor zurück und verließ ihn durch seine improvisierte Luftschleuse. Er hatte schwere Verbrechen begangen, aber es hatte für ihn keine Wahl gegeben, und nun gab es auch kein Zurück mehr.

Fünf Minuten später war er wieder auf der Brücke. Er hielt den Anzughelm unter dem Arm. »Sie sind tot. Es sieht aus, als habe einer der Diener den Verstand verloren. Isolationswahnsinn, ein heftiger Anfall von Klaustrophobie, etwas in der Art. Er holte sich einen Laserschneider aus der Notfalltasche, schoß in der Kajüte herum, zerstörte das Bordsprechgerät, durchbohrte die Tür — und brannte dann ein Loch durch die äußere Hülle.«

»Lieber Gott«, sagte Broadmoor.

Choate sah Cathy gerade ins Gesicht. »Es war kein schöner Anblick. Ich bin froh, daß er Ihnen erspart geblieben ist. Aber wir müssen entscheiden, was wir jetzt tun wollen.«

Cathy sah mit weit aufgerissenen Augen auf Choate, auf den Kapitän, auf den Bildschirm, der Cornucopia in seinem weißen Sack zeigte. »Wir machen weiter.« Ihre Stimme hatte einen seltsamen Klang, für den allein Bertram Choate die Gründe kannte. »Wir machen mit dem weiter, was Shiro Ishida getan haben wollte, als er starb. Wir schaffen diesen verdammten Asteroiden ein für allemal von Mutter Erde weg.«

Cathy drehte sich um und betrachtete Cornucopia durch das Bullauge. War das, was sie getan hatte, Mord? »Kapitän, setzen Sie die Raketenzündungen wie geplant fort.«

MOND, RÜCKSEITENSTATION

»Wir haben keine Information, Garrison. Ü-ü-überhaupt keine«, gestand Jody unglücklich. »Wir haben k-keine Zahlen, keine Zielverfolgungsdaten. Ben hat Nachrichtensendungen aufgefangen, in denen es heißt, der Asteroid habe seine Motoren gezündet, aber niemand w-weiß, wohin er fliegt. Natürlich werden keine Daten über seinen Kurs genannt, und wir können doch nicht bei der Zen-Zentralkolonie anrufen und den UNLAC um die Daten bitten.«

Klein und traurig saß sie im Besuchersessel von Garrisons Büro und spielte mit ihrem Minicomputer herum. »Ich kann Ihnen nur etwas über Klassen von Orbits erzählen. Alle Bahnen, die für Cornucopia möglich sind, haben eine zi-ziemliche Ähnlichkeit miteinander. Sie sind zu nahe, sie ragen zu tief in den Erde-Mond-Schwerkraftschacht hinein, um irgend etwas drastisch zu ändern.«

Wie üblich legte sich Jodys Stottern weitgehend, sobald sie über berufliche Dinge sprach. »Aber schon eine kleine Veränderung könnte im Endergebnis eine große Abweichung bewirken.

Ganz gleich, was sie unternehmen«, fuhr Jody fort, »der Asteroid wird nahe an den Mond herankommen, um beinahe neunzig Grad herumschwenken und senkrecht in Richtung Erde fallen. Dann wird er eins von drei Dingen tun: Im Westen an der Erde vorbeiziehen, den Planeten treffen oder im Osten daran vorbeiziehen. Eine östliche Bahn würde es später viel schwieriger machen, den Asteroiden zu bergen, so daß jemand, der versuchte, ihn von den orbitalen Minengesellschaften fernzuhalten, ihr den Vorzug gäbe.

Das Problem ist, daß der Unterschied, ob Cornucopia die Erde im Osten oder im Westen passiert, nur ein paar Zehntelmeter pro Sekunde beträgt — und alle Fallkurven, bei denen er die Erde trifft, liegen dazwischen. Deshalb ist es möglich, daß sie versuchen, ihn im Osten vorbeizubringen, und trotzdem würde die Bahn eine Zeitlang so aussehen, als sei er auf Kollisionskurs mit der Erde. Wir wissen es nicht. Wir können es nicht wissen, bevor es zu spät ist.«

»Okay, ich verstehe«, antwortete Garrison. »Wir werden warten müssen, bis sie über unseren lokalen Horizont kommen und wir sie selbst verfolgen können. Oder vielmehr, sobald sie über den Horizont von Extratrumpf kommen.« Bens Team der Operation Extratrumpf stand nur ein paar Kilometer von der Erdaufgangsstation und ein gutes Stück westlich von der Rückseite bereit.

Jody sah in ihren Schoß nieder und nickte stumm.

»Sie machen sich Sorgen, weil Ben da draußen ist, nicht wahr?« fragte Garrison freundlich.

Jody blickte hoch und errötete. »J-ja.«

»Das brauchen Sie nicht. Glauben Sie mir, er hätte mehr Grund, sich Sorgen zu machen, weil Sie *hier* sind. Dabei fällt mir ein: Wie läuft die Evakuierung?« Die Gefahr, daß irgend jemand die Rückseite zum Ziel wählen würde, wurde immer größer, und Garrison wollte niemanden hier haben, der nicht unbedingt hier sein mußte.

»Es sieht g-g-gut aus. Alle Kinder sind schon weggebracht und die meisten der Hilfskräfte. Die Erdaufgangsstation hat eine Menge aufgenommen, ebenso das Mare Orienta-tale. Wir haben im Norden im Mare Moscoviense eine Notunterkunft gebaut. Es ist noch niemand darin außer einer Rumpfmannschaft, aber sie steht, wenn wir sie brauchen.«

»Gut. Hoffen wir, daß wir sie nicht brauchen — und hoffen wir außerdem, daß wir gute Zahlen über Cornucopia bekommen. Bis nachher.«

Jody stand auf und ging. Garrison tippte den Anruf-Code für Ben im Extratrumpf-HQ ein, stand auf und begann, in seinem Büro hin- und herzuwandern.

Bens Gesicht erschien auf dem Schirm. »Garrison, bist du da? Ich kann dich auf dem Schirm nicht sehen.«

»Entschuldige.« Garrison kehrte an den Schreibtisch zurück und drehte die Kamera so, daß sie den Teil des Büros aufnahm, in dem er herumlief. »Da, nun kannst du sehen, wie ruhig und entspannt ich bin. Wer sind diese Leute, Ben? Und was tun sie?«

»Wir haben den Asteroiden gerade über unseren Horizont kommen sehen und sofort sämtliche Standard-Anrufcodes auf ihn abgefeuert. Wir wissen nicht, wer sie sind. Und was sie tun, nun, da gibt es nur zwei mögliche Antworten. Entweder schubsen sie den verdammten Asteroiden von der Erde weg — oder sie wollen ihn *auf* die Erde schleudern. Wir können aus der Bahn noch nichts entnehmen. Selbst wenn sie den Asteroiden wegbringen wollen, könnte die projizierte Bahn irgendwann über die Erde laufen. Bei der ursprünglichen Bahn wäre der Felsen der Erde auch sehr nahe gekommen, das hat ihn ja überhaupt erst so gefährlich gemacht. Bis Cornucopia über euren Horizont kommt, werden wir es genau wissen.«

»Aber wer, zum Teufel, sind sie?«

Ben sah aus dem Bildschirm auf seinen Freund, der wie ein Tier im Käfig sein Büro durchwanderte. Ihm kam eine Idee, eine wilde Idee. Er und Garrison waren für zwei Jahre verschwunden, bis die Welt sie vergessen hatte — und bis sie ihre Chance bekommen hatten, den Asteroiden aufzuhalten. Warum sollten sie als einzige so gehandelt haben?

Es mußten die CRATER-Leute sein. Es *mußte* Ishida mit seiner Crew sein. Cathy mußte da oben sein, auf dem Asteroiden. Er hatte keinen Beweis, es war keine logische Schlußfolgerung, aber so mußte es sein. Er *wußte* es tief in seinem Innern. Aber Garrison trug schon genug auf seinen Schultern, als daß er auch noch durch solche Gedanken hätte abgelenkt werden dürfen.

»Ich weiß nicht, wer sie sind, Garrison«, sagte Ben. »Ich kann es nicht einmal raten.«

MOND, ZENTRALKOLONIE, HAUS DER REGIERUNG

Das Telefon piepte, und Neruda drückte so schnell den Antwortknopf, daß Hillary kaum Zeit hatte, den Ton zu hören. »Neruda.«

Captain Dubois erschien auf dem Schirm. »Gouverneur, Sie wollten von jeder die Erde kreuzenden Bahn benachrichtigt werden.«

»Ja, ja. Weiter.«

»Sir, es gibt keinen Zweifel. Wenn sie eine weitere Stunde diesen Raketenschub geben, wird der Asteroid die Erde treffen.«

Neruda schloß die Augen und sank in seinem Sessel zusammen. Der perfekt gekleidete Dandy, der er vor ein paar Stunden noch gewesen war, war verschwunden und hatte einen zerknitterten, müden, alten Mann zurückgelassen. »Gut. Ich gebe Ihnen den offiziellen Befehl, die Laser-Batterie der Vorderseite auf den Asteroiden auszurichten und zu feuern, bis seine Motoren außer Betrieb sind.«

»Sir, es gibt noch eine andere Möglichkeit. Wenn sie, sobald sie die auf die Erde zuführende Bahn erreicht haben, weitere fünf Minuten Schub geben, werden sie wieder eine knapp an der Erde vorbeiführende Kurve erreichen.«

»Das würden fünf sehr lange Minuten für den Planeten Erde werden, Dubois. Möchten Sie das Risiko eingehen, daß die Raketenmotoren in dieser Zeit versagen, mögen die Menschen auf dem Asteroiden auch die besten Absichten hegen?«

»Nein, Sir.«

»Wenn wir jetzt feuern und die Motoren zerstören, würde der Asteroid dann die Erde treffen?«

»Nein, Sir.«

»Dann haben Sie Ihren Befehl, Captain. Bitte halten Sie mich auf dem laufenden.«

Dubois hatte den Befehl erwartet und die notwendigen Arbeiten schon vor Stunden erledigt. Seine kleine Laser-Batterie war bereit.

Die Laser-Batterie der Vorderseite eröffnete zwei Minuten später das Feuer auf Cornucopia.

HIGH NEW YORK, KONTROLLZENTRUM FÜR DEN ORBITALEN VERKEHR

»Heiliger Jesus Christus!« Sid Pearson drehte eilends die Verstärkung auf seinem optischen Zielverfolgungsschirm zurück. Cornucopia war soeben leuchtend rot geworden. Sid drückte einen Knopf auf seiner Konsole und sprach über das Mikrophon seiner Kopfhörer mit seiner Vorgesetzten. »LuAnn, diese Hurensöhne auf der Rückseite haben eben den gottverdammten Asteroiden angestrahlt.«

»Denke nach, Sid«, erklang eine ruhige Stimme in seinen Kopfhörern. »Sieh dir dein Sichtlinien-Display an. Die Rückseite kann Cornucopia im Augenblick nicht einmal *sehen.*«

»Ja, dann sieh *du* dir das Display an. Dieser verdammte Felsbrocken ist rot geworden. *Irgend jemand* schießt auf ihn.«

LuAnn Barrowman war berühmt dafür, daß sie mit magischer Geschwindigkeit dort auftauchte, wo es Ärger gab, und jetzt wurde sie ihrem Ruf gerecht, indem sie hinter ihrem Techniker stand, fast noch bevor er zu Ende gesprochen hatte. »Verdammt, Sid, du hast recht. Aber die Rückseite kann es nicht sein. Stell fest, woher der Strahl kommt.«

Sid überprüfte das Muster der Rückstreuung. »Nach dem Reflexionswinkel muß er vom Mond kommen. Halt mal — ich glaube, ich kann die Koordinaten kriegen. Verdammt, diese Schufte! Diese lausigen, verräterischen *Schufte!* Da schießt die Laser-Batterie der Vorderseite!«

»Zum Teufel, was tut sie?« fragte LuAnn.

»Ist das nicht klar?« gab Sid zurück. »Die Siedler haben sich den Asteroiden unter den Nagel gerissen. Sie wollen ihn auf die Laserbatterie auf der Rückseite werfen und sie vernichten. Die verdammten Kerle von der Vorderseite wollen den Siedlern eins auswischen, damit wir noch wütender auf die Erde werden, und gleichzeitig tun sie ihren elenden Spießgesellen auf der Rückseite einen Gefallen und verschmoren die Raketenmotoren des Asteroiden, damit er nicht mehr zu einem Aufschlag auf dem Mond gesteuert werden kann. Diese *Schufte!*«

LuAnn Barrowman musterte Pearson. Die Arbeit in der Orbitalen Verkehrskontrolle brachte viel Stress mit sich, und es sah so aus, als sei Sid urlaubsreif. Aber geschossen wurde wirklich, welche Gründe auch dahinterstecken mochten. Sie wollte dem Operationszentrum Bescheid geben. Wer weiß, vielleicht war man dort verrückt genug, ihr mit der gleichen Erklärung zu kommen wie Pearson.

Sie stöpselte ihre Kopfhörer in einen leeren Anschluß ein und wählte die Nummer. »Ja, geben Sie mir Carson. Bei Cornucopia zeigt sich so etwas wie eine Entwicklung.«

CORNUCOPIA

Das Universum wurde rot. »Angriff!« schrie der Kom-Offizier. »Wir stehen unter Feuer!«

Kapitän Broadmoor sprang auf die Füße. »Was, zum Teufel, reden Sie da?«

»Laserfeuer, Sir, extrem intensives Laserfeuer, auf den mittleren Abschnitt des Asteroiden gezielt. Genau dahin, wo die Fusionsmotoren sind.«

»Das hat nichts mit uns zu tun, Kapitän«, fiel Cathy ein. »Da schießt nur irgendein Irrer auf einen Asteroiden.«

»Außenhaut-Temperatur der Fusionsmotoren steigend«, warnte der Ingenieur. »Das ist der Sinn der Sache. Man will das Kühlsystem für die Motoren überladen und sie dadurch zerstören.«

»Können wir die Motoren abschalten?« fragte der Kapitän. »Kühlen sie sich dann genug ab, daß sie sich nicht mehr überhitzen?«

»Nein, Sir, nicht genug, daß es der Mühe wert wäre«, antwortete der Ingenieur in einem Ton, der ruhig und professionell sein und die Furcht in seinen Augen bemänteln sollte. »Es könnte uns ein paar Sekunden Zeit verschaffen, aber wer da auf uns schießt, kann weitermachen, solange er will. Und je näher wir dem Mond kommen, desto mehr Raketen-Energie wird es kosten, den Kurs zu ändern. Wir sind so schon fast bei dem Reservetreibstoff angekommen. Würden wir abschalten, hätten wir später nicht mehr genug Energie, um den notwendigen Kurs einzuschlagen.«

»Wie lange wird es dauern, bis die Motoren von der Hitze überladen sind?« wollte Broadmoor wissen.

»Nicht lange, gar nicht lange. Ich kontrolliere die Temperatur-Anzeigen für den ganzen Asteroiden. Sie sind an den beiden Enden viel niedriger, in der Mitte, wo die Hauptmotoren sind, viel höher. Das Laserfeuer konzentriert sich sehr genau auf den Punkt, wo es uns den meisten Schaden zufügen kann.«

»Wieviel Zeit haben wir?«

»Sir, ich kenne diese Motoren nicht. Vielleicht fünf Minuten, vielleicht eine Stunde. Was uns etwas hilft, ist die Rotation des Asteroiden. Es können nur drei von vier Motoren gleichzeitig getroffen werden, während der vierte ein paar Sekunden lang durch die Masse des Asteroiden abgeschirmt wird und ein bißchen abkühlen kann. Aber das reicht nicht. Irgend etwas wird versagen. Eine Treibstoffleitung oder ein Tank wird sich überhitzen — oder die Motoren selbst werden auseinanderbrechen.«

CISLUNARER RAUM

Die kleine Raketenflotte, die High New York gestartet hatte, war jetzt nur noch ein paar tausend Kilometer vom Mond entfernt. Sie bewegte sich mit großer Geschwindigkeit und beschleunigte weiter. Jede Rakete war von ihren Gefährtinnen weit entfernt, da jede einen anderen Kurs auf die Rückseite nahm, um sie aus allen Richtungen gleichzeitig zu treffen.

Da kam über die Kontrollfrequenz ein Befehl. Vier der Raketen änderten den Kurs und hielten auf ein neues Ziel zu. Panik herrschte, und verängstigte Menschen waren gezwungen, zu viele Entscheidungen zu schnell zu treffen.

Vier Atomsprengköpfe wurden zu der Laser-Batterie der Vorderseite geschickt. Dieser Weg war viel kürzer und direkter. Sie würden bis zu ihrem Ziel nur ein paar Minuten brauchen.

CORNUCOPIA

»Wasserstofftank zwei erreicht kritischen Wert!« verkündete der Ingenieur. »Er kann jeden Augenblick explo ...«

Es gab einen knochenerschütternden Ruck, der die Crew-Mitglieder gegen die Gurte ihrer Andruckliegen warf und lose Gegenstände durch die Brücke schleuderte. »Tank Nummer zwei ist explodiert, hat den Motor mitgenommen. Andere Motoren schwenken, um den nicht mehr entlang der Achse erfolgenden Schub und den Verlust des einen Motors auszugleichen. Sie erhöhen die Leistung, damit sie gleichmäßigen Schub erzielen. Dadurch werden sie um so früher überhitzt werden.«

»Alle Motoren abschalten!« rief Cathy. »Sofort!«

Broadmoor sah sie wütend an. »Ich gebe hier die Befehle. Sie haben den Mann gehört. Wir müssen die Motoren benutzen, um diese Beschleunigungsphase abzuschließen. Wenn wir sie jetzt abschalten, wird das Laserfeuer sie zerstören, und dann haben wir keine Motoren mehr, wenn wir manövrieren müssen.«

»*Abschalten,* sage ich!« brüllte Cathy. »In drei Tagen erreichen wir die Erde und fliegen an ihr vorbei. Mit zwei weiteren Minuten Schub verändert sich unser Kurs so, daß wir die Erde treffen, statt sie beinahe zu treffen. Noch fünf Minuten volle Kraft danach, insgesamt sieben Minuten, und alles wäre okay, denn wir hätten eine Bahn, die uns auf der anderen Seite vorbeiführen würde.

Doch wir haben keine volle Kraft mehr — und wir haben soeben ein Viertel unserer Treibstoffvorräte verloren! Für volle sieben Minuten haben wir nicht mehr genug Treibstoff, und wenn die Motoren explodieren, während wir auf Kollisionskurs sind, bleibt uns überhaupt keine Möglichkeit mehr, den Kurs zu ändern.«

Broadmoor runzelte die Stirn und versuchte, dieses Problem durchzuarbeiten. Aber zu stillen Überlegungen blieb ihm keine Zeit. Zwei weitere heftige Rucke erschütterten die Brücke der *Dawn Treader.* »Motoren und Tanks eins und drei verloren«, meldete der Ingenieur. »Motor vier erhöht die Leistung, um zu kompensieren.«

»Noch ein einziger Motor ist übrig«, zischte Cathy. »Drei Viertel unseres Treibstoffs sind weg. Und der letzte Motor wird nicht lange genug halten, um uns durch die Kollisionszone zu bringen. Wenn er innerhalb der Zone explodiert, gibt es nichts mehr, was wir tun könnten.

Wenn wir ihn dagegen *jetzt sofort* abschalten, werden wir außerhalb der dichteren Atmosphäre bleiben und in einem Abstand von hundertfünfzig Kilometern an dem Planeten vorbeiziehen, statt ihn zu treffen.« Eine Zahl auf Cathys Anzeigetafel änderte sich. »Ich berichtige, hundertvierzig Kilometer. *Darum* schießt man auf uns — man glaubt, wir *wollen* diesen Felsbrocken auf die Erde werfen. Und wir sind dabei, *genau das zu tun!*«

Broadmoor riß den Mund auf und starrte auf die Statusanzeige der Motoren.

»Unser Abstand beim Passieren der Erde beträgt jetzt

einhundertdreißig Kilometer«, stellte Cathy so kühl fest, wie sie konnte.

»Abschalten!« befahl der Kapitän. »Noch funktionierenden Motor abschalten!«

Der Ingenieur drückte die Kontrollknöpfe.

Nichts geschah.

Cathy wurde übel vor Entsetzen. Sie ließ sich den Motoren-Status auf ihrer Konsole wiederholen.

Motor vier feuerte noch, ja, er erhöhte die Leistung weiter.

»Wir haben die Kontrolle über Motor vier verloren«, stellte der Ingenieur fest. »Die anderen Explosionen müssen seinen Regler zerstört haben.«

»Was, zum Teufel, bedeutet das?« fragte der Kapitän.

Der Ingenieur schluckte und sah Broadmoor mit aschgrauem Gesicht an. »Motor vier wird sich nach den letzten Instruktionen richten, die er erhielt, bevor der Regler beschädigt wurde. Er wird versuchen, durch erhöhte Leistung und Vektoränderung den Verlust der anderen Motoren zu kompensieren. Ich versuche, die Ersatz-Kontrollschaltung zu aktivieren.«

Aller Augen wandten sich Cathy zu, und sie hielt den Blick auf ihre Anzeigetafel gerichtet.

»Abstand zur Erde innerhalb der Kollisionszone jetzt neunzig Kilometer und weiter sinkend«, sagte sie.

Broadmoor fuhr auf den Ingenieur los: »Verdammt noch mal, Mann, *sorgen Sie dafür, daß dieser Motor abgeschaltet wird!*«

»Achtzig Kilometer«, meldete Cathy. »Das führt uns weit in die Atmosphäre hinein. Der Asteroid wird mit orbitaler Geschwindigkeit ein Loch in die Atmosphäre bohren.« *Der Überschallknall allein wird Milliarden töten und taub machen,* dachte Cathy.

»Sir, ich habe immer noch keine Kontrolle über diesen Motor.« Das Gesicht des Ingenieurs war käsig vor Angst. »Sowohl der Motor als auch seine Kontrollsysteme sind schwer beschädigt und reagieren nicht auf Befehle. Der Motor arbeitet mit mehr als 120 Prozent seiner Nennleistung, und ich kann ihn nicht drosseln.«

»Verschonen Sie mich mit Einzelheiten!« schrie Broadmoor. »Schalten Sie ihn ab!«

»Das versuche ich ja, um Gottes willen! Die Back-up-Systeme ignorieren meine Befehle, und ich kenne sie nicht gut genug für diesen Job.«

Broadmoor wandte sich Choate zu, der auf einem Beobachterplatz saß. »Was wird geschehen, wenn wir den Motor nicht abstellen können?«

Choate sah durch den Kapitän hindurch, und vor seinem geistigen Auge entstanden der Schrecken von High Man und die kommende Katastrophe, die den Verlust von High Manchester noch als harmlos erscheinen ließ. »Er wird weiterarbeiten und versuchen, die Beschleunigung allein zu bewirken, bis er ganz auseinanderbricht oder bis ihm der Treibstoff ausgeht. Und der Treibstoff wird ihm ausgehen, bevor er uns auf einen Kurs bringen kann, der uns auf der anderen Seite an der Erde vorbeiführt.«

»Sechzig Kilometer.« Cathy sprach es aus, ohne es zu empfinden. Es war vorbei. Nichts konnte dies mehr aufhalten. Noch drei Minuten Schub, und nicht einmal mehr die Bremsbombe konnte sie weit genug von der Erde wegschleudern. In drei Tagen würde dieser Felsbrocken auf den Heimatplaneten niederschmettern. Wie viele Milliarden würden sterben?

»Motor vier überhitzt sich!« Eine Spur wahnsinniger Hoffnung lag in der Stimme des Ingenieurs. »Nähert sich der Zerreißtemperatur. Der Laser kocht ihn. Mach schon, du verdammtes Monster, explodiere!« Er schrie es: »Explodiere, explodiere!«

LASER-BATTERIE DER VORDERSEITE

Niemand hatte beim Bau der Laser-Batterie auf der Vorderseite daran gedacht, sie einmal zur Verteidigung zu benutzen. Keine der auf der Rückseite getroffenen Vorsichtsmaßnahmen war beachtet worden. Man hatte die Batterie bequemerweise nahe an der Zentralkolonie aufgestellt, ihre Laser-Einheiten standen eng nebeneinander, es gab weder ein Zielverfolgungssystem, das sich nähernde Raketen hätte entdecken können, noch Laser, um sie abzuschießen. Die vier schrapnellverstärkten Bomben aus High New York detonierten in Abständen von je fünf Sekunden, die erste einen knappen Kilometer über der Batterie, wodurch sie die folgenden von ihrem Kurs abbrachte, so daß sie fallen konnten, wohin sie wollten. Eine detonierte harmlos in einem unbesiedelten Gebiet, eine andere traf den Raumhafen, und die letzte ging ein paar hundert Meter von der Neuen Unterblase entfernt nieder. Die soliden Felswände schützten die Kolonie vor einer Katastrophe, konnten jedoch Beben, Erdrutsche und Blowouts isolierter Korridore nicht verhindern.

Von der Batterie blieb nicht ein einziger Laser stehen.

CORNUCOPIA

»Laserfeuer hat aufgehört«, meldete der Kom-Offizier.

»Und die Temperatur des verdammten Motors sinkt! Er stabilisiert sich wieder. Ich habe immer noch keine Kontrolle. Diagnostik-Computer versucht, eine Umleitung zu den Back-up-Systemen herzustellen.«

»Abstand in der Kollisionszone fünfzig Kilometer.« Auf der Brücke der *Dawn Treader* herrschte Totenstille, alles lauschte Cathys Countdown bis zu dem Augenblick, wo der Untergang des Planeten unausweichlich war. »Vierzig. Dreißig.«

»O mein Gott, es tut mir leid«, stöhnte Broadmoor. »Es tut mir leid. Das habe ich nicht gewollt.«

»Zwanzig. Zehn.«

»Null.« Cathy schloß die Augen und begann zu weinen. »Der Asteroid wird die Erde in siebzig Stunden treffen«, sagte sie.

Keiner sagte ein Wort.

Keiner bemerkte, daß zwei Minuten später die Backup-Systeme endlich zum Leben erwachten und den letzten Motor abschalteten.

29. KAPITEL

MOND, RÜCKSEITENSTATION

Die Verteidigungslaser drehten sich auf ihren Türmen herum und feuerten, bevor Jesus Moroz auch nur hochblicken konnte, um zu reagieren. Der schwarze Himmel füllte sich plötzlich mit farbigen, sternenhellen Explosionen. Innerhalb von zehn Sekunden wurden acht Raketen entdeckt, verfolgt, beschossen und vernichtet. Es geschah so schnell, daß Jesus erst dann klar erkannte, was es war, als er die Daten in Zeitlupe ablaufen ließ. Es erfreute ihn, dieses saubere, präzise Muster der Verteidigungsmaßnahmen zu sehen. Wie schön, daß seine Programmierung funktionierte.

Wenn sie *nicht* funktioniert hätte, hätte er das natürlich nie erfahren, aber der Gedanke kam ihm gar nicht.

Garrison freute sich nicht über die Neuigkeiten. Was mochte als Nächstes passieren? Moroz' Hardware würde es darauf ankommen lassen müssen, aber die Bewohner der Rückseite konnten sich nicht darauf verlassen, daß sie immer perfekt arbeitete.

Es war allerhöchste Zeit, die Station zu evakuieren. Die meisten Kinder und Hilfskräfte waren bereits fort; jetzt mußte auch der Stab gehen. Die Vorbereitungen für den Umzug waren längst getroffen, und daß acht Atomsprengköpfe aus Kernschußweite vernichtet worden waren, genügte als Argument, um jeden zum Schweigen zu bringen, der sich über die Unterbrechung beschwerte. Roller, und das waren alle Roller, die Sunchaser besaß, alle Roller auf der Rückseite, wurden für die Fahrt zum Mare Moscoviense beladen. Das Vorausteam dort tat die letzten Handgriffe an der Unterkunft (die wenig mehr als eine große Blasenkuppel war). Die Fernsteuerzentrale, von der die Kanone vom Mare Moscoviense aus bedient werden sollte, wurde in Betrieb gesetzt und getestet. Garrison stellte erleichtert fest, daß die Glasfaserverbindung zwischen Moscoviense und der Rückseiten-Station fehlerlos arbeitete.

Es würde zwei Tage kosten, alle in die Notunterkunft zu bringen. Garrison wollte sich der letzten Gruppe anschließen, die mit der *Bouncer* befördert werden sollte, dem einzigen Raketenfahrzeug auf der Rückseite. Die *Bouncer,* ein kleiner suborbitaler Pogo-Flieger, konnte die Entfernung zum Mare Moscoviense in zwanzig Minuten zurücklegen. Alles lief vollkommen glatt.

Bis Ben anrief. Garrison, der die Evakurierungsmaßnahmen von seinem Büro aus überwachte, nahm Bens Anruf dort entgegen — und wußte sofort, die Neuigkeiten waren nicht gut.

»Er ist auf Kollisionskurs«, sagte Ben, und Garrison brauchte keine Fragen mehr zu stellen. »Unsere Messungen zeigen, daß sie versucht haben, den Asteroiden an der Erde vorbeizulenken.

Doch dann geriet irgendein Vollidiot auf der Vorderseite in Panik und feuerte einen vernichtenden Schuß auf sie ab, der die Raketenmotoren im genau falschen Augenblick zerstörte — und den gottverdammten Rest kennst du. Sie bewegen sich auch schneller, als wir gehofft hatten. Du wirst eine viel kürzere Zeit zum Feuern haben als geplant.«

»Wird es genug Zeit sein?« fragte Garrison. *Auf Kollisionskurs? Sie hatten das alles getan, um eine entfernte Bedrohung der Erde zu beseitigen, und jetzt würde er die Erde treffen?*

Ben sah Garrison an und sprach das härteste Wort aus, das er je verwendet hatte.

»Nein.«

MOND, ZENTRALKOLONIE, HAUS DER REGIERUNG

Diesmal kam es zu Aufständen. Inzwischen konnte kein UNLAC-Mann mehr am Leben sein. DuBois und die Leute von der Kommunikationsabteilung waren tot, an der Laser-Batterie umgekommen. Der Raumhafen lag zur Hälfte in Trümmern. Ein halbes Dutzend Tunnel war entlüftet worden.

Der Mob schrie nach Blut. Nach Nerudas Blut.

Hillary war bei dem Gouverneur. Er stand vor dem Wandschirm und schaltete zwischen den Nachrichtenkanälen hin und her. In gleichzeitiger Mißachtung seiner Befehle hatten sämtliche Stationen wieder zu senden begonnen. Die Unruhen, das Plündern, die Brände, die Menschenmassen, die das Regierungshaus belagerten, huschten über den Schirm.

Hillary hatte immer gemeint, sie werde sich freuen, wenn Neruda endlich zurücktrete, aber jetzt ertappte sie sich dabei, daß ihr Tränen in den Augen standen. Die richtige Entscheidung, die *einzige* richtige Entscheidung, die er je getroffen hatte — ausgerechnet die mußte schiefgehen. Noch eine Minute, und sie hätten den Asteroiden aufgehalten. Aber dann hatte die Erde den Mond angegriffen. Inzwischen wußte jeder, was geschehen war. Und die Zentralkolonie würde der Erde niemals wieder vertrauen, selbst wenn die Erde überleben sollte. Sie hatten alle ihre Daten über die Bahn des Asteroiden mit der Laser-Batterie verloren und keine Möglichkeit mehr, in Erfahrung zu bringen, ob der Asteroid aufgehalten worden war.

Armer Neruda. Nach all den idiotischen Erlassen, den sinnlosen und kleinlichen Schikanen gegenüber den Mondkolonisten hatte die Entscheidung, die Erde zu schützen, und die Panik der Erdbewohner die Revolte ausgelöst. Vielleicht hatte die Panik der Erdbewohner die Erde zum Tode verurteilt.

Schließlich schaltete Neruda den Schirm aus. »Es ist

vorbei«, sagte er. »Die Erde wird den Mond nie wieder regieren können.« Er seufzte und setzte sich erschöpft hinter seinen Schreibtisch. »Wenn Sie möchten, daß wir beide am Leben bleiben, schlage ich vor, daß Sie meine Festnahme und die Einsetzung einer provisorischen Regierung erklären. Erzählen Sie den Leuten, ich sei entmachtet, andernfalls werden wir beide in Stücke gerissen, sobald der Mob hier einbricht. Spielen Sie Ihre Rolle, und ich werde meine spielen.«

Hillary nickte mechanisch. Sie war zu dem gleichen Schluß gekommen. »Ich werde die Nachrichtenleute rufen«, sagte sie. »Sir, es tut mir leid. Sie haben wegen des Asteroiden das Richtige getan.«

»Das Richtige«, wiederholte Neruda nachdenklich. »Ich glaube nicht, daß Sie mich dessen sehr oft beschuldigt haben.« Für einen Augenblick schimmerte der alte Hochmut durch. »Das Richtige zu tun, Wu, ist selten ein Kriterium für Erfolg gewesen.«

MOND, RÜCKSEITENSTATION

Garrisons Kiefer verkrampfte sich, sein Herz erstarrte vor Furcht. Aber dazu war keine Zeit. »Auch wenn wir versagen werden, wir müssen es versuchen. Wie lange dauert es noch, bis Cornucopia über unserem Horizont auf der Rückseite sichtbar wird?«

Ben überprüfte seine Anzeigen. »Vier Stunden, zwanzig Minuten. Ihr werdet etwa zwölf Stunden haben, in denen ihr schießen könnt, bevor ihr ihn verliert.«

Garrison hörte gar nicht zu. »Ben — sie wissen nicht, daß wir hier sind.« Etwas wie Hoffnung klang aus seiner Stimme.

»Was? Wer weiß das nicht?«

»Die Leute, die Cornucopia gekapert haben. Wenn sie es wüßten, hätten sie Kontakt mit uns aufgenommen, hätten um Zusammenarbeit gebeten. Sie haben sich still verhalten, und wir uns auch. Wenn sie sich hinter dem Asteroiden versteckt hielten und Funkstille bewahrten, könnten sie den Kometen Holmes verpaßt haben.«

»Na und? Garrison, wir haben hier ein paar gewaltige Probleme! Wir haben keine Zeit, uns darüber den Kopf zu zerbrechen.«

»Ben, *wir selbst können den Asteroiden nicht mehr aufhalten.* Sie haben es versucht, und sie konnten ihn auch nicht aufhalten. Vielleicht schaffen wir es, wenn wir zusammenarbeiten. Zumindest sind wir imstande, sie zu warnen, damit sie den Asteroiden verlassen. Du bist in Sichtlinie. Benutze deine Kom-Laser und verbinde mich auf einem Sprechkanal mit ihnen.«

»Garrison, laß es Extratrumpf bei ihnen versuchen ...«

»Verdammt noch mal, Ben, die Erde hat eben *Atombomben* auf uns abgeworfen! Vielleicht hat sie auch die Vorderseite bombardiert, und das ist der Grund, warum die Vorderseite aufgehört hat zu schießen. Du hast keine adäquaten Verteidigungsmittel, du hast nicht die Feuerkraft, um etwas auszurichten — und wir brauchen dich vielleicht später. Verbinde mich mit Cornucopia.«

»Laß uns nur ...«

»Verbinde mich!« donnerte Garrison. »Es ist eine unsichere Sache, aber wenn wir gar nichts tun, ist die Erde zum Untergang verurteilt.«

Ben betätigte Schalter und befahl einer Laser-Einheit, auf Cornucopia herumzuschwenken. Er wußte, er *wußte,* wer am anderen Ende sein würde. »Kanal offen, Garrison. Du kannst sprechen.«

»Die Rückseiten-Station ruft über sichere Kom-Verbindung die Personen auf Cornucopia. Wir müssen mit Ihnen sprechen. Wenn wir zusammenarbeiten, können wir den Asteroiden vielleicht aufhalten. Kommen bitte ...«

CORNUCOPIA

»... Kommen bitte.«

Der Kom-Offizier hörte es. Er hatte seine Befehle. Alle ankommenden Kontakte waren zu ignorieren. Aber diese Stimme sagte, sie könne den Asteroiden aufhalten, und vor die Wahl zwischen der Erde und Broadmoors Befehlen gestellt ...

»Ich habe einen neuen ankommenden Kontakt«, meldete er. »Ich lege ihn auf den Hauptlautsprecher.« Er kippte den entsprechenden Schalter.

»Rückseiten-Station ruft Cornucopia. Kommen bitte. Hören Sie mich? Wenn ja, antworten Sie auf irgendeiner Standard-Laser- oder Radio-Frequenz.«

Cathy fuhr vor Schreck in die Höhe. Das war Garrisons Stimme! Garrison Morrow in der Rückseiten-Station? »Geben Sie mir einen sicheren Kanal!« befahl sie.

Der Kom-Offizier sah zum Kapitän hinüber, aber der arme Teufel bekam nicht einmal mit, was vor sich ging. Deshalb zuckte der Kom-Offizier die Achseln und machte die Schaltung. »Sprechen Sie in den Interkom in der Armlehne Ihrer Andruckliege«, sagte er.

Cathy schaltete das Gerät ein. »Garrison, hier ist Cathy Cleveland auf Cornucopia. Bist du es wirklich?«

Für einen langen Augenblick herrschte am anderen Ende der Leitung Totenstille. »Cathy? Was, zum Teufel, machst du da?«

»Das ist eine lange Geschichte, Garrison. Wir haben versucht, Cornucopia von der Erde wegzustoßen, und es ist alles schiefgegangen. Mein Gott, ich kann nicht glauben, daß du es bist.« Zu viele Emotionen erfüllten ihr Herz gleichzeitig, als daß sie hätte wissen können, was sie fühlte. Schock, Entzücken, Überraschung, Kummer, daß sie sich jetzt, am Ende aller Dinge, wiedertrafen. Die anderen auf der Brücke der *Dawn Treader* sahen sich verwirrt an.

»*Dich* habe ich bei Gott nicht erwartet«, antwortete

Garrisons Stimme. Er räusperte sich, versuchte, sich zusammenzureißen und sachlich zu sprechen. »Wir sind hier, weil wir vorhaben, dasselbe zu versuchen. Wir besitzen eine große Laser-Batterie, die wir auf den Asteroiden abfeuern wollen. Aber eure Manöver haben die Zeit verkürzt, in der unsere Kanone Sichtlinie haben wird. Versuchen werden wir es trotzdem, und wir wollten euch wenigstens warnen, daß wir schießen werden.«

»Sie haben schon auf uns geschossen«, beschuldigte ihn Choate.

»Das waren wir nicht«, erklärte Garrison mit Nachdruck. »Sehen Sie auf ihren Karten nach, wenn Sie mir nicht glauben. Der Beschuß kam von der Vorderseite, wahrscheinlich von der dortigen Laser-Batterie. Wer auch immer das getan hat, sie hatten Angst, und ich kann es ihnen nicht verübeln. Gott allein weiß, was auf der Erde und in der Zentralkolonie geschieht.

Wir sind auf der anderen Seite des Mondes, im Dädalus-Krater. Im Augenblick sprechen wir über ein Relais in der Nähe der Erdaufgangsstation. Unsere Laser können Sie bis jetzt noch nicht einmal *sehen.*«

Cathy beugte sich zu dem Interkom-Mikrofon vor. »Wie lange dauert es noch, bis ihr zu schießen beginnt, und welche Leistung habt ihr?«

»Wir können mit dem Schießen beginnen, sobald ihr in vier Stunden über unseren Horizont kommt — und ich schätze, wir haben mindestens das Vierzigfache der Leistung von der Laser-Batterie auf der Vorderseite, die euch bereits beschossen hat.«

»Das Vierzigfache?« fragte Choate ungläubig. »Wie kann das sein?«

»Wir haben dies seit langem geplant«, antwortete Garrison müde. »Wie es jetzt aussieht, wird es nicht einmal reichen. Aber wenn ihr den Asteroiden von dem Sack befreien könntet … Er ist weiß, und der Asteroid darunter ist dunkel …«

Cathy bemühte sich, schnell zu denken. »Garrison, ich weiß, was du meinst, aber wir haben keine Zeit zum Sprechen, und ich kann noch nicht sagen, ob wir das schaffen. Es könnte möglich sein, daß es funktioniert; ich muß es anhand zuverlässiger Zahlen überprüfen. Kannst du mir detaillierte Daten senden, eure technischen Aufzeichnungen, alles?«

»Ben, gib mir ein Daten-Seitenfrequenzband!« befahl Garrison.

Zum erstenmal mischte Ben sich in das Gespräch ein. Wie konnte Garrison auf diese Frau hören! Sie hatte soeben geholfen, Cornucopia auf Kollisionskurs mit der Erde zu bringen! »Garrison, das ist doch nicht dein Ernst! Wir dürfen diesen Irren nicht vertrauen.«

Cathy sog überrascht den Atem ein. Aber so überraschend war das gar nicht. Ben und Garrison waren natürlich zusammengeblieben.

Garrison schrie über das Glasfaserkabel seinen Freund an: »Ben, gottverdammt noch mal, gib mir das Daten-Seitenfrequenzband! Wir *müssen* ihnen vertrauen, es ist die einzige Chance, die der Planet hat. *Die Erde wird sterben.* Wenn sie lügen, könnte uns das mehr schaden als der Untergang der Erde?«

»Sie haben uns bereits sehr geschadet, Garrison. Gib ihnen keine Möglichkeit mehr dazu. Vielleicht gelingt es uns allein, den Asteroiden zu zerstören.«

»Und wenn es uns nicht gelingt? Wenn wir aus einem kleinlichen privaten Groll versagen und Milliarden sterben?«

Cathy hörte die Feindseligkeit, den *Haß* aus Bens Stimme heraus, doch ihr war klar, daß sich das nicht gegen sie richtete. Der Planet war in äußerster Gefahr, und Ben lehnte die einzige Chance ab, ihn zu retten, weil sie Bens Freund in der Arbeit und in der Liebe betrogen hatte. Warum sollte er ihr auch vertrauen? fragte sie sich. Aber es war keine Zeit, ihn zu überzeugen. »Ben, bitte«, flehte sie mit leiser Stimme.

Wieder herrschte Schweigen. Endlich meldete Ben: »Daten-Seitenfrequenzband offen.«

»Cathy, ich hoffe, du hast ein paar tüchtige Computer. Hier kommt eine Menge an Information.«

»Halte die Leitung offen, Garrison. Ich rufe bald zurück.«

Cathy stellte ihr Computer-Terminal darauf ein, die Massen von Daten aufzunehmen, die in Kürze eintreffen würden. Das war etwas, worin sie gut war, das war ihr Beruf. Daten am einen Ende zu laden und am anderen Ende eine Lösung zu finden.

Der Kom-Offizier sah Cathy ganz benommen an. »Äh, Dr. Cleveland — wer war denn *das?*«

Cathy blickte nicht einmal hoch. Die Augen auf den Schirm gerichtet, schüttelte sie den Kopf. »Keine Zeit.«

Bertram Choate ging zu dem Kom-Offizier hinüber. »Ich habe von Dr. Cleveland viel über diesen Garrison Morrow gehört«, sagte er. »Er muß ein bemerkenswerter Mann sein.«

»Ja, aber wer ist er? Was für ein Mensch ist er?«

Cathy hob für eine halbe Sekunde den Kopf, bevor sie in ihre Daten zurücktauchte. Sie mußte Garrison diesen Leuten erklären. Sie *mußten* wissen, was sie wußte. Aber es war keine Zeit, und sie suchte nach der kürzesten Beschreibung. »Ich will Ihnen sagen, was für ein Mensch er ist. Garrison Morrow ist aus dem Stoff, aus dem Helden gemacht sind.«

30. KAPITEL

ERDE

Chicago, Paris, Dar es Salaam, Tunis, Rio de Janeiro, Moskau, Perth. Überall herrschte Panik. Die Unruhen, die der Komet Holmes hervorgerufen hatte, waren dagegen gar nichts gewesen. Jetzt war es offiziell, daß der Untergang der Erde bevorstand und daß es keine Rettung gab. Kein Verbrechen, keine Sünde, keine Blasphemie blieb unbegangen. Jede Andachtsstätte war mit Betenden vollgestopft, es gab keine Wahnsinnslösung, die nicht leidenschaftliche Anhänger fand. Auf den Raumhäfen herrschte die Gewalt. Hysterische Menschen kämpften unter Einsatz ihres Lebens um einen Platz in einem Schiff, in irgendeinem Schiff, das den Planeten verließ.

Gerüchte, an welcher Stelle der Asteroid aufschlagen werde, schwirrten umher, und aus einem halben Dutzend Städten, wo der Hammer angeblich niederfallen sollte, ergossen sich Flüchtlingsströme.

Die Regierungen der Welt suchten verzweifelt nach einer Lösung. Aber es gab keine Hardware, die mit diesem Problem fertig wurde, und es war keine Zeit mehr, welche zu bauen. Viele hoffnungsvolle Ingenieure erinnerten sich der kleinen atomaren Bremsbombe, die Cornucopia immer noch trug (falls sie den Laserbeschuß von der Vorderseite des Mondes überlebt hatte) und machten sich mit ihren Zahlen daran, auszurechnen, wo und wann die Bombe gezündet werden müßte, um den Asteroiden von der Erde wegzuschleudern.

Aber die Bremsbombe war dafür zu klein. Sie war bestimmt gewesen, den letzten Rest an Bremswirkung zu erzielen, nachdem die Fusionsmotoren den größten Teil der Arbeit geleistet hatten. Die Kraft, den Asteroiden aus seiner Bahn zu werfen, besaß sie nicht.

Nachdem Kapitän Broadmoor in einem plötzlichen Anfall vollständig zusammengebrochen war, hatte Choate ihm ein Sedativum geben müssen. Es war ein kläglicher Anblick, wie der arme Mann in Stücke ging, aber wenigstens war nun keiner mehr auf der Brücke, der Cathys Autorität möglicherweise in Frage gestellt hätte. Sie hatte keinen legalen Anspruch auf den Befehl, aber inzwischen gehorchte man ihr ohne Widerrede.

Cathy allein hatte einen Plan, auch wenn die Crew ihn ausführte. Immer einen Schritt nach dem anderen, so mußte man es machen.

Sie holte das Bild einer Außenkamera auf den Schirm, um zu sehen, wie die Spinnenroboter zurechtkamen.

Vor zwei Jahren hatten sie dieses Weltchen gefangengenommen und gezähmt. Jetzt trippelten sie von neuem über den Asteroiden, und ihre furchterregenden mechanischen Kiefer bissen in die dicken Haltetrossen, die den Sack um den Asteroiden festhielten. Andere Spinnen rissen den Stoff in großen Stücken ab, die von Cornucopias Oberfläche davonsegelten, weggeschleudert von seiner Rotation. Ein drittes Roboter-Team zerhackte das unter dem Sack liegende Kabelnetz. Enden fielen ab und gesellten sich den Fetzen des Sackes bei, die jetzt in einer Wolke um den sich drehenden Asteroiden hingen.

Die Roboter arbeiteten mit geistloser, mechanischer Geschwindigkeit, fast schneller, als das menschliche Auge folgen konnte. Aber Cathy sah die Resultate in den Spannungswerten und den Anzeigen über den Zusammenhalt der Struktur. Garrisons Idee war goldrichtig gewesen. Ohne die Trossen und den Sack, die den Asteroiden zusammenhielten, war er ein weit schwächeres Stück Himmelsfelsen — und, was noch wichtiger war, ein dunkleres. Die dunklen Grau-, Braun- und die Schwarztöne seiner Oberfläche würden Hitze weit besser absorbieren und festhalten, als es der strahlend weiße Sack getan hätte.

Cathy warf einen Blick auf die Countdown-Uhr. Noch zwei Stunden, dann eröffnete die Laserfaust das Feuer auf den Asteroiden. Auf beiden Seiten war kein Wort mehr gesprochen worden, aber jeder wußte, daß die Kanone schießen würde, ob die *Dawn Treader* den Asteroiden verlassen hatte oder nicht.

Garrison und seinen Leuten blieb keine Wahl.

Jetzt blinkte der Interkom wieder. »Cathy, das sind die Koordinaten, die du benutzen mußt«, sagte Garrison. »Du solltest imstande sein, sie zu treffen. Fertig zur Aufnahme?«

»Fertig, Garrison.«

»Einhundertneunundsiebzig Grad fünf Minuten West, vier Grad fünf Minuten Süd.«

Cathy tippte die Zahlen ein, befahl dem Computer, den dazugehörigen Ort aufzufinden, und fluchte. »Garrison, das ist doch, wo ...«

»Ich weiß. Ich weiß. Und ich denke, es muß auf diese Weise sein. Auch wenn ihr der Stelle nur nahe kommt, glaube ich, daß es gut genug sein wird. Mach dir um uns hier keine Sorgen, wir werden fort sein. Tu einfach, was du tun mußt.«

Cathy biß sich auf die Unterlippe. Würden sie tatsächlich fort sein? Sie durfte nicht darüber nachdenken. Wenn Garrison in diesem Punkt log, hatte sie nicht das Recht, ihm Fragen zu stellen. Er wußte, was auf dem Spiel stand. »Gut, Garrison. Für uns ist es kein Problem, diese Zahlen zu benutzen. Versuch du nur, unser Ende von Cornucopia zu treffen.«

»Wir werden genau auf die Stelle zielen, wo du sitzt«, witzelte er. »Also sei vorsichtig. Und beeil dich!«

»Keine Bange. Wir beginnen unser Rollprogramm in fünf Minuten. *Dawn Treader* aus.«

Zum Manövrieren war nur noch ein Motor und für ihn nur noch wenig Treibstoff übrig, aber Cornucopia besaß immer noch seine kleinen Raketen für die Fluglagenkontrolle, und Cathy wollte sie einsetzen, bevor die Spinnen die Trossen durchhackten, die sie festhielten.

Die Heckraketen feuerten, und langsam, bedächtig rollte sich der große Asteroid in seine neue Richtung, wobei er eine zweite Abfallwolke von sich schüttelte, denn weitere Enden von Trossen und Fetzen von Sackmaterial, die bei dem Laserangriff beschädigt worden waren, rissen sich los. Cathy, die immer noch den Sitz des Navigators innehatte, lenkte das Monster-Fahrzeug so, daß seine Nase an dem Punkt, wo der Asteroid auf seiner Bahn der Mondoberfläche am nächsten kommen würde, genau auf den Mittelpunkt der Mondkugel zeigte. Schon eilte ihnen die Rückseite des Mondes auf dem Monitor viel zu schnell entgegen, eine endlose Wildnis aus Kratern und Bergen, eine tödliche, einsame Landschaft, hart und schattenlos in der sengenden Hitze des vollen Sonnenlichts.

Nun, sie würde ihnen noch verdammt viel näher kommen.

Etwas quietschte und ächzte, und es klapperte auf der Hülle, von der Stücke des Mülls abprallten.

MOND, RÜCKSEITENSTATION, LASERFAUSTKONTROLLE

Garrison sah auf dem Monitor den letzten der Roller zu der einsamen Zweitagesfahrt zum Mare Moscoviense aufbrechen. Wenn alles gut ging, würde er vor ihm dort sein. Die *Bouncer* stand bereit, programmiert für den kurzen Raketenhüpfer zum Meer von Moskau. Wenn alles nicht gut ging — würde er überhaupt nicht dort ankommen.

Er drehte sich zu Alois Hofmeister um, seinem einzigen noch übrigen Gefährten in der Station. Endlich hatte er etwas über den merkwürdigen Laser-Experten herausgefunden.

Ben hatte ihm Neuigkeiten von der Erde mitgeteilt, die ihm den entscheidenden Hinweis gegeben hatten. Es ging das Gerücht, Garrison plane, sich zum Kaiser des Weltraums zu erklären, und wolle sich dabei auf die Macht stützen, die ihm die Laserfaust gab.

Es war aber *Hofmeister,* der genau das geplant hatte, eine übergroße Laser-Batterie zu bauen und für die eigenen Zwecke zu benutzen, lange bevor Garrison und Ben auf der Rückseite eingetroffen waren. Garrison erkannte in dem Augenblick, als ihm der Gedanke kam, daß es wahr sein mußte. Vielleicht hatte Hofmeister vor, Tribut zu verlangen, vielleicht wollte er als eine Art König auf der Rückseite regieren — oder vielleicht war er so verrückt, daß er versuchen wollte, mit dem Laser das Sonnensystem zu erobern.

Garrison selbst kam es auch wie der reine Wahnsinn vor, aber es war die einzige Erklärung für Hofmeisters seltsames Benehmen, ließ er doch immer durchblicken, er glaube nicht ganz daran, daß der wirkliche Zweck der Kanone es sei, Asteroiden abzuschießen.

Vermutlich hatte Hofmeister gedacht — und dachte es immer noch —, daß Garrison größere Ziele verfolge. Hatte Hofmeister diese ganze Zeit bei dem Plan einfach nur deshalb mitgemacht, weil er abwarten wollte, bis alles fertig war und er den Laser übernehmen konnte? Was hatte er dann mit Garrison vor, wenn es vorbei war? Ein Messer in die Rippen vielleicht?

Garrison erschauerte. Es schien alles verrückt zu sein — aber schließlich hatten sie alle schon immer gewußt, daß Hofmeister verrückt war. Und es bestärkte Garrison in seinem Entschluß. In der Zwischenzeit würde er ständig den Rücken zur Wand halten.

»Wieviel Zeit haben wir noch, Hofmeister?«

»Eine Stunde, bis Cornucopia über den Horizont steigt. Wir sind bereit.«

CORNUCOPIA

Die *Dawn Treader* schob sich von dem schwer beschädigten Asteroiden weg. Alles, was möglich war, war getan worden. Die Spinnenroboter konnte man immer noch an der Arbeit sehen, wie sie die Haut und die Sehnen des Asteroiden zerfetzten und abrissen.

Der Kom-Offizier fuhr mit nervösen Fingern über seine Konsole. Sie kontrollierten den Asteroiden jetzt über Fernsteuerung, und alles lief durch seine Schalttafeln. Wenn es in seinen Systemen eine Betriebsstörung gab — aber darüber durfte man gar nicht erst nachdenken.

Außerdem, war nicht bereits eine Menge schiefgegangen? Bestimmt hatten sie ihren Anteil an Pech inzwischen aufgebraucht.

Natürlich, dachte der Kom-Offizier traurig, funktionierte es in der Wirklichkeit nicht so.

HQ DER OPERATION EXTRATRUMPF

Genau in diesem Augenblick wünschte sich ein Teil von Ben, das HQ wäre auf der Rückseite des Mondes errichtet worden, im Mare Smythii statt hier neben der Erdaufgangsstation. Sie hatten Extratrumpf hier aufgebaut, auf der Grenze zwischen der Vorder- und der Rückseite, weil sie nicht nur die Rückseite sichern, sondern auch einen Beobachtungsposten haben wollten, der die Erde im Auge behalten konnte. Eine kluge Entscheidung, denn Extratrumpf war bis zur Stunde lebenswichtig für die Kommunikation gewesen. Aber jetzt wurde es brenzlig.

Ben sah auf die Extratrumpf-Laser hinaus. Es waren nur dreihundert, und wenn das nicht reichte, hatten sie Pech gehabt. Mehr Laser hatten sie nicht herstellen können, nachdem sie die Fabrik hierher verlegt hatten. Sie wagten noch nicht, sie abzufeuern, nur für den Fall, daß die Erde noch ein paar Atombomben auf Lager hatte, vielleicht an einem der LaGrange-Punkten. Aber später mochte die Extratrumpf-Batterie durchaus von Nutzen sein.

Wenn es mit Garrisons und Cathys kleinem Plan klappte, würde der Großteil des Schutts in Richtung Extratrumpf fallen. Der Wunsch, dann im Mare Smythii auf der anderen Seite des Mondes zu sein, war nur zu verständlich. Aber Ben hatte den Standort selbst ausgewählt und konnte keinem anderen die Schuld geben, wenn die Sache jetzt schiefging.

Natürlich würde es in dem Fall ein sehr schwacher Trost sein, zu wissen, wem man die Schuld geben mußte.

MOND, RÜCKSEITENSTATION, LASERFAUSTKONTROLLE

Die endlosen Minuten schlichen dahin, eine Ewigkeit nach der anderen. Garrison lief in dem kleinen Kontrollraum auf und ab und trat wiederholt an die Beobachtungsblase, als gebe es draußen etwas anderes als sonst zu sehen. Hofmeister wachte vor der Schalttafel der Hauptbefehlsstelle über die Gesundheit der mehr als viertausend Laser, die alles waren, worauf es jetzt noch ankam.

»Fünfzehn Minuten, Doktor Morrow«, sagte er leise. »Wir sollten uns zwingen, etwas zu essen. Vor uns liegen zwölf lange und hektische Stunden.«

Es würde längst keine zwölf Stunden dauern, aber Garrison dachte nicht daran, das Hofmeister gerade jetzt zu sagen. »Ja, Sie haben recht, Hofmeister.«

Sie fanden ein paar Dauerrationen und würgten sie hinunter, ohne etwas zu schmecken. Es hätte ein Gericht für einen Gourmet oder saft- und kraftloser Kleister sein können. Garrison interessierte es nicht. Zum tausendsten Mal, seit er von der eigentlichen Station zur Laserfaustkontrolle übergewechselt war, rief er Ben im HQ Extratrumpf an. »Wie sieht er aus, Ben?«

»Cornucopia steht jetzt in unserem örtlichen Zenith, fast genau über uns und breitseits zum Mond. Er wird von Minute zu Minute dunkler, was bedeutet, die Roboter sind immer noch dabei, den Sack zu entfernen. Anscheinend löst sich eine Menge Abfall — wir empfangen Radar-Echos von der Müllwolke. Die *Dawn Treader* hat sich ein gutes Stück von dem Asteroiden entfernt, und du müßtest ihn jetzt jede Sekunde über euren Horizont kommen sehen ...«

»Wir haben ihn!« rief Hofmeister aufgeregt.

»Feuer!« befahl Garrison sofort und beugte sich gespannt über Hofmeisters Schulter.

Hofmeister legte den Hauptschalter um.

Draußen auf dem großen Geschützfeld waren die viertausend Laser längst auf den Punkt am Horizont ausgerichtet worden, wo der Asteroid erscheinen würde. Ihr Augenblick war gekommen. Sie feuerten wie ein einziger und schleuderten unsichtbare Gigawatt an Energie in den Himmel.

»Feuer begonnen, alle Systeme normal«, meldete Hofmeister.

Garrison schloß die Augen und sank neben Hofmeister in einen Sessel. Das war es. Das war der Augenblick, dem er zwei Jahre seines Lebens gewidmet hatte. Es stand mehr, viel mehr auf dem Spiel, als anfangs zu befürchten gewesen war. Cornucopia stellte nicht bloß eine Gefahr, eine *Möglichkeit* dar, vor der die Erde geschützt werden mußte. Wenn Garrison versagte, war die Erde tot.

»Getroffen!« rief Ben fröhlich. »Das verdammte Ding ist soeben leuchtend rot geworden, ebenso das Müllfeld ringsherum. Ihr müßt den Fokus verengen.«

»Ja, ja«, murmelte Hofmeister gereizt. »Wir haben den Fokus anfangs breit gehalten, um sicherzugehen, daß wir ihn treffen. Jetzt, wo der Asteroid glüht, gibt er ein gutes Ziel ab, auf das wir die Laser richten können. So besser?«

»Viel besser«, lobte Ben. »Cornucopia ist eben sehr viel heller geworden, und das Müllfeld verblaßt.«

»Konzentrieren Sie das Feuer auf das vordere Ende des Asteroiden«, befahl Garrison. »Richten Sie die Strahlen auf das Ende, das dem Horizont am nächsten ist.«

»Warum?« fragte Hofmeister. »Warum auf dieses Ende?«

»Weil wir mehr davon haben, wenn wir das Feuer konzentrieren und sich die gottverdammte Bombe am *anderen* Ende des Asteroiden befindet. Wir wollen doch nicht das Risiko eingehen, daß wir sie auslösen«, erwiderte Ben.

Garrison gab sich Mühe, Hofmeister nicht anzusehen. Bens Erklärung war ein bißchen fadenscheinig, um es milde auszudrücken. Würde Hofmeister sie ihm abkaufen?

»Okay, okay, Feuer neu ausgerichtet«, sagte Hofmeister müde. »Möchten Sie beide, daß ich auf Initialen ziele, die irgendein Kerl in den Stein gehauen hat?«

Garrison grinste. »Nein, halten Sie es nur konstant dort. Wir werden sehen, was geschieht.«

CORNUCOPIA

Der Asteroid verwandelte sich in eine Vision der Hölle, eine Szene, die Hieronymus Bosch sich als Sujet für eins seiner wahnsinnigen Gemälde hätte aussuchen können. Der Stein selbst wurde vom Laserlicht blutrot. Das vordere Ende des Weltchens, der Nordpol, wo die *Dawn Treader* gelegen hatte, absorbierte das Schlimmste, was die Laserfaust ihm entgegenschleuderte, und brodelte mit unheimlicher Helligkeit. Der Andock-Komplex und die Kontrollstation des Asteroiden empfingen die volle Wucht des Laserfeuers und waren bald in Pfützen geschmolzenen Metalls und blasenwerfender Plastik verwandelt.

Weiter zur Mitte hin krabbelten die Spinnenroboter immer noch zielstrebig über die scharlachfarbene Oberfläche, und ihre metallischen Körper glitzerten und schimmerten in dem gespenstischen Licht. Erbarmungslos rissen sie das Stützkorsett auseinander, das sie dem Asteroiden angelegt hatten. Einer von ihnen kam dem vorderen Ende zu nahe und überhitzte sich. Die Gelenke des linken Vorderbeins versagten, aber er hinkte weiter vorwärts über die höllische Oberfläche und klammerte sich an dem rauhen Boden fest.

Aber die Hitze begann, die Oberfläche des Asteroiden zu schwächen. Die Spinne schlang eine Klaue um einen Felsauswuchs, der plötzlich abbrach. Verzweifelt suchte sie nach einem neuen Fußhalt. Da gab das ganze Stück der Oberfläche nach und ließ nichts übrig, woran sie sich klammern konnte. Die Schwerkraft des Asteroiden konnte die Spinne nicht gegen den Spin festhalten, und der beschädigte Roboter trieb davon. Seine Beine zuckten immer noch und versuchten vergeblich, einen Halt zu finden. Er geriet tiefer hinein in das intensivste Laserlicht.

Und schmolz.

Immer mehr und immer größere Bruchstücke bröckelten von dem vorderen Ende ab, und der Kern des Asteroiden bekam die Hitze zu spüren. Einschlüsse von flüchtigen Stoffen, die lange im Innern sicher gewesen waren, schmolzen oder sublimierten, dehnten sich aus, als sie warm wurden, erzeugten Risse, zerschmetterten das sie umgebende Gestein.

Das vordere Ende des Asteroiden zeigte jetzt ein hartes, geflecktes Rot, das sogar in dem Höllenrot des Laserlichts deutlich sichtbar war.

Der Asteroid war nahe und leicht zu treffen, aber

trotzdem war Hofmeisters Leistung anzuerkennen. Während die Temperatur am vorderen Ende in die Höhe schoß, war die Hitze nur einen oder zwei Kilometer weiter der Mitte zu mäßig. Der einzige noch vorhandene Fusionsmotor, der weiter zum Heck hin lag, wurde kaum angewärmt, und das Heck selbst, wo die Bremsbombe wartete, behielt normale Temperatur.

Dagegen begann das vordere Ende zu sterben. Ganze Blöcke brachen ab, nur um im Laserlicht gefangen zu bleiben. Die Fragmente vertrugen viel weniger Hitze. Sie heizten sich rasend schnell auf, glühten ziegelrot, kirschrot und weiß, bevor sie ganz verdampften.

Das erbarmungsloser Laserfeuer fraß sich durch das vordere Ende des Asteroiden und nahm ihm immer mehr von seiner Substanz.

Cornucopia starb.

DAWN TREADER

Es tat weh, das flammenhelle Glühen von Cornucopias vorderem Ende anzusehen, aber Cathy ertrug es gern. Es war das Licht der Hoffnung. Die schmerzhafte Helligkeit schien mit jedem Augenblick zuzunehmen.

Die *Treader* flog in Formation mit dem Asteroiden. Sie hielt einen vorsichtigen Abstand von einhundert Kilometern ein, und selbst das war noch viel zu nahe in dem Fall, daß ein Fragment in ihrer Richtung davonschoß oder Hofmeisters Hand auf den Zielkontrollen ausrutschte.

Aber es war ein zu bemerkenswerter, zu greller, zu unwahrscheinlicher Anblick, um an Gefahr auch nur zu denken.

Cathy war fasziniert. Für sie glich das monströse Ding auf lächerliche Weise einer riesigen surrealen Zigarre, deren eines Ende rot glühte. Sogar die Wolke aus Schutt und Staub ähnelte einer Rauchwolke.

Und wie eine Zigarre brannte der Asteroid von dem einen Ende herunter.

Das war die ganze Idee. In dem einen Fusionsmotor und der Bremsbombe steckte immer noch ein bißchen bahnverändernde Kraft, die aber bei einer so großen Masse wie Cornucopia nicht ganz ausreichte.

Wenn sie die verfügbare Raketenkraft nicht erhöhen konnten, mußten sie eben die Masse verringern, die die Rakete zu bewegen hatte. Wenn es ihnen gelang, den Punkt, an dem der Asteroid dem Mond am nächsten sein würde, weit genug zu senken, war es immer noch möglich, daß die Erde überlebte. Die Zahlen waren vielversprechend.

Das hörte sich alles gut an.

Jetzt mußten sie nur dafür sorgen, daß es klappte.

PORT VIKING, MARS

McGillicutty beobachtete fasziniert, wie die Erde anscheinend in den Krieg mit sich selbst zog. Mit den Ausfällen bei den Nachrichtensendungen, der Zensur, den unverständlichen Bildern, die er von marsianischen Teleskopen und terrestrischen Fernsehstationen hatte, war es schwer, ja unmöglich, sich eine klare Vorstellung von den Ereignissen zu bilden. Wahrscheinlich würde dieser Asteroid auf die Erde stürzen. Unglaublich.

In ein paar Wochen oder Monaten würden die Siedler zumindest eine Flotte aus bewaffneten Kauffahrern haben. McGillicutty begann Überlegungen anzustellen, ob sie zur Erde geschickt werden würden, um sie anzugreifen — oder als Rettungsmannschaft, um einer zerstörten Welt zu helfen.

ERDE

Sie sahen dieses neue rubinrote Licht am Himmel. Es war dem anderen so ähnlich, das sie erst vor ein paar Tagen gesehen hatten. Aber diesmal blickten die Menschen nicht in Panik, sondern in ängstlicher Hoffnung empor. Die Astronomen, die Kommentatoren, die Reporter erklärten, was es bedeuten mochte, und die Menschen versuchten, ihnen zu glauben. Cornucopia kam dem Mond immer näher und leuchtete hell am Nachthimmel, angestrahlt vom Licht der unsichtbaren, mysteriösen Kanone auf der Rückseite des Mondes.

Die Menschen blickten von ihren Ende-der-Welt-Gebeten und ihren Orgien hoch, um zu sehen, ob das blutrote Licht ihnen tatsächlich Hoffnung bot.

CORNUCOPIA

Das vordere Ende des Asteroiden überschritt einen Schwellenwert. Der Fels war jetzt heißer als der Schmelzpunkt des Eises, und viele Zonen unter der Oberfläche liegender Strata waren heiß genug, um Wasser zum Kochen zu bringen. Wasser und andere flüchtige Stoffe zischten und dampften aus jedem Riß, und in Einschlüssen baute sich Dampfdruck auf. Eine Reihe schnell aufeinanderfolgender Dampfexplosionen brach zwei große Stücke von dem vorderen Ende ab. Die hausgroßen Felsen prallten gegeneinander, krachten auf den Asteroiden zurück und zerstörten ihn noch mehr.

Bald verlor sich das vordere Ende des immer noch rotierenden Asteroiden in einer Wolke seiner eigenen Trümmer. Schuttpartikel aller Größen von Molekülen bis zu Felsblöcken stießen sich, und immer größere Stücke fügten sich der Wolke bei. Cornucopia zermahlte sich selbst.

Es war Zeit, den Fusionsmotor zu zünden. Bald würde das Felsgestein, auf dem er montiert war, zerbröckeln, und der Motor flog vielleicht davon, sobald er feuerte. Er hatte einen vollständigen und umfassenden Satz Befehle von der *Treader* erhalten, als das Schiff noch im Kontroll-Komplex gelegen hatte und der Kontroll-Komplex noch existierte. Jetzt brauchte die *Treader* nur ein Funksignal an den eingebauten Computer des Motors auszusenden.

Cathy meldete sich bei der Rückseite über die Kom-Verbindung. Jetzt waren sie in Sichtlinie mit Garrison und brauchten Bens Relais nicht mehr. »*Dawn Treader* bittet um geplante Feuerpause«, sagte sie. Wenn die Kanone schoß, während sie den Asteroiden manövrierten, konnten die Laser nicht mehr so genau zielen, und vielleicht setzten sie dann den noch übrigen Fusionsmotor außer Betrieb.

»In Ordnung, *Treader*«, antwortete Garrison. »Schalten Sie für zwei Minuten ab, Hofmeister. Sie möchten manövrieren, um etwas von dem Schutt abzuschütteln. Okay, *Trader,* wir stellen das Feuer ein. Wir werden warten, bis Sie fertig sind, und dann während des Schubs auf die Trümmer zielen.«

Der grelle Nimbus um die Nase des Asteroiden verschwand plötzlich und ließ nur das Glühen der Hitze zurück. Cathy nickte dem Kom-Offizier zu. »Jetzt!«

Der Kom-Offizier gab das Funksignal, und sie warteten darauf, daß der Fusionsmotor zündete. Wenn er versagte, war alles umsonst gewesen.

Es gab eine endlose, an den Nerven zerrende Pause von vielleicht einer halben Minute — und dann zündete der Motor, und die sterbenden Atome stachen als Feuerstrahl in die Dunkelheit. Alle an Bord der *Treader* schlossen geblendet die Augen.

Verzweifelt versuchte der Regler des Motors, sowohl den nicht mehr entlang der Achse verlaufenden Schub als auch die Rotation des Asteroiden zu kompensieren. Wie eine übergroße Parodie auf ein Spielzeug-Feuerwerk spiralte der Feuerstrahl träge durch den Himmel und schleuderte den Asteroiden trunken durch das Trümmerfeld. Der Schub riß einen der letzten Spinnenroboter los, so daß er mit wild um sich schlagenden Beinen in den Raum davonsegelte.

Riesige Gesteinsbrocken krachten in den Asteroiden, brachen noch mehr von dem geschwächten vorderen Ende ab. Der Motor lief weiter und zwang Cornucopia schließlich über den Rand der Schuttwolke hinaus. Der Feuerstrahl stach durch das Geröll und pulverisierte, was er an Bruchstücken traf.

»Rückseite, Sie können jetzt auf den Schutt schießen«, sagte Cathy in ihr Mikrophon.

Sofort flammte das rote Laserlicht wieder auf. Diese Bruchstücke befanden sich immer noch auf Kollisionskurs mit der Erde, und während keins von ihnen groß genug war, um ein Massensterben auslösen zu können, würden sie doch schweren Schaden anrichten. Jesus Moroz' geniales Zielprogramm war fähig, die größten auszuwählen und das Feuer auf sie zu konzentrieren, was den bereits rotglühenden Stein schnell in Dampf verwandelte.

Und der Asteroid pflügte weiter in wilden Schleifen und Kreisen um die stetige Flamme des Raketenmotors. Cathy hätte dem Taumeln gern mit den Stabilisierungsraketen ein Ende bereitet, aber sie konnten nur als Einheit benutzt werden, und die vom vorderen Ende waren natürlich längst verlorengegangen. Abgesehen von dem Hauptfusionsmotor hatten sie über die Fluglage des Asteroiden im Raum keine Kontrolle mehr.

Cathy blickte auf das Chronometer. Bis jetzt fünf Minuten dreißigprozentiger Schub. Einen stärkeren Schub wollte sie nach allem, was der arme alte Motor durchgemacht hatte, nicht riskieren. Nur in einer Hinsicht hatte der Motor es leicht. Ein großer Teil von Cornucopias

Masse war nicht mehr da, und mit der geringeren Last kam er besser voran. Trotzdem reichte das nicht, um den Asteroiden an der Erde vorbeizulenken.

Aber das versuchten sie auch gar nicht mehr. Cathy hatte etwas ganz anderes im Sinn.

Fünf Minuten lang Schub, sechs, sieben, zwangen den Asteroiden niedriger und niedriger. Immer noch brachen Stücke los und strömten von dem zerbröckelten Felsen weg. Und dann war der Treibstoff aufgebraucht und ließ Cornucopia als taumelndes Wrack weitertrudeln. Cathy überprüfte den neuen Kurs. *Vielleicht* reichte es. Es mußte reichen. Es *mußte* reichen!

»Rückseite, Sie können den Beschuß Cornucopias wiederaufnehmen«, flüsterte sie ins Mikrophon. »Das Taumeln ist so schlimm, wie wir es erwartet hatten, aber versuchen Sie, das Feuer immer weiter auf das vordere Ende zu konzentrieren.«

Und das unheimliche Licht entzündete sich erneut um das gefolterte Weltchen.

ERDE

Das flammenhelle Licht am Himmel kroch auf die Mondscheibe zu, und die Welt sah das stille, juwelenartige Leuchten von Cornucopias Todeskampf. Langsam, schmerzhaft näherte sich der Saphirsplitter dem im ersten Viertel stehenden Mond.

Dann glitt er hinter den von der Sonne beschienenen Rand der Vorderseite und wurde von dem Trabanten verdeckt. Der nächste Akt des Dramas würde sich unbeobachtet von der Erde abspielen. Aller Augen wanderten zu dem dunklen östlichen Rand. Aus dieser Richtung würde die Erde in nur vierzig Minuten ihr Schicksal erfahren.

MOND, RÜCKSEITENSTATION, LASERFAUSTKONTROLLE

Die Stunden forderten allmählich von ihnen beiden ihren Tribut. Hofmeisters sowieso schon dürrer Körper schien geschrumpft zu sein, und sein normalerweise grauer Teint war von der Erschöpfung und Überanstrengung noch aschfarbener geworden. Sein faltiges, eingefallenes Gesicht, auf dem wie immer ein leicht irres Grinsen lag, hatte mit nichts mehr Ähnlichkeit als mit einem mumifizierten Schädel, dem Abbild des Todes im Leben.

Garrison fragte sich, ob er wesentlich besser aussehe. Ihm war, als sei er heute um ein Jahr gealtert.

Doch es war vorbei, beinahe vorbei. Er hatte alles getan, was er konnte. Einen Augenblick des Stolzes gestattete er sich, denn er wußte, er hatte Wunder gewirkt.

Müde schritt Garrison durch den kurzen Tunnel zur Beobachtungskuppel und sah zum letztenmal auf das unglaubliche und furchterregende Ding hinaus, das er gebaut hatte: die Laserfaust. Die endlosen Reihen der Laser-Einheiten boten für ihn wie stets einen überwältigenden Eindruck. Diese phantastische Macht!

Mehr Macht, als existieren durfte. Das wußte er jetzt. Hier, heute wurde die Kanone gebraucht. Aber morgen? Eine Waffe, die quer durch das Sonnensystem ganze Siedlungen auslöschen konnte? Morgen war kein Platz mehr für einen solchen Alptraum.

Falls es noch einen Morgen geben würde, daß es eine Rolle spielte. Immer noch standen die Chancen gegen das Überleben der Erde.

Bewundernd sah Garrison auf den glitzernden Triumph der Kanone und sagte ihr Lebewohl, dann ging er durch den Tunnel zurück in den Kontrollraum. Es gab noch etwas zu tun. Jesus Moroz hatte ein letztes kleines Programm für Garrison geschrieben, bevor er zum Mare Moscoviense abreiste. Garrison setzte sich vor sein Terminal und tippte sorgfältig eine aus dreißig Buchstaben bestehende Codegruppe ein. Er stand auf.

»Gehen wir, Herr Hofmeister«, sagte er freundlich.

Hofmeister blickte zu Garrison hoch. »Was meinen Sie mit ›gehen‹? Wohin sollten wir gehen? Warum sollten wir hier weggehen?«

In unendlicher Müdigkeit schloß Garrison die Augen. Er wußte, was geschehen würde, was Hofmeister sagen würde — er rechnete sogar damit, daß Hofmeister bewaffnet war. Aber die Szene mußte zu Ende gespielt werden. »Wir müssen gehen, weil es diesen Ort nicht mehr viel länger geben wird. Die *Bouncer* steht bereit, uns zum Moscoviense zu bringen. Die Kanone ist auf Automatik gestellt, und der Asteroid wird nicht noch einmal manövrieren.« Das war eine Lüge, aber nur eine sehr kleine. »Wir brauchen nicht zu bleiben, und wenn wir es doch tun, werden wir sterben.«

»Nein! Eine Selbstzerstörung ist nicht vorgesehen!« protestierte Hofmeister. »Sie lügen! Das ist ein Trick, um mich von der Kanone wegzulocken!«

»Es ist kein Trick, Hofmeister. Es ist Zeit, zu gehen.«

Hofmeister sprang auf die Füße, und in seiner Hand erschien eine Waffe. »Sie lügen! Sie wollen mich daran hindern, das herrliche Werkzeug zu benutzen, das ich gebaut habe. Sie glauben, ich hätte es für *Sie* gebaut?« Hofmeister richtete die Pistole auf Garrisons Herz.

Garrison starrte am Lauf der Pistole entlang und wunderte sich über seine bemerkenswerte Ruhe. War er so müde und überarbeitet, daß es ihn kaum noch berührte, wenn ein Mann ihn töten wollte? Oder kam ihm sein eigener Tod angesichts der Bedrohung der Erde unwesentlich vor? »Nein, Hofmeister«, sagte er ruhig. »Ich glaube nicht, Sie hätten die Kanone für mich gebaut. Ich habe die manuelle Kontrolle blockiert. Aber sie hätte Ihnen wohl auch so nichts mehr genützt. Ich gehe jetzt, und Sie können mitkommen oder bleiben, wie es Ihnen beliebt.« *Und wenn ich dich zurücklasse, verurteile ich dich zum Tod,* dachte Garrison. *Aber ich bin zu müde, um mich zu streiten, und es ist einfach keine Zeit dazu.*

Garrison wandte der Pistole den Rücken und ging auf die Schleuse zu. Auf distanzierte, intellektuelle Weise überlegte er, was es für ein Gefühl sein mochte, wenn die Kugel sein Rückgrat traf.

Erst als sich die Tür hinter ihm schloß, setzte eine Reaktion ein. Mit zitternden Fingern faßte er nach den Kontrollen innerhalb der Luftschleuse, fühlte seine Eingeweide zu Wasser werden, seinen Magen sich vor Angst umdrehen. Alle seine Ängste und Befürchtungen und Alpträume, der Tod von Milliarden, die Zerstörung einer Welt, alles, was er solange in Schach gehalten hatte, quoll plötzlich in ihm auf.

Das Begreifen kam als Schock. Bis jetzt hatte er nicht erwartet, am Leben zu bleiben, und Furcht bedeutet den Toten nichts. Aber Hofmeister hatte ihn gehen lassen, und wenn die *Bouncer* ihre Pflicht erfüllte, würde er der Laserfaust entrinnen. Er würde leben, und die Furcht hatte wieder Bedeutung für ihn. Aber er durfte sich jetzt noch nicht gestatten, sie zu empfinden. Noch nicht. Er mußte sie noch ein bißchen länger in Schach halten.

Sobald die *Bouncer* gestartet war, hatte er Zeit genug, sich dem Entsetzen zu überlassen.

CORNUCOPIA

Der Asteroid torkelte wild durch den Himmel. Seine vordere Hälfte war ein brennendes Wrack, ein überhitzter Klumpen geschmolzenen Gesteins, von dem große feurige Tropfen in den Raum davonwirbelten. Der mittlere Teil war noch nicht geschmolzen, doch sein Glühen verriet, daß er nicht mehr lange bestehen würde.

Unten auf der Rückseite des Mondes schoß die Kanone unaufhörlich weiter Hitze und Licht auf den Asteroiden.

Nur das hintere Ende war noch fest, doch selbst da fing die Hitze mit ihrem zerstörerischen Werk an. Innerhalb ihres schützenden Kokons stiegen die Temperaturanzeigen der Bremsbombe auf alarmierende Werte.

Es war Zeit, sie zu benutzen oder abzustoßen.

MOND, RÜCKSEITENSTATION, AUF DEM WEG ZUM MARE MOSCOVIENSE

Das Zünden des Motors füllte die Kabine mit einem Geräusch wie von einem gigantischen Druckkochtopf, der Dampf abläßt, und die *Bouncer* sprang in den Himmel hoch. Garrison saß auf dem Platz des Piloten und flog blindlings in das Getümmel hinein. Moroz' Spezialcode sollte das Verteidigungssystem abschalten und die manuellen Kontrollen der Laserfaust blockieren. Wenn die Verteidigungslaser noch schossen oder wenn es Hofmeister gelang, den Code zu knacken, oder wenn dieser verdammte fensterlose Pogo-Flieger es sich einfallen ließ, seinen Weg mitten durch den Strahl der Kanone zu nehmen — nun, dann würde Garrison nicht lange genug leben, um zu erfahren, was es gewesen war.

Es spielte auch keine Rolle. Der Kampf war vorbei. Jetzt, wo er Zeit hatte, Angst zu haben, empfand er keine mehr. Wenn er jetzt sterben mußte, wog das wenig im Vergleich zum Sterben von Welten.

In einem Seelenfrieden, den er sich nie hätte träumen lassen, flog Garrison zum Meer von Moskau.

DAWN TREADER

Cathy beobachtete den Radarschirm, die optische Anzeige, den Kurs über Grund, die Temperaturen, die offensichtlich ungenauen Massenschätzungen des Computers für den Asteroiden. Ihre Augen flitzten über die Zahlen und Bilder. Eine dünne Schweißschicht bildete sich auf ihrer Stirn. Sie atmete in flachen Stößen, wenn sie sich überhaupt daran erinnerte zu atmen.

Jetzt, dachte sie. Es mußte *jetzt* sein.

Das Schicksal der Erde lag in ihrer Fingerspitze, die den Auslöseknopf drückte.

CORNUCOPIA

Die Bombe explodierte, krachte gegen die Halterung, die eigens zu dem Zweck konstruiert war, die Wucht abzubremsen und nach hinten zu leiten, um einen Vorwärtsschub zu erzeugen. Die erste Millisekunde lang funktionierte das, und der ganze Asteroid wurde mit einer Beschleunigung von Hunderten von Ges auf den Mond hinuntergetrieben. Doch der Stein vor und hinter der Bombe war halb geschmolzen. Er konnte weder die Halterung abstützen noch die Gewalt der Explosion absorbieren.

Der Stein gab nach, und die ausgerichtete Gewalt der Explosion stieß die Halterung in den aufgeweichten Kern des Asteroiden. In der dritten Millisekunde nach der Explosion wurde die Halterung von geschmolzenem Fels verschlungen, und die Schockfront drängte sich zur Oberfläche des Asteroiden durch.

Ein Großteil der Schockwelle pflanzte sich durch den geschwächten Kern fort und kam am vorderen Ende heraus. Die Spitze des Asteroiden wurde abgesprengt und fiel auf den Mond zu, eine Feuerrose, die in der Dunkelheit aufblühte und sich entfaltete.

Der Asteroid platzte, die Gewalt der Explosion trieb die Trümmer in einer massiven Schrapnell-Wand von hundert Kilometern Breite auf die Rückseite des Mondes hinunter, so präzise, wie Garrison es sich gewünscht hatte, genau auf die Laserfaust zu. Denn die

Siedler hatten recht: Die Kanone war eine zu wirksame Waffe, als daß man sie hätte tolerieren können.

Ihren kurz bevorstehenden Untergang ignorierend, schoß die Laser-Batterie weiter auf das vom Himmel strömende Höllenfeuer. Viertausend Laser versuchten, einen ankommenden Himmel voller Trümmer im Visier zu behalten.

Der Tod der Kanone regnete vom Himmel, Milliarden von Bruchstücken aller Größen krachten in die Oberfläche, durchsiebten das Geschützfeld und sämtliche Laser-Einheiten, zerstörten die Rückseitenstation. Eine Milliarde Aufschläge zerwühlte den Boden. Hofmeister starb, als Fragmente die Laserfaustkontrolle zerschmetterten.

Doch es war noch nicht vorbei. Hinter den kleineren Teilen kamen größere Stücke des Asteroiden, so groß wie Autos, Häuser, Wohnblocks, Berge. In einem Umkreis mit dreihundert Kilometern Radius gruben sie sich in die Kraterfelder der Rückseite, und jeder Aufschlag warf neues Geröll hoch, das ein paar Meter oder fünftausend Kilometer entfernt erneut niederfiel oder dem Mond ganz entfloh und ihn zu umkreisen begann.

Der Boden bebte, der Himmel des Mondes füllte sich mit Staub und Asche, Blitze zuckten und flackerten über die Landschaft.

Und wo einmal Cornucopia seine Bahn gezogen hatte, war jetzt nichts mehr als Staub und Schutt.

Die Erde wußte es noch nicht, aber sie würde weiterleben.

31. KAPITEL

HQ DER OPERATION EXTRATRUMPF

Die Laser der Operation Extratrumpf traten in Aktion, zielten und schossen auf den Asteroidenschutt und das von der Mondoberfläche hochgeschleuderte Gestein am Himmel.

Das war wirklich ein hübscher kleiner Extratrumpf, dachte Ben und sah zu, wie die Laser immer wieder und wieder feuerten, zielten und feuerten. Sicher, ein Teil des Schutts würde durchkommen, aber nicht genug, um eine wirkliche Katastrophe zu verursachen — ausgenommen jede orbitale Fabrik, die zufällig im Weg war. Und die meisten konnten ein paar Treffer von Staub und Steinchen verkraften.

Und Staub und Steinchen waren alles, was von einem Asteroiden mit zehn Kilometern Durchmesser übrig war. Extratrumpf blieben zwei Tage, bevor die Schuttwolke die Erde erreichte. Zwei Tage, um jeden bedrohlichen Felsblock abzuschießen. Was einen Planeten hätte töten können, würde wenig mehr sein als ein spektakulärer Meteoritenfall.

Ben richtete den Blick nach Osten, wo noch vor einer Stunde die Laserfaust in Aktion gewesen war, um einen Himmelskörper zu zerschlagen. Er dachte an die Station, den Vorposten in der Mitte des Nichts, der zwei Jahre lang sein Zuhause gewesen war. Das war ein Verlust. Die Forschungsabteilung, das Observatorium. Aber im Austausch für einen Planeten? Die Siedler hatten ihr Ultimatum bereits zurückgezogen. Vielleicht genügte die Kriegsfurcht, um beide Seiten wieder an den Verhandlungstisch zu bringen.

Die Nachrichten aus der Zentralkolonie — nein, sie hieß bereits Zentral*stadt* — waren ebenfalls interessant. Der Boden hatte kaum aufgehört zu beben, als Hillary

Wu die Lunare Republik ausgerufen hatte. Einen Vorposten verloren und dafür so viel gewonnen.

Es war ein gutes Geschäft.

Mehr als gut.

MOND, MARE MOSCOVIENSE

Dr. Garrison Morrow stand in einem zerknitterten Druckanzug auf der Oberfläche und sah aus respektvoller Entfernung zu, wie die *Dawn Treader* landete. Zwei Jahre voller Kummer, Kränkung und Verrat, zwei Jahre der Einsamkeit schienen mit einemmal zu verschwinden, als die *Dawn Treader* den Boden berührte.

Vor zwei Jahren war Cathy gegangen, und nun kam sie zurück. Das war alles, was zählte. Die *Dawn Treader* schaltete ihren Antrieb ab.

Garrison konnte nicht länger warten. Er rannte, so schnell er konnte, quer über die rauhe Wildnis und erreichte die Luftschleuse des Schiffes, noch bevor sie sich geöffnet hatte.

Cathy kam als erste herunter. Garrison erkannte sie, bevor er ihr Gesicht durch das Visier des Helms sehen konnte. Er lief zu ihr, und zwei absurde, unbeholfene Gestalten in plumpen Druckanzügen fielen sich in der steinigen Wildnis des Mare Moscoviense in die Arme.

Durch die kleine Strecke Vakuum, die alles war, was sie noch trennte, sahen sie sich in die Augen, und sie schämten sich der Tränen nicht, die auf ihren Gesichtern glitzerten.

»O Garrison!« Gefühle, die sie nicht einmal benennen konnte, erstickten Cathys Stimme. »Wir haben es geschafft! Wir haben den verdammten Asteroiden aufgehalten.«

»Ja, das haben wir. Das haben wir.«

»O Garrison, es tut mir so leid. Ich wollte dich nicht verletzen, ich wollte deiner Arbeit nicht schaden. Alles habe ich verdorben. Wenn ich … wenn ich doch nur …«

»Ruhig, ruhig«, tröstete er sie. »Es ist vorbei. Wir haben erreicht, was wir wollten.« Er schlang die Arme um sie und wiegte sie hin und her. Dann trat er gerade soviel zurück, daß er ihr in die Augen sehen konnte. »Alles andere spielt jetzt keine Rolle mehr«, sagte er. »Nur wir beide.«